BASTEI
LÜBBE

JERRY COTTON
JUBILÄUM

Die Kamikaze-Gang
Aufsteiger des Jahres
Rotes Blut – weißer Mohn

Drei Kriminalromane

BASTEI LÜBBE

BASTEI LÜBBE TASCHENBUCH
Band 31 925

Erste Auflage: Januar 2000

Lektorat: Rainer Delfs
Titelbild: Bastei-Archiv
Umschlaggestaltung: QuadroGrafik, Bensberg
Satz: Fotosatz Steckstor, Rösrath
Druck und Verarbeitung: 49013
Groupe Hérissey, Évreux, Frankreich
Printed in France
ISBN 3-404-31925-7

Sie finden uns im Internet unter
http://www.luebbe.de

Der Preis dieses Bandes versteht sich einschließlich der gesetzlichen Mehrwertsteuer

Die Kamikaze-Gang

»Money back!« sagte der Mann. So ungefähr klangen die Laute, die er ausstieß. Sein Englisch war nahezu unverständlich.

Riggs zeigte sein breitestes Lächeln. »Nett, dich zu sehen, Freund! Laß uns die Sache bei einem Drink abwickeln! Steig ein!«

Er wies auf die offenen Türen des Mercury. Es war wichtig, daß der Mann einstieg. Riggs wußte, wieviel Anstrengung es erforderte, einen Toten in ein Auto zu verfrachten.

»Money back!« wiederholte der Mann. »Geld zurück!«

Der Bastard lächelt nicht einmal, dachte Riggs. Angeblich sollen die Typen doch ständig grinsen, sogar im Schlaf.

Er versuchte sein Glück noch einmal. »Ich bring dich in einen netten Schuppen, Freund! Mit Show! Prachtvolle Mädchen! Alle Sorten! Schwarze und Blonde! Lange Beine! Solche Busen!« Er beschrieb die Größe mit einer Bewegung beider Hände und weit gespreizten Fingern.

Keine Miene regte sich im Gesicht des anderen. Nur die Hand streckte er aus und zeigte auf den Koffer. »Darin Dollar?«

Jake Riggs seufzte. Er hatte den Koffer von der Sitzbank gehoben, als er ausgestiegen war, und ihn zwischen sich und den Fremden gestellt, weil er gewohnheitsmäßig dafür sorgte, die Hände frei zu haben. Der Koffer enthielt nichts als einen Packen alter Zeitungen.

Sieht so aus, als bekäme ich ihn nicht in den Wagen, dachte Riggs. Okay, bringen wir's zu Ende! Zum Glück ist er ein Leichtgewicht. Also wird es nicht schwierig sein, ihn fortzuschaffen. Wahrscheinlich paßt er in den Kofferraum.

»Dann nimm den Zaster, du sturer Hund!« sagte Riggs und stieß den Koffer dem Fremden zu.

Der Mann bückte sich, und Riggs zog die Pistole mit dem aufgesetzten Schalldämpfer aus der Manteltasche. Er hatte eine kleinkalibrige Waffe gewählt. Obwohl er die rechte Hand benutzte, mit der er nicht so schnell war wie mit der linken, brauchte er weniger als eine Sekunde.

Die Bewegungen des Fremden waren wie eine Explosion. Der harte, gellende Schrei traf Riggs wie etwas Massives, Körperliches. Ihm schien, als krachten Vorschlaghämmer auf seinen Körper nieder mit einer Wucht, die sein Rückgrat bis in den letzten Wirbel erschütterte.

Riggs prallte gegen das Auto. Ohne es zu merken, zertrümmerte er ein Seitenfenster. Er stürzte zu Boden und verlor für einen Augenblick die Orientierung.

Sein Blackout dauerte nur einen Sekundenbruchteil. Er erfaßte die Situation. Der Mann, der so unglaublich schnell zugeschlagen hatte, stand mit leicht gegrätschten Beinen in drei Schritten Abstand. Es sah aus, als hätte er sich nicht von der Stelle gerührt. Sein Gesicht war wie aus Stein. Die kleinen schwarzen Augen musterten Riggs mit der Starrheit von Schlangenblicken.

Riggs' einzige Chance lag in der Tatsache, daß er Linkshänder war. Die Waffe, an die er gewöhnt war, trug er unter der rechten Achsel. Es war ein kurzläufiger Lawman-Colt, den er für den Mord an dem Mann nicht hatte benutzen wollen, weil sein schweres Kaliber den Kopf des Opfers zertrümmert hätte. Die Pistole mit dem Schalldämpfer lag dicht vor den Füßen des Fremden, und Riggs wußte in diesem Augenblick nicht, ob er einen Schuß losgeworden war oder nicht.

Er senkte den Blick, damit der andere nicht im aufspringenden Funkeln der Augen den Angriff erriet. Stöhnend und schwerfällig richtete er den Oberkörper auf, hielt ihn einige Sekunden lang aufrecht und ließ sich dann zurücksinken, als würde er von den Schmerzen überwältigt. Im Zurücksinken warf er die linke Hand hoch und riß den Colt aus der Halfter. Dann drückte er wieder und wieder auf den Abzug. Er verfeuerte die sechs Kugeln in einem Gefühl von Panik, wie er es nie zuvor empfunden hatte.

Der Abstand war lächerlich gering. Schon die erste Kugel traf Riggs Gegner in den Kopf. Wie von einer großen, unsichtbaren Faust gestoßen, flog der Körper drei Schritte rückwärts. Die Arme schlugen hilflos wie lahme Flügel. In einer letzten Drehung stürzte er aufs Gesicht.

Jake Riggs lag still. Das Echo der Schüsse verebbte in seinen Ohren, und er hörte wieder das Rauschen des eigenen Blutes.

»O Hölle!« stieß er zwischen zusammengebissenen Zähnen hervor. »Um ein Haar hätte er ...«

Er wollte aufstehen und benutzte die rechte Hand zum Aufstützen. Der Schmerz fuhr mit so betäubender Gewalt in sein Gehirn, daß er sich sofort wieder fallen ließ. Er starrte seinen rechten Arm an. Unter dem Mantelärmel war nichts zu sehen. Aber Riggs spürte, daß irgend etwas Schreckliches mit seinem Arm geschehen war.

Vorsichtig stand er auf. Er hielt den Arm steif. Zollweise schob er den Mantel- und Jackenärmel hoch. Jede Berührung zwang ihm ein Stöhnen aus der Kehle.

Eine seltsame Verformung zeichnete sich unter der Haut ab. Riggs begriff, daß die Handkantenschläge des Mannes seinen Arm gebrochen hatten.

Das Mädchen ging dicht vorbei und lächelte uns sanft und freundlich an, als wären wir alte Freunde. Sie trug einen knöchellangen, sehr bunten Wickelrock und sonst nichts, im Wortsinne: nichts, weder Schuhe und Strümpfe noch den leisesten Anflug von Oberbekleidung.

Phil und ich lächelten zurück. Was sonst hätten wir tun sollen?

Die Begegnung fand nicht auf Hawaii statt, nicht auf einer Südseeinsel und nicht einmal in einem Nudistencamp, sondern auf dem Präsident Jefferson Boulevard in Sausalito. Das Mädchen kam aus einem Selbstbedienungsladen der Safeway-Kette und schob einen Einkaufswagen vor sich her. Ihre hübschen Brüste hüpften im Rhythmus ihrer Schritte.

Nichts Ungewöhnliches für Sausalito, Hippie-Hauptstadt im Schatten San Franciscos auf der anderen Seite des Golden Gate und mit Frisco verbunden durch die berühmteste Hängebrücke der Welt. Man liest, hört und sieht nicht mehr viel von den Hippies.

Andere Aussteigergruppen haben sie in den Schlagzeilen der Medien abgelöst. Aber sie existieren noch. Kalifornien ist nach wie vor Hippieland.

»Nacktheit ist ihre neue Masche in diesem Jahr«, sagte Detective Sergeant Beeker von der Californian State Police. »Sie propagieren das Recht jeden Bürgers, überall so unbekleidet herumzulaufen, wie es ihm Spaß macht. Sie sagen, es stehe nicht in der Verfassung, daß der Mensch gezwungen sei, Hemd und Hose zu tragen.«

»Haben sie recht?« fragte Phil.

Sergeant Beeker grinste. »Wahrscheinlich haben sie recht. Trotzdem sind eine Menge Leute dagegen, besonders die Fabrikanten von Büstenhaltern und alle Einwohner von Kalifornien, die es sich nicht erlauben können, hüllenlos in Erscheinung zu treten.« Er blickte an sich hinab und strich mit beiden Händen über die stattliche Wölbung seines Bauches. »Wie ich zum Beispiel.«

Das Mädchen lud den Inhalt des Einkaufwagens in

den Kofferraum eines uralten Dodge um, dessen brüchige Karrosserie mit leuchtenden Farben in bizarren Mustern bemalt war. Sie schlug die Heckklappe zu und setzte sich hinters Steuer.

»An Wochenenden kommen Busladungen aus Utah, Nevada und Oregon, um sich über die nackten und sündigen Hippies auf ihren Hausbooten zu entrüsten.« Beeker zog eine zerdrückte Zigarre aus der Brusttasche, biß die Spitze ab und klemmte die Zigarre zwischen die Zähne. »Je prüder der Staat, desto größer die Nachfrage. Viele bringen solche Ferngläser mit.« Er zeigte die Größe mit den Händen.

Er schien sich in dieses Thema zu verlieren. Es war Zeit, ihn an den Zweck unseres Aufenthaltes in Sausalito zu erinnern.

»Haben Ihre Leute Jake Riggs unter Kontrolle?« fragte ich.

»Bis gestern kam er jede Nacht in das Hotel zurück«, antwortete er.

»Und gestern?«

Beeker wälzte die Zigarre in den anderen Mundwinkel. »Die letzte Meldung erhielt ich um neun Uhr morgens. Zu dieser Zeit war er noch nicht aufgetaucht.«

»Sie wissen nicht, wo er während der Nacht war?«

Beeker ging sofort hoch. »Machen Sie mir keine Vorwürfe, G-man! Ihre Zentrale gab uns strikte Anweisung, lediglich Riggs' Aufenthaltsort festzustellen und im übrigen die Finger von ihm zu lassen. Danach habe ich mich gerichtet. Ich fand ihn im Brannif Hotel und stellte zwei Leute ab, die sein Kommen und Gehen überwachten, aber ihm nur folgen sollten, falls er den Koffer in der Hand hielt und das Hotel verließ. Soviel ich weiß, steht sein Wagen noch in der Hotelgarage. Er wird zurückkommen.«

Er streckte den Arm aus und wies auf ein großes weißes Gebäude. »Das Brannif Hotel!«

»Gehen Sie allein hinein, Sergeant! Riggs kennt uns. Wenn er uns sieht, weiß er, daß wir nicht ohne Haftbefehl von New York nach San Francisco gekommen sind.«

»Na und? Es wäre verrückt, sich mit drei Polizisten anzulegen.«

»Seine Reaktionen sind schwer vorauszusagen. Er ist labil. Kann sein, daß er die Arme hochnimmt. Kann sein, daß er losballert!«

»Er hätte keine Chance. Einer von uns würde ihn umlegen. Ich weiß, daß ihr G-men nicht viel von uns Wald- und Feldpolizisten haltet, aber ich versichere Ihnen, daß ich mit meiner Kanone umzugehen weiß, Cotton.«

»Genau das fürchte ich, Sergeant. Wir aber wollen Jake Riggs lebend. Wir können ihm zwei Morde nachweisen, einen in Alabama, einen zweiten in Florida. Ein Riggs, der sich selbst in gefährlicher Nähe zum elektrischen Stuhl sähe, würde vielleicht über die Jobs reden, die er für den großen Boß übernahm.«

»Für welchen Boß?«

»Den Insel-King.«

»Kenne ich nicht.«

»Ist nur ein Spitzname. Bitte, gehen Sie, und erkundigen Sie sich, ob Riggs ins Hotel zurückgekommen ist!«

Phil und ich blieben auf der anderen Straßenseite. Nach wenigen Minuten kam der Sergeant zurück.

»Riggs scheint sich in einem Krankenhaus aufzuhalten«, sagte er. »Das Hotel erhielt einen Anruf vom Redwood Hospital. Sie fragten, ob Riggs im Hotel bekannt sei und ob seine Kreditkarten akzeptiert werden könnten.«

»Wo ist das Redwood Hospital?«

»Am Presidio Park auf der anderen Seite. Wir sind auf dem Weg nach Sausalito daran vorbeigefahren.«

Beeker brachte uns in seinem Wagen über die Golden Gate-Bridge nach San Francisco zurück. Wir fuhren über den Doyle Drive einen bewaldeten Hügel hinauf, auf dessen Kuppe sich eine Reihe von Gebäuden aus roten Ziegeln abzeichnete.

»Das Hospital«, erklärte Beeker.

Vor der Einfahrt stand ein riesiger Redwoodbaum, nach dem die Krankenanstalt benannt war.

Der Sergeant fuhr durch bis zum Haupteingang, vor dem zwischen zwei Ambulanzautos ein Streifenwagen der San Francisco Police parkte.

In der Eingangshalle wandte sich Beeker an die dunkelhäutige Schwester in der Empfangsloge. »Wir suchen einen Patienten. Sein Name ist Jake Riggs.«

»Sind Sie auch von der Polizei?« fragte sie.

»Wieso auch?«

»Vor wenigen Minuten kamen uniformierte Beamte wegen Jake Riggs. Ich schickte sie zur Chirurgie und zu Dr. Hazler, der sie anscheinend gerufen hatte.«

»Chirurgie? Wo ist das?« fragte ich hastig.

»Fünfte Etage! Dort rechts sind die Aufzüge!«

Phil und ich rannten. Keine Kabine der drei Aufzüge war unten. Phil hieb die Faust auf den Rufknopf.

Beeker kam angaloppiert. »Begreifen Sie, warum die Frisco Cops sich für Riggs interessieren?«

»Nein! Ich fürchte, irgend etwas läuft schief.«

Die Kabine hielt und brachte eine Pflegerin und eine Frau in einem Rollstuhl, der vorsichtig von der Pflegerin aus dem Aufzug geschoben wurde.

Wir drängten in die Kabine. Die Schachttür schloß sich, der Fahrstuhl glitt nach oben.

Eine unerträglich lange Zeit schien es zu dauern, bis er die 5. Etage erreichte und stoppte.

Wir sahen vor uns einen langen Flur mit weißen Türen

rechts und links. Zwei Krankenschwestern gingen ihrer Arbeit nach. Eine stützte einen Mann, der stark hinkte. Die andere sortierte auf einem verchromten fahrbaren Tisch Flaschen und Ampullen. Ganz am Ende des Gangs hantierte eine blaugekleidete Farbige mit einem summenden Staubsauger.

Ich sprach die Schwester am Chromtisch an. »Jake Riggs! Welches Zimmer?«

Sie wies auf eine Tür. »Fünfhundertundneun! Gerade hat Schwester Sue zwei Polizeibeamte zu ihm geführt und ...«

Ich wechselte einen Blick mit Phil. Was sollten wir tun? Hineingehen? Abwarten, ob alles sich als harmlos herausstellte?

»Wo ist Dr. Hazler?«

Sie schüttelte den Kopf. »Nicht zu sprechen. Er wurde zu einem Notfall ...«

Sie konnte den Satz nicht beenden.

Zwei Schüsse zerrissen krachend die Stille und nahmen uns die Entscheidung ab.

Der Aufschrei eines Menschen! Das Geräusch eines schweren Falls. Gebrüllte, unverständliche Wortfetzen hinter einer geschlossenen Tür.

Die Schüsse und Schreie zerstörten die behütete Ruhe im Hospital. Klingeln begannen zu schrillen. Türen schlugen. Menschen stürzten aus den Zimmern. Rufe gellten durch die Korridore. Irgendwo heulte eine Sirene auf.

Die Tür von 509 wurde aufgerissen.

Eine Krankenschwester, die ihr Häubchen verloren hatte, stolperte auf den Gang. Ihr Haar hatte sich aufgelöst und hing bis zu den Schultern herab. In den weitaufgerissenen Augen stand die Angst. Blut floß aus ihrer Nase über Mund und Kinn und tropfte auf den weißen Kittel. Der Mann hinter ihr überragte sie um einen Kopf. Er hatte glattes schwarzes Haar, eine schmale, gebogene Nase und graue Augen. Bekleidet war er mit Hose und Hemd. Sein rechter Arm hing in einer schwarzen Tuchschlinge.

Jake Riggs sah uns und schoß sofort.

Ich hechtete nach links, riß Sergeant Beeker aus dem Stand und krachte mit ihm gegen die nächste Tür, die unter der doppelten Wucht aufsprang. Wir stürzten auf den Boden.

Phil tat das gleiche nach rechts mit der Schwester, die uns die Auskunft gegeben hatte. Ich hörte das Klirren des Chromtisches, den er dabei umriß.

Kein zweiter Schuß fiel.

Ich löste mich von Beeker, der mich fassungslos anstarrte und reaktionslos auf dem gefliesten Boden lag. Wir waren in einen Waschraum gestürzt, und der Sergeant mußte hart aufgeschlagen sein.

Ich robbte zur Tür und richtete mich auf. Phil lag auf der anderen Seite des Gangs, drückte die Krankenschwester an die Wand und schützte sie mit seinem Körper.

Die Tür von 509 stand offen. Riggs hatte seine Geisel ins Zimmer zurückgezerrt.

Ich rief ihn an: »Riggs, gib auf! Laß die Schwester frei!«

Er antwortete sofort: »Ich habe dich erkannt, Cotton.« Nichts in seiner Stimme verriet Erregung. Sie drückte die kalte Entschlossenheit aus, für die Riggs berüchtigt war und die ihn so gefährlich machte. »Versuch nicht, mir die Ohren vollzusäuseln! Ich komme mit dem Mädchen raus, fahre mit ihr nach unten und steige in einen Wagen. Wenn ihr versucht, mich aufzuhalten, besorg ich's ihr!«

Ich spürte Sergeant Beekers Atem in meinem Nacken

und drehte mich um. Er hielt seinen Revolver in der Hand.

»Stecken Sie das Ding ein!« flüsterte ich. Auf der anderen Seite des Gangs begann Phil, mit der Krankenschwester zurückzukriechen, um sie in Sicherheit zu bringen.

»Hör zu, Riggs!« rief ich. »Du kannst mich als Geisel haben!«

»Ich kenne eure Tricks! Verhandeln, bis eure Spezialisten aufmarschiert sind und ihr euren Apparat angeworfen habt. Nicht mit mir! Ich komme jetzt, Cotton!«

Er kam tatsächlich. Die Schwester diente ihm als Schutzschild. Sie ging unsicher und hielt den Kopf auf eine merkwürdige Weise gereckt. Ich erkannte die Ursache. Riggs hatte ihr eine Gardinenschnur um den Hals gelegt, die er mit der Hand des verletzten Armes hielt. Ich fragte mich, was mit dem Arm geschehen war und wie weit er ihn benutzen konnte.

»Riggs, ich will, daß dem Mädchen nicht noch mehr zustößt. Hier ist meine Kanone!«

Ich zog den 38er und schob ihn auf dem Boden in den Gang hinaus. Die Waffe rutschte Riggs bis vor die Füße.

Die Arme über den Kopf erhoben, trat ich auf den Gang.

Riggs stoppte das Mädchen mit einem harten Ruck an der Schnur, die sich zuzog wie das Würgehalsband eines Hundes. Das Mädchen rang nach Luft.

»Aus dem Weg, G-man, oder ...«

»Riggs, nimm Vernunft an!«

»G-man, ich gebe dir drei Sekunden, oder ich blas dir ein faustgroßes Loch quer durch deine Figur.«

Ein eiskalter Schauer lief mir über den Rücken. Riggs benutzte Kanonen mit überschwerem Kaliber. Faustgroßes Loch? Die eine Kugel, die in die Wand eingeschlagen war, hatte einen Quadratyard Putz runtergeholt.

»Irgendwer muß dir den Weg freihalten, Riggs. Das Krankenhaus ist in Aufruhr. Schon die Neugierigen können dir den Ausgang versperren, und wenn erst einmal die Reporter dranhängen, bist du verloren. Die Zeitungsjungens pfeifen auf deine Drohungen. Die wollen ihre Sensation und kümmern sich einen Dreck darum, ob du das Mädchen ...« Ich sprach sehr schnell. Drei Sekunden sind nicht lang, und faustgroße Löcher heilen nie wieder. »Wer soll dich fahren, Riggs? Dein rechter Arm scheint außer Funktion, und das Mädchen verliert die Nerven. Du brauchst mich, Riggs.« Über fünf Schritte Abstand hinweg starrte ich ihm in die Augen, die er leicht zusammengekniffen hatte, als visiere er ein fernes Ziel an.

»Weg mit der Jacke, G-man!« befahl er.

Ich zog die Jacke aus, schleuderte sie weit weg.

»Und die Hosen!«

Ich löste den Gürtel, stieg aus den Hosen, schob sie mit dem Fuß zur Seite.

»Dreh dich um! Hände über den Kopf!«

Ohne Zögern gehorchte ich.

»Der Dicke soll rauskommen und seine Kanone fallen lassen!«

»Beeker, kommen Sie raus! Tun Sie, was er sagt!«

Der Sergeant kam, legte seinen Revolver so sorgfältig auf den Boden, als wäre er zerbrechlich. Mit rotem Gesicht richtete er sich auf, beide Arme zur Seite weggestreckt. Mit offenem Mund und aufgerissenen Augen sah er töricht und hilflos aus wie ein gefangener Fisch.

»Dein Freund Decker! Wo ist er? Du warst nicht allein, Cotton!«

Phil, der die Schwester in Sicherheit gebracht hatte, trat aus der Türnische.

»Geh rückwärts bis zu den Liften! Laß die Arme keine Sekunde sinken!«

Längst waren wir nicht mehr allein. Mindestens zwölf Menschen, die meisten in der weißen Kleidung der Krankenhausbediensteten, waren zusammengelaufen. Sie blockierten den Weg zu den Liften, wußten nicht, wie sie sich verhalten sollten, sondern beobachteten unsere seltsame Prozession, die sich auf sie zubewegte, zuerst Phil, rückwärtsgehend, dann ich ohne Jacke und Hose, mit einer leeren Revolverhalfter unter der Achsel, ein nahezu lächerlicher Anblick, aber dann die Krankenschwester mit dem blutigen Gesicht und dem blutbesudelten Kittel, von Riggs am Halsstrick geführt, und Riggs selbst, ein bewaffneter, zum letzten entschlossener Mörder.

»Gehen Sie aus dem Weg!« rief ich. »Schneller! Machen Sie Platz! Oder Sie riskieren das Leben Ihrer Kollegin!«

Ein grauhaariger Mann, zweifellos Arzt, begriff und sorgte dafür, daß wir ungehindert die Aufzüge erreichten.

Eine Kabine befand sich auf der Chirurgie-Etage.

»Geh als erster rein, Cotton! Bleib vorne stehen!« befahl Riggs.

Die Kabine war geräumig, berechnet für den Krankentransport in Rollstühlen und Betten.

Riggs dirigierte seine Geisel an mir vorbei in die linke Ecke. Immer sorgte er dafür, daß sich das Mädchen zwischen ihm und mir befand.

»Drück den Knopf fürs Erdgeschoß!«

Ich gehorchte. Die Schachttür schloß sich, die Kabine glitt abwärts. Riggs, das Mädchen und ich waren für eine halbe Minute allein.

»Sind Sie Schwester Sue?« sprach ich das Mädchen an.

»Ja«, antwortete sie hauchleise.

»Verzweifeln Sie nicht, Sue! Alles wird gut enden. Befolgen Sie alle Befehle, und werden Sie nur nicht ohnmächtig! He, Riggs, schnür ihr nicht die Luft ab! Wenn sie umfällt, gibt es auch für dich Schwierigkeiten.«

»Halt die Schnauze, Schnüffler!« knurrte er.

Ich konnte nicht sehen, welche Waffe er in der Hand hielt. Auf jeden Fall hatte er einen zweiten Revolver im Gürtel, vermutlich eine Cop-Waffe. Ich wagte nicht daran zu denken, was den Polizisten zugestoßen war.

Die Kabine setzte auf. Die Tür glitt zurück. Ich sah die Empfangshalle des Redwood Hospital vor mir. Sie wimmelte von Menschen. Noch immer heulte eine Sirene. Niemand schien zu wissen, was geschehen war.

Atemlos nach der Abwärtsjagd über die Treppen von fünf Etagen, erschien Phil auf der Szene.

Der Anblick der vielen Menschen in der Halle machte Riggs nervös.

»Bring uns durch, G-man, oder es gibt 'ne Menge Leichen!«

Ich verließ den Lift mit hochgereckten Armen.

»Hören Sie alle zu!« rief ich.

Mit einem Schlag verstummte das Stimmengewirr.

»Dies ist eine Geiselnahme!« überbrüllte ich die heulende Sirene. »Der Mann hinter Schwester Sue ist bewaffnet und wird schießen, falls versucht wird, ihn aufzuhalten. Mischen Sie sich also nicht ein! Befolgen Sie die Anordnungen des FBI-Agenten Decker! Gehen Sie aus dem Wege!«

Phil rang noch nach Luft.

»Macht Platz, Leute!« keuchte er.

Er sorgte für eine Gasse, und ich setzte mich in Bewegung. Riggs stieß seine Geisel vorwärts und hielt sich dicht hinter mir. Dreißig, vierzig Augenpaare starrten uns an. Bis auf das Heulen der Sirene und Phils ständig wiederholte Aufforderung, Platz zu machen, gab niemand einen Laut von sich.

Die Hälfte der Halle hatten wir durchquert, als Riggs rief: »Da sind Bullen!«

Es war eine Gruppe von vier uniformierten Cops, die in dieser Sekunde durch den Eingang kamen.

»Phil . . .!« rief ich warnend.

Phil hatte die Polizisten gesehen, die so reagierten, wie sie es gelernt hatten. Sie griffen nach ihren Waffen.

Phil sprang vor und schrie sie an: »Decker vom FBI! Hände weg von den Schußwaffen! Ihr gefährdet die Geisel!« Sie zögerten. Zwar zogen sie die Revolver nicht, ließen aber die Hände auf den Griffen. Der einzige Farbige unter ihnen, der die Rangabzeichen eines Sergeants trug, fragte: »Wer ist er Mann?«

»Jake Riggs, ein Berufskiller aus New York!«

»Und der Bursche ohne Hosen?«

»Jerry Cotton, FBI-Agent wie ich.«

»Warum macht ihr dem Killer nicht klar, daß er keine Chance mehr hat?«

Riggs gab die Antwort auf seine Weise. Er feuerte eine Kugel in die Glaskabine neben dem Eingang, in der im Normalfall die Empfangsschwester saß. Jetzt drängten sich mindestens ein halbes Dutzend Menschen in dem gläsernen Verschlag, und Riggs schoß auf sie, ohne einen Gedanken darauf zu verschwenden, wen seine Kugel töten würde.

Unter der Wucht des Projektils zerbarst eine große Glasscheibe und stürzte nach innen. Zum Glück war das Glas so massiv, daß die Kugel zum Querschläger wurde, der jaulend eine lange Schramme in die Decke fräste.

Klar, daß der Schuß Panik auslöste. Alle stürzten auseinander, schreiend, um sich schlagend, einander anrempelnd.

Klar auch, daß die Cops ihre Kanonen zogen. Ein blutiges Ende schien unvermeidbar.

Phil brüllte wie ein Wahnsinniger: »Nicht schießen! Nicht schießen!«

Zu unserem Glück behielt der farbige Sergeant die Nerven und brüllte seine Leute an: »Kein Feuerwerk, Jungs! Ruhe! Ruhe! Die Schießeisen zurück in die Halfter!«

»Der Bastard ist verrückt!« rief ein Polizist. »Er legt uns um!«

»Meine Verantwortung!« sagte der Sergeant.

»Aber meine Leiche!« empörte sich der Cop und schob widerwillig den Revolver in die Halfter.

Mit großer Armbewegung trieb der Sergeant die Cops zur Seite und wandte sich uns zu.

»Beeilt euch! Bringt den Kerl endlich ins Freie, wo er weniger Unheil anrichten kann!« Aus der Glaskabine drangen Schreie und Hilferufe. Alle, die sich darin befanden, hatten sich hingeworfen und waren von den Bruchstücken der großen Glasscheibe getroffen worden.

Ich drehte mich zu Riggs und dem Mädchen um. Schwester Sues Augen standen starr und blicklos in dem blutverschmierten Gesicht, als nähme sie nichts von ihrer Umwelt wahr. Riggs hatte die Lippen von den Zähnen gezogen und zeigte sein Gebiß wie ein Tier, das dem Feind Kampfbereitschaft bis zum äußersten signalisiert.

Ich hob den Fuß, machte den ersten, den zweiten Schritt, ging schneller, sah mich um. Riggs trieb das Mädchen vorwärts, zwang sie, sich meinem Tempo anzupassen. Plötzlich schien alles völlig glatt abzulaufen. Wir passierten die Cops. Der farbige Sergeant hielt sein Walkie-talkie in der Hand und sprach flüsternd ins Mikrofon. Die große automatische Tür öffnete sich. Ich trat ins Freie. Meine Sinne registrierten die Kühle und Frische der Luft nach dem Geruch von Desinfektionsmitteln, Explosionsgasen und Angst, der jeden Atemzug der letzten Minuten geschwängert hatte. Obwohl nichts entschieden war, faßte ich Hoffnung.

»Welchen Wagen willst du?« fragte ich über die Schulter.

In der Auffahrt standen drei Streifenwagen der Polizei, die Ambulanzfahrzeuge und der Wagen, mit dem wir gekommen waren. Er war das einzige Zivilfahrzeug, ein Chevrolet Malibu ohne jede Kennzeichnung, daß er einem Polizeibeamten gehörte.

»Den Malibu!« antwortete Riggs.

»Ich weiß nicht, ob der Schlüssel steckt.«

»Sieh nach!«

Sechs Treppenstufen trennten den Eingang von der Auffahrt. Ich lief sie hinunter und beugte mich in den Wagen.

Der Schlüssel steckte im Zündschloß.

Ich richtete mich auf, drehte mich um und rief Riggs zu: »Okay! Schlüssel steckt!«

Er drängte Schwester Sue vorwärts. Schwankend nahm sie die erste Stufe.

Ein Vordach überdeckte den Eingang zum Schutz gegen Regen. Als ich mich umdrehte, sah ich, daß zwei Männer in grau-grünen Overalls flach auf dem Dach lagen, dicht am Rand und jeder mit einem langläufigen Präzisionsgewehr im Anschlag. Ich erstarrte. Es war zu spät, irgend etwas zu tun. Schon befanden sich Riggs und das Mädchen im Schußfeld der Overallmänner.

Sie lagen völlig reglos, so absolut ohne das leiseste Zeichen von Leben, als wären sie nicht Wesen aus Fleisch und Blut, sondern konstruierte Robotermaschinen, die nur ein bestimmter Impuls in Aktion zu setzen vermochte. Riggs und das Mädchen nahmen die vierte und die dritte Stufe. Ein schmaler Feuerstrahl zuckte aus einem Gewehr, nur dem linken.

Was mit Riggs Kopf geschah, sah ich, bevor noch der scharfe Peitschenschlag des Schusses mein Ohr traf.

Würde sich sein Finger am Abzug krümmen und sei es im letzten Krampf des eigenen Todes? Würde er das unglückliche Mädchen mitreißen in die endlose Schwärze?

Riggs Körper kippte nach links weg, schlug auf die Stufen. Noch hielt die Hand den Revolver. Dann öffneten sich die Finger, und die Waffe rutschte über die Stufenkante. Ich sprang vor und fing die Schwester auf, die mir schwer und wie leblos in die Arme fiel.

War sie getroffen? Ich tastete ihren Kopf ab, den Nacken, den Rücken. Nein, keine Wunde, stellte ich erleichtert fest. Auf dem Vordach stand der Mann, der geschossen hatte. Sein Gesicht war ernst, fast traurig. Er sicherte sein Gewehr und wandte sich ab.

Aus dem Eingang des Redwood Hospital stürzten die Menschen, allen voran Phil und der Sergeant.

Männer und Frauen in Weiß nahmen mir das Mädchen ab und legten die Bewußtlose auf eine Trage. Ein Arzt gab ihr die erste Spritze.

»In Ordnung, Jerry?« fragte Phil.

Ich nickte.

»Glauben Sie mir, es war die richtige Lösung, G-man«, sagte der Sergeant. »Ich habe dem Scharfschützen gesagt, er solle schießen, wenn er eine klare Chance sehe.« Er klopfte auf das Walkie-talkie, das er in die Brusttasche gesteckt hatte. »Der Kerl hätte das Mädchen auf jeden Fall umgebracht.«

»Wahrscheinlich haben Sie recht, Sergeant«, antwortete ich müde. »Können Sie mir meine Hose beschaffen? Sie liegt auf der fünften Etage.«

Phil hielt mir das Zigarettenpäckchen hin.

Ich schüttelte den Kopf. »Nein, danke!«

»Die Entscheidung war richtig. Das glaube auch ich«,

sagte Phil. »Das Mädchen und du, ihr wart in unmittelbarer Lebensgefahr. Das Gesetz deckt in einem solchen Fall auch einen tödlichen Schuß als äußerste Maßnahme. Oder denkst du, Riggs hätte sich von dir überrumpeln lassen?«

»Nein, Phil. Die Chance war hauchdünn, und ich überschätze mich nicht. Der Scharfschütze hat mir einen Job abgenommen, an dem ich wahrscheinlich gescheitert wäre. Aber ich bedaure, daß wir unseren Zeugen gegen Gallagher verloren haben.«

Jemand brachte ein großes Tuch und bedeckte Riggs' Leiche. Sein rechter Arm war aus der Schlinge gerutscht und lag so weit abgespreizt, daß er unter dem Tuch hervorragte. Zwischen Handgelenk und Ellbogen war der Arm eingegipst.

»Ich hoffe, wir können herausfinden, wann, wo und warum er ihn brach«, sagte ich.

»Dieser Mann kam um vier Uhr morgens«, sagte Dr. Hazler. »Er wurde von den Ärzten des Notdienstes untersucht. Sie stellten fest, daß sein rechter Unterarm an zwei Stellen gebrochen war, und schickten ihn zum Röntgen. Einer Röntgenassistentin fiel auf, daß sich der Mann merkwürdig benahm. Er wollte seine Jacke nicht aus den Augen lassen und bestand darauf, sie in den Röntgenraum mitzunehmen.«

Der Arzt, ein mittelgroßer, dicklicher Mann mit dünnem blonden Haar, schüttelte bekümmert den Kopf. »Wahrscheinlich wären diese schrecklichen Ereignisse nicht geschehen, wenn er seine Jacke im Umkleideraum zurückgelassen hätte, denn auf dem Weg zum Röntgenraum wurde er an zwei Untersuchungsgeräten vorbeigeführt, die nach einem magnetischem Prinzip arbeiten und aus diesem Grund nicht mit Eisen oder Stahl in Berührung kommen dürfen. Wir schützen sie durch eine Barriere, die wie die Sicherheitsschleusen auf Flughäfen funktioniert. Als der Mann vorbeiging, gab es ein Warnsignal. Die Schwester wußte, daß er eine gehörige Portion Eisen bei sich trug. Sie tippte auf eine Waffe und unterrichtete mich.«

»Haben Sie ihn darauf angesprochen?«

»Nein! Ich richtete den Bruch und gipste den Arm ein. Natürlich versuchte ich, von ihm Einzelheiten über den Unfall zu erfahren. Er sprach von einem Sturz, aber die Art des Bruches sprach eher dafür, daß der Arm zerschlagen worden war. Ich gab ihm ein Zimmer, weil wir bei einem Bruch nach ungefähr sechs Stunden überprüfen, ob die Ränder korrekt aneinanderliegen. Er war einverstanden. Um neun Uhr kam die Schwester zu mir und sagte, daß der Mann einen Revolver und eine Schachtel Munition besäße. Irgendwie hatte sie es fertiggebracht, seine Taschen zu inspizieren. Daraufhin hielt ich es für meine Pflicht, die Polizei zu informieren und sie zu bitten, sich um den Mann zu kümmern.«

Seine Stimme versagte. Nur flüsternd konnte er hinzusetzen: »Niemand konnte mit so entsetzlichen Folgen rechnen.«

Was sich im einzelnen abgespielt hatte, als die beiden Polizeibeamten, geführt von Schwester Sue, Zimmer 509 betreten hatten, wußten wir noch nicht, denn Schwester Sue lag bewußtlos in einem schweren Schockzustand. Einer der Polizisten war tot. Um das Leben des anderen kämpften die Ärzte in einer Operation, die schon Stunden dauerte. Inzwischen hatte das Homicide Department der San Francisco Police den Fall übernommen. Der oberste Chef, Commissioner Jackson, war selbst am Tatort erschienen. Die eigentliche Arbeit leistete eine Spezialistengruppe unter dem Kommando des Detective Lieutenant Mike Taylor.

Schon vor der Unterredung mit Dr. Hazler hatten wir mit ihm gesprochen und den Ablauf der Ereignisse skizziert. Zum zweiten Mal trafen wir ihn auf dem Gang der 5. Etage, in den Anblick der Wandstelle versunken, von der Riggs' Kugel den großen Placken Putz heruntergeschlagen hatte.

»Sieht aus, als hätte er mit Mörsergranaten geschossen«, sagte Taylor.

»Fünfundvierziger Munition und eine Kugel, die sich beim Aufprall verstaucht«, sagte Phil. »Das Kaliber war Riggs' Markenzeichen.«

Lieutenant Taylor rieb sich das Kinn. Seine Bartstoppeln knirschten. Er hatte dunkle Ränder unter den Augen. Seine Lider waren entzündet. Er schien in der Nacht nicht viel Schlaf bekommen zu haben.

»Er war ein Berufskiller, oder?«

»Ja, das war er.«

»Arbeitete er für eine Gang?«

»Nicht für eine Gang, sondern für einen bestimmten Mann.«

»Einen Gangsterboß?«

»Wenn Sie ihn so nennen, Lieutenant, kann Ihnen das eine Verleumdungsklage einbringen. Seine Aktien werden an der Börse gehandelt.«

»Trotzdem führt er einen Berufskiller auf der Gehaltsliste? Setzt er die Kosten als Betriebsausgaben von der Steuer ab?« fragte der Lieutenant ironisch.

»Es gibt legale und illegale Geschäfte, und die illegalen lassen sich am besten im Schutz und unter dem Deckmantel einer scheinbar seriösen Firma machen.«

»Schickte der Gentleman seinen Berufskiller mit einem Auftrag nach San Francisco?«

»Ob Riggs einen Auftrag mitbrachte, wissen wir nicht. Als wir herausfanden, daß er New York verlassen hatte, nahmen wir an, daß ihm der Boden zu heiß geworden war. Wir besitzen Beweise für zwei Morde, die er in Alabama und Florida beging. Beweise, die für eine Verurteilung ausgereicht hätten. Irgendwie muß er Wind davon bekommen haben, daß es diesmal ernst für ihn werden könnte. Er hatte es so eilig, daß er ein Flugzeug seines Auftraggebers benutzte. Bis dahin hatten sie jeden direkten Kontakt sorgfältig vermieden.«

»Wenn Sie annehmen, daß Riggs nach Frisco kam, weil Sie ihm in New York eingeheizt hatten, irren Sie sich«, sagte Taylor trocken. »Er brachte einen Auftrag mit, und er führte ihn aus. Er tötete einen Mann!«

»Wen?«

»Kommen Sie mit! Ich zeige Ihnen die Leiche.«

Der Raum war bis an die Decke mit weißen Fliesen gekachelt. Neonlampen tauchten ihn in kaltes, bläuliches Licht. Es roch intensiv nach Desinfektionsmitteln wie in allen Leichenschauhäusern, und natürlich war es eiskalt.

Unter dem weißen Leinentuch wurde der Tote auf einem Obduktionstisch hereingefahren.

»Er wurde um vier Uhr morgens am Strand von Brisbane gefunden«, erklärte der Lieutenant. »Von einem Liebespaar, das hinausgefahren war, um im Wagen ein wenig zu knutschen. Sie können sich denken, daß das Mädchen einen Schreikrampf bekommen hat, als es diesen Toten sah.« Er schlug das Tuch zurück und legte den Kopf frei, genauer gesagt das, was von einem Kopf noch vorhanden war.

»Ähnliche Wirkung wie bei den Cops und im Redwood Hospital.«

Er nickte nachdrücklich. »Fünfundvierziger Munition, und ich zweifle nicht daran, die ballistische Untersuchung wird bestätigen, daß in Brisbane und im Hospital derselbe Revolver benutzt wurde.«

»Wer ist der Mann?«

Taylor konsultierte sein Notizbuch.

»Er trug einen Paß auf den Namen Fulo Maruoka bei sich. Nach dem Stempel der Paßkontrolle am Flughafen war er knapp zwölf Stunden vor seinem Tod mit einer Maschine der Japan Airlines angekommen. Das stimmt mit seinem Flugticket überein, das wir ebenfalls fanden. Den Rückflug nach Tokio hatte er für heute nacht gebucht. Er war unbewaffnet. In seiner Brieftasche steckten dreihundert Dollar.«

»Ein Japaner?«

»Ja, obwohl von seinem Gesicht nicht mehr viel zu erkennen ist.«

Der Lieutenant faßte das Leichentuch und zog es vom Körper des Toten.

Ich konnte einen Laut der Überraschung nicht unterdrücken. Der Mann war tätowiert. Nicht so, wie es bei uns üblich ist mit einer Zeichnung auf der Brust oder den Armen. Bei ihm bedeckte die Tätowierung in einem komplizierten, auf den ersten Blick nicht identifizierbaren Muster jeden Quadratzoll der Haut. Sie war mehrfarbig, in der Hauptsache rot und blau und so fein und minutiös ausgeführt, daß sie wie eine Malerei wirkte. Allmählich erkannte ich in dem Gewirr der Linien seltsame Fabelwesen, einen feuerspeienden Drachen, dessen rote Zunge aus dem zähnestarrenden Maul von der Mitte der Brust bis zur zerschossenen Schulter reichte, während sich der schuppige Schwanz um den linken Oberschenkel zu winden schien. Ein Dämon mit einem fratzenhaften Gesicht schwang ein Schwert. Das Schwert reichte von der Schulter bis in die Ellbogenbeuge. Wenn der Mann zu Lebzeiten den Arm bewegt hatte, mußte es ausgesehen haben, als schwänge der Dämon das Schwert.

»Auch der Rücken ist tätowiert bis zu den Fersen«, sagte Taylor.

»Gehörte der Mann zu einer Schaustellertruppe?«

»Nein.« Taylor schüttelte den Kopf. »Bei der San Francisco Police arbeiten einige Beamte japanischer Herkunft. Ich bat einen, sich den Toten anzusehen. Er hält den Mann für einen Yakuza.«

»Yakuza? Nie gehört, Lieutenant.«

»Yakuza ist ein Gangster, allerdings ein japanischer.«

»Warum soll ein japanischer Gangster von einem amerikanischen Berufskiller umgelegt worden sein?«

»Danach hätten Sie Jake Riggs fragen müssen.«

»Wir werden Desmond Gallagher fragen«, sagte ich.

Desmond Gallagher, Ex-Captain der U.S. Air Force, mehrere Auszeichnungen, trotzdem Entlassung aus den Streitkräften wegen Widerstands gegen Vorgesetzte. Tauchte als Besitzer von drei alten DC-Maschinen auf den Kriegsschauplätzen in Südostasien wieder auf und flog im Dienst der CIA Waffen zu Bergstämmen im Feindgebiet und ebenso im Auftrag korrupter Regierungsmitglieder Gold, Kunstgegenstände und junge Mädchen nach Thailand und den Philippinen. Noch vor dem Ende des Vietnamkrieges kehrte er in die Staaten zurück und gründete die Flash Airlines, eine Charterfluggesellschaft, für die er Landerechte in zahlreichen Ländern Südamerikas und Asiens zu beschaffen wußte. Er kaufte modernes Fluggerät, brachte den Laden in Schwung und heiratete den Filmstar Christine Daele. Die Ehe brachte ihn in alle Klatschzeitungen. Auch nach der

Scheidung blieb er ein Lieblingsobjekt der Regenbogenpresse. Er sah höllisch gut aus, ein Sechs-Fuß-Bursche mit pechschwarzem Haar, in das sich im Laufe der Jahre graue Strähnen mischten. Das großflächige Gesicht mit dem massiven Kinn, den grauen Augen unter dichten Brauen und dem starken Mund strahlte Männlichkeit und Brutalität aus, eine Mischung, die vielen Frauen schwache Knie machte. Die Narbe unter dem rechten Backenknochen galt als Gallaghers Markenzeichen, und die Presse verbreitete immer neue Geschichten darüber, auf welche Weise sie ihm beigebracht worden war. Er galt als reich. Auf jeden Fall warf er mit Geld um sich und lebte im Luxus, aber sein Reichtum hatte nie den Geruch des Zweifelhaften verloren. Die Aktien seiner Flash Airlines notierten an der Börse nicht besonders hoch. Von Zeit zu Zeit beanstandete die Flugaufsichtsbehörde die Sicherheit der Flash-Maschinen. Wer Flash Airlines flog, hatte gute Aussichten, daß Zollbeamte sein Gepäck besonders gründlich prüften. Immer wieder verhängten Flughäfen Landesperren für Gallagher-Flugzeuge, weil Gebühren oder Kerosinrechnungen überfällig waren.

Das alles schmälerte nicht Gallaghers Ruhm in der Presse. Er gab rauschende Feste, erschien mit immer schöneren Mädchen auf Partys und Bällen, verbrachte Wochenenden mit Film- und Fernsehstars, schüttelte im Blitzlichtgewitter die Hände von Politikern, Sportlern und Pastoren, flog, als eine Crew die Arbeit verweigerte, eigenhändig eine DC 9 von Miami nach Jamaica und ließ auf diesem Flug die Passagiere von einem halben Dutzend hübscher Mädchen in französischem Champagner fast ertränken. Der Flug brachte ihm eine scharfe Rüge der Flugaufsichtsbehörde und einen Prozeß um die Verlängerung seiner Lizenz ein, bei dem die Presse seine Partei ergriff und den er gewann. Den Sieg feierte er mit der größten Party des Jahres auf der Insel vor Stamford, die er gegen eine horrende Pacht erworben hatte und die von der Presse Gallaghers Königreich genannt wurde, ein beinahe exterritoriales Gebiet, vom übrigen Amerika durch eine halbe Meile Wasser getrennt. Kaum jemand in den Staaten hätte eine Einladung auf Gallaghers Insel nicht als hohe Auszeichnung betrachtet und mit Freuden angenommen. Desmond Gallagher war so ziemlich jedermanns Darling.

Unser Darling war er nicht.

Im Zentralarchiv des FBI existierte eine dicke Akte über die vielfältigen Verflechtungen Desmond Gallaghers in dunkle Geschäfte. Flugzeuge, die für seine Gesellschaft registriert waren, hatten monatelang in nächtlichen Transporten illegale Einwanderer aus Mexiko und Jamaica in die Staaten gebracht. Zunächst waren nur die Piloten unter Anklage gestellt worden. Bevor geklärt werden konnte, ob Gallagher von den Transporten gewußt, sie sogar organisiert hatte, war ein Pilot bei einem Verkehrsunfall umgekommen. Zwei andere und die Stewardeß, die mit dem verunglückten Flieger befreundet gewesen war, verschwanden spurlos.

Gallaghers Name tauchte auf, als im Zusammenhang mit einer gigantischen Waffenschiebung nach dem Transport des verschobenen Materials gefragt wurde, doch blieb die Frage ohne Zeugen unbeantwortet. Aus Jamaica, Haiti, Bolivien existierten Berichte von seiner Beteiligung an Spielhöllen und Sex-Clubs, für die er erlebnishungrige US-Bürger durch seine Fluggesellschaft heranschaffte. Er war befreundet mit einem guten Dutzend Spitzenbossen der USA zwischen Chicago und Palm Springs, und er wußte, wo er eine Truppe harter Schläger anheuern konnte, wenn er sie brauchte.

Oder einen Killer wie Jake Riggs.

Sie betreten den Privatbesitz
von Desmond Gallagher!
Herzlich willkommen!

Das Schild mit dieser Aufschrift hing über dem Eingang zu einem umfriedeten Gelände am Ufer der Long-Island-Bucht, jenes Meeresarms, der in seiner letzten Verästelung als East River Queens und Brooklyn von Manhattan und der Bronx trennt. Doch hier, fünfzig Meilen nördlich, gab es keine Slums, keinen Smog, keine Fabrikschornsteine. Hier gab es nicht einmal Wolkenkratzer. Das Land war bewaldet, der Strand sandig, das Wasser der Bucht so glatt wie ein See.

Das Tor zu Gallaghers Gebiet stand weit offen. Eine Stichstraße führte zu einem asphaltierten Parkplatz, auf dem verloren zwei Wagen standen, allerdings von der feinsten Sorte: ein Cadillac Eldorado und ein deutscher Mercedes, der so neu aussah, als wäre er gestern importiert worden.

Abseits wie ein armer Verwandter parkte ein drittes Auto, ein roter, alter Ford Maverick mit zahlreichen überspritzten Roststellen, die aussahen wie Flicken auf einer alten Hose.

Der Maverick hatte seinen Platz neben dem einzigen Gebäude, das es hier gab, falls das Wort nicht zu großartig ist für eine gewöhnliche Telefonzelle.

In dieser Zelle ohne Tür führte eine junge Frau ein verzweifeltes Wortgefecht mit irgendwem am anderen Ende der Leitung, der nicht so wollte wie sie.

»... in Los Angeles bin ich Mr. Desmond Gallagher im Hilton begegnet, und er sagte mir, ich könne ein Interview mit ihm haben, wann immer er ein wenig mehr Zeit habe als an jenem Abend. In Frisco erwischte ich ihn an der Bar des Hyatts. Er hatte überhaupt nichts dagegen, von mir interviewt zu werden. Er hatte nur keine Zeit.« Sie sprach lauter und schneller: »Hören Sie, Mann! Er zahlte sogar meinen Drink!« Sie stockte, nahm den Hörer vom Ohr, sah ihn enttäuscht an und seufzte: »Daiquiri mit weißem Rum! Verdammter Bastard!«

Mit ihrem abgetakelten, verbrauchten Auto hatte sie nicht die leiseste Ähnlichkeit. Sie war groß wie ein Mannequin. Eine blonde Löwenmähne umrahmte ein ovales Gesicht mit grauen Augen und einem verdammt verlockend geschnittenen Mund. Sie trug ein einfaches weißes Hemd, dessen Ärmel sie aufgekrempelt hatte.

Die Haut der Arme und des Gesichts waren von der Sonne gebräunt. Die Jeans ließen keinen Zweifel an der Länge ihrer Beine und der Perfektheit ihrer sonstigen Anatomie. Sie bemerkte uns. Der Blick ihrer Augen verriet, daß sie genau hinzusehen verstand. Ein Sex-Püppchen war sie mit Sicherheit nicht.

»Hallo!« sagte sie und strich eine Haarsträhne aus dem Gesicht. »Gehören Sie zu Gallaghers Leuten?«

»Nein.«

Sie versuchte, uns einzuschätzen.

»Geschäftspartner?«

Phil grinste entzückt. »So könnte man unsere Beziehungen nennen, wenn es nicht so verdammt schwer wäre, mit Gallagher ins Geschäft zu kommen. Für Sie müßte es leichter sein. Seine Schwäche für junge und hübsche Mädchen ist bekannt.«

Sie wies mit dem Daumen aufs Telefon.

»Haben Sie nicht zugehört? Nicht einmal am Telefon läßt er sich sprechen.«

»Lassen Sie mich mein Glück versuchen!« sagte ich.

Wieder streifte mich der beobachtende Blick. Sie gab die Zelle frei.

Das Telefon hatte keine Wählscheibe. Ich nahm den

Hörer ab. Nach ein paar Sekunden meldete sich eine tiefe rauhe Männerstimme.

»Hör zu, Schätzchen! Kapier endlich, daß Mr. Gallagher dich nicht sehen will, nicht einmal, wenn du versprichst, splitternackt zu kommen! Also verschwinde, oder ich schicke ein paar Jungs rüber, die dir den Hintern versohlen.«

»Nenn mich nicht Schätzchen, Mann!« antwortete ich. »Auch bin ich sicher, daß deine Leute an meinen Hintern nicht rankämen. Ich will mit Desmond Gallagher sprechen.«

Ich hörte, wie er vor Überraschung schluckte. »Tut mir leid, ich glaubte, das aufdringliche Flittchen sei schon wieder am Apparat. Wer sind Sie?« fragte er in einem Ton, der beinahe höflich war.

»Cotton und Decker vom FBI!«

»Können Sie das beweisen?«

»Nicht telefonisch.«

»An der Zellendecke ist ein Gitter. Dahinter befindet sich eine Fernsehkamera. Halten Sie Ihren Ausweis gegen das Objektiv!«

»Ihr benehmt euch, als wärt ihr das Pentagon«, sagte ich, zog die ID Card und hielt sie aufgeklappt gegen die Decke.

»Okay! Warten Sie einen Augenblick!«

Nach einer Minute meldete er sich wieder.

»Wir schicken ein Boot!«

Ich legte auf. »Er läßt uns abholen!«

Das Mädchen mit der blonden Löwenmähne hatte mitgehört. In ihren Augen blitzte ein Funken leidenschaftlicher Neugier. »FBI? Sie sind G-men? Was läuft zwischen Gallagher und dem FBI? Los, G-man, seien Sie nett und kommen Sie mit ein paar Informationen für ein armes Mädchen rüber.«

»Journalistin?«

»Richtig! Oh, Hölle, sind Sie ein Spitzenkriminalist! Wie sind Sie nur so schnell darauf gekommen?« spottete sie.

»Welche Zeitung?«

»Keine Zeitung! Lokale TV-Station von Corningville.«

»Wo ist das?«

»Neunzig Meilen nördlich! Wir machen Programm für zwanzigtausend Einwohner und fünfhundert Farmer in der Umgebung.«

Phil lachte laut. »Interessieren sich Ihre Kunden nicht mehr für die Schweinepreise als für Gallagher und seine Fluggesellschaft, Miss ...?«

»Jennifer Kerr«, beantwortete sie Phils unausgesprochene Frage nach ihrem Namen. »Bei uns in Corningville ist Gallagher eine lokale Berühmtheit. Vor zwei Jahren übernahm seine Flash Airlines einen stillgelegten Militärflugplatz am Rande unserer Stadt. Die Bürger freuten sich und gaben eine Party für Gallagher. Er ließ sich feiern und erklärte, er würde das Corningville-Flugfeld zur Reparatur- und Überholungszentrale seiner Airline machen. Das gäbe eine Menge Arbeitsplätze für die Stadt. Bis jetzt ist nicht viel aus den Versprechungen geworden. Von Zeit zu Zeit landen ein paar Flash-Maschinen. Meistens verschwinden sie wieder nach kurzer Zeit, ohne daß viel mit ihnen geschehen wäre. Einen richtigen Reparatur- und Wartungsdienst hat Gallagher bis heute nicht eingerichtet. Nur eine kleine Crew von Wächtern hält sich ständig auf dem Flugfeld auf. Das einzige, was wirklich erneuert wurde, ist der Zaun, um unerwünschte Besucher fernzuhalten. Niemand aus Corningville fand einen Arbeitsplatz, obwohl der Bürgermeister die Anlage in Gallagher Airport umtaufen lassen will.«

»Und Sie jagen Desmond Gallagher bis Frisco und Los

Angeles, um ihn an sein Versprechen zu erinnern?« fragte ich.

Sie antwortete nicht, sondern senkte den Blick.

Phil wies mit der Hand zur See.

»Das Boot kommt!«

Ich nickte Jennifer Kerr zu. Phil wünschte ihr viel Glück. Wir gingen zum Strand und den Anlegekais hinunter. Das Gelände mit den Parkplätzen und der Telefonzelle war nur der Vorhof zu Gallaghers eigentlichem Reich. An die Parkflächen schlossen sich zwei Doppelkais an, von denen Boote im Fährbetrieb in kurzer Zeit ein paar hundert Gäste zur Insel bringen konnten, wenn Gallagher eine seiner großen Partys gab.

Gallaghers Insel, durch eine halbe Meile Wasser vom Festland getrennt, zeichnete sich als grüne, bewaldete Erhebung von der Wasserfläche ab. Zwischen dem dichten Grün leuchtete weißes Mauerwerk der Villa, die lange vor Gallaghers Übernahme ein Multimillionär aus der Stahlbranche erbaut hatte. Gallaghers Pacht für den Besitz betrug nach Angaben der Presse eine sechsstellige Summe.

Das Boot näherte sich mit rauschender Bugwelle. Der Mann am Steuer war ein Farbiger. Er nahm das Gas weg und drückte den Kahn vorsichtig an die Kaimauer. Plötzlich stand die Journalistin aus Corningville neben uns.

»Lassen Sie mich mitfahren!« Sie keuchte ein wenig, denn sie war schnell gelaufen, hielt eine Videokamera in der Hand und trug ein schweres Aufzeichnungsgerät an einem Riemen über der Schulter. Beides mußte sie aus ihrem verbeulten Maverick geholt haben.

»Das hängt nicht von uns ab, Miss Kerr!«

»Keine Feierlichkeiten, G-man! Nennen Sie mich Jenny! Wenn Sie mich nicht hindern, komme ich schon an Bord.«

Das Boot hatte angelegt. Der Farbige winkte. Phil und ich stiegen die kurze Leiter hinunter. Jennifer Kerr folgte uns mit größter Selbstverständlichkeit.

Der Bootsmann erhob keinen Einspruch. Er ließ die Schraube rückwärts laufen, bis das Boot von der Mauer freikam, gab dann Gas und drehte das Steuer, bis der Bug auf den grünen Hügel der Insel zeigte.

Der Fahrtwind war frisch und schmeckte nach Salz. Die Überfahrt dauerte nur ein paar Minuten. Jennifer Kerr drängte sich nach vorn und machte Aufnahmen von der Anfahrt. Mit der Kamera am Auge schwenkte sie landwärts zurück, ein kleiner, billiger Journalistentrick, durch den wir auf ihr Magnetband geraten wären, wenn Phil nicht das Objektiv mit der Hand abgedeckt hätte.

»Lassen Sie das, Jenny!« sagte er freundlich. »Oder Sie laufen Gefahr, von uns ertränkt zu werden.«

»Schade«, sagte sie, ohne sich zu schämen. »Ich hätte unseren Zuschauern gern ein paar Bilder von den G-men gezeigt, die hinter der großen Hoffnung unserer Stadt herschnüffeln.«

Die Anlagekais auf der Insel waren vom gleichen Zuschnitt wie die Kais am Festland.

Drei Männer erwarteten uns. Da wir über die wichtigsten Leute in Gallaghers nächster Umgebung informiert waren, erkannten wir in dem breiten, untersetzten Mann mit dem kurzgeschorenen, eisgrauen Kopf Luby Curk, einen ausgemusterten Hauptsergeanten der Marine, dem Gallagher irgendwann während seiner Zeit als Captain irgendwo in Vietnam begegnet sein mußte. Seit fünf Jahren diente Curk ihm als Leibwächter, Fahrer und ständiger Begleiter. Curks Vorstrafenregister war weiß, aber in seiner Militärakte wurden ihm ein Hang zur Brutalität und skrupellose Bereitschaft zu Übergriffen attestiert.

Die Männer neben Curk kannten wir nicht. Sie waren

jung, beide keine dreißig. Sie trugen blaue Jeans und weiße T-Shirts mit dem Symbol der Flash Airlines, dem gelben Blitz auf blauem Untergrund. Die breiten Schultern, die nackten, muskulösen Arme ließen darauf schließen, daß es sich bei ihnen nicht unbedingt um Spezialisten für Feinmechanik handelte. Auf Curks Wink hielten sie das Boot an der Leiter fest.

Der ehemalige Sergeant schenkte sich jede Begrüßung.

»Gehört das Mädchen zu Ihnen, G-men?« bellte er. An der Stimme erkannte ich, daß ich mit ihm am Telefon gesprochen hatte.

Bevor ich antworten konnte, drängte sich die Journalistin vor.

»Nein, ich gehöre nicht zu den G-men«, sagte sie laut. »Ich komme für Corningville-TV, und Mr. Gallagher hat mir zweimal ein Interview versprochen.«

»Werft sie ins Wasser!« brüllte Curk.

Seine Gehilfen reckten sich.

»Das sollten Sie nicht tun!« warnte Phil. »Wenigstens nicht, solange wir zusehen.«

Jenny Kerr warf den Kopf herum.

»Ich brauche Ihre Verteidigung nicht!« fauchte sie Phil an, und dann ging sie auf Curk los. »Okay, werfen Sie mich in den Bach! Die Presse wird sich freuen, wenn ich mich naß wie eine Katze vor die TV-Kameras stelle und ein paar Millionen Zuschauern erzähle, daß ich Desmond Gallagher die Behandlung verdanke. Ich wette, daß seine verdammte Airline am nächsten Tag zwanzig Prozent Tickets weniger verkauft.« Sie wies mit dem Daumen über die Schulter auf uns. »Oder vielleicht interessiert es die Leute zu erfahren, daß sich der FBI für ihn und seine Firma interessiert! Los, worauf wartet ihr noch?«

»Was soll das Gezeter?« fragte eine Männerstimme, deren Klang so wohltönend sonor war wie der Bariton eines Opernsängers an der Met. Erst beim zweiten Hinhören entdeckte ein aufmerksames Ohr ein Mitklirren von Stahl. Desmond Gallagher war den asphaltierten Weg heruntergekommen, der in drei Windungen durch die waldartige Parkanlage des Inselhügels die Kais mit der Villa verband.

Der Boß der Flash Airlines sah aus, als wäre er dem Titelblatt einer Society-Zeitschrift entsprungen. Noch ein paar Zoll größer als ich, schwarzhaarig mit Silberschläfen, graue Augen unter dunklen Brauen, ein kantiges Gesicht mit brauner Haut und der Narbenkerbe, die sein Markenzeichen war, stützte er sich mit einer Hand an den Stamm eines blühenden Jacaranda-Baums. Er trug weiße Leinenhosen, ein offenes weißes Hemd aus Batist oder irgendeinem anderen hauchdünnen Stoff. Außer der Uhr hing am linken Handgelenk ein massives Armband, das wie Stahl aussah und vermutlich Platin war.

Curk wandte sich seinem Chef zu.

»Die G-men haben eine Presseriege mitgebracht.«

Gallaghers Gesicht verfinsterte sich. Er sah Phil und mich an. »Dazu fehlt Ihnen meine Einwilligung. Schicken Sie die Frau sofort zurück, oder ich weigere mich, mit Ihnen zu sprechen!«

Jennifer Kerr nutzte die Gunst des Augenblicks, setzte ihre TV-Kamera an und bannte den protestierenden Gallagher aufs Magnetband. Von einer Sekunde auf die andere verwandelte sich seine Gelassenheit in Wut.

»Nehmt der Nutte das Zeug ab!« schrie er, und von Opernbariton in der Stimme konnte keine Rede mehr sein. »Vernichtet das Band!«

Diesmal zögerten die Muskelmänner nicht. Sie packten hart zu, entrissen Jenny Kerr die Kamera und griffen nach dem Aufzeichnungsrecorder. Die Journalistin wehrte sich mit Fußtritten. Das Verbindungskabel zwischen Kamera und Recorder flog raus. Der Mann, der den Schultergurt gepackt hielt, hatte mit dem gleichen Griff Jennys T-Shirt erwischt und war im Begriff, es ihr mit dem Gerät vom Körper zu ziehen.

»Nicht so rauh, mein Junge!« sagte ich und drängte mich zwischen ihn und Jenny Kerr. »Sie wird freiwillig ...«

»Du wirst mich nicht hindern, meinen Job zu tun, Schnüffler!« fauchte er mich an, setzte seine volle Kraft ein und schlug mit einem harten Tritt dem Mädchen die Beine unterm Körper weg. Sie stürzte auf die Knie, und der Griff des Mannes um Tragegurt und T-Shirt zog ihr das Hemd aus der Hose.

Ich packte Handgelenk und Ellbogen des Rauhbeins und drückte den Arm hoch. Es knirschte in seinem Schultergelenk. Entsetzt ließ er los und versuchte, sich aus dem Hebel zu drehen. Der Schmerz paralysierte ihn.

»Sie befinden sich auf Privatgelände, G-man!« sagte Gallagher scharf. »Das ist ein unprovozierter Angriff, der Sie Ihren Job kosten kann.«

Ich gab den Mann frei.

»Schon gut, Mr. Gallagher! Ich habe nur Ihren Mann davor bewahrt, sich eine Anklage wegen gefährlicher Körperverletzung einzuhandeln.«

»Ich habe das Recht, auf meinem Besitz Film- und Fotoaufnahmen zu unterbinden.«

»Selbstverständlich, aber warum versuchen Sie es nicht mit gutem Zureden?« Ich wandte mich an die Journalistin, die sich aufrichtete und ihr Hemd in die Hose zurückstopfte.

»Sie müssen die Aufzeichnungen herausgeben, Jenny!«

Sie beachtete mich nicht, sondern sah Gallagher an.

»Ich bin Jennifer Kerr aus Corningville«, sagte sie. »Lokale TV-Station. Sie haben mir ein Interview versprochen.«

»Sie werden es irgendwann bekommen«, antwortete er unwillig. »Wenden Sie sich an meine Presseabteilung, und bitten Sie um einen Termin!«

»Ich bin oft genug abgewimmelt worden, Sir«, sagte sie ernsthaft. »Zum Beispiel war ich am Unabhängigkeitstag vergeblich auf Ihrem Flugfeld bei Corningville.«

Gallagher wiederholte: »Am Unabhängigkeitstag?« In seiner Stimme schwang Unsicherheit mit. »Ich weiß, daß ich Ihnen schon begegnet bin, aber ich wußte nichts von einer Begegnung in Corningville.«

»Natürlich nicht. Ich sagte, daß es vergeblich war. Sie bekamen mich nicht zu Gesicht, Mr. Gallagher.«

Er brach in Gelächter aus.

»Sie scheinen ein verdammt hartnäckiges Weibsstück zu sein. Ich mag Hartnäckigkeit, besonders wenn sie so hübsch verpackt ist wie bei Ihnen. Gib ihr die Kamera zurück, Pete!« befahl er dem Mann, der Jenny das Gerät entrissen hatte. »Okay, Miss Kerr, Sie bekommen Ihr Interview. Vorher muß ich mich den G-men zur Verfügung stellen, denn ich habe nicht die leiseste Ahnung, was der FBI von mir will. Falls ich verhaftet werde, Jenny, ernten Sie eine fette Exklusivnachricht. Bis dahin sehen Sie sich auf der Insel um und filmen Sie, was Sie wünschen! Ich hoffe, Ihre Ausrüstung hat nicht gelitten. Luby, begleite Miss Kerr und biete ihr einen Drink an! Bei unserer letzten Begegnung wählte sie Daiquiri, wenn ich mich richtig erinnere.«

Über Jennys Gesicht ging ein strahlendes Lächeln.

»Sie erinnern sich daran? Wie nett von Ihnen, Sir.«

Schon zeigte Gallaghers berühmter Charme Wirkung.

Mit einer Handbewegung lud er uns ein, ihm zu folgen.

Der Raum war groß wie ein Tennisfeld. Durch die Fensterfront, die eine volle Wand einnahm, ging der Blick über eine ausgedehnte Terrasse, den sich anschließenden Swimmingpool und die Open-Air-Bar auf die offene Bucht.

»Drinks?« fragte Gallagher.

Phil und ich verneinten. Gallagher begnügte sich mit einem Schuß Wodka ins Glas Orangensaft. Er setzte sich auf die Kante des Schreibtisches.

»Ich höre«, sagte er.

»Wir kommen aus San Francisco«, begann ich. »Wir flogen hin, um einen Haftbefehl gegen Jake Riggs zu vollstrecken.«

»Es gelang Ihnen nicht«, unterbrach er. »Riggs wurde von einem Scharfschützen der Friscoer Polizei erschossen. Sie scheinen nicht sehr geschickt vorgegangen zu sein, G-men. Die Nachrichten sprachen von groben Fehlern der Polizei, die es Riggs ermöglichten, eine Geisel zu nehmen.«

»Sie bedauern Riggs Tod nicht?«

»Warum sollte ich? Für einen Kranz auf seinem Grab kannte ich ihn nicht gut genug.«

»Schon erstaunlich, daß Sie überhaupt zugeben, ihn gekannt zu haben. Riggs war ein Berufskiller.«

»Ich denke nicht daran zu leugnen, was Sie ohnedies wissen. Wahrscheinlich besitzt der FBI sogar Fotos, auf denen Riggs und ich beieinanderstehen. Schräge Figuren kenne ich massenweise. Manchmal lade ich ein paar ausgesuchte Exemplare zu meinen Partys ein. Angehörige der sogenannten guten Gesellschaft lieben es, Außenseitern zu begegnen. Es verleiht einer Party den richtigen Pep, wenn sie die Chance bietet, Cocktails mit einem Gang-Boß, einem Zuhälter oder einem Berufskiller zu trinken. Die Nähe zur Gefahr thrillt die Leute.«

»Riggs war niemals Ihr Partygast, aber wir glauben, daß Sie sein Kunde waren.«

Er leerte sein Glas. »Behaupten Sie, daß Jake Riggs in meinem Auftrag Morde ausgeführt hat? Okay, G-man, Sie wissen, daß ich gegen solche Behauptungen wehrlos bin. Ich kann mir nicht erlauben, Sie wegen übler Nachrede zu verklagen. Es gäbe einen Presseskandal, der meiner Gesellschaft auf jeden Fall schaden würde. Also behaupten Sie meinetwegen weiter, was Sie wollen! Solange Sie nichts beweisen können, pfeife ich darauf.«

»In der Nacht, bevor er selbst erschossen wurde, tötete Jake Riggs einen Japaner. Wahrscheinlich brach dieser Mann vorher Riggs' Arm. Es gibt Hinweise darauf, daß Riggs' Opfer einer japanischen Gang angehörte. Präzise gesagt: nicht etwa einer Bande von Amerikanern japanischer Herkunft auf amerikanischem Boden, sondern einer Gangsterorganisation in Japan. Vielleicht wissen Sie, daß solche Leute in ihrer Heimat Yakuza genannt werden?«

Gallagher schüttelte stumm den Kopf.

»Ihre Fluggesellschaft besitzt Landerechte in Japan, oder?«

»Ja, zum Teufel! Wohin zielen Sie mit solchen Fragen?«

»In Riggs' Hinterlassenschaft fand sich ein ziemlich wertvoller Koffer, vollgestopft mit absolut wertlosem Zeitungspapier. Das sah hundertprozentig nach einer vorgetäuschten Geldübergabe aus.«

Durch die Fensterfront erblickte ich Jenny Kerr am Swimmingpool. Sie hantierte mit der Kamera. Luby Curk folgte ihr, und er hielt ein Tablett in der Hand, auf dem ein Glas stand.

»Sonst noch Fragen, G-men?« Gallagher stand auf. »Ich kann Ihnen nicht weiterhelfen. Flash Airlines führt zwei Charterflüge wöchentlich nach Tokio durch, beide über

Hawaii. In der Regel sind die Maschinen nicht ausgebucht. Die Flüge bringen kaum Gewinn. Wir sind froh, wenn wir ohne Verlust davonkommen. Das ist alles, was ich sagen kann, und jetzt würde ich mich gern um die hübsche Journalistin kümmern, die Sie eingeschleppt haben.«

Er ging zu seinem Schreibtisch und beugte sich über das Mikrofon der Sprechanlage.

»Luby, bring Miss Kerr zu mir!«

Curk hörte den Befehl über einen Außenlautsprecher. Wir sahen, wie er die Journalistin mit einer Kopfbewegung zum Haus dirigierte. Gallagher öffnete durch einen Knopfdruck den Mittelteil der Fensterfront. Das Glas glitt nach unten und gab die Verbindung zur Terrasse frei. Wenig später betraten Curk und das Mädchen den Raum.

Jenny Kerr sah sich ungeniert um.

»Verdammt erstklassige Kulisse, in der Sie hausen, Mr. Gallagher. Ich hätte gern eine kurze Sequenz mit Ihnen am Schreibtisch. Den Rest des Interviews können wir vor Ihrer Bar aufnehmen.«

»Damit bieten Sie Ihren Zuschauern nichts Neues. In diesen Räumen haben schon Reporter von Vogue, Playboy, Penthouse und anderen Magazinen herumfotografiert, ganz zu schweigen von den Fernsehteams für ein Dutzend Magazinsendungen. – Luby, bring die G-men zum Boot!«

Ich wandte mich an Jennifer Kerr.

»Geben Sie mir Ihre Adresse!«

»Local TV-Station Corningville, Staat New York. Ich wohne im Sendegebäude.«

»Werden Sie heute noch zurückfahren?«

»Das hängt von Mr. Gallagher ab. Wenn er mir erlaubt, statt eines Interviews ein Personality Feature zu machen, hefte ich mich zwei oder drei Wochen an seine Fersen.«

Gallagher lachte. »Darüber reden wir noch.«

»Klingt wie eine halbe Zusage, Sir! – Okay, ich habe ein Zimmer im Starplace Hotel, East 9th Street.«

Luby Curk brachte uns zur Tür, und Jenny rief uns nach: »Danke für Ihre Unterstützung, G-men.«

Phil nutzte den Weg zu den Kais, um Curk ein wenig auf den Zahn zu fühlen. Er zeigte ihm ein Foto von Jake Riggs. Natürlich behauptete Curk, den Mann nie gesehen zu haben. Phil steckte das Foto ein und fragte beiläufig: »Wann hatte der Boß zuletzt japanischen Besuch?«

»Fragen Sie ihn selbst!« knurrte Curk.

Wir erreichten die Kais. Die beiden Muskelmänner standen an einem großen, auf einem Stativ montierten Fernglas, das auf das Festland gerichtet war. Der Mann, den Gallagher mit Pete angesprochen hatte, preßte die Augen ans Okular.

Ich tippte ihm auf die Schulter.

»Nennen Sie mir Ihren vollständigen Namen!«

Er richtete sich auf, starrte mich feindselig an. Er hatte ein breites, unauffälliges Gesicht und engstehende Augen.

»Warum?«

»Damit ich bei unserer nächsten Begegnung weiß, wie ich Sie ansprechen soll.«

Er antwortete widerwillig: »Pete Nace.«

Ich wandte mich an den anderen, der noch ein oder zwei Zoll größer war als sein Kollege.

»Und Sie?«

»Russel Kiely!« Er zeigte ein schiefes Lächeln. Kielys Gesicht war länglich, die Nase breit und höckrig, und in seinem Mund wuchsen die Zähne so wild durcheinander, daß er die Lippen kaum schließen konnte.

Nace bückte sich zum Fernglas.

»Was Besonderes?« fragte Curk.

»Auf dem Parkplatz steht seit einer Viertelstunde ein Typ und glotzt zu uns herüber.«

»Laß ihn!« Curk machte eine wegwerfende Handbewegung. »Wahrscheinlich glaubt er, bei uns liefen die Girls nackt herum.«

Plötzlich grinste Curk, was bei der finsteren Miene, die er gewöhnlich zur Schau trug, ziemlich überraschend war.

»Manchmal tun sie's ja.«

Der Farbige, der uns herübergeholt hatte, saß mit einer Angel vorne am Kai. Curk rief ihn an.

»Joe, bring die G-men zurück!«

Der junge Schwarze packte sein Angelzeug ein. Nace räumte den Platz am Fernglas. Ich bückte mich und preßte die Augen ans Okular. Die Vergrößerung war mindestens dreißigfach und holte den Mann bis auf ein Dutzend Yards heran. Er schien relativ klein zu sein und steckte in einem feierlich schwarzen Anzug, der wenig zum hochsommerlichen Wetter des Tages paßte. Einen Hut trug er nicht. Das Fernglas, das er in den Händen hielt, verdeckte sein Gesicht vollständig.

Hinter mir hörte ich Gallaghers Stimme.

»Nimm das große Boot, Joe! Miss Kerr und ich fahren mit hinüber zum Festland.«

Ich wollte mich aufrichten, als der Mann auf dem Parkplatz das Glas absetzte und sein Gesicht erkennbar wurde. Er hatte eine getönte Haut, schwarzes glattes Haar und schrägstehende schwarze Augen.

Ein Japaner? Auf jeden Fall ein Asiat.

In der nächsten Sekunde hob er das Glas wieder vor die Augen. Ich richtete mich auf und drehte mich um.

Jenny Kerr und Gallagher kamen den Weg herunter. Gallagher hatte eine blaue Jacke übergeworfen.

»Wir haben beschlossen, daß Jenny zunächst mein

Office in der Verwaltung von Flash Airlines filmen wird«, sagte er fröhlich. Er hatte sie untergehakt und nannte sie Jenny. Beide schienen Freundschaft geschlossen zu haben.

Joe schickte sich an, die Vertäuung eines weißen Deckbootes zu lösen. Sofort befreite sich Jenny von Gallaghers Arm und brachte die TV-Kamera in Gang.

Gallagher wies auf das Stativglas.

»Irgend etwas Interessantes zu sehen, G-man?«

»Nur ein Mann, der seinerseits hofft, Interessantes bei Ihnen zu sehen, Desmond.«

Er zuckte mit den Schultern.

»Spanner erleben wir täglich.«

»Japaner sind für ihre Neugier berühmt oder sogar berüchtigt.«

Er fuhr auf. »Japaner?«

»Der Mann könnte ein Japaner sein, ein Chinese oder ein Filipino. Ich weiß nicht, woran man sie unterscheiden kann.«

Gallagher drängte mich zur Seite, preßte die Augen an das Glas und starrte angespannt hindurch.

»Verdammt, ich kann sein Gesicht nicht sehen!« stieß er zwischen zusammengebissenen Zähnen hervor. »Los, Bastard, zeig deine Visage!«

»Das Boot ist allright, Chef!« meldete Joe.

Gallagher verließ das Glas und drängte zum Boot.

»Beeilt euch!« Seine Freundlichkeit war verflogen. Er wirkte nervös und erregt, schrie Jenny an: »Kommen Sie schon! Den Kahn können Sie später aufnehmen.« Er ging nach vorn in den Steuerstand, befahl »Vollgas«, und nahm ein schweres Nachtglas vom Haken, durch das er während der ganzen Fahrt das Festland beobachtete.

Ich sah den kleinen Mann im schwarzen Anzug mit bloßem Auge. Er verharrte unbeweglich, bis sich das Boot auf rund zweihundert Yards den Anlegekais genähert hatte. Dann drehte er sich scharf um und verließ den Parkplatz. Er stieg in einen Wagen, der jenseits der Einfriedung wartete. Da die Einfriedung aus dichten Oleanderbüschen bestand, waren Typ und Farbe des Autos nicht zu erkennen.

Das Boot legte an. Gallagher sprang von Bord, lief den Kai entlang über den Platz zur Ausfahrt.

Phil suchte meinen Blick. Ich zuckte mit den Schultern.

»Was ist in ihn gefahren?« fragte Jenny Kerr.

Bevor ich antworten konnte, kam Gallagher zurück.

»Zu gerne würde ich einen von diesen Spannertypen erwischen und ihm die Zähne einschlagen«, sagte er leichthin, als hätte es sich um einen nebensächlichen Zwischenfall gehandelt. Er zwang sich ein Lächeln ab und wandte sich an Jenny Kerr.

»Lassen Sie Ihren Wagen stehen! Sie können ihn später holen, oder einer meiner Leute bringt ihn zu Ihrem Hotel. Wollen wir den Cadillac nehmen oder den Mercedes?«

»Den Mercedes«, antwortete sie.

Er führte sie zu dem Auto, half ihr, Kamera und Recorder zu verladen, und hielt den Schlag offen.

»Wenn Sie mich noch einmal sprechen wollen, rufen Sie vorher an!« rief er uns zu. Phil und ich warteten, bis der Wagen weich und geräuschlos wie eine davonschleichende Pantherkatze vom Platz geglitten war.

»War der Spanner ein Japaner?« fragte Phil, während wir in den Jaguar stiegen.

Ich nickte. »Mit neunzig Prozent Wahrscheinlichkeit.«

»Hast du eine Theorie, was zwischen Gallagher und irgendwelchen japanischen Organisationen laufen könnte?«

»Nicht einmal eine Vermutung, oder ist es lukrativ, japanische Walkmen-Transistoren und ähnliches Zeug per Flugzeug durch den Zoll zu schmuggeln, natürlich ladungsweise?«

Phil lächelte skeptisch. »Dickes Geld kann damit nicht zu machen sein.«

»Mich beschäftigt eine andere Frage. Gallagher sprang am Anfang rauh mit der Journalistin um. Ich fürchte, ohne unsere Anwesenheit hätte er sie tatsächlich ins Wasser werfen lassen. Von einer Sekunde auf die andere änderte er seine Haltung, wurde freundlich, erlaubte ihr alles, und jetzt fahren sie zusammen in seinem Schlitten durch die Landschaft. Für diesen Wandel wüßte ich gern den Grund.«

»Sehr einfach!« Phil lehnte sich zurück. »Erst beim zweiten Blick sah er genau hin.«

Phil hatte recht. Die Erklärung hätte für jeden Mann genügt, mich nicht ausgenommen.

Die Straße zwischen Stamford und New York war an diesem Tag wenig befahren. Kurz vor Larchmont überholte ich einen Kleinbus, der auf dem Heck die Aufschrift trug: »Interstates Travel Tours New York.«

Ich fuhr erlaubte Höchstgeschwindigkeit und zischte an dem Bus, der gemächlich dahinzockelte, in Sekundenschnelle vorbei.

Phil drehte sich um und blickte durchs Heckfenster.

»Vollgepackt mit Japanern«, sagte er.

»Na, und? Irgend etwas Besonderes daran?«

Phil lehnte sich in den Sitz zurück.

»Natürlich nicht. Eine Reisegruppe, denke ich.«

An Sonntagen herrscht besonders reger Flugverkehr auf LaGuardia Airport, über den die meisten inneramerikanischen Flüge von und nach New York abgewickelt werden. Zwischen sechs Uhr abends und Mitternacht landen in dichter Folge die Maschinen, die New Yorker von Weekend-Trips zurückbringen, damit sie am Montagmorgen rechtzeitig an ihren Arbeitsplätzen sein können. Wegen des Gedränges anfliegender Maschinen müssen alle Entladeplätze geräumt werden, sobald die Passagiere die Flugzeuge verlassen haben. Die leeren Maschinen rollen in Parkpositionen.

Um 21 Uhr 13 landete zwischen einem Eastern-Flug aus San Francisco und einer Delta-Ankunft aus Washington der Flash Airlines Flug FA 155 aus Buffalo. Er brachte eine DC 9-Ladung Pauschaltouristen von den Niagara-Fällen zurück.

Die DC 9 hatte den letzten Tauglichkeitscheck mit Mühe überstanden. Ihre Sitze waren verschlissen, die Innenfenster verkratzt, die Teppiche in den Gängen abgetreten.

Mit eingefrorenem Lächeln verabschiedeten die Stewardessen die Fluggäste an den Ausgängen. Die Mädchen waren von dem anstrengenden Tag übermüdet, denn die Arbeitsbedingungen bei Flash Airlines galten als hart. Kurz nach dem Öffnen der Türen drängten zwei Männer gegen den Strom der Aussteiger in die DC 9. Die Stewardeß Catherine Fence, die das Aussteigen an der Cockpittür überwachte, bemerkte die Männer, nahm an, sie hätten etwas in der Maschine vergessen, und ließ sie mit der unwilligen Bemerkung passieren: »Beeilen Sie sich, bitte!«

Die aus dem Flugzeug drängenden Passagiere nahmen ihr den Blick in den Innenraum. Sie registrierte nicht, ob die Männer beim Verlassen wieder an ihr vorbeikamen, denn sie konnten auch den Heckausstieg benutzt haben. Sie vergaß sie schlichtweg.

Erst als sie dem letzten Passagier den Standard-Abschiedssatz »Nett, daß Sie an Bord waren, und beehren Sie uns wieder« nachgeschickt hatte, vergewisserte sich Cate Fence, daß der lange Zigarrenleib der Maschine passagierfrei war. Am anderen Ende schloß ihre Kollegin Sonia Donetti die Hecktür und kam nach vorn.

Aus dem Cockpit, zu dem die Verbindungstür offenstand, rief Flugkapitän Drew: »Sind alle raus? Der Tower verlangt unsere Position.«

Bei den Sonntagslandungen in LaGuardia war es üblich, daß mit den letzten Passagieren alle Stewardessen bis auf eine die Maschine verließen, um sich den langen Weg vom Abstellplatz bis zur Halle zu sparen, denn es fehlte immer an Wagen für den Rücktransport der Besatzungen. Sonia Donetti und die dritte Stewardeß folgten den Passagieren. Sonia sagte im Vorbeigehen zu Catherine Fence: »Wir warten in der Sky-Bar auf dich!«

»Bestell einen doppelten Manhattan auf Vorrat! Ich muß mir den Gestank der Leute aus allen Poren spülen. Oh, Hölle, sie waren einfach widerlich!« Die Stewardeß, die vor Sekunden noch jedem gesagt hatte, daß sie ihn wiederzusehen hoffte, ließ ihrer wahren Meinung über die Passagiere freien Lauf.

Sie schloß die Tür hinter den Kolleginnen. Im Cockpit leuchtete das Signal für »Alles geschlossen« auf.

Kapitän Drew warf die Triebwerke an. Vor den Rädern wurden die Sicherungsklötze weggenommen. Drew meldete dem Tower: »Fertig für Positionsänderung!«

Der Tower antwortete. »Freie Fahrt für Sie auf Rollweg zwölf zur Abstellposition zwölf Strich fünf.«

Die Maschine drehte über die rechte Tragfläche ab, machte den Entladeplatz frei und rollte langsam und schwerfällig auf die gekennzeichnete Bahn, während von der anderen Seite schon ein vor wenigen Minuten gelandeter Airbus der Eastern Airlines die freigegebene Position ansteuerte.

In der rollenden DC 9 ging Cate Fence zum Heck. Als sie ungefähr in der Mitte des Flugzeugs war, traten die Männer aus den Hecktoiletten.

Die Stewardeß erstarrte. Sie wußte sofort, daß die

Männer eine Bedrohung bedeuteten. Beide hielten massive Revolver in den Händen.

Für Cate Fence sahen sie aus wie Zwillingsbrüder. Sie trugen dunkle Anzüge vom gleichen Schnitt, waren gleich groß, hatten beide glattes schwarzes Haar, getönte Haut, schrägstehende Augen. Das deutlichste Unterscheidungsmerkmal waren die Krawatten. Einer trug einen dunklen, der andere einen gelben Schlips. Der Mann mit dem dunklen Schlips hielt in der rechten Hand eine pralle, ungewöhnlich große Aktentasche.

Cate Fence wich zurück. Der Mann ohne Aktentasche kam schnell auf sie zu. Die Stewardeß drehte sich um und versuchte, zum Cockpit zu laufen. Der Mann holte sie ein, griff in ihr Haar und riß sie zurück.

Er war kleiner als sie. Mit einer Kraft, gegen die Widerstand unmöglich war, zwang er den Kopf der Stewardeß in den Nacken, bis sich der Hals zum Bogen spannte. Er dirigierte die Frau an ihrem Haar herum, als führe er ein Pferd am Zügel. Auf die gleiche Weise trieb er sie vorwärts zum Cockpit. Die Tür zwischen Passagierraum und Cockpit stand nach wie vor offen. Da der Rollvorgang auf dem überfüllten Flugplatz die ganze Aufmerksamkeit beanspruchte, hatten Kapitän Drew und sein Kopilot Kronaker nichts von den Vorgängen in der Maschine bemerkt. Erst als der Fremde die Stewardeß freigab und sie gleichzeitig so wuchtig in das Cockpit stieß, daß sie gegen den Kopilotensitz prallte und zu Boden stürzte, fuhren sie herum. Sie sahen den Revolver, sahen den zweiten Mann, der mit der prallen Aktentasche herandrängte, und wußten Bescheid.

Drew, der vor Jahren eine Kuba-Entführung als Kopilot mitgemacht hatte, behielt die Nerven.

»Übernimm die Maschine!« befahl er Kronaker, drückte den Knopf, der die automatische Abstrahlung des Notrufsignals »Mayday« auslöste, und fragte: »Was wollen Sie an Bord von Flug FA 155?«

Mit Absicht nannte er die Flugnummer in der Erwartung, daß der Tower mithörte.

Der Mann mit dem gelben Schlips zog ein Papier aus der linken Tasche und reichte es dem Flugkapitän. Drew sah mit Erstaunen, wie der Mann dabei eine Verbeugung machte. Der Text auf dem Papier war mit Schreibmaschine geschrieben und lautete:

1. Stoppen Sie Ihre Maschine sofort!
2. Verlassen Sie das Flugzeug über die vordere Notrutsche!
3. Entfernen Sie sich, so schnell Sie können!
4. Versuchen Sie nicht, uns an unserem Vorhaben zu hindern!

Drew hörte im Kopfhörer die aufgeregte Stimme des Tower Einsatzleiters: »FA 155! Ich bestätige Mayday. Was ist los bei Ihnen? FA 155, hören Sie mich!?«

Der Flugkapitän faltete das Papier zusammen und steckte es in die Brusttasche.

»Kann ich erfahren, welche Absichten Sie haben?« fragte er. »Wollen Sie die Maschine stehlen? Ich warne Sie! Unsere Tanks sind so gut wie leer und ...«

Im Kopfhörer sagte der Einsatzleiter: »Ich löse Alarm nach Plan Z aus.«

Drew wußte natürlich, daß ein Z-Alarm Feuerwehr, Krankenwagen und das Sicherheitskommando des Flughafens aus den Garagen scheuchte. Er suchte den Blick des Fremden. Dessen dunkle Augen verrieten nichts.

»Ich glaube, Sie haben sich Ihre Absichten nicht richtig überlegt«, sagte er. »Vielleicht sollten ...«

Der Mann feuerte. Das enge Cockpit wurde vom Mündungsstrahl erfüllt wie von einem Blitz. Der Knall wirkte wie ein Faustschlag aufs Ohr. In der Instrumententafel zersprangen reihenweise die Dioden und Anzeigenleuchten. Ein halbes Dutzend Funktionsanzeiger fielen auf Null. Andere begannen wie wahnsinnig hin und her zu tanzen.

Die Stewardeß schrie. Drew kniff für eine Sekunde die Augen zu in der Erwartung, daß das ganze Flugzeug explodieren würde. Sein Kopilot handelte, wie er es in hundert Übungen für Notfälle am Boden gelernt hatte. Er schaltete alle Aggregate ab und betätigte die Bremse.

Drew hob die Hände über den Kopf und stand aus dem Pilotensitz auf. »Raus!« befahl er Kronaker.

»Sie wollen, daß wir die Mühle verlassen. Okay, tun wir ihnen den Gefallen! Kümmere dich um Cate!«

Vorsichtig schob er sich an den Mann heran, der einen Schritt zurückwich, um die enge Cockpitluke freizugeben.

»Okay, wir gehorchen! Ihr könnt das Flugzeug haben! Nicht schießen! Okay?«

Er sprach laut und in einfachen Sätzen, weil in ihm der Eindruck aufgekeimt war, daß der andere kein Englisch verstand.

Schritt für Schritt zogen sich die beiden Piloten und die Stewardeß aus dem Cockpit zurück, in das sofort der zweite Mann mit der Aktentasche drängte.

Drew löste die Notverriegelung der Tür und warf die Tür auf den Boden. Automatisch fiel die Rutsche aus der Halterung und blies sich blitzschnell auf.

Kronaker setzte Cate Fence auf die Rutsche, dann sprang er selbst nach. In drei Sekunden erreichten beide den sicheren Boden und begannen vom Flugzeug wegzurennen.

Der Kapitän drehte noch einmal den Kopf und sah,

daß der zweite Mann die Aktentasche geöffnet hatte und mit irgendwelchen Drähten hantierte.

Drew sprang in die Rutsche, glitt nach unten und lief.

Er hörte das Sirenengeheul heranjagender Fahrzeuge, sah flackernde Rotlichter, stürzte den Wagen mit ausgebreiteten Armen entgegen und schrie: »Stopp! Stopp! Sie wollen die Maschine sprengen.«

Die Scheinwerfer des ersten Jeeps, in dem der Einsatzleiter saß, erfaßten Drew. Kreischend schlugen die Bremsen an. Hart neben dem Flugkapitän kam der Jeep zum Stehen.

»Explosionsgefahr!« keuchte Drew. »Sprengkommando an Bord!«

Der Einsatzleiter hob das Mikrofon an die Lippen.

»Explosionsgefahr! Alle Fahrzeuge Sicherheitsabstände beachten! Ich wiederhole . . .!«

Wie nach einem gut einstudierten Plan teilte sich die Kolonne der schweren Fahrzeuge. Löschfahrzeuge, Ambulanzen, die Spezialwagen mit aufmontierten Schaumkanonen und die Mannschaftsautos der Flughafenpolizei bildeten einen weiten Kreis um die DC 9.

»Bitte, Einzelheiten!« verlangte der Einsatzleiter.

»Zwei Mann an Bord! Vermutlich zurückgebliebene Passagiere! Sie nahmen Cate Fence als Geisel, verlangten . . .«

Drew unterbrach sich: »Lesen Sie selbst!« Er zog das Papier aus der Brusttasche.

Ein Jeep mit dem Chef der Flughafenpolizei stoppte neben dem Wagen des Einsatzleiters. Der Polizeikommandant schwang sich vom Sitz.

»Ungebetene Gäste an Bord, Kapitän?«

»Zwei Männer! Asiaten! Wahrscheinlich Japaner!«

Auf allen Wagen, die das Flugzeug eingekreist hatten, flammten Scheinwerfer auf und erfaßten die Maschine in einem Kreuzfeuer aus weißem Licht. Die orangenfarbene

Notrutsche bebte im Wind, der scharf über das Flugfeld fegte.

»Dann wollen wir versuchen, was sich mit gutem Zureden erreichen läßt«, sagte der Einsatzleiter, löste den Handlautsprecher aus der Halterung und hob ihn an die Lippen. Elektronisch verstärkt hallte die Aufforderung übers Flugfeld: »Achtung! Achtung! Diese Mitteilung gilt den Personen an Bord des Flugzeugs. Die Maschine ist umstellt. Bewaffnete Polizeibeamte sind in Stellung gegangen. Für Sie gibt es keine Fluchtchance. Verlassen Sie daher sofort das Flugzeug und ergeben Sie sich!«

»Eine schöne Rede«, sagte Kapitän Drew. »Gibt es niemanden, der sie auf japanisch halten könnte?«

Irritiert blickte ihn der Einsatzleiter an. »Warum?«

»Weil die Jungs an Bord vermutlich kein Englisch verstehen.«

»Zum Teufel, Kapitän, die ganze Sache riecht nach einem schlechten Scherz. Ich kann keinen Grund sehen für die Kaperung einer leeren Maschine, wenn die Leute nicht einmal damit wegfliegen wollen!«

»He, einer taucht auf!« rief der Polizeikommandant.

Das weiße Scheinwerferlicht erfaßte den Mann in der Türöffnung so deutlich, daß alle Einzelheiten zu erkennen waren. Drew sah, daß es der Mann mit dem gelben Schlips war. In sprungbereiter Haltung stand er am Rand der Rutsche.

Der Einsatzleiter vertauschte den Lautsprecher mit dem Mikrofon. »An alle! Keine Aktion ohne meinen ausdrücklichen Befehl!«

Er tippte seinem Fahrer auf die Schulter.

»Fahr langsam näher, Ben!«

»Lassen Sie das lieber!« warnte Drew.

Der Jeep rollte an. Praktisch gleichzeitig sprang der Mann in die Rutsche.

Drew sah, daß auch der zweite Mann in der Türöffnung sichtbar wurde, und der Flugkapitän hatte den Eindruck, daß er ebenfalls zum Sprung in die Rutsche ansetzte.

Ein rot-gelbes Licht erhellte für einen Sekundenbruchteil alle Fenster der DC 9, als wäre in der Maschine eine seltsam bunte Beleuchtung eingeschaltet worden. Dann zerplatzte die Nase des Flugzeugs wie ein zu prall aufgeblasener Luftballon. Die gelb-rote Explosion erhellte als farbiger Blitz einen weiten Umkreis und blendete die Männer auf den Fahrzeugen.

Drew nahm den Kopf weg, hielt den Atem an und wartete auf den Schlag der Sekundenexplosion, wenn die 500 Gallonen Kerosin, die noch in den Tanks schwappten, hochgingen. Die Explosion blieb aus. Nur ein paar Flammen züngelten am aufgerissenen Rumpf, und mit dem Geräusch niederprasselnden Hagels regneten Trümmerteile auf den Beton.

Der Einsatzleiter erkannte die Chance, schrie in sein Mikrofon: »Löschangriff! Schaum aus allen Rohren!«

Die schweren Motoren der Löschfahrzeuge brüllten auf. Ohne Rücksicht auf die Gefahr hielten die Fahrer auf die Maschine zu, bis die Schleuderdistanz erreicht war.

In schenkeldicken Strahlen aus acht Rohren und von beiden Seiten ergoß sich weißer, erstickender Schaum über das Wrack, hüllte es ein vom Heck über die Tragflächen bis zur zerfetzten Öffnung des Bugs.

Die Explosion hatte die Rutsche aus der Verankerung gerissen und die starke Gummihaut mit Metallsplittern durchsiebt, daß alle Luft entwichen war. Ein zerrissener, formloser Fetzen trieb vor dem Wind über das Flugfeld.

Flugkapitän Drew schrie den Polizeikommandanten an: »Wo sind die Männer? Wo sind sie?«

Phil steuerte den Jaguar. Wir befanden uns auf der Rückfahrt von einer Begegnung mit Abe Jingel. Niemand würde Abe Jingel einen erfreulichen Zeitgenossen nennen. Nicht nur, daß er ein schmuddliger, schlecht riechender Mitmensch war, auch seine Geschäfte rochen kaum besser als er selbst. Offiziell stellte Abe Jingel Kaution für Leute, die nicht über das nötige Geld verfügten, um bis zur Verhandlung auf freiem Fuß bleiben zu dürfen. Wenn die Leute zur Verhandlung vor Gericht nicht erschienen, war Jingel sein Geld los. Der schmutzige Teil des Geschäftes begann damit, daß er sich Sicherheiten verschaffte, und es machte ihm überhaupt nichts aus, sich von einem gefaßten Dieb die Beute als Sicherheit für die Kaution geben zu lassen oder von einem Zuhälter die Einnahmen seiner Damen.

Zwischen Abe Jingel und uns bestand eine Art Feind-Freundschaft. In einigen Fällen, an denen wir beteiligt gewesen waren, hatten wir ihn vor Verlusten bewahrt, weil wir geflüchtete Gangster, für die er die Kaution gestellt hatte, rechtzeitig vor Verhandlungsbeginn wieder einfangen konnten. Seitdem fragte er uns in kritischen Fällen um Rat.

Wir benutzten Jingel als eine Art Radargerät, mit dem sich bestimmte Konstellationen und Beziehungen im Dunkeln der Unterwelt zumindest in Umrissen erfassen ließen. Obwohl Abe niemals für einen großen Boß gearbeitet hatte, erhielt er aus dem Umfeld der kleinen Gangster, der Handlanger und Gelegenheitsganoven so zahlreiche Informationen, daß sich daraus wichtige Rückschlüsse ziehen ließen.

An diesem Abend hatten wir mit Abe Jingel über Desmond Gallagher gesprochen. Genau betrachtet konnte man mit Jingel ein Gespräch nicht führen. Er unterbrach jeden Satz mit Zwischenrufen, beantwortete jede Frage mit Kopfwackeln und Händeringen und erging sich in langen Jammertiraden über den Druck, unter den wir ihn angeblich setzten. Trotzdem tröpfelten am Ende ein paar nützliche Nachrichten aus dem Wortmeer, in dem Abe pausenlos planschte.

Von Japanern und dem Chef der Flash Airlines wußte Abe Jingel nichts, aber er hatte zwei Namen genannt: Dixon Mitchell und Pablo Molinas.

Das waren Namen von erheblichem Gewicht. Dixon Mitchell, ein Mann mit amerikanischer und kanadischer Staatsbürgerschaft, galt als eine Größe im Schmuggelgeschäft zwischen beiden Staaten, während Pablo Molinas auf dem besten Wege war, die ständig wachsende Bevölkerungsgruppe der spanisch sprechenden Bewohner New Yorks unter die Kontrolle seiner Gang zu bringen. Es hatte deswegen schon blutige Kämpfe zwischen ihm und zwei Cosa-Nostra-Familien gegeben.

Wenn Jingels halbe Andeutungen den Tatsachen entsprachen, dann liefen Fäden zwischen Mitchell, Molinas und Desmond Gallagher.

Worum es dabei ging, wußte Jingel so wenig wie wir. Alles, was er zu dieser Frage zu sagen hatte, waren Ausrufe wie: »Groß! Groß! Dickes Geschäft! Riesensache! Big money deal!«

»Ich frage mich, wann Abe das Ei gegessen haben mag, dessen Spuren seine Jacke zeichneten«, sagte Phil. »Vorige Woche?«

Ich hieb ihm die Faust in die Rippen.

»Findest du die Frage nicht wichtiger, worüber Gallagher mit Mitchell und Molinas verhandelt?«

»Na, klar, Jerry, aber sei nicht so todernst!«

Im Funksprechgerät ertönte der Signalton, mit dem die Zentrale Meldungen höchster Dringlichkeitsstufe ankündigt. Ich öffnete den Lautstärkeregler.

»An alle Streifenwagen im Bereich des LaGuardia-Flughafens!« sagte der Beamte in der Zentrale. »Auf dem Flughafen wurde ein Z-Alarm ausgelöst. Wagen aus den Planquadraten H bis L und zwölf bis fünfzehn brechen zweitrangige Aktionen ab und fahren zum Airport. Positionsmeldungen über Frequenz sieben. Halten Sie sich zur Verfügung des Airport-Kommandanten!«

»Hört sich nach einer großen Sache an«, stellte Phil fest. So groß der Zwischenfall auf dem Airport auch sein mochte, uns ging er nichts an.

Zwanzig Sekunden später ertönte das Dringlichkeitssignal wieder.

»Ursache für Z-Alarm ist Sprengstoffanschlag auf eine Maschine der Flash Airlines«, meldete die Zentrale. »Maschine steht isoliert auf dem Flugfeld. Airport-Behörden haben die Situation unter Kontrolle. Alle Fahrzeuge der City Police bleiben in Bereitschaft außerhalb des Flughafengeländes. Bereiten Sie Straßensperren und Umleitungen vor!«

Phil kurbelte am Steuer, zog den Jaguar herum und nahm die Richtung Queensboro-Brücke. Ich schaltete Rotlicht und Sirene ein.

Neue Nachrichten blieben aus. Die Zentrale dirigierte die einzelnen Wagen in Bereitstellräume. Dann, als wir die Brücke gerade passiert hatten, ertönte das Signal, und der Sprecher sagte: »Explosion auf dem Flugfeld. Gekaperte Maschine wurde wahrscheinlich gesprengt. Halten Sie Zufahrt für Rettungswagen frei!«

Auf der Überholspur des Northern Boulevard jagte Phil den Jaguar durch Queens, vorbei an Trucks, Privatwagen, Taxis. Die Sirene heulte uns den Weg frei.

Die Auffahrt zum Queens Expressway! Zwei Meilen, die der Jaguar mit Höchstgeschwindigkeit wegfraß. Dann die Einmündung in die Flughafenzufahrt.

Überall kreisten Rotlichter von Cop-Wagen.

Von der Zentrale kam eine neue Meldung.

»Achtung! Achtung! Gesucht werden zwei Männer asiatischer Herkunft. Geschätztes Alter unter dreißig Jahre! Schlanke, mittelgroße Statur. Beide mit dunklen Anzügen bekleidet. Vorsicht! Die Männer sind bewaffnet und gehören wahrscheinlich einer Terroristengruppe an! Riegeln Sie folgende Bereiche ab: Berrian Boulevard, Hazen Street und ...«

Vor dem Hauptgebäude knäulten sich die Autos. Phil schlenzte den Jaguar über zwei Trottoire auf den Mittelstreifen, der für Katastrophenfälle eingerichtet worden war und immer freigehalten wird.

Die Asphaltspur führt zur Einfahrt aufs Flugfeld.

Die schweren Schranken vor der Einfahrt waren herabgelassen. Beamte der Flughafenpolizei mit umgehängten Maschinenpistolen stoppten uns.

Ich beugte mich aus dem Fenster.

»FBI!«

Auch diese drei Buchstaben erschütterten den Airport-Cop nicht.

»Fremdfahrzeuge auf dem Gelände sind nicht erlaubt. Der Tower braucht Kontrolle über alles, was sich bewegt.«

»Okay, geben Sie uns ein Führungsfahrzeug!«

Er schüttelte den Kopf. »Nur auf ausdrückliche Anweisung von oben. Aber Sie können umsteigen, G-men! Ein Jeep kann Sie hinbringen! Fahren Sie Ihren Wagen aus dem Weg für den Fall, daß der große Rettungsverkehr einsetzt.«

Jenseits der Schranke standen fünf rot-gelb gestreifte Commandcars, wie sie zur Positionseinweisung gelandeter Maschinen benutzt werden. In jedem saß ein Fahrer am Steuer.

Wir wechselten vom Jaguar in das Airport-Fahrzeug.

Der Fahrer meldete sich beim Tower.

»C 18 mit zwei FBI-Agenten zur Aktionsstelle.«

»Okay! Rollway dreiundzwanzig freigegeben. Landungen noch unterbunden.«

Die Luft war erfüllt vom Dröhnen der Maschinen, die ohne Landeerlaubnis in weiten Schleifen über Dollege Point und dem Eastriver kreisten.

Als unser Wagen zwei große Hangars passiert hatte, lag der Schauplatz des Zwischenfalls vor uns wie eine von Scheinwerfern ausgeleuchtete Freilichtbühne. Gleich Ameisen, die ein vielfach größeres Insekt erbeutet hatten, umringten drei Dutzend Fahrzeuge den Rumpf der DC 9. Zwei Drittel der Maschine waren in weißem Schaum gehüllt. Aus roten Löschfahrzeugen richteten Feuerwehrmänner starke Wasserstrahlen auf den Rumpf, um den Schaum wegzuspritzen. Eine fahrbare Gangway lag an der Hecköffnung an.

Wieder wurden wir von Flughafenbeamten gestoppt.

»Wer hat das Kommando?«

»Der Einsatzleiter ist an der Maschine. Unseren Chef finden Sie an seinem Befehlswagen.«

Er wies auf einen Jeep, an dem ein großer Mann in Uniform stand, ein Mikrofon in der Hand hielt und mit der Linken einen Kopfhörer ans Ohr drückte.

Seine Uniform trug die Abzeichen eines Lieutenant. Uns beachtete er nicht, sondern schrie mit voller Lautstärke Anweisungen, Befehle, Flüche ins Mikrofon.

»... noch auf dem Flugfeld! Ted, macht um Himmels willen die Sperre zum Abfertigungsgebäude wasserdicht! Wenn es ihnen gelingt, sich unter die Passagiere zu mischen, sind sie für uns futsch. Außerdem besteht die Gefahr, daß sie einen vollen Wartesaal als Geiseln nehmen. Wir müssen alle Fahrzeuge sichern, die auf dem

Airport herumstehen. Wir können es uns nicht leisten, daß sie noch ein paar Maschinen in die Luft jagen.«

Was immer »Ted« geantwortet haben mochte, seine Worte lösten einen Wutanfall aus.

»Verdammt, ich weiß selbst, daß wir nicht jedes Flugzeug mit Männern umstellen können. Also hol die Cops aufs Gelände und übergib ihnen die Abfertigung! Meine Leute brauche ich selbst. Verstehst du nicht, daß ich diesen ganzen verdammten Flughafen absuchen lassen muß?«

Er schüttelte sich mit einer heftigen Kopfbewegung den Schweiß von der Stirn und entdeckte dabei eher zufällig uns.

»Wer seid ihr?«

»FBI – Agenten Cotton und Decker!«

»Keine Zeit für euch, Leute! Ich stehe am Rand der größten Blamage meines Lebens.«

Mit der Hand, in der er den Kopfhörer hielt, wies er auf die Maschine, an der die Wasserstrahlen immer größere Flächen schaumfrei spritzten.

»Vor meinen Augen sprengen zwei Typen die Mühle zu Schrott. Okay, das war nicht zu verhindern. Dafür trifft mich keine Verantwortung.« Er sprach noch lauter: »Aber daß sie entkamen, obwohl acht Fahrzeuge mit zwanzig Jungs meines Vereins rund um die Maschine in Stellung gegangen waren, dafür wird mich die Presse in der Luft zerreißen.«

Er besann sich auf den Hörer, preßte ihn ans Ohr und rief gleichzeitig ins Mikrofon: »Wagen vier! Meldung! Was sagst du? Negativ? Oh, Scheiße! Hallo, Wagen sechs! Wie sieht's bei euch aus? Auch negativ? Hört zu, Leute! Wenn wir sie nicht in den nächsten zehn Minuten aufstöbern, sehen wir sie nie wieder. Das sagt mir meine Nase! Wagen neun! Wo treibt ihr euch herum? Zum Teufel,

Jungs, ich frage mich, ob ihr samt und sonders blind und taub seid.«

Er ließ Mikrofon und Kopfhörer sinken und murmelte halblaut: »Sie können sich doch nicht in Luft aufgelöst haben.«

»Waren es Japaner, Lieutenant?«

»Der Flugkapitän hielt sie für Japaner. Asiaten waren es auf jeden Fall.«

»Wurde der Chef der Flash Airlines benachrichtigt?«

»Keine Ahnung! Fragen Sie Flughafendirektor McCullen! Er trägt die Gesamtverantwortung.«

Es sah so aus, als wären wir einfach überflüssig. Der Lieutenant beschäftigte sich wieder mit dem Mikrofon und beschimpfte seine Suchkommandos. Das Wasser aus den Feuerwehrschläuchen verwandelte den Umkreis des gesprengten Flugzeugs in einen flachen See, auf dem weiße Inseln von Löschschaum trieben.

Plötzlich fuhr der Lieutenant elektrisiert hoch.

»Wo liegt er?« rief er. »Vor Reparaturhangar III? Unternehmt nichts! Ich komme!«

Er warf sich hinters Steuer.

Ich faßte seinen Arm. »Lassen Sie uns mitfahren, Lieutenant!«

»In Ordnung! Ich kann jeden Mann brauchen.«

Wir schwangen uns in den offenen Jeep. Der Lieutenant fuhr so rabiat an, daß Phil Mühe hatte, den Aufsprung zu erwischen.

»Haben Ihre Männer den Täter entdeckt?«

»Nein, aber Sie fanden einen Mechaniker, dem irgendwer eins über den Schädel gezogen hat. Der Mann ist bewußtlos.«

Er jagte den Jeep durch den Rand der Riesenpfütze um die DC 9. Wasserfontänen spritzten von den Rädern. Der Jeep schlingerte.

Die Lieutenant fuhr querfeldein, bis er eine breite Asphaltstraße erreichte, die auf eine lange Reihe Werkstatthallen zuführte. Überall kreisten Rotlichter. Die Rollbahnmarkierungen mit blauen und weißen Lichtern, die großen hellen Flächen unter den gewaltigen Bogenlampen, die erleuchtete Fensterfront des fernen Abfertigungsgebäudes glichen einem Labyrinth aus Licht.

Vor dem offenen Tor der Halle, die mit der römischen Ziffer III gekennzeichnet war, standen zwei Fahrzeuge der Flughafenpolizei. Die Beamten bemühten sich um einen Mann in orangefarbenem Overall, den sie stützten.

Der Lieutenant stoppte und sprang aus dem Jeep.

»Kann er sprechen?« fragte er.

»Erst vor einer Minute stellten wir ihn auf die Füße«, antwortete ein Polizist. »Die Ambulanz ist angefordert.«

Der Mann im Overall ließ den Kopf hängen. Er stöhnte. Blut floß in fingerdickem Strahl aus seiner Nase. Ein Beamter hob vorsichtig den Kopf des Verletzten an und preßte ein Tuch auf Nase und Mund.

Der Lieutenant griff nach dem Plastikausweis, den alle Flughafenbediensteten am Overall tragen.

»Fred Vaspel, Bodenmechaniker«, las er laut. »Fred, können Sie mir antworten? Es ist wichtig, daß wir alles erfahren, was Ihnen zugestoßen ist!«

Dumpf drang die Stimme des Mechanikers durch das Tuch.

»Er stand plötzlich vor dem Wagen. Ich mußte hart bremsen. Ich beugte mich aus dem Fenster und schnauzte ihn an. Ein schmächtiger Bursche. Er hatte Schlitzaugen. Plötzlich machte er einen Satz vorwärts, riß die Tür auf, schrie mir ins Gesicht.« Der Mechaniker rang nach Luft. »Aus! Weiß nicht, was danach geschah! Muß mich niedergeschlagen haben, der Bastard, aber ich weiß nicht, wie er es gemacht hat.«

»Welchen Wagen fuhren Sie, Fred?« drängte der Lieutenant.

»Einen Follow-me-Wagen! Nummer 17! Sollte zum Einsatz auf Rollbahn Nord.«

Mit einem Ruck wandte sich der Lieutenant seinem Jeep zu und riß das Mikrofon aus der Halterung.

»An alle! Gesucht wird Follow-me-Fahrzeug siebzehn! Falls gesichtet, sofortige Meldung!«

Die Antwort kam prompt über den Lautsprecher des Sprechfunkgerätes.

»Follow-me siebzehn ist vor zehn Sekunden an uns vorbeigefahren! Fiel uns auf, weil die Blinkleuchten eingeschaltet waren, aber kein Flugzeug folgte. Wir können die Lichter noch sehen. Der Wagen bewegt sich auf Rollweg zwanzig in Richtung Frachtabfertigung.«

»Anhängen!«

Er schrie mich an: »Fahren Sie den Jeep, G-man! Ich brauche freie Hände.«

Er warf sich auf den Beifahrersitz und setzte den Kopfhörer auf. Das Mikrofon behielt er in der Faust. Ich sprang hinter das Steuer, Phil schwang sich auf den Rücksitz.

»Vollgas, G-man! Den zweiten Rollweg rechts. Sie sehen die Lampenfront westlich des Tower? Das sind die Frachthallen.«

Ich brachte den Jeep in Schwung. Während wir mit steigender Geschwindigkeit über die Betonspur des Rollwegs rasten, gab der Lieutenant eine pausenlose Serie von Befehlen über Sprechfunk. Er zog alle Polizeiwagen zu einer Sperre der Frachtzone zusammen.

Der Rollweg mündete in die große Verladefläche vor den Lagerhallen. Mächtige Bogenlampen verbreiteten Tageshelle. Ein Dutzend Flugzeuge aller Typen bis hinauf zum Jumbo standen aufgereiht mit geöffneten Ladeluken, umkreist von schweren Spezialhubstaplern, die riesige Container transportierten.

Zwar war der Start- und Landebetrieb unterbunden, doch die Be- und Entladung der Frachtmaschinen lief ungestört weiter.

Ich nahm den Fuß vom Gas. Wir überholten einen Polizei-Jeep, der ebenfalls mit gedrosselter Geschwindigkeit fuhr. Der Fahrer rief uns zu: »Dort vorn fährt er! In der Nähe der Tri Star!«

Der Kastenaufbau des Follow-me-Fahrzeugs zeigte die übliche gelb-rote Lackierung. Heck, Dach und beide Seiten trugen in weißer Kreisfläche die Kennzahl, die Zahl 17, in großen schwarzen Ziffern. Der Kranz gelber Lichter, der den Aufbau umrahmte, blinkte in regelmäßigem Rhythmus.

»Schneidet ihn von den Flugzeugen ab!« befahl der Lieutenant. »Bleibt mit ihm auf einer Höhe und haltet euch zwischen ihm und den Maschinen! Feuer frei, falls er versucht auszubrechen!«

Er wies auf die Rotlichter von Polizeiwagen, die aus drei Richtungen dem Frachtgelände zustrebten.

»Ich denke, wir haben ihn sicher.« Er nickte mir zu. »Fahren Sie los, G-man!«

Die Jeepbesatzung, die Nummer 17 entdeckt hatte, war schon gestartet, hatte die Höhe des Follow-me-Fahrzeugs erreicht und hielt sich zwischen ihm und den Flugzeugen. Der Abstand betrug ungefähr fünfzig Yards. Von vorn näherten sich vier Polizei-Jeeps in einer Kette. Zu uns schlossen zwei Jeeps auf. Ich sah mit einem Seitenblick, daß jeweils der dritte Mann der Besatzung ein Gewehr in den Händen hielt.

»Jetzt hat er's gemerkt«, sagte der Lieutenant. »Er wird schneller.«

Tatsächlich steigerte sich die Geschwindigkeit des Follow-me-Wagens. Der Jeep neben ihm hielt mit. Ich gab mehr Gas, ebenso die Fahrer der Jeeps links und rechts, und damit brausten fünf Fahrzeuge auf die Kette der vier Jeeps zu, die uns entgegenkamen.

Okay, das Frachtgelände war groß, aber nicht groß genug, um ein Autoballett zu veranstalten. In wenigen Sekunden mußte es einen gewaltigen Crash geben.

Der Mann am Steuer des Follow me riß seinen Wagen so scharf nach links, daß er umzustürzen drohte und mindestens zwanzig Yards auf zwei Rädern schlitterte, bevor er krachend zurückfiel. Er verlor Fahrt. Für eine Sekunde sah es aus, als würde er stehenbleiben.

Dann geschah das genaue Gegenteil. Mit einem sichtbaren Ruck und wie von einer Faust geschoben raste er los auf die nächste Maschine zu, eine DC 10 der American Airlines.

Neben mir brüllte der Lieutenant: »Stoppt ihn! Haltet ihn von den Flugzeugen weg! Schießt! Schießt!«

Zwischen der DC 10 und dem heranrasenden Follow-me-Wagen befand sich noch der Jeep, dessen Mannschaft als erste die Verfolgung aufgenommen hatte.

Ich sah, wie dieser Jeep hart abgebremst wurde, kurz zum Stillstand kam, dann rückwärts fuhr, um dem größeren und schwereren Follow me den Weg zu verlegen. Der Polizist auf dem Rücksitz und der Beamte neben dem Fahrer feuerten. Die Frontscheibe des Follow me zerplatzte. Die gelben Blinklichter barsten reihenweise.

Nicht um einen Zoll veränderte der Follow me die Richtung. Mit der Unbeirrbarkeit eines Geschosses raste er auf den Polizei-Jeep zu. Kein Schwanken! Kein Bremsversuch!

Der Polizist auf dem Rücksitz warf das Gewehr weg und sprang in weitem Satz aus dem Jeep. Der Beamte auf dem Beifahrerplatz hechtete raus, und der Fahrer …

Mit mindestens vierzig Stundenmeilen krachte der Follow me dem Jeep in die Flanke, schob das Polizeifahrzeug ein Dutzend Yards vor sich her. Dann stürzte der Jeep um, der Follow me stellte sich auf den Kopf, überschlug sich, fiel mit dem Dach voran auf den Jeep und begrub ihn unter sich. Weniger als hundert Yards vor der DC 10 blieben beide Wagen als ein Haufen ineinanderverknäultes Blech liegen.

»Das Benzin!« stöhnte der Lieutenant. »Wenn jetzt das Benzin hochgeht, dann ...«

Ich glaube, wir alle fürchteten dasselbe. Wenn die verunglückten Wagen explodierten, das Feuer die DC 10 erreichte, dann würde LaGuardia-Airport die größte Katastrophe in der Geschichte der Luftfahrt erleben.

Wir hielten den Atem an. Lange, zu Ewigkeiten gedehnte Sekunden! Noch drehten sich die Räder des Follow-me-Autos, wurden langsamer, blieben stehen.

Keine Explosion! Kein Feuer!

Der Lieutenant faßte sich.

»Löschfahrzeuge zur Frachtzone!« sagte er ins Mikrofon. »Ambulanzen dringend! An alle! Niemand geht an die Wagen heran, bis die Feuerwehr eingetroffen ist! Stellt die Motoren ab!« Drei Männer in Uniform lagen in unterschiedlichen Abständen vom Trümmerhaufen der Fahrzeuge auf dem Beton. Von ihnen richtete sich einer auf und schwankte auf uns zu. Ein zweiter hob Kopf und Oberkörper, winkte mit der Hand und rief um Hilfe. Der dritte lag reglos und still.

Cops fingen ihren Kollegen ab, nötigten ihn, sich hinzulegen.

Ein farbiger Beamter legte die Hand an die Mütze.

»Lassen Sie uns Ben und William holen, Lieutenant!« sagte er fast drohend.

»Okay, aber seid vorsichtig! Laßt alles Eisen zurück!«

Sie legten die Halfter ab. Während sie sich noch um die Verletzten bemühten, donnerten zwei Löschfahrzeuge heran. In routinierter Schnelligkeit sicherten die Feuerwehrleute die Unglücksstelle. Sie streuten Aufsaugsubstanzen in das ausgelaufene Benzin und brachten zur Vorsicht zwei Schaumkanonen in Stellung.

Nur eine Minute nach den Feuerwehren rasten unter schrillem Klingeln Ambulanzwagen heran. Die Cops aus dem gerammten Jeep wurden auf Tragen gelegt. Während einer so gut wie unverletzt geblieben war, der andere ein Bein gebrochen hatte, schien es um den Fahrer schlecht zu stehen.

Wo war der Mann, der den Follow me gefahren hatte?

Polizisten entdeckten ihn inmitten der Trümmer, bis zu den Hüften begraben unter Eisen und Stahl. Die Augen standen offen. Der Kopf hing unnatürlich tief im Nacken.

Der Mann war tot.

Wir hörten das schrille Pfeifen gedrosselter Düsen.

Mit aufgeblendeten Landescheinwerfern senkte sich ein Flugzeug aus dem Nachthimmel und setzte auf. Im Umkehrschub brüllten die Triebwerke. Der Landebetrieb auf LaGuardia Airport lief wieder.

Zwei Kranwagen waren aufgefahren und zerrten die Trümmer der verkeilten Wagen auseinander.

Flughafendirektor McCullen kam in die Frachtzone. Er trug einen orangeroten Overall, der große Flecken Öl und Ruß zeigte.

»Sie haben ihn, Marvey?« fragte er den Lieutenant.

»Nur einen, Mac. Er liegt in den Trümmern. Den anderen ...«

»Um den anderen brauchen wir uns keine Gedanken zu machen«, unterbrach der Direktor. »Er kam nicht mehr raus. Ich war in der Maschine und sah das, was von ihm übriggeblieben war.«

Lieutenant Marvey schüttelte den Kopf. »Sie müssen verrückt gewesen sein. Der, mit dem wir es zu tun hatten, rammte mit voller Kraft einen unserer Jeeps. Ein richtiger Kamikaze-Angriff.«

Direktor McCullen bemerkte Phil und mich.

»Wer sind Sie?«

»FBI-Agenten Cotton und Decker.«

»Warum sind Sie hier?«

»Weil es sich um eine Maschine der Flash Airlines handelt.«

Er stellte keine weiteren Fragen. »Gallagher wurde benachrichtigt. Er ist auf dem Weg zum Flughafen«, sagte er.

Von dem Kranwagen kam ein Mann im Overall und mit einem Schutzhelm auf dem Kopf zu uns.

»Er liegt frei. Sie können ihn sehen.«

McCullen, Lieutenant Marvey, Phil und ich gingen zur Unglücksstelle, wo die Kranfahrzeuge und Männer eines Bergungstrupps die Autowracks zerschnitten und getrennt hatten.

Der Tote lag auf dem nackten Asphalt. Seine Kleidung war kaum beschädigt, und der gelbe Schlips, den er merkwürdigerweise zum schwarzen Anzug trug, saß korrekt, wie gerade vor dem Spiegel gerichtet. Nur die Schuhe hatte er verloren.

Äußere Verletzungen waren nicht zu erkennen. Als ich den Kopf vorsichtig anhob, spürte ich keinen Widerstand. Sein Genick war gebrochen.

Ich tastet seine Taschen ab und fand einen Paß mit seltsamen Schriftzeichen auf dem Einband. Auf der Innenseite standen in Englisch die Worte: Der Inhaber dieses Dokumentes ist Staatsangehöriger des Kaiserreichs Japan. Neben dem Foto des Mannes standen japanische Schriftzeichen, darunter die Umschreibung seines Namens in Englisch: Soseki Natsume.

Der Stempel der Einreisebehörde zeigte ein Datum, das zwei Wochen zurücklag, und stammte von der Dienststelle auf dem International Airport Los Angeles. Der Mann war also über Kalifornien in die USA gelangt.

Er trug eine Gürtelhalfter. Die Waffe im Futteral fehlte.

Ich wandte mich an den Lieutenant. »Sie sollten nach der Waffe suchen lassen. Ich glaube nicht, daß er sie vor dem Zusammenstoß fortwarf.«

Ein Arbeiter des Bergungstrupps meldete sich.

»Schon gefunden, Sir! Sie liegt neben dem Rad dort drüben.«

Wir gingen hinüber und sahen uns die Waffe an.

Ich weiß nicht, was ich erwartet hatte. Vermutlich irgendein exotisches Modell, mindestens so exotisch wie der Mann, der sie benutzt hatte.

Ich irrte mich. Es war eine Combat Magnum mit 4-Inch-Lauf, ein richtiger, normaler Revolver, made in USA.

Das Büro des Airport-Direktors befand sich in einer Zwischenetage des Tower, ein nüchtern eingerichteter Raum und gerade noch groß genug für die Zahl der Männer, die sich darin versammelt hatten.

McCullen hatte sich zwar aus dem Overall geschält, aber noch nicht die Zeit gefunden, das Gesicht zu waschen. Lieutenant Marveys Uniform zeigte Spritzer und Spuren von der Jagd über das Flughafengelände, der Flugkapitän Drew, sein Kopilot Kronaker und die Stewardeß Catherine Fence steckten in verknitterten und schmutzigen Uniformen. Auch unsere Anzüge hatten einiges abbekommen. Nur einer sah makellos aus: Desmond Gallagher. Ihn hatte der Alarm von einem Essen mit Besitzern einiger Reisebüros weggeholt.

»... sie ließen nicht mit sich reden«, beendete Kapitän Drew seinen Bericht. »Wir hatten keine andere Wahl, als von Bord zu gehen.«

»Zum Teufel, Drew, ich will von Ihnen wissen, wie die Bastarde an Bord gelangt sind!« sagte Gallagher scharf. »Ihr Flug war ein Weekend-Trip. Sie hatten nur Leute an Bord, die am Freitag nach Buffalo geflogen wurden und heute zurückkamen. Ich finde keinen japanischen Namen auf der Passagierliste.«

»Sie kamen erst nach der Landung an Bord, Sir«, erklärte die Stewardeß. »Ich erinnere mich, daß zwei Personen gegen den Strom der aussteigenden Passagiere in die Maschine drängten.«

Gallaghers Gesicht verriet nackte Wut.

»Also Sie haben die Kerle reingelassen, Schätzchen! Klar, daß Sie gefeuert sind. Ziehen Sie so schnell wie möglich die Uniform aus! Ich will Sie nicht mehr darin sehen.«

Ich mischte mich ein. »Ich kenne die Vorschriften nicht. Vermutlich hat Ihre Stewardeß tatsächlich gegen irgendwelche Bestimmungen verstoßen, aber damit hat sie wahrscheinlich einigen Menschen das Leben gerettet.«

»Wieso?« fragte McCullen.

»Weil sich die Männer sonst den Weg an Bord freigeschossen hätten.«

»Woher wollen Sie das wissen, Cotton?« schrie Gallagher.

»Ich weiß es nicht. Ich halte es nur für wahrscheinlich. Eine andere Frage ist wichtiger. Aus welchem Grund sprengen aus Japan eingereiste Männer eine Flash-Airlines-Maschine? Geben Sie darauf eine Antwort, Gallagher!«

»Woher soll ich wissen, was in den Köpfen von Terroristen vorgeht?« Er brüllte so laut, daß seine Halsadern anschwollen. »Vielleicht sprengen sie amerikanische Flugzeuge, weil wir ihre Autoimporte drosseln. Oder weil unsere Flugzeugträger mit Atombomben an Bord in ihren Gewässern herumschippern. Wollen Sie mir vorwerfen, daß sie sich Flash Airlines als Opfer ausgesucht haben? Ebensogut hätte es Eastern oder Delta treffen können.«

»Gallagher, diese Leute haben eine persönliche Rechnung mit Ihnen, nicht mit anderen Fluggesellschaften oder gar mit der amerikanischen Regierung!«

»Solche Behauptungen müssen Sie beweisen, G-man!«

»Was immer Sie getan haben, Gallagher, es ist nicht länger Ihre private Angelegenheit. Viele Menschen sind dadurch in Lebensgefahr geraten, und große Schäden wurden verursacht. Legen Sie die Karten auf den Tisch, bevor noch Schlimmeres geschieht!«

Er wandte sich an den Airport-Direktor.

»McCullen, ich erwarte, daß Sie mich gegen solche Vorwürfe schützen. Ich habe eine Maschine verloren. Wenn die Behauptungen des G-man in die Öffentlichkeit dringen, kann meine Gesellschaft in spätestens zwei Monaten Konkurs anmelden.«

Er lehnte sich in den Sessel zurück und zeigte ein dünnes Lächeln. »Okay, G-man! Sie glauben, das Flugzeuge der Flash Airlines besonders gefährdet sind, ohne daß Sie dafür einen Grund angeben können. Nun, die Sicherheit der Passagiere hat absoluten Vorrang. Um ihretwillen muß ich sogar das Geschwätz eines phantasiebegabten Schnüfflers ernst nehmen. Ich werde bei allen Flughäfen, die von Flash Airlines angeflogen werden, besondere Sicherheitsmaßnahmen für meine Maschinen fordern. McCullen, nehmen Sie diese Forderung für LaGuardia zur Kenntnis! Den schriftlichen Antrag erhalten Sie noch morgen.« Sein Lächeln verstärkte sich. »Außerdem werde ich die Versicherungssummen erhöhen.«

Er stand auf.

»Noch Fragen an mich?«

Der Airport-Direktor sah mich an. Ich schüttelte den Kopf. McCullen gab noch nicht auf. »Wenn der FBI mich offiziell vom Verdacht gegen Mr. Gallagher unterrichtet, werde ich LaGuardia vorsorglich für Flash Airlines sperren.«

Gallagher lachte laut. »Das würde Ihnen eine Schadenersatzklage von über hundert Millionen Dollar einbringen, Sir!«

Mit wenigen Schritten ging er zu Kapitän Drew. »Sie sind beurlaubt bis zur Untersuchung der Flugsicherheitsbehörde! Good-by!« Er verließ den Raum und schmetterte die Tür hinter sich ins Schloß.

Ich wandte mich an Direktor McCullen.

»Wie hoch schätzen Sie Gallaghers Verlust?«

»Welchen Verlust?«

»Die gesprengte Maschine!«

»Daran verliert er nicht einen Cent. Flugzeuge sind bis zum letzten Niet versichert.«

»Also haben sich seine Feinde das falsche Objekt ausgesucht?«

»Gibt es solche Feinde wirklich, G-man?«

»Gallagher scheint in eine Auseinandersetzung mit Japanern verstrickt zu sein.«

McCullen zog die Augenbrauen hoch.

»Scheint?« wiederholte er.

»Wir haben keine Beweise.«

Er dachte kurz nach. »Ich werde eine offizielle Anfrage an den FBI richten«, entschied er.

Die Zeitungen, die Radio- und TV-Stationen berichteten

ausführlich über den Anschlag auf die Flash-Airlines-Maschine. Alle Journalisten und Kommentatoren hielten die Aktion für ein Werk japanischer Terroristen, die wahllos gegen amerikanische Einrichtungen vorgingen. Daß ein Flugzeug der Flash Airlines betroffen war, wurde als Zufall angesehen.

Die Zeitung, die ich auf dem Weg ins Office gekauft hatte, berichtete unter der Schlagzeile:

KAMIKAZE-ANGRIFF AUF LAGUARDIA AIRPORT.

Seit den Ereignissen im Libanon erwarteten viele verantwortliche Sicherheitsbeamte selbstmörderische Kamikaze-Aktionen auch auf US-Territorium, allerdings nicht durch Angehörige des Volkes, aus dessen Sprache das Wort »Kamikaze« stammt, sondern durch fanatisierte Araber. Daß Japaner die Maschine gesprengt hatten, nicht Araber oder Iraner, irritierte die Journalisten.

Phil erwartete mich im gemeinsamen Büro.

»Wir sollen sofort zum Chef kommen.«

John D. High, Chef des FBI-Distrikts New York, war nicht allein. Aus einem Sessel erhob sich ein mittelgroßer, breitschultriger Mann, setzte ein Lächeln auf, das seine Augen zu Schlitzen verengte, verneigte sich förmlich.

»Mr. Takeo Tanaka, Inspektor der Polizeidirektion Tokio«, stellte Mr. High vor. »Die FBI-Agenten Jerry Cotton und Phil Decker.«

Unser fernöstlicher Kollege verneigte sich noch einmal. Dann schüttelten wir uns die Hände. Mr. High wies Plätze an.

»Mr. Tanaka kam auf Wunsch der Zentrale nach San Francisco. Er identifizierte den Mann, der von Jake Riggs erschossen wurde.«

Der Besucher nickte. »Ich kannte Fulo Maruoka aus Tokio. Er galt als Mitglied der Gesellschaft zur Förderung von Harmonie in Asakusa.«

Phil und ich sahen uns an. »Mitglied von welcher Gesellschaft, bitte?« fragte Phil.

»Die Übersetzung der japanischen Bezeichnung ist unvollkommen«, entschuldigte sich Tanaka, dessen Englisch nicht nur perfekt war, sondern einen deutlichen Südstaatenakzent aufwies. »Gesellschaft zur Förderung von Harmonie. Unsere Gangs tragen solche lobenswerten Namen. Asakusa ist ein Stadtbezirk von Tokio und ein bedeutendes Vergnügungsviertel.«

»Riggs' Opfer war also ein Gangster, ein Yakuza.«

»Oh, Sie wissen, wie wir solche Leute nennen.«

»Warum kam er nach Frisco?«

»Weil sein Boß, Kenzaburo-san, ihn schickte.«

»Und der Grund?«

»Maruoka sollte etwas holen. Eine große Summe! Vermutlich fünf Millionen Dollar!«

»Was sollte damit bezahlt werden?«

»Wir vermuten, daß diese fünf Millionen Dollar für eine Ware bezahlt worden waren, die nie geliefert wurde. Es handelte sich also um eine Rückerstattung.«

»Fünf Millionen? In solcher Größenordnung werden nur zwei Sorten illegaler Geschäfte abgewickelt«, stellte Phil fest. »Waffen oder Rauschgift.«

Mr. High mischte sich ein. »Der Inspektor war noch auf dem Flug von Frisco nach New York, als die Maschine auf LaGuardia gesprengt wurde. Ich bat ihn, sich den Toten vom Flughafen anzusehen. Nehmen Sie ihn mit ins Schauhaus, und geben Sie ihm alle Protokolle des Homicide Department! Inspektor Tanakas Mitarbeit wird sehr wertvoll für uns sein. Seine Dienststelle hat ihn für die Arbeit mit uns bis auf weiteres freigestellt.«

Fünf Minuten später saßen wir im Jaguar. Phil hatte seinen Platz für den Gast geräumt und kauerte auf dem Notsitz.

»Falls Sie Schwierigkeiten mit meinem Namen haben«, sagte Tanaka, »nennen Sie mich einfach Jack, wie es Ihre Kollegen in Quantico taten.«

»Sie waren in Quantico, Jack?«

Er nickte. »Vier Kurse auf der FBI-Akademie. Wenn Sie so wollen, bin ich beim FBI in die Lehre gegangen.«

»Können Sie in Japan brauchen, was Sie in Quantico gelernt haben?«

»Nur bedingt, Mr. Cotton!«

»Um Himmels willen, nennen Sie mich Jerry. Nicht so feierlich.«

»Danke!«

»Erzählen Sie, in welchen Punkten sich zum Beispiel eine US-Gang von einer Gesellschaft zur Förderung von Harmonie unterscheidet!« sagte Phil lachend.

»Bei Ihnen wird eine Gang-Organisation von Geld und Gewalt zusammengehalten. Ein amerikanischer Gang-Boß bezahlt seine Leute gut und verfügt über die Mittel, jeden Abtrünnigen umzubringen. In Japan liegen die Verhältnisse komplizierter. Japaner sind nicht so ausgeprägte Individualisten wie Amerikaner. Wir leben in Gruppen, und der einzelne ist nichts ohne die Gruppe. Dem Oberhaupt der Gruppe bringen wir uneingeschränkte Loyalität entgegen. Wer gegen die gültigen Regeln in seiner Gruppe verstößt, verliert sein Gesicht. Sie können auch sagen, er verliert seine Seele.«

Er legte eine kleine Pause ein, bevor er trocken sagte: »Auch eine Gang in Japan gilt als Gruppe. Jedes Mitglied wird sich dem anerkannten Oberhaupt in absolutem Gehorsam unterwerfen. Kenzaburo-san, der Chef der Asakusa-Gesellschaft, kann sich seiner Leute völlig sicher sein. Sie werden ihn nie verraten, und sie werden seine Befehle bedingungslos ausführen.«

Ich mußte den Jaguar vor einer roten Ampel stoppen.

Im Strom der Fußgänger bewegte sich ein halbes Dutzend hübscher, langbeiniger Mädchen, die zusammengehörten, miteinander lachten, auch eine Gruppe, und doch jede ein freier Mensch.

»Würden sie auch gehorchen, wenn er sie in ein Himmelfahrtskommando schickte, bei dem ihnen nur eine Nullchance fürs Überleben bliebe?« fragte Phil.

Der Inspektor wich einer direkten Antwort aus.

»Bis jetzt waren solche Aktionen bei uns nicht üblich. In Japan werden kaum schwere Verbrechen verübt. Keine Überfälle! Keine Gewalttätigkeit auf den Straßen. Meine fünfzehnjährige Tochter besuchte zweimal in der Woche eine Ballettschule, die eine Stunde vor Mitternacht endet. Sie scheut sich nicht, für die Heimfahrt die U-Bahn zu benutzen, obwohl wir außerhalb wohnen und die Züge zu dieser späten Stunde nahezu menschenleer sind. Würden Sie in New York eine Fünfzehnjährige um Mitternacht vom Times Square nach Woodside fahren lassen?«

»Natürlich nicht«, antwortete Phil unwillig. »Wenn es sich bei euren Yakuza um so liebenswürdige Zeitgenossen handelt, womit machen sie ihr Geld?«

»Sie sind nicht liebenswürdig. Sie beschränken sich lediglich auf Bereiche, die sie traditionell beherrschen: Glücksspiel, Prostitution und die Erhebung von Schutzgebühren.« Er lachte. »Manchmal werden sie von den Chefs großer Firmen gebeten, aufsässige Aktionäre, die mit der Dividende nicht zufrieden sind, einzuschüchtern. Das nennen sie: Herstellung von Harmonie. Die Aktionäre und die Firmenleitung sind nach dem Auftreten der Yakuza wieder ein Herz und eine Seele.«

»In San Francisco fand keine Aktionärsversammlung statt. Welche Dividende sollte der Mann kassieren?«

»Der Boß der Asakusa-Vereinigung, Kenzaburo-san, hat nie die traditionellen Arbeitsgebiete verlassen, aber er ist alt und kränkelt. Mehr und mehr gerät die Organisation in die Hand seines Sohnes Yukio, der mit den alten Methoden nicht zufrieden ist. Er will großes und schnelles Geld machen.«

»Großes und schnelles Geld? Das heißt Rauschgifthandel.«

Tanaka nickte. »Yukio Kenzaburo weiß, welche Summen durch einen gut organisierten Rauschgiftring zu verdienen sind. Er hat vier Jahre in den USA gelebt.« Er lächelte sparsam. »Während ich auf der FBI-Akademie in Quantico Verbrechensbekämpfung lernte, verschaffte sich Yukio den letzten Schliff als Gangster bei Syndikaten in Chicago und New York. Er knüpfte Beziehungen zur amerikanischen Unterwelt, und ich vermute, daß er aus New York den Gedanken mitbrachte, einen Rauschgiftring in Asakusa aufzubauen, sobald dem alten Kenzaburo die Zügel der Gang entglitten sind. Diese Situation scheint eingetreten zu sein.«

»Bei den fünf Millionen Dollar geht es um einen Heroin-Deal?«

»Nicht um Heroin. Heroin gibt es übergenug im Goldenen Dreieck vor unserer Haustür. Außerdem ist Heroin nicht der richtige Stoff für die japanische Gesellschaft. Wir leben dicht beieinander. Alle Bewohner einer Straße kennen sich gegenseitig genau. Heroin ist eine Massendroge für Aussteiger der unteren Bevölkerungsschichten. Bei uns werden Süchtige schnell erkannt. Man kümmert sich um sie, versucht, sie zu heilen. Nein, der Handel mit Heroin gilt als wenig ertragreich. Yukio Kenzaburo möchte einen anderen Stoff einführen. Die fünf Millionen Dollar wurden für eine Lieferung Kokain bezahlt.«

Wieder zeigte er sein sparsames Lächeln.

»Ich brauche Ihnen nichts über die Wirkung von Kokain zu erzählen. Im Gegensatz zum Heroin, das die

Menschen in süchtige und apathische Träumer verwandelt, bringt Koks die Schnupfer zunächst einmal auf Hochtouren. Es erzeugt Gefühle von Kraft und Potenz, fast eine Art Größenwahn. Genau das richtige für gestreßte Manager, für Börsenmakler, Geschäftsleute, Schauspieler, Künstler, für alle Leute, die jeden Tag unter neuem Leistungsdruck gesetzt werden. Von dieser Sorte gibt es in unserer Gesellschaft übergenug, und Yukio Kenzaburo kalkuliert selbstverständlich ein, daß Angehörige dieser Gesellschaftsschicht auch über das Geld verfügen, teure Drogen zu bezahlen. Außerdem entfaltet Kokain seine zerstörende Wirkung nicht so rasch. Die Sucht wird erst später erkennbar. Es kann Jahre dauern, bis das überstrapazierte Gehirn zusammenbricht und der Süchtige im Irrenhaus endet.«

Ich steuerte den Jaguar auf den kleinen Parkplatz des Schauhauses. Wir stiegen aus und gingen die Stufen hinauf.

»Sie glauben also, Jack, daß Kenzaburo junior in den Staaten Kokain gekauft hat.«

»Bezahlt hat, Jerry«, verbesserte er. »Meine Behörde ist sicher, daß die Ware bisher in Japan nicht eingetroffen ist.«

»Wer ist der Lieferant?«

Er hob die Schultern. »Das hoffe ich von Ihnen zu erfahren.«

Im Schauhaus lief das übliche Verfahren ab. Ein Wärter fuhr eine Bahre mit dem zugedeckten Toten herein und legte den Kopf frei.

Tanaka entnahm seiner Aktentasche einen Aktenordner und blätterte ihn durch. Jeder Bogen trug das Foto eines Mannes und war mit vielen Zeilen in japanischer Schrift bedeckt.

Beim siebten oder achten Blatt wies er auf das Foto.

»Das ist er! Soseki Natsume, sechsundzwanzig Jahre alt, keine Vorstrafen.« Er zögerte einen Augenblick, bevor er fragte: »Kann ich den anderen sehen?«

»Sie würden ihn nicht identifizieren können. Sein Gesicht wurde völlig zerstört. Er muß sehr nah bei der Bombe gestanden haben.«

»Fanden Sie keinen Paß?«

»Allem Anschein nach trug er nichts bei sich. Der Bericht der Spurensicherung erwähnt ausdrücklich, daß alle Taschen ohne Inhalt waren.«

Ich gab dem Mann, der die Bahre hereingefahren hatte, einen Wink. »Legen Sie den Körper frei!«

Die Gestalt des Toten war schmächtig, die Haut glatt und ohne besondere Merkmale.

»Der Yakuza, den Riggs erschoß, war vom Hals bis zu den Zehen tätowiert«, sagte ich.

»Tätowierungen sind eine alte Sitte«, antwortete Jack ausweichend. »Früher galten kunstvoll tätowierte Körper als schön. Auch bei Frauen. Heute zeugen sie in erster Linie von der Fähigkeit, Schmerzen zu ertragen. Aus diesem Grund unterziehen sich viele Yakuza einer totalen Körpertätowierung, die Monate dauert und außerordentlich schmerzhaft ist. Sie dokumentieren damit, daß sie harte Burschen sind.«

Er wies auf den Toten.

»Aber Sie sehen, daß auch ein untätowierter Yakuza gefährlich sein kann.«

Wir verließen den Schauraum. Phil fragte: »Jack, haben Sie ein Foto von Yukio Kenzaburo in Ihrem Ordner?«

»Selbstverständlich.« Er öffnete den Ordner zum zweitenmal, zeigte uns das erste Blatt.

Wie immer fiel es schwer, das Alter des Mannes auf dem Foto zu erkennen. Ich fragte danach.

»Yukio ist achtunddreißig Jahre alt«, antwortete

Tanaka. »Er ist der Jüngste von drei Söhnen. Ein älterer Bruder kam bei einem Autounfall ums Leben, der zweite verwaltet die legalen Besitztümer des Clans und hält sich von allen illegalen Unternehmungen fern. Yukio wird der Nachfolger seines Vaters als Boß der Gang sein.«

»Und die Yakuza werden ihm ebenso bedingungslos gehorchen wie dem alten Kenzaburo?«

»Auf jeden Fall so lange, wie sie glauben, daß er mit Wissen und im Auftrag seines Vaters handelt.«

Das Foto zeigte einen Mann mit glattem schwarzem Haar, sehr engen Augen und einer breiten Nase. Auf der Oberlippe trug er einen dünnen Schnurrbart. Auffallend waren die Ohren, die ungewöhnlich spitz zuliefen.

»Haben Sie Fotos von allen Mitgliedern der Kenzaburo-Gang mitgebracht?«

»Nur von einigen wenigen. Wir schätzen, daß die Gesellschaft mindestens achthundert Mitglieder hat.«

»Achthundert?« wiederholte ich ungläubig. »Wie viele davon wird Yukio in die Staaten schicken, um seine Dollars zurückzuholen?«

Jack Tanaka packte den Ordner in die Aktentasche.

»Vielleicht zehn oder zwanzig. Auf jeden Fall genug Männer, um eine Gang zu bilden. Eine Kamikaze-Gang.«

Jennifer Kerr, Journalistin aus Corningville, verließ das Starplace Hotel um zehn Uhr morgens. Am nächsten Zeitungsstand kaufte sie zwei Morgenausgaben, überflog die Berichte über die Ereignisse auf LaGuardia Airport, ging ins Hotel zurück und versuchte, Gallagher telefonisch zu erreichen. Sie besaß die Nummern verschiedener Anschlüsse. In der Hauptverwaltung der Flash Airlines verweigerte irgendein Angestellter, mit dem sie verbunden wurde, jede Auskunft. Sie wählte die Nummer der Inselvilla, hörte das Besetztzeichen. Sie war viel zu zäh, um aufzugeben. Wenn Gallagher telefonisch nicht zu erwischen war, würde sie es persönlich versuchen. Das Drama um die Flash-Maschine machte den Mann noch interessanter, und gegenüber allen anderen Journalisten und Reportern, die jetzt hinter Gallagher herhechelten, hatte sie die Nase vorn. Sie verließ die Telefonzelle. Von der Reception näherte sich ihr ein Mann.

»Miss Kerr?«

Jennifer bejahte, und der Mann faßte nach ihrem Arm.

»Ich soll Sie zu Mr. Gallagher bringen«, flüsterte er. »Wegen der Zwischenfälle auf dem Flughafen kann er die Verabredung mit Ihnen nicht einhalten. Er will Sie aber unbedingt sehen.«

Sie wunderte sich, denn zwischen ihr und Gallagher bestand keine feste Verabredung. Nach der Begegnung auf seiner Insel hatte er sie in sein Büro mitgenommen, hatte sich von ihr interviewen und filmen lassen und war mit ihr zum Abendessen und anschließend in einen Nightclub gegangen. Seitdem hatte er zweimal mit ihr telefoniert und dabei die Termine für weitere Aufnahmen verschoben.

Das alles hatte sich während der letzten drei Tage abgespielt. In Jennifer Kerr war der Verdacht entstanden, daß Gallagher sie an der langen Leine hielt. Sie freute sich über die Chance, wieder näher an ihn heranzukommen.

»Warten Sie! Ich hole Kamera und Recorder aus meinem Zimmer.« Der Mann trat unruhig von einem Fuß auf den anderen. Er war ein dicklicher, rothaariger Bursche mit einem Gesicht voll Sommersprossen.

»Beeilen Sie sich, Miss! Mein Wagen parkt in einer Verbotszone.« Sie lief in ihr Zimmer, holte ihr journalistisches Handwerkszeug und kehrte zurück. Der Rothaarige wartete an der Tür.

»Der schwarze Ford rechts«, sagte er und führte sie zu der großen Sedan-Limousine, in deren getönten Scheiben sich die Häuserfronten der 9th Street spiegelten. Die hintere Tür wurde von innen geöffnet. Jennifer sah sich zwei Männern in dunklen Anzügen gegenüber. Sie griffen so rasch zu, daß ihr nicht einmal Zeit zum Zurückzucken blieb. Sie wurde in den Wagen gezerrt. Hinter ihr warf der Rothaarige die Tür ins Schloß, und der Sedan rollte an. Die Männer drückten ihre Gefangene zwischen sich auf den Rücksitz. Erst jetzt erkannte Jennifer in ihnen Asiaten.

Der Mann auf dem Beifahrersitz drehte sich zu ihr um.

»Guten Tag, Miss Kerr«, sagte er. »Ich bedaure meine Unhöflichkeit. Wegen Ihrer Freundschaft mit Desmond Gallagher bleibt mir keine andere Wahl. Er besitzt etwas, das mir gehört. Also nehme ich sein Eigentum an mich. In Ihrem Interesse hoffe ich, daß er einem Austausch zustimmt.«

Sein Englisch war makellos. Körperlich schien er größer zu sein als die Männer, die Jennifer festhielten. Auch er war Asiat, ebenso wie der Mann, der den Wagen fuhr. Als einziger trug er einen hellen, modischen Anzug. Ein dünner Schnurrbart zierte seine Oberlippe. Jennifer, die es gewohnt war, scharf zu beobachten, fiel auf, daß seine Ohren ungewöhnlich spitz zuliefen.

»Ist das eine Entführung?« fragte sie.

»Nichts anderes, Miss Kerr! Bis jetzt ist Ihr Freund auf meine Vorschläge nicht eingegangen und hat auf Warnungen nicht reagiert. Also muß ich zu härteren Methoden greifen. Sie sind das Opfer von Gallaghers Uneinsichtigkeit.«

»Sie glauben, Sie könnten Gallagher durch meine Entführung weich bekommen?« fragte sie ungläubig.

»Das Schicksal seiner Geliebten wird ihm nicht gleichgültig sein.«

»Zum Teufel, ich bin nicht seine Geliebte.«

Das Gesicht des Mannes blieb unbewegt.

»Wir haben Sie beobachtet«, antwortete er. »Wir wissen Bescheid.«

»Sie irren sich! Ich bin nur eine Reporterin, die ...«

Er unterbrach sie. »Warum leugnen Sie? Auf keinen Fall werde ich Sie laufenlassen. Wieviel Gallagher an Ihnen liegt, werden wir erfahren, sobald wir ihn wissen lassen, daß wir Sie haben und was wir mit Ihnen zu tun beabsichtigen, falls er auf meine Bedingungen nicht eingeht.«

Er drehte sich um. Jennifer Kerr wollte auffahren. Die harten Fäuste ihrer Bewacher hielten sie unten.

Sie biß die Zähne aufeinander und bemühte sich, ihre Nerven unter Kontrolle zu halten, doch die Angst kroch in ihr hoch.

Die Hauptverwaltung von Flash Airlines nahm fünf Etagen im Rinaldi Tower ein, im neuen Wolkenkratzer der Madison Avenue.

Reporter, TV- und Radioteams belagerten die Flash-Etagen in der Hoffnung auf neue Nachrichten oder gar auf ein Interview mit Desmond Gallagher.

Um zwei Uhr nachmittags gelang es uns, zu ihm vorzudringen. Wir brachten den Inspektor aus Japan mit. Bei seinem Anblick wurden Gallaghers Lippen schmal.

»Wer ist das?« fragte er scharf.

»Detektivinspektor Takeo Tanaka von der Polizeidirektion Tokio«, stellte ich vor. Unser Kollege verneigte sich und sagte: »Falls Ihnen mein Name zu kompliziert ist, nennen Sie mich Jack wie alle, Mr. Gallagher.«

Gallaghers Lachen klang unecht. »In Ordnung, Jack. Gehen Sie bei den G-men in die Lehre? Ich warne Sie vor

Ansteckung. Cotton und Decker verdächtigen zu schnell ehrenwerte Leute.«

Eine Sekretärin kam herein. Auf einem Tablett brachte sie ein Steak, eine Schüssel mit Salat und eine kleine Flasche Champagner. Sie stellte alles auf einen Seitentisch, öffnete die Champagnerflasche und fragte nach Gallaghers Wünschen.

»Danke, Eve! Richten Sie Trypow aus, daß ich den Hubschrauber allein fliegen werde! Ich brauche randvolle Tanks.«

Mit einer entschuldigenden Geste wandte er sich dem Essen zu. »Erlauben Sie, daß ich während unseres Gespräches lunche. Ich muß in einer Viertelstunde starten.«

»Wohin?«

»Zu verschiedenen Stützpunkten meiner Fluglinie. Das Attentat hat erhebliche Unruhe ausgelöst. Ich muß dafür sorgen, daß der Laden in Schwung bleibt.«

»Hören Sie gut zu, Gallagher! Der Mann, der von Riggs in San Francisco erschossen wurde, war Mitglied der japanischen Kenzaburo-Gang. Die Männer, die Ihr Flugzeug sprengten, gehörten zur gleichen Organisation. Das Motiv scheint festzustehen. Der Boß dieser Gang wurde bei einem geplanten Rauschgift-Deal um fünf Millionen Dollar geprellt. Offenbar waren Sie der Geschäftspartner von Yukio Kenzaburo.«

Er schob sich einen Bissen Steak zwischen die Zähne.

»Ich betreibe eine Fluggesellschaft, G-man, und keinen Rauschgifthandel.«

»Flash Airlines fliegt Bolivien an, Hauptlieferant für Kokain. Ebenso landen Ihre Maschinen in Japan, das nach Auskunft von Mr. Tanaka für Kokain ein neuer großer Markt wäre, den Yukio Kenzaburo abkassieren möchte. Natürlich braucht er Ware. Dafür hat er fünf Millionen Dollar gezahlt, ohne die entsprechende Gegenlieferung zu erhalten.«

Gallagher lehnte sich in seinen Sessel zurück und lachte so heftig, daß er sich verschluckte und sein Gelächter in Husten überging. Er griff nach dem Champagner und leerte das Glas.

»Sie machen mir Spaß, G-man«, sagte er, immer noch lachend. »Nehmen wir an, ich wäre wirklich der Partner dieses japanischen Al Capone und hätte den Jungen übers Ohr gehauen, hätte ich dann nicht ein gutes Werk vollbracht, weil ich dadurch die Überschwemmung der Inseln mit Kokain verhindert hätte? Was verlangen Sie von mir, G-man? Soll ich die fünf Millionen zurückgeben, damit der Koks gekauft und den Japanern das Schnupfen beigebracht werden kann?«

Ein leiser Gong ertönte. Gallagher schwang sich in seinem Sessel herum und griff nach dem Hörer eines Telefons, das isoliert von dem Hauptapparat in einer Vertiefung des Schreibtisches stand. Er nahm den Hörer ab und meldete sich.

Was der Anrufer sagte, dauerte nicht länger als zwei Sekunden und bewirkte, daß Gallagher blaß wurde. Er nahm den Hörer vom Ohr, hielt ihn lange über der Gabel, bis er ihn fallen ließ und mit der anderen Hand auf den Knopf der Sprechanlage drückte.

»Für mich ist ein Paket abgegeben worden! Bringen Sie es sofort herein!«

Das Essen rührte er nicht an. Nur sein Glas füllte er mit dem Rest Champagner, drehte es lange zwischen den Fingern, bevor er es an die Lippen setzte und austrank.

Die Sekretärin brachte einen mit Klebeband verschlossenen Karton, der die Aufschrift trug: Mr. Desmond Gallagher persönlich.

Er riß das Klebeband ab, öffnete den Deckel, warf

einen Blick hinein und klappte den Deckel sofort wieder zu. Phil, der etwas seitlich stand, sagte scharf: »Öffnen Sie sofort den Karton, Gallagher!«

»Ich denke nicht daran, G-man! Die Sendung ist für mich bestimmt, nicht für den FBI.«

Phil tat etwas, was auf den ersten Blick gegen alle Regeln zu verstoßen schien. Er riß Gallagher das Paket aus den Händen, öffnete es und kippte den Inhalt aus. Eine Videokassette polterte auf den Schreibtisch, eine Kassette, um die eine lange Strähne blonden Frauenhaares gebunden war.

»Ich sorge dafür, daß du deinen Job verlierst, Schnüffler!« brüllte Gallagher.

»Halten Sie die Luft an!« sagte Phil ruhig. »Ich sah das Haar. Ich weiß auch, von welchem Kopf es stammt. Die Beschlagnahme entspricht den Vorschriften für Notsituationen. Sie werden sich dieses Videoband nicht allein ansehen, Gallagher!« Ich rieb das Haar zwischen den Fingerspitzen. Es fühlte sich seidig und kräftig an.

»Jennifer Kerr?« fragte ich halblaut. Phil nickte.

Ein großer Fernsehapparat mit kompletter Videoausrüstung stand in einer Ecke des Büros.

»Wir werden uns das Band ansehen«, entschied ich.

»Ich protestiere!« wütete Gallagher und schrie in die Sprechanlage: »Verschafft mir 'ne Verbindung mit dem FBI! Ich will den Chef sprechen, und ich werde ihm sagen, daß zwei Beamte aus seinem Verein auf meinen Bürgerrechten herumtrampeln!«

Ich legte die Kassette ein und ließ sie anlaufen.

Phil, Tanaka und ich blickten gespannt auf den Bildschirm. Dann stand auch Gallagher auf und trat zu uns.

Streifen und weiße Blitze flimmerten über den Bildschirm für etwa zehn Sekunden, bevor die Aufzeichnung einsetzte und Jennifer Kerr erschien.

Sie saß auf einem Stuhl, bekleidet mit Jeans und einem T-Shirt, wie wir sie bei der ersten Begegnung gesehen hatten. Sie schien unverletzt. In den Händen hielt sie ein Blatt Papier, von dem sie abzulesen begann, nachdem ihr irgendwer außerhalb des Bildes ein Zeichen gegeben hatte. Ihre Stimme klang klar und war ohne jeden erkennbaren Anklang von Furcht.

»Diese Nachricht ist für Desmond Gallagher bestimmt«, las sie. »Ich befinde mich in der Gewalt von Personen, die eine Forderung an dich haben, deren Art und Höhe du kennst. Sie geben dir achtundvierzig Stunden, die Forderung zu erfüllen. Nach Ablauf von vierundzwanzig Stunden werden sie dich wissen lassen, wo und wann die Übergabe stattzufinden hat.«

Das Zimmer, in dem die Aufzeichnung gemacht worden war, enthielt außer Jennifers Stuhl keine Möbel. Die Tapeten zeigten ein verschossenes Blumenmuster und große dunkle Flecken von Mauerfeuchtigkeit.

Die Journalistin ließ das Papier sinken. Sie blickte in die Kamera, so daß sie jeden von uns unmittelbar anzusehen schien.

»Wenn du die Forderung nicht erfüllst, werde ich umgebracht«, sagte sie.

Von der linken Seite trat ein Mann ins Bild. Er war nackt bis auf ein weißes zusammengedrehtes Tuch, das er zwischen den Beinen durchgeführt und an den Hüften verknotet hatte.

Sein magerer muskulöser Körper war mit einer vielfach verschlungenen farbigen Tätowierung bedeckt, die keinen Quadratzoll der Haut freiließ. Ihre Hauptfarben waren Blau und Rot. Die Kamera war so gerichtet, daß sein Kopf außerhalb des Bildes blieb. Auf nackten Füßen trat er hinter den Stuhl. In der rechten Hand hielt er ein schweres, breites Messer. Er griff mit der freien Hand in

Jennifers Haar, zog ihren Kopf so tief in den Nacken, daß sich der Hals zum Bogen spannte, der Kehlkopf, die Schlagadern sich deutlich unter der Haut abzeichneten.

Mit einer wuchtigen Schlagbewegung ließ der Tätowierte das Messer niedersausen. Es sah aus, als würde er das Mädchen vor unseren Augen köpfen, und er stoppte den Schlag so knapp ab, daß die Schneide noch die Haut berührte. Im selben Augenblick erlosch das Bild.

Hinter uns brach Gallagher in Gelächter aus. »War das ein Horrorfilm aus Ihrer Heimat, Jack?« fragte er den Inspektor. Für eine Sekunde schien es, als würde Phil die Beherrschung verlieren und Gallagher die Faust aufs Lästermaul setzen. Ich hielt seinen Arm fest.

»Die Drohung nehmen wir ernst«, sagte ich.

Gallagher warf einen Blick auf die Armbanduhr. Die Platinkette am Handgelenk klirrte leise.

»Nehmen Sie ernst, soviel Sie wollen!« erklärte er zynisch. »Mich geht die ganze Sache nichts an, und ich werde mich nicht darum kümmern.«

Über die Sprechanlage meldete sich die Sekretärin aus dem Vorzimmer.

»Die gewünschte Verbindung mit dem FBI, Sir.«

Gallagher ging zum Schreibtisch und beugte sich über das Mikrofon.

»Hat sich erledigt, Eve! Anscheinend handelt es sich um einen idiotischen Spaß, den sich irgendwer auf meine Kosten macht.«

Er wandte sich uns zu.

»Genau das ist meine Meinung: ein idiotischer Spaß. Ich werde nicht darauf reinfallen.«

»Jenny Kerrs Entführer verlangen, daß Sie eine Forderung erfüllen.«

»Niemand hat eine Forderung an mich.«

»Wollen Sie riskieren, daß das Mädchen getötet wird?«

»Hören Sie zu, G-man! Diese Jennifer Kerr geht mich nichts an. Vor drei Tagen habe ich sie nicht einmal gekannt. Daß zwischen ihr und mir überhaupt eine Beziehung besteht, verdankt sie allein Ihnen. Sie haben sie auf die Insel gebracht.«

Er zog die Lippen von den Zähnen und zeigte sein makellos gepflegtes Gebiß. »Also sind Sie schuld an den Schwierigkeiten, in denen sie steckt. Holen Sie sie raus! Mich lassen Sie gefälligst aus dem Spiel!«

»Ihre Weigerung bedeutet das Todesurteil für Jenny Kerr.«

»Verhindern Sie die Vollstreckung! Soviel ich weiß, verbraucht Ihr Verein eine Menge Steuerdollars. Leisten Sie etwas für Ihr Geld, G-man!«

Ich begriff, daß er nicht umzustimmen war. Er hatte erkannt, daß er die besseren Karten in der Hand hielt. Mit eiskaltem Zynismus schob er uns die Aufgabe zu, Jennifer Kerr zu retten oder, wenn es nicht gelang, ihre Entführer und Mörder zu jagen. Er benutzte uns – Phil, mich, Jack Tanaka, den FBI, den ganzen Polizeiapparat –, um die Leute zur Strecke zu bringen, die er um eine Riesensumme geprellt hatte und auf deren Abschußliste er stand. Er zwang uns, seinen Krieg zu führen, und uns blieb keine andere Wahl, als tatsächlich den Kopf für ihn hinzuhalten. Wir mußten unser möglichstes tun, um zu verhindern, daß Flugzeuge gesprengt und ähnliche Attentate verübt wurden, und selbstverständlich würden wir uns für die Befreiung des entführten Mädchens zerreißen.

Gallagher konnte mit den Händen in den Taschen zusehen, wie wir uns für ihn abstrampelten. Zynisch konnte er seine Mitarbeit verweigern, ohne sich selbst in Gefahr zu bringen. Wir hatten nichts gegen ihn in der Hand. War wirklich ein Rauschgift-Deal zwischen ihm und den Japanern gelaufen? Hatte er fünf Millionen Dollar kassiert? Beweise gab es nicht.

Solche Gedanken schossen mir durch den Kopf, während Gallagher lächelnd auf meine Antwort wartete.

»Halten Sie sich zu unserer Verfügung, Gallagher!« verlangte ich.

»Unmöglich! Der Hubschrauber ist startbereit. Wozu wäre ich nötig? Soll ich den Jungs am Telefon sagen, daß es kein Geld gibt? Das können Sie so gut wie ich. Mein Büro steht Ihnen offen.«

Ich suchte seinen Blick.

»Sie halten sich für den Gewinner, Gallagher«, sagte ich langsam. »Aber eine Frage müssen Sie beantworten. Was sagte der Anrufer?« Ich wies auf den Apparat in der Schreibtischmulde.

»Wir haben eine Sendung für dich abgegeben«, antwortete er nach kurzem Nachdenken. »Das war alles.«

»Kam der Anruf über die normale Firmenleitung?«

Er preßte die Lippen aufeinander, sah ein, daß eine Lüge sinnlos gewesen wäre.

»Nein, dieser Apparat hat eine geheime Nummer, die nicht veröffentlicht worden ist.«

»Der Anrufer kannte diese Nummer?«

Er zuckte mit den Schultern. »Keine Ahnung, auf welche Weise er sie sich beschafft hat. So geheim ist sie nun auch wieder nicht. Mindestens drei Dutzend Leute kennen sie.« Wieder blickte er auf die Armbanduhr.

»Wenn Sie mich noch länger aufhalten wollen, G-man, müssen Sie mich verhaften.«

Er öffnete die Tür zum Vorraum und rief die Sekretärin herein. »Eve, diese Gentlemen dürfen zu jeder Zeit mein Büro betreten, ob ich mich darin aufhalte oder nicht.«

Er hob die Hand. »Viel Glück, G-men! Holen Sie Jenny raus! Sie ist zu hübsch, um früh zu sterben.«

Er verneigte sich mit spöttischer Höflichkeit gegen den Inspektor. »Sayonara, Tanaka-san! Bringen Sie Ihre Yakuza nach Japan heim! Bei uns in den Staaten werden sie nicht nur das Gesicht, sondern auch das Leben verlieren.«

Er verließ den Raum.

Fünf Minuten später, als wir gerade die Straße erreicht hatten, hob ein Longranger-Helikopter vom Dach des Wolkenkratzers ab und schwang sich mit einer Steigkurve in den Himmel.

Ich stoppte das Videoband. Das Bild auf dem Schirm erstarrte. Drei Zoll über Jennifers Hals schwebte das Messer. Unter der tätowierten Haut des Mannes wölbten sich die gespannten Muskeln.

Tanaka trat an das Gerät und zeichnete mit dem Finger Linien in der Tätowierung nach.

»Man erkennt die Umrisse einer Lotosblume im feuerspeienden Rachen eines Drachen«, erklärte er. »Das Motiv entspricht dem Wappen der Familie Kenzaburo. Der Mann, der es sich in die Haut eintätowieren ließ, dokumentiert damit, daß er sich als Angehöriger der Familie betrachtet, obwohl er vermutlich nicht wirklich mit ihr verwandt ist.«

»Er würde das Mädchen tatsächlich töten?« fragte Mr. High.

»Wenn es ihm vom Chef des Clans befohlen würde – zweifellos.«

»Uns bleiben achtundvierzig Stunden.« Mr. High drehte den silbernen Kugelschreiber zwischen den Fingern.

»Sir, wir dürfen nur mit der Hälfte der Zeit rechnen. Nach vierundzwanzig Stunden soll Gallagher Ort und Zeit der Übergabe mitgeteilt werden. Wenn sich dabei herausstellt, daß er nicht mitspielt, besteht die Gefahr einer Kurzschlußreaktion.«

Ich drückte den Startknopf. Das Band lief ab. Auf dem Bildschirm zuckte das Messer gegen Jennifers gespannten Hals. Einen Atemzug später füllte gleichmäßiges Grau die Scheibe.

Mr. High schob einen schweren Gegenstand, verpackt in einer Plastiktüte, über den Schreibtisch.

»Der Combat-Magnum-Revolver mit dem vier-Inch-Lauf, der bei dem Flughafenattentäter gefunden wurde«, erklärte er. »Eine zweite Waffe des gleichen Typs wurde aus den Trümmern der Maschine geborgen. Die Produktionszahlen waren nur ungenügend weggefeilt und konnten in UV-Licht sichtbar gemacht werden. Beide Revolver wurden von der Fabrik an ein Waffengeschäft in New Haven geliefert und verschwanden zusammen mit viel Munition und anderen Waffen bei einem Einbruch vor zwei Monaten. Es ist ganz unwahrscheinlich, daß sie in der kurzen Zeitspanne nach Japan gelangt sein könnten, abgesehen davon, daß es schwierig ist, Revolver durch die Bordkontrollen zu bringen. Die Männer der Kamikaze-Gang kamen ohne Waffen in die USA. Die Magnum-Kanonen und auch den Sprengstoff erhielten sie hier.«

»Von amerikanischen Helfern?«

Mr. High nickte. »Stellen Sie sich vor, ein amerikanischer Gangster sollte in Tokio irgendein Verbrechen begehen! Er wäre in der fremden Umgebung so hilflos wie auf dem Mond. Wie sollte er an sein Opfer herankommen? Nicht einmal in den Verkehrsverbindungen fände er sich zurecht. Er wüßte nicht, wo er ein Versteck finden sollte, wie er sich einen Wagen beschaffen könnte, ohne ihn zu kaufen oder zu mieten, und schon gar nicht wäre er in der Lage, sich eine Waffe zu besorgen. Genau in der gleichen Lage befinden sich die Männer der Kamikaze-Gang. Die meisten von ihnen sprechen wahrscheinlich nicht einmal Englisch. Natürlich war es sehr einfach für sie, ins Land zu gelangen. Dazu genügt ein Touristenvisum und ein Flugticket. Aber eine Flugzeugsprengung und eine Entführung lassen sich bei aller Kamikaze-Mentalität nicht aus dem Handgelenk durchführen. Um solche Verbrechen zu begehen, muß man in New York sehr gut Bescheid wissen.«

»Yukio Kenzaburo hat zwei Jahre in New York gelebt«, warf Inspektor Tanaka ein. »Er hat Beziehungen zur Unterwelt.«

»Genau das meine ich, Jack«, bestätigte der Chef. »Kenzaburo wird seine alten Beziehungen aktiviert haben. Wenn wir herausfinden, wer seine amerikanischen Helfer sind, kämen wir einen großen Schritt weiter.«

»Ich kann einen Namen nennen«, sagte Tanaka. »Yukio erhielt voriges Jahr Besuch von einem gewissen Ron Rudish. Gemeinsam flogen sie nach Manila und von dort nach Bangkok. Aus Thailand kam Yukio allein nach Japan zurück. Meine Behörde bat den FBI Washington um Informationen über Ron Rudish. Wir erhielten die Antwort, daß er ein berüchtigter Betreiber illegaler Bordelle sei. Ähnliche Unternehmen besitzt auch die Kenzaburo-Gang. Wir vermuten, daß Yukio seinem amerikanischen Geschäftsfreund beim Einkauf neuer Mädchen behilflich war.« Er zeigte sein verbindliches Lächeln. »Für diese Hilfe könnte Yukio Gegenleistungen beansprucht haben.«

»Der Kreis schließt sich«, sagte Phil. »Rudish und Gallagher kannten sich gut. Manche Männerparty, die Gallagher schmiß, endete in einem Rudish-Club, oder Rudish lieferte die Mädchen gleich frei Haus.«

»Das führt uns leider in eine Sackgasse«, meldete ich mich zu Wort. »Vor drei Monaten wurde Ron Rudish von der Konkurrenz erschossen. Seine Organisation brach auseinander. Die State Police nutzte die günstige Gelegenheit, schloß ein knappes Dutzend sogenannter Sportclubs und Gesundheitsinstitute und verhaftete Rudish-Ganoven serienweise. Einige wurden verurteilt, die meisten warten noch auf ihren Prozeß.«

Ein Gefühl von Enttäuschung breitete sich aus. Jack Tanaka sagte halblaut: »Andere Namen kenne ich nicht.«

Mr. High stand auf. »Bevor wir die Fährte aufgeben, müssen wir feststellen, welche Ex-Mitglieder der Rudish-Organisation sich auf freiem Fuß befinden und ob sie als Helfer für Gallaghers Gegner in Frage kommen.«

Er sah Phil und mich eindringlich an.

»Wenn wir bis morgen mittag kein Resultat erzielen, müssen wir einen anderen Weg zur Rettung des Mädchens suchen. Bitte, treffen Sie mich um zwölf Uhr in Gallaghers Büro. Wir werden dann entscheiden, wie wir auf den Anruf reagieren. Viel Glück!«

Der Zentralcomputer schluckte das Stichwort ›Ron Rudish‹ und beantwortete die Frage ›Kontaktpersonen‹ mit einer schier endlosen Namensliste, auf der vier Fünftel Frauennamen waren – die Namen der Mädchen, die er zur Prostitution in seinen getarnten Bordellen gezwungen hatte.

Wir ließen die Liste ausdrucken und strichen alle eindeutigen Frauennamen. Übrig blieben knapp fünfzig Männer, teils Kunden, teils Mitglieder der Gang.

»Ein alter Bekannter«, sagte Phil und wies auf den Namen Desmond Gallagher.

Wir fütterten den Computer mit allen Namen, die wir aus ihm herausgefiltert hatten. Bei ungefähr der Hälfte paßte er und wußte nichts dazu zu sagen. Zur anderen

Hälfte lieferte er mehr oder weniger bunte Lebensläufe, in denen sich die Vorstrafen zu einer stolzen Zahl summierten. Letzte Adressen nannte er nur, soweit sich die Jungens gerade im Knast befanden, aber diese Typen waren für uns uninteressant.

Wir teilten uns die Liste, baten Jack Tanaka, sich die Attraktionen New Yorks anzusehen, verabredeten die Zeiten für gegenseitige Information und machten uns an den Versuch, ein paar menschliche Stecknadeln im gewaltigen New Yorker Heuhaufen zu finden.

Erinnern Sie sich an Abe Jingel? Ich erwähnte unseren Besuch bei ihm, kurz bevor der Anschlag auf die Flash-Maschine verübt wurde. Auch an diesem Spätnachmittag war Jingel meine erste Anlaufadresse. Abes Büro war ein ehemaliges Ladenlokal in der Lower East Side, dicht an der Bowery. Da Jingel die Rollade vor dem Schaufenster nie hochzog, brannte ständig künstliches Licht in Form von zwei Neonlampen. Jingel selbst sah aus, als hätte ihn seit Jahrzehnten kein Sonnenstrahl getroffen, ein großer, magerer Mann mit einem bleichen Ziegengesicht, fahlen Haaren und großen, knochigen Händen, die ruhelos hin und her zuckten.

Er beschäftigte eine einzige Mitarbeiterin, ein traumhaft schönes, knapp zwanzigjähriges Mädchen mit zartem Teint, samtschwarzen Augen und tiefschwarzem Haar, das sie zu zwei schweren Zäpfen geflochten trug. Sie arbeitete in der äußersten Ecke des Ladens an einem Schreibtisch, auf dem das Telefon und eine moderne IBM-Maschine standen. Sie hieß Esther, war Jingels Tochter, und es gab nichts, auf das Abe so scharf aufgepaßt hätte wie auf sie, nicht einmal auf sein Geld.

Verfängliche Gespräche führte Jingel nie vor Esthers Ohren.

Zu diesem Zweck führte er seine Besucher in einen

Hinterraum. Auch mich bugsierte er sofort in diese düstere Kammer und schloß die Tür.

»Du kommst zu oft, G-man. Man wird dich sehen«, jammerte er. »Alle werden denken, Abe Jingel ist ein – Spitzel vom FBI. Keiner wird wagen, mich um eine Kaution zu bitten. Du ruinierst mich. Meine Tochter und ich ... hungern werden wir müssen.«

Ich hielt ihm die Liste unter die lange Nase.

»Sag mir alles, was du über diese Leute weißt!«

»Nichts, nichts«, antwortete er, ohne überhaupt hingesehen zu haben. Ich kannte seine Art und ignorierte sein Gejammer. Widerstrebend nahm er die Liste, las, hob den Kopf und fragte: »Alles Rudish-Jungens?«

»Dein Gedächtnis ist bewundernswert, Abe.«

Er wedelte mit dem Papier. »Was willst du von mir? Die Rudish-Firma ist geplatzt. Große Pleite! Konkurs! Ausverkauf!«

»Wer von den Leuten auf der Liste ist noch im Geschäft?«

»Gibt kein Geschäft mehr! Alle Häuser geschlossen! Mädchen in alle Winde zerstreut.«

»Du willst nicht verstehen, Abe! Die Männer auf dieser Liste befinden sich auf freiem Fuß. Manche mögen sich abgesetzt haben. Andere stellen sich vielleicht tot, bis Gras über die Rudish-Affäre gewachsen ist, aber einige könnten noch aktiv sein. Über sie brauche ich Informationen.« Er blickte auf die Liste und schnitt dabei ein so finsteres Gesicht, als läse er einen Börsenbericht mit total versauten Kursen.

»Alles kleine Gauner! Eckensteher! Taschendiebe! Zuhälter von ein, zwei Schicksen! Kroppzeug! Zu klein für einen G-man.«

»Alle? Wirklich alle?«

»Nun, vielleicht ...«, sagte er gedehnt, zögernd, kopfwackeln, »... Hyman Portnoy, mag sein, er ist ein bißchen größer als die anderen. Hat etwas gerettet aus dem Zusammenbruch von Rudish.«

Zwanzig Minuten brauchte ich, bis ich aus Jingel herausgeholt hatte, daß Hyman Portnoy vier oder fünf ehemalige Mitglieder der Rudish-Gang um sich gesammelt hatte. Er betrieb eine Discothek auf der Tenth Avenue, nahe an den Westside-Kais, arbeitete mit den Anführern einiger Jugendbanden zusammen und beherrschte mit ihrer Hilfe ein Gebiet zwischen den Kais und der Tenth Avenue bis hinauf zur 25th Street.

»Glaubst du, daß Portnoy Waffen beschaffen kann?«

Jingel fuchtelte mit den Armen.

»Wer in New York kann nicht Waffen beschaffen? Revolver kannst du an jeder Straßenecke kaufen. Das weißt du doch, G-man. Warum stellst du überflüssige Fragen?«

»Ich spreche nicht von einer einzelnen Kanone, sondern von einer Ausrüstung für mehr als zehn Männer, außerdem von Sprengstoff, Fahrzeugen, Verstecken. Wäre Hyman Portnoy dafür die richtige Adresse?«

Abe wiegte den Kopf. »Kann sein oder auch nicht. Autos klauen die Youngster auf Bestellung, wenn er bezahlt. Waffen? Oft sind ganze Arsenale zu kaufen, wenn irgendwo ein Laden ausgeräumt wurde. Alles andere?« Er machte eine verächtliche Geste. »Eine Kleinigkeit!«

Ich tippte auf die Namensliste.

»Wer von ihnen arbeitet für Portnoy?«

Jingel nannte drei Namen: Walt Ebb, George Gatta und Joel Smith.

»Danke, Abe!« Ich stand auf. »Falls du irgend etwas über japanische Gangster in New York hörst, ruf uns sofort an!«

»Terroristen?« fragte er zurück.

»Nein, nichts Politisches. Das Motiv ist Geld, großes Geld!«

Er begleitete mich durch den Laden.

»Guten Abend, Esther!« rief ich.

»Guten Abend, Sir«, antwortete sie, ohne von der Schreibmaschine aufzublicken.

Jingel öffnete die vielfach verriegelte Ladentür.

»Großes Geld«, wiederholte er träumerisch. »Gestern, G-man, sagte ich dir, daß ein großer Deal läuft, entweder mit Pablo Molinas oder mit Dixon Mitchell.«

Er schob den Kopf weit vor wie eine Ziege, die ein fernes Blatt erreichen will, spähte und drängte mich aus der Tür.

»Es heißt, Molinas sei aus dem Rennen. Kann die verlangte Summe nicht aufbringen. Er tobt vor Wut. Hat seine Freundin verprügelt. Man sagte, Dixon Mitchell hätte die Nase vorn.«

Er schrammte die Tür zu. Die Riegel klirrten.

Das Gebiet zwischen den Kais und der Tenth Avenue gilt als gefährlich. Ein auffälliger Wagen wie der Jaguar hätte eine Menge ungebetener Interessenten angezogen. Ich ließ mich von einem Taxi hinbringen. Kaum hatte ich bezahlt und war ausgestiegen, gab der Fahrer eilig Gas.

Hyman Portnoys Discothek hieß ›The Deep‹ und lag in einem Block dicht am Westside Highway, der als Hochstraße auf stählernen Pfeilern verläuft.

Aus dem Eingang zur Diskothek dröhnte Beat aus voll aufgedrehten Lautsprechern. Jugendliche standen in Gruppen an den Straßenecken auf beiden Seiten der Fahrbahn. Zwischen den Strahlträgern des Highway hockten ein halbes Dutzend Rocker auf ihren schweren

Motorrädern. Ich steuerte die Disco an. Natürlich paßte mein Aussehen nicht in die Landschaft. Grelle Pfiffe, schweinische Zurufe begleiteten mich.

Ich ignorierte alles, aber dann geschah etwas, das ich nicht ignorieren konnte.

Die Tür der Discothek flog auf. Ein breiter, dicklicher Mann, dessen sorgfältige Lockenfrisur in schreiendem Gegensatz zum groben Schnitt seines Gesichtes stand, zerrte ein schmächtiges Mädchen ins Freie. Er hielt sein Opfer an den Haaren gepackt und riß es vorwärts.

Zugegeben, das Mädchen sah nicht aus wie eine verfolgte Unschuld. Ihr Gesicht war stark geschminkt. An den Ohren schaukelten bunte Metallringe. Der schwarze Lederrock reichte knapp bis zur Mitte der mageren Schenkel. Zweifellos war sie unter zwanzig, und sie war nicht halb so schwer wie der Krauskopf, der sie an den Haaren herumschleuderte, als wolle er ihr den Kopf von den Schultern reißen.

Sie schrie, kreischte, rief um Hilfe, aber bei allen Zuschauern erntete sie Gelächter. Irgendwer brüllte: »He, Georgie, hat sie dich um die Einnahme beschissen?«

»Georgie« Krauskopf drängte das Mädchen gegen die Mauer und begann, sie mit der freien Hand zu ohrfeigen. Er holte weit aus und schlug mit voller Kraft zu.

Nur einmal! Als er zum zweiten Schlag ausholte, fing ich seinen Arm ab.

»Laß sie los!« befahl ich.

Das tat er. Er nahm die Hand aus den Haaren. Ich gab seinen Arm frei. Er drehte sich langsam um, glotzte mich an und zischte: »Bastard!«

Mit beiden Fäusten schlug er zu. Den linken Haken in meine Rippen brachte er gut unter, den rechten Schwinger zum Kopf blockte ich ab.

»Überleg's dir, Georgie!« warnte ich friedlich.

Er ließ mich kaum aussprechen, zielte einen linken Haken zum Kinn und feuerte gleichzeitig einen bösartigen Tritt ab.

Ich zahlte zurück. Er kassierte vier, fünf satte Haken, die ihn bis an die Tür zur Disco trieben, und nach zwei harten Treffern am Kinn sah er unter seinen hübschen Locken ziemlich alt aus.

Er gab es auf, sich mit mir herumzuprügeln, riß seine Jacke auf, daß die Knöpfe absprangen und grapschte nach einer Kanone, die er in einer Gürtelhalfter weit hinten über der rechten Pobacke trug.

Ich langte noch einmal hin, und der Brocken rüttelte ihn so durch, daß er danebengriff. Mit der Linken packte ich sein Handgelenk, riß den Arm hoch, drehte mich darunter durch, stand damit hinter Georgie, fetzte ihm die Jacke weg und fischte mir seine Kanone. Sie lag schwer in der Hand, ein massiver, kurzläufiger Revolver. Obwohl ich keine Zeit fürs genaue Hinsehen hatte, schien es ein Combat Magnum mit vier-Inch-Lauf zu sein.

»Georgie« trat um sich und brüllte: »Macht ihn fertig! Zwanzig Dollar für jeden! Zwanzig Dollar! Bringt das Schwein um!«

Ich hatte ihn sicher im Griff. »Verbrenn dir nicht die Zunge mit unsittlichen Angeboten, Mann!«

Es war schon zu spät. Das Zwanzig-Dollar-Angebot lockte die Rocker von ihren Feuerstühlen. In breiter Front kamen sie über die Straße. Ihr Anführer, ein breitschultriger Hüne mit wehendem Vollbart, die ärmellose Lederjacke auf der nackten Haut, löste die doppelte Fahrradkette vom Gürtel.

»He, Fremder, nimm die Pfoten von George!« röhrte er.

Ich hielt den Magnum hoch, damit er ihn sehen konnte. »Komm nicht näher, Rübezahl, oder ich verseng dir den Bart!«

Der Anblick des Revolvers machte ihn nachdenklich. Auf halbem Weg, mitten auf der Fahrbahn blieb er stehen. Mit ihm brachen seine Kumpane den Vormarsch ab, acht wilde Typen, von denen jeder ein häßliches Werkzeug in den Fäusten hielt, vom Würgeholz bis zum nagelgespickten Baseballschläger.

»Wenn du schießt, machen wir dich platt!« drohte Rauschebart.

»Fünfzig Dollar!« schrie George. »Fünfzig Dollar für jeden!« Ich hatte leider keine Hand frei, ihm den Mund zu stopfen.

Angesichts des Revolvers brachte auch das erhöhte Angebot die Rocker nicht vorwärts.

Überall erhob sich Gelächter. Die Mitglieder der anderen Gruppen, die Punker, Skinheads und Breackies verhöhnten die Rocker.

»Vor 'nem einzelnen Mann haben sie die Hosen voll!« kreischte ein Punkergirl, dessen grüngefärbtes Haar wie die Borsten eines Straßenbesens hochstand. »Big Bill, der Schrecken der Tenth Avenue! Mann ab morgen werden dich alle Little Schlappschwanz nennen!«

Der Rockerhäuptling schwang wütend die Fahrradkette:

»Shut up, oder ich ...«

Das Punkermädchen lachte gellend.

»Klar, Bill Schlappschwanz, an ein Mädchen wagst du dich. Versuch's doch mal bei dem Typ, für den George dir fünfzig Dollar bietet! Wäre leichtverdientes Geld!«

Der Spott heizte die Rocker auf, mehr als das Geld.

Der bärtige Rockerboß wollte um keinen Preis den Ruf als Kraftprotz von vier oder fünf Häuserblocks verlieren.

»Ran, Männer!« heulte er.

Ich stieß die Tür zur Discothek mit dem Fuß auf und zog meinen Gefangenen rückwärts. Selbstverständlich dachte ich nicht dran, ernsthaft auf die Rocker zu schießen.

Für sie sah die Bewegung wie ein Rückzug aus und machte ihnen Mut. Nicht der Anführer, drei andere preschten los. Fünf, sechs Sprünge, und ich würde sie auf dem Hals haben.

Zwei Autoscheinwerfer flammten auf, erfaßten die Straße auf fünfzig Yards und tauchten die Szene in die Helligkeit einer beleuchteten Bühne.

Die Rocker reagierten auf das Licht, als wären sie gegen eine massive Schranke geprallt. Sie warfen sich herum und zogen sich fluchend zu ihren Leuten zurück.

»Ich halte eine Schrotflinte in der Hand!« rief eine Männerstimme hinter den Scheinwerfern. »Am besten geht ihr alle nach Hause und seht euch das Fernsehprogramm an.«

Phils Stimme! Ich hatte nicht die leiseste Ahnung, wie er hergefunden hatte.

Die Rocker drehten ab und schlichen zu ihren Motorrädern unter den Highway-Pfeilern. Viele von den anderen verschwanden in Türnischen und Hauseingängen.

Eine Polizeisirene heulte auf. Ein Blaulicht begann zu kreisen. Langsam rollte ein Wagen der City Police heran, neben dem Phil herging. Tatsächlich hielt er eine Repetierflinte in den Händen.

Er schüttelte den Kopf. »Schlechte Leistung, Mr. Cotton! Ein G-man macht seine Arbeit lautlos und läßt sich nicht auf Straßenprügeleien ein.«

Sollte ich ihm den Grund erklären? Das Mädchen, wegen dem ich mir George vorgenommen hatte, war längst verschwunden.

Phil zeigte auf den Mann.

»Wer ist das?«

»Ich weiß nur, daß sie ihn Georgie nennen.«

Phil griff unter Georgies Kinn und hob seinen Kopf an.

»Das ist George Gatta. Steht auf unserer Liste frei herumlaufender Rudish-Leute. He, George, finde ich Joel Smith bei euch?«

»Laß mich los!« jammerte Gatta.

Ich gab ihn frei. Stöhnend rieb er sein Schultergelenk.

»Wieso hast du ihn erkannt?« fragte ich. Phil zog ein Packen Fotos aus der Tasche. »Aus dem Archiv der City Police. Am Anfang der Laufbahn sind die Jungs alle mit den Cops aneinandergeraten. Damals wurde noch nach alter Sitte fotografiert.«

Er suchte in dem Packen und hielt ein Foto hoch.

»George Gatta, fünfzehn Jahre jünger und noch nicht so fett wie heute.«

Ein City-Polizist stieg aus dem Wagen.

»Werden wir noch gebraucht, G-man?«

Phil warf ihm das Repetiergewehr zu. »Brauchen wir sie noch, Jerry?«

»Danke nein, Officer.«

»Vielen Dank für die Hilfe«, sagte Phil.

Die Cops wendeten ihren Wagen und fuhren die Tenth Avenue hinauf. »Erklär mir, wieso wir uns hier treffen! Was hat dich hergebracht?«

»Mein Gedächtnis«, antwortete Phil. »Erinnerst du dich, daß wir auf der Rückfahrt von Gallaghers Insel einen Kleinbus voller Japaner überholt haben?«

»Natürlich erinnere ich mich! Eine Reisegruppe. Der Bus trug die Aufschrift eines Reiseunternehmens.«

»Interstates Travel Tours New York«, präzisierte Phil. »Mit den Leuten sprach ich vor knapp zwei Stunden. Sie führen genau Buch über ihre Reisen. Die Fahrt damals führten sie nicht in eigener Regie durch, sondern stellten den Bus einem Mann zur Verfügung, der sich als Reiseagent ausgab und erklärte, er müsse eine Gruppe japanischer Techniker zu verschiedenen Fabriken fahren. Er legte Papiere auf den Namen Joel Smith vor, zahlte die Kaution und brachte den Bus nach fünf Tagen zurück. Das Reisebüro verlangte eine Adresse für den Fall, daß irgendwelche Forderungen während der Verleihzeit entstanden wären.« Er wies auf das Haus. »Genau die Adresse nannte Joel Smith.«

Noch rieb George Gatta sein Schultergelenk. Immerhin hatte er sich soweit erholt, daß ihm aufging, an wen er geraten war.

»Schnüffler?« fragte er vorsichtig. Als er keine Antwort erhielt, setzte er ein gewaltiges Grinsen auf.

»Mann, o Mann, wenn ich das geahnt hätte, wäre ich sofort friedlich wie ein Lamm gewesen. Sir, Sie hätten mir nur zu sagen brauchen, daß Sie 'ne Marke haben, und alles wäre ohne Krach abgelaufen. Sie müssen zugeben, daß Sie einfach über mich hergefallen sind. Es war mein gutes Recht, mich meiner Haut zu wehren. Ich konnte nicht ahnen, daß Sie ein Polizist sind. Ich hielt Sie für den Zuhälter von der Nutte, die ich gerade an die Luft beförderte. Solche Typen dulden wir nicht in unserer Disco. Mr. Portnoy wünscht einen sauberen Laden.«

»Mr. Portnoy«, wiederholte ich. »Genau ihn wollen wir sprechen. Bring uns zu ihm, Georgie!«

Die Musik in ihrer betäubenden Lautstärke war wie eine Glocke, die das Innere von »The Deep« von der Außenwelt abschirmte, als befände sich die Discothek tatsächlich tief unten auf dem Grund des Meeres.

Mindestens zweihundert Jugendliche bewegten sich auf der Tanzfläche wie in Trance.

»The Deep« war kaum mehr als ein primitiv eingerichteter Schuppen. Abgesehen von der Stereoanlage und der Lautsprecherbatterie schien alles in Zweithandläden zusammengekauft, eine Sammlung schäbiger Tische, wackliger Stühle und Sessel, aus denen die Füllung quoll.

»Portnoy findet ihr in der Bar!« schrie Gatta gegen den Donner der Musik an. Ich spürte, daß er sich gern aus dem Staub gemacht hätte, aber wir hielten ihn zwischen uns.

Er führte uns zu einer verschlossenen Tür, die von einem massigen Mann in Hemdsärmeln bewacht wurde. Kein Zweifel, daß er die Aufgabe hatte, unerwünschte Gäste fernzuhalten.

Da Gatta bei uns war, hielt er uns für willkommen und öffnete die Tür.

Ein Blick in die Bar genügte, um zu erkennen, daß Hyman Portnoy das schmutzige Geschäft seines erschossenen Bosses auf der untersten Etage fortsetzte. Nicht Jugendliche, sondern ausgewachsene Männer, darunter viele Matrosen von Schiffen an den nahen Kais bevölkerten den Raum, in dem alles rot war, die Plüschsessel, die Wandbespannung und das Licht. Sie kamen nicht zum Tanzen, sondern wegen der Mädchen, die aufgezäumt und bunt wie Papageien darauf warteten, zu Drinks und zu mehr aufgefordert zu werden. Kaum eine war älter als das Mädchen, das Gatta mißhandelt hatte. Portnoy betrieb seinen Laden nach einer besonders üblen Masche. Vorne die Discothek, die die Jugendlichen anzog und dadurch zum Reservoir wurde, aus dem sich labile Mädchen – Ausreißerinnen, Elternlose, Drogenabhängige – herausfischen und für den Betrieb in der Bar abrichten ließen.

»Hyman ist der Mann mit der Blume im Knopfloch«, sagte Gatta.

Portnoy hatte uns längst entdeckt. Im Gegensatz zu seinem Türsteher schmeckte ihm unser Anblick nicht.

Er runzelte die dichten Augenbrauen und kniff die Augen mißtrauisch zusammen.

Wir schoben Gatta auf seinen Boß zu, bis wir alle vier eine kleine Gruppe bildeten.

»Wer ist das?« fragte er.

Gatta begann sofort mit Entschuldigungen. »Hyman, ich hatte keine Chance. Sie nahmen mich in die Mangel und ...«

Portnoy preßte die Lippen zu einem schmalen Strich zusammen.

»Polizei?«

»FBI«, antwortete Phil.

Er bewahrte Haltung. »Für euren Verein bin ich eine Nummer zu klein«, sagte er und stieß ein Gelächter aus, das so künstlich klang, als käme es aus einem Synthesizer.

»Das wird sich herausstellen, Hyman.« Phil schob die ID Card zurück in die Tasche. »Wo können wir in Ruhe miteinander reden?«

»Bring sie in mein Office, George!« befahl er. »Ich komme sofort.«

Phil lächelte.

»Hyman, wir möchten deine Gesellschaft keine Sekunde entbehren. Außerdem wünschen wir, auch mit Joel Smith zu sprechen. Er sitzt an dem Tisch, an dem Karten gespielt wird. Ruf ihn her!«

Portnoy stieß einen kurzen Pfiff aus. Vom Tisch der Kartenspieler sprangen zwei Männer auf, ein knapp mittelgroßer Mann mit roten Haaren und einem runden Gesicht voll Sommersprossen und ein muskulöser Schlägertyp, das Haar zur Bürste geschoren, die Augen von einer dunklen Brille verdeckt.

»Der Rothaarige ist Joel Smith«, sagte Phil. »Der andere heißt Walt Ebb.«

Ebb baute sich vor uns auf. »Wenn ihr Ärger wollt, Leute«, schnauzte er, »könntet ihr jede Menge haben.«

»Das sind G-men«, erklärte Portnoy hastig. »Sie wollen Joel sprechen.«

Ebb ließ die angehobenen Fäuste sinken. Sein breites Gesicht unter der blonden Haarbürste sah töricht aus.

»Okay, dann werde ich zu meiner Pokerrunde . . .«

»Bleib bei uns, Walt!« Phil klopfte ihm auf die Schulter. »Unsere Fragen gehen euch alle an.«

Ich beobachtete den rothaarigen Joel Smith. Auf der Stirn standen dicke Schweißtropfen. Die Lippen zitterten.

»Von uns hat niemand einen Flecken auf der Weste«, erklärte Hyman Portnoy. »Wir haben Ihnen nichts zu sagen.« Den letzten Satz sprach er laut und mit drohendem Unterton. Er war nicht an uns, sondern an seine Leute gerichtet.

Portnoys Büro lag in einem schmalen Gang, von dem eine Treppe zur ersten Etage hochführte. Es war besser und teurer eingerichtet als Bar und Discothek.

»Einen Drink?« fragte Portnoy. Wir verneinten. Er füllte sein Glas, machte eine großzügige Geste und forderte seine Leute auf: »Bedient euch, Jungs!«

Phil wartete, bis Joel Smith an der Reihe war, seinen Drink einzugießen.

»Waren die Japaner mit dir als Reiseführer zufrieden?« schoß er die erste Frage ab.

Smith goß einen gewaltigen Schluck Whisky neben das Glas.

»Weiß nicht, wovon Sie reden, G-man«, stammelte er.

»Keine Lügen, Joel! In einem geliehenen Bus der Interstates Travel Tours hast du eine Gruppe Japaner gefahren, unter anderem von Stamford nach New York.«

»Sie irren sich, G-man.« Er trank hastig, und der Whisky brachte ihm eine Erleuchtung. »Vielleicht hat irgendwer meinen Namen benutzt.«

»Joel, ich kann eine Gegenüberstellung mit den Leuten

des Reisebüros organisieren. Wollen wir wetten, daß sie dich erkennen?«

Portnoy mischte sich ein.

»Was soll daran verboten sein, wenn sich Joel ein paar Dollars als Reiseführer verdient?«

»Wieso gerade er? Hat das New Yorker Büro für Fremdenverkehr die Japaner zu ihm geschickt?«

»War ein Zufall«, sagte Smith. »Einer sprach mich in Kennedy Airport an, fragte, ob ich ihm behilflich sein könnte, und drückte mir fünfzig Dollar in die Hand. Ich dachte, da sei noch eine Menge mehr zu holen, und erklärte, ich könne 'nen Bus für ihn organisieren. Wir einigten uns und ...«

»Joel, deine Geschichte stimmt hinten und vorn nicht, aber sehen wir erst einmal darüber hinweg. Wohin hast du die Japaner gefahren?«

»Sie nannten die Ziele.«

»Die Küste von Stamford ist groß. Fuhrst du den Bus zum Anlegeplatz der Inselvilla? Du kennst die Villa, oder?«

Er nickte stumm.

»Und wann brachtest du sie nach LaGuardia Airport?«

»In LaGuardia, das war nicht ich!«

Phil blickte in die Runde. »War's ein anderer von euch?«

Ich mischte mich ein. »Vielleicht war es George Gatta?«

Gatta fuhr auf. »Warum ich?«

»Weil du den gleichen Typ Kanone mit dir herumschleppst wie die Attentäter.«

Ich warf den Combat-Revolver auf Portnoys Schreibtisch.

»Oder ist diese Waffe auf einen von euch registriert?«

Portnoy schluckte. Ich sah, wie sich sein Adamsapfel bewegte. Die Selbstsicherheit, die er an den Tag zu legen versuchte, welkte schneller dahin als die Blume in seinem Knopfloch. »Illegaler Waffenbesitz ist kein Staatsverbrechen«, sagte er. »Manchmal entsteht Krach in der Discothek. Noch nie haben wir Revolver zu mehr benutzt, als wildgewordene Gäste einzuschüchtern.«

»Genau das taten die Jungens auf LaGuardia auch. Sie schüchterten die Crew ein, zwangen sie, die Maschine zu verlassen. Dann allerdings sprengten sie das Flugzeug in die Luft.«

»Was sollen wir damit zu tun haben?« Er gab sich Mühe, wie eine empörte verfolgte Unschuld auszusehen.

»Hör zu, Hyman! Damit du das alberne Versteckspiel aufgibst, sage ich dir, was wir wissen. Dein Ex-Boß Ron Rudish unterhielt Beziehungen zu einem japanischen Gangleader. Der Mann heißt Yukio Kenzaburo und beabsichtigt, in Japan einen Rauschgiftring aufzuziehen. Auf dem amerikanischen Markt wollte er eine Ladung Kokain kaufen. Er wurde reingelegt und verlor eine stolze Summe. Wutschnaubend reiste er an, brachte eine Mannschaft harter Jungens mit, mit deren Hilfe er den Mann, der ihn reinlegte, dazu bringen will, die Dollars wieder herauszugeben oder das Kokain zu liefern. Natürlich brauchte er Unterstützung. Er hoffte, sie bei seinem alten Bekannten Ron Rudish zu finden, mußte aber feststellen, daß die Konkurrenz Rudish weggeputzt hatte und daß von seiner Organisation nur noch ein schäbiger Rest existierte. Der schäbige Rest bist du, Portnoy. Du hast Kenzaburo Waffen, Sprengstoff und Autos besorgt. Natürlich wurdest du gut bezahlt. Wenn fünf Millionen Dollar der Einsatz sind, kommt es auf ein paar Tausender für einen Handlanger nicht an.«

»Alles Unsinn, G-man!« zeterte er. »Weil Joel die Japaner gefahren hat, könnt ihr uns nicht Dinge in die Schuhe schieben, mit denen wir nichts . . .«

Ich ließ ihn nicht ausreden. »Was auf LaGuardia geschah, war schlimm genug, aber kein Unbeteiligter wurde verletzt. Noch ist kein Mord geschehen. Das Gesetz bestraft Beihilfe zu schweren Verbrechen wie die Verbrechen selbst. Wer an einer Entführung mitwirkt, wird wie ein Kidnapper bestraft. Kenzaburo hat eine Frau entführen lassen. Er hält sie versteckt und droht, sie umzubringen.«

Es klirrte. Joel Smith hatte sein Glas fallen lassen.

»Pack aus, Smith!« sagte Phil scharf.

»Ich wußte nicht, daß sie entführt werden sollte. Hyman sagte, sie wollten mit ihr sprechen ...«

»Stopft dem Idioten das Maul!« brüllte Portnoy.

Der bullige Walt Ebb stürzte sich auf Smith. Phil sprang ihm in den Weg, rammte ihm die linke Faust in die Magengrube und riß die rechte als Haken zum Kinn hoch. Ebbs Oberkörper drehte nach links weg. Beine und Füße folgten der Drehung mit Verzögerung. Ebb verlor das Gleichgewicht und stürzte zwischen zwei Sessel.

Portnoy grapschte nach dem Magnum-Revolver, den ich auf den Schreibtisch geworfen hatte. Bevor seine Finger den Griff berührten, hielt ich den 38er in der Hand.

»So nicht, Hyman!« sagte ich laut.

Er starrte mich an, zog langsam die Hand zurück und ließ sich in den Sessel fallen. Mit zitternden Fingern riß er sich den Kragen auf, als bekäme er zu wenig Luft.

»Okay«, keuchte er, »ihr habt gewonnen.«

Zwanzig Minuten später wußten wir, daß Hyman Portnoy ungefähr zwanzigtausend Dollar von Kenzaburo erhalten hatte. Dafür hatte er der Kamikaze-Gang so alles verkauft, was in der Eile an Waffen, Munition und Sprengstoff aufzutreiben war. Er hatte einen gebrauchten

Ford Sedan LTD beschafft und Joel Smith ins Starplace Hotel geschickt, um Jennifer Kerr in den Wagen zu locken.

»Wohin wurde das Mädchen gebracht?«

Portnoy wand sich. »G-man, ich glaubte, sie würden das Mädchen mit einer Nachricht zu Gallagher schicken. Wir alle dachten nicht an eine Entführung. Wir haben uns rausgehalten, so gut wir konnten, aber Yukio setzte uns unter Druck. Er drohte, er würde die Disco einäschern, wenn wir nicht ...«

»Nimm den Heiligenschein ab, Hyman! Wo wohnen und schlafen die Kenzaburo-Leute? Hast du eine Wohnung für sie gemietet? Oder ein Haus?«

Er nagte an seiner Unterlippe. »Nur eine aufgegebene Werkstatt mit Garage in Mott Haven.«

»Welche Straße?« Mott Haven ist ein Stadtteil der südlichen Bronx und so ungefähr das schlimmste Stück Dschungel in New York.

»East 132nd, dicht am Verschiebebahnhof.«

»Für wie viele Menschen ist dort Platz?«

»Die Werkstatt ist nicht eingerichtet und als Wohnung unbrauchbar. Es gibt keine Betten, kein Licht, kein Wasser.«

Ich beugte mich über den Schreibtisch und zwang ihn, mich anzusehen.

»Portnoy, du kommst nur mit einem blauen Auge davon, wenn es uns gelingt, das Mädchen rauszuholen und wir anschließend dem Richter erzählen, daß du dabei geholfen hast. Gibt es einen anderen Ort, wo sie sich befinden könnte?«

Er schüttelte den Kopf. »Keinen Platz, von dem ich weiß.« Ich wandte mich an Ebb, Gatta und Smith.

»Und ihr? Denkt daran, daß auf jeden von euch dreißig Jahre warten, falls das Mädchen getötet wird.«

Sie schwiegen.

Ich griff zum Telefon, wählte 553-2700, die Nummer des FBI-Hauptquartiers.

»Verbindet mich mit dem Chef!«

Mr. High meldete sich.

»Jerry, Sir«, sagte ich. »Wahrscheinlich wird Jennifer Kerr in einer aufgegebenen Werkstatt in Mott Haven festgehalten.«

»Einzelheiten, bitte, Jerry!«

Ich berichtete alles, was wir von Portnoy erfahren hatten. Mr. High unterbrach mich nicht. Am Ende sagte er: »Hört sich an, als könnten wir sie wirklich dort finden. Was schlagen Sie vor, Jerry?«

»Vor allen Dingen möchte ich Inspektor Tanakas Rat hören. Um acht Uhr erreichen Sie ihn in seinem Hotel. Das haben wir vereinbart. Natürlich wäre eine Großaktion am einfachsten. Wir könnten das Gelände von Polizei umstellen lassen und die Yakuza zur Aufgabe auffordern. Tanaka weiß besser als wir, wie seine Landsleute in einer solchen Situation reagieren würden. Das Risiko einer Kurzschlußhandlung muß kalkulierbar bleiben.«

»Lassen Sie Portnoy einen Grundriß der Werkstatt zeichnen! Ich schicke Steve Dillaggio und zwei Kollegen, die Portnoy und seine Leute unter Kontrolle behalten. Es ist besser, wenn der Betrieb in der Discothek weiterläuft, als wenn nichts geschehen wäre. Geben Sie mir die Telefonnummer, unter der ich Sie erreichen kann!«

Ich ließ mir die Nummer nennen und gab sie an Mr. High weiter. »Warten Sie in der Discothek, bis ich anrufe! Es kann eine Stunde oder länger dauern. Ich muß mit der City Police die Voraussetzungen für eine große Aktion klären.«

»In Ordnung, Sir!« Ich legte auf und wandte mich an Portnoy. »Du wirst eine präzise Zeichnung der Werkstatt anfertigen!«

»Genau habe ich mir den Bau nicht angesehen!« protestierte er. »Er ist kaum besser als ein Rattenloch.«

»Fang an! Wie groß ist die Einfahrt? Ist sie offen oder durch ein Tor verschlossen? Welches Tor hat die Garage? Roll- oder Schiebetor? Gibt es eine Extratür für Personen? Wir müssen sämtliche Details wissen.«

Portnoy öffnete seufzend eine Schublade des Schreibtisches, holte einen Bogen Papier heraus und begann, Linien zu ziehen. »So verläuft die 132nd Street«, erklärte er. »Wenn man den Harlem River auf der Willis Avenue Bridge überquert und sofort zweimal rechts einbiegt, stößt man auf die 132nd. Die rechte Seite ist unbebaut, abgesehen von der Mauer, die das Gelände des Verschiebebahnhofs gegen die Straße abgrenzt. Auf der linken Seite folgen drei Ruinenhäuser. Beim letzten Haus ist die Einfahrt noch intakt und . . .«

Die Tür wurde geöffnet. Der massige Typ, der den Eingang zur sogenannten Bar bewachte, kam herein, blieb aber dicht bei der Tür stehen.

»Die Pachek-Brüder wollen dich sprechen, Hyman«, meldete er.

»Keine Zeit! Sag ihnen, daß sie morgen wiederkommen sollen!«

Weder Phil noch mir war entgangen, daß Portnoy seinen Türsteher am liebsten erschlagen hätte.

»Besuch stört uns nicht«, sagte Phil. »Laß die Leute kommen!«

»Okay, Boß?« vergewisserte sich der Türbewacher.

Portnoy resignierte. »Okay!« stöhnte er.

Drei Minuten später schoben sich zwei junge Männer ins Büro, magere bewegliche Twens in Lederjacken, auf den ersten Blick als Brüder zu erkennen.

»Hallo, Mr. Portnoy!« grüßten sie wie aus einem Mund. Sie musterten uns als die einzigen im Raum, die sie nicht kannten. Noch einmal versuchte Portnoy, den Kopf aus der Schlinge zu ziehen. Er fischte ein Dollarpäckchen aus der Tasche, zweigte ein paar Scheine ab, hielt sie hoch und sagte: »Ich gebe euch eine Anzahlung. Wir rechnen morgen ab.«

Zögernd näherte sich einer der Brüder dem Schreibtisch.

»Danke, Sir, aber Sie müssen den ... den Gegenstand sofort übernehmen. Wir können ihn nicht sicher unterbringen.«

Ich trat zwischen den Jungen und Portnoy.

»Welchen Gegenstand hast du für Hyman beschafft?«

Er starrte mich an, gab keine Antwort.

Ohne ihn aus den Augen zu lassen, fragte ich über die Schulter: »Hyman, was bringen die Jungs?«

Portnoy steckte die Scheine wieder in die Tasche.

»Ihr habt Pech«, sagte er an die Brüder gerichtet. »Sie sind G-men.«

Der Junge vor mir reagierte blitzschnell.

»Raus, Frank!« schrie er, warf sich herum und versuchte, die Tür zu erreichen.

Ich erwischte ihn an der Lederjacke, riß ihm die Jacke über die Schulter herunter und schleuderte ihn gegen Portnoys offenen Barschrank. Ein paar Flaschen und ein halbes Dutzend Gläser gingen zu Bruch.

Phil fing den anderen vor der Tür ab. Er stoppte ihn mit beiden Händen, hob ihn an und stieß ihn in einen Sessel.

»Laß deinen Bruder nicht allein, Frank!«

Wir räumten den Pachek-Brüdern die Taschen aus. Waffen trugen sie nicht bei sich, aber eine Sammlung an Werkzeugen, Dietrichen und Autoschlüssel. Aus den Taschen des älteren Bruders fischte ich einen Wagenschlüssel in einem schmalen Lederetui.

»Ihr seid Spezialisten für Autodiebstahl, oder?«

Für eine Antwort waren sie noch zu verstört.

»Haben sie auf Bestellung einen Wagen für dich geklaut?« fragte ich Portnoy.

Er nickte. »Kenzaburo verlangte einen Kombiwagen.«

Ich hielt den Schlüssel im Lederetui hoch.

»Habt ihr einen Schlitten gefunden, in dem der Schlüssel steckte? Packt aus, Leute! Leugnen hat keinen Sinn.«

Frank Pachek bequemte sich zu einer Antwort. »Hyman bot uns eine Menge Geld. Zufällig stießen wir auf einen Chevy Malibu. Wir sind der Versuchung erlegen.«

»Wo steht der Wagen jetzt?

»Zwei Blöcke straßenaufwärts unter dem Highway.«

Ich wandte mich an Portnoy. »Auf welche Weise hätte Kenzaburo den Wagen erhalten? Hättest du ihn gebracht?«

»Joel Smith hätte ihn zur Werkstatt gefahren!«

»Wann?«

»Eine bestimmte Zeit haben wir nicht vereinbart.«

Ich faßte Frank Pachek am Jackenärmel.

»Zeig mir den Wagen! Ich werde dich nicht an die Kette legen, aber versuch nicht zu türmen!«

Durch Bar und Discothek, in denen der Betrieb auf vollen Touren lief, gingen wir auf die nächtliche Straße. Pachek führte mich zu dem Malibu, einem fast neuen Wagen mit weißer und brauner Lackierung. Auf der Ladefläche standen vier große Pappkartons. Ich hob den Deckel ab. Blumenduft schlug mir entgegen.

»Auch in den anderen Kartons ist so 'n Gemüse drin«, sagte Pachek. »Der Mann lieferte aus. Wir sahen durch das Schaufenster, wie er mit der Verkäuferin im Hinterzimmer verschwand, und mein Bruder meinte, die beiden würden wahrscheinlich miteinander rumknutschen.

Dabei spränge für uns ein Zehn-Minuten-Vorsprung raus.«

Ich brachte ihn in Portnoys Büro zurück. Hyman und seine Leute saßen bedrückt herum. Ebb und Gatta beschäftigten sich mit dem Inhalt einer Whiskyflasche. Ihnen schwante, daß sie auf lange Zeit nichts dergleichen zu trinken bekommen würden.

Kurz vor neun Uhr läutete das Telefon. Ich hob ab. Mr. High war am Apparat.

»Inspektor Tanaka sitzt neben mir und hört mit. Er rät von einer Großaktion dringend ab. Er sagt, wenn wir das Gebäude umstellen, würde Kenzaburo die Frau töten und seine Yakuza in einen Ausbruchversuch treiben, gleichgültig, wie aussichtslos die Lage für die Gang wäre. Die einzige wirkliche Chance sieht Inspektor Tanaka in einer geglückten Überrumpelung. Jennifer Kerr müßte so schnell befreit werden, daß keine Zeit bliebe, sie zu töten. Jerry, ich habe die wichtigsten Leute zu einem Krisenstab zusammengerufen. Wir werden einen Plan ausarbeiten und versuchen, ihn durchzuführen.«

»Ich möchte einen Vorschlag machen, Sir. Ich sehe eine Möglichkeit, die mit einem gestohlenen Wagen zusammenhängt!«

»Ich höre, Jerry ...«, sagte Mr. High.

Drei Stunden später, kurz nach Mitternacht, passierten wir Willis Avenue Bridge, eine von vielen Brücken über den Harlem River, den Grenzfluß zwischen Manhattan und der Bronx.

Ein Wagen kam uns in langsamer Fahrt entgegen. Für einen Sekundenbruchteil blendeten die Scheinwerfer auf als Zeichen, daß die Besatzung einsatzbereit auf uns wartete.

Der Wagen war ein blauer Dodge, unauffällig und ohne jedes Merkmal eines Polizeiautos, eines von zwölf Fahrzeugen, die Mr. High und der Chef der City Police nach Mott Haven beordert hatten. In jedem saßen drei hochtrainierte G-men und Special-Squad-Polizisten und warteten auf unser Signal, aber wenn wir dieses Signal geben mußten, dann war die Mission gescheitert und Jennifer Kerr verloren.

Ich verdrängte den Gedanken und überprüfte, ob ich alles, was notwendig werden konnte, bei mir trug. Steve Dillaggio hatte für jeden einen breiten Gürtel mitgebracht, an dem außer einer kräftigen Stablampe und dem Walkie-talkie ein zweiter Revolver und zwei faustgroße Plastikgebilde hingen, die wie Handgranaten aussahen. Sie enthielten eine spezielle Mischung, die mit immenser Blendwirkung und ohne Druck explodierte. Meine Fäuste umklammerten eine armlange Brechstange. Wir rechneten mit mindestens einer verschlossenen Tür, die es aufzubrechen galt.

Phil steuerte den Malibu in die erste Querstraße. Angenehmer Duft erfüllte den Wagen. Wir hatten die Blumenkartons nicht entfernt.

Im Lichtkreis der letzten funktionierenden Straßenlaterne sah ich Phils ernstes Gesicht, aus dem das kleine, immer heitere Lächeln verschwunden war, mit dem er sonst in jeden Einsatz ging. Ich ahnte den Grund. Nicht nur unser Leben stand auf dem Spiel. Dieses Risiko allein hätte Phils Lächeln nicht gelöscht. Ihn bedrückte, daß der kleinste Fehler den Tod Jenny Kerrs zur Folge haben würde.

Vieles war ungewiß geblieben. Portnoys Skizze von Garage und Werkstatt schien ungenau, seine Angaben vage. Wir wußten nicht, wie viele Yakuza sich auf dem Gelände aufhielten, wie sie bewaffnet waren und ob

Yukio Kenzaburo selbst dort war. Was wir genau wußten, war, daß sie kämpfen würden. Tanaka hatte uns versichert, daß sie sich auf keinen Fall ergeben würden.

Phil drehte das Steuer. Der Malibu rollte in die zweite Querstraße.

Ich kurbelte das Fenster herunter, zählte die Hausruinen. Ihre schwarzen Fassaden mit den leeren Fensterhöhlen zeichneten sich gegen den Nachthimmel ab.

»Jetzt!«

Die Scheinwerfer des Malibu erfaßten eine Einfahrt. Ratten wischten durch das Licht und fuhren quietschend in ihre Löcher. Langsam steuerte Phil durch die Einfahrt, die in einen quadratischen Hof mündete.

»Die Garage!« sagte er. »Daneben die Werkstatt.«

Es waren flache Gebäude. Die Garage war groß genug für zwei Autos, die Werkstatt drei oder vier Fuß höher mit einem Tor in der Mitte und zwei vergitterten Fenstern auf jeder Seite.

In den Sekunden, in denen die Scheinwerfer über die Bauten strichen, sah ich auf dem Werkstattdach eine zeltförmige Konstruktion aus Stahl und Glas, die dazu diente, für Tageslicht an den Maschinen zu sorgen.

Portnoy hatte sie nicht erwähnt. Er hatte von einer Verbindungstür zwischen Garage und Werkstatt gesprochen, und aufgrund seiner Beschreibung hatten wir geplant, durch die Garage einzudringen. Beim Anblick des verglasten Dachaufbaus änderte ich den Plan.

»Fahr dicht an die Garage heran!« sagte ich leise.

Im Schrittempo rollte der Malibu auf den Hof. Ich legte die Brechstange aus den Händen. Ich würde sie nicht brauchen. Phil stellte den Motor ab, ließ die Zündung jedoch eingeschaltet. Die Scheinwerfer brannten weiter.

Wir stiegen aus. Unsere Jacken verdeckten das Werkzeug an den Gürteln.

Alles blieb still.

»He! Hallo! Niemand hier?« rief Phil.

Keine Antwort.

Ich rief: »Wir bringen den Wagen. Hyman Portnoy schickt uns!«

Aus den Augenwinkeln glaubte ich, eine Bewegung im tiefen Schatten der Hausruine wahrzunehmen. Mein Gehör registrierte ein leises Knirschen.

Phil begann laut zu fluchen.

»Verdammt, glaubt ihr, wir wären zum Versteckspiel hergekommen? Ich will mein Geld, und zwar sofort. Hallo! Hallo! Habt ihr euch besoffen, daß ihr nicht aufwacht!?«

Nichts rührte sich, auch nicht im Schatten der Ruine. Vergebens strengte ich die Augen an. Umrisse waren nicht zu erkennen.

»Falsche Adresse«, sagte ich laut. »Portnoy hat uns den Weg nicht richtig beschrieben. Wir fahren zurück.«

»Kumpel, vergiß nicht, wie heiß der Schlitten ist!« empörte sich Phil. »Vor zwei Stunden geklaut und frisch als gestohlen gemeldet. Den haben die Cops noch im Gedächtnis. Wenn wir auf leeren Straßen 'ner Streife vor den Kühler fahren, sind wir fällig.«

»Lassen wir ihn hier stehen!«

»Ohne Geld? Ich klau Autos doch nicht, weil's mir Spaß macht. Lieber nehme ich einen Vorschlaghammer und verwandle den Schlitten in einen Klumpen Blech.«

Eine Stimme sagte: »Schaltet die Scheinwerfer aus!« Sie drang genau von der Stelle aus der Dunkelheit, an der ich die Bewegung gesehen hatte.

Phil freute sich laut. »Na, also! Warum die Verzögerung? Guten Abend, Sir, und schönen Gruß von Mr. Portnoy. Sie haben einen Kombiwagen gewünscht. Wir liefern prompt.«

»In Ordnung«, antwortete der Mann, ohne sich zu zeigen. »Verlaßt den Hof!«

»Ohne Geld? Niemals!«

»Portnoy hat euch bezahlt.«

Perfekt spielte Phil die Rolle des Autodiebes, der mehr für seine Beute herausschlagen will. Er wechselte die Tonart.

»Nur mit zweitausend Dollar, Sir«, sagte er schmeichlerisch und unterwürfig zugleich. »Wir bringen einen neuen Malibu zum vierfachen Ladenpreis. Portnoy verweigerte jede Zulage. Er behauptete, mehr hätten Sie nicht bewilligt. Wenn wir mehr haben wollten, müßten wir mit Ihnen sprechen. Er sagte, Sie seien großzügig, Sir.«

In der Werkstatt rührte sich nichts, auch nicht in der Garage. War der Mann allein? Sein Englisch war makellos. Tanaka nahm an, daß von allen Mitgliedern der Kamikaze-Gang nur Yukio Kenzaburo fehlerfreies Englisch sprach.

»Schaltet den Scheinwerfer aus!« wiederholte er den ersten Befehl.

»Wie Sie wünschen, Sir!« Phil griff in den Wagen, drehte den Schlüssel. Die Scheinwerfer erloschen. Das Standlicht brannte weiter.

Wenige geflüsterte Worte in der Dunkelheit, unverständlich, aber auf keinen Fall Englisch.

Allein war er also nicht.

Die Lichtkegel zweier starker Handlampen zerteilten die Finsternis, übernahmen die Rolle der Scheinwerfer, doch ihre großen, weißen Zeigefinger waren auf Phil und mich gerichtet. Um nicht geblendet zu werden, senkte ich den Kopf. Im Streulicht sah ich, wie ein Mann mit schnellen Schritten den Hof überquerte, am Kühler des Malibu vorbeiging und sich mir näherte.

In zwei Schritten Abstand blieb er stehen.

»Deinen Namen!«

Er war gut mittelgroß, trug einen dünnen Schnurrbart auf der Oberlippe, hatte schwarze, leicht vorquellende Augen. Ich hatte in Tanakas Sammlung Kenzaburos Foto gesehen. Der Mann war Yukio Kenzaburo.

»Frank Pachek«, antwortete ich. »Der andere ist mein Bruder.«

Ich hoffte, er würde den Kopf wenden, um Phil anzusehen, und genau das tat er.

Zwei Schritte Abstand!

Eine Distanz, für die eine Zehntelsekunde ausreichte.

Wenn ich den Boß in meine Gewalt brachte, würden die anderen dann nicht doch die Hände hochnehmen?

Ich warf mich nach vorn gegen den Mann, dessen Kopf noch nach rechts gedreht war, weil er Phil ansah. Meine Hände packten zu.

Etwas, so hart und starr wie ein Holzpfahl traf meine Magengrube. Eine Hand, kantig und schwer wie aus Stahl, hieb zwischen meine Rippen. Ein Tritt von der Wucht einer Dampframme warf mich aus dem Stand. Ich prallte gegen den Malibu.

Die Lichtkegel verschwanden. Mit ihnen verschwand der Mann.

»Go, Jerry!« schrie Phil. »Go!«

Ich stieß mich ab, sprang auf die Motorhaube und weiter aufs Wagendach. Der nächste Satz brachte mich auf die Garage.

Hoch und gellend kreischte eine Stimme unverständliche Worte.

Ich rannte über die Garage, packte den höheren Rand des Werkstattdaches und schwang mich hinauf.

Wie Peitschenschläge hallten Schüsse durch die Nacht. Klirrend zerplatzte Glas. Phils 38er antwortete mit dröhnendem Wummern. Geduckt hetzte ich über das Werkstattdach zum Lichtfenster.

Sechs oder acht Glasflächen in Stahlrahmen auf jeder Seite! Das Glas teilweise zerbrochen.

Von unten bleckte in kurzen Abständen Mündungsfeuer. Giftig zirpend wie ein angreifendes Insekt verfehlte eine Kugel meinen Kopf um Daumenbreite.

Ich nahm eine Blendgranate vom Gürtel, riß den Zünder ab, warf die Granate durch ein zerbrochenes Fenster, preßte die Lippen zusammen und legte den rechten Arm vor die Augen.

Phil sagte später, das Ding hätte eine so unwahrscheinlich grelle Helligkeit verbreitet, als wäre in dem Bau eine Sonne explodiert.

Ich hörte nur den schwachen Knall, riß die Stablampe vom Gürtel und sprang, die Füße voran, in das nächste Fenster. Zusammen mit einem Regen von Glassplittern kam ich runter, prallte hart auf und stürzte.

Im Aufspringen drückte ich auf den Schaltknopf der Stablampe und zog den 38er. Der Lichtkegel traf Jennifer Kerr und einen Mann. Die Journalistin saß auf einem Stuhl, die Arme hinter der Lehne zusammengebunden, die Füße an die Stuhlbeine gefesselt. Der Mann stand hinter ihr. In beiden Händen hielt er ein schweres Messer, eine Art Machete. Er steckte in einem schwarzen Anzug, war nicht nackt wie auf dem makabren Videoband, aber es war derselbe Mann und es war dasselbe Messer.

Jennifer und der Yakuza schienen erstarrt, als wären sie nicht aus Fleisch und Blut, sondern menschengroße Puppen in einem Wachsfigurenkabinett. Der Schock der wahnwitzigen Helligkeit hatte alle Nervenfunktionen, jede Reaktionsfähigkeit außer Kraft gesetzt, und die Finsternis, die der Lichtexplosion folgte, mußte für sie der kompakten Schwärze im Inneren eines Sarges gleichen.

Der Lichtstrahl meiner Taschenlampe weckte den Mann. Ich sah, wie sich die Pupillen weiteten, der Mund sich öffnete, die Muskeln am Hals sich spannten. Höher hob er die Machete und holte aus zum Schlag gegen Jennifers Hals.

Ich schoß dreimal. Mindestens eine Kugel zertrümmerte sein rechtes Schultergelenk, und die dritte traf seinen Arm in Höhe des Handgelenks.

Auch mit der größten Willensanspannung vermag niemand, eine Waffe zu halten, wenn er so schwer getroffen worden ist.

Die Machete entfiel seinen Fingern. Sie fiel auf Jennifer Kerrs rechte Schulter, dann erst auf den Boden.

Die Wucht der Einschläge hatte den Yakuza zurückgeworfen. Er drehte den Kopf nach rechts, sah den eigenen, kraftlos herabhängenden Arm an.

Jennifer Kerrs erste Reaktion bestand in einem einzigen Wort, das sie wieder und wieder als Schrei ausstieß: »Schnell! Schnell! Schnell!«

Ich schob den 38er in den Gürtel, hob die Machete auf, trennte die Fesseln an den Füßen und trat hinter den Stuhl, um die Hände zu befreien.

Der Yakuza sprang mich an. Er zielte mit der Handkante des unverletzten Armes nach meiner Schlagader. Mein Kopf zuckte zurück. Harte Fingernägel rissen eine dünne Furche in meine Haut. Blitzschnell folgte dem Handkantenschlag ein Tritt aus der Hüfte. Ich blockte ihn mit der Machete ab. Die scharfe Schneide schnitt durch den Stoff tief in das Fleisch des Mannes.

Ein Schlag mit der Machete hätte den Mann getötet. Ich ließ sie fallen, ging in den nächsten Angriff hinein und traf ihn mit zwei krachenden Haken am Kinn. Er war einen Kopf kleiner als ich, und es widerstrebte mir, einen Verletzten zu schlagen. Doch sein Verhalten ließ mir keine andere Wahl. Die Haken löschten sein Bewußtsein aus. Er flog vier, fünf Schritte rückwärts und brach zusammen.

Wie lange hatte alles gedauert? Zwanzig Sekunden? Eine halbe Minute?

Ich zog Jennifer vom Stuhl.

»Können Sie gehen? Laufen?«

Sie klammerte sich an mich. »Ja«, keuchte sie. »Danke, oh, danke!«

Ich ließ den Lichtkegel der Taschenlampe durch die Werkstatt kreisen. Einige verrottete Maschinen, Gerümpel, keine Einrichtung. Die Verbindungstür zur Garage war von innen verriegelt, das zweiflüglige Tor zum Hof geschlossen.

Ich löschte die Lampe und zog Jennifer zu den vergitterten Fenstern. »Bleiben Sie im Schutz der Mauer!«

Schüsse fielen draußen nicht mehr. Mit der Machete zerschlug ich das Glas eines Fensters.

»Phil!« rief ich.

Er antwortete sofort: »Ich hör dich!«

Am Malibu brannten noch die Rückleuchten. Die Umrisse des Wagens konnte ich sehen, aber nichts von Phil. Er kauerte in der Deckung der Karosserie.

»Ich habe Jenny!«

»Großartig! Wie bringen wir sie raus?«

»Läuft der Wagen noch?«

»Läßt sich versuchen!«

Kein Schuß, nicht einmal ein Geräusch unterbrach unseren Dialog. Hatten die anderen aufgegeben?

Phil robbte am Malibu entlang, tastete nach dem Zündschlüssel und drehte ihn. Der Motor sprang an.

Ich leuchtete das Tor ab. Ein großer, rostiger Schlüssel steckte und ließ sich drehen. Vorsichtig drückte ich gegen einen Flügel. Die Angeln knirschten. Das Tor gab nach.

»Öffne die Ladeklappe, Phil! Stell den Malibu so, daß Jenny und ich in den Laderaum springen können und ...«

Ein Schuß schnitt mir das Wort ab. Schnelle Sätze in fremder Sprache, die sich anhörten wie das Knattern von Maschinengewehren. Vier Lichtkegel sprangen auf und konzentrierten sich auf den Malibu. Aus dem Schatten der Hausruine brachen Gestalten. Gleichzeitig flog das Garagentor auseinander. Ein schwerer Motor sprang an.

Mit aufgeblendeten Scheinwerfern rollte eine große Limousine in den Hof.

Ich riß den Torflügel ins Schloß und drehte den Schlüssel. Zwei Sätze brachten mich ans nächste Fenster. Phils 38er krachte.

Ein Mann stürzte. Ich schoß auf eine Gestalt, die die Mauer fast erreicht hatte, feuerte auf eine andere dicht am Kühler des Malibu und eine dritte vor dem offenen Garagentor.

Ein scharfer Befehl. Schlagartig erloschen alle Scheinwerfer, auch die mächtigen Lichtkegel der Limousine.

»Phil!?«

Er antwortete nicht.

Noch stand ich dicht am Fenster. Urplötzlich, aus der Dunkelheit auftauchend, preßte sich ein Gesicht zwischen die Gitterstäbe, eine schwarze Fläche ohne Konturen.

Ich schlug mit dem 38er zu. Der Lauf traf hart. Ein Aufschrei gellte. Der Kopf verschwand.

Als wäre der Schrei das auslösende Signal gewesen, brach der Ansturm los. Die Torflügel erbebten unter dem Anprall der Körper. Die Verbindungstür zur Garage dröhnte unter wuchtigen Schlägen.

Ich packte Jennifers Arm, zog sie tief in die Werkstatt hinein und drückte sie hinter eine Maschine.

Von neuem krachten draußen Schüsse. Mit der linken Hand löste ich das Walkie-talkie vom Gürtel, drückte den Rufknopf.

»Astor! Astor! Astor!«

Ich lauschte auf die Bestätigung.

Der Lautsprecher blieb stumm.

»Astor! Astor! Astor!« schrie ich. »Dringend! Hört ihr mich?!«

Nichts!

Ich ließ das Walkie-talkie fallen, zog den zweiten Revolver aus der Halfter und feuerte vier Kugeln auf das große Tor. Holz splitterte.

Das Glas eines Fensters links vom Tor wurde eingeschlagen. Hatten sie Handgranaten?

Ich riskierte den Druck auf den Knopf der Stablampe und erhielt prompt die Quittung. In zwei Fenstern blitzte Mündungsfeuer auf. Kugeln schlugen Funken aus dem Stahl der alten Maschine und jaulten als Querschläger durch den Raum.

Krachend brach eine Planke des Tores. Ich verfeuerte die letzten Kugeln aus dem Reserverevolver und lud beide Waffen mit fliegenden Fingern nach.

Wieder fielen im Hof Schüsse. Ein Mann schrie auf.

Ich warf Jennifer das Walkie-talkie zu.

»Rufen Sie Astor! Rufen Sie immer wieder! Astor! Haben Sie verstanden?«

Irgend etwas fiel von oben in die Werkstatt. Ich hob den Kopf. Das Lichtfenster zeichnete sich als helles Rechteck ab, in dem sich Schatten bewegten.

Ich zog zweimal durch. Glas zerplatzte, und Splitter regneten herab.

»Astor!« rief Jennifer Kerr. »Astor! Astor!«

Eine zweite Planke im großen Tor brach. Nur noch Sekunden konnte es dauern, bis die Flügel aufspringen würden. Wie viele Männer waren es? Ich hatte zwölf Kugeln in beiden Trommeln. Das schwere Maschinengerüst bot eine erstklassige Deckung. Mein Magen hob sich bei dem Gedanken, daß ich keinen schonen konnte, wenn sie eindrangen.

Ich kauerte mich hinter die Maschine, hob den 38er und richtete den Lauf auf das große Tor, das als erstes aufspringen würde. Die Riegel vor der Garagentür gaben noch nicht nach.

In diesem Augenblick hallte eine Stimme durch die Nacht, überlaut verstärkt. Keine unverständlichen Worte! Nein, klares Englisch.

»Ergeben Sie sich sofort! Werfen Sie die Waffen weg! Sie haben keine Chance. Das Gelände ist umstellt.«

Eine Sekunde der Erstarrung, sogar der Stille.

Dann brach die Hölle los! Schreie! Rufe! Schüsse! Das lange Stakkato einer Maschinenpistole, alles überdröhnt von der Lautsprecherstimme: »Gebt auf! Werft die Waffen weg!«

Jennifer brach in Weinen aus.

»Es ist gleich vorüber!« rief ich. »Unsere Leute ...«

Sie schrie auf: »Achtung, Jerry ...«

In einem Regen von Glassplittern kamen sie durch das Deckenfenster herunter, Schattengestalten, sichtbar nur für den Bruchteil einer Sekunde, im Augenblick des Aufschlags von der Dunkelheit verschluckt.

Aber ich hörte sie! Ihren Atem! Das Schleifen ihrer Füße auf dem Boden.

Wußten sie, wo wir waren? Kamen sie näher?

Das Schießen flaute ab. Nur noch einzelne Schüsse fielen.

Faustschläge hämmerten gegen das Tor.

»Jerry! Miss Kerr!« Phils Stimme. Wie ein Wilder brüllte er: »Brecht dieses verdammte Tor auf!«

Ein Scheinwerferstrahl geisterte vom Fenster aus durch den Raum. Von einem anderen Fenster folgte ein zweiter.

»Wir sind hier!« rief ich. »Nicht allein!«

Der Lichtkegel strich über einen Mann hinweg, stockte, kehrte zurück.

Der Mann war nicht groß, breitschultrig, trug keine Jacke und hatte ein weißes Band um die Stirn gebunden.

Ich zog durch und setzte ihm eine Kugel vor die Füße.

»Nimm die Hände hoch!«

Er reagierte nicht.

Phil rief: »Da ist noch einer, Jerry!«

Vier, fünf starke Handlampen erhellten von den Fenstern aus die Werkstatt bis in den letzten Winkel.

Der zweite Yakuza stand dicht neben dem Mann, den ich niedergeschlagen hatte und der noch reglos auf dem Boden lag. Auch er trug ein weißes Tuch um die Stirn. Wie Nachttiere, die das Licht blind macht, verharrten sie reglos. Sie trugen keine Waffen. Ihre Hände waren leer.

Unter dem Ansturm der Special-Squad-Polizisten flogen die Torflügel auseinander. Männer brachen wie eine Springflut in die Werkstatt.

Genau in dieser Sekunde fuhren die Yakuza aus der Erstarrung auf. Ihre Arme schnellten hoch. Aus aufgerissenen Mündern gellten rauhe Angriffschreie.

Eine Chance hatten sie nicht. Mindestens ein Dutzend Männer standen ihnen gegenüber, jeder mit Schußwaffen in den Händen.

In wilden Sprüngen griffen sie an.

»Nicht schießen!« brüllte ich. »Sie sind unbewaffnet!«

Als hätte mein Schrei ihm die Richtung gewiesen, warf sich der Yakuza, den der Scheinwerfer zuerst erfaßt hatte, im Sprung herum und stürzte sich auf mich. Mit einem gewaltigen Satz, als wäre die Schwerkraft für ihn aufgehoben, griff er an. Seine Füße stießen nach meinem Kopf, den ich knapp wegnehmen konnte. Ein Tritt traf mich an der Brust und schleuderte mich gegen das Stahlgerüst der Maschine. Der Anprall war hart. Schmerzhaft krachte mein Rücken gegen starres Eisen.

Der Yakuza landete sicher und weich auf den Füßen wie eine Katze. Wie Schwertklingen zischten seine Handkanten nieder. Die Schreie stießen mir wie heiße Windstöße ins Gesicht.

Ich ließ alles fallen, was ich in den Händen hielt. Wenn man einen Mann nicht töten will, kämpft es sich besser mit nackter Faust.

Er wollte töten. Seine Hiebe galten meinem Hals, den Rippen über der Aorta und zwei Körperstellen, an denen ein voller Treffer tödlich sein kann.

Ich blockte ab, wich aus, sprang zurück. Nicht für die Dauer eines Lidschlags durfte ich ihn aus den Augen lassen. Seine Hiebe und die blitzschnellen Tritte aus der Hüfte prasselten wie Hagel auf mich ein. Ich hatte keine Ahnung, was mit dem zweiten Yakuza geschah. Mein Ohr registrierte Geschrei und Flüche.

Dem nächsten Angriff hielt ich stand, kassierte aber einen Kantenschlag auf die Schulter. Der Schmerz zuckte glühend ins Gehirn.

War das Schlüsselbein zum Teufel?

Der Konter traf sein Gesicht. Er war so leicht, daß die Wucht ihn hätte wegblasen müssen, aber ihm gelang eine winzige Ausweichbewegung, so daß der Hieb nicht die volle Wirkung brachte.

Ich setzte nach, zwang der schmerzenden Schulter einen linken Haken ab, der in seine Rippe knallte. Er ließ einen Tritt los, den ich vermeiden konnte, und als er angriff, zog ich den zweiten rechten Haken hoch.

Diesen Brocken kassierte er voll. Er kippte um, fiel auf den Rücken, überschlug sich einmal und blieb auf dem

Gesicht liegen. Wie gesagt, er war ein Leichtgewicht. Um einen solchen Treffer zu verdauen fehlte ihm die Masse.

Ich sah mich um. War alles vorüber?

Drei Special-Squad-Polizisten in grauen Kampfoveralls knieten und lagen auf dem zweiten Yakuza, hielten ihn unten und waren dabei, ihm Handschellen zu verpassen.

Phil tauchte in meinem Blickfeld auf. Jetzt lächelte er wieder. Seine Jacke war zerfetzt. Aus einer Schramme an der Stirn sickerte Blut.

»War knapp, alter Junge«, sagte er lakonisch.

Hinter Phil erschien Inspektor Tanaka, korrekt gekleidet, lächelnd. Er verneigte sich förmlich.

»Mein Kompliment, Mr. Cotton ... äh, Jerry!«

»Danke, Jack! Warum tragen die Männer die Stirnbinden?«

»Sehen Sie die Schriftzeichen auf den Binden? Sie bedeuten Kampfparolen.«

»Übersetzen Sie, Jack!«

Er wich aus. »Später!«

»Habt ihr Yukio Kenzaburo gefaßt?« fragte ich Phil, der sich um Jennifer kümmerte.

»Wissen wir noch nicht. Wir sind bei der Bestandsaufnahme.«

Sie hatten ihn nicht gefaßt.

Neun Yakuza waren den G-men und Squad-Cops in die Hände gefallen, drei davon schwer verletzt, die anderen nicht ohne Schrammen. Keiner hatte sich ergeben, alle hatten bis zur letzten Kugel um sich geschossen oder sich mit wilden Karatehieben gewehrt. Zwei Squad-Polizisten und ein G-man hatten ernsthafte Blessuren davongetragen. Dem G-man hatte ein Karatehieb den linken Arm gebrochen.

Yukio Kenzaburo war entkommen. Wie viele Yakuza mit ihm entwischt waren, blieb offen. Phil meinte, daß am großen Angriff höchstens ein gutes Dutzend Männer teilgenommen hätten. Jack Tanaka gab zu bedenken, daß sich vermutlich nicht alle Mitglieder der Kamikaze-Gang auf dem Gelände aufgehalten hätten.

»Yukio verfügt noch immer über genug Leute«, sagte er. »Außerdem könnte er Männer aus Japan nachkommen lassen. Kein Mitglied der Asakusa-Gesellschaft würde sich weigern.«

Ambulanzen fuhren in den Hof. Streifenwagen der City Police erschienen auf der Szene, sperrten die Straße ab. Wie eine Meute Hyänen tauchten die Nacht- und Kriminalreporter in der Süd-Bronx auf. Über das Informationssystem der City Police gingen Aufrufe an alle Reviere, Streifenwagen, die Hafen- und Grenzbehörden. »Gesucht wird eine Gruppe japanischer Staatsbürger, die einer verbrecherischen Organisation angehören. Mit Ausnahme ihres Anführers sprechen die Männer nur wenig Englisch. Sie sind bewaffnet und gefährlich. Der Anführer, dessen Name mit Yukio Kenzaburo angegeben wird, gilt als ...«

Die verletzten Yakuza wurden auf Tragen gelegt und festgeschnallt. Keiner wehrte sich. Sie verhielten sich wie Gliederpuppen, reagierten weder auf Worte noch Gesten, ließen aber alles mit sich machen. Ich sah, daß einigen die Tränen in Strömen über die Wangen liefen.

»Wollen Sie nicht mit ihnen sprechen, Jack?« fragte ich Tanaka.

»Es wäre sinnlos. Sie würden keine Antwort geben. Bestenfalls würden sie sich verneigen, soweit sie dazu imstande wären.«

Fünf Uhr morgens! Längst war über New York die Sonne aufgegangen.

Phil, Takeo Tanaka und ich saßen seit zwei Stunden in Mr. Highs Büro. In diesen zwei Stunden waren pausenlos Meldungen über festgenommene Mitglieder der Kamikaze-Gang eingegangen. Wenn wirklich alle Verhafteten Yakuza gewesen wären, hätte Kenzaburo eine satte Hundertschaft nach New York mitgebracht. In dieser Nacht war es gefährlich, schrägstehende Augen zu haben und asiatisch auszusehen. Die Cops holten ebenso eine Gruppe japanischer Geschäftsleute aus einem Strip-Club, wie sie fünf thailändische Politiker verhafteten und einen koreanischen Oberst, der unglücklicherweise Zivil trug und keinen Ausweis bei sich hatte. Die Irrtümer klärten sich rasch auf. Nur ein Mann blieb hängen. Er sprach kein Wort Englisch. Sein Anzug war zerrissen und verdreckt, und er hatte eine erhebliche Kopfverletzung.

Wie üblich bei großen Fahndungsaktionen flauten die Meldungen gegen Morgen ab. Mr. High zog den Schluß: »Kenzaburo ist entkommen und mit ihm mindestens einige Yakuza. Fragt sich, wie lange er sich halten kann, ohne entdeckt zu werden. Natürlich befinden sich in New York ständig zehntausend und mehr Japaner, meistens in Reisegruppen, die durchschnittlich vier Tage in der Stadt bleiben, von Sehenswürdigkeit zu Sehenswürdigkeit hasten und geschlossen zum nächsten Ziel weiterfliegen. Wir haben angenommen, Kenzaburo hätte seine Gang als Reisegruppe getarnt, aber nach den Ereignissen der vergangenen Nacht muß es für ihn schwierig sein, die Tarnung beizubehalten. Auf jeden Fall müßte er das Hotel wechseln. Schon das wäre risikoreich. Gerade für Touristen aus Ostasien werden alle Buchungen durch heimische Reisebüros als Pauschalarrangements vorgenommen. Ein Japaner, der auf eigene Faust sechs oder sieben Hotelzimmer zu bekommen versuchte, fiele schon auf. Bedenken Sie, daß die Medien terroristische Aktionen vermuten und darüber berichten! Bei Terroristen passen die Leute viel besser auf als bei gewöhnlichen Gangstern.«

Er dachte eine Minute nach und schüttelte dann den Kopf.

»Nein, ich kann Kenzaburo und seinen Leuten keine große Chance zubilligen. Sehr bald, vielleicht schon heute, werden sie irgendwem auffallen. Ich hoffe, daß der letzte Zusammenprall nicht so blutig abläuft wie in der Nacht!«

Der Chef sah Inspektor Tanaka fragend an. Jack lächelte höflich und schwieg.

»Jack, wir haben viele Waffen in der Garage und einem Keller der Hausruine gefunden, und wir haben den Fund mit der Liste verglichen, die Hyman Portnoy über das von ihm gelieferte Arsenal aufstellen mußte. Kenzaburo und seine Leute besitzen höchstens noch drei oder vier Revolver mit wenig Munition. Es wäre Wahnsinn, wenn sie sich beim nächsten Zusammenstoß mit der Polizei wieder auf eine Schlacht einließen«, sagte Mr. High eindringlich.

Tanaka verneigte sich im Sitzen. »Ja, es wäre Wahnsinn, Sir«, stimmte er zu. »Darf ich in einem Punkt Ihre Ansicht korrigieren, Sir?«

»Selbstverständlich.«

»Kenzaburo und seine Yakuza mögen als Touristen eingereist sein, aber es war unmöglich, daß sie sich wie Touristen verhielten, nachdem sie einmal im Land waren. Deshalb konnten sie nicht in einem Hotel wohnen. Ich vermute, daß Yukio für seine Mannschaft ein Haus gemietet hat.«

»Portnoy hat kein Haus für ihn beschafft.«

»Ein Haus zu mieten, Sir, ist ein legaler Vorgang. Man wendet sich an ein Immobilienbüro, fordert eine Liste an, erklärt, welches Haus man haben möchte, und überweist die verlangte Summe. Mit der Quittung schickt man irgendwen in das Büro und läßt sich die Schlüssel aushändigen. So wird es bei uns gehandhabt, und ich nehme an, in den Staaten werden Vermietungen ebenso abgewickelt.«

Mr. High lächelte.

»Danke für den Hinweis, Jack! Nehmen wir an, Sie hätten recht, und es wäre Kenzaburo gelungen, sich und seine Yakuza bis zu dem Haus durchzuschlagen. Er wäre vorübergehend in Sicherheit, aber mit einer zerschlagenen Mannschaft und ohne die Unterstützung von Portnoy. Was könnte er noch unternehmen?«

»Wenn er aufgäbe, Sir, hätte Yukio Kenzaburo das ›Gesicht verloren‹. Als Boß der Asakusa-Gesellschaft und als Nachfolger seines Vaters wäre er erledigt! Also wird er nicht aufgeben, sondern eine neue Aktion gegen Desmond Gallagher unternehmen.«

»Gallagher!« wiederholte der Chef den Namen. »Wir dürfen den Mann nicht aus den Augen verlieren, der die ganze Suppe eingebrockt hat. Wissen wir, wo er sich aufhält?«

»Unterwegs zu allen Flughäfen, die von Flash Airlines angeflogen werden«, sagte Phil. »Zur Aufrichtung der Moral, wie er behauptete.«

Mr. High ließ sich mit der Informationszentrale verbinden.

»Richtet eine Anfrage an alle Flughäfen mit der Bitte, uns mitzuteilen, ob Desmond Gallagher, Chef der Flash Airlines, bei ihnen aufgekreuzt ist! Außerdem bitten wir um eine Nachricht, falls er in den nächsten achtundvierzig Stunden landet.«

Er stand auf. »Da Gallagher nicht in New York ist, fehlt der Kamikaze-Gang das Ziel. Wir können uns eine kleine Pause erlauben. Holen Sie ein paar Stunden Schlaf nach!« Er blickte auf die Armbanduhr. »Treffen wir uns um zwei Uhr wieder! Ich möchte versuchen, mit Ihren gefaßten Landsleuten ins Gespräch zu kommen, Jack, soweit sie vernehmungsfähig sind. Wenn wir sie zum Reden brächten, ließe sich vieles vermeiden. Bitte, stellen Sie sich als Dolmetscher zur Verfügung!«

Inspektor Tanaka verneigte sich.

»Ich danke für die Ehre, Sir«, sagte er.

Sechs Stunden später kaute ich ein Sandwich, spülte die Bissen mit starkem Kaffee herunter und verfolgte die Mittagsnachrichten der Greater New York Station, des potentesten Lokalsenders.

Der große Einsatz in der südlichen Bronx war für die TV-Jungs ein saftiger Brocken, den sie fürs Publikum zu einer großen Fleischplatte auswalzten. Noch immer hielten sie ein Kamera-Team vor Ort, machten eine Direktschaltung, zeigten den Schauplatz, und der Reporter lieferte eine packende Schilderung mit überkippender Stimme, als wäre die Schlacht noch im Gange und er in Gefahr, eine Kugel abzukriegen.

Mich interessierte, wieviel die Sensationsjäger wußten. Was sich abgespielt hatte, wußten sie einigermaßen genau, aber warum es sich abgespielt hatte, darüber tappten sie im Dunkel. G-men und Special-Squad-Polizisten sind schweigsame Leute.

Daß wir eine Gang ausgehoben hatten, die sich aus Japanern zusammensetzte, war den Reportern klar. Natürlich brachten sie den Vorgang auch mit dem Anschlag auf LaGuardia Airport in Verbindung. Jennifer

Kerrs Befreiung hatte sich ebenfalls nicht verheimlichen lassen, doch an dieser Stelle riß die Kombinationskette ab. Daß Jennifer entführt worden war, weil Kenzaburo sie für Gallaghers Geliebte gehalten hatte, ahnten sie nicht. So ergingen sie sich in wilden Spekulationen über die Motive der Entführung, beklagten sich, daß die Polizei das befreite Mädchen vor der Öffentlichkeit verbarg, und verlangten, wie üblich, rückhaltlose Aufklärung. Nach wie vor glaubten sie an politische Beweggründe und Terroristen.

Ein paar persönliche Andenken an die Nacht spürte ich durchaus. Beim Duschen waren die blutunterlaufenen Stellen nicht zu übersehen gewesen. Mein linkes Schlüsselbein schmerzte, und beim Atemholen fühlte ich scharfe Stiche in den Rippen.

Ich verließ die Wohnung und holte Phil ab.

Mr. High und Takeo Tanaka erwarteten uns in einem Vernehmungszimmer. Der erste Mann, den zwei Wächter hereinbrachten, war zufällig der breitschultrige, kleine Yakuza, dem ich das lädierte Schlüsselbein verdankte. Man hatte ihn in einen Overall gesteckt, der zu groß für ihn war und in dem er aussah, als wollte er an einem Sackhüpfen teilnehmen. Wie üblich bei Vernehmungen wurden ihm die Handschellen abgenommen. Er blickte erstaunt. Dann begann er, sich zu verneigen, zuerst vor dem Wächter, der ihn von den Handschellen befreit hatte, und dem zweiten Uniformierten, danach vor uns Zivilisten. Vor Inspektor Tanaka verneigte er sich mehrfach, und Tanaka verneigte sich seinerseits, wenn auch sparsam. Tanaka begann zu fragen. Der Yakuza nickte bei jedem Satz und antwortete mit immer demselbem Wort, das er eifrig ausstieß und das sich anhörte wie »Hai!« Nur hin und wieder kamen ein paar andere Worte hinzu, und nur einmal sprach er einen längeren Satz.

Nach einer Viertelstunde faßte der Inspektor zusammen. »Er heißt Darma Unkei und lebt in Tokio. Vor zehn Tagen kam er mit dem Flugzeug an, wie er sagt, mit Freunden. Namen will er nicht nennen. Er sei angegriffen worden und hätte sich gewehrt, weil es in New York viele Taschendiebe gäbe.« Tanaka warf mir einen belustigten Blick zu. »Er möchte gern nach Hause und bittet, ihn freizulassen.«

»Haben Sie nach Kenzaburo gefragt?« erkundigte sich Mr. High.

»Selbstverständlich, Sir! Auf verfängliche Fragen antwortete er mit ›Hai‹ und keiner weiteren Silbe.«

»Was heißt das?«

»Ja, aber ein Ja, das nichts bedeutet.«

»Sehen Sie noch Möglichkeiten, mehr zu erfahren?«

»Nicht bei ihm, Sir!«

»In Ordnung, Jack! Bitte, befragen Sie den nächsten Mann!«

Man legte Mr. Darma Unkei wieder die Handschellen an und führte ihn ab, und die Wächter brachten einen anderen Yakuza in den Raum.

Auch bei seinem Verhör sprang nichts heraus. Bevor der dritte Mann gebracht wurde, wandte ich mich an Mr. High.

»Sir, ich glaube, Phil und ich sind hier überflüssig. Wir können die Zeit besser nutzen. Vor allen Dingen müssen wir mit Jennifer Kerr sprechen. Nach der Befreiung war sie zu erschöpft.«

»Einverstanden, Jerry!«

In der Tür stießen wir mit dem dritten Yakuza zusammen. Er lächelte und verneigte sich.

Wir hatten Jennifer Kerr unter anderem Namen in einem großen Hotel untergebracht. In ihrem Zimmer trafen wir sie vor dem eingeschalteten Fernseher. Sofort sprang sie auf.

»Wann darf ich raus, G-man?«

Sie schien die Schrecken ihrer Gefangenschaft restlos verkraftet zu haben. Frisch und attraktiv wie bei der ersten Begegnung sprühte sie vor Tatendurst.

»Warum wollen Sie raus, Jenny?«

Mit heftiger Geste wies sie auf den Fernsehapparat.

»Alle Sendungen über den Fall habe ich gesehen. Kein Mann aus meiner Zunft weiß Bescheid. Alle faseln von Terroristen. Der Name Gallagher fällt nur noch am Rande. Ich habe die Nase vorn, und nur ich weiß, daß der Mann, der mich entführte, etwas von Gallagher haben will, für das er schon bezahlt hat. Genau das sagte er.« Sie lachte. »Von Anfang an war ich auf der richtigen Fährte. Schon seit dem 4. Juli.«

»4. Juli?« wiederholte Phil fragend. »Unabhängigkeitstag?«

Jennifer nickte. »Der Tag, an dem ich endlich herausfinden wollte, warum das Flugfeld in Corningville von den Wächtern der Flash Airlines so streng abgeschirmt wird, obwohl kaum etwas darauf geschieht. Ich nahm meine Kamera und eine Drahtschere. Bei Einbruch der Dunkelheit arbeitete ich mich durch den Zaun bis an den großen Hangar vor. Es war nicht viel los. Ein paar Leute liefen herum. Plötzlich, von einer Minute auf die andere, brach die große Aufregung aus. Leute rannten hin und her. Die Beleuchtung der Landebahn wurde eingeschaltet. Ein paar Minuten später dröhnte es in der Luft, und eine 707 kam herunter, eine Maschine mit dem Flash-Airlines-Blitz am Leitwerk. Im Handumdrehen fuhr ein Gepäckkarren unter das Flugzeug. Die Luke des Stauraums wurde geöffnet. Acht große Säcke wechselten aus der Maschine in den Gepäckkarren. Das Umladen dauerte kaum fünf Minuten. Die 707 wendete, rollte zum Startpunkt und rauschte ab. Der Gepäckkarren fuhr in den Hangar. Er kam dicht genug an mir vorbei, daß ich die Gesichter der beiden Männer auf dem Karren deutlich sah. Beide trugen blaue Overalls, und wenn Blau auch die Farbe der Flash-Airlines ist und der gelbe Blitz auf dem Rücken nicht fehlte, fand ich es doch verdammt komisch, daß der Chef dieser Airline, Mr. Desmond Gallagher, persönlich ein paar schmutzige Säcke aus einer Maschine entlud. Den zweiten Mann sah ich erst auf der Insel wieder, Gallaghers Leibwächter Luby Curk.«

»Warum haben Sie uns die Geschichte verschwiegen?«

»Weil ich selbst herausfinden wollte, was dahintersteckte. Ich witterte eine Sensationsstory. Glauben Sie, ich will für den Rest meines Lebens für Corningville Local TV über Farmerhochzeiten und den Stand der Getreidebörse berichten? Ich brauche einen Knüller, der mich an einen großen Sender katapultiert. Es war nicht schwierig zu erfahren, woher die 707 gekommen war. Ein ganz normaler und scheinbar harmloser Charterflug. Das Flugzeug hatte eine Reisegruppe nach einer Südamerikarundfahrt in Bogotá zum Direktflug nach New York abgeholt. Dann, kurz vor New York, hatte sich der Pilot angeblich verflogen. Sein Funkgerät war ausgefallen. Für alle Anweisungen der Überwachung hatte er sich als taub erwiesen. Für ein paar Minuten war sogar die Maschine vom Radarschirm verschwunden. In der Überwachung hatte man einen Absturz befürchtet, und man war heilfroh, als der Flash-Flug FA 664 plötzlich wieder auftauchte und auch der Funkverkehr wieder funktionierte.«

Sie blickte uns an.

»Leider ist es mir nicht gelungen, den Flugbericht zu

bekommen. Ich halte eine zehn-gegen-eins-Wette, daß die Landung in Corningville nicht darin erwähnt ist.«

»Unmöglich, Jenny«, widersprach Phil. »Hundert Passagiere und mindestens acht Besatzungsmitglieder saßen in der 707.«

»Die Passagiere zerstreuten sich in alle Winde. Von der Crew wissen nur der Pilot und der Kopilot, was im Flugbericht steht.«

»Haben Sie mit Gallagher über Ihre Beobachtungen am 4. Juli gesprochen?«

»So weit war ich noch nicht, obwohl er immer wieder auf diesen Tag zurückkam.«

»Bogotá in Bolivien«, sagte ich nachdenklich. »Der größte Umschlagplatz der Welt für Kokain. Dort ist genug Ware auf dem Markt, daß Gallagher die fünf Millionen Dollar Kenzaburos in Kokain anlegen konnte, und er verfügte über die Möglichkeit, den Stoff ins Land zu bringen. Jenny, wissen Sie, wer der Pilot des Fluges war?«

»Ich kenne die Namen aller Besatzungsmitglieder.«

»Sollen wir uns die Crew vornehmen?« fragte Phil.

»Ich fürchte, dazu bleibt keine Zeit. Erinnere dich an das Gespräch mit Abe Jingel am Abend, an dem die Flash-Maschine gesprengt wurde! Er sprach von einem Gerücht über den großen Deal, an dem Dixon Mitchell oder Pablo Molinas mit Gallagher bastelten. Gestern wollte Abe wissen, daß Mitchell das Rennen gemacht habe und Molinas ausgeschieden sei.«

Ich griff zum Telefon, rief das Hauptquartier an und ließ mich mit Mr. High verbinden.

»Sir, gibt es Informationen über Gallaghers Rundreise?«

»Gestern um drei Uhr landete sein Hubschrauber in Cleveland. Am frühen Abend flog er weiter nach Buffalo, wo er die Nacht verbrachte. Heute morgen gegen elf Uhr setzte der Hubschrauber in Detroit auf, und dort steht er noch.«

»Buffalo, Cleveland, Detroit, alle Städte dicht an der kanadischen Grenze. Sir, wir müssen fürchten, daß Gallaghers Hubschrauber über die Grenze weggependelt ist und das Kenzaburo-Kokain bei der Mitchell-Gang abgeliefert hat.«

Ich faßte Jennifer Kerrs Erlebnisse vom Unabhängigkeitstag in zwei Sätzen zusammen.

»Hört sich nicht gut an, Jerry«, sagte Mr. High. »Was schlagen Sie vor?«

»Lassen Sie Gallaghers Longranger-Helikopter überprüfen! Es ist zwar wenig wahrscheinlich, daß sich das Kokain noch an Bord befindet, aber wir können Gallagher in Detroit aufhalten, bis wir uns hier in New York Dixon Mitchell vorgenommen haben. Für alle Fälle sollte ein Hubschrauber für Phil und mich bereitgestellt werden. Außerdem brauchen wir einen Durchsuchungsbefehl für alle Anlagen und Gebäude auf dem Flash-Flugfeld in Corningville.«

»In Ordnung, Jerry! Ich werde für die Unterschrift eines Richters sorgen.«

»Hat Inspektor Tanaka bei der Vernehmung der Yakuza Resultate erzielt?«

»Nichts Konkretes, nur viele Verbeugungen.«

»Falls wir ihn brauchen, werden wir ihn im Hauptquartier abholen.«

Ich legte auf und wandte mich an Jennifer Kerr. »Ich fürchte, Jenny, Sie haben uns Ihre Geschichte zwei Tage zu spät erzählt. Alles deutet darauf hin, daß Gallagher das Kokain, das er für japanische Dollars einkaufte, gegen kanadische Dollars weiterverkauft hat. Er muß dabei einen Schnitt von mindestens zehn Millionen

Dollar gemacht haben oder auch das Doppelte und Dreifache, wenn die fünf Millionen von Kenzaburo nur das Einkaufsgeld waren.«

Ihre grauen Augen leuchteten.

»Das alles werde ich in einer Serie von Reportagen aufdecken. Ich mache eine Sendung, um die sich die Riesen der TV-Branche schlagen werden.« Sie fiel Phil um den Hals, küßte ihn, machte sich frei, bevor er sich reinknien konnte, und nahm mich vor.

Ich fing sie ab und hielt sie an den Armen auf Abstand.

»He, G-man, das ist ein verdammt beleidigendes Verhalten«, sagte sie.

»Ich bewahre Sie vor Illusionen, Jenny! Wenn Sie diese Sendung machen, handeln Sie sich eine Schadensersatzklage ein, die Ihnen den Atem rauben wird. Sie können nichts beweisen.«

»Mit eigenen Augen habe ich die Säcke gesehen. Ich werde schwören.«

»Werden Sie auch schwören, daß Kokain in den Säcken war? Besitzen Sie eine Probe? Haben Sie den Finger reingesteckt und daran geleckt?«

»Machen Sie meine Story nicht mies, Jerry!« schrie sie wütend. »Die 707 ist illegal gelandet!«

»Sie wissen nicht, was im Flugbericht steht, Jenny! Selbst wenn die Landung in Corningville verschwiegen wurde, trifft die Strafe nur den Piloten. Im schlimmsten Fall droht ihm Entzug der Fluglizenz.«

»Verdammt, Sie selbst glauben, daß Gallagher ein übler Rauschgiftschieber ist. Warum soll ich nicht berichten, was ich gesehen habe und was genau zu Ihrer Theorie paßt?«

»Glauben und Beweisen unterscheiden sich in unserem Job dadurch, daß kein Richter bereit ist, auf Glauben einen Haftbefehl zu unterschreiben. Sehen Sie den Tatsachen ins

Auge, Jenny! Wenn Gallagher das Kokain verkauft hat, dann ist er der Sieger, und wir dürfen ihm weiter Kenzaburo und die Kamikaze-Gang vom Hals halten.«

»Ich werde die Öffentlichkeit alarmieren!« beharrte sie.

»Für vierundzwanzig Stunden werden Sie nichts und niemanden alarmieren, sondern in diesem Zimmer bleiben und sich ruhig verhalten.«

»Dazu können Sie mich nicht zwingen, G-man!«

Ich weiß, wo bei Reportern die schwache Stelle sitzt, und Jennifer Kerr war eine leidenschaftliche Journalistin.

»Wenn Sie ausbrechen, Jenny, dann veranstalten wir morgen eine Pressekonferenz und geben alle Fakten bekannt. Mit der Exklusivität ist es für Sie dann leider vorbei.«

Der Hieb saß. Sie hob beide Arme. »Okay, Sie haben gewonnen. Ich werde mich ruhig verhalten, aber Sie müssen versprechen, daß ich alles als erste erfahre.«

»Sie sind dicht dran, Jenny!«

Als wir schon die Tür geöffnet hatten, rief sie uns nach: »Auch das Magnetband mit der Aufzeichnung, wie der Yakuza mir das Messer an den Hals setzt, müssen Sie herausgeben. Es gehört mir. Schließlich ist es mit meiner Kamera gemacht worden.«

Dixon Mitchells Tarnfirma war ein Pelz-Im- und -Exportunternehmen, für das er Büro- und Lagerräume in der Madison Avenue unterhielt. Überall roch es nach Mottenpulver, und wann immer man Mitchell sprechen wollte, erhielt man die Antwort, er sei zu einer Einkaufsreise unterwegs.

An diesem Nachmittag hob die Sekretärin das Telefon ab und sagte: »Mr. Mitchell, zwei Beamte des FBI möchten Sie sprechen!«

Sekunden später wies sie auf die Tür. »Mr. Mitchell erwartet Sie.«

Beim Eintritt ins Chefbüro bleckte uns der Rachen eines gewaltigen Grizzlybären an, dessen Fell mit präpariertem Kopf den Boden vor Mitchells Schreibtisch bedeckte.

Dixon Mitchell ähnelte eher einem Wolf. Er hatte kalte, verschlagen blickende Augen, einen lippenlosen, gefräßigen Mund und eine große Nase, deren untere Hälfte sich kolbenförmig verdickte.

»FBI-Agenten, das Feinste vom Feinen an Schnüfflern, das die Regierung besitzt.« Er sprach schnell. Seine Stimme hatte einen unangenehm kläffenden Klang. »Bis jetzt haben sich nur Zöllner und Steuerfahnder für mich interessiert.«

»Wann haben Sie Gallagher zuletzt gesehen?« fragte Phil.

»Sprechen Sie von dem Chef der Flash Airlines? Ja, ich kenne ihn. Er möchte mich als Kunden gewinnen. Meine Ware wird zu neunzig Prozent als Luftfracht transportiert.«

»Wurden Sie handelseinig?«

»Ich versuche noch, seinen Preis zu drücken.«

»Mitchell, unser Besuch hat den Zweck, Sie vor zu großen Geschäften mit Desmond Gallagher zu warnen. Der FBI weiß, daß Gallagher eine besondere Ware anzubieten hat.«

Er senkte den verschlagenen Blick.

»Ich bin nur an Pelzen interessiert.«

Phil lachte. »Sie betreiben einen verdammten Gemischtwarenladen, Dixon. Sie wurden schon wegen Alkoholschmuggels angeklagt, wegen verbotenen Technologieexports, Hehlerei, Verstoßes gegen die Einwanderungsbestimmungen und einiger anderer Aktivitäten gegen Recht und Gesetz. Wenn Sie jetzt groß in den Rauschgifthandel einsteigen wollen, werden Sie sich die Finger verbrennen.«

»Sie reimen sich Unsinn zusammen, G-man«, antwortete Mitchell giftig. »Mein Strafregister besteht aus einer Vierzigtausend-Dollar-Buße wegen falscher Zolldeklarierung.« Er blickte auf die Armbanduhr. »Noch Fragen?

»Was sagt Ihnen der Name Yukio Kenzaburo?«

»Nicht mehr, als daß er exotisch klingt.«

»So heißt der Mann, der die Ware bezahlt hat, die Sie von Gallagher kaufen wollen. Kann sein, daß er sich den Stoff beim nächsten Besitzer zu holen versucht, wenn er ihn bei Gallagher nicht mehr findet.«

Flatterten seine Augenlider? Bedeutete das Trommeln seiner Finger auf der Tischplatte Nervosität? Oder war der Deal längst unter Dach und Fach? Grinste Dixon Mitchell inwendig über die Blödheit von zwei FBI-Agenten, die meilenweit hinter den Ereignissen herhinkten?

Auf jeden Fall blieb er eiskalt. »Sie sind bei mir an der falschen Adresse!« kläffte er. »Wenn Mr. Gallagher Rauschgift zu verkaufen versucht, warum nehmen Sie ihn nicht einfach fest?«

Wir standen auf. »An diesem Rauschgift klebt Blut, Mitchell«, sagte Phil. »Die nächste Anklage gegen Sie könnte auf Mord lauten.«

An der Tür blickte ich mich um. Mitchell hatte die Hand zum Telefonhörer ausgestreckt und wartete, daß wir den Raum verließen.

Im Jaguar flackerte das Ruflicht der Sprechfunkanlage.

Ich nahm den Hörer.

»Dringend vom Chef!« sagte der Kollege in der Zentrale. »Ein Immobilienhändler hat die City Police davon unterrichtet, daß er ein Haus in Hunts Point vermietet hat, das von einer Gruppe Japaner bewohnt wird. Die Cops sind mit großem Orchester unterwegs. Mr. High fährt mit dem japanischen Inspektor nach Hunts Point. Tanaka soll seine Landsleute von Kamikaze-Aktionen abhalten.«

»Gib mir die Adresse!«

»Coster Street 40.«

»Seit wann läuft die Sache?«

»Die Special Squad wurde vor zehn Minuten alarmiert.«

»Okay, wir können in einer knappen Viertelstunde an Ort und Stelle sein.«

Inzwischen war es fünf Uhr geworden. In Manhattans Straßen lief der Verkehr zur nachmittäglichen Rush-hour auf. Mit Rotlicht und Sirene verschaffte ich mir freie Fahrt.

Hunts Point ist ebenso ein Stadtteil der südlichen Bronx wie Mott Haven. Es war nur logisch, daß Yukio Kenzaburo für seine Leute einen Unterschlupf in der Nähe der Werkstatt beschafft hatte. Von dort bis zur Coster Street in Hunts Point beträgt die Entfernung kaum eine Meile.

Auf den ersten Streifenwagen der City Police stießen wir in der Randall Avenue. Er blockierte die Fahrbahn. Coster Street war eine Querstraße der Avenue. Jenseits der Sperre war alles aufgefahren, was New York für solche Einsätze zu bieten hat einschließlich Notarzt-Ambulanz und Feuerlöschkommando, ganz zu schweigen von Special Squads und sonstigen Cops aller Rangstufen.

Ich entdeckte Mr. High beim Commissioner der City Police. Als wir zu der Gruppe traten, sagte der Chef gerade: »Bitte, schärfen Sie Ihren Männern ein, daß möglichst nicht geschossen werden soll! Wir wissen, daß die Yakuza kaum bewaffnet sind.«

»Heute nacht haben sie gekämpft wie die Teufel, und sie haben durchaus geschossen«, antwortete Commissioner McRoar, seit sechs Monaten im Amt und als scharfer Hund bekannt. »Die Straße ist abgesperrt. Wir gehen jetzt rein und räumen die Nachbarhäuser, damit sie keine Geisel nehmen können.« Er wies mit dem Daumen auf Tanaka. »Danach kann der Inspektor seinen Leuten gut zureden. Wir geben ihm eine Flüstertüte, aber ich sage Ihnen, High, meine Jungs werden nicht stillhalten, wenn die andere Seite losballert.«

Er hob das Walkie-talkie an die Lippen.

»Hier spricht McRoar! Die Gruppen sieben, acht, zwölf und vierzehn gehen in die Straße, holen die Bewohner der Häuser links, rechts und gegenüber von Nummer 40 raus und bringen sie in Sicherheit. Achtet auf Deckung, Leute!«

Zusammen mit den Squad-Polizisten gingen wir zur Einmündung der Coster Street. Vor vierzig Jahren muß sie eine leidlich freundliche Wohnstraße gewesen sein. Die Häuser waren nicht höher als dreistöckig mit Außentreppen und kleinen Vorgärten, in denen längst zwischen Gerümpel das Unkraut wucherte. Nur einige Häuser wurden noch bewohnt. Die anderen waren verfallen und dienten Säufern, Süchtigen und Tramps als letzte Adresse.

Nummer 40 sah noch gut aus. Intakte, verschlossene Fensterläden, eine solide Tür, Fernsehantenne auf dem Dach.

Die Cops marschierten in die Straße ein. Auf den Dächern gingen Scharfschützen in Stellung. Beim Anblick der Polizisten verschwanden die Leute, die vor den Häusern herumlungerten, ins Innere. Zwei bärtige Tramps, die zwischen verbeulten Mülltonnen schliefen, wurden von Cops weggetragen.

»War die Aussage des Immobilienhändlers zuverlässig, Sir?«

»Absolut, Jerry! Das Haus vermietete er vor zwei Wochen gegen Vorauszahlung auf Grund einer schriftlichen Vereinbarung. Am letzten Sonntag kam er zufällig nach Hunts Point. Ihm fiel ein, mit dem Mieter von Nummer vierzig zu sprechen, ob er nicht an einem Kauf interessiert wäre. Niemand öffnete. Der Makler besaß einen Schlüssel, gelangte ins Haus und sah sich einer Anzahl Asiaten gegenüber, von denen keiner Englisch konnte. Er schätzt die Zahl auf mindestens zwanzig Männer.«

»Unternahm er nichts?«

»Er hatte keinen Grund. Die verlangte Miete war bezahlt. Es konnte ihm gleichgültig sein, wie viele Leute sich in dem Haus aufhielten. Außerdem flog er am anderen Tag nach Florida, kam erst in der vergangenen Nacht zurück und meldete sich, sobald er die TV-Nachrichten gesehen hatte.«

Aus den Nachbarhäusern von Nummer 40 wurden die ersten Bewohner herausgebracht und in die Randall Avenue geführt. Ich ging zu ihnen und fragte eine Frau, welche Leute sie in Nummer 40 gesehen habe.

»Lauter Burschen mit Schlitzaugen«, antwortete sie. »Einer sah aus wie der andere. Auf die Straße gingen sie nie. Ich sah sie nur, wenn sie in ein Auto stiegen oder es verließen.«

Kein Zweifel, der Tip war tatsächlich heiß.

Ich wandte mich um und stolperte über die ausgestreckten Beine des schlafenden Tramps, den die Cops als ersten weggetragen hatten. Sein Kumpan war aufgewacht, hielt mich am Hosenbein fest und fragte: »Hast du ’nen Schluck für ’ne durstige Kehle?«

»Leider nein, Bruder.«

Er kratzte in seinem verfilzten Bart.

»Was treibt ihr in unserer Straße, Junge?«

Die Frau gab ihm Auskunft. »Sie räuchern die Schlitzaugen in Nummer 40 aus.«

»In Nummer 40?« Es dauerte einige Zeit, bis die Sätze in sein durchfeuchtetes Gehirn einsickerten. Plötzlich begann er zu kichern.

»Nummer 40? Ha, ha, der Bau ist so leer wie ein Vogelnest im Winter.«

Ich beugte mich zu ihm hinunter. »Was sagst du?«

»Alles ausgeflogen!« Er ahmte mit den Händen Vogelflügel nach. »Auf, auf und davon.«

»Wann?«

»Am Morgen in aller Frühe.«

»Glauben Sie ihm nicht!« rief die Frau. »Er ist betrunken.«

»Am Morgen war ich's noch nicht, leider. Ein Lastwagen fuhr vor. Alle kamen, husch, husch, aus dem Nest, verschwanden im Laderaum. Der Fahrer schloß die Klappe und ...« Er stieß einen Pfiff durch seine Zahnlücken aus.

»Beschreib den Fahrer!«

»Ein Weißer. Nein, nicht ganz weiß. Kein Schwarzer, aber doch ein Schuß Farbe in der Haut. Ich denke, er war ein Chicano. Seine Kumpel waren so braun wie er, und sie sprachen spanisch miteinander. Ich verstehe ein paar Brocken, zum Beispiel: Sesobald er die TVequila.« Er kam auf sein wichtigstes Thema zurück. »Wie wär's mit 'nem Dollar, Bruder?«

Ich gab ihm den Dollar und ging zurück zu Mr.High, Phil und Tanaka. Im selben Augenblick kam Commissioner McRoar, schwenkte einen Handlautsprecher und dröhnte: »Alles bereit, High. Unser Freund aus Tokio kann mit seiner Überzeugungsarbeit beginnen.«

Er drückte Tanaka den Lautsprecher in die Hand.

»Nummer 40 ist leer«, mischte ich mich ein. »Alle Mitglieder der Gang wurden heute morgen von einem Lastwagen abgeholt. Der Fahrer und zwei Begleiter sprachen wahrscheinlich spanisch.«

»Wer sagt das?« brüllte der Commissioner.

»Ein Tramp, der es gesehen hat.«

»Zum Teufel, ich gebe nicht viel auf besoffenes Gefasel. Wir werden vorgehen wie geplant.«

Aus diesem Grund dauerte es noch dreißig Minuten, bis Squad-Polizisten die Tür sprengten und ins Haus eindrangen.

Der Tramp war inzwischen irgendwohin gewandert, wo sich mein Dollar in Brandy umsetzen ließ, aber er hatte die Wahrheit gesagt.

Das Haus war leer.

Kurz nach acht Uhr abends führten zwei Wächter Hyman Portnoy ins Chefbüro des Hauptquartiers. Er steckte in dem Anzug, in dem er verhaftet worden war.

Die Blume im Knopfloch fehlte.

»Sie haben für Kenzaburo Waffen, Autos und ein Versteck beschafft, Portnoy. Gab es andere Leute Ihres Schlages, die sich von Kenzaburo kaufen ließen und ihn unterstützten?« fragte Mr. High.

»Das weiß ich nicht, Sir«, antwortete Portnoy beflissen.

»Vor zwei Stunden entdeckten wir das Haus, in dem die Gang gewohnt hatte. Es stellte sich heraus, daß die Yakuza von einem Lastwagen abgeholt worden waren. Wer kommt als Helfer in Frage?«

Portnoy dachte angestrengt nach. »Er hat nie gesagt, daß er irgendwelche Leute in New York kennt. Er war wortkarg und beschränkte sich bei unseren Gesprächen auf das Nötigste.« Er hob die Hand. »Mir fällt ein, daß er mich einmal danach gefragt hat, wer in New York das Rauschgiftgeschäft beherrscht.«

»Haben Sie ihm Namen genannt?«

»Die wenigen Namen, die ich wußte, z. B. Marco Zarano, die Ruggiero-Familie, Bill Cormick in Harlem, Pablo Molinas von der Westside und zwei oder drei andere.«

»Wie reagierte Kenzaburo?«

»Ich erinnere mich, daß er die Namen in ein Notizbuch schrieb.«

»In Ordnung, Portnoy! Ich lasse Sie in Ihre Zelle zurückbringen.«

Portnoy wurde hinausgebracht. Als sich die Tür hinter ihm und den Wächtern geschlossen hatte, trat Mr. High an die große Karte New Yorks an der Stirnwand seines Büros.

»Nehmen wir an, der Tramp hätte richtig gehört, dann kommt Pablo Molinas als neuer US-Partner der Kamikaze-Gang in Frage«, sagte er nüchtern. »Ich stelle mir vor, daß Yukio ihn kurzerhand angerufen hat. Molinas, der gerade von Gallagher ausgebootet worden ist, wird sich ein Vergnügen daraus machen, einem so erbitterten Feind Gallaghers unter die Arme zu greifen. Ich schätze, daß Desmond Gallagher noch eine Anzahl heißer Tage bevorstehen. Ruhe wird er erst bekommen, wenn wir die Kamikaze-Gang und ihren Boß stillgelegt haben.«

»Ich verstehe die Welt nicht mehr, Sir«, sagte Phil. »Wahrscheinlich hat Gallagher den größten Kokaindeal des Jahrzehnts abgewickelt, hat dabei einen Riesengewinn eingefahren, und wir machen uns Sorgen, daß ihm ein Haar gekrümmt werden könnte.«

»Ich will nicht, daß Gallagher ermordet wird, Phil«, antwortete Mr. High. »Ich will ihn vor einem Richter sehen.« Er nahm ein Fernschreiben vom Tisch. »Natürlich werden wir nichts unversucht lassen, das Kokain zu finden. Detroit teilt mit, daß in Gallaghers Hubschrauber keine Spuren von Rauschgift gefunden wurden. Die Maschine mußte freigegeben werden. Gallagher ist inzwischen gestartet. Als nächstes Ziel nannte er Cincinnati.« Er vertauschte das Fernschreiben mit einem gesiegelten Dokument.

»Die gerichtliche Durchsuchungserlaubnis für das gesamte Gelände und alle Gebäude und Maschinen auf dem Flugfeld von Corningville. Der County Sheriff wurde verständigt. Die State Police schickt zehn Beamte zu Ihrer Unterstützung. Der Hubschrauber steht bereit.«

Tanaka, der bis jetzt schweigend zugehört hatte, meldete sich: »Würden Sie es als sehr aufdringlich empfinden, wenn ich bäte, mitfliegen zu dürfen?« fragte er mit äußerster Höflichkeit.

Ich klopfte ihm auf die Schulter. »Come on, Jack!«

Die Maschine war ein leichter Bell-Helikopter, ein Apparat, der aus einer Handvoll Stahl und Glas zu bestehen scheint.

Phil übernahm das Steuer, meldete sich bei der allgemeinen Flugkontrolle, nannte das Ziel und zog die Maschine hoch. Ich breitete die passende Karte auf den Knien aus und nannte Phil den ersten Fixpunkt, den es anzusteuern galt.

Jack Tanaka genoß den Flug. Fasziniert blickte er in die Straßenschluchten, in die die Dunkelheit der Nacht einzusickern begann, während in den Glasfronten der Wolkenkratzer die zahllosen erleuchteten Fenster eine geometrisch geordnete Milchstraße bildeten.

Unter normalen Bedingungen macht die Orientierung vom Hubschrauber aus kaum Schwierigkeiten. Man sucht sich den passenden Highway und folgt ihm. Highways sind fast immer die kürzeste Strecke zum Ziel.

Für die neunzig Meilen nach Corningville brauchten wir eine gute Stunde. Als wir den Raum über der Stadt erreichten, war die Dunkelheit endgültig hereingebrochen.

Über Sprechfunk rief ich das Corningville-Flugfeld. Ein Mann, dessen Stimme mürrisch klang, meldete sich.

»Okay, ihr werdet erwartet. Der Sheriff steht neben mir. Ich schalte die Empfangsbeleuchtung ein.«

Wenig später flammte eine knappe Meile westwärts eine üppige Flugfeldbefeuerung auf, die ausgereicht hätte, einen Jumbo sicher landen zu lassen.

Phil setzte die Maschine auf eine Betonfläche vor einem flachen Gebäude, das von einem improvisierten Kontrollturm überragt wurde. Die Radarantenne auf dem Turm kreiste nicht.

Eine Gruppe State-Polizisten, der County Sheriff und drei Männer in Overalls mit dem Flash-Airlines-Blitz erwarteten uns. Der County Sheriff hieß Henry O'Hara, ein fünfzigjähriger Mann, dem die ganze Sache nicht zu schmecken schien.

»Ohne Gerichtsbeschluß kann ich Ihnen nicht erlauben, das Gelände und die Gebäude zu durchsuchen, G-man.« Ich gab ihm die Durchsuchungsanordnung. Er las und reichte sie an einen der Overallträger weiter, einen vierschrötigen Mann mit einem kantigen Gesicht und einer Stirnglatze.

»Da ist leider nichts zu machen, Mr. Slayton.«

Slayton warf einen flüchtigen Blick auf das Papier. »Verdammte Schikane. Gallagher wird euch einheizen.«

»Wer sind Sie?« fragte ich.

»Bill Slayton, Stationsleiter!« Ich erkannte die mürrische Stimme vom Sprechfunkverkehr.

»Wie viele Angestellte der Flash Airlines befinden sich auf dem Flugfeld?«

»Fünf. Zwei sind mit einem Jeep unterwegs und kontrollieren die Umzäunung.«

Ich wandte mich an den Sheriff. »Teilen Sie die Beamten ein, und fangen Sie an! Wir suchen Rauschgift. Mr. Slayton, mit Ihnen möchte ich sprechen.«

»Worüber?«

»Beispielsweise über den 4. Juli und was an diesem Tag auf dem Flugfeld los war.«

Wortlos drehte er sich um und stampfte auf den Eingang des Towergebäudes zu. Ich legte ihm die Hand auf die Schulter. Unwillig drehte er den Kopf.

»Haben Sie Gallagher von der Durchsuchung benachrichtigt?« fragte ich.

»Ja, er ist der Chef«, antwortete Slayton.

Um zwei Uhr morgens meldete Sheriff O'Hara, daß der letzte Winkel ergebnislos durchsucht sei. Phil und ich hatten Slayton und seine Mannschaft vernommen und dabei Gedächtnislücken festgestellt, die so groß waren wie der Grand Canyon. Es war eine Niederlage. Je eindeutiger sie sich abzeichnete, desto freundlicher wurde Slayton. Er fragte, ob er Kaffee für die Polizisten kochen sollte, bot uns Drinks an und erkundigte sich fürsorglich nach dem Benzinvorrat im Hubschrauber.

Sheriff O'Hara bestand darauf, daß ein umständliches Protokoll über das negative Resultat verfaßt und von uns unterschrieben wurde. Das dauerte noch einmal eine Stunde. Kurz vor drei Uhr morgens zog Phil die Maschine in einer Steigspirale hoch. Wieder hatte Slayton die volle Befeuerung des Flugfeldes eingeschaltet. Die Lichterfülle wirkte wie ein höhnischer Abschiedsgruß.

Phil meldete sich bei der allgemeinen Flugkontrolle. Bei Nacht ist die Orientierung schwieriger. Die Kontrolle gab uns die Funkfeuer durch, die wir auf dem Weg nach New York ansteuern mußten.

Unsere Kennzeichnung wies uns für den Mann in der Flugkontrolle als Regierungsmaschine aus. Ich übernahm die Verbindung.

»Bitte, stellen Sie für uns in Cincinnati fest, wann Desmond Gallagher mit seinem Hubschrauber gelandet ist und ob sich die Maschine noch in Cincinnati befindet!«

Die Antwort erhielten wir erst, als wir schon die Grenze des Großraums New York erreicht hatten.

»Die Maschine ist nicht in Cincinnati gelandet«, sagte der Mann in der Flugkontrolle. »Der Flug war zwar angekündigt, wurde aber nicht durchgeführt.«

»Danke! Wir ändern unseren Flugweg und machen einen Abstecher in den Raum Stamford.«

»In Ordnung! Achten Sie auf die Sperrbereiche LaGuardia und Kennedy!«

Phil sah mich an. »Willst du wissen, ob Gallagher zu Hause ist?«

»Genau!«

Tanaka, der auf dem Passagiersitz eingeschlafen war, wurde von der abrupten Richtungsänderung geweckt. Ich drehte mich zu ihm um. »Jack, wir wollen Ihnen Gallaghers Inselvilla von oben zeigen.«

»Sehr freundlich von Ihnen«, antwortete er. »Werden wir etwas sehen können? Es ist noch dunkel.«

»Bis wir dort sind, ist es hell genug.«

Der neue Tag zeichnete sich im Osten als heller Streifen ab, der rasch wuchs und die Nacht ins Grau verfärbte. Das Land unter uns blieb in der Dunkelheit. Über leere

Highways wanderten die Scheinwerfer einsamer Trucks. New York schlief noch. Die Lichtschnüre der Straßenzüge ähnelten einem gewaltigen Spinnennetz.

Sobald Phil die Küstenlinie erwischt hatte, machte die Orientierung keine Schwierigkeiten. Er drückte den Hubschrauber herunter, bis der weißliche Strich der Brandung erkennbar wurde, und flog die Küste entlang. Wir huschten über Ansammlungen von Ferienbungalows und zwei, drei kleine Städte hinweg und passierten Stamford.

Phil drosselte die Geschwindigkeit.

Gallaghers Insel lag wie ein dunkler Fleck im Wasser. Phil ließ die Maschine noch einmal um hundert Fuß absinken. Langsam überflogen wir die Insel. Deutlich waren die Boote an den Anlagekais zu erkennen.

»In der Villa brennt Licht«, sagte Phil.

Er brachte die Maschine zum Stillstand. Ich zog die Seitentür zurück und beugte mich hinaus.

Unter uns lagen Terrasse und Swimmingpool. Zweihundert Yards seitlich des Pools zeichnete sich im Dunkeln der Parkanlage die graue Fläche des privaten Landeplatzes ab.

Phil ließ unseren Hubschrauber abdriften. Mitten im grauen Quadrat der Landefläche stand Gallaghers Helikopter wie ein großes sitzendes Insekt.

»Seine Maschine!« sagte ich.

Phil nickte.

»Platz genug für uns?«

»Knapp!«

Ich wies mit dem Daumen nach unten zum Zeichen, daß er landen sollte.

Phil lächelte. »Wir sind nicht eingeladen, Jerry!«

Fuß um Fuß senkte er die Maschine ab. Der Raum zwischen Gallaghers Apparat und den Bäumen und Sträuchern, die den Landeplatz einschlossen, reichte gerade aus. Unter dem Luftdruck der Schrauben bogen sich Äste und Zweige. Die Kufen berührten den Beton. Wir setzten auf. Phil schaltete den Rotor ab. Mit abklingendem Pfeifen kamen die Schraubenblätter zum Stillstand.

Ich sprang als erster aus der Maschine. Sofort wurde ich angerufen. »Keine Bewegung, oder ich blase dich um!« Ich erkannte die tiefe und rauhe Stimme von Gallaghers Leibwächter Luby Curk.

»Cotton und Decker vom FBI mit einem dritten Mann!« antwortete ich.

»Arme hoch!« wiederholte er. »Ich halte eine Kugelspritze mit vollem Magazin in den Händen. Das reicht für drei Männer.«

Ich spreizte die Arme. »Bring dich nicht in Schwierigkeiten, Curk! Du kennst uns.«

»Kenne ich euch?« fragte er höhnisch zurück. »Flash Airlines wurde vom FBI vor Terroranschlägen gewarnt. Warum soll ich euch nicht für Terroristen halten und auf den Abzug drücken? Wer einen Zaun übersteigt, gilt als Viehdieb und darf erschossen werden.«

Ich bewegte mich vorwärts. Da es mit jeder Minute heller wurde, konnte ich die Umrisse seiner Gestalt zwischen den Bäumen erahnen.

»Ruf Gallagher!«

»Er hat eure Maschine gehört und wird gleich kommen.« Er wich vor mir zurück. Ich erreichte den Rand des Landeplatzes. Zwischen den Bäumen und Sträuchern führte ein betonierter Weg zur Villa. Links und rechts blühten hohe Büsche.

Hielt Luby Curk wirklich eine Maschinenpistole in den Händen? Noch war es zu dunkel, Einzelheiten zu erkennen. Ich folgte Curk, tat die ersten drei, vier Schritte auf dem Weg.

»Ich werde jetzt die Arme sinken lassen«, sagte ich laut.

»Laß sie oben! Ich meine es ernst!«

Mündungsfeuer blitzte auf. Die MPi spuckte eine Fünferserie.

Phils Schrei gellte. »Vorsicht, Jerry!«

Ich warf mich herum, griff nach dem 38er.

Zu spät! Ein harter Schlag traf meinen Kopf und löschte mein Bewußtsein aus.

Ich kam zu mir und hatte ein nicht unangenehmes Schaukelgefühl, als läge ich in einer Hängematte. Ich öffnete die Augen und blickte in Tanakas rundes Gesicht. Er merkte, daß ich ihn ansah, und lächelte aufmunternd.

Mein Verstand nahm die Arbeit wieder auf, wenn auch unter rasant anwachsenden Kopfschmerzen. Ich kapierte, daß Tanaka mich an den Beinen trug, während Phil mich unter den Achseln gefaßt hielt.

»Ich glaube, ich kann laufen«, sagte ich.

Sie legten mich auf den Boden und halfen mir auf die Füße.

»Okay, Jerry?« fragte Phil.

»Ein paar von den Jungs lauerten im Gebüsch. Einer schlug dir einen Gummiknüppel über den Schädel.«

»Weiter!« befahl Curks rauhe Stimme.

Curk war nicht allein. Bei ihm waren seine Gehilfen Nace und Kiely und zwei Männer, die ich nie zuvor gesehen hatte.

Ich orientierte mich. Unmittelbar vor uns lag der Swimmingpool, dahinter die Terrasse und die Villa. Mit jeder Minute setzte sich die Morgendämmerung stärker durch.

»Weiter!« wiederholte Curk.

Eine Freitreppe führte zur Terrasse hoch.

Ich tastete nach der Halfter. Natürlich war sie leer

»Auch waffenlos?« fragte ich Phil.

»Es war nichts zu machen«, sagte er halblaut. »Curk drohte, dich zu erledigen.«

»Die Aussichten dafür sind immer noch nicht schlecht.«

Zwei Männer standen auf der Terrasse und erwarteten uns Der größere hob die Hand.

»Hallo, G-men!« sagte Desmond Gallagher.

Der andere spuckte aus, riß den Hut vom Kopf, warf ihn auf den Boden.

»Ausgerechnet die G-men!« schrie Dixon Mitchell. »Verdammte Scheiße!«

»Nichts gefunden in Corningville?« fragte Gallagher höhnisch. Er trug einen weißen Overall von der Sorte, die aussieht, als wäre sie in einem Pariser Modesalon geschneidert.

»Die Ware lagerte seit Wochen auf der Insel. Heute haben wir sie auf Mitchells Boot verladen. Dixon wird einen Turn nach Norden unternehmen.«

Er griff in eine Brusttasche des eleganten Overalls und zog ein Papier hervor. »Ein bestätigter Scheck über zwanzig Millionen Dollar von der Banco de Venezuela.«

»Warum erzählst du ihnen alles?« kläffte Mitchell.

»Weil sie es nicht weitererzählen können.«

»Wie willst du sie uns vom Hals schaffen? Du kannst sie nicht mit Blei spicken und verschwinden lassen. Ihre Kollegen würden dir einheizen, bis sie's herausgefunden hätten.«

»Sie sind mit dem Hubschrauber gekommen und werden mit ihm in die Ewigkeit abreisen.«

Er zog die Lippen von den Zähnen.

»Ihr bekommt den besten Piloten für die Himmelfahrt, den es gibt. Mich! Ich fliege euch hoch auf ein paar tausend Fuß, bringe die Maschine zum Stottern und verabschiede mich von euch, denn leider wird nur ein Fallschirm an Bord sein. Curk fischt mich aus dem Wasser. Vielleicht werden Such- und Tauchkommandos Wochen später auch euch finden. Das wird mich nicht beunruhigen, denn der Coroner kann nichts anderes feststellen, als daß ihr einem bedauerlichen Unfall zum Opfer gefallen seid.«

»Ich verschwinde!« schrie Mitchell.

»Beeilen wir uns!« Gallagher winkte seinen Leuten. »Legt ihnen Handschellen an und bringt sie zur Maschine!«

Phil suchte meinen Blick. Ich nickte unmerklich. Wir mußten alles auf eine Karte setzen.

»Den Japaner zuerst!« befahl Gallagher. »Er wird ...«

Ein gellender Schrei unterbrach ihn. Der Todesschrei eines Menschen.

Gallagher und Mitchell stürzten an die Brüstung.

»Was ist los?« schrie Gallagher. »Wer sind diese Bastarde?«

Von der Terrasse überblickte man die Anlegekais am Fuß des Inselhügels. Neben drei Booten, die Gallagher gehörten, lag ein großer weißer Kajütkreuzer, offenbar das Schiff, mit dem Dixon Mitchell die riesige Ladung Kokain im Wert von zwanzig Millionen Dollar nach Kanada bringen wollte.

Vor den Booten kämpften vier Männer in Straßenanzügen mit einem halben Dutzend mageren sehnigen Burschen, die praktisch nackt waren.

»Yakuza«, sagte neben mir Tanaka. »Sie sind geschwommen.«

Unten krachten Schüsse. Ein Yakuza warf die Arme hoch und fiel auf den Rücken. Im selben Augenblick fegte ein Karatehieb zwischen die Augen einen Anzugträger von den Füßen.

»Die Ladung!« kreischte Dixon Mitchell. »Beeilt euch! Sie entführen das Boot.«

»Es kommen mehr!« Tanaka streckte die Hand aus. »Sehen Sie ihre Köpfe im Wasser, Jerry?«

Mitchell und die beiden Männer, die zu seiner Bande gehörten, rannten die Freitreppe hinunter und verschwanden auf dem Weg zu den Kais.

»Erledigt sie!« brüllte Gallagher seine Leute an. »Um die G-men kümmere ich mich.«

Er zog einen Revolver aus der Knietasche des Overalls.

»Ins Haus!« schrie er uns an. »Ich knall jeden ab, der mit der Wimper zuckt.«

Während Curk, Nace und Kiely losrannten, trieb Gallagher uns durch eine offene Terrassentür in den großen Wohnraum. Draußen hämmerte Curks Maschinenpistole eine lange Serie.

Gallaghers Playboy-Gesicht verzerrte sich zur Fratze. »Wir besorgen es ihnen!« schrie er. »Wir nieten sie um!«

Phil ging nach rechts in den Raum hinein. Gallagher schwenkte den Revolver.

»Bleib stehen, Schnüffler!«

Augenblick der Wahrheit! Ich startete.

In dieser Sekunde wünschte ich mir einen Antritt wie Carl Lewis. Es ging um verdammt mehr als um eine Goldmedaille.

In wilden verzweifelten Sätzen rannte ich auf Gallagher zu und hatte das scheußliche Gefühl, als käme ich kaum näher. Ich sah, wie er die Hand mit der Waffe zurückschwenkte, sah die Mündung groß und abgrundtief wie einen Brunnenschacht und den Finger, der sich am Abzug krümmte. Feuer brach aus der Mündung. Der Abschußknall traf meine Trommelfelle hart.

Aus und vorbei?

Ich nehme an, Sie haben massenweise Olympiawettkämpfe gesehen. Sie wissen, wie es aussieht, wenn der eine um ein oder zwei Hundertstelsekunden schneller ist als der andere. Die Jungs von der elektronischen Zeitmesserzunft irren sich nie.

Beim Wettkampf zwischen Gallagher und mir wurde keine Zeit gestoppt, aber zweifellos muß ich eine winzige Spanne schneller gewesen sein als er, denn ich lebe noch. Als er abdrückte, hatte mein Schlag schon getroffen, und die Kugel zerschmetterte nur eine große Vase.

Für einen zweiten Schuß ließ ich ihm keine Chance. Ich traf ihn so wuchtig, daß er schwer auf den Rücken fiel. Mit einem Schritt war ich bei ihm, stellte den Fuß auf sein Handgelenk und entriß ihm den Revolver.

»Lieg still!« befahl ich und setzte ihm die Mündung der eigenen Waffe an die Schläfe. Ich tastete seinen Overall ab. Andere Waffen trug er nicht bei sich.

Phil stand am Schreibtisch, den Telefonhörer in der Hand. »Funktioniert!« sagte er und wählte die Ziffern des Notrufes.

»Decker vom FBI! Gallagher-Insel vor Stamford Beach! Großeinsatz erforderlich! Kampf zwischen Gangsterbanden ausgebrochen. Alarmiert Hubschrauberüberwachung der Coastguard! Informiert Chef FBI-New York!«

Von den großen Fenstertüren zur Terrasse sagte Tanaka halblaut: »Yakuza kommen!«

Ich ließ Gallagher los und ging zur Fensterfront.

Drei, vier, dann noch einmal drei Männer schwangen sich über die Brüstung oder kamen die Treppe zur Terrasse hinauf. Vier waren nackt bis auf das weiße Tuch um die Hüften. Blaue und rote Tätowierungen bedeckten

Brust, Arme, Oberschenkel – den ganzen Körper. Die anderen trugen weiße Hosen und weite, mit Stoffgürteln zusammengehaltene Jacken, die seltsamerweise nicht naß zu sein schienen.

Als achter und letzter Mann betrat Yukio Kenzaburo die Terrasse, gekleidet wie die anderen.

Neben mir streifte Takeo Tanaka seine Jacke ab, knöpfte sein Hemd auf und zog es aus. Er bückte sich, löste die Schuhbänder, befreite die Füße von Schuhen und Strümpfen, richtete sich auf und lächelte mich an.

»Der Atem des Kampfes weht leichter ohne Beengung«, sagte er, und der Satz hörte sich an wie eine Zeile aus einem Gedicht.

Ich stieß eine Terrassentür auf.

»Mr. Kenzaburo!« rief ich laut. »Ich bin Jerry Cotton vom FBI. Nehmen Sie die Hände hoch, und befehlen Sie Ihren Leuten, sich zu ergeben!«

Kenzaburo verneigte sich.

»Ich bedaure, Ihnen Schwierigkeiten zu bereiten«, antwortete er in einwandfreiem Englisch. »Überlassen Sie mir Gallagher!«

»Geben Sie auf, Kenzaburo! Zwingen Sie mich nicht, auf Sie oder Ihre Leute zu schießen!«

Er schrie ein paar Worte auf japanisch. Seine Yakuza brachen in Gebrüll aus und griffen an.

Ich schoß auf Kenzaburo, aber ich verfehlte ihn.

Die Fenstertüren wurden aufgerissen. Wo sie verschlossen waren, zertrümmerten harte Hände die Glasfüllung. Innerhalb von Sekunden hatten wir die Männer der Kamikaze-Gang auf dem Hals.

Mich fielen zwei Tätowierte an. Die Gestalten auf ihrer Haut, Drachen, Dämonen oder was immer die eingeätzte Malerei darstellen mochte, schienen vom Spiel der Muskeln zum Leben zu erwachen. Der Größere schwang ein reichlich armlanges Schwert, mit dem er mich hätte halbieren können. Mir blieb keine Wahl. Auf drei Schritte Distanz jagte ich Kugeln in seine Schulter und sein rechtes Knie. Er brach zusammen. Der andere nutzte den Augenblick. Seine Karatehiebe fegten mich von den Füßen. Schwer krachte ich auf den Rücken. Sein eisenharter Fuß schnellte zum tödlichen Tritt gegen meinen Kehlkopf. Ich rollte mich seitlich weg und sprang auf.

Er war schon da, traf rechts und links. Der Revolver in meiner Hand beeindruckte ihn nicht. Im Magazin steckten noch zwei Kugeln, aber ich wollte nicht auf einen Mann schießen, der mit nackten Händen kämpfte.

Überall gellten die Angriffschreie. Ich wich zurück. Der Yakuza stieß mit dem Fuß gegen das Schwert, das dem angeschossenen Mann entfallen war. Er bückte sich danach.

Mit einem Satz stand ich über ihm und schlug zu. Der Lauf des Revolvers traf seinen Kopf. Er brach zusammen.

Ich sah mich um.

Phil kämpfte mit einem geschwungenen Stuhl gegen den Ansturm von drei Yakuza. Inspektor Tanaka führte mit zwei anderen ein tödlich ernstes Ballett auf, kämpfte wie sie mit pfeifenden Handkantenschlägen und blitzschnellen Tritten.

Gallagher war verschwunden. Durch die Fenster sah ich Yukio Kenzaburo, der in langen Sätzen am Swimmingpool vorbeilief und im Weg zum Landeplatz verschwand.

Phil geriet in Bedrängnis. Der Stuhl, mit dem er sich wehrte, löste sich in seine Bestandteile auf. Nur ein Stück Rückenlehne blieb in seinen Händen.

»Aufhören!« brüllte ich. »Ich schieße ...«

Sie kämpften weiter, als wären sie taub.

Ich sprang den Mann an, der für Phil am bedrohlichsten war. Er spürte mich, wirbelte herum, ging mich an. Ich wich zurück, wartete auf die Chance, ihn mit einem Fausthieb abzuräumen.

Ein röhrendes, überlautes Rattergeräusch erfüllte die Luft. Es kam vom Landeplatz, wuchs an. Das charakteristische Pfeifen von sich immer schneller drehenden Rotorblättern mischte sich hinein. Ich blickte nach rechts, nach draußen, erhielt die Quittung durch einen Fußtritt, der mein Brustbein traf. Die Luft blieb mir weg, aber als der Yakuza mir den Rest geben wollte, feuerte ich den linken Haken dazwischen, den ich schon lange für ihn bereithielt. Er stürzte gegen den Schreibtisch, überschlug sich und fiel nach vorne aufs Gesicht. Das Geräusch steigerte sich zum typischen Knattern. Über den Bäumen, die den Swimmingpool vom Landeplatz trennten, erschien die Maschine, Gallaghers Longranger-Helikopter, der sich langsam in die Höhe schraubte.

Zu langsam! Noch hatte er die Baumhöhe nicht voll überschritten, als er abzudriften begann. Die aufgehende Sonne spiegelte sich in der Kanzelverglasung. Was sich in der Kanzel abspielte, war nicht zu erkennen.

Dann ging alles sehr schnell. Der Hubschrauber blieb mit den Kufen in den Bäumen hängen und schlug schräg.

Die Rotorblätter zersäbelten Äste und Zweige, bevor sie brachen. Die Maschine stürzte ab, verschwand für eine Sekunde.

Eine gewaltige Explosion erschütterte die Luft. Wrackteile, Äste, herausgerissene Betonbrocken wurden hochgeschleudert.

Flammen schlugen in den Himmel. Eine schwarze Qualmwolke stieg auf. Einen Atemzug später krachte es zum zweitenmal. Das makabre Schauspiel wiederholte sich, und dieses Mal war es unser Hubschrauber, der sich in einer Fontäne aus Trümmern auflöste.

Nie konnte völlig geklärt werden, was sich ereignet hatte. Zweifellos hatte Desmond Gallagher unseren Kampf mit den Yakuza ausgenutzt und war aus dem Haus zu seinem Hubschrauber geflohen. Kenzaburo hatte ihn verfolgt und mußte in die Kanzel eingedrungen sein, als die Maschine im Begriff war abzuheben.

Sie kam in die Luft und stürzte mit den kämpfenden Männern ab.

Takeo Tanaka rief laut eine lange Kette japanischer Worte. Die Yakuza, vom Krachen der Explosionen wie gelähmt, verharrten bewegungslos.

»Was haben Sie zu ihnen gesagt?« fragte ich.

Er verneigte sich leicht.

»Ich sagte, sie sollen aufhören zu kämpfen. Ihr Oyabun sei tot.«

»Ihr wer?«

»Oya-bun. Das japanische Wort für Boß.«

Er drehte sich um, wandte mir den Rücken zu.

Der Anblick überraschte mich.

Takeo Tanaka, Inspektor der Tokioer Polizei, von uns kurz Jack genannt, trug auf dem Rücken die umfangreiche, kunstvolle blau-rote Tätowierung eines zähnefletschenden, feuerspeienden Drachen.

Der erste Hubschrauber der Coastguard knatterte über unseren Köpfen. Jack zog sein Hemd an. Mitchells Schiff hatte den Anlegesteg verlassen und schwamm draußen in der Bucht, doch darüber brauchten wir uns keine Sorgen zu machen. Ein Kreuzer der Coastguard preschte mit hoher Bugwelle dem Kokainboot in den Weg.

Curk und ein anderer Mann versuchten, zur Küste zu

fliehen, an der die ersten Streifenwagen der Polizei auffuhren. Auch sie konnten nicht entkommen.

Die Männer, die von der Kamikaze-Gang übriggeblieben waren, standen dichtgedrängt in einer Ecke des Raumes. Ratlos blickten sie in die fremde Welt, in die der Befehl eines skrupellosen Anführers sie verschlagen hatte

In diesem Augenblick taten sie mir leid.

ENDE

Aufsteiger des Jahres

Im Verteilerkreis nördlich von Elizabethport, dem neuen Containerhafen in New Jersey, drehte der Fahrer des grünen Dodge-Lieferwagens plötzlich auf.

Die ganze Zeit, seit er seine Fracht im Terminal F, Sektion 9, übernommen hatte, war er gemütlich vor uns hergezockelt. Und jetzt das!

»Die haben was gemerkt«, knirschte Ted Hogan und gab Gas.

»Langsam«, mahnte Phil. »Die wollen wahrscheinlich nur sehen, was sich hinter ihnen tut!«

Hogan nickte und nahm das Gas wieder etwas zurück. Ted Hogan war knapp fünfzig Jahre alt. Davon hatte er zweiundzwanzig als Detective in Manhattan verbracht, meist im Revier Midtown South. Zu diesem Revier gehören der mittlere Broadway, der berüchtigtste Teil der Eighth Avenue und der grellste Abschnitt der 42nd Street.

Wer an dieser Nahtstelle, wo sich Gut und Böse berühren, wo die Grenzen wie nirgendwo sonst verschwimmen, sein halbes Leben verbringt, ohne zu straucheln oder unterzugehen, verfügt über Kenntnisse und Erfahrungen, die unbezahlbar sind für eine Polizeibehörde.

Vor zwei Jahren endlich war er zum Detective Lieutenant befördert und ins Rauschgiftdezernat versetzt worden. Mit den Möglichkeiten seiner neuen Dienststelle und der Autorität seines neuen Dienstgrades war er in der Lage, die Informationen, die ihm seine alten Spitzel nach wie vor zutrugen, ungleich wirkungsvoller auszuwerten als früher. So war es ihm gelungen, zwei undichte Stellen in der Polizeibehörde zu entdecken und ein weiteres Leck einzukreisen.

Und jetzt sollte es gegen Frank Moreno gehen, den Mann, der seit vielen Jahren Manhattan, Brooklyn, Queens und Harlem mit Rauschgift überschwemmte! Seit einiger Zeit schien er über eine unbehelligt sprudelnde Verbindung nach Nahost zu verfügen, über die vergleichsweise billiger Stoff in die Stadt floß.

Weil das erwähnte Loch in der Narcotics Division zwar eingekreist, aber noch nicht gestopft war, hatte der Deputy Commissioner mit dem New Yorker FBI-Chef palavert, und die beiden hatten kurzerhand eine Sondereinheit ins Leben gerufen. Diese Sondereinheit bestand nur aus Ted Hogan, Phil Decker und mir, dem G-man Jerry Cotton.

Dies war unser erster gemeinsamer Einsatz. Es war ein später Abend im Sommer. Die Wolkenbänke im Westen hatten rote Ränder, und der Asphalt war noch weich von der Glut des Tages. Alle Mitglieder der Sondereinheit saßen in einem auf alt getrimmten Kleinlaster mit Spezialfahrwerk und einer neuen Cadillac-Maschine.

Außer Frank Moreno und seinen engsten Vertrauten wußten nur wir, was sich in dem Dodge Van befand, der eben den Verteiler verließ. Heroin aus Pakistan, frei New Yorker Hafen, vielleicht dreihunderttausend Dollar wert! Auf den Straßen, Plätzen und Schulhöfen New Yorks würde es am Ende zwei Millionen Dollar einbringen. Zwei Millionen Dollar für den massenweisen Tod auf Raten. Die Chance, Frank Moreno endlich das Handwerk zu legen, brachte uns alle auf Touren. Nur ein Umstand störte mich ein wenig. Das war die Verbissenheit, mit der Hogan in den Kampf gegen Moreno zog. Dabei konnte ich Ted Hogans Tatendrang durchaus verstehen. Viele Jahre lang hatte er ohnmächtig mit ansehen müssen, welches Elend dieser gewissenlose Verbrecher über die Menschen seiner Stadt brachte. Seine Stadt war auch meine Stadt.

»Zum Teufel, was macht er?« fluchte Hogan, als der Dodge Van plötzlich in die äußere Spur des Verteilerkreises scherte, dabei zwei andere Fahrzeuge schnitt und abbog. Hogan hämmerte mit dem Handballen aufs Lenkrad. »Wo will er hin, verdammt?« fragte er laut.

Denn der Van schlug nicht, wie erwartet, den Weg zum Highway-Zubringer ein, der ihn und uns, die Verfolger, auf dem schnellsten Weg nach Manhattan gebracht hätte.

Ungefähr zwanzig Kilogramm Heroin, zu sechzig Prozent rein, rollten zur Newark Bay hinunter.

Hogan behielt die Nerven. Es hatte keinen Zweck, andere Fahrer zu schneiden. Das Hupkonzert hätte die Verfolgten nur darauf aufmerksam gemacht, daß es einen Verfolger gab. Wochenlange Kleinarbeit wäre vergeblich gewesen. Das Heroin in dem Dodge sollte uns näher an Frank Moreno heranbringen.

Hogan nahm das Gas zurück. Als er im rechten Außenspiegel eine Lücke erspähte, blinkte er und riß das Lenkrad herum. Die gut abgestimmte Federung ließ den Wagen das abrupte Manöver willig mitmachen.

»Da vorn ist er«, sagte Phil, der in der Mitte neben Hogan saß. Ich hockte ganz rechts, gegen die Tür gequetscht. Mein Knie stieß dauernd gegen das im Fußraum installierte Funkgerät.

Es wurde jetzt schnell dunkel, während der Lieferwagen durch ein verwahrlostes Wohngebiet rollte. Am Straßenrand spielten ein paar Halbwüchsige Softball. Auf den Stufen vor den Häusern saßen Männer in Unterhemden und tranken Bier aus Dosen.

Der Dodge bog an einer Ampel, die auf Dauerblinken geschaltet war, links ab. Hogan ließ unseren Wagen ein wenig zurückfallen, bevor er ihm folgte.

Wir gelangten in offenes Gelände. Einige der alten Straßenzüge, in denen früher Hafenarbeiter mit ihren Familien gewohnt hatten, waren abgerissen worden und modernen Wohnblocks mit großzügigen Parkflächen gewichen. Die Straße fiel leicht ab, und ich konnte das Wasser der Bucht erkennen, das die graue Dämmerung des Abendhimmels widerspiegelte. Ein Jet im Anflug auf den Newark Airport strich niedrig über die Häuser hinweg.

»Was suchen sie da unten?« fragte jetzt auch Phil ratlos. »Wollen die etwa mit 'nem Boot nach Manhattan rüber?« Ich wußte es auch nicht. Der Dodge beschleunigte wieder und hielt auf die Stelle zu, wo sich die Straße gabelte. Die beiden Fahrspuren führten im Bogen zu den alten Lagerschuppen und Docks hinunter, deren lange, dunkle Dächer bis zum Gabelpunkt hinaufreichten.

»Aufpassen!« sagte ich.

Der Dodge verschwand in der rechten Schleife.

Ich hatte jedoch nicht den Wagen gemeint, sondern die Jugendlichen, die plötzlich zwischen den Hecken auftauchten. Anschließend lieferten sich die Angehörigen rivalisierender Straßenbanden eine Schlacht, denn immer mehr Jungen und Mädchen brachen durch das Gestrüpp.

Und dann flogen Steine.

Einige Halbwüchsige sprangen auf die Straße, ohne auf unseren Kleinlaster zu achten.

Ich sah, wie ein magerer Junge von einem Stein an der Stirn getroffen wurde. Sein Knie knickte ein. Er fing sich und taumelte über die Straße. Ted Hogan knirschte laut mit den Zähnen. Er schlug mit der Hand auf die Hupe. Doch die Jugendlichen kümmerten sich nicht um die Warnung. Und Ted Hogan hielt drauf.

»Aus dem Weg, ihr Bastarde!« brüllte er.

»Hogan!« schrie ich.

Phil warf sich herum, stieß Hogan mit der Schulter an und fiel ihm ins Steuer.

Der Wagen scherte nach links, haarscharf an dem immer noch benommen herumtorkelnden Jungen vorbei, dem jetzt das Blut über die Stirn lief. Ein Stein knallte gegen den metallenen Aufbau. Es dröhnte wie nach einem Granattreffer. Hogan klammerte sich am Lenkrad fest. Verbissen versuchte er, es herumzureißen, während sein Fuß auf dem Gaspedal blieb. Als Phil seinen Fuß endlich auf die Bremse brachte, war es zu spät.

Der kleine Laster schlitterte breitseits auf die Begrenzung der Straße zu. Eine niedrige Leitplanke schützte die Benutzer der Straße in der Kurve vor einem Sturz auf die Dächer der Lagerschuppen.

Ein harter Ruck ging durch den Wagen, als er mit der Breitseite gegen die Leitplanke knallte. Die Planke sprang aus ihrer Verschraubung, und der Laster geriet über die Kante.

Ich stieß die Tür auf, während sich der Laster langsam zur Seite neigte. Die schräge Böschung und das flache Schuppendach fünfzehn Yards unter mir ließen mich nach Luft schnappen. Der Laster würde irgendwo auf dem Geröllhang hängenbleiben.

Weit links schoß der Dodge Van mit aufgeblendeten Scheinwerfern aus der Kehre. Die Lichtkegel strichen über den rissigen Beton und hielten genau auf den kleinen Helikopter zu, der vorn an der Kaimauer stand. Vor dem grauen Wasser war er fast nur an seinen rhythmisch zuckenden Positionslichtern und der schwirrenden Scheibe der Rotorblätter zu erkennen.

O verdammt, schoß es durch meinen Kopf. Zwanzig Kilogramm Heroin. Millionenfacher, stückweiser Tod für die Straßen meiner Stadt. Es durfte einfach nicht nach Manhattan gelangen!

Ich sprang aus dem Fahrerhaus, landete auf der Böschung und rutschte inmitten einer Geröllawine abwärts. Ich verlangsamte die Fahrt, indem ich mich an den Ästen der dürren Sträucher festhielt, die überall aus den Felsspalten ragten.

Die hintere Schuppenwand reichte bis auf vier Yards

an das untere, dort senkrecht abfallende Stück der Böschung heran.

Ich drehte mich um, spannte meine Muskeln und stieß mich ab.

Ich landete auf dem Schuppendach. Das Holz unter der spröde gewordenen Teerpappe knackte, hielt meinen Aufprall jedoch aus. Ich rappelte mich wieder auf und lief über das Dach nach vorn.

Der Dodge war jetzt nur noch hundertfünfzig bis zweihundert Yards vom Helikopter entfernt. Ich würde es nicht schaffen, vom Dach zu springen und mich dem Hubschrauber rechtzeitig zu nähern, bevor er wieder aufstieg. Mit einem Gewehr hätte ich die ganze Bande am Kai festnageln können. Ich warf mich aufs Dach. Im Sprung riß ich meinen Smith and Wesson heraus. Für einen sicheren Schuß reichte bei der großen Entfernung das Zwielicht nicht aus. Ich versuchte es trotzdem. Ich stützte das rechte Handgelenk, visierte die Seitenscheibe des Dodge an und zog durch.

Wahrscheinlich hatte ich die Scheibe getroffen. Aber sehen konnte ich es nicht. Doch der Fahrer riß das Lenkrad herum, bevor er den Hubschrauber erreichte. Dann flammten die Bremslichter auf, und während der Wagen noch ausrollte, sprangen die beiden Insassen heraus.

Einer von ihnen, ein athletisch gebauter Gorilla namens Bob Kinlaw aus Brooklyn, hielt einen länglichen Beutel in der Hand. Bei jedem Laufschritt, der ihn näher an den Helikopter heranbrachte, klatschte der Beutel gegen seine Beine.

Ich preßte meine Kiefer zusammen, bis die Muskeln verkrampften. Das Heroin war in einer Kiste medizinischer Apparate versteckt gewesen. Kinlaw und sein Komplice hatten die Kiste im Auftrag der rechtmäßig mit dem Transport und der Weiterlieferung der Sendung befaßten Spedition in Elizabethport in Empfang genommen. Anscheinend hatten sie den Stoff bereits während der Fahrt aus seinem Versteck geholt.

Nur noch wenige Schritte trennten den Gangster von dem rettenden Fluggerät. Ich spürte den Schweiß zwischen meinen Schulterblättern, während es in meinem Hirn schrie: Drück ab! Drück ab!

»Schieß doch!« brüllten Phil und Hogan über mir.

Der erste Gangster erreichte die Hummel. Es war Rico Spidone, der den Dodge gesteuert hatte. Er warf sich in die Kabine. Der Pilot erhöhte die Drehzahl der Rotoren.

Kinlaw jagte heran. Noch drei lange Sätze! Im Laufen holte er mit dem Beutel, der das Heroin enthielt, Schwung, um ihn in die Kabine zu schleudern.

Ich hielt den Atem an, zielte auf die schwach als matten, dunklen Umriß erkennbare Kabinentür und drückte ab. Kinlaw zuckte zusammen und prallte gegen die gläserne Kanzel. Der Beutel entfiel seiner Hand und schlitterte über den Beton. Sein freier Arm ruderte durch die Luft. Dann fiel er mit dem Oberkörper in die Kabine.

Ich jagte zwei Schüsse gegen das schimmernde Glas der Kanzel. Ich nahm an, daß die Kugeln ihr Ziel erreichten. Ich konnte mir vorstellen, wie das Blei gegen das Glas prasselte. Die Hummel hob ab. Die Beine des getroffenen Gangsters baumelten plötzlich frei in der Luft.

Und auf dem Beton der Kaimauer lag der flache Beutel.

Einen Augenblick schwebte der Hubschrauber wie unschlüssig über der millionenschweren, todbringenden Fracht. Ich pochte mit meinen letzten Kugeln gegen die Hummel, bevor ich aufsprang und den Speedloader aus meiner Tasche zerrte. Während ich auf das vordere Ende des Lagerschuppens zulief, lud ich die Trommel nach.

Der Helikopter schwenkte herum. Und dann hielt er auf mich zu. So sah es jedenfalls aus.

Vermutlich konnten mich die Insassen gar nicht sehen.

Ich warf mich flach aufs Dach, rollte bis zur Kante vor und ließ mich fallen. Ich zog die Beine an, um den Aufprall abzufedern.

Ich spürte den Ruck bis unter die Schädeldecke. Meine Zähne schlugen aufeinander, während die Rotoren scharfkantigen Staub in mein Gesicht schleuderten.

Die Hummel schwenkte herum, um erneut zur Landung anzusetzen. Kinlaw und Spidone waren hartgesottene Kerle und Morenos Vertraute. So ohne weiteres würden sie das Heroin, für das Moreno eine Vorauszahlung in Höhe von zweihunderttausend Dollar hatte leisten müssen, nicht im Stich lassen. Wahrscheinlich bohrte Rico Spidone dem Piloten die Mündung seines Revolvers ins Ohr, während Kinlaws Beine immer noch aus der Kabine baumelten.

Ich ließ mich auf ein Knie nieder und streckte den rechten Arm. Schüsse schräg nach oben sind immer problematisch.

Der Hubschrauber fiel ziemlich schnell. Ich zielte auf die hintere Verkleidung der Kanzel, wo ich den größten Schaden anzurichten hoffte.

Bevor ich abdrückte, nahm ich aus den Augenwinkeln eine Bewegung war, dann hörte ich Schritte, keuchende Atemzüge und eine Stimme.

»Ich bin's – Hogan!«

Hogan rannte an mir vorbei, näher auf den Helikopter zu. Ich zog durch. Dreimal schlug der Revolver in meiner Hand nach oben. Ich war jetzt wesentlich näher an der Maschine als bei der ersten Salve vom Schuppendach aus. Wenn meine Kugeln ihr Ziel erreichten, würden sie das Glas der Kanzel auch durchschlagen.

Die Hummel neigte sich plötzlich nach vorn, als die pfeifenden Kugeln den Piloten erschreckten.

Einen Moment sah es so aus, als würde die Nase der Kanzel auf den Kai schrammen.

Doch im letzten Moment fing der Pilot die Maschine ab. Die linke Kufe berührte kurz den Boden, bevor das Triebwerk aufheulte.

Ted Hogan stand mit gespreizten Beinen auf der Kaimauer, seinen schweren 38er im Anschlag. Während er die Trommel seines Revolvers leerfeuerte, raste der Hubschrauber auf ihn zu.

»Hogan!« brüllte ich. Doch ich wußte, daß mein Schrei im Pfeifen der Rotorblätter unterging.

Ich sprang auf und rannte los. Der Helikopter jagte flach über den Kai. Eine Kufe war wie eine Lanze auf Hogan gerichtet, der unerschütterlich stehenblieb. Seine Kugeln richteten keinen sichtbaren Schaden an.

Ich spürte den Winddruck der Rotorblätter in meinem Gesicht. Ich hechtete vor, die letzten Schritte, bevor die Maschine uns zerfetzte. Ich warf mich gegen Hogans Rücken und schleuderte ihn nieder. Dann spürte ich einen harten Schlag an meinem Rücken, der mich auf den Beton schmetterte.

Benommen wälzte ich mich auf die Seite. Der Hubschrauber strich schräg über das dunkle Wasser der Bucht. Und dann war Phil da. Er half Hogan und mir auf die Füße.

»Sie verdammter Idiot!« schrie er Hogan an. »Wollten Sie mit Ihrer Amokfahrt da oben ein Blutbad anrichten?«

Hogan schien Phils Worte gar nicht zu hören. Er starrte über das Wasser. Von dem Hubschrauber waren nur noch die Blinklichter als blasse Punkte zu sehen.

»Dieser Bastard kommt wieder davon, Cotton«, knirschte er, wobei die Adern an seinem Hals dick hervortraten.

Ich steckte den Revolver ein und bückte mich nach

dem Beutel. Ich hielt einen Augenblick den Atem an, als ich den dumpfen Schmerz spürte, wo mich die Kufe des Hubschraubers am Rücken gestreift hatte.

»Immerhin«, sagte ich vorsichtig ausatmend, »haben wir das Heroin, Ted.«

»Schon gut«, sagte Hogan zu Phil. Er entspannte sich und sah mich an. »Schon gut. Und vielen Dank. Ohne Sie wäre es aus mit mir.«

»Das ist ganz sicher«, bestätigte Phil grimmig.

»Moreno kommt auch noch dran«, versicherte ich »Beim nächstenmal. Oder beim übernächsten ...«

Das nächste Mal ...

Das letzte Mal lag jetzt fünfeinhalb Monate zurück. Wieder saßen wir in einem Lastwagen, jetzt allerdings hinten im Aufbau, der mit elektronischen Lauschmitteln und anderen technischen Kinkerlitzchen vollgestopft war. Und dieses Mal froren wir erbärmlich, denn es war November, und vor einigen Tagen war es plötzlich kalt geworden. Lausig kalt.

Unsere Sondereinheit war nicht aufgelöst worden, obwohl Phil und ich in der Zwischenzeit mit anderen Fällen beschäftigt gewesen waren. Ted Hogan allein hatte in geduldiger Kleinarbeit den nächsten Schlag gegen Frank Moreno vorbereitet.

Moreno brauchte neuen Stoff, wenn er seine Organisation zusammenhalten wollte. Seine Verbindung nach Nahost war gut getarnt, aber nicht gut genug für einen so zähen Fahnder wie Ted Hogan.

Spitzel und Informanten sind nie besser als der Mann, der die Informationen erhält und auswertet. So wußte Hogan die untrüglichen Zeichen richtig zu deuten, die besagten, daß wieder eine Sendung auf den Weg gebracht wurde. Mit Hilfe seiner Angaben konnten die Fahnder von Interpol den Weg der Ware von Pakistan aus verfolgen. In der Maschine eines Diplomaten flogen zwanzig Kilogramm sechzigprozentiges Heroin von Karachi nach Hongkong. Dort wurde es an Bord eines britischen Frachters geschmuggelt, der Halbfertigteile aus Edelstahl für eine Werkzeugmaschinenfabrik in Middletown, Connecticut, geladen hatte. Planmäßig verließ der Frachter den Hafen von Hongkong und ging auf Ostkurs.

Doch nachdem er den Panamakanal passiert hatte, geschah das Unerwartete. Der Kapitän erhielt von seiner Reederei eine neue Order – die Fracht wurde nach Venezuela umgeleitet, angeblich im Auftrag der Maschinenfabrik aus Middletown.

Eine Nachfrage bei dem Empfänger verbot sich zum jetzigen Zeitpunkt von selbst. Falls Moreno, was anzunehmen war, einen Mittelsmann oder Informanten im Werk hatte, würde ihm eine Anfrage verraten, daß jemand hinter seiner heißen Ware her war.

Die Ware, davon war Ted Hogan überzeugt, befand sich jedoch nicht mehr an Bord des Frachters. Interpol konnte ihm nicht garantieren, daß sie das Schiff jederzeit rund um die Uhr unter Kontrolle gehabt hatte. Hogan war sicher, daß das Rauschgift irgendwann während der Fahrt durch die Landenge von Panama ausgeladen und einem Kurier übergeben worden war.

Ich war geneigt, der Ansicht des Kollegen zuzustimmen. Die Ware befand sich jetzt auf einem verschlungenen Weg über mehrere Stationen auf der Reise an seinen Bestimmungsort.

Dafür sprachen Ted Hogans letzte Informationen.

Viele Dutzend Dealer, die von Morenos Unterverteilern beliefert wurden und seit Wochen auf dem trockenen saßen, versprachen ihren Kunden seit einigen Tagen neuen Stoff. Guten Stoff, billigen Stoff. Und Frank Moreno war wieder in der Stadt! Sein schmutziges Geld steckte, nachdem es gewaschen worden war, in Häusern und Grundstücken und unzähligen mehr oder weniger sauberen Restaurants, Bars und Clubs in New York. Darüber hinaus hielt er Anteile an zwei Hotels in Miami. Immer wenn es in der Stadt am Hudson River kalt wurde, zog er sich ins warme Florida zurück, um sich seinen dortigen Investitionen zu widmen.

Doch vor drei Tagen war er plötzlich nach New York zurückgekehrt. Seitdem rührte er sich nicht aus seinem Haus am Vernon Boulevard in Queens. Er wartete.

Auf Schnee aus Pakistan.

Es war etwas im Busch, auch wenn unsere hochempfindlichen Aufnahmegeräte nur undefinierbaren Wellensalat auffingen. Die Telefonüberwachung brachte auch nichts ein. Moreno war zu lange im Geschäft, um wichtige Dinge am Telefon zu besprechen. Frank Moreno hatte sein Haus in eine Festung verwandelt, die selbst moderner Elektronik standhielt.

Es war ein älteres, äußerlich unscheinbares Gebäude mit einem Restaurant im Erdgeschoß, das Moreno's Italian Café hieß. Frank Morenos Großvater hatte das Lokal vor zweiundsechzig Jahren gegründet, und Frank hatte es von seinem Vater übernommen. Moreno war sentimental wie alle Italiener, wenn es um die Familie ging. Er hätte sich einen Palast leisten können. Oder mehrere Stockwerke in einem Wolkenkratzer drüben in Manhattan.

Aber Frank Moreno benutzte das erste Haus, das seine Familie in der Neuen Welt gebaut hatte, als Hauptquartier. Im Lauf der Zeit hatte er die angrenzenden Häuser aufgekauft und sie untereinander verbunden. Es war ein Rattennest, der ganze Block da drüben.

Der untere Vernon Boulevard war längst verwahrlost

wie viele dieser alten Viertel in Queens. Wir standen mit unserem geschlossenen Lastwagen auf dem Abstellplatz einer Tankstelle an der Ecke schräg gegenüber von Morenos Haus, mitten zwischen zwei Dutzend zum Teil ausgeschlachteten anderen Trucks und Lieferwagen.

Der Pächter der Tankstelle war ein alter Kunde von Ted Hogan und ihm noch einen Gefallen schuldig. Bevor wir uns auf seinen Platz stellten, hatten wir uns vergewissert, daß er keine Geschäfte mit Moreno oder seinen Leuten machte.

Jedem von uns war bewußt, daß drei Männer nicht ausreichten, um einen Fuchs wie Frank Moreno zu überwachen. Aber immer noch gab es das Leck in der Rauschgiftbehörde. Deshalb hatten wir beschlossen, es noch einmal allein zu versuchen.

Diesmal allerdings mit Hilfe elektronischer Überwachungsanlagen, die unsere Sinne verlängern und vervielfachen sollten.

So hatten wir ohne fremde Hilfe insgesamt sechs Limousinen und Kombis rings um den gegenüberliegenden Block verteilt aufgestellt. In jedem dieser Fahrzeuge waren Fernsehkameras und hochempfindliche Richtmikrofone installiert, die auf alle Ausgänge und Ausfahrten ausgerichtet waren und jedes Geräusch und jede Bewegung auf die Lautsprecher und Monitoren im Lastwagen übertrugen. Videorecorder hielten jede Bewegung zusätzlich auf Band fest.

Trotzdem wurde unsere Geduld auf eine sehr harte Probe gestellt. Seit drei Tagen hielten sich jeweils zwei von uns ständig in dem Lastwagenaufbau auf. Zusammengepfercht wie in einem Käfig, den wir nur verließen, wenn es dunkel war und der dritte Mann einen der anderen beiden ablöste.

Der Mann draußen hatte nicht etwa frei. Er patrouillierte um den Block herum. Er kontrollierte die sechs Wagen mit den Mikrofonen und Kameras, die immer wieder ausgerichtet und mit den Empfangsgeräten abgestimmt werden mußten. Der Mann draußen mußte die Kollegen im Laster mit Essen und Trinken versorgen.

Und er mußte sich regelmäßig vergewissern, daß die drei neutralen Funkwagen, die vorn an der Tankstellenausfahrt standen, ständig fahrbereit blieben.

Die Stimmung unter uns dreien steuerte schnell einem Tiefpunkt zu. Heute morgen, als ich meinem Bart mit dem Batterierasierer zu Leibe rückte, hatte mich Hogan angefahren, weil er glaubte, in einem Wagen, der die Tiefgarage des Moreno-Blocks verließ, Rico Spidone erkannt und einen Satzfetzen, den die Mikrofone übertrugen, falsch verstanden zu haben.

Keiner von uns schlief länger als höchstens zwei Stunden hintereinander auf der schmalen Bank im Vorderteil des Wagens. An Duschen war nicht zu denken. Nicht einmal daran, sich ordentlich zu waschen. Wer gerade draußen war, benutzte kurz den Waschraum in der Subway Station an der Kreuzung Jackson Avenue. Jeder von uns war über sein Handfunkgerät jederzeit für die anderen erreichbar. Hogan wollte den Erfolg, um jeden Preis, mit allen Mitteln.

Phil war gereizt. Er hatte nach unserem ersten gemeinsamen Einsatz Vorbehalte gegen Hogan entwickelt, die sich so einfach nicht mehr abbauen ließen. Ich wußte, daß Phil am liebsten ausgestiegen wäre und die Aktionen gegen Moreno auf eine breite Basis gestellt hätte. Er fürchtete, daß Hogan den Erfolg erzwingen wollte und deshalb unberechenbar sein würde, wenn wir uns auf ihn verlassen mußten. Der Haken war nur, daß alle Aktionen gegen Moreno bisher gescheitert waren. Phil blieb aber bei der Stange, weil es keine andere Möglichkeit gab.

Keine gute Basis, dachte ich düster.

Es war jetzt 9 Uhr 24 abends. Die Tankstelle war seit einer halben Stunde geschlossen. Es lohnte sich nicht, sie länger offenzuhalten. Nur eine Meile weiter oben gab es zwei riesige neue Einkaufszentren mit Billigtankstellen.

Anders verhielt es sich mit Moreno's Italian Café auf der anderen Seite. Im Lauf seiner wechselvollen Geschichte hatte es manche Krise erleben müssen. Seit einigen Jahren erfreute es sich eines regen Zulaufs älterer, wohlhabender Geschäftsleute italienischer Abstammung, was wohl nicht zuletzt an den beiden Boccia-Bahnen lag, die Frank Moreno im Untergeschoß hatte einbauen lassen.

Ich saß an einem der Sehschlitze und beobachtete das Kommen und Gehen vor Moreno's Italian Café, während Phil die Monitoren im Auge behielt. Die Spezialkameras mit Restlichtverstärkern lieferten zudem bessere Bilder, als das menschliche Auge aufzunehmen imstande war.

Ein Taxi erschien in meinem Blickfeld, blieb jedoch ein gutes Stück vor dem Baldachin stehen, der den Gehweg überspannte.

Die Scheinwerfer erloschen.

Der Fahrer blieb im Wagen sitzen. Ich vermutete, daß er von einem Gast für eine bestimmte Zeit angefordert worden und zu früh eingetroffen war.

»Hogan kommt«, sagte Phil mürrisch, womit er mich von dem Taxi ablenkte.

Ich sah die bullige Gestalt erst, als sie sich dem Lastwagen schon bis auf zehn Schritte genähert hatte. Hogan trug einen dicken, gefütterten Lammfellmantel. Wie eine weiße Fahne wehte der Atem vor seinem Gesicht.

»Ich komme jetzt rein«, klirrte seine Stimme aus dem Lautsprecher der Empfangsanlage.

Phil schaltete alle Lichter aus. Nur die Instrumentenbeleuchtung schimmerte grünlich.

»Okay«, sagte er in sein Walkie-talkie

Inmitten eines Schwalls kalter Luft huschte Hogan herein. Er stellte die braune Tüte, die unsere Vorräte für die nächsten Stunden enthielt, auf den kleinen Klapptisch.

»Der Kaffee ist noch heiß«, sagte er und rieb die kalten Hände aneinander. »Tut sich irgendwas?«

Niemand hielt es für nötig zu antworten. Es tat sich nichts. Andernfalls hätte derjenige, der eine Wahrnehmung machte, sofort Alarm geschlagen.

»Verdammt«, knurrte Hogan, »warum sitzt das Schwein nicht längst im Knast? Dann brauchten wir uns hier nicht den Arsch abzufrieren.«

»Es ist Ihr Krieg«, gab Phil gereizt zurück.

Ich drehte mich schnell um. Hogan starrte Phil aus schmalen Augen an.

»Was wollen Sie damit sagen, Decker?« fragte er flach.

»Wer von uns ist so versessen darauf, diesen Moreno zu schnappen? Sie oder ich? Wer sieht überall Verräter? Sie oder ich?«

»He«, sagte ich beschwichtigend, »diskutieren können wir ein andermal.«

Weder Ted noch Phil hörten auf mich. Hogan machte eine unbeherrschte Armbewegung.

»Geben Sie es doch zu!« sagte er laut, wobei er auch mich ansprach. »Sie glauben doch auch, daß wir gegen Moreno nichts ausrichten können! Sagen Sie es ruhig! Ich kenne euch Special Agents und die Ansichten eurer Bosse. Ihr seid bereit, eine gewisse Verbrechensrate hinzunehmen. Als Bestandteil dieser Gesellschaft. Wie Motorradrennfahrer oder Eisverkäufer ...«

»Woher haben Sie den Quatsch?« fragte ich verblüfft.

»Hören Sie sich die Sprüche Ihres Chefs nicht an?« fragte Hogan. »Wir müssen mit dem Verbrechen leben«, zitierte er dann aus einem Vortrag, den John D. High,

Chef des New Yorker FBI, vor einiger Zeit bei der Einführung des neuen Chief of Detectives der City Police gehalten hatte. »Wir können es nicht ausrotten, weil es in uns allen ist, als Bestandteil unserer Natur …«

»Solange das Gute und Böse in jedem Menschen vorhanden ist«, unterbrach ich Hogan, denn ich hatte das Manuskript des Vortrages gelesen, »wird es Verbrechen geben. Deshalb dürfen wir jedoch nicht aufhören, es zu bekämpfen im Interesse eines menschenwürdigen Lebens für alle …«

»Still!« sagte Phil plötzlich. Er wirbelte auf seinem Drehstuhl herum und beugte sich über den mittleren Monitor. Der Bildschirm zeigte ein Rolltor an der Rückseite des gegenüberliegenden Gebäudes. Seit wir Morenos Rattenbau überwachten, war dieses Tor nur ein einziges Mal geöffnet worden, und zwar bei Morenos vorzeitiger Rückkehr aus Miami.

Dort, wo der dunkle Umriß des Tores schwach auf dem Monitor zu erkennen war, erschien jetzt ein schmaler, heller Spalt am Boden. Gleichzeitig nahm das Richtmikrofon das Summen des elektrischen Antriebs auf.

»Es ist soweit«, sagte Ted Hogan heiser.

Ted Hogan hatte die Baupläne von Morenos Haus genau studiert. Vermutlich hätte er sich in dem Bau auch mit geschlossenen Augen besser zurechtgefunden als der Gangster selbst.

Die Abfahrt hinter dem Rolltor führte in einen abgetrennten Teil der Tiefgarage. Dort standen immer vier Fahrzeuge verschiedener Bauart für Frank Morenos persönlichen Gebrauch bereit. Sowohl von seiner Dachwohnung als auch von dem darunterliegenden Büro konnte er die Garage mit einem eigenen Fahrstuhl direkt erreichen. Mit dem hochfahrenden Tor wurde der Lichtstreifen höher und breiter. Der Kontrollautsprecher übertrug das Scharren der Torlamellen in ihrer Führung. Phil regelte die Lautstärke des zugehörigen Richtmikrofons herab, als ein rasch anschwellendes Knattern aus dem Lautsprecher prasselte. Ein Motorrad schnitt den schmalen Kegel des Aufnahmebereichs.

Das Knattern verklang. Die Rauschunterdrückung dämpfte jetzt die schwächeren Nebengeräusche. Zwei Gorillas kamen die Auffahrt herauf und traten auf den Gehweg hinaus. Sie blickten sich aufmerksam um, ehe einer einen länglichen Gegenstand an seinen Mund hob.

»Okay«, sagte er ins Walkie-talkie. Unser Richtmikrofon leitete seine Stimme nahezu störungsfrei ins Innere des Lastwagens. Ein unbeleuchteter schwarzer Lincoln kroch die Rampe hinauf. Auf dem Gehweg blieb er stehen. Die rechten Seitentüren wurden von innen aufgestoßen. Die Innenbeleuchtung flammte auf.

Jeder von uns hatte sich Frank Morenos feistes, unverwechselbares Krötengesicht unauslöschlich eingeprägt. Er saß auf der Rückbank hinter dem Fahrer, in einen Mantel mit breitem Pelzkragen gehüllt. Das Richtmikrofon fing seine ungeduldige Stimme ein.

»Macht schon, ich bin spät dran!«

Phil hielt bereits seinen Mantel in der Hand.

»Ich hänge mich dran«, sagte er und huschte aus dem Laster.

Jeder von uns verfügte über einen Wagen. Sie standen vorne auf der Straße, wie zum Verkauf ausgestellt.

Die beiden Gorillas sprangen in den Lincoln, während das Rolltor noch abwärts fuhr. Die Scheinwerfer flammten auf. Der Wagen schoß auf die Fahrbahn. In den nächsten Sekunden schnitt er die Beobachtungsfelder zweier Überwachungskameras. Dann verschwand er.

»Ich habe ihn«, meldete Phil, der in seinem braunen Mercury saß. »Jackson Avenue, Richtung Northern Boulevard.«

Das war der kürzeste Weg zum La Guardia Airport. Wollten sie das Rauschgift von dort abholen? Das konnte ich mir einfach nicht vorstellen. Warum sollte Moreno Klimmzüge machen, indem er die heiße Ware auf dem Seeweg über den Pazifik und über Schleichwege durch ganz Mittelamerika schaffen ließ, um sie dann doch auf einem der großen, streng überwachten Verkehrsflughäfen New Yorks in Empfang zu nehmen?

Hogan schwieg. Ich spürte, daß ihn etwas störte. Ich nahm meinen Beobachtungsposten am Sehschlitz wieder ein. Zwei Männer verließen das Restaurant und sahen sich nach einem Taxi um. Als eins in den Vernon Boulevard einbog, winkten sie, und das Taxi glitt an den Straßenrand. Ich blickte nach rechts. Dort stand immer noch das unbeleuchtete Taxi, dessen Ankunft ich beobachtet hatte.

Hinter den Scheiben konnte ich keine Bewegung erkennen. Die Minuten verstrichen. Phil meldete in kurzen Abständen seinen Standpunkt.

Schon bald stand fest, daß Moreno tatsächlich zum Flughafen fuhr.

»Er steigt aus«, berichtete Phil. »Zwei Gorillas begleiten ihn. Der Lincoln fährt wieder ab ...«

Hogan beugte sich über das fest installierte Mikrofon. »Lassen Sie den Lincoln! Bleiben Sie an Moreno!«

»Aye, aye, Sir«, bestätigte Phil. »Ich nehme das Walkietalkie mit.« Die Entfernung vom La Guardia bis zu unserem Standort betrug nur sieben oder acht Meilen. Das war nah genug für eine einwandfreie Verständigung mit den Handfunkgeräten.

»Er checkt für den Flug um 10 Uhr 30 nach Miami ein«,

meldete Phil wenige Augenblicke später. Hogan fluchte. Ich sah auf die Uhr. Noch vierzehn Minuten.

»Ted, wenn die Übergabe in Florida stattfindet, haben wir hier mit Zitronen gehandelt!« sagte ich.

Hogan stieß ein tiefes Grollen aus. »In Florida ist er ein Nichts! Die Geier würden ihn zerreißen, wenn er da ein großes Rauschgiftgeschäft abwickelt – ohne das dortige Syndikat. Er bezahlt hier schon genug an seinen Don ...«

Hogan hatte recht. Ich wußte es. »Es war nur ein Gedanke«, sann ich, ohne den Blick vom Sehschlitz zu nehmen.

»Er ist wie ein Tier, Cotton, verstehen Sie? Er wittert die Falle.« Hogans Atem ging schwer. »Er hat nur das Geld gebracht. Bei der Übernahme will er nicht in der Stadt sein!« Er schlug mit der Faust auf das Pult. »Wir kriegen ihn wieder nicht, Cotton! Wir schaffen es einfach nicht!« Ich hörte, wie er einige Male tief durchatmete. Ruhiger fragte er: »Was tut sich da vorn?«

»Nichts«, antwortete ich. »Nur ein unbeleuchtetes Taxi. Der Fahrer ist nicht ausgestiegen. Er steht schon seit zwanzig Minuten da.«

»Phil!« sagte Hogan ins Mikrofon. »Warum melden Sie sich nicht?«

»Unser Freund und seine Begleiter betreten gerade den Warteraum für Erste-Klasse-Passagiere.«

»Können Sie sie sehen?«

»Ja. Der Flug ist bereits aufgerufen. Eine Stewardeß bietet Moreno einen Drink an. Er lehnt ab. Er hätte noch Zeit, aber er geht schon zum Durchgang.«

»Was machen seine Leute?«

»Einer bleibt bei ihm, der andere telefoniert. Er ist schon fertig. Jetzt folgt er den anderen ...«

»Passen Sie auf, ob sie wirklich abfliegen! Verstanden, Phil?«

»Verstanden«, bestätigte Phil.

In unserer Drei-Mann-Sondereinheit war niemand ausdrücklich zum Leiter bestimmt worden. Je nach Situation übernahm der eine oder andere von uns das Kommando.

Ted Hogan kannte Frank Moreno, seine Verhaltensweise und seine möglichen Reaktionen besser als jeder andere. Deshalb nahmen Phil und ich es als selbstverständlich hin, daß Hogan jetzt unser Vorgehen bestimmte.

»Irgendwas wird jetzt geschehen, jetzt gleich«, sagte er angespannt.

Er beobachtete die Bildschirme. »Was sehen Sie?« erkundigte er sich.

»Da verlassen ein paar Leute das Restaurant«, sagte ich.

Ich sah schärfer hin. Zwei Männer wandten sich ab und gingen zu Fuß weg. Eine Limousine fuhr vor. Der Fahrer stieg aus und hielt den Wagenschlag für einen älteren Mann und seine junge Begleiterin auf. Als die Limousine abfuhr, blieb ein einzelner Mann zurück, der langsam zur Bordsteinkante vorging. Er trug eine Aktentasche in der linken Hand. Irgend etwas an seiner Haltung kam mir bekannt vor.

»Ted! Wer ist das?« fragte ich. »Der Mann, der jetzt den Hut tiefer ins Gesicht zieht.«

Hogan schaltete die Kamera, die auf den Eingang von Moreno's Italian Café gerichtet war, auf einen Monitor. Auf dem Bildschirm war sein Gesicht besser zu erkennen. Hogan keuchte. »Das ist Spidone!« stieß er hervor.

»Warum geht er durchs Lokal?« fragte ich alarmiert.

Die Antwort kannte ich selbst.

Durch keinen anderen Ausgang hätte er den verwinkelten Bau auf der anderen Straßenseite unauffälliger verlassen können.

Phils Stimme klirrte aus dem Lautsprecher. »Die Maschine rollt in ihre Startposition. Moreno und seine Gorillas sind an Bord.«

»Kommen Sie zurück, Phil!« sagte Hogan. Er wandte sich an mich. »Moreno läßt Spidone die Übergabe abwickeln. O verdammt, Cotton ...«

»Das Taxi!« sagte ich.

Ich hatte nicht gesehen, daß Spidone dem Fahrer ein Zeichen gegeben hätte. Plötzlich gingen die Scheinwerfer an, und das Cab rollte auf Spidone zu, der an die Bordsteinkante trat.

»Da hinten sitzen doch schon welche drin!« sagte Hogan laut. »Und das Rolltor geht wieder hoch!«

Ich warf mich herum, schnappte mein Walkie-talkie und stieß die hintere Tür auf.

Das Taxi stoppte genau vor Spidone. Eine Tür wurde aufgeklinkt, und das Richtmikrofon fing die Stimme des Gangsters ein.

»Hi«, sagte er nur.

Hogan und ich rannten auf unsere Wagen zu.

»Einer links, einer rechts rum«, sagte Hogan im Laufen. »Das Zeug darf nicht ins Haus!«

Auch da hatte er recht. Ohne stichhaltige Beweise würden wir keinen Durchsuchungsbeschluß für Morenos Haus erhalten.

Ich hechtete in den biederen Sedan, den mir die Fahrbereitschaft des FBI zugeteilt hatte. Der Motor sprang wegen der Kälte nicht sofort an. Schräg gegenüber fuhr das Taxi an.

Hogans Plymouth glitt auf den breiten Vernon Boulevard hinaus. Ohne die Scheinwerfer einzuschalten, wirbelte Hogan das Lenkrad herum. Die Reifen quietschten schrill, als er das Gas durchtrat, denn das Taxi bog bereits rechts ab.

Der Motor meines Sedan hustete, lief dann aber rund.

»Cotton, wo bleiben Sie?« schepperte Hogans Stimme aus dem Lautsprecher meines Walkie-talkies.

»Bin unterwegs«, antwortete ich.

»Ich wette, sie wollen in die Garage!«

Ich hätte keinen Cent dagegen gehalten.

Ich brauchte nur vierzig Sekunden, um den Block zu umrunden. Ich sah das Taxi.

Es fuhr mir entgegen. Der Fahrer schwenkte kurz zur Fahrbahnmitte, um von dort aus besser die Einfahrt ansteuern zu können. Neben dem Rolltor erkannte ich mehrere Gestalten.

Plötzlich brach mir der Schweiß aus. Ich wußte, daß es eng werden würde, verdammt eng. Für einen Hilferuf war es zu spät. Hogan schoß wie ein Schatten hinter dem Taxi heran. Sein Plymouth sprang auf den Gehweg und riß ein paar Mülltonnen um, die laut scheppernd auf die Fahrbahn kollerten.

Jetzt bemerkten die Insassen des Taxis den Verfolger. Der Fahrer riß das Lenkrad herum. Wie eine Rakete schoß das Cab auf die Einfahrt zu.

Aber Hogan trieb seinen Plymouth rücksichtslos über den Gehweg, um ihm zuvorzukommen.

Ich blendete die Scheinwerfer auf und lenkte den Sedan quer über die Straße. Ich spürte den Ruck bis in die Schultern, als er ebenfalls auf den Gehweg sprang, der um diese Zeit menschenleer war.

Bis auf zwei Gorillas, die das Taxi erwarteten und seine Ankunft sichern sollten. Sie standen da, vom Licht meiner Scheinwerfer übergossen. Zwei Männer mit schweren Pistolen in den Fäusten. Jetzt rasten drei Wagen auf sie zu. Ihre Gesichter verzerrten sich. Als ich meine Sirene aufheulen ließ, verloren sie ihren Schneid. Sie hechteten ins Dunkel der Abfahrt.

Hogan erreichte das Tor einen Sekundenbruchteil vor dem Taxi. Die lange Schnauze des Plymouth knallte gegen die Mauerkante. Die Motorhaube sprang auf. Und dann bohrte sich auch schon die massige Motorfront des Cab in seine Seite und verkeilte den Plymouth vollends in der Einfahrt. Ich stieg auf die Bremse. Spidone sprang aus dem Cab und blinzelte benommen ins Licht meiner Scheinwerfer, ehe er den Kopf abwandte. In der linken Hand hielt er einen Koffer. Es war ein anderer als der, mit dem er ins Taxi gestiegen war.

Seine rechte Faust umklammerte eine Pistole. Obwohl er kaum etwas sehen konnte und deshalb nicht an den ineinander verkeilten Wagen vorbeikam, fuchtelte er mit der Kanone herum.

Mein Sedan kam zum Stillstand. Ich stieß die Tür auf und sprang hinaus. Hogan hatte sich bereits auf der dunklen Seite seines Wagens hinausfallen lassen und zog sich jetzt über die Heckklappe. Ich duckte mich hinter der Fahrertür meines Sedan.

»Spidone! Polizei! Werfen Sie die Waffe weg!« rief ich.

Der Gangster beging einen verhängnisvollen Fehler. Vermutlich war es die Furcht vor Morenos Konsequenzen, die ihn das Unmögliche versuchen ließ – das Heroin im Koffer zu retten.

Spidone fuhr herum. Seine Hand mit der Waffe zielte etwa dorthin, wo er meine Stimme gehört zu haben glaubte und meinen Standort vermutete. Und er drückte ab.

Die Kugel zischte wirkungslos über meinen Kopf hinweg.

Hogan und ich schossen zurück. Unsere Schüsse klangen wie ein einziger.

Meine Kugel traf Spidone ins linke Bein. Ted Hogans Geschoß tötete den Gangster.

Die Gorillas und die übrigen Insassen des Taxis, bei denen es sich um die Kuriere handelte, die das Heroin auf der letzten Etappe transportiert hatten, rannten davon.

Ted Hogan richtete sich hinter seinem Wagen auf und zielte auf einen der Flüchtenden, die sich vor einer hell erleuchteten Kreuzung als scharfe Silhouetten abhoben.

Ich hechtete über die Motorhaube meines Sedan, warf mich gegen seine Beine und zerrte ihn vor die Heckklappe seines Wagens. Voller Zorn rammte ich ihn gegen die Hauswand.

»Was ist in Sie gefahren, Hogan?« brüllte ich ihn an. Ich nagelte seine Revolverhand gegen die Mauer, bis er die Waffe fallen ließ. »Für Sie ist der Krieg vorbei, Hogan. Damit kommen Sie nicht durch ...«

»Er hat auf Sie geschossen!«

»Was Sie getan haben, war eine Hinrichtung!«

»Nur wenn Sie es so darstellen! Sie werden doch keinen Kollegen in die Pfanne hauen, Cotton?«

Ich sah das Weiße seiner Augen und spürte seinen Atem in meinem Gesicht. In der Ferne heulten Sirenen.

»Cotton, Spidone wäre wieder davongekommen! Wie vor fünf Monaten!«

Damals waren uns Rico Spidone und Bob Kinlaw, der von einer meiner Kugeln verletzt worden war, zunächst entkommen.

Wir hatten sie später in Manhattan festgenommen.

Doch weder unsere Aussagen noch das sichergestellte Heroin reichten für eine Anklageerhebung aus. Die beiden Gangster behaupteten, vom Inhalt der Fracht, die sie in Elizabethport übernommen hatten, keine Ahnung gehabt zu haben. Sie wurden ohne Auflagen wieder auf freien Fuß gesetzt.

»Wir sind keine Richter, Hogan«, sagte ich mit steifen

Lippen, »und erst recht keine Henker.« Ich ließ ihn los und beugte mich über Spidone, während die ersten Radio Cars heranjagten.

Er bot keinen schönen Anblick. Er war auf den Koffer gefallen, für dessen Inhalt er bis zuletzt gekämpft hatte. Ich streifte dünne Plastikhandschuhe über meine Hände, bevor ich den Koffer unter ihm hervorzog. Ich richtete mich auf. Drei Cops kamen vorsichtig auf mich zu. Zwei von ihnen trugen Handlampen. Alle hatten ihre Hände auf den Griffen der Dienstwaffen.

Ich hielt meinen FBI-Ausweis in die Höhe. »Ich bin Special Agent Jerry Cotton, das ist Detective Ted Hogan«, sagte ich laut.

Ted Hogan bückte sich, hob seinen 38er auf, betrachtete ihn unschlüssig, bevor er ihn achselzuckend einsteckte. Ich legte den Koffer auf die Motorhaube meines Sedan. Der Deckel war nicht abgeschlossen. Einer der Cops kam mit seiner Handlampe heran.

Der Koffer war mit prall gefüllten, verschweißten Plastikbeuteln vollgestopft. Zwei waren zur Entnahme von Proben aufgeschlitzt worden. Aus den Schnittstellen quoll helles Pulver.

»Was ist das?« fragte der Cop.

»Heroin«, antwortete ich. »Zehn Kilogramm.«

»Gratuliere, Sir«, sagte der Cop aufrichtig. Ich hatte einen schalen Geschmack im Mund, als ich zu Hogan hinübersah.

»Rufen Sie die Mordkommission!« sagte ich zu dem Cop und klappte den Kofferdeckel wieder zu.

Ihr Name – Yvette Larousse – klang wie ein Pseudonym, aber er war echt. Ted Hogan wußte es, weil sie ihm einmal ihren Paß gezeigt hatte. Sie war ein schönes

Mädchen, groß und blond, mit einem geschmeidigen Körper, einem interessanten Gesicht und leicht schrägen Augen, deren Farbe unvermittelt von einem kühlen Grau in ein schillerndes Grün wechseln konnte. Und sie war fünfzehn Jahre jünger als er. Hogan liebte sie. Aber er war nicht derart von Sinnen, daß er sich nicht hin und wieder gefragt hätte, wieso eine Frau wie sie an einem Bullen hängenblieb. An einem Bullen, der sich, das stand jetzt wohl fest, auf dem absteigenden Ast befand.

Okay, er sah nicht schlecht aus für sein Alter. Er hatte ein straffes Gesicht. Das Haar war noch schwarz und voll, die Augen blitzten eisblau. Er war zwar stämmig, aber nicht dick. Er hielt sich in Form. Und er war hart. Manchen Frauen gefällt Härte bei einem Mann. Härte täuscht ihnen Sicherheit und Geborgenheit vor.

Manchmal erschrak er vor seiner eigenen Härte. Wie gestern abend ... Yvette schob ihrem Assistenten, einem jungen blonden Kerl mit Schlafzimmeraugen, das Kassenbuch zu und stand auf.

Sie lächelte Hogan strahlend an, doch sie konnte ihm nichts vormachen. Die Falten neben der Nase waren tiefer als sonst, und auch der leicht schleppende Gang verrieten ihre Erschöpfung.

Ein Wunder, wenn es anders gewesen wäre. Yvette leitete einen Vergnügungsbetrieb, der aus einer Discothek, mehreren Imbißstuben und Cafeterias und zwei Bars bestand. Sie war sehr tüchtig, und sie nahm ihren Job ernst. Sie kam jeden Abend um neun und ging erst, wenn morgens früh Kassensturz gemacht wurde.

Sie setzte sich zu ihm und berührte seine Wange. Er sah ihr Lächeln. Und er roch den kalten Zigarettenrauch und den abgestandenen Alkohol.

»Komm!« sagte sie. »Gehen wir zu mir!«

Wieder einmal bewunderte er ihr Einfühlungsvermögen. Irgendwann gegen drei Uhr war er hereingekommen. Obwohl der Laden rappelvoll war und sie überall zugleich gebraucht wurde, hatte sie sich mit ihm in ihr winziges Büro verzogen.

Sie hatten sich vier Tage lang nicht gesehen. Sie hatte nicht gefragt, wo er gewesen war oder was er getan hatte. Sie hatte ihm nur zugehört. Nicht lange, aber immerhin.

Anschließend hatte er an der Bar gehangen wie einer von diesen Kerlen, die immer alles Mögliche wollen und es nur nicht können oder sich nicht trauen. Und er hatte zusehen müssen, wie Yvette nett zu all diesen Trotteln war. Nicht daß es einer gewagt hätte, sie anzupöbeln. Sie konnte kühl werden wie ein Eisberg und ablehnend wie eine Hochspannungsleitung, wenn ihr einer dumm kam. Für Zwischenfälle beschäftigte der Funny People Club, so hieß der Laden, ein Dutzend handfeste Burschen als Rausschmeißer. Für Yvette hatten sie noch nie in die Bresche springen müssen.

Er half ihr in den Mantel. Es war ein Nerz, den sie sich letztes Weihnachten von ihrer Erfolgsprämie gekauft hatte.

Es war noch genug für einen gefütterten Ledermantel für ihn übriggeblieben. Er hatte ihn angenommen, ohne sich etwas dabei zu denken. Sie verdiente eben zehnmal soviel wie er. Wenn es umgekehrt gewesen wäre, hätte er ihr teure Geschenke gemacht.

»Was wirst du tun?« fragte sie, als sie sich bei ihm einhängte und sie durch den kalten Morgen gingen. Ein Taxi verlangsamte seine Fahrt. Aber Hogan scheuchte den Fahrer weiter.

»Das kommt drauf an, ob sie mich rausschmeißen oder ob ich ihnen den Stern vor die Füße werfe«, antwortete er.

»High noon in Manhattan«, sagte sie ohne Spott.

»Willst du deinen Kampf gegen Moreno aufgeben? Einfach so?«

»Einfach so«, sagte er. »Ich habe meine Lektion gelernt.«

Sie sah ihn von der Seite an. Er hatte sein Kinn vorgeschoben, und aus den geweiteten Nasenlöchern quoll der weiße Atem wie Dampf.

»Ich wäre froh«, sagte sie leise.

»So? Versteh ich nicht.«

»Eines Tages wäre es aus gewesen mit dir«, sagte sie. »Er hätte zurückgeschlagen.«

Hogan lachte. »Es gab eine Zeit, da hatte ich fest damit gerechnet, daß er es tun würde. Als er es nicht tat, bildete ich mir ein, er traute sich nicht. Aber jetzt – weißt du, was ich jetzt glaube?« Er wartete ihre Antwort nicht ab. »Es kratzt ihn nicht, ob ich da bin oder nicht. Nicht einmal, wenn er durch mich viel Geld verliert. Es gehört zum Spiel. Auch ich gehöre dazu. Ein Idiot, der sich die Hacken abläuft ...«

Yvette blieb stehen und hob ihm ihr Gesicht entgegen. Er küßte sie. Ihre Lippen waren kalt.

»Das hört sich so bitter an«, sagte sie leise. »Als ob du dich selbst aufgeben wolltest.«

»Ich habe meine Lektion gelernt«, wiederholte er. »Zweiundzwanzig Jahre habe ich gegen das Verbrechen gekämpft. Und was ist mir geblieben? Die Erkenntnis, daß es ein Bestandteil der Gesellschaft ist.«

Yvette lächelte. »Was ist daran so sensationell?«

»Nichts, vermutlich. Höchstens, daß ich ein Trottel bin. Aber ich kann mich noch ändern. Und ich kann kämpfen. Von jetzt an aber für mich, nur für mich.« Er legte seinen Arm um sie, und langsam gingen sie durch die Straßen der erwachenden Stadt.

»Sie sollen ins Labor kommen, sofort!« sagte Myrna, deren rauchige Stimme erst am Telefon richtig zur Geltung kommt.

Heute versah sie ihren Dienst am Empfangspult, als Phil und ich die Dienststelle betraten. Es war gerade zwei Uhr durch. Nachmittags.

Wir hatten uns ein paar Stunden Schlaf und einen kurzen gemeinsamen Lunch gegönnt. Schließlich hatten wir drei Tage freinehmen können. In den White Mountains, oben in New Hampshire, war am vergangenen Wochenende der erste Schnee gefallen. Ein paar Tage nur klare, frische Luft atmen ...

Phil wollte etwas Nettes zu Myrna sagen. Myrna war sein stiller Schwarm. Aber sie wandte sich schon ab, um die Besucherzettel zu ordnen. Phil sah mich an und hob eine Braue.

Irgendwie spürt man es, wenn sich etwas zusammenballt. Die vertraute Umgebung scheint sich zu verändern. Alle wissen, was los ist, nur man selbst hat keine Ahnung. Die Kollegen sehen an einem vorbei. Oder sie grüßen mit besonderer Höflichkeit und haben es dann eilig weiterzugehen.

Doc Soerensen leitet den gesamten Laborapparat des New Yorker FBI. Sein verglastes Büro lag am Ende des langgestreckten, fensterlosen chemischen Labors. Dick Andrews und Doc Shapiro, die Chemiker, beschäftigten sich heute mit besonderer Hingabe mit ihren Destillierkolben, Filtrierflaschen, Schalen und Tiegeln.

Außer Doc Soerensen erwartete uns John D. High, unser Chef, in dem kleinen Office. Auf einem Dreifuß stand eine uralte verbeulte Kaffeekanne. Der Bunsenbrenner darunter war voll aufgedreht, und der Kaffee kochte. Aber niemand achtete darauf.

Vor Doc Soerensen stand ein Reagenzglashalter mit

Reagenzgläsern, die mit einer gelblichen Flüssigkeit gefüllt waren. Am Boden hatten sich helle Flocken abgesetzt.

»Milchzucker«, sagte Doc Soerensen. »Zwanzig Einkilopäckchen Milchzucker. Der klassische Ersatzstoff, um jemanden zu täuschen …«

John D. High sah erst Phil und dann mich an, als ob er die Möglichkeit in Betracht zog, daß wir das Heroin gegen Milchzucker ausgetauscht hätten. Wie aus weiter Ferne drang das Klappern von Zangen und das Klirren von Glas an meine Ohren. Meine Finger wurden kalt.

»Wer wen getäuscht hat, kann ich Ihnen leider nicht sagen«, unterbrach der Laborleiter die Stille.

Viele Möglichkeiten gab es da nicht. Entweder hatte der Lieferant Moreno täuschen wollen oder Moreno uns. Für mich stand fest, daß nur die letzte Möglichkeit in Betracht kam.

»Er hat Bescheid gewußt«, sagte John D. High mit dünner, flacher Stimme. »Woher?«

Wie ein Pfeil drang die Frage in mein Hirn. Nur Phil, ich und Ted Hogan wußten von der Überwachung. Okay, und unser Chef. Den konnte ich genauso aussondern wie mich selbst. Und Phil.

»Danke, Doc«, sagte John D. High und legte dem Wissenschaftler kurz eine Hand auf die Schulter. Dann wandte er sich an uns. »Gehen wir nach oben!«

Als wir uns vor dem Schreibtisch des Chefs niederließen, hatten wir unsere Überraschung einigermaßen überwunden. Besser fühlte ich mich deshalb nicht. Ich hätte auch keinen Grund dazu gehabt.

»Moreno ist heute früh mit der ersten Maschine aus Florida zurückgekehrt«, berichtete unser Chef. »Er sitzt dick und fett und zufrieden in seinem Bau. Und seine Verteiler verbreiten überall die frohe Kunde, daß der

Stoff in der Stadt ist und bald verteilt wird. Er wird das Heroin einige Tage zurückhalten, bis sich die heftigsten Wogen geglättet haben. Solange muß er seine Abnehmer vertrösten und bei der Stange halten. In der Zwischenzeit wird der Stoff verschnitten und auf handelsübliche Portionen umgefüllt. Jerry, Phil, machen Sie dem Spuk ein Ende! Ich habe mit dem Chief Commissioner gesprochen. Moreno gehört uns, solange das Leck nicht gestopft ist. Finden Sie das Leck und das Rauschgift, und nageln Sie Moreno fest!«

Wir blieben sitzen und schwiegen einige Sekunden lang. Ein Name stand unausgesprochen im Raum.

Hogan.

»Er ist kein Verräter«, sagte ich. Jeder wußte, wen ich meinte.

»Weißt du, was in seinem Hirn vorgeht, Jerry?« fragte Phil. »Moreno ist für ihn ein Trauma. Denk nur an die Verbissenheit, mit der er gegen ihn anrennt!«

»Aber er ist doch kein Verräter!« sagte ich. »Nicht einmal, wenn es um sein Leben gegangen wäre, hätte er unsere Aktion verraten! Du hattest von Anfang an Vorbehalte gegen ihn …«

»Du hast es vielleicht nicht bemerkt, Jerry«, erklärte Phil. »aber er hat sich verändert. Seit Elizabethport. Ich kann nicht genau sagen, woran ich es erkenne. Er ist unbeherrschter geworden, unberechenbarer. Ich will nicht behaupten, daß er Moreno gewarnt oder unsere Aktion verraten hat.«

»Sondern?«

»Vielleicht war er nur unvorsichtig. Vielleicht hat er an der falschen Stelle ein falsches Wort gesagt. Vielleicht, daß es Moreno jetzt an den Kragen geht, so in der Art.«

»Hast du auch in Betracht gezogen, daß Moreno vielleicht nur vorsichtig war? Daß er nach unserem überraschenden Eingreifen in Elizabethport erneut mit einer Aktion unsererseits gerechnet hat?«

»Natürlich denke ich daran«, knurrte mein Freund. »Aber ich will dir was sagen – ich werde trotzdem nicht mehr mit ihm zusammenarbeiten. Ich habe kein Vertrauen mehr zu ihm. Es tut mir leid.«

Unser Chef räusperte sich. »Hogan hat das Handtuch geworfen, Phil. Er hat heute morgen sein Kündigungsschreiben übergeben. Damit kommt er einem Disziplinarverfahren zuvor, das möglicherweise mit seinem Ausschluß aus dem New York Police Department geendet hätte. Das staatsanwaltliche Ermittlungsverfahren wird keine strafrechtlichen Konsequenzen nach sich ziehen. Überzogene Notwehr, Einstellung.«

Ich spürte Erleichterung. Vor einem Disziplinarausschuß oder gar vor Gericht gegen einen Kollegen aussagen zu müssen gehört zu den unangenehmsten Auftritten, die ich mir vorstellen kann. Es gibt Kollegen, die nie gegen einen Polizeibeamten aussagen würden, unter keinen Umständen, ganz gleich, was jemand getan haben mag. Ich denke da anders. Ich decke keinen Kollegen, der die Hand aufhält, damit er die Augen schließt. Ich schütze keinen Kollegen, der seine körperliche Überlegenheit und die Autorität seines Berufes mißbraucht, indem er Menschen verletzt. Und ich kann nicht schweigen, wenn ein Kollege, wie Ted Hogan es getan hat, einen Gangster niederknallt, weil er glaubt, ihn nicht auf rechtmäßige Weise von weiteren Verbrechen abhalten zu können.

Meinen Bericht hatte ich noch in der Nacht geschrieben. Ich hatte ihn so sachlich wie möglich abgefaßt und an meinen Chef weitergeleitet.

Eine Kopie hatte ich an Ted Hogan persönlich geschickt. Ich wollte ihn weder verurteilen noch mit dem Finger auf ihn zeigen. Immerhin hatten wir vertrauensvoll zusammengearbeitet, und ich hatte stets Respekt vor dem Können und der Erfahrung des Kollegen gehabt.

Hogan hatte gekündigt. Nach zweiundzwanzig Dienstjahren stand ihm die volle Pension zu. Ich war erleichtert. Nicht nur, weil ich jetzt einer unangenehmen Aufgabe enthoben war. Ted Hogan, hoffte ich, würde eine Chance bekommen. Sich besinnen. Denn auch mir waren die Veränderungen seiner Persönlichkeit nicht entgangen. Ich hatte sie nur nicht so deutlich sehen wollen wie Phil.

Die Clark Street Cab Corporation war ein kleineres Unternehmen in Brooklyn, mit ungefähr vierzig Taxis und acht oder neun Limousinen, die mit Fahrer vermietet wurden. Ted Hogan betrat die Halle von der Clark Street aus. Wagen wurden auf die Abschmiergruben gefahren. Motoren dröhnten im Probelauf. Der Lautsprecher klirrte, wenn ein Fahrer, dessen Cab gerade gewartet und aufgetankt worden war, aufgerufen wurde.

Niemand achtete auf Hogan, als er die eiserne Treppe zur Galerie an der Stirnwand hinaufging und die Tür zu dem Verschlag aufstieß, der Joe Lasky als Büro diente.

Joe Lasky fuhr herum, als die Tür gegen die Wand knallte. Er rollte den kalten Zigarrenstummel zwischen seinen Lippen hin und her und starrte Hogan aus flachen Augen an.

»Was ist schiefgegangen, Joe?« fragte Hogan.

»Schiefgegangen? Woher soll ich das wissen? Sie haben zwei Taxis geholt, das ist alles.«

Hogans Knie wurden schwach vor Enttäuschung. Moreno war mißtrauisch und vorsichtig. Damit hatte er gerechnet. Aber daß Moreno seine Jäger mit einem derart simplen Trick täuschen konnte, bestürzte ihn.

Hogan hatte das Taxiunternehmen nicht überwachen lassen, um seine Informationsquelle nicht preisgeben zu müssen. Nur wenige wußten, daß Morenos Geld in dieser Gesellschaft steckte. Joe Lasky hatte als Geldeintreiber für Frank Morenos Vater gearbeitet. Er war ein eifriger Bursche gewesen, verschwiegen und loyal und nur selten mit dem Gesetz in Konflikt geraten. Er hatte ein paar Kurse besucht. Und als Frank Moreno einen Vertrauten in diesem Unternehmen brauchte, einen, der etwas von Geld und Zahlen verstand und aufpaßte, daß er von den anderen nicht betrogen wurde, hatte er Lasky als Buchhalter eingesetzt.

Nur Ted Hogan hatte zwei und zwei zusammengezählt und auf seine Chance gewartet. Als er vor ein paar Jahren Joes jüngeren Bruder Paul mit einer Kanone und einer Tüte voller Kleingeld erwischte, das Paul ein paar Stunden vorher in einem Buchladen abgeräumt hatte, hatte er mit Joe Lasky einen Vertrag geschlossen.

Er hatte Paul, dem nach diesem Überfall Sicherungsverwahrung drohte, laufenlassen. Dafür versorgte Joe ihn mit Informationen. Denn die Taxis der Clark Street Cab Corporation belieferten die Bezirksverteiler in Morenos straff organisiertem Netz mit Stoff.

Hogan hatte die Quelle Joe Lasky nie überstrapaziert, weil sie sonst zu früh versiegt wäre. Er hatte auf die besondere Gelegenheit gewartet. Und das Warten hatte sich gelohnt.

Vor ein paar Tagen hatte Lasky angerufen und ihm erzählt, daß Spidone lange mit Hank Prickett, dem Einsatzleiter, palavert hatte. Prickett hatte daraufhin einen neuen Mann eingestellt, dessen Name jedoch nicht auf den Dienstplänen erschien.

In der vergangenen Nacht mußte dieser Mann eine geheime Fuhre machen, und Hogan war darauf hereingefallen. Es war ein Bluff gewesen, ein Ablenkungsmanöver. Das Cab hatte Milchzucker geladen, und der Koffer, den Spidone mit ins Taxi genommen hatte, hatte nichts als ein paar Sexmagazine enthalten.

»Wieso sind sie mißtrauisch geworden?« fragte Hogan.

»Ich weiß es nicht.«

»Das andere Taxi, wo ist es hingefahren?«

»Ich weiß es nicht.« Lasky senkte den Blick. Er log. Hogan kannte die Anzeichen. Er wußte stets, wenn ihn jemand belog.

Er zog seinen Revolver, seinen eigenen privaten 38er, und bohrte die Mündung in Joe Laskys Ohr. Während seiner Laufbahn als Cop und später als Detective hatte er nie einen Verdächtigen mißhandelt. Nüchtern bemerkte er, daß er einen weiteren Schritt auf der Leiter abwärts machte.

»Frank bringt mich um«, flüsterte Lasky. Der Zigarrenstummel fiel aus seinem Mund und rollte über den Schreibtisch, der mit Abrechnungen, Belegen und Lohnlisten bedeckt war.

»Was meinst du, was ich tue?« sagte Hogan kalt. Er drehte die Hand mit dem Revolver ein wenig. Lasky versuchte, dem Druck auszuweichen.

»Sie können mich doch nicht umlegen wie Rico! Hogan, das können Sie doch nicht tun!«

»Du hast mir geholfen, aber ich habe nie vergessen, daß du eine Ratte bist«, sagte Hogan. »Es ist die letzte Information, die ich von dir brauche ...«

»Es ist – ich weiß nicht, wo sie waren, jedenfalls nicht genau. Ich weiß nur, daß sie ziemlich weit gefahren sein müssen ...«

»Hast du den Tacho kontrolliert?«

»Um Gottes willen, nein! Prickett hätte sofort was gemerkt. Es ist nur, der Fahrer ...« Lasky stotterte und beugte sich über den Schreibtisch, wobei er den Revolver vergaß. Er wühlte in einem Wust Tankquittungen herum, bis er eine bestimmte fand. Seine Finger zitterten, als er sie Hogan gab. »Hier, die hat der Fahrer abgerechnet ...«

Die Quittung stammte von einer Autobahntankstelle zwischen Rockville Center und Freeport auf Long Island. Sunrise Highway, Nordseite. Der Wagen hatte sich demnach bereits auf der Rückfahrt nach Brooklyn befunden. Hogan starrte auf die automatisch aufgedruckten Kassenangaben. 6,2 Gallonen, 8,33 Dollar, 3 Uhr 44 nachts.

Eine falsche Fährte? So dumm konnte niemand sein, daß er eine Tankquittung über acht Dollar abrechnete, wenn er zuvor Heroin im Straßenverkaufswert von zwei Millionen Dollar in ein geheimes Versteck gebracht hatte!

»Wer hat das Cab gefahren?« fragte Hogan.

»Sid Robalino.«

»Das ist einer der Stammfahrer, nicht wahr?«

»Ja. Die Fahrt wurde nicht abgerechnet. Also hat sie der Fahrgast so bezahlt. Die Tour erscheint nicht in den Büchern. Ich hab gleich gemerkt, daß Sid mich bescheißen wollte, aber ich hab nichts gesagt, Hogan ...«

Acht Dollar, nebenbei kassiert, eine menschliche Schwäche, die so oft einem Ganoven zum Verhängnis wurde.

»Wieso hat Morenos Kurier die Quittung dann nicht selbst eingesteckt oder weggeworfen?« fragte Hogan.

»Sid kam doch allein zurück!«

Das erklärte allerdings einiges. Wahrscheinlich hatte Robalino angenommen, sie hätten wie üblich ein Päckchen an einen Unterverteiler geliefert. Er hatte keine Ahnung, wie heiß die Fracht in Wirklichkeit gewesen war. Sonst hätte er es nicht riskiert, seinen Lohn um lumpige acht Dollar aufzubessern.

Hogan steckte den Revolver und die Quittung ein und warf zehn Dollar auf den Schreibtisch.

»Wo steckt Robalino jetzt?« fragte er.

Lasky begann wieder zu zittern. »Hogan, das können Sie doch nicht machen! Wenn Sie Sid hochnehmen, weiß doch jeder, woher Sie die Information haben!«

»Das ist dein Pech, Joe. Ich brauche dich nämlich nicht mehr.« Hogan lächelte kalt. »Es sei denn, du sagst mir, wo Robalino seinen Fahrgast abgesetzt hat.«

»Was hätten Sie davon?« Lasky keuchte. »Glauben Sie, Cotrelli läßt sich von Sid vor seinem Quartier absetzen, wenn er heiße Ware bei sich hat, die er verstecken will?«

Hogan atmete flach. »Sagtest du Cotrelli? Vince Cotrelli?«

»Ja, ja.«

Nachdem Bob Kinlaw bei der Schießerei in der Nähe von Elizabethport verletzt worden war, hatte Moreno ihn abgeschoben und an seiner Stelle Vince Cotrelli zu sich geholt. Hogan wußte viel über Cotrelli, mehr als Cotrelli und Moreno für möglich hielten. Cotrelli hatte seine Härte und Zuverlässigkeit mehr als genügend unter Beweis gestellt. Cotrelli hatte Spanish Harlem, den heißesten und am härtesten umkämpften Absatzmarkt für Drogen, in Morenos Auftrag mit Heroin versorgt. Als Moreno Cotrelli an seine Seite holte, hatte Hogan ihn besonders genau beobachtet und bespitzeln lassen.

So war ihm nicht entgangen, daß Vince Cotrelli mehrere Male nach Long Island gefahren und dort mit Immobilienmaklern verhandelt hatte. Vor zwei Monaten dann hatte er ein geeignetes Objekt gefunden, ein kleines Sommerhaus auf High Meadow Island, einer hübschen Insel in der Middle Bay, ein paar Meilen südlich von Freeport.

Hogans Herz begann zu hämmern. Cotrelli hatte das Rauschgift in Morenos Auftrag übernommen, es während der Fahrt im Taxi einer Reinheitsprüfung unterzogen und dann sofort in das Haus auf High Meadow Island gebracht. Dort würde er es bewachen, bis die Luft in New York wieder rein war.

»Ich glaube«, sagte Ted Hogan, »wir brauchen die Pferde nicht scheu zu machen.«

Schwach vor Erleichterung sackte Joe Lasky in seinem Stuhl zusammen, als Hogan hinausging.

Ich war fast überrascht, als gleich nach dem ersten Klingeln geöffnet wurde. Ted Hogan stand im Rahmen und sah mich feindselig an. »Sie?«

»Sie sind schwer anzutreffen«, sagte ich, um einen leichten Tonfall bemüht.

»Was wollen Sie?« fragte er.

»Mit Ihnen sprechen.«

»Dienstlich? Oder privat?«

»Ich bin nicht sicher, ob ich das so scharf trennen kann«, antwortete ich.

»Brauche ich meinen Anwalt?«

»Bestimmt nicht«, sagte ich.

Er gab die Tür frei und ging voraus. Phil und ich waren einige Male in seinem Apartment an der Hester Street gewesen. Jedesmal war uns die peinliche Ordnung in den beiden Zimmern und das Fehlen jeder persönlichen Note in der Einrichtung aufgefallen.

Nur die eine Wand, die mit Fotos und gerahmten Auszeichnungen vollgehängt war, deutete darauf hin, daß hier ein Mensch mit einer eigenen Lebensgeschichte lebte. Die Fotos zeigten Hogan im Kreis seiner Kollegen auf den verschiedenen Stationen seiner Laufbahn. Auffallend war, daß er stets am äußersten Rand stand.

»Ich kann Ihnen nichts anbieten«, sagte er. »Tut mir leid.«

Er wollte nicht einmal, daß ich mich setzte. Also blieb ich stehen. Unter dem Garderobenständer stand eine abgenutzte Reisetasche.

»Sie wollen verreisen?« fragte ich.

Hogan schüttelte den Kopf. »Ich ziehe ein paar Tage zu meiner – Bekannten.« Er sah mich an. »Was wollen Sie, Cotton?«

»Ich konnte meinen Bericht nicht anders abfassen«, sagte ich. »Ich wollte es Ihnen noch einmal erklären.«

»Vergessen Sie's!« Er wandte sich um und trat ans Fenster. Ich glaubte nicht, daß er die trostlose Hester Street oder den trostlos grauen Novemberhimmel wahrnahm.

»Wir werden weiter nach der undichten Stelle suchen«, sagte ich. Hogan nickte. Seine breiten Schultern unter dem dicken Pullover bewegten sich nicht. »Wenn Sie etwas wissen oder eine Idee haben, sollten Sie darüber sprechen.«

»Moreno war vorsichtig, das ist alles.«

»Mag sein«, räumte ich ein. »Hören Sie, Ted, Sie haben einige ergiebige Informanten …«

»Nichts zu machen!« Hogan drehte sich um. Sein Gesicht wurde kantig. Die Augen leuchteten wie kaltes Feuer.

»Sie brauchen sie nicht mehr, Ted«, fuhr ich fort. »Und an Ihre Abteilung sollten Sie die Namen im Moment nicht geben.«

»Hatte auch nicht die Absicht.«

»Vielleicht gibt es einen Kollegen, dem Sie trauen, wenn Sie mir nicht …«

»Nichts zu machen«, wiederholte er. »Ich kenne keinen, der freiwillig einem anderen als mir irgend etwas erzählen würde.«

Das war klar genug. Hogan setzte seine Informanten unter Druck, wie die meisten Detectives es taten. Ich bildete da nicht einmal eine Ausnahme. Die Unterschiede waren vermutlich nur gering.

»Ted, Sie wissen viel, vielleicht zu viel. Vielleicht mehr, als für Sie gut ist. Moreno wird Sie für vogelfrei erklären.«

Hogan lachte lautlos. »Glauben Sie, er kennt die Spielregeln nicht? Er kennt sie besser, als ich sie jemals kennen werde, Cotton. Sonst wäre er nicht so lange unbehelligt geblieben.«

»Ted, ich hoffe in Ihrem Interesse, daß Sie keinen Alleingang planen!«

»Was wollen Sie dagegen tun?« fragte Hogan, wobei er die Lippen verzog.

»Ich kann Ihnen helfen, Ted. Ich habe geglaubt, daß wir mehr als nur Kollegen sind.«

»Etwa – Freunde? Jerry, zwischen einem G-man und einem Ex-Detective kann es keine Freundschaft geben. Ich werde mir neue Freunde suchen müssen. Kein Problem, Jerry, ich bin beweglicher, als ich gedacht hatte.«

»Viel Glück, Ted«, sagte ich.

Ich ahnte, daß dieser Abschied nicht das Ende unserer Beziehung bedeutete.

Ted Hogan stand mit dem Rücken an der Wand des alten Schuppens oberhalb des Anlegers und hielt das starke Fernglas an die Augen. Die langgestreckte Insel Long Beach lag wie ein Wellenbrecher zwischen dem offenen Atlantik und der Bucht. Doch der Wind drückte gegen den Schuppen und trieb feinen Sand vor sich her.

Es war längst dunkel geworden. Aber durch das scharfe Glas sah er die wenigen Lichter an der Brücke, die High Meadow Island mit der nächstgrößeren Insel und über diese mit dem Festland verbindet. Hin und wieder erkannte er den Umriß des Brückenwärters in seinem kleinen Gebührenhaus.

Hogan wußte, daß die Brücke im Winter über Nacht gesperrt wurde. Er wußte nur nicht, ab wann. Vielleicht um zehn, schätzte er. Es gab nur wenige feste Häuser auf der Insel, von denen die meisten nur im Sommer oder im Herbst bewohnt wurden.

Cotrellis Haus lag an der kurzen Straße unterhalb der Brücke. Das herauszufinden hatte Hogan nicht viel Mühe gekostet. Er hatte den Makler angerufen, der es seinerzeit verkauft hatte, und behauptet, ein Bekannter hätte sich vor einigen Monaten für ein Haus auf High Meadow Island interessiert, sich aber nicht zum Kauf entschließen können. Ob es noch zu haben sei?

Der Makler war untröstlich und geschwätzig. »Meinen Sie das zweigeschossige Holzhaus mit dem angebauten Turm an der Westseite?« fragte er, obwohl er seit Jahren kein anderes Haus auf der Insel im Angebot gehabt hatte. »Eine vorzügliche Lage, Sir, an der Straße gleich unterhalb der Brücke. Nein, Sir, tut mir leid, das Haus habe ich sehr schnell verkauft.«

Das war vermutlich gelogen. Das Haus lag an einem Nordhang, und die kurze Straße endete an dem schmalen Kanal, der High Meadow Island von der Hauptinsel trennte. Die Strömung war meistens sehr stark und der Strand nicht mehr als ein mit großen Steinen bedeckter Uferstreifen. Aber Cotrelli – oder besser gesagt, Frank Moreno – war nicht an einer Sommerresidenz interessiert, sondern an einem unauffälligen und sicheren Unterschlupf.

Hogan richtete das Glas auf das Haus mit dem Turm. Die Schlagläden waren geschlossen. Doch durch Ritze und Spalten fiel etwas Licht und verriet, daß sich jemand darin aufhielt. Hogan hielt es für möglich, daß Vince Cotrelli allein war oder allenfalls von seiner Freundin begleitet wurde, obwohl Hogan auch das bezweifelte.

Cotrelli sollte das Heroin für ein paar Tage aus der Schußlinie bringen. Moreno würde kaum zulassen, daß er ein Girl mitnahm. Und zwei, drei oder gar vier Männer auf einer Insel hätten für Gerede Anlaß gegeben.

Ein Mann allein, das war in Ordnung. Ein Mann, der ausspannen, nachdenken, allein sein wollte, das gab es. Wenn Moreno einem einzelnen Mann nicht traute, hätte er vier Gorillas mit dem Stoff in ein Hotelzimmer oder Apartment gesetzt. Aber vier Männer bedeuteten vierfache Unsicherheit. Wenn Moreno einen Spitzel innerhalb der Polizei, innerhalb der Rauschgiftabteilung hatte, wußte er auch, daß es einen oder mehrere Verräter in seinen eigenen Reihen gab.

Ted Hogan hatte Yvettes Wagen genommen, einen drei Jahre alten VW Golf. Weil er nicht über die Brücke auf die Insel fahren wollte, hatte er den Wagen drüben unter dem Meadowbrook Parkway abgestellt. Um diese Jahreszeit kamen nach Einbruch der Dämmerung nicht einmal mehr Liebespärchen hier heraus, und die Funkwagen vom Sheriff's Office fuhren nicht mehr zu den Parkplätzen herunter wie im Sommer, wenn die Automarder die Fahrzeuge der Badenden aufbrachen.

Hogan war mit einem Angelboot, das er drüben im Schilf entdeckt hatte, über den schmalen Kanal gerudert. Er kannte sich hier aus. Bis vor zwölf Jahren hatten er, Ruth und Betty nicht weit von hier ihre Ferien verbracht. Meistens hatte er ein Haus für den ganzen Sommer gemietet und seine Frau und seine Tochter gleich am Anfang der Sommerferien herausgebracht. Sie sollten es gut haben, während er in der Backofenhitze Manhattans seinen Dienst versah und nur an seinen freien Tagen und den beiden Urlaubswochen herauskam.

Es waren schöne Jahre gewesen.

Bis auf das eine Jahr, da der Captain ihm den Urlaub gestrichen hatte. Das ganze Police Department war hinter dem Nuttenmörder her, der fast jede Woche eine Prostituierte aufschlitzte. In dem Jahr hatte Ruth hier den Innenarchitekten aus Yonkers kennengelernt. Den Killer hatten sie nicht gefaßt. Der war erst viel später von einem Aufpasser in einem Bordell überrascht und auf der Stelle erschossen worden. Hogan setzte das Glas ab. Seine Augen brannten von dem Wind, während die Kälte allmählich durch den Mantel und den dicken Pullover kroch. Er hörte das Gurgeln der Flut unten am Anleger.

Das Wasser stieg jetzt sehr schnell. Hogan würde später über die Brücke zurückgehen. Das Angelboot hatte er losgelassen. Die Strömung würde es irgendwo antreiben.

Nichts sollte darauf hindeuten, wie er auf die Insel gelangt war.

Ein Auto fuhr über die Brücke. Die aufgeblendeten Scheinwerfer tasteten über die dunklen Fahrbahnen. Am Brückenhaus blieb der Wagen stehen. Der Motor blubberte leise im Leerlauf. Am Brückenhaus flammten die roten Lichter auf, die anzeigten, daß die Zufahrt zur Insel jetzt gesperrt wurde. Nur die Fußgängerstege und die Fahrspur von der Insel zum Festland hinüber blieben offen.

Der Brückenwärter kam heraus und stieg in den Wagen. Der Wagen wendete hinter dem Häuschen und brummte dann auf der Gegenfahrbahn davon. Es war zehn Uhr. Hogan verstaute das Fernglas unter seinem Mantel und kletterte die Böschung zur Straße hinauf. Er war sicher, daß die Häuser neben Cotrellis Haus unbewohnt waren. Trotzdem schlich er, geduckt im Schutz der Hecken, auf die Einfahrt zu.

Er sah den dunklen Umriß der Garage. Deshalb war er

nicht überrascht, als ihm das Gemisch aus warmem Öldunst und Benzin in die Nase stieg, das besonders deutlich in frischer, klarer Luft wahrzunehmen ist. Aber dann bemerkte er den schwachen Schimmer von Lack und Chrom.

In der Einfahrt stand ein Wagen.

Warum hatte Cotrelli ihn nicht in die Garage gefahren?

Er beugte sich über das Gittertor, bis er das Nummernschild besser erkennen konnte. Der Wagen war im Nassau County zugelassen, stammte also von hier. Hogan runzelte die Stirn. Das Taxi hatte Cotrelli vermutlich bis Freeport gebracht. Hatte er dort einen Wagen vorgefunden? Einen Mietwagen vielleicht? Bestimmt nicht. Bei einem Mietwagen wurde der Fahrer genau registriert und bei den meisten Vermietern sogar fotografiert.

Deshalb war es eher möglich, daß Cotrelli einen eigenen Wagen hatte, den er im Nassau County angemeldet hatte, entweder auf seinen Namen oder auf eine anonyme Gesellschaft, die von Moreno kontrolliert wurde.

Aber warum stand der Wagen dann nicht in der Garage?

Weil schon einer drinstand?

Hogan hatte gerade beschlossen, einmal außerhalb des Grundstücks um das Haus herumzugehen, als hinter dem vergitterten kleinen Fenster neben der Eingangstür ein schwacher Lichtschimmer aufleuchtete. Er zog sich tiefer in den Schutz der Hecke zurück, die das Grundstück zum Nachbargelände hin trennte.

Nach einer Minute erlosch das Licht wieder. Dafür knarrte die Tür. Hogan hörte eine Stimme. Cotrellis Stimme, die so tief klang, daß er die Worte nicht sogleich verstand! Einen Moment glaubte Hogan, daß Cotrelli einen Hund bei sich hatte, und er sah seine Felle bereits davonschwimmen, bis er die Frauenstimme hörte.

»Wenn ich's nicht besser wüßte, würde ich denken, du hast Angst vor deiner Frau!«

Cotrelli lachte, während Schritte auf dem Kies knirschten. Hogan rührte sich nicht.

»Mein Chef, Baby, er kann jederzeit hier aufkreuzen …« Während das Mädchen die Wagentür aufklinkte, öffnete Cotrelli das Tor. »Er glaubt, er hätte mich mit Haut und Haaren …«

»Und?« fragte die Frauenstimme. »Hat er das?«

Cotrelli ging zum Wagen und beugte sich hinein. »Bis morgen abend«, sagte er.

Der Motor sprang an und heulte ein paarmal auf, ehe er sich in Bewegung setzte. Hogan benutzte die Gelegenheit, um ungehört durch die Hecke zu brechen. Er huschte über das Rasenstück vorm Haus und kauerte dann neben der Tür unter der Treppe. Den 38er hielt er wie einen Hammer in der Faust.

Der Wagen zischte in die Kehre, die zur Brücke hinaufführte. Cotrelli verschloß das Tor wieder und kam über den Kiesweg. Er ahnte nichts Böses.

Hogan richtete sich auf, als der Gangster seinen Fuß auf die unterste Stufe setzte. Cotrelli konnte ihn nicht sehen, weil er das Licht im Haus gelöscht hatte, aber er ahnte die Bewegung. Er schwang in der Hüfte herum.

Doch bevor er seine Hände hochreißen konnte, knallte der Revolvergriff hinter sein Ohr.

Hogan fing den Zusammenbrechenden auf und schleifte ihn ins Haus. Mit dem Fuß schloß er die Tür. Dann suchte er nach einem Lichtschalter. Als eine Wandlampe anging, warf er den Gangster in einen Korbsessel. Weil Cotrelli ächzte und sich stöhnend bewegte, fesselte Hogan ihm die Hände mit einem Paar Handschellen auf den Rücken, bevor er ihn nach Waffen abtastete und sich an die Durchsuchung des Hauses begab.

Nach dem Schäferstündchen mit einem Girl, das Cotrelli wahrscheinlich schon vor einiger Zeit in einer Bar in Freetown oder Oceanside aufgerissen haben mochte, hatte er seinen Colt nicht wieder eingesteckt. Hogan fand ihn unter der Couch neben einem vollen Aschenbecher und einer halbleeren Brandyflasche.

Die Polizei hätte es viel schwerer, überlegte Hogan, wenn die Gangster nicht so oft so dumm und bodenlos leichtsinnig wären.

Es gab kein Telefon im Haus. Aber in einem Wandschrank an der Treppe zum Obergeschoß entdeckte Hogan ein Funkgerät. Hogan rührte es nicht an. Wahrscheinlich hatte Moreno Cotrelli angewiesen, es nur im Notfall zu benutzen.

Mit einer Batterielampe, die er in der Diele gefunden hatte, durchsuchte Hogan die übrigen Räume. Sie waren leer und unbenutzt, bis auf das Turmzimmer.

Die Tür war abgeschlossen. Hogan machte sich nicht die Mühe, den Schlüssel zu suchen. Er trat mit dem Fuß gegen den Rahmen. Das Schloß brach mit lautem Knacken.

Er schaltete das Licht ein. Die Fenster waren mit dichten Vorhängen zugehängt. Hogan wandte sich dem langen Tapeziertisch zu. Er betrachtete die prall gefüllten Plastikbeutel, die Chemikerwaage, die Päckchen mit den verschiedenen Ersatzstoffen, mit denen das Heroin verschnitten wurde, den Folienschlauch und das Folienschweißgerät.

Jeweils eine Unze, die immer noch dreißig Prozent Heroin enthielt, wurde in den Schlauch gefüllt, verschweißt und abgetrennt. Das war genau die Menge, die von den Verteilern der mittleren Ebene an die Dealer weitergegeben wurde, die eine Straße, einen Block oder ein Viertel belieferten. Die Dealer ganz unten verschnitten den Stoff noch einmal und verkauften die Mischung in kleinen Portionen zu je einem Viertelgramm.

Hogan stocherte in den fertig gepackten und zugeschweißten Unzenpäckchen herum. Er hatte seine Handschuhe nicht ausgezogen, brauchte sich wegen seiner Fingerspuren also keine Gedanken zu machen.

Cotrelli hatte erst zwei Kilogramm verschnitten und abgepackt. Das ließ den Schluß zu, daß Moreno noch etwas Zeit verstreichen lassen wollte, bevor er den Stoff auf den Markt warf. Vielleicht wollte er Rico Spidones Beerdigung abwarten. Hogan sah sich um. Der Hartschalenkoffer stand unter dem Tapeziertisch. Er legte ihn auf den Tisch, öffnete den Deckel und stopfte die noch vollen Kilopäckchen und den größten Teil der Kleinportionen hinein. Dann drückte er den Deckel zu.

Er knipste das Licht aus und ging nach unten. Cotrelli hing wie ein bissiger Köter, der einen Tritt zuviel abbekommen hatte, in seinem Korbsessel.

Sein schwarzes Haar war an den Schläfen bereits angegraut. Aber bestimmt nicht deshalb, weil er sich wegen der vielen armen Teufel, die er in Spanish Harlem und anderswo an die Nadel gebracht hatte, Gewissensbisse machte. Seine kleinen, runden Rattenaugen zuckten und bohrten sich dann in Hogans Gesicht.

»Sie sind Hogan, stimmt's?« Der breite Mund mit den schlaffen Lippen zitterte ein wenig. Ein wenig nur, aber immerhin.

»Da hast du verdammt recht, du Ratte!«

»Sie spielen nicht mehr mit, Hogan. Sie sind kein Bulle mehr!«

»Zweiter Punkt«, sagte Hogan. »Sonst würde es hier jetzt von Cops und Detectives wimmeln, und du würdest schon draußen in einem gemütlichen, warmen Streifenwagen sitzen, und dein Anwalt wäre unterwegs. Mit Vollgas!«

Cotrelli verzog das Gesicht. »Ich habe Schmerzen, Hogan«, sagte er. Er streifte den Koffer in Hogans Hand mit einem Blick, und seine Augen wurden schmal. »Das Zeug bedeutet den Tod, wenn Sie es hier rausschleppen!«

Hogan stellte den Koffer ab. Er beugte sich über den Gangster und nahm ihm die Handfessel ab. Blitzschnell trat er zurück. Cotrelli, der sich nach vorn werfen wollte, erstarrte. In Hogans Faust lag ein Revolver. Es war Cotrellis Colt Magnum. Cotrelli versuchte zu lachen. Es mißlang, als er den gnadenlosen Ausdruck in Hogans eisblauen Augen bemerkte.

»Das Zeug ist zu heiß für Sie, Hogan!« sagte er mit kratzender Stimme. »Frank legt uns beide um!«

»Dich nicht, Cotrelli«, sagte Hogan. Er zielte auf die Stirn des Gangsters und drückte ab.

Die Puppe wanzte sich von der Seite heran und schwang ihren kleinen Hintern auf den Hocker neben mir. Zum Teufel, Nutte oder nicht, sie sah nicht schlecht aus. Glutvolle Augen unter kurzgeschnittenen Haaren, ein Kleidchen aus einem schwarzglänzenden Material, das die nackten, schimmernden Schultern und die weißen Ansätze ihrer kleinen Brüste betonte.

»Hallo, Freund«, sagte sie nicht allzu aufdringlich.

Was sollte sie auch sonst sagen? Und was sollte sie von mir denken? Ich hatte vorn an der Tür zehn Dollar bezahlt. Clubbeitrag nannte sich das. Weil einem dann die Bullen nichts konnten, hatte mir die fette Blondine erklärt, die dort die Kunden empfing. Pardon, die Clubmitglieder.

»Hi«, sagte ich, und die Puppe lächelte. Hinreißend, wirklich. Nutte oder nicht.

»Ich heiße Sylvaine. Wenn dir mein Typ nicht liegt, sag es ruhig! Du sollst dich wohl fühlen.«

Ich drehte das Glas mit dem Begrüßungsdrink, das mir ein Oben-ohne-Girl hingestellt hatte, zwischen den Fingern. Ich wollte das Zeug nicht trinken. Ich war jetzt drin im Laden, und ich fand es an der Zeit, zu meinem wirklichen Anliegen vorzudringen.

Der Blue Light Club war ein Bordell. Eins von der etwas besseren Sorte. Die zehn Dollar Eintritt hielten die Gaffer fern und sorgten für eine gewisse Vorauswahl bei der Kundschaft.

Doch ich saß natürlich nicht hier, weil ich die Dienste der hübschen Sylvaine oder einer ihrer Kolleginnen in Anspruch nehmen wollte.

»Ich wollte Bob guten Tag sagen«, sagte ich. »Ist er da?«

Sylvaines Augen nahmen unvermittelt einen kalten Schimmer an, als ihr klar wurde, daß ich kein Freier war und sie ihre Zeit mit mir verschwendet hatte. Sie rutschte vom Hocker und verschwand im Halbdunkel des Barraumes.

Ich wartete. Ein anderer Gast leerte eben hastig seinen Begrüßungsdrink und verzog sich mit einer hochbeinigen Farbigen nach hinten. Das Oben-ohne-Girl lächelte angestrengt und ließ die schweren Brüste schwingen, um mich bei Laune zu halten. Wahrscheinlich glaubte sie, ich hätte nach einem anderen Typ verlangt.

Der Club gehörte Frank Moreno. Zumindest steckte sein Geld drin. Moreno hatte schon mit Drogen gehandelt, als die großen Mafiabosse noch die Nasen über dieses dreckigste aller Geschäfte rümpften. Einen Teil der Gewinne aus dem Drogenhandel hatte Moreno ins Sexgeschäft investiert. Sex ist ein Grundbedürfnis des Menschen. Immer vorhanden wie der Hunger.

Der Blue Light Club war eins von mehreren ähnlichen Unternehmungen. Einige waren schäbiger, andere exklusiver. Moreno war bemüht, jeden Geldbeutel zu bedienen.

Der Blue Light Club wurde seit einigen Wochen von Bob Kinlaw gemanagt. Kinlaw hatte fast zwei Monate im Krankenhaus gelegen, nachdem ich ihn bei Elizabethport verletzt hatte. Irgendwie hoffte ich, daß er zur Vernunft gekommen war. Denn irgendwo mußte ich ja anfangen, wenn ich an Frank Moreno herankommen wollte.

Ein bulliger Gorilla mit auffallend kleinen Füßen näherte sich mir von der Seite. Sein dünnes Haar hatte er glatt an den Schädel geklatscht. Er zog die dünnen Lippen zu einem kleinen Lächeln auseinander, als er sich neben mir aufbaute. Sein Ellbogen berührte leicht meinen Arm.

»Ja, Sir?« sagte er. »Sylvaine hat Sie nicht richtig verstanden ...«

»Als ich sie fragte, ob Bob da sei, schwirrte sie ab«, sagte ich.

»Bob?«

»Wollen wir hier rumkaspern? Bob Kinlaw. Ich will ihm schnell guten Tag sagen.«

»Kennen Sie ihn?«

»Ich habe ihn mal getroffen«, sagte ich ausweichend. Aber als mir das Doppelsinnige meiner Antwort aufging, biß ich auf meine Unterlippe.

»Ich will hören, ob er Zeit hat«, sagte der Bullige. »Wie heißen Sie?« Mit der Frage hatte ich gerechnet. Ich wollte hier meinen Namen nicht nennen. Wie ich Moreno einschätzte, ließ er seine Leute bespitzeln. Ich wollte es Kinlaw überlassen, ob er seinem Boß von meinem Besuch berichtete oder nicht.

»Denken Sie sich einen Namen aus!« sagte ich und grinste in das runde Gesicht.

Der Bullige bewegte die Schultern unter dem schlecht sitzenden Jackett, nagte an seiner Unterlippe und entschloß sich dann, nach einem schnellen Blick nach oben unter die Decke, wo vermutlich eine Fernsehkamera installiert war, zu telefonieren.

Der Wandapparat hing hinter der Theke. Die Barbusige trat zur Seite. Ich hörte den Burschen murmeln. Dann legte er auf und bedeutete mir, ihm zu folgen.

Ich folgte ihm in einen Raum, in dem es feucht und warm war. Das lag an dem Pool, der in den Boden eingelassen war und von unten beleuchtet wurde. Im Wasser vergnügte sich ein dicker Mann mit einem dünnen, kindlichen Mädchen. Am Rand des Beckens hockten ein paar hinreißend gewachsene Mädchen, die gelangweilt ihre Zehen ins warme Wasser tunkten.

»Hi, Georgie«, gurrte eine dunkelhäutige Schöne, die nicht mehr als zwei dünne Fädchen am Leib trug.

Georgie machte eine unwillige Handbewegung. Dann trippelte er eine steile Treppe hinauf, die mehr einer Leiter glich. Wir gelangten in einen engen Flur. Von einer nackten Glühlampe an der Decke fiel grelles Licht auf fleckige Wände.

Georgie klopfte kurz an eine Tür, öffnete sie sofort und ließ mich vorbei. Er blieb im Flur. Lautlos schloß er die Tür.

Ich blickte auf einen altmodischen Schreibtisch mit einem noch älteren Drehstuhl dahinter. Das Fenster hinter dem Stuhl war vergittert. Der Raum war eng und roch muffig. Als ich den Kopf wandte, sah ich Bob Kinlaw.

Er stand vor einem Stahlregal, in dem mehrere Fernsehapparate flimmerten.

Sie zeigten Szenen aus seinem Club. Kinlaw hielt ein

großes Glas in der Hand, das zur Hälfte mit Brandy gefüllt war. Ich hatte ihn als großen, athletisch gebauten Mann in Erinnerung. Die Veränderungen, die mit ihm vorgegangen waren, erschreckten mich. Sein Haar war grau geworden. Die Schultern hingen herab. Er löste den Blick von den Monitoren und drehte sich langsam um. Der Blick seiner Augen war stumpf und gefühllos. Er starrte mich stumm an.

»Gefällt Ihnen das, den Spanner zu spielen?« fragte ich herausfordernd.

Der Blick dieser stumpfen Augen belebte sich etwas. »Sie haben es nötig, Cotton«, sagte er. Er bewegte sich auf seinen Platz hinter dem Schreibtisch zu, wobei er das linke Bein nachzog. Meine Kugel hatte den Hüftknochen knapp oberhalb der Gelenkpfanne durchschlagen.

»Wie geht es Ihnen?« fragte ich.

»Prächtig, Cotton, das sehen Sie doch.« Er legte eine Hand auf die Hüfte. »Das nehme ich Ihnen nicht übel, Cotton, das war Berufsrisiko.« Er grinste hohl. »Womit ich nicht zugebe, irgendwas von dem Schnee gewußt zu haben.«

»Natürlich nicht.«

Ächzend ließ er sich in den Drehstuhl fallen. Das Grinsen verschwand wieder aus dem eingefallenen Gesicht.

»Was wollen Sie, Cotton? Ein Girl? Okay, für einen Bullen hab ich immer was da. Umsonst.«

Ich wußte in diesem Moment, daß ich mir den Besuch hätte sparen können. Aber ich wollte nicht gehen, ohne es wenigstens versucht zu haben.

»Sie haben gehört, was drüben in Queens passiert ist?« fragte ich.

»Moreno hat euch reingelegt. Und dieser Detective hat Rico Spidone umgeblasen. Einfach so, ja, ich weiß. Frank wird das nicht hinnehmen, Cotton!«

»Es wird ihm nichts anderes übrigbleiben«, sagte ich.

Wieder grinste Kinlaw. Aber das Zittern der Mundwinkel verriet, welche Anstrengung ihn dieses Grinsen kostete. Er hob das Glas an die Lippen und trank einen großen Schluck.

»Wie bei mir?« fragte er dann. »Wollten Sie das sagen, Cotton? Er hat es hingenommen, daß Sie mich zum Krüppel geschossen haben!« Er machte eine Handbewegung, die den Raum oder seine gesamte Umgebung einschließen mochte. »Ich bin Geschäftsführer in einem Nuttenclub«, sagte er bitter. »Weil ich keinen Spaghetti-Namen habe! Deshalb! Rico Spidone hätte er nicht mit diesem miesen Laden abgespeist! Der wäre jetzt in Miami Hotelmanager oder so was. Das nehme ich Ihnen übel, Cotton, daß ich hier in diesem miesen Schuppen gelandet bin. Wie ein Zuhälter!«

»Sie waren Morenos Vertrauter …«

»Das war ich.«

»Steigen Sie aus, Kinlaw!« sagte ich. »Noch ist es Zeit.«

Er lachte trocken.

»Was glauben Sie, wie lange Moreno Sie hier halten wird?« fuhr ich fort. »Er weiß, daß Sie trinken. Er weiß, daß Sie kaputt sind!«

Kinlaws Augen begannen zu funkeln.

»Weiter, Cotton, weiter!«

»Wo werden Sie nach dieser Station landen?« provozierte ich ihn weiter. »In einem Puff an der 42nd Street? Und danach? Kassierer in einer Peepshow?«

»Ich soll also aussteigen? Und dann? Bekomme ich von Ihnen oder vom Staatsanwalt oder wer so was regelt, eine neue Existenz? Einen neuen Namen, ein neues Gesicht?«

»Darüber kann man reden.«

»Und ein neues Hüftgelenk?«

»Kinlaw …«

»Mal angenommen, ich könnte Ihnen etwas bieten, und mal angenommen, ich wollte es auch tun – ich bekäme kein Bein über die Schwelle eines Gerichtssaals, weder das gesunde noch das andere.«

»Sie können uns etwas bieten, und Sie können eine Menge dafür verlangen«, sagte ich. »Und niemand müßte erfahren, daß Sie es getan haben.«

Kinlaws Augen wurden klein. »Und was wäre das?«

»Moreno wußte Bescheid, daß etwas gegen ihn lief«, sagte ich. »Woher?«

Es wurde sehr still. Das Leck, das verdammte Leck, dachte ich. Wir mußten es stopfen, wenn wir an Moreno herankommen und ihn vor Gericht bringen wollten.

Kinlaw starrte mich an. »Sie müssen ziemlich in Druck sein, Cotton«, stellte er schließlich fest. »Selbst wenn ich es wüßte, Cotton, würde ich es Ihnen nicht sagen. Nicht für Geld. Nicht einmal für einen neuen Körper.« Seine Stimme zischte wie ein undichtes Dampfventil. »Nicht, weil ich Moreno etwas schuldig bin, Cotton. Nein, sondern weil ich Schnüffler nicht leiden kann. Sie ganz besonders nicht. Sie machen mich krank!«

»Regen Sie sich nicht auf, Kinlaw! Ich versteh Sie ja.«

Kinlaw sprang auf und hinkte zu dem Gestell, auf dem die Monitoren standen. Er drehte an einem Schalter, bis auf einem Bildschirm der Ausschnitt des Flurs draußen erschien.

Am Ende des Gangs lümmelten der bullige Georgie und ein Typ, der etwas größer und drahtiger war.

»Kommen Sie nie wieder in meine Nähe!« zischte Kinlaw. Georgie und der andere hoben die Köpfe wie Hunde, die plötzlich die Stimme ihres Herrn hörten. Vermutlich traf der Vergleich haargenau zu.

»Keine Sorge! Puffs und Peepshows sind nicht die Freizeiteinrichtungen, die ich bevorzuge.«

Ich öffnete bereits die Tür. Das Zucken im Gesicht des Ex-Gangsters gefiel mir nicht. Vielleicht war ich doch zu weit gegangen. Ich verzog mich in den Flur. Bevor ich die Tür schloß, erreichte mich noch einmal Kinlaws Stimme. Sie zitterte vor Haß.

»Nehmen Sie eine Lektion mit nach Hause, Cotton! Sie können mich deshalb ruhig vor Gericht schleppen! Einen Mann, den Sie zum Krüppel geschossen haben!«

Ich drehte mich um. Georgie und der andere grinsten erwartungsvoll. Ich mußte an ihnen vorbei, um die Treppe zu erreichen. Am anderen Ende gab es ein Fenster, aber es war vergittert.

Ich seufzte. Was sein muß, muß sein, dachte ich abgeklärt. Ich ging auf die Kerle zu. Sie gaben ihre lässige Haltung auf und stellten sich in Positur. Sie wollten ihrem Boß ein schönes Programm bieten. Die Kamera war über ihren Köpfen angebracht, genau über der grellen Glühlampe.

»Ein Schnüffler«, nuschelte der bullige Georgie. »In einem Puff! Das wird die Jungs von der Presse auf Trab bringen!«

Mir wurde es heiß. Wenn Kinlaw jetzt einen Boulevardreporter anrief und der mich erwischte, wie ich von zwei Rausschmeißern aus einem Sex-Club befördert wurde, konnte ich erzählen, was ich wollte. Niemand würde mir glauben, daß ich in dienstlicher Eigenschaft hiergewesen wäre – allein.

Weil ich gehofft hatte, daß ich Kinlaw ein Angebot machen könnte. Unter vier Augen.

Georgie bewegte die Schulter. Und dann zuckte seine Faust auf mich zu! Ich blockte sie ab und schoß selbst einen trockenen Schlag ab. Meine Faust landete hart in seinem Bauch und sank bis zum Handgelenk darin ein. Mit einem scharfen Laut stieß er die Luft aus.

Der andere Kerl sah härter aus als der bullige Gorilla. Deshalb schwang ich in der Hüfte herum.

Seine Augen waren kühl, ohne eine Spur Furcht oder Zweifel an seiner Stärke. Er fintete mit der Rechten, aber ich ahnte, daß er sehr schnell zur Sache kommen würde. Deshalb konterte ich mit einem direkten Stoß gegen sein Gesicht, den er erst einmal abwehren mußte. Mit der anderen Hand langte ich über meinen Kopf. Und dann ballte ich sie, schloß die Augen und schlug gegen die nackte Glühbirne.

Sie zerplatzte mit einem lauten Knall und überschüttete mich und die Schläger mit einem Regen aus feinen Glassplittern. Und es wurde dunkel.

Ich wußte noch genau, wo die beiden Kerle standen. Dem Bulligen rammte ich einen Ellbogen in die Seite. Dem anderen knallte ich die Faust ans Kinn. Ich hörte einen erstickten Laut und spürte einen Luftzug an meinem Gesicht, als die Faust des Drahtigen noch knapp an meiner Nase vorbeizischte, bevor er zusammenklappte.

Ich wollte über ihn hinwegsteigen und verschwinden. Bisher hatte das Ganze höchstens zwei Sekunden gedauert. Die Glassplitter rieselten noch aus meinen Haaren. Aber meine Augen gewöhnten sich bereits an die Dunkelheit.

Es war nämlich nicht ganz dunkel. Unten am Fuß der steilen Treppe brannte eine Lampe. Und vor dem schwach erleuchteten Rechteck des oberen Treppenabsatzes hob sich die Gestalt des Bulligen ganz deutlich ab. Ihm war vermutlich nicht bewußt, daß er eine deutlich sichtbare Silhouette abgab. Er duckte sich, und seine Hand verschwand vor seinem massigen Körper. Ich mußte ihn zur Seite räumen, wenn ich die Treppe erreichen wollte.

Deshalb packte ich seinen Unterarm und bog ihn in die

Höhe, bis er stöhnte und mit dem Knie nach mir stieß. Er traf keine wichtigen Teile. Ich entwand ihm einen Schlagring, den ich hinter mir in den Gang warf. Und dann schlug ich ihm meine flache Hand ins Gesicht, weil er es nicht anders haben wollte. Sein Kopf pendelte kraftlos zur Seite.

»Sag Kinlaw, er soll euch umtauschen!« rief ich, bevor ich ihn hinter seinem Schlagring herschleuderte und die Stiege hinabging.

Ich legte keinen großen Wert darauf, noch einmal an den Girls am Pool oder an der Bar entlangzugehen. Aber ich hatte meinen Mantel vorn an der Garderobe abgegeben, und draußen war es immer noch kalt.

Ich ging an den Girls am Pool vorbei, ohne in Versuchung zu geraten. Die Barbusige hinter der Theke hatte meinen Begrüßungsdrink inzwischen abgeräumt.

Die fette Blonde reichte mir den Mantel. Ich blickte zu der Stelle des Vorraums hinauf, wo ich unter der Deckenverkleidung die Überwachungskamera vermutete. Ich winkte.

Und ich hoffte, daß Bob Kinlaw jetzt einen Wutanfall erlitt.

Phil wartete an der Ecke Eighth Avenue und 38th Street.

Ich ließ mich auf den Beifahrersitz fallen und knallte die Tür ins Schloß.

»Das ging aber schnell«, meinte er. »War was?«

»Er hat mich rausgeschmissen«, antwortete ich.

»Hab ich's nicht gesagt!« stellte mein Freund fest, zufrieden, daß er recht behalten hatte. »Er ist wahrscheinlich froh und dankbar, daß Moreno ihn damals nicht schwimmen geschickt hat, mit 'nem Klotz Beton an den Füßen, weil er die zwanzig Kilo Stoff verloren hat.« Phil sah mich an. »Was glitzert da so komisch in deinen Haaren?«

Ich entfernte einige Splitter der Glühbirne. »Ich bin gegen einen Schläger gelaufen und habe das Licht ausgemacht«, antwortete ich und grinste flüchtig.

»Kinlaw macht also nicht mit. Und sonst jemand, den wir zum Quatschen überreden könnten, ist nicht in Sicht.«

»Genau erfaßt«, bestätigte ich.

»Wir könnten Fehlinformationen ausstreuen und sehen, wo sie wirken. Mit diesem Verfahren sind schon die raffiniertesten Spione enttarnt worden.«

»Wie lange soll so etwas dauern? Und wer soll es überwachen?« fragte ich. »Ich bin dafür, daß wir Flagge zeigen.«

»Moreno weiß auch so, daß wir gegen ihn ermitteln. Spätestens seit gestern nacht. Die Pleite in Elizabethport mag er für einen Zufall gehalten haben.«

»Die Aktion in Elizabethport ist nicht verraten worden«, stellte ich fest. »Wieso eigentlich nicht? Was war anders?«

»Sie war unser erster gemeinsamer Einsatz«, antwortete Phil.

»Aber wir hockten seit Wochen zusammen!«

»Die Aktion selbst wurde kurzfristig angesetzt«, meinte Phil.

»Von Hogan.«

Phil schwieg.

»Und jetzt komm bloß nicht damit, daß er so schnell kein Telefon gefunden hat!« stieß ich nach.

»Ich hab nicht geplappert und du auch nicht«, sagte Phil mürrisch. »Er war immer so gut informiert, nur dieses eine Mal nicht. Vielleicht wurde er erpreßt? Unter Druck gesetzt …«

»Glaubst du das wirklich?«

Phil antwortete nicht sofort. Ich blickte nach draußen.

Frierende Leute auf dem Weg zur Subway oder dem Bus Terminal hasteten vorbei. Auf der anderen Straßenseite machten sich zwei junge Kerle an einem Lieferwagen zu schaffen. Plötzlich rannten sie davon. Im Rückspiegel sah ich, wie sich ein Streifenwagen näherte.

»Weil er wußte, daß es eine Pleite geben würde, hat er Spidone abgeknallt«, sagte Phil dann.

»Mann!« schnaubte ich. »Was noch alles?«

»Warum klopfen wir seine privaten Kontakte nicht mal ab?« meinte Phil. »So ganz nebenbei …«

Wir wußten nicht viel über Ted Hogans Privatleben oder seine Familie. Wir wußten nur, daß er verheiratet gewesen war und eine erwachsene Tochter hatte. Seine geschiedene Frau lebte in Yonkers. Seine Tochter arbeitete als Anwaltsgehilfin in White Plains. Er hatte kaum noch Kontakt zu seiner Tochter, und zu seiner Frau schon gar nicht.

»Das ist doch diese Frau unten im East Village«, sagte ich. Wir hatten ihn einige Male dort abgesetzt oder abgeholt. »Weißt du, wie sie heißt?«

»Yvette Sowieso. Sie managt einen Vergnügungsbetrieb. Den Funny People Club.«

»Machen wir uns bekannt« schlug ich vor. »Aber mit offenem Visier!«

Phil startete sofort. Ich zündete mir eine Zigarette an. Mir war nicht wohl bei dem Gedanken, daß wir jetzt einem Kollegen nachschnüffelten. Einem ehemaligen, doch das machte kaum einen Unterschied.

Ted Hogan trat aus dem Waschraum. Das Garderobenmädchen, das eben seinen Mantel weggehängt hatte, lächelte zögernd, sah dann aber zur Seite, als er ihr Lächeln nicht erwiderte. Er stellte sich in den Durchgang, der in den Hauptraum von Moreno's Italian Café führte.

Es war wie ein Blick in eine andere Welt und eine andere Zeit. Venedig, überlegte er, oder Florenz, 18. Jahrhundert. Trauben aus geschliffenen Kristallen verteilten das Kerzenlicht im dunklen Raum. Zwischen goldgerahmten Spiegeln hingen düstere Gemälde mit den grimmigen Gesichtern von Frank Morenos Vorfahren. An den kleinen Marmortischen saßen würdige ältere Männer vor ihrem Espresso und einem Stück duftendem Gebäck.

Das italienische Café war Frank Morenos Renommierladen und Aushängeschild. Hier vorn im altehrwürdigen Teil gab es nur Espresso und Gebäck. Dazu Grappa oder Amaretto oder Sambuca, wie es sich für ein italienisches Café, das auf Tradition hielt, gehörte. Wer unbedingt essen wollte, konnte im Speisezimmer im Zwischengeschoß Nudelgerichte oder italienische Suppen zu sich nehmen.

Wie würde es hier aussehen, überlegte Hogan, wenn zwei Dutzend Polizisten hereinstürmten und das Unterste zuoberst kehrten?

Ein schlanker schwarzhaariger Bursche in einem makellos sitzenden schwarzen Anzug baute sich plötzlich vor ihm auf. »Hier ist alles besetzt oder vorbestellt, Sir«, sagte er. Sein Gesicht war so ausdruckslos wie eine abgegriffene Münze.

Hogan lächelte dünn. Morenos Leute hatten sich sein Gesicht eingeprägt. Wie ein Cop die Fahndungsfotos.

Der elegante Empfangschef wollte an Hogan vorbei, um ihm so zu bedeuten, das Lokal zu verlassen. Die Tür konnte er ihm nicht aufhalten. Bei einer Drehtür war das schlecht möglich. Hogan stand breitbeinig und reglos da wie ein Fels. »Glaubst du, ich will mit diesen sizilianischen Halbaffen Kaffee trinken?« fragte Hogan, ohne die Stimme zu senken. »Ich will Moreno sprechen. Sag ihm, daß er runterkommen soll!«

Das schmale Gesicht des Eleganten erstarrte. »Mr. Moreno ist nicht zu sprechen«, stieß er hervor. »Verlassen Sie jetzt das Lokal! Ich weiß, wer Sie sind. Ein abgehalfteter …«

Das nichtssagende Gesicht wurde aschfahl, als Hogan zupackte und die rechte Hand des anderen nach oben bog. Der Kerl schob sich mit dem Rücken an der Wand hinauf, um dem unerträglichen Schmerz im überdehnten Handgelenk zu entgehen.

»Du hast deinen Spruch aufgesagt, du Strolch«, sagte Hogan. »Hat Krötenmaul dir auch gesagt, daß du ihn ausschmücken sollst?« Der Elegante schüttelte den Kopf. Schweiß bedeckte sein bleiches Gesicht.

»Krötenmaul soll mir Bescheid sagen, wenn er die Zeit für reif hält«, sagte Hogan. »Sag ihm das! Und sag ihm, mit jedem Tag, den er wartet, wird es teurer!«

Der Schwarzhaarige starrte Hogan nur an. Hogan bog die Hand weiter nach oben, bis die Augen in dem wachsbleichen Gesicht dunkel wurden vor Schmerz.

»Sag: Ja!«

»Ja«, stöhnte der Elegante.

»Sir«, sagte Hogan.

»Sir«, echote der andere. Ächzend rieb er sein Handgelenk, als Hogan ihn endlich losließ.

Hogan gab dem Garderobenmädchen, das der kurzen Szene verständnislos zugesehen hatte, einen Dollar. Er nahm seinen Mantel, und als er sich von der Drehtür in die kalte Nacht schaufeln ließ, pfiff er eine Melodie aus Speak Easy, dem Musical über das legendäre Leben des Gangsters Frank Costello, vor sich hin.

Der Funny People Club war offen für alle netten und fröhlichen Leute, wie es der Name andeutete. Es herrschte eine lockere, heitere Atmosphäre, die sich aus der leichten Musik, den hellen Farben der Einrichtung und der natürlichen Freundlichkeit der Angestellten zusammensetzte. Im ruhigsten Raum des Unternehmens, der Bar im Untergeschoß, saßen wir vor einer Karaffe Wein in einer Nische. Nach einer halben Stunde trat sie an unseren Tisch.

»Sie haben nach mir gefragt?«

Phil und ich standen auf. Yvette lächelte. Es war ein offenes, aber auch zurückhaltendes Lächeln. Sie trug einen knielangen Faltenrock und eine jugendlich gemusterte Bluse mit einem raffinierten Ausschnitt, der keinen unzulässigen Einblick erlaubte und doch die weiblichen Formen betonte.

Sie war eine Klassefrau. Daran bestand kein Zweifel.

Phil machte uns bekannt. Ich sah das Erkennen in den graugrünen Augen, als er unsere Namen nannte, und in ihrem Lächeln war plötzlich Vorsicht.

»Nehmen Sie doch wieder Platz!« sagte sie und setzte sich zwischen Phil und mich.

»Möchten Sie etwas trinken?« fragte ich.

»Danke, nein, ich habe meine Prinzipien.« Sie sagte es so, daß es auch einen weniger feinfühligen Gast nicht verletzt hätte.

Phil sah sie mit unverhohlener Bewunderung an. »Ted hat Ihnen von uns erzählt?« begann er.

»Und jetzt wollen Sie von mir wissen, wie er sich fühlt? Was wollen Sie hören?« Sie sah mich direkt an. »Ob er zerbricht? Oder ob er Haltung bewahrt? Ob er sagt, Jerry habe nur seine Pflicht getan?« Ihre Augen nahmen eine aggressive grüne Färbung an. »Soll er zugeben, daß er diesen Gangster vorsätzlich getötet hat, damit Sie Ihr Gewissen beruhigen können?«

»Wir wollten Sie kennenlernen«, sagte ich.

Mein Eingeständnis schien sie zu entwaffnen. Langsam atmete sie aus. Ihre Hände lagen unruhig, bis sie sich um einen Aschenbecher schlossen.

»Wir waren Kollegen und sind es noch«, sagte ich. »Und wir sind keine Gegner. Das hoffe ich wenigstens Okay, ja, wir wollen wissen, wie es ihm geht«, gab ich dann zu.

»Warum fragen Sie mich? Und nicht ihn selbst?«

»Er ist im Moment nicht sehr zugänglich«, antwortete ich. »Er wollte zu Ihnen ziehen?«

Yvette nickte unmerklich.

»Wir machen uns Sorgen, Miss Larousse. Er könnte in Gefahr schweben oder sich in Gefahr begeben. Wenn Sie der Ansicht sind, daß er Hilfe braucht, zögern Sie nicht, uns anzurufen!« Ich legte eine Karte mit allen Telefonnummern, unter denen Phil und ich zu erreichen waren, auf den Tisch.

»Machen Sie sich wegen Ted keine Gedanken«, sagte Yvette Larousse. »Jeder handelt, wie er handeln muß. Das gilt für Sie, aber auch für ihn.«

Sie nickte uns kühl zu, stand auf und ging. Die Karte blieb auf dem Tisch liegen.

Phil sah der Frau versonnen nach. »Findest du, daß sie zu ihm paßt?« fragte er.

»Zu Ted?« Ich lachte. »Warum nicht? Er ist ruhig und zuverlässig und hat genau die breiten Schultern, die eine Frau wie sie braucht.«

»Vielleicht hat oder hatte sie ganz andere Absichten mit ihm«, überlegte Phil.

»Jetzt hör aber auf!« sagte ich ärgerlich. »Hältst du Hogan für einen Trottel, der im Bett quatscht? Aber von mir aus ziehen wir Erkundigungen über die schöne Yvette ein. Beruhigt?«

»Hauptsache, wir bleiben in Bewegung«, meinte Phil sarkastisch. »Immer vor der Mauer hin und her.«

»Ted Hogan bringt uns nicht weiter«, räumte ich ein. »Deshalb lassen wir ihn von jetzt an in Ruhe und richten die Geschütze auf Frank Moreno aus.«

»Der läßt uns nicht mal in seine Nähe«, prophezeite Phil.

»Ich habe so eine Ahnung, als ergäbe sich da eine Gelegenheit. Gleich morgen vormittag. Ist dein schwarzer Anzug gebügelt?«

Die Orgel spielte etwas Getragenes. Es klang ein bißchen zu laut, doch das störte den Mann, zu dessen Heil und Segen sie gespielt wurde, nicht mehr.

Die Trauerfeier fand in der Kapelle von Ralph Avolis Beerdigungsinstitut in Queens statt. Rico Spidones sterbliche Überreste lagen in einem offenen, mit Seide ausgeschlagenen Mahagonisarg. Der Sarg stand auf einem Katafalk, umgeben von flackernden Totenkerzen und einem Meer aus Blumen. Die Totenwache hielten sechs Figuren, deren schwarze Anzüge nicht recht zu den gemeinen, gelangweilten Gesichtern ihrer Träger passen wollten.

Frank Moreno ließ sich den Abschied von seinen verschiedenen Getreuen etwas kosten. Ein Wunder, daß er nicht einen Platz in der ersten Reihe beanspruchte, wo drei verschleierte Frauen und fünf Kinder leise vor sich hinschluchzten. Bei den Frauen handelte es sich um Spidones Mutter und seine Schwestern. Die Kinder waren seine Neffen und Nichten, für die er zu Lebzeiten anscheinend gesorgt hatte.

Moreno und seine Gorillas füllten die nächsten zwei Stuhlreihen. Weiter hinten saßen ein paar Bekannte Spidones. Vielleicht waren auch ein oder zwei Freunde dabei.

In der letzten Reihe hatten Phil und ich Platz genommen. Die Trauerfeier näherte sich ihrem Ende, wie an der anschwellenden Musik zu merken war. Ein Angestellter des Instituts zog die schweren Samtportieren hinter dem Podest zur Seite. Er und seine Helfer würden den Sarg jetzt verschließen und in einen schimmernden Cadillac laden, der im Hof bereitstand.

Anschließend würde die Fahrzeugkolonne, angeführt vom Leichenwagen, zum New Calvary Cemetery hinauffahren, wo Spidone unter anderen mehr oder weniger ehrenwerten Verstorbenen seine letzte Ruhestätte finden sollte. Wir erhoben uns, als der Sarg lautlos nach hinten rollte. Moreno und sein Troß verließen die Stuhlreihe.

Frank Moreno ließ sich von einem seiner Leibwächter in den Mantel mit Pelzkragen helfen. Seine blassen Augen wanderten durch den Raum und blieben dann auf uns haften.

Langsam trat er auf uns zu. Moreno war klein und massig, der Kopf dick mit einem breiten Gesicht und vollen, wulstigen Lippen, die feucht schimmerten. Er sagte etwas zu dem Kerl an seiner rechten Seite, und der glotzte Phil und mich an, als nähme er für irgend etwas Maß. Gut, daß er nicht zum Beerdigungsinstitut gehörte.

Moreno blieb an unserer Stuhlreihe stehen. Zum ersten Mal standen wir uns so Auge in Auge gegenüber. Natürlich wußte er, wer wir waren, und er verschwendete keine Zeit mit dummen Redensarten.

»Sie sind doch nicht hier, um meinem Freund Rico das letzte Geleit zu geben«, stellte er fest. Er hatte eine unangenehm hohe, gequetschte Stimme.

»Sie sollen wissen, daß wir eingestiegen sind, Moreno«, sagte ich.

Die Mundwinkel wanderten nach unten. Mehr denn je glich er jetzt einer häßlichen Kröte. »Sie entweihen eine

Totenfeier!« sagte er theatralisch. »Stehen draußen Ihre Leute und fotografieren die Nummernschilder? Und die Gesichter der Trauernden?«

Ich schüttelte den Kopf. »Wer interessiert sich schon für die Visagen, Moreno?«

Phil trat vor. »Wir wissen, daß Sie eine Lieferung von zwanzig Kilogramm Heroin aus Pakistan erhalten haben«, sagte er. »Sowie das erste Gramm davon auf dem Markt erscheint, werden Sie uns im Nacken haben, Moreno! Wir werden uns zu Ihnen hinauf- oder hinabarbeiten, wie Sie wollen. Wir werden erst Ruhe geben, wenn wir Ihnen die Handschellen anlegen.«

Moreno beugte sich vor. »Sie drohen mir mit Rechtsbruch!« Er breitete klagend die Hände aus. »Decker, Sie sind ein Mann des Gesetzes! Wo kommen wir hin, wo kommt diese Nation hin, wenn Sie sich nicht mehr an Recht und Gesetz halten!«

»Reden Sie kein Blech, Moreno!« sagte Phil verächtlich. »Laß uns verschwinden, Jerry, bevor mir schlecht wird!«

Moreno gab seinen Gorillas ein Zeichen, und die nahmen ihren Boß in die Mitte.

»Noch etwas, Moreno!« sagte ich.

Der Troß blieb noch einmal stehen. Der Kreis öffnete sich ein wenig. »Ja, Cotton?« sagte Moreno mit schiefgelegtem Kopf.

»Hogan ist nicht mehr bei der Polizei ...«

»Ich weiß«, sagte der breite Mund und verzog sich zu einem Grinsen.

»Das heißt aber nicht, daß er vogelfrei ist«, fuhr ich fort.

Das Froschgesicht zeigte einen erheiterten Ausdruck.

»Ich bin Geschäftsmann, Cotton. Ich bin für Geld, für Profit. Mich interessiert kein Krieg mit einem Narren wie Hogan. Und Rache schon gar nicht.«

Als er sich umwandte, zuckten seine Schultern vor verhaltenem Lachen.

»Dem haben wir's aber gegeben«, murmelte Phil unzufrieden, als wir uns hinter den Trauergästen nach draußen schoben.

»Was hast du erwartet?« fragte ich. »Der offene Krieg ist erklärt. Das bedeutet Bewegung. Vielleicht macht er Fehler.«

Das ist oft unsere einzige Hoffnung, wenn wir uns auf einen mächtigen Gegner einstellen. Ihn reizen, ihn zu Unvorsichtigkeiten verleiten.

Im Hof des Beerdigungsinstituts standen die Cadillacs und Lincolns. Ihre Lackflächen schimmerten wie polierte Militärstiefel vor einer Parade. Die Wolken waren aufgerissen, und eine kalte, blasse Sonne stand über all dem glänzenden Schwarz. Phil und ich gingen auf die Ausfahrt zu, durch die gleich die Fahrzeugkolonne fahren mußte. Mein roter Jaguar stand draußen auf dem Parkplatz.

Plötzlich stieß Phil mich an und deutete auf meinen Wagen.

Ted Hogan lehnte am rechten Kotflügel. Die Hände hatte er in den Taschen seines Lammfellmantels vergraben, den Kopf angriffslustig vorgeschoben.

Und er ging zum Angriff über. Sofort.

»Wenn Sie glauben, mir nachschnüffeln zu müssen, bitte, daran kann ich Sie nicht hindern«, sagte er mit rauher Stimme. »Aber was haben Sie Yvette für einen Bockmist erzählt? Welcher Teufel hat Sie geritten ...«

»He, Ted, hören Sie!« Phil versuchte, den aufgebrachten Ex-Kollegen zu beschwichtigen. »Wir hatten gehofft, daß sie vernünftiger wäre als Sie.«

»Yvette hat nichts mit all dem Dreck zu tun, in dem wir wühlen!«

»Sie lebt nicht in einem Kloster, Ted«, sagte ich ruhig.

Hogan zog die rechte Hand aus der Manteltasche und stieß den ausgestreckten Zeigefinger wie einen Revolverlauf in meine Richtung. »Wenn Sie Yvette noch einmal zu nahe treten, mache ich Sie fertig, Cotton, bei Gott, das werde ich tun!«

Ich bemerkte den gefährlichen Schimmer in den eisblauen Augen und wußte jetzt endgültig, daß sich Hogan verändert hatte, daß er nicht mehr der Mann war, mit dem wir vor einem halben Jahr eine hoffnungsvolle Zusammenarbeit begonnen hatten.

»Wenn Sie das nächste Mal mit uns reden wollen, Hogan«, sagte ich, »beruhigen Sie sich – aber vorher! Okay?«

Er stopfte seine Hand wieder in die Tasche. Dann schob er sich brüsk an uns vorbei und ging durch die Einfahrt auf den Hof von Ralph Avolis Beerdigungsinstitut.

Wir sahen ihm nach. Die Mitglieder der Trauergesellschaft standen noch neben und zwischen all den schwarzen Limousinen. Hogan ging auf den Kreis der Gorillas zu, in dessen Mitte Moreno stand. Der Kreis öffnete sich, als einer der Leibwächter zur Seite trat.

Hogan blieb in der Einfahrt stehen. Moreno erstarrte, als er den bulligen Ex-Detective erkannte. Er zögerte einen Augenblick. Dann setzte er wie unter einem hypnotischen Zwang einen Fuß vor den anderen.

Phil wollte sich in Bewegung setzen, aber ich hielt ihn am Arm fest. Hogan befand sich zwar nicht in bester Verfassung. Aber er sah nicht so aus, als wollte er Moreno umlegen. Außerdem waren die Gorillas auf der Hut.

Ich mußte an Yvette Larousses Worte denken. Jeder handelt, wie er handeln muß, hatte sie gesagt, und plötzlich war ich meiner Sache nicht mehr so sicher.

Hogan wollte Moreno vernichten, das war sein erklärtes Ziel. Aber er würde nicht auf dem Hof hinter der Kapelle, wo eben der Sarg mit dem toten Rico Spidone in einen Leichenwagen geschoben wurde, eine Schießerei anfangen. Nein, das würde er nicht tun

»Was wollen Sie hier, Hogan?« fragte Moreno. Er starrte Hogan an. Seine Bodyguards waren auf der Hut. »Sie sind ein Fanatiker. Aber man hat Ihnen die Flügel gestutzt.«

Hogan lächelte dünn. »Ich habe meine Lektion gelernt, Moreno. Und ich bin kein Don Quijote.«

»Na schön, Hogan, und? Kriegen Sie jetzt das große Zittern, weil Sie Angst um ihr bißchen Leben haben?« Moreno verzog den breiten Mund. »Rico war ein lieber Freund von mir, aber Friede seiner Asche, Hogan, Sie brauchen keine Angst zu haben. Sie sind ein Nichts, ein Niemand. Wer macht sich schon die Finger an einem Ex-Cop dreckig!« Moreno wollte sich schon abwenden, aber etwas in Hogans Gesicht veranlaßte ihn, den Mann anzusehen. »Ist noch was, Hogan?«

»Ich bin frei«, sagte Ted Hogan. »Niemandem mehr verpflichtet ...«

»Und Sie brauchen einen Job?« Moreno lachte leise. »Einen Job bei mir? Etwa Ricos Job?«

»Für die Laufarbeit bin ich nicht mehr jung genug. Ich will leben, Moreno. Leben wie ihr. In einem schönen Apartment, mit einem schnellen Auto in der Garage und einem Konto, das immer wieder aufgefüllt wird.«

Moreno leckte über seine Lippen. »Na, dann viel Glück, Hogan«, sagte er belustigt.

»Ich kann Sie fertigmachen, Moreno ...«

»Dazu hatten Sie genügend Gelegenheit.« Der Gangster lachte leise.

»... oder Ihnen eine Menge bieten«, fuhr der Ex-Detective unbeirrt fort.

»Sie, Hogan? Sie sind nichts, Sie hatten nichts, und Sie werden nie etwas haben!«

»Ich habe die Spielregeln begriffen, Moreno, und ich werde es beweisen. Von heute an werde ich jeden Abend zwischen acht und neun in Rudy's Bar an der Theke stehen. So lange, bis Sie gekrochen kommen, Moreno.«

Am Nachmittag erhielten wir Besuch. Detective Roger B. Michelson vom Rauschgiftdezernat der City Police war ein alter Bekannter. Nach Hogans Ausscheiden hatten wir uns für ihn als Verbindungsmann zur Narcotics Division entschieden. Michelson sah sich in unserem Office um und verdrehte die Augen. An den Wänden hingen lange Papierbahnen, mit deren Hilfe wir die Flut an Informationen zu bewältigen versuchten, ehe wir darin erstickten. Auf den Bögen hielten wir Namen, Treffpunkte, Adressen, Hinweise, Aktenvermerke und sonstige Daten fest. Dazwischen klebten Fotos, inzwischen waren es bereits an die hundert. Sie zeigten die Gesichter von Dealern und Pushern, Schlägern und Spitzeln, die zur Drogenszene gehörten und von denen wir wußten oder vermuteten, daß sie in irgendeiner Beziehung zu Frank Moreno standen.

Wir brüteten über einer Strategie, die so genial sein mußte, daß sie unvereinbar erscheinende Zielvorstellungen vereinte. Mit dieser Strategie wollten wir Moreno daran hindern, das Heroin aus Pakistan, das sich aller Wahrscheinlichkeit nach bereits in seiner Verfügungsgewalt befand, auf den Markt zu bringen. Gleichzeitig sollte sie es uns ermöglichen, Frank Moreno so festzunageln, daß es für eine wasserdichte Anklage reichte.

»Was wir brauchen, ist ein Wunder«, sagte Phil zu Roger Michelson. »Ein ganz kleines nur, aber ein Wunder!«

»Er will ihn am liebsten mit dem Koffer voll Rauschgift in der Hand erwischen«, sagte ich.

»Das dürfte unmöglich sein«, meinte Michelson

»Da haben Sie verdammt recht, Roger. Uns bleibt vermutlich nichts anderes übrig, als abzuwarten, bis die ersten Portionen aus der Pakistan-Sendung auf dem Markt auftauchen. Und dann die Ochsentour. Von unten nach oben.«

»Spätestens an der dritten Stufe kommen Sie nicht weiter«, sagte der Narc. »Hier, hören Sie sich das mal an!« Er warf eine Tonbandkassette auf den Tisch. »Das Gespräch haben die Techniker vor zwei Stunden aufgenommen. Mein Boß meint, wir sollten es Ihnen überlassen, weil es mit Moreno zu tun hat.«

Ich schob die Kassette in ein Abspielgerät und drückte die Wiedergabetaste.

»Danny?« fragte eine gewöhnliche Stimme ohne besondere Merkmale. »Danny, sind Sie das?«

»Wer ist denn da?« erkundigte sich eine andere Stimme. Sie klang etwas nasal oder blasiert. So genau konnte man das nicht unterscheiden, weil das Gespräch über Telefon geführt und aufgezeichnet worden war.

»Mein Name tut nichts zur Sache«, sagte der Anrufer mit der gewöhnlichen Stimme. »Ich soll Ihnen Grüße von Vince bestellen. Er selbst kann sich nicht melden, weil der Boß ihn mit einer anderen Aufgabe betraut hat.«

»So?« fragte Dannys nasale Stimme vorsichtig.

»Ich soll Ihnen sagen, daß Sie Ihre Lieferung heute schon übernehmen können.«

»Gestern hieß es noch, nächste Woche würde erst geliefert.«

»Der Boß hat umdisponiert. Er will das Zeug raushaben. Die Gründe dürften bekannt sein. Deshalb werden auch im Moment nur die zuverlässigsten Abnehmer beliefert. Für Sie steht ein Kilo bereit, Danny.«

Roger Michelson gab mir ein Zeichen, und ich drückte die Pausentaste.

»Bei diesem Danny«, erklärte der Narc, »handelt es sich um Daniel Wynne. Er hat eine straff organisierte Truppe aufgebaut, die auf der Upper East arbeitet. Nach unseren Erkenntnissen ist Wynne ein sogenannter Kilo-Käpt'n, also einer, der Heroin in Kilomengen kauft. Ich erkläre Ihnen das, weil der Verlauf des Gesprächs unseren Erkenntnissen entspricht.«

»Sie haben sein Telefon angezapft?« fragte Phil, der unsere Wände nach dem Namen Wynne absuchte.

»Das Telefon in seiner Wohnung und zwei Apparate bei einer Freundin und einem Komplicen haben wir schon lange unter Kontrolle, doch da tut sich nichts mehr«, antwortete Michelson. »Aber er wickelt seine Geschäfte telefonisch ab. Das war uns immer klar, denn sonst hätten wir ihn längst bei einem Deal geschnappt. Nur, welche Telefone er benutzt, das wußten wir bisher nicht. Weil er sich tagsüber häufig in einer Cafeteria an der Third Avenue aufhält und abends in einer Bar an der East 64th Street, haben wir eine Überwachung der dortigen Gästetelefone beantragt. Wie Sie sehen, hat es sich gelohnt.« Roger Michelson lächelte stolz.

»Hier haben wir ihn«, sagte Phil und zeigte mir Danny Wynnes Foto.

Das Bild zeigte das weiche, wenig ausgeprägte Gesicht eines etwa dreißigjährigen Mannes mit einem dünnen Oberlippenbart und gelockten blonden Haaren.

»Er nennt sich Versicherungsmakler«, berichtete Michelson. »Ob Sie es glauben oder nicht, er verdient damit achtzigtausend im Jahr!«

»Ein Trinkgeld, wenn er das Heroin kiloweise umsetzt«, meinte Phil. »Bei diesem Vince, von dem eben die Rede war, könnte es sich um Vince Cotrelli handeln. Nach Bob Kinlaws Ausfall hat Moreno ihn an seine Seite geholt. Ins obere Management, gewissermaßen.«

»Bis dahin war Cotrelli Morenos Mann für Harlem und die Eastside«, überlegte ich. »Es ist also wahrscheinlich, daß die beiden einander persönlich kennen.« Ich ließ das Band weiterlaufen.

»Ich habe zwei Kilo bestellt«, sagte Danny Wynne.

»Es gibt vorerst nur eins …«

»Warum nicht zwei? Ob eins oder zwei, das Risiko ist das gleiche!«

»Eins oder keins«, unterbrach ihn die gewöhnliche Stimme. »Haben Sie das Geld bereit, Danny?«

»Wenn ich etwas kaufen will, habe ich auch Geld«, antwortete Danny blasiert.

»Es gibt keine persönlichen Kontakte mehr, verstehen Sie? Das ist sicherer. Ihre Sendung können Sie heute abend zwischen acht und acht Uhr dreißig abholen. Kennen Sie Moreno's Italian Café in Queens?«

Ich holte überrascht Luft, genau wie Danny Wynne. »Kennen Sie es?« fragte der Anrufer drängend, weil Danny nicht sofort antwortete.

»Wer will mir da einen Bären aufbinden?« fragte der Großdealer brüsk.

»Der Boß will die Ware raushaben, das sagte ich Ihnen schon. Er wird es aber nicht durch die Gegend fahren, weder er selbst noch einer seiner Leute. Sie wissen, was passiert ist.«

»Ich soll es bei ihm persönlich …?«

»Sie reden zuviel, Danny«, unterbrach ihn der andere. »Kein persönlicher Kontakt. Das geht nur unter Partnern, die einander kennen und vertrauen. Für Sie liegt ein Kilo bereit. Sie finden es auf der Toilette neben der Garderobe. In der linken Kabine im Wasserkasten. Sie nehmen es heraus und legen das Geld hinein. Sorgen Sie dafür, daß es wasserdicht verpackt ist! Sie können das Geschäft machen oder es lassen.«

Es klickte. Das Gespräch war damit unterbrochen.

»So blöd kann doch keiner sein!« sagte Phil laut. »Das ist eine Falle!«

»Für wen? Und warum?« gab ich zurück.

Für mich hörte sich das Arrangement durchaus sinnvoll an.

Moreno mußte inzwischen wissen, daß er und seine Leute überwacht wurden. Ein Mann wie er würde niemals Fremde als Kuriere einsetzen. Andererseits mußte er den Stoff weitergeben, weil sonst sein Verteilernetz löchrig würde. Da verzichtete er vielleicht eher darauf, ein Geschäft Zug um Zug abzuwickeln, wie es sonst üblich war.

Die Übergabe des Rauschgifts – hier Ware, dort Geld – barg für alle Beteiligten das größte Risiko. Und meistens sogar das einzige.

Moreno mochte diesen Deal mit Wynne als Test betrachten. Deshalb rückte er vermutlich auch nur ein Kilogramm heraus und nicht zwei, wie Wynne es bestellt hatte.

»Wenn hier einer versucht, ein linkes Ding abzuziehen, ist es jemand, der Morenos Organisation kennt und von der Pakistan-Lieferung weiß«, sagte Roger Michelson.

»So einer muß auch wissen, daß er mit seinem Leben spielt«, gab ich zu bedenken.

Ein Kilo Heroin aus der Pakistan-Lieferung kostete einen Großabnehmer wie Wynne vierzig- bis fünfzigtausend Dollar, schätzte ich.

Wynne würde keine Gelegenheit und keine Zeit haben,

den Inhalt des Päckchens auf Gewicht und Reinheit zu prüfen, bevor er das Geld zurückließ. In Morenos eigenem Haus.

Woanders, vermutete ich, würde sich Wynne auch kaum auf ein Geschäft dieser Art einlassen.

Ich sah Michelson an. »Sind über den Apparat in der Cafeteria schon ähnliche Gespräche geführt worden?« erkundigte ich mich.

»Schwer zu sagen«, meinte der Rauschgiftfahnder. »Danny und der besagte Vince sind vermutlich gut aufeinander eingespielt. Die brauchen nur ein paar belanglose Sätze auszutauschen, um Bescheid zu wissen. ›Sie können Ihren Wagen jetzt abholen, Sir.‹ So in der Art geht es den ganzen Tag.«

Ich ließ das Band noch einmal ablaufen. Der Anrufer mit der gewöhnlichen Stimme sagte einen vorgegebenen Text auf. Wahrscheinlich hatte Cotrelli ihm genau erklärt, was er sagen mußte, und ihm keinerlei Spielraum gelassen. Das Gespräch und das Übergabeverfahren waren ungewöhnlich, aber deshalb nicht unglaubhaft.

»Okay, und was tun wir?« fragte Phil schließlich. »Nachsehen, ob das Päckchen schon hinterlegt ist?«

»Auf keinen Fall!« sagte ich. »Wenn die Kabine mit einer Videokamera überwacht wird, kriegen wir höchstens das Heroin, aber weder Wynne noch Moreno.«

»Selbst wenn ein Kilo Heroin dort auf dem Lokus liegt, kriegen wir Moreno immer noch nicht«, nörgelte Phil. »Okay, wir können Wynne mit dem Zeug abziehen lassen. Wenn Moreno denkt, daß die Methode funktioniert, läßt er seine anderen Kilo-Käpt'ns antanzen. Und dann kassieren wir die ein.«

»Was meinen Sie, Roger?« fragte ich den Kollegen vom Rauschgiftdezernat.

»Kennen Sie die anderen Großabnehmer, die Moreno

beliefert? Und wird er sie alle in sein Café kommen lassen? Das hat er nämlich saubergehalten. Bisher wenigstens.« Michelson deutete auf das Abspielgerät. »Diese Aufnahme verdanken wir fast einem Zufall. Bei den anderen werden wir das Glück nicht haben. Es ist zwar Ihre Entscheidung, Kollegen, aber ich würde zupacken.«

Ich nickte. »Wenn dieser Test in die Hose geht, traut Moreno seinen Leuten nicht mehr, und seine Abnehmer trauen ihm nicht mehr, und Moreno bleibt auf seinem Pakistan-Stoff sitzen«, prophezeite ich. »Und das wäre doch auch ein Erfolg, oder? Also los, an die Arbeit!«

So kam es, daß wir an diesem Abend wieder am Vernon Boulevard standen und den Eingang zu Moreno's Italian Café beobachteten. Schon um sieben Uhr hatten wir am Straßenrand, 80 Yards vom Eingang entfernt, Posten bezogen. Falls Wynne das Café früher betrat, um die Lage zu peilen, wollten wir es wissen.

Bisher hatte er sich nicht gezeigt. Nichts Verdächtiges hatte sich getan. Es war jetzt dunkel, der Eingang gut beleuchtet, und im 108. Revier an der Queensboro Plaza hielt sich eine Gruppe Cops und Detectives in Bereitschaft, ohne allerdings zu wissen, wo der eventuelle Einsatzort lag. Das Rauschgiftdezernat war über unseren Einsatz nicht informiert. Von dem aufgezeichneten Telefongespräch wußten außer Michelson, Phil und mir nur die Techniker und Michelsons Chef, Captain Ross. Es konnte eigentlich nichts schiefgehen.

Es war 8 Uhr 03, als sich Phil räkelte.

»Mir wäre das einfach zu glatt, wenn uns so auf die billige Tour einer von den Großdealern in die Hände fiele«, meinte er.

»Hör mit der Unkerei auf!« sagte ich, ohne die Straße und den Eingang zum italienischen Café aus den Augen zu lassen. »In einer halben Stunde wissen wir mehr.«

»Ich möchte wissen, wer da die Fäden zieht«, überlegte Phil. »Hast du dich eigentlich gefragt, warum Cotrelli nicht an der Trauerfeier für seinen Freund Spidone teilgenommen hat? Die ganze Truppe ist angetreten – bis auf Cotrelli! Und warum hat er Wynne nicht selbst angerufen?«

»Moreno ist nicht dumm«, antwortete ich. »Er geht davon aus, daß wir seine engsten Mitarbeiter kennen. Er hat ihn aus der Schußlinie genommen ...«

»Ich weiß es nicht, Jerry. Was hätte es für einen Unterschied gemacht, wenn Cotrelli dieses Telefongespräch mit Wynne selbst geführt hätte?«

»Was macht es für einen Unterschied, wenn wir gleich einen Dealer mit einem Kilo Heroin stellen?« gab ich geduldig zurück. »Paß lieber auf!«

Zwei alte Männer verließen das Café, blieben unter dem Baldachin stehen und rieben sich fröstelnd die Hände, ehe sie mit langsamen Schritten davongingen. Kurz darauf stoppte ein Taxi. Drei Fahrgäste stiegen aus. Während der eine noch den Fahrer bezahlte, verschwanden die anderen beiden bereits im Eingang.

Phil ließ das starke Nachtglas sinken, mit dem er die Gesichter der Männer genau betrachtet hatte.

So ging es jetzt seit über einer Stunde. Gäste gingen, Gäste kamen.

Von der Jackson Avenue bog ein Wagen in den Vernon Boulevard ein. Die Scheinwerfer waren voll aufgeblendet. Phil und ich zogen die Köpfe ein und rührten uns nicht, während der Wagen langsam an uns vorbeizog. Ich peilte vorsichtig über die Fensterkante.

Der Wagen, ein neuerer Buick, war mit vier Männern besetzt. Ihre Gesichter konnte ich nicht erkennen. Der Buick rollte am Baldachin vorbei. Wir sahen, wie die Insassen die Köpfe wandten und zum Eingang hinsahen.

Plötzlich quietschten die Reifen. Der Wagen wendete. Die Scheinwerferkegel schwenkten herum. Phil und ich tauchten unter die Kante des Armaturenpolsters. Das Licht füllte kurz den Innenraum unseres neutralen Plymouth und wanderte dann weiter.

Phil tauchte wieder auf und hielt das Nachtglas an die Augen, während ich mir das Walkie-talkie schnappte.

Der Buick hielt auf der anderen Straßenseite unmittelbar an der Zufahrt zur Tankstelle, die uns vor vier Tagen als Basis gedient hatte.

Die rechten Seitentüren wurden geöffnet, doch die Innenraumbeleuchtung ging nicht an. Zwei Männer stiegen aus. Im Schutz der Türen blieben sie stehen. Über das Wagendach hinweg suchten sie die Umgebung nach Anzeichen für Gefahr ab.

Ich hatte mir das Kennzeichen des Buick gemerkt, aber ich würde es erst später überprüfen lassen. Wenn Danny Wynne die Absicht hatte, einen Heroindeal zu machen, würde er einen Wagen benutzen, der auf eine unverdächtige Person zugelassen war.

»Da!« sagte Phil und reichte mir das Glas.

Ich hatte den dritten Mann, der jetzt ausstieg, bereits mit bloßem Auge gesehen. Das Glas zog sein Gesicht heran. Bevor der Mann einen Hut aufsetzte, sah ich das gewellte blonde Haar, während das Gesicht im Schatten der Krempe lag.

Mit schnellen Schritten überquerte der Mann die Straße. Seine Begleiter beeilten sich, ihn in ihre Mitte zu nehmen. Auf dem Gehweg vor dem Lokal blieb das Trio stehen. Die Gorillas sahen sich noch einmal um, während der Mann mit dem Hut in den Lichtkreis der Lampe über dem Eingang trat.

»Er ist es«, bestätigte ich. Ich warf das Fernglas auf die Rückbank und drückte die Sprechtaste des Walkie-talkie.

»Moreno's Italian Café«, sagte ich, nachdem ich mich identifiziert hatte. »Sofort! Kümmern Sie sich erst um den Fahrer des braunen Buick auf der anderen Straßenseite!«

»Verstanden, wir brauchen zwei Minuten«, bestätigte der Einsatzleiter unserer Eingreifreserve.

Danny Wynne und seine Begleiter schaufelten sich gerade durch die Drehtür ins Innere des Cafés.

Wir stiegen auf der rechten Seite aus. Vorsorglich hatten auch wir die automatische Innenbeleuchtung unseres Wagens abgestellt. Der Fahrer des Buick auf der anderen Seite mochte uns für abendliche Spaziergänger halten, die noch eine Kleinigkeit zum Aufwärmen zu sich nehmen wollten, als wir das schützende Dunkel verließen. Daß wir uns zu zweit in eine Kammer der Drehtür quetschten, konnte er kaum erkennen.

Wir stemmten uns gegen den Glasflügel, und die Drehtür schleuderte uns in den Windfang. Von allen Seiten lächelte uns dasselbe Garderobenmädchen entgegen, und wir brauchten zwei Sekunden, um zwischen all den Spiegelbildern das echte Lächeln herauszufinden.

Einer der beiden Gorillas, die Wynne begleitet hatten, stand zwischen zwei Spiegeln neben der Garderobe. Zu Recht vermuteten wir hinter seinem breiten Rücken die Toilettentür.

Ohne zu zögern, ging Phil auf ihn zu. Der Kerl hob die Schultern und schob das Kinn vor.

»Hier kann jetzt keiner rein«, sagte er. Er war ein großer, handfester Bursche mit düsteren Augen. Jeder andere hätte seine Verrichtung widerspruchslos verschoben.

»Ich muß aber mal«, sagte Phil.

Er lächelte, das Garderobenmädchen lächelte, nur der Gorilla lächelte nicht. Denn Phil schwang in der Hüfte herum und stieß ihn mit der Schulter an.

Der Bursche taumelte zur Seite, wodurch er die Tür

freigab. Ich wartete nicht auf den eleganten Geschäftsführer, der mit langen Schritten und besorgtem Gesicht das Lokal durcheilte, um zu sehen, was in der Garderobe vor sich ging. Ich riß meinen Smith and Wesson heraus und öffnete die Tür. Der Vorraum mit den breiten Waschbecken war leer. Mit zwei Schritten war ich an der Pendeltür. Ich versetzte ihr einen Stoß mit dem Fuß. Die Tür schwang nach innen und knallte gegen die Wand, und ich hechtete über die Schwelle.

Meine Augen zuckten über die drei geschlossenen Kabinentüren und hefteten sich dann auf den Gorilla, der vor der linken Kabinentür stand. Seine Augen wurden groß, als er die Kanone in meiner Hand erblickte. Er krümmte sich. Seine Pranke verschwand unter dem Mantel.

Aus dem Stand heraus sprang ich ihn an. Ich prallte mit der Schulter gegen ihn und nagelte ihn gegen die Wand neben der Kabinenreihe. Gleichzeitig rammte ich ihm meinen linken Ellbogen in die Magengrube. Als er nach Luft schnappte, packte ich seinen Unterarm. Mit einer einzigen wilden Bewegung bog ich den Arm nach hinten, wodurch ich ihn auf den Boden zwang.

Mit dem Fuß trat ich gegen die Tür der linken Kabine. Die Tür bestand nur aus einer dünnen Kunststoffplatte. Mit einem lauten Knall fiel sie aus dem Rahmen.

Was ich sah, war zu schön. Danny Wynne stand da in Hut und Mantel, in der einen Hand das wasserdicht verschnürte Geldpaket, in der anderen das prall gefüllte, noch tropfnasse Folienpäckchen mit dem weißen Pulver. Er starrte mich mit einem Ausdruck kindlichen Staunens an, der mich fast zum Lachen gebracht hätte.

»FBI! Sie sind verhaftet, Danny Wynne!« sagte ich und zielte auf seinen Kopf. »Bleiben Sie so stehen!«

»Ich bin reingelegt worden«, stammelte Wynne.

»Das glaube ich auch, Danny«, sagte ich.

Danny Wynne und seine Begleiter wurden vorläufig festgenommen und ins Bundesuntersuchungsgefängnis eingeliefert. Ein Streifenwagen brachte das Folienpäckchen unter Sirenengeheul nach Manhattan hinüber, wo es im FBI-Labor einer Schnellanalyse unterzogen wurde. In der Zwischenzeit riegelten die Reviercops den ganzen Block ab.

Das Aufsehen, das unsere Aktion dadurch erregte, war beträchtlich. Ein Reporterteam der ABC News, dauernd auf der Jagd nach hautnahen Berichten, baute draußen seine Scheinwerferbatterie auf.

Ein erster Bericht des Reporters wurde unmittelbar in die Neun-Uhr-Newsshow eingespielt.

Der Reporter erinnerte an unseren Einsatz vor vier Tagen, bei dem ein Verdächtiger den Tod, FBI und Polizei jedoch keine Beweise gefunden hätten, und er fragte, wann die Behörden endlich mit Ergebnissen aufwarten könnten, um das rigorose Vorgehen wenigstens nachträglich zu rechtfertigen.

Wenn wir auch diesmal Milchzucker erwischt hatten, würden nicht nur Morenos Anwälte uns fertigmachen.

Phil und ich warteten im Windfang.

Der Geschäftsführer stand an der Schwelle zum Gastraum, als wollte er uns daran hindern, ihn zu betreten.

Phil demonstrierte seine Sorglosigkeit, was das Ergebnis der Analyse betraf, indem er mit dem Garderobenmädchen flirtete.

Sie hatte tiefschwarzes Haar und das klassische römische Profil, dazu weiße Haut und tiefe dunkle Augen. Sie trug ein hochgeschlossenes schwarzes Kleid mit weißem Kragen, in dem sie wie eine Klosterschülerin aussah.

Sie lächelte zaghaft, als Phil sie bewundernd ansah.

Er hielt sie mit einigen Fragen nach ihrer Arbeit bei Laune, bis er auf den Punkt kam.

»Wann haben Sie Feierabend, Teresa?«

Ihr Name stand auf einem kleinen Schildchen, das an ihrem Kleid befestigt war. »Um zwölf«, antwortete sie prompt, um dann den Blick zu senken. »Ich muß aber sofort nach Hause«, fügte sie hinzu.

»Brav«, lobte Phil das tugendsame Verhalten des Mädchens, das daraufhin errötete.

Ich weiß nicht, ob mein Freund ihr weiter zusetzte, denn der schlanke Geschäftsführer trat an meine Seite. »Sind Sie Mr. Cotton, Sir? Mr. Moreno möchte Sie sprechen. Wenn es Ihnen nichts ausmacht, bittet er Sie, nach oben in seine Wohnung zu kommen.«

Ich sagte Phil Bescheid, der ein sorgenvolles Gesicht zog und mich am liebsten begleitet hätte, trotz der hübschen Teresa. Ich legte die Hand auf meine Manteltasche, in der das Walkie-talkie steckte, lächelte und folgte dem Eleganten durch das Lokal in einen Flur, an dem die Küche und die Vorratsräume lagen. Er steckte einen Schlüssel in ein in der Wand verborgenes Schloß, und sofort öffnete sich eine Fahrstuhltür.

Die Kabine war sehr klein. Ich trat hinein. Als sie einem unbekannten Ziel entgegen nach oben sauste, fühlte ich mich für einen Augenblick sehr verloren.

Die Fahrt endete in einem anderen kahlen Flur, wo ich von zwei Leibwächtern erwartet wurde. Ihre gelangweilten Gesichter hatte ich erst am Vormittag bei der Trauerfeier für Rico Spidone gesehen.

Die beiden traten auf mich zu und streckten die Hände aus, als ob sie mich nach Waffen absuchen wollten. Mein kaltes Lächeln ließ sie zurückprallen.

»Das kann doch nicht euer Ernst sein«, sagte ich.

Sie tauschten unsichere Blicke. Diese Situation war neu für sie. Vermutlich hatte diese Räume noch nie ein Polizeibeamter betreten.

»Laßt den Unsinn!« sagte eine hohe Stimme, und die

Gorillas fuhren zusammen. Frank Moreno stand in einer Tür am Ende des Flurs und bedeutete mir mit einer Handbewegung, näher zu treten. Er schlurfte vor mir her in einen Raum, dessen kitschige Einrichtung mich auf den ersten Blick überwältigte.

In einer Nische stand eine mit himbeerfarbenem Licht angestrahlte Madonnenfigur. An den Wänden hingen Heiligenbilder und vergilbte Fotos, die italienische Landschaften zeigten. Auf einem Sideboard standen Modelle des Petersdoms und anderer italienischer Sehenswürdigkeiten, wie man sie dort in jedem Andenkenladen kaufen kann. Alle waren von innen beleuchtet. Moreno schob sich hinter einen wuchtigen Schreibtisch, der wie eine Barriere zwischen ihm und mir stand, und plötzlich wurde mir bewußt, was für ein Mensch er war. Er war ein selbstgefälliger Biedermann, brutal und gefährlich, weil das Wort Gewissen für ihn nicht existierte.

»Cotton, Sie wissen, daß man mir was unterschieben will«, begann er. »Warum riegeln Sie mein Haus ab? Was sollen meine Freunde und meine Gäste denken?«

»Ich warte nur auf das Ergebnis der Analyse, Moreno.« Ich sah in seine vorquellenden Augen.

»Angenommen, Cotton, nur einmal angenommen, das Päckchen enthält, was Sie erwarten – was geschieht dann?«

»Das haben Ihre Anwälte Ihnen doch schon erklärt, Moreno«, antwortete ich froh und zuversichtlich. »Ihr hübsches Café wird geschlossen, Sie werden festgenommen, und Ihr Haus wird auf den Kopf gestellt.«

»Damit werden Sie kein Glück haben, Cotton!« prophezeite er. »Für wie dumm müssen Sie mich halten?«

»Darauf antworte ich lieber nicht«, sagte ich. Das Walkie-talkie in meiner Manteltasche knackte. Ich zog es heraus. »Ja?« meldete ich mich.

»Das Ergebnis der Analyse liegt vor«, berichtete Phil. »Kommst du runter?«

»Du kannst ganz offen sprechen«, sagte ich.

Ich hielt das Gerät so, daß Moreno Phils Stimme gut verstehen konnte. Mein Herz hämmerte hart gegen die Rippen. Sieg oder Niederlage? Wie lautete das Urteil?

»Heroin, Reinheitsgrad sechzig Prozent, Gewicht ein Kilogramm. Das Labor meint, daß es aus derselben Quelle stammt wie der Stoff, den wir bei Elizabethport sichergestellt haben. Die endgültige Analyse liegt morgen mittag vor.«

»Danke«, sagte ich. Mein Herzschlag beruhigte sich.

»Verstärkung, Haftbefehle und der Durchsuchungsbeschluß sind bereits unterwegs«, sagte Phil abschließend.

Ich steckte das Gerät ein und hakte ein Paar Handschellen von meinem Gürtel.

Morenos fleischiges Gesicht überzog sich mit einem Schweißfilm. Seine vorquellenden Augen saugten sich an meinem Gesicht fest.

»Sind meine Fingerspuren auf dem Paket? Sagen Sie es, sind meine Prints drauf? Können Sie beweisen, daß ich Kenntnis von dem Zeug hatte? Nein, das können Sie nicht!«

»Das hier ist Ihr Haus. Das Café gehört Ihnen. Sie sind verantwortlich, Moreno. Geben Sie die Pfoten her, oder muß ich Gewalt anwenden?«

»Man hat mir was untergeschoben, Cotton!«

»Ein Kilogramm Heroin? Das muß aber jemand sein, der keine Kosten scheut!«

Ein nachdenklicher Ausdruck trat in die blassen Augen, als sich die Stahlmanschetten um seine Handgelenke schlossen.

»Nur raus mit der Sprache, wenn Sie eine Idee haben!« ermunterte ich ihn.

»Ich sage jetzt nichts mehr«, erklärte er.

»Das ist Ihr gutes Recht«, bestätigte ich, als ich ihn an seinen ratlosen Gorillas vorbei zum Aufzug führte.

»Mein Mantel!« schrie er sie an.

Vor Eifer, ihrem Boß behilflich zu sein, traten sie sich gegenseitig auf die Füße.

Ich warf Phil die Schlüssel zu unserem Dienstwagen zu. »Fahr du!« sagte ich.

Ich war hundemüde und enttäuscht. Frank Moreno saß zwar in einer Zelle des Bundesuntersuchungsgefängnisses, aber die Haussuchung hatte keinerlei Hinweise auf seine Rauschgiftgeschäfte erbracht.

Ich bezweifelte inzwischen, daß wir in den sichergestellten Aktenordnern mehr finden würden als Briefwechsel und Abrechnungen, die Morenos legale Beteiligungen betrafen.

Beim nächsten Haftprüfungstermin würde er wieder auf freien Fuß gesetzt werden müssen.

»Mehr konnten wir doch nicht erwarten, oder?« sagte Phil, als wir im Wagen saßen. Er zog die Tür zu und schaltete das Gebläse ein, weil die Scheiben beschlugen.

»Irgendwie hatte ich gehofft, daß wir ihn kriegen«, sagte ich. »Verdammt, niemand konnte doch damit rechnen, daß das Telefon in der Cafeteria abgehört wurde, oder?«

»Nein, das wohl nicht.« Phil schüttelte nachdenklich den Kopf. Er sah durch die Windschutzscheibe. Die letzten Polizeifahrzeuge waren abgerückt. Die Lichter über dem Eingang waren erloschen. Das Café würde bis auf weiteres geschlossen bleiben.

»Warum fahren wir nicht?« fragte ich, als mein Freund keine Anstalten traf, den Wagen zu starten.

»Vielleicht können wir jemanden mitnehmen«, antwortete er.

»Mann, ich bin müde!« protestierte ich.

»Sie wird dich vielleicht aufmuntern«, meinte Phil ungerührt.

Die Angestellten des Cafés verließen jetzt das Haus durch eine Seitentür. Phil tastete nach dem Zündschlüssel, hielt dann jedoch inne.

Sie trug Stiefel, einen halblangen schwarzen Mantel und eine Wollmütze, und sie wurde von einem hageren alten Kellner begleitet, der nicht von ihrer Seite wich, bis sie unten an der Ecke Jackson Avenue in den Bus nach Long Island stieg.

»Eine tugendsames Mädchen«, sagte Phil. »Wir wollen sie doch nicht ins Gerede bringen!« Er startete und fuhr dem Bus nach.

»Warum hast du mir nicht früher gesagt, daß du auf Abenteuer aus bist?« fragte ich. »Dann hätte mich jemand mitnehmen können!« Mein Jaguar stand noch in der Garage des Federal Building.

»Wir laden sie zu einem Drink oder einem Hamburger ein, okay?« gab Phil beschwichtigend zurück.

Der Bus rumpelte über den Jackson Boulevard und bog dann in die 31st Street ein. Teresa saß vorne, gleich hinter dem Fahrer. Kurz vor der Haltestelle Grand Avenue stand sie auf und trat an den Ausstieg. Phil fuhr scharf rechts ran.

Der Bus hielt. Teresa sprang heraus und landete direkt in den ausgebreiteten Armen eines jungen Mannes. Sie lachte und strampelte mit den Beinen, bis er sie auf die Füße setzte. Sie faßten sich an den Händen und liefen und hüpften über den Gehweg.

»Das war's dann wohl«, brummte ich.

Phils Hartnäckigkeit war schon fast peinlich. Er fuhr

an dem Pärchen vorbei, stoppte am Straßenrand und stieg aus.

Die beiden blieben stehen. Der Junge schob sich vor Teresa und nahm eine wachsame Haltung ein.

»Hallo, Teresa«, sagte Phil und lächelte.

Teresa sagte schnell etwas zu dem Jungen, dessen Haltung sich deshalb nicht entspannte. Er machte ein finsteres Gesicht.

»Wenn Sie einen Augenblick Zeit haben, möchte ich Ihnen noch ein, zwei Fragen stellen«, sagte Phil. »Ich glaube, vorhin war nicht die richtige Gelegenheit.«

»Was für Fragen?« maulte der Junge.

Teresa drückte seinen Arm und sah Phil an. »Natürlich habe ich Zeit«, sagte sie.

Phil gab mir ein Zeichen. Ich stieg aus, schloß den Wagen ab und folgte den dreien in einen Schnellimbiß. Der Laden war fast leer. Phil besorgte Milchshakes und ein paar Sandwiches für uns alle, mit denen wir uns an einen Tisch in der äußersten Ecke verzogen.

Der junge Mann hieß Gino Tiberti, und er beobachtete Phil mit eifersüchtigen Blicken.

»Ich kann mir das nicht erklären«, sagte Teresa. »Ich weiß nicht, wer das …«

»Heroin«, half Phil nach.

»Ja, ich weiß. Also, ich kann mir nicht vorstellen, wer es da versteckt haben könnte.«

»Jeder, der die Toilette betreten hat«, sagte Phil. »Zwischen, sagen wir, vorgestern und heute abend.«

Teresa nickte. Ich wußte nicht, worauf Phil hinauswollte. Doch ich spürte, daß er ein ganz bestimmtes Ziel ansteuerte.

»Sind Ihnen in der Zeit Gäste aufgefallen, die sich anders als sonst verhalten haben?«

»Ich verstehe nicht, was Sie meinen«, sagte Teresa. Sie

runzelte die Stirn und nuckelte an ihrem Shake, während Gino auf einem Sandwich herumkaute.

»Sie haben viele Stammgäste, vermute ich?« begann Phil von neuem.

»Ja, sehr viele.«

»Fremde würden Ihnen also auffallen? Besonders solche, die irgendwie nicht in den Rahmen des Lokals passen?«

»Mir vielleicht nicht, aber Mr. Lassardi.« Lassardi war der schlanke, elegante Manager. »Wenn Mr. Lassardi einen neuen Gast sieht, kommt er immer nach vorn.« Die Falten auf Teresas weißer Stirn vertieften sich. »Da war vorgestern ein Mann ...«

»Ja?« ermunterte Phil das Mädchen weiterzusprechen.

»Der Mann wollte Mr. Moreno sprechen, aber Mr. Lassardi hat ihn nicht einmal ins Café gelassen.«

»Warum nicht?«

»Ich weiß es nicht. Es gab einen Streit. Ich habe nicht hingehört. Es war mir peinlich, verstehen Sie? Einmal dachte ich, sie würden sich schlagen. Mr. Lassardi war sehr wütend, aber der fremde Mann nicht. Er hat mir einen Dollar gegeben. Dabei wäre das gar nicht nötig gewesen. Ich hatte seinen Mantel ja noch nicht weggehängt ...«

»Was war das für ein Mantel?«

»Oh, ein schöner Mantel. Mit Lammfell gefüttert und doch leicht ...«

Ich kniff die Lider zusammen, weil ich endlich begriff, wohin Phil mit seinen Fragen zielte. Der Mann sei ungefähr fünfzig Jahre alt, mittelgroß und kräftig gewesen. Aufgefallen waren dem Garderobenmädchen auch das dichte schwarze Haar und die hellblauen Augen. Ted Hogan!

Er hatte Moreno sprechen wollen, aber Lassardi hatte

ihn praktisch hinausgeworfen. »War der Gast auf der Toilette?« fragte Phil.

Teresa nickte lebhaft. »Er kam herein, legte mir sofort den Mantel auf den Tisch und sagte, er müsse sich die Hände waschen.«

Teresa und Gino gingen. Phil und ich blieben noch am Tisch sitzen.

»Jetzt aber raus mit der Sprache!« sagte ich. »Was vermutest du? Was weißt du?«

Phil wickelte eins der übriggebliebenen Sandwiches aus und biß hinein. »Während du oben bei Moreno warst, habe ich mit Michelson telefoniert. Ich habe ihn gefragt, wer die Überwachung der Gästetelefone in den beiden Lokalen, in denen Danny Wynne verkehrt, angeordnet hat ...«

»Hogan«, sagte ich.

»Kein Problem für Hogan, einen Text aufzusetzen, mit dem er Danny Wynne bluffen konnte. Für den Anruf in der Cafeteria konnte er jeden beliebigen Rumtreiber nehmen.«

»Warum hat er nicht selbst angerufen? Wynne kennt doch seine Stimme nicht!«

»Wir aber«, sagte Phil. »Er sah voraus, daß man uns das Band vorspielen würde. Wenn du mich fragst, hat er das sogar beabsichtigt.«

»Tut mir leid, das begreife ich nicht «, sagte ich. »Was will er? Moreno fertigmachen? Und woher hat er das Heroin? Ein Kilogramm, Phil! Woher hat er das?«

»Woher wohl? Von Moreno beziehungsweise von dem, der es bewachen soll.«

»Weißt du, was du da behauptest?« fragte ich flach. »Wenn du recht hast, dann sitzt Hogan auf neunzehn Kilogramm Heroin!«

»Warum denkst du den Gedanken nicht weiter?« fragte Phil herausfordernd. »Wenn er das Heroin hat, hat er Cotrelli umgelegt.«

Wir hatten Cotrelli auch diesmal nicht zu Gesicht bekommen. Inzwischen war auch ich zu der Ansicht gelangt, daß Cotrelli die letzte Pakistan-Lieferung in Empfang genommen und in Sicherheit gebracht hatte, während Rico Spidone sein Ablenkungsmanöver inszenierte. Ted Hogan hatte danach zwei und zwei zusammengezählt, seine Informanten noch einmal abgefragt – und Cotrelli aufgespürt. Da war Hogan schon kein Detective mehr gewesen.

Hatte er sich wirklich in einen Killer verwandelt?

»Ich fürchte, daß wir unsere Geschütze neu ausrichten müssen«, sagte Phil. »Auf Ted Hogan, der auf neunzehn Kilogramm Heroin sitzt …«

»Auf Dynamit säße er vermutlich sicherer«, sagte ich düster.

Gegen Daniel Wynne wurde am nächsten Morgen offiziell Anklage wegen illegalen Rauschgiftbesitzes erhoben. Der Haftbefehl blieb wegen Verdunkelungsgefahr bestehen.

Frank Morenos Anwälte legten sich schwer ins Zeug, um ihren Mandanten freizubekommen. Weil es uns nicht gelungen war, Hogan aufzuspüren, würden ihre Bemühungen bald von Erfolg gekrönt sein. Wir trafen Hogan weder in seinem Apartment an der Hester Street noch in der Wohnung seiner Freundin an. Yvette Larousse behauptete, nicht zu wissen, wo Hogan war.

Als wir nach dem Lunch unserem Chef Bericht erstatteten, hatten wir nicht mehr vorzuweisen als widersprüchliche Spekulationen und einen Bericht des FBI-

Labors. Die Analyse bestätigte immerhin, daß das Heroin aus dem Wasserkasten in Moreno's Italian Café aus derselben Quelle stammte wie die zwanzig Kilogramm, die wir im Sommer bei Elizabethport sichergestellt hatten. Hogan, Phil und ich. Und jetzt hatte Hogan allein zugeschlagen.

»Können Sie beweisen, daß er das vermißte Heroin an sich gebracht und ein Kilo davon in den Wasserkasten praktiziert hat?« fragte John D. High.

»Das wollen wir ihn fragen, Chef«, sagte Phil, der darauf bestand, Ted Hogan zur Fahndung auszuschreiben.

»Wenn Sie ihn nicht finden können, heißt das nicht zwangsläufig, daß er sich versteckt«, gab der FBI-Chef zu bedenken. »Er kann seine Tochter in White Plains besuchen oder einen alten Freund in Alaska. Er hat ja jetzt Zeit.«

Also keine Fahndung nach dem ehemaligen Kollegen.

»Aber er hat das Rauschgift!« sagte Phil aufgebracht. »Ein Kilo hat er geopfert, um Moreno eins auszuwischen. Was hat er mit den anderen neunzehn Kilo vor? Will er sie Moreno verkaufen?«

»Das kann doch nicht dein Ernst sein!« sagte ich. Aber ich dachte an Hogans Worte. Er glaubte, das System durchschaut zu haben. Er glaubte an eine stillschweigende Übereinkunft zwischen dem Gesetz und dem Verbrechen. Wollte er den Kampf weiterführen, losgelöst von Recht und Gesetz? Sich Moreno vielleicht als Köder und Zielscheibe anbieten?

»Moreno wird im Lauf des Nachmittags auf freien Fuß gesetzt«, sagte John D. High. »Bleiben Sie an ihm dran! Hautnah! Er ist unser Ziel, nicht Hogan.«

»Moreno wird vielleicht wieder nach Florida fliegen, während die Killer Jagd auf Hogan machen«, gab ich zu bedenken.

»Spüren Sie diesen Cotrelli auf, oder finden Sie seine Leiche!« entschied der Chef. »Nach Phils Theorie hat Hogan ihn auch gefunden. Wenn Sie beweisen, daß Hogan das Rauschgift in seinen Besitz gebracht hat, ohne die Behörden zu informieren oder es unverzüglich abzuliefern, trifft ihn die volle Härte des Gesetzes.«

Ich stand auf dem ehemaligen Van Valk Pier im alten Hafen von Brooklyn. Der Pier war zu einem privaten Hubschrauberlandeplatz umgebaut worden und diente kleinen Charterfirmen als Basis.

Die Hafenanlagen von Brooklyn South, die wie ein Hammerkopf in den Red Hook Channel ragten, verschwammen im Dunst. Fröstelnd zog ich meinen Mantel enger um die Schultern.

Ich überlegte, ob ich in der Baracke am ehemaligen Kai einen Kaffee trinken sollte, als ich das harte, schnell anschwellende Knattern eines Hubschraubertriebwerks hörte. Die Maschine sah ich erst, als sie niedrig über dem grauen Wasser auf die Spitze des Piers zuhielt.

Der Wind der Rotorblätter zerrte an meinen Haaren, als die Kabine nur ein paar Handbreit über der asphaltierten Fläche herumschwenkte und gleich darauf auf einem der markierten Felder aufsetzte. Sofort erstarb das Pfeifen der Rotoren. Die Positionslichter und der Bugscheinwerfer erloschen.

Ich ging auf den Mann zu, der aus der Kabine kletterte. Er warf die Pilotentasche über die Schulter und sah mir aus zusammengekniffenen Augen entgegen.

Erst als ich vor ihm stand, erkannte er mich. »Sie sind Cotton, nicht wahr?« sagte er.

»Richtig.« Ich streckte ihm die Hand hin, die er nach kurzem Zögern ergriff. »Wie geht es Ihnen, Mr. Neland?«

»So lala«, antwortete er.

»Gehen wir einen Kaffee trinken?« fragte ich und ging einfach auf die Barackentür zu, über der ein Neonlicht in Form einer Kaffeetasse in der Dämmerung leuchtete.

Bruce Neland war der Pilot und Eigentümer der Maschine, mit der Spidone und Kinlaw vor knapp einem halben Jahr zwanzig Kilogramm Heroin von Elizabethport nach Brooklyn bringen wollten. Mit einem tollkühnen Manöver hatte er die beschädigte Hummel noch über die Bucht geflogen.

Er hatte sich darauf herausreden können, seine Passagiere nicht gekannt und noch weniger gewußt zu haben, was sie über die Bucht transportieren wollten.

In der kleinen Cafeteria war es warm. Ich holte zwei Becher Kaffee und setzte mich mit Neland an einen der schmuddligen Tische.

»Sie haben heute nicht zufällig einen Passagier am Heliport in Manhattan Süd abgeholt?« fragte ich ihn.

Frank Moreno war heute mittag um zwei Uhr aus der Untersuchungshaft entlassen worden. Sein Anwalt hatte ihn abgeholt. Die beiden Teams, die wir auf ihn angesetzt hatten, hatten ihm nicht folgen können, als er an der Wall Street in einen Lincoln umstieg, der dort auf ihn gewartet hatte, und in entgegengesetzter Richtung davonfuhr, Richtung Eastside, wo die Fähren anlegen und der Hubschrauberterminal liegt.

»Ich habe Zeichnungen für ein Ingenieurbüro nach La Guardia gebracht«, sagte Neland. »Sie können das Flugbuch einsehen.«

»Geschenkt«, wehrte ich ab.

»Ich fliege nicht mehr für die Bande«, sagte Neland. »Die Geschichte damals hat mir gereicht.«

Ich legte ein Foto von Vince Cotrelli auf den Tisch. »Haben Sie diesen Mann jemals geflogen?« Neland senkte die Augen auf das Bild. Nur kurz, zu kurz betrachtete er es.

»Ich kann mich nicht erinnern«, sagte er.

»Kommen Sie, Mr. Neland! Sie sind damals mit einem blauen Auge davongekommen!«

»Die Flugaufsichtsbehörde hat mich gezwungen, meine Firma aufzulösen.«

»Immerhin hat man Ihnen die Fluglizenz gelassen!«

»Ja, man wollte mich unter Aufsicht stellen.« Er deutete mit dem Daumen über seine Schulter nach draußen auf den Pier, wo eben wieder eine Maschine landete. »Dabei fragt von denen doch auch keiner, wen oder was sie fliegen. Wenn die Kasse stimmt, würden sie sogar einen aus Sing-Sing holen!«

»Ihr Boß auch?«

»Meiner nicht«, brummte Neland.

Ich tippte auf Cotrellis Konterfei. »Also, was ist jetzt mit dem hier?«

»Ja, ja, ich hab ihn hin und wieder nach Manhattan rübergeflogen. Aber seit damals nicht mehr.« Neland rührte in seinem Kaffee. »Das Geschäft macht jetzt Tony Groves«, sagte er unvermittelt. »Ich hab nicht gewußt, was mit den Brüdern los war, obwohl ich mir so meine Gedanken machte. Die Flüge hierhin und dahin, immer ganz plötzlich. Entweder kamen sie mit einem Taxi hier an, oder ein Taxi wartete irgendwo. Die Taxis waren alle von derselben Firma. Und nie haben sie nach dem Preis gefragt. Aber Groves«, fügte er grimmig nickend hinzu, »weiß, mit wem er Geschäfte macht.«

»Wieso?«

»Vor 'nem halben Jahr war er so gut wie pleite. Bei der nächsten Sicherheitsinspektion hätte die Flugaufsicht seine Maschine stillgelegt, weil er sie nicht mehr warten ließ. Keinen Dollar hatte er mehr. Aber plötzlich ist eine neue Maschine da, und plötzlich läuft das Geschäft. Hat einen stillen Partner aufgenommen, heißt es. Ich weiß es besser. Sie haben ihn gekauft.«

»Woher wissen Sie das?«

»Besitzverhältnisse und Änderungen der Besitzverhältnisse müssen der Flugaufsicht gemeldet werden. Ich kenne da jemanden, der hat's mir gesagt. Die Groves Air Charter gehört zu hundert Prozent einer Firma namens Transport Services Inc. Tony Groves ist Manager, Chefpilot und Strohmann in einer Person. Er hat sich an diese Typen verkauft.« Neland deutete auf Cotrellis Foto.

»Haben Sie ihn in der letzten Zeit gesehen?«

»Klar. Vorige Woche hat Tony ihn sogar zweimal geflogen.«

Aber nicht in der Nacht vor fünf Tagen, als unserer Ansicht nach eine Lieferung von zwanzig Kilogramm Heroin ihren Empfänger erreicht hatte. Neland war seiner Sache sicher. Er deutete aus dem Fenster auf den jetzt völlig dunklen Pier.

»Ich seh sie doch immer«, sagte er. »Ich hab nicht viel zu tun. Schlechte Zeiten für so kleine Firmen. Aber Groves hat zu tun.«

»Vielleicht nicht mehr lange, Bruce«, sagte ich, als ich aufstand. »Sie haben mir sehr geholfen. Rufen Sie mich an, wenn Sie etwas hören oder sehen. Es kann wichtig sein.«

»Cotrelli? Wer soll das sein?« fragte Daniel Wynne. »Wenn Sie was von mir wollen, müssen Sie mir erst sagen, was Sie dafür bieten!«

Phil Decker saß dem Dealer in einem Besprechungszimmer des Bundesuntersuchungsgefängnisses gegenüber. Ruhig erwiderte er dessen herausfordernden Blick.

»Sie haben keinen Grund, den Mund aufzureißen, Wynne. Wir haben Sie mit einem Kilo Heroin in der Hand erwischt, erinnern Sie sich? Sie kommen vor ein Bundesgericht. Für einen Deal mit dem Bundesanwalt haben Sie nicht genug zu bieten. Es sei denn, Sie können Material über Frank Moreno liefern.«

»Ich bin nicht lebensmüde, Mann. Sie haben mich erwischt. Na und? Das Zeug lag auf dem Klo ...«

Phil nickte. »Vielleicht kommen Sie bald wieder raus. Möglich ist alles. Wer wird Sie dann draußen am Tor erwarten?«

Wynne blinzelte. »Ich verstehe Sie nicht«, sagte er.

»Haben Sie sich noch nicht gefragt, wer Sie auf das Klo gelockt hat, Danny? Cotrelli war es nicht, das dürfte Ihnen doch inzwischen aufgegangen sein. Wir haben Grund zu der Annahme, daß Vince Cotrelli etwas zugestoßen ist.«

»Sie meinen, da läuft ein Irrer rum? So einer ...« Wynne verstummte.

»Ja, Danny? Was wollten Sie sagen? Einer, der auf seine Weise gegen die Rauschgiftgangster kämpft? Ja, Danny, das ist möglich. Wann haben Sie Cotrelli zuletzt gesehen?«

»Das ist schon ein paar Monate her. Er kam ja kaum noch nach Manhattan rüber.«

»Aber er hat den Kontakt zu Ihnen gehalten?«

Wynne nickte. »Er rief mich hin und wieder unter einem Vorwand an. Dann trafen wir uns irgendwo. Meistens auf dem Midtown Skyport. Er kam entweder mit einem Hubschrauber rüber oder mit einem Taxi.«

»Hat er Ihnen Rauschgift mitgebracht?«

Wynne sah Phil ausdruckslos an.

»Danny, dieses Gespräch wird nicht protokolliert. Sein Inhalt kann also nicht gegen Sie verwendet werden.«

»Wir kannten uns lange genug«, erzählte Wynne. »Und er war immer vorsichtig. Ich brachte ihm erst das Geld. Geliefert wurde dann anschließend an einen Treffpunkt, den ich ihm nannte. Meistens irgendeine Snackbar oder Kneipe auf der Eastside.«

»Wer lieferte Ihnen den Stoff? Cotrelli selbst?«

»Ja. Er kam dann immer mit einem Taxi.«

»Immer mit demselben Fahrer?«

»Er fuhr es selbst, meistens jedenfalls.«

Phil stieß einen leisen Pfiff aus. »Haben Sie das Cab gesehen, Danny? Ich meine, wissen Sie, von welcher Firma es war?« Phil beugte sich über den Tisch. »Danny«, sagte er eindringlich. »Sie sind jetzt schon so weit gegangen. Tun Sie den nächsten Schritt auch noch!«

»Eine Firma aus Brooklyn. Clark Street Cabs oder so ähnlich.«

Die Büros der Charterfirmen lagen an einem staubigen Flur gleich hinter der Cafeteria. An der Wand hing ein Münztelefon.

Ich rief das FBI-Archiv an und bat den alten Neville festzustellen, wer sich hinter der Firma Transport Services Incorporated verbarg.

Neville protestierte. Wo er die Informationen um diese Zeit, 6 Uhr 40 abends, noch herzaubern solle? Seit alle Angaben, auch die der Stadtverwaltung und der Gewerbeaufsicht, in Datenbanken gespeichert seien, habe er so ohne weiteres keinen Zugang mehr zu den Daten.

»Komm, Neville, du bist zu lange im Geschäft, um auf die Burschen angewiesen zu sein, die die verdammten Computer unter sich haben!« sagte ich. Ich wußte genau, daß der Kollege für Schmeicheleien zu haben war. »Ich brauche die Informationen auch nicht sofort«, sagte ich dann. »Ich rufe wieder an. Sagen wir, in einer halben Stunde.« Rasch legte ich auf.

Ich klopfte an die Tür mit der Aufschrift Groves Air Charter und öffnete sofort. Das Office wurde von einem einfachen Holzpult in zwei Hälften geteilt. An der rückwärtigen Wand hingen große Karten von New York und Umgebung. Auf einem Gestell stand ein Funkgerät, das eben einen Flugwetterbericht wiedergab. Ein mittelgroßer Mann mit fleischigem Gesicht und rötlichem Bürstenhaar drehte sich um.

»Ich wollte gerade Schluß machen«, sagte er. »Kann ich trotzdem noch was für Sie tun?«

Ich legte meinen Ausweis auf das Pult. »Jerry Cotton, FBI. Sind Sie Tony Groves?«

»Ja. FBI? Habe ich die Präsidentenmaschine behindert?« Er grinste.

»Zeigen Sie mir Ihr Flugbuch!« sagte ich.

Groves rührte sich nicht. »Nur die Flugaufsichtsbehörde hat das Recht, Einsicht in die Flugaufzeichnungen zu nehmen.«

»Wenn Sie darauf bestehen, rufe ich die Flugaufsicht an.« Ich sah auf die Uhr. »Um diese Zeit wird der Inspektor mindestens anderthalb Stunden brauchen, um herunterzukommen. So lange werden wir beide gemeinsam warten müssen.«

Die Flugaufsichtsbehörde ist eine Bundesbehörde und wie das FBI-Büro im Federal Office Building untergebracht.

Groves hob die Schultern. »Was macht es für einen Unterschied?« meinte er. »Ich habe nichts zu verbergen.« Er holte das Buch aus einem Stahlschrank und legte es auf das Pult.

Bei dem Flugbuch handelt es sich um ein Dokument wie das Gifttagebuch des Apothekers. Falsche oder unvollständige Angaben führen zum sofortigen Entzug der Betriebserlaubnis des Unternehmens.

Da Groves nur eine Maschine besaß, war es nicht schwer, die Aufzeichnungen durchzugehen. An den beiden Tagen, an denen Groves, Nelands Aussage zufolge, Cotrelli geflogen hatte, war jeweils nur ein Flug mit je einem Passagier eingetragen.

Beide Male war als Ziel ein Hubschrauberlandeplatz bei Freeport, Nassau County, angegeben.

Ich deutete auf die Eintragungen. »Wer war der Passagier?« fragte ich.

»Die Vorschriften verlangen nicht, daß ich die Namen meiner Kunden festhalte«, sagte Groves. »Aber vielleicht stehen sie im Auftragsbuch. Augenblick, bitte.«

Er schlug einen Terminkalender auf.

Während er mit gerunzelter Stirn so tat, als ob er den Namen seines Fluggastes suchte, sah ich mir die Angaben an, die er für den heutigen Tag eingetragen hatte.

Um 2 Uhr 07 nachmittags hatte er auf dem Heliport in Manhattan Süd vier Passagiere an Bord genommen, mit denen er nonstop nach High Meadow Island, Nassau County, geflogen war. Nach einem Aufenthalt von vierzig Minuten hatte er seine Fluggäste zum Midtown Skyport in Manhattan gebracht und war zu seiner Basis zurückgekehrt.

High Meadow Island liegt in der Middle Bay, nicht weit von Freeport entfernt, wohin sich Vince Cotrelli in der vorigen Woche zweimal hatte fliegen lassen.

Hatte Cotrelli dort das Rauschgift übernommen? Oder ein sicheres Versteck vorbereitet?

Groves klappte den Kalender zu. »Tut mir leid, ich habe hier keinen Namen stehen«, sagte er. »Und ich erinnere mich auch nicht an den Passagier.«

»Sie wollen mir also weismachen, da kommt hier ein

Fremder reinspaziert und läßt sich nach Long Island kutschieren?«

»Dieser Passagier wurde mir von einer Taxigesellschaft vermittelt«, sagte Groves. »Das geschieht öfter.«

»Wie heißt die Gesellschaft?«

Groves' Augen huschten unruhig an mir vorbei. »Es ist die in der Clark Street«, sagte er. »In Brooklyn.«

Ich deutete auf die letzte Eintragung im Buch. »High Meadow Island! Wer läßt sich denn um diese Jahreszeit noch ans Meer fliegen?«

»Ich kannte die Gentlemen ebensowenig«, beteuerte er.

»Die Insel hat keinen offiziellen Landeplatz. Wo haben Sie um Landeerlaubnis nachgesucht?«

Groves begann zu schwitzen. »Die Insel ist um diese Jahreszeit praktisch unbewohnt! Ich habe auf einem Parkplatz aufgesetzt ...«

Vince Cotrelli hatte sich in der letzten Zeit mehrere Male nach Freeport fliegen lassen, wo er wahrscheinlich in der Nähe des Hubschrauberlandeplatzes einen Wagen stehen hatte. Cotrelli hatte dort in der Nähe – genau gesagt, auf High Meadow Island – ein Versteck für die nächste Heroinlieferung vorbereitet.

Deshalb war Frank Moreno, kaum aus der Untersuchungshaft entlassen, nach High Meadow Island geflogen. Ohne Umwege. Er wollte wissen, was mit seinem Heroin geschehen war, nachdem ihm jemand ein Kilogramm davon auf die Toilette seines Cafés geschmuggelt hatte.

»Was haben Ihre Passagiere auf der Insel gemacht?« fragte ich.

»Keine Ahnung, Mr. Cotton«, versicherte Groves. »Ich habe in der Maschine gewartet und sie dann nach Manhattan zurückgebracht.«

Frank Moreno und seine Bodyguards waren also in Manhattan. Was machten sie dort? Oder wen suchten sie?

In Rudy's Bar an der Madison Avenue trafen sich auch die netten Leute. Sie wußten nicht, daß an jedem Drink ein Gangster verdiente. Vermutlich hätte es ihnen auch nichts ausgemacht, überlegte Ted Hogan, der sein Glas hochhielt und zusah, wie sich der Bourbon mit dem Wasser des schmelzenden Eiswürfels vermischte.

Die Bar war gut besucht. An der Theke drängte man sich Schulter an Schulter. Hogan gefiel es hier, obwohl er wußte, daß die Bar Moreno gehörte.

Er trank einen kräftigen Schluck. Es war schon sein dritter Drink heute. Doch er war weit davon entfernt, betrunken zu sein. Den ersten hatte er nach dem Lunch zu sich genommen. Allmählich fand er Spaß an einem unabhängigen Leben ohne Pflichten.

Der Keeper stellte einen neuen Bourbon vor ihn hin, obwohl das andere Glas noch halb voll war.

»Von einem Gentleman, der im Clubzimmer auf Sie wartet, Sir«, sagte der Barmann. »Es ist die Tür da hinten auf der linken Seite.«

Hogan nahm das volle Glas und schob sich nach hinten durch. Er atmete tief durch, bevor er die Tür öffnete, die der Keeper ihm bezeichnet hatte.

Das Clubzimmer stand guten Gästen für private Zusammenkünfte oder geschäftliche Besprechungen zur Verfügung. Es war mit gediegenen Ledermöbeln, einem Barkühlschrank, reichlich Zigarren und Zigaretten, Fernsehgerät und Telefon ausgestattet.

Frank Moreno stand hinter dem ovalen Tisch. Er hielt eine Zigarre in der Hand, biß die Spitze ab und schob sie dann zwischen seine dicken Lippen. Einer seiner drei Gorillas eilte beflissen herbei, um ihm Feuer zu geben.

»Durchsucht ihn!« sagte Moreno.

Hogan stellte das Glas ab. Zwei Gorillas tasteten ihn von oben bis unten ab.

»Vielleicht habe ich mir eine Pistole hinter die Eier geklemmt«, sagte Hogan und lachte.

Die Gorillas richteten sich auf und traten zur Seite. »Er ist sauber«, sagte der größere der beiden.

»Keine Kanone, Hogan?« fragte Moreno böse.

»Ich glaube nicht, daß ich noch mal eine brauchen werde«, sagte Hogan.

Er trat an den Tisch, fischte eine Zigarre aus dem Kasten und hielt sie dem Burschen entgegen, der auch Moreno mit Feuer bedient hatte.

»Feuer!« verlangte er.

Ein Streichholz flammte auf. Hogan zog an der Zigarre, bis er den bitteren Rauch schmeckte. Er sah Moreno an. »Wir brauchen die Affen nicht«, sagte er.

Morenos Nasenflügel weiteten sich. »Wartet vor der Tür!« sagte er.

»Sie haben Wynne ausgeschaltet!« stieß Moreno hervor, als sie allein waren. »Sie haben mein Haus beschmutzt. Und Sie haben Cotrelli umgebracht! Sie haben ihn kaltblütig ermordet!«

»Kaltblütig oder nicht, für ihn war es egal«, antwortete Hogan unbeeindruckt. »Er war ein Dealer. Er hat es nicht besser verdient.«

»Und jetzt, Hogan? Wollen Sie mir etwas verkaufen?«

»Gewissermaßen«, bestätigte Hogan und blies einen Rauchring in die Luft.

»Neunzehn Kilo?« fragte der Gangster. Seine Lider fielen halb über die vorstehenden Augen.

Hogan schüttelte den Kopf. »Das Heroin bekommen Sie nicht, Moreno, um keinen Preis.«

Moreno keuchte. »Wenn Sie es vernichtet haben, Hogan«, stieß er mit gequetschter Stimme hervor. »Hogan …«

Hogan lachte. »Etwa durch den Abfluß gejagt? Dafür

tun mir die Ratten da unten zu leid. Aber Sie bekommen es auch nicht. Sie werden nie wieder mit Rauschgift handeln, nie wieder!«

»Ich dachte, Sie hätten etwas zu bieten, Hogan«, sagte der Gangster verächtlich.

»Was glauben Sie, weshalb ich die Show gestern abend veranstaltet habe, Moreno? Ich kenne praktisch jeden Laden, der Ihnen gehört oder an dem Sie beteiligt sind. Ich kann jeden Tag eine andere Kneipe oder Freßbude, Bar oder Bordell hochgehen lassen. Und wenn ich durch bin, fange ich wieder in Queens an. Vielleicht dürfen Sie Ihr hübsches altes Café dann gerade wieder öffnen …«

»Hören Sie auf!« kreischte Moreno. Sein Hals schwoll an.

»Vielleicht habe ich schon angefangen. Mit dieser Bar. Wie schnell kommt ein solcher Laden in Verruf, wenn die Bullen ein Päckchen Heroin unter der Thekenplatte finden. Erst wird der Schuppen vier Wochen zugemacht. Und ob dann die guten Gäste wiederkommen …«

Moreno rannte auf seinen kurzen Beinen zur Tür. Er riß sie auf. Die Gorillas, die dort warteten, fuhren herum. Moreno flüsterte einem von ihnen etwas zu. Der Mann nickte. Moreno schloß die Tür wieder und kehrte mit schleppenden Schritten zum Tisch zurück. Er starrte Hogan an, bis der Leibwächter hereinkam.

Er zog eine Hand aus der Tasche und zeigte seinem Boß eins der zugeschweißten Unzenpäckchen, die Hogan in Cotrellis Haus auf High Meadow Island gefunden hatte.

»Er hat es mit Klebeband unter der Theke befestigt«, flüsterte der Gorilla. Unschlüssig hielt er das Päckchen in der offenen Hand.

Moreno wich zurück. »Schaff es weg! Um Himmels willen, bring es raus, Jack!«

Jack rannte wieder hinaus.

Hogan trank von seinem Bourbon. »Das ist es, was ich Ihnen biete, Moreno«, sagte er ruhig. »Ich bewahre knapp neunzehn Kilo Heroin für Sie auf. Sie geben mir dafür einen Anteil an den Geschäften, die Sie zwanzig Jahre lang gemacht haben, während ich meine Haut hingehalten habe – für nichts und wieder nichts! Ein Apartment, ein Auto und ein Bankkonto, das immer aufgefüllt wird.«

Morenos Wangen zitterten. In den vorquellenden Augen stand blanke Mordlust.

Hogan lächelte. Er fühlte sich gut.

»Sie sind ein Narr, Hogan, ein Narr ...«

»Ich werde immer daran denken, daß Sie nur auf einen Fehler von mir warten«, sagte Hogan.

»Den haben Sie vielleicht schon gemacht«, unterbrach ihn Moreno.

»Möglich«, räumte Hogan gleichmütig ein. »Aber für den Fall, daß mir etwas zustößt, habe ich vorgesorgt. Die G-men werden Sie wieder festnehmen, Moreno. Aber dann werden sie Heroin in Ihrer Tasche oder in Ihrem Wagen finden. Irgendwo, wo Sie es nicht erwarten. Die G-men warten nur auf eine solche Gelegenheit, Moreno. Die wollen Sie ins Loch stecken. Bis an Ihr Ende. Also halten Sie mich am Leben, Moreno, denn ich bin Ihre Versicherung!« Hogan lächelte zynisch. »Oder können Sie jedem Ihrer Männer trauen?«

»Kommen Sie morgen um zehn ins Büro von Hillman & Simpson an der Lexington! Man wird Ihnen einige Apartments zeigen. Anschließend wird mein Anwalt eine Vereinbarung aufsetzen.«

Hogan drückte die Zigarre aus. Dann lächelte er plötzlich.

Das war leichter gegangen, als er gedacht hatte. Allerdings machte er sich über seine persönliche Sicherheit keine Illusionen. Moreno würde seinen ersten Fehler erbarmungslos ausnutzen.

»Allerdings brauche ich ein Zeichen des Entgegenkommens von Ihnen, Hogan«, sagte Moreno. Seine Stimme klang wieder hoch und gequetscht und verriet, wie wichtig ihm diese Forderung war. »Sagen Sie mir, wer Ihnen Cotrellis Aufenthaltsort verraten hat.«

Es wurde sehr still im Zimmer. Hogan wußte, daß er einen Menschen zum Tode verurteilen mußte. Er würde es tun. Er war jetzt so weit gegangen, daß es kein Zurück mehr gab. Er dachte an den winselnden Joe Lasky, dem er schon manchen Tip verdankte.

»Sie brauchen den Spitzel nicht mehr, Hogan«, drängte Moreno. »Wer immer es war, er kennt die Spielregeln!« Die Spielregeln, die verdammten.

»Hank Prickett«, sagte Hogan. »Er hat mir von den beiden Taxis erzählt.«

Hogan atmete flach und senkte die Lider über die Augen, um den anderen nicht die Erleichterung darin sehen zu lassen. Prickett war schuldiger als Lasky, der Buchhalter. Prickett hatte jahrelang die Taxis durch die Stadt dirigiert, die das Rauschgift zu den Verteilern brachten. Moreno würde keinen Grund haben, an Hogans Beschuldigung zu zweifeln, und Prickett würde keine Gelegenheit mehr haben, etwas zu seiner Verteidigung vorzubringen. Die Spielregeln ließen es nicht zu.

Hogan ging zur Tür. Dort drehte er sich noch einmal um. »Vince Cotrelli legte keinen Wert auf eine Beerdigung«, sagte er. »Lassen Sie ihn verschwinden! Für immer.«

»Ich kümmere mich um meine Freunde, Hogan«, sagte der Gangster. Er verzog die dicken Lippen zur Andeutung eines Lächelns. »Bis zuletzt ...«

Ich steckte mein letztes Zehncentstück in den Automaten im Gang und tippte Nevilles Durchwahlnummer ein.

Neville schimpfte auf die dauernde Drängelei. Er hasse den Streß und wünsche sich, daß wir endlich anfingen, Informationen auf dem Dienstweg anzufordern, mit den dafür vorgesehenen Formularen und Unterschriften.

Ich lachte. »Dann wärst du todunglücklich, Neville!«

Der alte Kollege brummelte etwas vor sich hin. Dann räusperte er sich. »Also, Jerry, weil du sagtest, daß die Transport Services Incorporated an einer Helikoptergesellschaft beteiligt ist, habe ich einen alten Freund bei der Flugaufsichtsbehörde angerufen. Besitzverhältnisse von Fluggesellschaften müssen nämlich der Aufsichtsbehörde angezeigt werden. Wußtest du das, Jerry?«

»Ich habe davon gehört«, sagte ich.

»Also, Jerry, diese Transport Services Inc. gibt es erst seit ein paar Monaten. Das ist eine Scheinfirma, wenn du mich fragst. Als Geschäftsführer ist ein Mann namens Alec Fosco angegeben. Dieser Fosco ist gleichzeitig Geschäftsführer einer Taxigesellschaft. Firmenanschrift und Telefonnummer der Transport Services stimmen übrigens mit der Taxigesellschaft überein. Warte mal, ich hab den Namen hier irgendwo ...«

»Clark Street Cab Corporation«, sagte ich.

»Wenn du schon alles weißt, warum hältst du dann einen alten Mann auf Trab?« nörgelte Neville.

»Die Zusammenhänge habe ich erst durch dich erfaßt, Neville«, beschwichtigte ich ihn. Dann bat ich ihn, das Gespräch in die Einsatzzentrale durchzustellen.

Ich fragte nach Phil.

»Phil hat versucht, dich zu erreichen«, sagte George Baker, der Einsatzleiter vom Dienst. »Er geht einem Hinweis nach, den er von Wynne erhalten hat. Clark Street Cab Corporation ...«

Die Gespräche der Taxifahrer in dem kleinen Coffeeshop an der Clark Street kreisten um Trinkgelder und Benzinpreise, Arbeitszeiten und Umleitungen.

Phil stand mit seinem Kaffeebecher zwischen zwei Fahrern am Fenster. Über die Blende hinweg konnte er auf die andere Straßenseite sehen. Clark Street Cab Co. stand in Leuchtschrift über dem weit offenen Garagentor. Ein heller Malibu fuhr aus der Halle, blinkte und fuhr schnell davon. »Der Boß macht aber früh Feierabend,« sagte der Fahrer rechts neben Phil.

»Dafür ist er der Boß«, bemerkte der andere weise.

Der viertürige Dodge, der von der Henry Street in die Clark Street einbog, erregte nur deshalb Phils Aufmerksamkeit, weil der Fahrer die Scheinwerfer abschaltete, bevor er den Wagen rückwärts in eine Parklücke rangierte.

Phil spielte mit dem Zehncentstück in seiner Hand, mit dem er George Baker anrufen wollte. Zu melden gab es eigentlich nichts. Phil wollte veranlassen, daß die Garage beobachtet wurde. Vielleicht kreuzte Cotrelli hier auf.

Phil steckte den Dime ein, als die hinteren Türen des Dodge aufsprangen und zwei Männer ausstiegen. Ruhig sahen sie sich um, bevor sie die Türen zuwarfen und auf das offene Tor zugingen. Sie trugen keine Mäntel, obwohl die Luft kalt und feucht war.

Als ein Taxi heranschoß und mit Schwung in die Hallenzufahrt einbog, sprangen die Männer zur Seite. Scheinwerferlicht huschte über ihre Gesichter. Ganz kurz nur. Aber Phil reichte es, um eins zu erkennen.

Schnell stellte er den noch halbvollen Becher Kaffee ab und verließ den Coffeeshop. Mit langen Schritten überquerte er die Straße.

Die Männer hatten bereits die Garage betreten. Der Mann, den er erkannt hatte, hieß Martin Francis. Er gehörte nicht zu Morenos engerer Familie. Moreno holte ihn nur, wenn es Ärger gab. Francis war ein Problemlöser – und ein Killer.

Phil schob sich in die Wartungshalle. Es stank nach Abgasen, Öl und Benzin. Eine krächzende Lautsprecherstimme rief einen Namen auf und wiederholte ihn immer wieder. In der Mitte der Halle trug ein aufgebrachter Fahrer eine lautstarke Auseinandersetzung mit einem Mechaniker aus.

Die beiden Männer aus dem Dodge gingen bereits über die Galerie hoch oben an der Giebelwand, an der eine Reihe von Büros wie Käfige klebten. Vor der Tür blieben sie stehen und blickten in die Halle hinunter. Phil zog sich schnell hinter einen Stapel Ölfässer zurück.

Vorsichtig peilte er nach oben, wo ein heller Lichtstreifen das Halbdunkel teilte, als Francis eine Tür öffnete und in den Raum dahinter schlüpfte.

Die krächzende Lautsprecherstimme riß mitten im Wort ab. Ein scharfer Atemzug rasselte durch die Halle.

Dann setzte die Stimme wieder ein. »Was wollen Sie? Was haben Sie ...«

Bevor die Stimme abbrach, verließ Phil den Schutz der Ölfässer. Er rannte die eiserne Treppe hinauf.

Der Mann, der Francis begleitet hatte, war auf der Galerie zurückgeblieben. Bei dem Lärm, der die Halle füllte, konnte er Phils Schritte nicht hören. Aber er spürte die Vibration des stählernen Gerüsts unter seinen Füßen. Er fuhr herum. Seine Hand verschwand unter dem Jackett.

»Hände hoch!« schrie Phil. Im Laufen riß er seinen Smith and Wesson heraus. Auch der andere brachte seine Waffe hervor. Im Zickzack lief Phil auf den Kerl zu, der sich duckte und die Schußhand ausstreckte.

Phil feuerte ihm zwei Kugeln vor die Füße. Das zerplatzende Blei fuhr wie Schrotkugeln durch seinen Anzug. Der Kerl ließ die Pistole fallen und riß die Hände hoch.

Mit einigen langen Sätzen kam Phil heran. Er warf sich mit der Schulter gegen den Gangster und schleuderte ihn mehrere Yards weit über den Gang.

Phil wirbelte herum. H. Prickett, Disposition stand an der Tür. Phil trat mit dem Fuß dagegen und hechtete über die Schwelle.

Mit einem Blick erfaßte er die Situation. Wie bewußtlos hing Prickett in einem Bürostuhl, das teigige Gesicht vor Panik und in Todesangst zur Fratze verzerrt. Daneben stand der Killer, in der einen Hand die schwere Pistole, auf deren Mündung er eben vor den Augen des Opfers den Schalldämpfer geschraubt hatte. Martin Francis war ein Sadist.

Aber er hatte auch schnelle Reflexe.

Er feuerte aus der Körperdrehung heraus auf Phil, der wie eine Kanonenkugel durch den Raum schoß. Die Kugeln verfehlten den G-man nur knapp. Eine bohrte sich in die Türfüllung. Eine jaulte durch die offene Tür in die Halle hinaus. Zwei andere durchschlugen die dünne Trennwand zum benachbarten Büro.

Phil prallte gegen Pricketts Schreibtisch.

Sofort war der Gangster über ihm, die Pistole in der hoch erhobenen Faust. Wie ein Hammer sauste die Hand herab.

Phil stieß sich vom Schreibtisch ab. Er rammte dem Killer die Schulter in den Magen. Mit unaufhaltsamer Wucht schob er ihn durch das Büro hinaus auf die Galerie. Mit seinem ganzen Körpergewicht nagelte er ihn gegen das Geländer. Francis ächzte, als Phil seinen Oberkörper nach hinten bog.

Phil hätte den Killer beliebig festhalten können, wenn

nicht der andere gewesen wäre, der sich wieder aufgerappelt und seine Pistole aufgehoben hatte.

Francis bäumte sich plötzlich auf. »Schieß!« schrie er. »Verdammt, knall ihn ab!«

Phil sah die Bewegung aus den Augenwinkeln. Der andere stand da. Er zögerte.

»Verdammt, worauf wartest du?« brüllte Francis.

Phil warf sich nach hinten. Der Körper des Killers, wie eine Stahlfeder gespannt, folgte seiner Bewegung.

Dadurch geriet er seinem Komplicen ins Schußfeld.

Phil hörte den Knall nicht bei dem Lärm, der unter dem Hallendach herrschte. Er war zu sehr mit sich selbst beschäftigt.

Was eine elegante Drehbewegung hatte werden sollen, mißlang. Phils Fuß rutschte auf dem glatten Gitterrost aus. Er verlor den Halt, fiel auf ein Knie und prallte mit der Hüfte gegen die Wand.

Aber er sah, wie Martin Francis, der Problemlöser, zusammenzuckte, die Arme in die Luft warf und zurück gegen das Geländer taumelte. Sein Oberkörper, der jetzt schlaff war, fiel nach hinten. Dann kippte er hinüber und verschwand vor Phils Augen. Der Aufprall war hier oben nicht zu hören.

Der andere Gangster stand breitbeinig über Phil, die Pistole im Anschlag. Die Mündung war genau auf Phils Stirn gerichtet.

Phil sah das Flackern in den Augen des anderen und wußte, daß der jetzt abdrücken würde. Er spürte einen stechenden Schmerz in der Hüfte, der es ihm unmöglich machte, sich herumzuwerfen und dem Unvermeidlichen doch noch auszuweichen. O Gott, dachte er nur, jetzt ist es soweit. Doch plötzlich fiel die Pistolenhand schlaff herab, und Blut spritzte aus dem Ärmel.

Mühsam wandte Phil den Kopf.

Ich steckte meinen Smith and Wesson ein und half Phil auf die Beine. Allmählich erstarben die Geräusche in der Garage. Ich blickte über das Geländer nach unten.

Ich hatte, als ich die eiserne Treppe hinaufgejagt war, den Killer hinabstürzen sehen. Er lag mit verrenkten Gliedern am Boden einer Abschmiergrube.

Phil hinkte. Aber er preßte die Zähne aufeinander, als er den verletzten Gangster in Pricketts Büro bugsierte.

Prickett, knapp dem Tode entronnen, war bereit zu reden, wenn wir ihm Sicherheit garantierten. Er behauptete, außer Moreno mehr als jeder andere über das Verteilernetz zu wissen.

Er war überzeugt, daß sich Moreno vom Rauschgiftgeschäft zurückziehen wollte und deshalb ein großes Aufräumen angeordnet hatte.

Er irrte sich, wie ich sehr bald feststellte. Während wir auf das Eintreffen unserer Hilfstruppen warteten, untersuchte ich die anderen Bürokäfige auf der Galerie.

Als ich die Tür zu dem Büro unmittelbar neben Pricketts Office öffnete, prallte ich im ersten Moment zurück. Eine Männerstimme begann hoch und schrill zu kreischen, und ein scharfer Geruch schlug mir entgegen.

»Gehen Sie! Gehen Sie!«

Ich konnte den Besitzer der kreischenden Stimme nicht sofort erkennen. Aber ich sah die Kugellöcher in der Trennwand zu Pricketts Büro. Und ich glaubte, die Panik des Mannes zu verstehen, der sich in einer Ecke hinter einem Aktenschrank versteckte, obwohl das dünne Holz nicht einmal Kugeln aus einer Luftpistole ausgehalten hätte.

Ich ging auf den Mann zu. Er schlug die Hände vor das Gesicht und sank wimmernd zu Boden. Energisch packte ich ihn an den Armen und zog ihn in die Höhe.

»Es ist vorbei, Mr. Lasky!« sagte ich laut. Sein Name

stand an der Tür. Ich schüttelte ihn. »Es ist vorbei, Mr. Lasky. Hören Sie mich?«

Er glotzte mich an. Speichel lief aus seinem Mundwinkel. Dann erkannte ich auch die Ursache des scharfen Geruchs. Mr. Lasky hatte sich in die Hose gemacht, als die Kugeln durch die Wand geflogen waren. »Ich bin Jerry Cotton vom FBI. Es ist alles in Ordnung, Mr. Lasky!«

Lasky begann zu zittern. »Es ist nicht vorbei! Das galt mir, verstehen Sie? Mir! O Gott, hätte ich doch bloß Mr. Hogan nichts erzählt …«

Zwei Tage später rief mich der Sheriff des Nassau County, zu dessen Amtsbereich High Meadow Island gehörte, im Office an.

»Ich glaube, ich habe das Haus, das Sie suchen«, sagte er. »Ein Mann, der sich Quinlan nannte, mietete es für zwei Monate. Miete und Kaution bezahlte er im voraus. In bar. Der Makler hat Cotrelli nach dem Foto erkannt.«

»Okay, Sheriff, wir kommen sofort rüber«, sagte ich.

»Das wird wenig Sinn haben, Mr. Cotton«, sagte der Sheriff bedauernd. »Das Haus ist letzte Nacht bis auf die Grundmauern abgebrannt. Ich habe meine Kriminaltechniker schon rübergeschickt …«

»Haben sie eine Leiche gefunden?«

»Danach suchen die Jungs von der Feuerwehr zuerst. Nein, Mr. Cotton, keine Leiche, das steht fest. Ich habe die Coast Guard gebeten, in der Bucht die Augen offenzuhalten. Noch haben wir ruhiges Wetter. Da wird eine Leiche nicht sehr weit abgetrieben.«

»Wenn es Ihnen recht ist, Sheriff, werden unsere Leute Sie unterstützen. Wir brauchen Gewißheit, ob Rauschgift im Haus war.«

Ich legte auf. Phil kam herein und feuerte seine Aktentasche auf seinen Schreibtisch.

Er hatte noch einmal versucht, Hank Prickett, der in Untersuchungshaft saß, zu einer Aussage zu bewegen. Vergeblich, wie Phils Gesichtsausdruck verriet.

Prickett hatte sein erstes, in der Panik gemachtes Angebot zurückgezogen und war nicht mehr bereit, mit der Anklage zusammenzuarbeiten. Vermutlich war es ihm mit Hilfe seines Anwalts gelungen, sich mit Moreno zu verständigen und den Irrtum aufzuklären.

Joe Lasky hing uns dagegen wie ein Klotz am Bein. Wir mußten ihn beschützen, obwohl wir von ihm keine Hilfe zu erwarten hatten. Denn er wußte zu wenig über die Organisation, um als Zeuge vor Gericht Eindruck zu machen. Moreno konnte unbehelligt in seiner Festung in Queens die weitere Entwicklung abwarten.

»Hogan ist schon ein Mistkerl«, sagte Phil. »Nicht, daß ich Mitleid mit Prickett hätte. Aber ihn den Killern auszuliefern, das ist schon ein starkes Stück. Ob er's unter Zwang getan hat? Ob Moreno ihn kassiert hat?«

»Dann lies mal das, und du weißt Bescheid!« sagte ich. Ich warf meinem Freund eine gedruckte Karte zu, die mit der Mittagspost gekommen war.

Phil riß ungläubig die Augen auf. »Das darf doch nicht wahr sein!« stieß er hervor. »Hogan hat einen Deal mit Moreno gemacht!«

Auf der Karte gab sich Desmond »Ted« Hogan die Ehre, seine Freunde und Bekannten zu seiner Verlobung mit Yvette Larousse einzuladen. Gleichzeitig wollte er die Einweihung seiner neuen Wohnung im Dowd's Building feiern.

»Dowd's Building!« sagte Phil. »Das liegt doch am Central Park! Was mag da die Miete kosten?«

»Wieso Miete? Er hat die Wohnung gekauft!« sagte ich.

Gleich nach Eintreffen der Karte hatte ich die Dowd's Verwaltungsgesellschaft angerufen. Die Eigentumsübertragung auf Ted Hogan hatte bereits stattgefunden. Bei der Vorbesitzerin der Wohnung handelte es sich um eine Immobilientreuhandgesellschaft, deren Besitzverhältnisse nicht auf Anhieb zu durchschauen waren.

»Hogan und Yvette«, sann Phil. »Ob er alles über sie weiß? Wahrscheinlich nicht.«

Es war sauberes Geld, das im Funny People Club steckte. Das festzustellen hatte keine Mühe gekostet. Schwieriger war es gewesen, Wesentliches über ihr eigenes Leben herauszufinden.

Yvette Larousse war die Tochter eines Metallwarenfabrikanten aus New Jersey. Sie hatte Betriebswirtschaft studiert und in verantwortlicher Stellung im Betrieb ihres Vaters gearbeitet, bis die Firma in Konkurs ging.

Der Staatsanwalt hatte wegen des Verdachts auf betrügerischen Konkurs ermittelt. Wäre es zu einer Anklageerhebung gekommen, wäre es auch mit Yvettes kaufmännischer Karriere zu Ende gewesen. Sie hätte nie wieder selbständig ein Geschäft führen dürfen. Da hatte es sich günstig gefügt, daß im rechten Moment ein Geldgeber aufgetaucht war, der die Verbindlichkeiten des Larousse-Betriebs übernommen hatte.

Wer dieser Geldgeber war, war nicht bekannt. Doch die Tatsache, daß Gerald Larousse als Finanzdirektor in einem Casino in Atlantic City arbeitete, ließ die Vermutung zu, daß die Mafia Larousse, sein Wissen und sein weiteres Gewissen gekauft hatte. Um sicher zu sein, keine Fehlinvestition getätigt zu haben, existierten vermutlich Schuldanerkennungen, die ihn ins Gefängnis und die Karriere der tüchtigen Yvette zu einem jähen Ende bringen konnten.

Es hing wahrscheinlich von Yvettes Ehrgeiz ab, ob das

Wissen um diese Dinge für eine Erpressung reichte. Bestimmt reichte es, um Yvette zu kleinen Gefälligkeiten zu überreden. Für Moreno mochte es schon interessant sein, wenn er erfuhr, daß Hogan für einige Tage nicht erreichbar sein würde. Wenn Moreno ausgerechnet in diesen Tagen eine Lieferung Heroin erwartete, mußten bei ihm die Alarmglocken anschlagen. Er konnte seine Pläne dann im letzten Augenblick ändern und uns ein Schnippchen schlagen.

Hogan selbst war die undichte Stelle, nach der er am intensivsten gesucht hatte!

»Wir gehen natürlich hin«, sagte ich.

»Schade, daß wir den Haftbefehl nicht gleich mitnehmen können«, meinte Phil.

»Unsere Stunde wird kommen«, sagte ich überzeugt.

Yvette verließ ihren Platz hinter der langen Theke, als Hogan die Cafeteria betrat. Sie musterte sein Gesicht. Dann lächelte sie plötzlich.

»Du, ich muß eben noch die Bestandsliste abschließen. Danach habe ich Zeit. Du kannst in meinem Büro warten. Hier ist der Schlüssel.« Sie stellte sich auf die Zehenspitzen und küßte ihn auf die Wange. Dann wandte sie sich um.

Er fuhr mit dem Personalaufzug in den vierten Stock hinauf. Mit dem vergitterten Fenster und dem Ausblick auf eine rote Ziegelsteinmauer erinnerte Yvettes winziges Büro an eine Gefängniszelle.

Er setzte sich an den Schreibtisch und legte die Füße hoch. Yvette würde ihn heiraten. Er hatte ihr einen Antrag gemacht, und sie hatte ihn angenommen. Himmel, was war bloß in ihn gefahren? Yvette und er! Vielleicht suchte auch sie nur Sicherheit und Geborgenheit wie jede andere Frau. Ihre Selbstsicherheit war wahrscheinlich nur Fassade.

Er vertrieb die bohrenden Zweifel, die an ihm nagten, seit er Cotrelli erschossen hatte. Yvette würde bei ihm bleiben. Er würde einen neuen Anfang machen. Nur sie und er, nur sie beide zählten.

Das Summen des Telefons riß ihn aus seinen Gedanken. Er wollte schon abnehmen, als ihm einfiel, daß der Apparat mit einem automatischen Anrufbeantworter verbunden war. Das Summen riß beim zweiten Mal ab. Durch die Plastikhaube sah er die sich drehende Bandspule.

Mehr aus Langeweile legte er den Schalter für den Mithörlautsprecher um.

Er hörte Yvettes Stimme. »… umgehend zurückrufen. Sie haben vierzig Sekunden Zeit. Bitte, sprechen Sie!«

Die Stimme, die hoch und gequetscht aus dem Gerät hallte, traf ihn wie ein Messerstich im Leib. »Ich hab von dieser albernen Verlobung gehört! Das kann doch nicht dein Ernst sein! Ruf mich an! Aber erst nach elf.«

Hogan legte den Schalter wieder um. In seinem Schädel begann es zu dröhnen, während er das Gefühl hatte, nicht mehr atmen zu können.

Er hörte nicht, wie sie das Zimmer betrat. Er spürte erst ihre Hände, die sich auf seine Schultern legten und sanft seinen Nacken massierten.

»Du siehst müde aus«, sagte sie. »Du solltest dich etwas hinlegen, Ted. Ich habe Sally und Bill geschickt. Sie bereiten alles vor.«

»Du bist so – perfekt«, sagte er und wunderte sich, wie fest seine Stimme klang. Er preßte seine Hände auf seine Schenkel. Wenn er Yvette in diesem Moment berührt hätte, hätte er sie erwürgt.

»Brauchst du noch etwas?« fragte sie.

Ich brauche dich, schrie es in seinem Inneren, aber er schüttelte den Kopf. Nein, er brauchte niemanden. Nur sich selbst und sein kaltes Blut.

Das Dowd's Building gehörte zu den älteren Häusern an der East 66th Street, nicht weit vom Central Park entfernt, die in den vergangenen Jahren zu luxuriösen Behausungen umgebaut worden waren.

Im großen Wohnraum seiner neuen Wohnung unter dem Dach hatte Hogan nur einen langen Tapeziertisch aufgestellt, der mit Salaten, Fleischspeisen, Fischhäppchen und anderen Delikatessen beladen war. Eine improvisierte Bar befand sich im Flur.

Die Bar wurde von Hogans ehemaligen Kollegen, von denen gut zwei Dutzend erschienen waren, als Fluchtpunkt umlagert.

Hogan drückte Phil und mir Gläser mit Champagner in die Hände, bevor er Yvette mit einer besitzergreifenden Geste an sich zog und eine Zigarre zwischen seine Lippen rammte wie ein Filmgangster aus den dreißiger Jahren.

»Wollen Sie uns nicht gratulieren?« fragte er.

Er redete ein wenig zu laut. Seine Gesten waren ein wenig zu ausladend.

»Wozu? Zu Ihrem Seitenwechsel?« fragte ich.

Hogan lachte.

»Kommen Sie, darüber brauchen wir doch jetzt nicht zu reden! Sehen Sie sich das hier an! Hier kann man es aushalten!« Er deutete auf die offenen Fenstertüren, durch die kalte Luft hereinströmte. Draußen funkelten die Lichter der Gebäude an der Park Avenue. »Das ist eine Lage, sage ich Ihnen! Und alles massiv! Hier auf dem Dach könnte sogar ein Hubschrauber landen!«

»Was sich vielleicht mal als sehr praktisch erweisen könnte«, sagte Phil.

»Wie meinen Sie das?« fragte Hogan.

»Wissen Sie es nicht?« fragte Phil kühl. »Bilden Sie sich ein, Moreno abkochen zu können?« Er sah Yvette dabei an, die reizend lächelte. »Hogan, Sie werden die Spielregeln nie begreifen. Eine lautet nämlich: Ein Cop, der die Seiten wechselt, ist ein Dreck! Für alle, auch für die andere Seite!«

Hogan wurde blaß. »Ich nehme nur, was mir zusteht«, sagte er gepreßt.

»Was haben Sie mit Cotrelli gemacht?« stieß Phil nach.

»Cotrelli? Wer ist das?« Hogan brachte ein Grinsen zustande.

»Wenn Sie ihn umgebracht haben, sind Sie dran. Dann aber wegen Mordes.«

Das Grinsen in Hogans Gesicht vertiefte sich. »Ohne Leiche keine Anklage. Auch das ist eine Spielregel. Kommen Sie, trinken Sie!« Er hob sein Glas und stieß gegen meins. Phil wich ihm rechtzeitig aus. »Na los, das ist Champagner, echter französischer!«

Ich stellte das Glas ab. »Hogan, ich hatte immer gedacht, Sie wären einer von uns und würden es bleiben«, sagte ich bitter. »Ich habe mich getäuscht. Sie sind der Aufsteiger des Jahres. Kein Polizist, der etwas auf sich hält, wird Ihnen noch die Hand geben oder ein Bier mit Ihnen trinken!« Ich wandte mich an Phil. »Laß uns verschwinden, bevor ich auf den Teppich kotze!«

Yvette drückte Hogans Arm, bis das Zittern aufhörte. »Was sagst du?« fragte er. Seine Stimme klang rauh. »Haben sie recht? Ich meine die G-men.«

»Du hättest das hier nicht fordern dürfen«, sagte sie

und machte eine Armbewegung, die den Raum und die Wohnung umfaßte.

»Aber ich habe mich doch nicht verkauft!« sagte er laut. Einige Gesichter wandten sich ihm zu. Die Gespräche erstarben. »Die Party ist vorbei!« schrie er. »Ja, es ist vorbei! Ihr habt mich begafft. Jetzt raus! Verschwindet!« Die Gäste sahen einander befremdet an. Dann stellten sie ihre Gläser ab und gingen achselzuckend.

»Bleibst du hier?« Hogan sah Yvette an.

»Wenn du es willst.« Sie warf einen Blick auf die Uhr. »Ich muß mich nur eben im Club melden. Die müssen Bescheid wissen.«

»Das Telefon steht nebenan im Schlafzimmer«, sagte er.

Er wartete genau eine Minute. Dann ging er ihr nach. Er hörte das Klicken der Wählscheibe und stieß die Tür auf.

Sie saß auf dem Bett und blickte auf. Ruhig drückte sie die Gabel nieder.

»Warum legst du auf? Hast du Geheimnisse vor mir?«

»Es war besetzt«, sagte sie. »Was hast du?«

Mit einem jähen Sprung warf er sich über das Bett, riß sie auf den Rücken und schlug seine Hände in ihren Hals. Ihre Augen wurden erst grau und dann dunkel. Er las das Entsetzen in ihnen, aber keine Angst.

Er keuchte. Rote Nebel wallten vor seinen Augen. Sie wehrte sich nicht. Keuchend stieß er den angehaltenen Atem aus. Seine verkrampften Finger lösten sich zögernd. Yvette atmete hastig. Vorsichtig rieb sie die Haut und richtete sich langsam auf.

»Du bist eine Hure! Du hast mich an ihn verraten! Los, ruf ihn an! Sag ihm, daß ich Bescheid weiß!«

»Ted, es ist nicht wahr!«

Wut und Enttäuschung ließen ihn zuschlagen. Er traf sie mitten ins Gesicht. Ihre Nase begann zu bluten.

»Ted, er hat mich erpreßt«, sagte sie mit tonloser Stimme. »Ich liebe dich, Ted, aber da ist eine Sache mit meinem Vater …«

»Ich will es nicht hören!« brüllte er. Er ging auf sie zu und griff an ihr vorbei zum Telefonhörer. »Na los, wähl seine Nummer! Du hast sie ja im Kopf!«

Sie sah ihn ruhig an, während das Blut aus ihrer Nase lief und auf die helle Bluse tropfte. Schließlich hob sie resignierend die Schultern, wählte und verließ das Zimmer.

Moreno meldete sich mit einem gequetschten »Hallo?«

»Ich bin's, Hogan«, sagte der Ex-Detective. »Ich gebe auf. Sie können das Heroin haben …«

»Wovon reden Sie? Ich kenne Sie nicht! Sie wollen mir was anhängen!«

»Davon hätte ich nichts. Auch nichts, wenn ich Sie umbringe. Mehr habe ich von einer halben Million. Mit der kann ich mich absetzen. Aber es geht zu meinen Bedingungen, Moreno, oder gar nicht …«

Er hörte, wie draußen die Wohnungstür ins Schloß fiel.

Der Helikopter setzte genau auf dem Landekreuz des Midtown Skyport auf. Der schwarze Lincoln, der auf dem Parkplatz vor dem Drahtgitterzaun gewartet hatte, setzte zurück und stoppte am Tor.

Die Kabinentür des Hubschraubers klappte zurück. Moreno und zwei Leibwächter stiegen aus. Moreno hielt seinen Hut fest, als er gebückt unter den langsam auslaufenden Rotoren her auf den Lincoln zulief, gefolgt von den Gorillas. Die Hände der Männer waren leer.

»Mach's gut!« sagte ich zu Phil. Ich steckte mein Walkie-talkie ein und stieg aus. Unser Wagen, ein neutraler Sedan, stand unter dem Eastside Drive.

Moreno und seine Gorillas stiegen in den Lincoln, der sofort zur 34th Street hinauffuhr. Phil fuhr an und folgte ihm in gebührendem Abstand, während ich den Fußweg zum Landeplatz hinunterging.

Daß etwas im Busch war, wußten wir seit gestern, dem Tag nach Ted Hogans Verlobungs- und Einweihungsparty, die so gründlich in die Hose gegangen war. Zuerst hatte Yvette Larousse angerufen. Diese sonst so kühle und beherrschte Frau war einem hysterischen Anfall nahe, als sie mich beschwor, Hogan zur Vernunft zu bringen. Aber was der eigentliche Anlaß für ihren Anruf war, wollte oder konnte sie nicht sagen. Ich war versucht gewesen, sie an ihre eigenen Worte zu erinnern: Jeder handelt, wie er handeln muß. Aber ich hatte es gelassen.

Dann hörten wir, daß Morenos Leute in der Stadt herumfuhren und Bares einsammelten. Bargeld war knapp. Bei Elizabethport hatten wir ihm eine Sendung Heroin abgejagt. Und wenn unsere Vermutungen zutrafen, hatte Hogan ihm im Alleingang die letzte Lieferung abgenommen. Beide Lieferungen hatte er vorfinanzieren müssen.

Hogan schien die Lust an seiner neuen Luxuswohnung im Dowd's Building verloren zu haben. Er trieb sich in Manhattan herum. Die letzte Nacht hatte er in einem Hotel in der Lower Westside verbracht. Wenn er das Heroin wirklich erbeutet hatte, mußte er sich ein genial einfaches und doch sicheres Versteck ausgedacht haben.

Zuletzt hatte Bruce Neland, der Hubschrauberpilot, angerufen. »Hier tut sich was, Mr. Cotton«, berichtete er. »Da ist eben ein Kerl mit seinen Gorillas bei Groves eingetroffen. Sieht wie der Boß aus. So 'n Kerl mit 'nem häßlichen, zerquetschten Gesicht. Er will irgendwohin fliegen, das steht fest. Aber er wartet noch auf was. Der Lincoln, mit dem er gekommen ist, ist übrigens gleich wieder weggefahren.«

Den Lincoln hatten wir anschließend auf dem Parkplatz des Midtown Skyport angetroffen.

Phil und ich hatten sofort unseren neutralen Dienstwagen geholt. Über Funk waren wir mit Bruce Neland in Verbindung geblieben. Weil ich geahnt hatte, daß der Flug nach Norden gehen würde, waren wir schon auf dem Eastside Highway gewesen, als Neland uns den Start meldete – und die Flugrichtung angab. Neland meldete uns auch, worauf Moreno gewartet hatte – auf einen flachen schwarzen Aktenkoffer, der von drei hart aussehenden Burschen an Groves' Maschine gebracht wurde.

Aber als Moreno und seine beiden Wachhunde in den Lincoln geklettert waren, waren ihre Hände leer gewesen.

Tony Groves hockte im Pilotensessel seiner Fairchild-Hiller. Er trug eine Militärhose mit aufgesetzten Taschen und eine dicke gefütterte Fliegerjacke. Unter dem Helm mit dem Bügelmikrofon und den integrierten Kopfhörern war von seinem Gesicht nicht viel zu erkennen.

»Hallo, Mr. Groves!« rief ich laut, weil eben eine andere Maschine landete. Ich stieg auf die Verstrebung in der Kufe, die als Stufe diente, und spähte ins Innere der Kabine.

Der Koffer, von dem Neland gesprochen hatte, lag unter der hinteren Bank. Mit einer Kette war er an der Sitzverankerung befestigt.

Groves nahm den Helm ab und sah mich ausdruckslos an.

»Wollen Sie wieder mein Flugbuch sehen?«

Ich schüttelte den Kopf. »Wenn Mr. Moreno nachher wieder zu Ihnen in die Maschine steigt, wird er nach unseren Erkenntnissen an die zwanzig Kilogramm Heroin bei sich haben. Können Sie sich ausmalen, welche Konsequenzen das für Sie haben wird, Mr. Groves?«

Die Lippen in dem fleischigen Gesicht wurden blaß. »Ich bin nicht für das Gepäck meiner Kunden verantwortlich!«

»Moreno ist nicht Ihr Kunde, er ist ihr Boß. Und das wissen Sie. Die Transport Services und die Clark Street Cab haben denselben Geschäftsführer, einen gewissen Alec Fosco. Fosco ist von Morenos Weisungen abhängig, und Sie von Foscos. Sie werden sich nicht damit herausreden können, daß Sie nicht wissen, wen Sie fliegen ...«

Das Walkie-talkie in meiner Hand knackte.

»Ja?« sagte ich.

Phils Stimme klang klar und deutlich. »Du wirst es nicht glauben, Jerry – er stoppt genau gegenüber dem Dowd's Building!«

»Steigen sie aus?«

»Nein, niemand steigt aus. Sie beobachten nur den Eingang. Jetzt kommen zwei Leute heraus. Sie tragen Overalls. Moreno sieht ihnen nach. Sie steigen in einen geschlossenen Lieferwagen. Jetzt fahren sie ab. Moreno wartet ...«

»Melde dich, sowie sich etwas tut!« sagte ich und sah Groves wieder an. »Sie haben die Chance auszusteigen, Mr. Groves.«

»Ich bin nicht für das Gepäck meiner Kunden verantwortlich«, wiederholte er stur. »Ich weiß nicht, was sie bei sich haben.«

Ich lächelte ihn kalt an. »Jetzt wissen Sie's, Groves. Soll ich es vor Zeugen wiederholen?« Ich deutete auf den angeketteten Koffer unter der hinteren Sitzbank. »Sie sind in einen Deal verwickelt, Mann!«

Groves schwitzte in seiner dicken Montur. »Was soll ich denn machen? Ich bin doch nur Pilot!«

»Sie können reden, aber Sie müssen sich schon beeilen!

Was haben Sie mit Moreno vereinbart? Kommt er hierher zurück?«

»Ich soll ihn abholen, genau um vier Uhr.«

Es war jetzt 3 Uhr 36 nachmittags. Groves zerrte die Kartentasche aus der Halterung an der Steuersäule. Unter dem Sichtfenster steckte ein Plan von Manhattan Ost. Ein Haus in der 66th Street war mit einem dicken roten Kreis gekennzeichnet. Es war das Dowd's Building.

»Ich soll von vier Uhr an über dem Dach kreisen. Wenn er mir das Zeichen gibt, soll ich landen ...« Moreno und Hogan allein auf dem Dach! Moreno mußte ganz schön unter Druck stehen, wenn er sich auf Hogans Bedingungen einließ.

Phil meldete sich erneut. »Jerry, Hogan steigt aus einem Taxi! Er geht auf die Limousine zu. Auch seine Hände sind leer!«

Ich runzelte die Stirn. Er war doch wohl nicht so dumm, das Heroin in der Wohnung zu verstecken?

Die Männer im Overall hatten es wahrscheinlich gesucht und nicht gefunden. Sonst wäre Moreno sofort wieder abgefahren.

»Hogan spricht mit Moreno«, berichtete Phil. »Es sieht ganz friedlich aus. Aber ich wette, da sprühen die Funken.«

»Paß auf, Phil!« sagte ich. »Sie werden wahrscheinlich gleich aufs Dach gehen. Die Gorillas werden zurückbleiben und höchstwahrscheinlich sofort abfahren. Dann gehst du Hogan und Moreno nach. Aber laß dich nicht zu früh blicken! Wir wollen Moreno mit dem Stoff in der Hand!«

»Aye, aye«, bestätigte Phil Decker gelassen.

Ich steckte das Walkie-talkie ein und wandte mich an Groves. »Jetzt werden wir beide einen Deal machen, Mr. Groves, bei dem Sie garantiert der Gewinner sein werden ...«

Hogan starrte in das Krötengesicht hinter der herabgelassenen Seitenscheibe. Dann richtete er sich auf und öffnete den Wagenschlag.

»Es geht zu meinen Bedingungen oder gar nicht«, sagte Hogan. Er wußte, daß dem Gangster keine Wahl blieb. Denn Moreno wußte, daß er, Hogan, Ernst machen und Unze um Unze in Morenos Betrieben verstecken und die Polizei auf den Plan rufen würde. Neunzehn Kilogramm!

Hogan konnte sie mit beliebigen anderen Stoffen verschneiden und strecken. Hogan hatte die besseren Karten. Nicht zuletzt deshalb, weil Moreno den Stoff brauchte. Seine Abnehmer sahen sich schon längst nach neuen Bezugsquellen um.

Moreno stieg aus. Er schnippte mit den Fingern, und einer der Gorillas zog die Tür zu. Die Limousine fuhr sofort ab.

Hogan rührte sich nicht. »Wo haben Sie das Geld?« fragte er.

Moreno lächelte geringschätzig. »Das Geld wird rechtzeitig zur Stelle sein. Ich will erst die Ware sehen, Hogan. Wovor haben Sie Angst? Ich begebe mich in Ihre Hand. Ich werde Sie nicht einmal nach Waffen durchsuchen, weil ich weiß, daß Sie auf dem Dach ein ganzes Arsenal versteckt haben können. Im Hubschrauber wird nur der Pilot sitzen. Also, was ist jetzt?«

Hogan wandte sich ruckartig um. Ohne einander anzusehen, überquerten der Gangster und der Ex-Detective die Straße. Der Doorman erkannte Hogan und öffnete die Haustür.

Mit dem Aufzug fuhren sie ins oberste Stockwerk. Immer noch schweigend stiegen die beiden gegensätzlichen Männer die wenigen Stufen zu der eisernen Tür hinauf, die aufs Dach führte.

Wegen der feuerpolizeilichen Vorschrift war die Tür zum Dach nicht abgeschlossen. Hogan stemmte sich mit der Schulter gegen die Tür, bis sich ein Spalt bildete, durch den der Wind heulte. Er stellte die Tür fest. Dann schlug er den Kragen seines Mantels hoch und schob sich mit vorgewölbter Schulter in den Windschutz des Aufbaus, in dem die Maschine des Aufzugs untergebracht war. Moreno stellte sich neben ihn.

Das Dach war mit einer etwa hüfthohen Schutzmauer umgeben. Links erhob sich die wuchtige Verkleidung, hinter der das Wasserreservoir untergebracht war. Der größere Teil des Dachs war eben und frei bis auf die kurzen Stutzen der Lüfterrohre, aus denen weißer Dampf wehte.

»Und nun?« fragte Moreno. »Wo haben Sie es?«

Hogan grinste. »Haben Ihre Leute nicht das Dach abgesucht?«

»Sie sind zwar ein Narr, Hogan, aber ich traue Ihnen zu, daß Sie ein Versteck gefunden haben, das man in zwei Stunden nicht entdecken kann.«

Hogan nickte amüsiert. »Wo haben Sie das Geld?«

Moreno sah auf die Uhr, dann blickte er in den grauen Himmel. Es war 3 Uhr 57. Prompt war das ferne Knattern eines Hubschraubers zu hören. Moreno deutete in den Himmel. Der Helikopter, zuerst nur ein ovaler Punkt, sank schnell und wurde größer.

»Wenn ich die Ware sehe, gebe ich ihm ein Zeichen«, sagte Moreno und deutete auf den Hubschrauber, der jetzt ungefähr hundert Fuß über dem Dach in der Luft hing. Die Kabine schwankte, wenn eine Böe sie faßte. Deutlich war der Pilot durch den gläsernen Kabinenboden zu erkennen.

Ruhig knöpfte Hogan seinen Mantel auf. Morenos Augen wurden rund, als er den breiten Gurt erblickte, der um Hogans Bauch und Hüften geschnallt war. »Sie – Sie haben es die ganze Zeit bei sich gehabt?« stieß Moreno schrill hervor.

»Nicht die ganze Zeit, Moreno, erst seit gestern.« Hogan zog einen der noch originalverschweißten Kilobeutel aus einer der aufgenähten Taschen und gab ihn Moreno. »Ist etwas flach geworden, tut der Qualität aber keinen Abbruch.«

»Ich kann es hier nicht prüfen«, sagte Moreno.

»Das ist Ihr Problem«, sagte Hogan. Er nahm das Päckchen wieder an sich.

Moreno ächzte, als Hogan die Folie mit einem Fingernagel aufschlitzte und das Päckchen schüttelte. Der Wind trug das weiße Pulver davon wie Schnee. Etwas bestäubte Morenos Mantel. Moreno sprang zur Seite.

»Sind Sie verrückt geworden? Hören Sie auf!« Hogan verschloß den Schlitz mit der flachen Hand. »Jetzt sind Sie dran!«

Hogan begann, die Schnallen zu lösen, als Moreno den Schutz des Maschinenhauses verließ und die Arme schwenkte, womit er das vereinbarte Zeichen zur Landung gab.

Die Hummel sackte herab wie ein Fahrstuhl. Wenige Fuß über dem Boden blieb sie stehen. Die Kabine schwankte nur noch leicht. Dann setzten die Kufen genau zwischen zwei Lüfterrohren auf.

Moreno rannte auf die Maschine zu. Er riß die Kabinentür auf, beugte sich über den Kabinenboden und löste die Kette, mit der er den Koffer befestigt hatte. Ohne dem Piloten einen Blick zu schenken, wandte er sich um.

Hogan hatte den Gürtel gelöst. Langsam ging er auf Moreno zu. Die Rotoren drehten sich über ihren Köpfen. Das Triebwerk pfiff schrill gegen den Wind.

Moreno hockte sich auf den Boden und klappte den

Kofferdeckel auf. Gebündelte Geldscheine wurden sichtbar. Er blickte zu Hogan auf, während er einzelne Geldpäckchen anhob, um damit zu beweisen, daß sich keine Papierschnipsel unter den oberen Bündeln befanden. Als Hogan nickte, klappte er den Deckel zu und richtete sich auf.

Hogan stellte einen Fuß auf den Koffer. Seine Rechte steckte tief in der Manteltasche, wo sie den Griff des Revolvers umklammerte. Er warf einen Blick zu dem Piloten hinauf, der jedoch in eine andere Richtung zu sehen schien. Dann holte er mit dem vierzig Pfund schweren Gurt aus und schleuderte ihn Moreno vor die Brust.

Moreno taumelte und umklammerte den Gurt wie ein kleines Kind, während sich Hogan rasch bückte, den Koffer aufnahm und sich rückwärts zur Tür des Treppenaufgangs zurückzog.

Hinter der Tür wartete Phil Decker auf ihn.

Moreno kletterte in die Kabine. »Weg!« schrie er schrill. »Los, starten Sie!«

Als ich nicht sofort reagierte, schlug er mit der Faust gegen meinen Helm.

»Weg, habe ich gesagt, weg!« kreischte er.

Ich riß mir den schweren Helm vom Kopf und wandte mich um. Die stählerne Manschette hielt ich bereits in der Hand.

Moreno schnappte nach Luft und wollte den Gurt wieder aufs Dach werfen. Aber ich erwischte seine rechte Hand, schlug die Stahlmanschette um sein Gelenk und zog den Arm zu mir heran.

»Sie sind festgenommen, Moreno!« sagte ich laut in das verzerrte Gesicht.

Ich trug Tony Groves' Fliegermontur, mit der mir die Überraschung voll gelungen war.

Phil hatte nicht so viel Glück. Durch Morenos Ungeduld war ich gezwungen gewesen, den Helm abzunehmen und mein Gesicht zu zeigen, bevor Hogan die Tür zum Treppenhaus erreichte. Hogan war mißtrauisch bis zuletzt.

Als er sah, daß es am Helikopter Schwierigkeiten gab, wußte er, daß auch ihn eine Überraschung erwartete.

Er wirbelte herum, riß die Hand mit dem Revolver heraus und schlug voll gegen die Gestalt, die hinter der Tür auftauchte.

So schnell konnte Phil nicht reagieren. Hogans harte Knochen und der Revolver trafen ihn seitlich am Kopf. Die Haut über dem Wangenknochen platzte auf. Phil taumelte aufs Dach, bevor er zusammenbrach.

O Scheiße, dachte ich. Ich schlug die andere Manschette um das Rohrgestänge des Pilotensitzes, zog den Starterschlüssel aus dem Zündschalter und sprang aus der Kabine. Geistesgegenwärtig brachte ich noch den Gurt mit dem wichtigsten Beweismittel aus Morenos Reichweite, bevor ich über das Hausdach hetzte.

Ganz kurz kniete ich neben Phil, sah, daß die Wunde nur schwach blutete, und rannte weiter.

Ich hörte Hogans Schritte auf der Treppe. Dann knallte eine Tür. Es war die Tür, die vom separaten Treppenhaus in den Stockwerkflur vor Hogans neuer Wohnung führte. Ich sprang die Stufen hinab, erreichte die Tür, riß sie auf, warf mich hindurch und sprang sofort zur Seite. Aber da war keine unmittelbare Gefahr.

Die Tür zu Hogans Wohnung schwang langsam in den Rahmen zurück.

Ich krachte mit der Schulter dagegen, gerade bevor sie ins Schloß schnappte.

»Hogan!« brüllte ich.

Er stand im Durchgang zum Wohnzimmer, starr wie jemand, der einem Geist begegnet. Den Koffer hielt er in der verkrampften Faust.

Ich trat näher. Was ich sah, ließ für einen Augenblick auch mein Blut gefrieren. Doch das grauenvolle Bild beeindruckte mich nicht so sehr wie Hogan, denn ich hatte Cotrelli nicht getötet.

Cotrelli lehnte steif wie eine Schaufensterpuppe am Tapeziertisch, auf dem noch die Reste der Verlobungs- und Einweihungsparty vor sich hinschimmelten. Cotrellis Augen waren trübe, die Gesichtshaut von Flecken entstellt.

Morenos Gangster hatten ihren toten Komplicen in einer Tiefkühltruhe aufbewahrt.

»Es ist aus, Hogan«, sagte ich.

Hogan explodierte. Er schwang in der Hüfte herum. Die Kante des Koffers traf mich im Magen. Als ich mich leicht zusammenkrümmte, knallte seine Faust auf meine linke Schulter.

Es war die Faust mit der Kanone drin. Brennender Schmerz raste durch meinen Arm bis in die Fingerspitzen.

Er wollte an mir vorbei. Zur Tür. Raus aus der Wohnung!

Ich riß meinen Fuß hoch und hatte Glück. Ich traf Hogan am Knie. Er schrie auf, ließ den Koffer fallen und hinkte ins Wohnzimmer.

Ich schwankte, als ich ihm folgte. Ich versuchte, nicht auf den toten Cotrelli zu sehen. Aber mir blieb keine andere Wahl, denn Hogan kam ihm immer näher.

Ich hob meine rechte Hand. Sofort zuckte Hogans Revolverhand hoch.

»Tun Sie's nicht!« flüsterte er heiser.

»Sie haben doch keine Chance, Hogan!« gab ich zurück.

Er fletschte die Lippen. Und da stieß er mit dem Rücken gegen den toten Cotrelli, und Cotrelli kippte um. Er landete mitten zwischen den Essensresten.

Es war ein grausiges Bild, das mich für einen Sekundenbruchteil gefangennahm.

Hogan hatte seinen Schock überwunden. Seine Faust schoß auf mich zu und krachte gegen meine Kinnlade. Er hätte mich jetzt erledigen können. Er zögerte einen Moment zu lange.

Als er an mir vorbei wollte, schmetterte ich die Handkante irgendwohin, wo ich seinen rechten Arm vermutete. Ich traf auch, das spürte ich. Und ich hörte, wie etwas Hartes auf den Boden polterte. Aber ich nahm meine Umgebung nur wie durch einen roten Nebel wahr, in dessen Zentrum sich ein massiger Schatten bewegte.

Hogan! Ich wollte ihn zwischen die Finger kriegen. An meinen Smith and Wesson dachte ich nicht mehr.

Hogan war mehrere Jahre älter als ich. Doch der Altersunterschied bedeutete keinen Nachteil für ihn. Eher wai das Gegenteil der Fall. Er hatte Erfahrung. Er kannte jeden gemeinen Trick und war entschlossen, ihn anzuwenden.

Er hechtete zur Seite. Dorthin, wo die Waffe am Boden lag. Der Nebel vor meinen Augen wollte sich nicht lichten. Für Fairneß war keine Zeit.

Er landete am Boden. Ich trat zu, und er gab es auf, nach der Kanone zu suchen. Er wollte aufstehen. Ich sah ihn nur unscharf. Ich konzentrierte mich auf seinen Oberkörper und die Arme und übersah seine Beine.

Mit einer gekonnten Sichelbewegung schlug er mir die Füße unterm Leib weg. Ich fiel nach vorn, sah sein Gesicht vor mir größer werden wie einen zu stark aufgeblasenen Ballon und stieß die Faust vor, ehe ich auf den Teppich knallte.

Sekundenlang lagen wir da. Ich hörte an seinem röchelnden Atem, daß er nicht bewußtlos war. Ich blinzelte, bis ich klarer sehen konnte. Hogan lehnte an der Wand, aber er erhob sich wieder!

Er kam, verdammt noch mal, wieder auf die Beine! Er taumelte und hielt sich am Tisch fest. Er packte eine Salatschüssel und schleuderte sie in meine Richtung.

Ich nahm den Kopf zur Seite, und die Schüssel zerplatzte an der Wand. Ich zog die Beine an. Und dann lösten sich die Nebel plötzlich auf. Haarscharf sah ich sein blutverschmiertes Gesicht vor mir – und den Revolver in seiner Faust.

Zum Teufel, es war ein Revolver! Erst später konnte ich klären, woher er die Kanone so plötzlich hatte. Sie hatte unter Cotrellis Jacke gesteckt. Es war Cotrellis Waffe. Die Waffe, mit der Hogan ihn getötet hatte.

Und jetzt stand er vor mir. Sein Daumen zog den Hammer zurück.

Meine Hand zuckte unter die Fliegerjacke. Die Finger schlossen sich um den Griff des Smith and Wesson. Als ich in Hogans unnatürlich helle Augen sah, durchzuckte es mich.

Er würde nicht schießen. Er wollte, daß ich ihn tötete.

Ich ließ meinen Smith and Wesson im Holster und schlug ihm den Revolver aus der Hand. Dann packte ich ihn an den Aufschlägen seines Lammfellmantels, schüttelte ihn und wartete darauf, daß er sich wehrte.

Als er meine Arme sprengen wollte, zog ich die Rechte zurück. Und dann explodierte sie an seiner Kinnspitze.

Sein Kopf flog in den Nacken. Er breitete die Arme aus und torkelte rückwärts auf eine der Fenstertüren zu.

Laß ihn, sagte eine Stimme in mir, tu ihm den Gefallen!

Ich sprang vor und hielt ihn fest, bevor er durch die Scheibe nach draußen stürzte.

Hogan hatte die Seiten gewechselt. Er hatte gewußt, was er tat. Er sollte sich nicht drücken, sondern genau wissen, wie es war. Er sollte auch das Gefängnis erleben.

Ein Arzt aus dem Haus nähte Phil die aufgeplatzte Wange mit drei Stichen. Ohne Betäubung. Phil hätte nach Haus gehen können. Es war vorbei.

Aber er wollte es sich nicht nehmen lassen und dabeisein, wenn wir Moreno und Hogan im Bundesuntersuchungsgefängnis einlieferten.

Anschließend trug er die Wunde stolz in eine Bar am unteren Broadway, und da wollte ich dabeisein.

Das erste Bier schmeckte schal. Da probierten wir es mit einem Whisky. Von dem bekamen wir Sodbrennen, und da wußten wir, daß es nichts gab, womit man Enttäuschungen bekämpfen konnte. Man muß mit ihnen leben.

Als wir soweit waren, gingen wir einfach nach Hause.

ENDE

Rotes Blut – weißer Mohn

Rotes Blut –
[illegible]

Wie ein Peitschenhieb zerriß der Knall die Stille. Ich fuhr herum, instinktiv, blitzartig, obwohl der düstere Hotelflur völlig leer war. Guy Milesi schrie. Mit dem Körper preßte ich den hageren, kleinen Mann gegen die fleckige Tapete.

Mein Freund und Kollege Phil Decker stand breitbeinig da, den Revolver im Combat-Anschlag. Ich wartete auf die Schüsse, auf Türenschlagen, Schritte und Stimmengewirr. Aber nichts geschah. Jedenfalls nichts, das bis hier herauf in den vierten Stock des *Hongkong Star* gedrungen wäre.

Einen Augenblick glaubte ich fast, geträumt zu haben. Dann hörte ich Guy Milesi stöhnen, spürte das Zucken seines Körpers und trat erschrocken einen Schritt zurück.

Das Gesicht des kleinen Mannes war blau angelaufen. Flatternd griffen seine Hände zum Herzen. Er schnappte nach Luft. Noch einmal schrie er.

Ich hielt ihn an den Schultern, sonst wäre er zusammengesackt. Verdammt, ich wußte, daß er nicht verletzt war, nicht verletzt sein konnte. Aber ich spürte die Nähe des Todes wie einen eisigen Hauch, der mich berührte.

Milesis Augen brachen, als ich ihn zu Boden gleiten ließ und versuchte, den Kragen an seinem Hals zu lockern. Zu spät! Der Mann lebte nicht mehr.

Immer noch konnte ich keine Verletzung entdecken. Nur diese blauen Lippen, die über der Brust verkrampften Hände und die Todesangst, die in dem verzerrten Gesicht wie festgefroren war.

Herzinfarkt, dachte ich.

Der Schreck hatte ihn getötet. Der Schreck wegen eines Knalls, den er für einen Schuß gehalten haben mußte. Später stellte sich als Ursache die Explosion eines vergessenen Dampfdrucktopfes in der Hotelküche heraus.

Die englische Polizei hatte das Gebäude geräumt. Niemand war zu Schaden gekommen. Niemand außer dem amerikanischen Gangster Guy Milesi, den Phil und ich von Hongkong nach New York zurückbringen sollten, damit er gegen seine ehemaligen Komplicen auspackte.

Die Mafiabosse, die Milesi zum Schweigen bringen wollten, brauchten sich jetzt nicht mehr anzustrengen.

»Herzinfarkt«, knurrte Phil zwei Stunden später im Hotelzimmer erbittert. Einem Zimmer in einer unauffälligen, durchschnittlichen Touristenherberge übrigens, nicht in dem düsteren Loch, wo unser Mann vor seinem Tod untergekrochen war. »Jemand hätte uns doch, verdammt noch mal, sagen müssen, daß Milesi ein schwaches Herz hat!« fuhr mein Freund fort. »Nach allem, was für seine Sicherheit unternommen worden ist, wäre es ja wohl ein Klacks gewesen, einen Arzt aufzutreiben, der ihn unter Beruhigungsmittel oder sonst was gesetzt hätte.«

Ich zuckte mit den Schultern. Der Whisky, den ich in der Hand hielt, schmeckte mir nicht.

Wenn, hätte, wäre ...

Milesi war tot. Daran ließ sich nichts ändern. Die Chance, mit Hilfe seiner Aussage einen entscheidenden Schlag gegen die Mafia zu führen, diese Chance, derentwegen Phil und ich nach Hongkong geschickt worden waren, gab es nicht mehr.

Oder doch? Waren da noch unbekannte Fakten und Zusammenhänge? Milesi wäre nicht ausgerechnet nach Hongkong geflohen, wenn er sich nicht etwas davon versprochen hätte.

Alte Verbindungen vielleicht, die er nutzen wollte? Oder Freunde, von denen er sich Hilfe versprach? Viel wußten wir nicht in dieser Richtung, aber immerhin ...

Meine Gedanken stockten, als das Telefon summte. Ich hatte ein Gespräch nach New York angemeldet. Mr. High war am anderen Ende der Leitung. Trotz der riesigen Entfernung klang seine Stimme überraschend klar.

Ich berichtete knapp.

Der Chef schwieg einen Augenblick.

»Sehen Sie noch irgendwelche Möglichkeiten, Jerry?« fragte er dann. »Könnte Milesi zum Beispiel Aufzeichnungen hinterlassen haben?«

»Nicht in seinem Hotel, Sir.«

»Und sonst? Hat er Leute getroffen, telefoniert oder Kontakte aufgenommen?«

»Wir wissen nur von einem Fall, Sir.« Ich zögerte. »Eine Sache, die mir von Anfang an etwas merkwürdig erschien. Milesi hat gleich nach seiner Ankunft im Hotel Telefonbücher gewälzt und den Namen eines amerikanischen Geschäftsmannes namens Rodney Garret unterstrichen. Die betreffende Nummer versuchte er dann mehrfach anzurufen. Jedesmal, wenn er ein paar Worte gesagt hatte, wurde laut Auskunft des Portiers das Gespräch unterbrochen. Milesi selbst behauptete, den Mann mit einem alten Bekannten verwechselt zu haben, der ebenfalls Garret heißt und offenbar nicht mehr in Hongkong lebt.« Ich zuckte mit den Schultern, obwohl Mr. High es nicht sehen konnte. »Die Erklärung klang halbwegs plausibel. Bisher hatten wir keinen Grund, weiter in dieser Richtung nachzuforschen. Aber jetzt ...«

»Ein Versuch kann auf jeden Fall nicht schaden. Sie haben freie Hand, Jerry – natürlich nur, soweit es sich mit Ihrer Rolle als Gast in der Kronkolonie vereinbaren läßt.« Der Chef ließ ein paar Sekunden verstreichen, ehe er weitersprach. »Außerdem könnte Ihnen vielleicht die Adresse der Firma Johnson Incorporated weiterhelfen ...«

Er nannte die Anschrift: ein Bürohaus in Kowloon. Ich

grinste matt, als ich den Hörer auflegte und Phil den Zettel mit der Notiz zuschob. Mr. Highs Formulierung und die Art, wie er das Wort Firma betonte, hatten deutlich genug verraten, daß es sich um eine Deckadresse handelte.

Firma – so wird bei uns in den Staaten unter Geheimdienstleuten die CIA genannt. Central Intelligence Agency.

Phil verdrehte die Augen. Wir haben beide nicht besonders gern mit den Gentlemen aus Langley zu tun. Es gibt bei diesen Herren zu viele, die den Stempel Top Secret am liebsten auch noch auf die Statistik über den Büroklammernverbrauch in ihrer Dienststelle drücken würden.

Phil warf eine Münze. Und verlor prompt. Er würde das Vergnügen haben zu versuchen, der Firma Johnson Incorporated Geheimnisse über die Unterwelt von Hongkong und Guy Milesis mögliche Verbindungen zu entreißen.

In der klaren, kühlen Gebirgsluft wirkten die Umrisse der Landschaft wie aus Pappe geschnitten. Schnaubende Maultiere, klappernder Huftritt, das knarrende Stiefelleder der Männer, Murmeln und gelegentliche Flüche mischten sich zu einer einschläfernden Geräuschkulisse, hinter der dennoch fast greifbar Spannung lauerte.

Lee Singal, ehemaliger CIA-Mann und jetzt Agent der Rauschgiftbehörde, legte den Kopf in den Nacken. Über ihm ragte der Gipfel des Mount Shaolein in den Himmel. Ein gleichmäßiger Kegel, nur von dem gezackten Grat unterbrochen, den die Angehörigen des Schan-Volks in ihrer Sprache Drachenzahn nannten.

Lee Singal kannte den Platz von zwei früheren Besuchen. Er hatte dort ein kleines Camp mit Funkgerät und Ausrüstung angelegt, die letzte Bastion für den äußersten Notfall. Ein schmales Lächeln glitt über seine ruhigen asiatischen Züge. Für ein Himmelfahrtskommando, fand er, war dieses Schlupfloch zwischen Himmel und Erde sehr passend.

»Vorsicht, Lee!«

Die dunkle, kehlige Stimme hinter ihm gehörte dem Burmesen Ula Mandalai. Er war stämmig und untersetzt. Wie ein Sack hing er auf dem schwankenden Maultier, als könne er sich nur mit Mühe halten. Lee Singal kannte ihn besser. Auch die Männer wußten, daß in dem schweigsamen Burmesen Granit steckte.

Sie waren Söldner, ein zusammengewürfelter Haufen. Deserteure, Abenteurer, Banditen, ehemalige nationalchinesische Soldaten, junge Schan, die der Hunger aus ihren Dörfern vertrieben hatte. Männer, die nur dem Stärkeren gehorchten. Sie kämpften für den, der Bezahlung versprach. Aber sie würden auch ohne Skrupel über ihn herfallen, sobald er sich eine Blöße gab.

Lee Singal wußte das. Er gab sich keine Blöße. Nur einmal hatte er den Eindruck gehabt, daß sich eine Gruppe etwas zu eingehend mit dem Maultier befaßte, auf dem die Männer die Dollars vermuteten. Die geballte Ladung Handgranaten war in einer Felsmulde explodiert, ohne jemanden zu gefährden. Doch die moralische Wirkung reichte aus und hielt vor.

»Ich kenne den Weg«, sagte Singal über die Schulter, ohne sein Reittempo zu ändern. »Es sieht mörderisch aus. Aber der Fels ist gut, und der Pfad verbreitert sich schnell wieder. Die Kolonne wird durchkommen.«

»Wenn du es sagst …«

Die Stimme des Burmesen klang gleichmütig. Er zeigte selten eine Gemütsbewegung. Denen, die ihn nicht kannten, war er unheimlich. Nicht einmal Singal wurde völlig klug aus ihm.

Aber sie arbeiteten nicht zum erstenmal zusammen. Sie kannten sich seit Jahren und verließen sich blind aufeinander. Man hätte es Freundschaft nennen können – wenn auf Ula Mandalais undurchschaubare Beziehung zum Rest der Welt Begriffe wie Freundschaft anwendbar gewesen wären.

Lee Singal warf noch einen prüfenden Blick auf die Kolonne.

Schwankende Maultiere, schwer bepackt mit Säcken voll Rohopium. Zerlumpte, abgerissene Männer, die teils ritten, teils stoisch marschierten. Wurzellose Männer. Im Schan-Staat, dem Herzen des Goldenen Dreiecks, gab es sie zuhauf.

Die Zahl der sogenannten Opium-Armeen, die hier ihr Leben vom Rauschgift fristeten, ließ sich immer nur schätzen. Und immer gab es Überläufer, Versprengte, Ausgestoßene.

Lee Singal hatte seine Leute aus diesem Reservoir geholt. Sie folgten ihm, weil er zahlte. Sie respektierten ihn sogar, weil er es geschafft hatte, sich in das Vertrauen eines Opiumkönigs zu schleichen und die halbe Ernte an sich zu bringen.

Auf dem ganzen langen Weg hatte es keinen einzigen Angriff gegeben, der mit Waffengewalt abgeschlagen werden mußte.

Nicht einmal der »Khan« war wieder aufgetaucht, jener geheimnisvolle Fremde, von dem es hieß, daß er in Kürze das ganze Dreieck beherrschen werde …

Lee Singal achtete auf den schmalen Maultierpfad, während sich ein Teil seiner Gedanken ebenfalls mit dem sogenannten »Khan« beschäftigte. Morton Khan, ein internationaler Gangster englisch-iranischer Abstammung, ungeheuer raffiniert, ungeheuer skrupellos, ein Taktiker von hohen Graden …

Er war es, dem Singals Einsatz galt. Der amerikanische Geheimdienst wünschte, daß Khans Bündnis mit einer bestimmten kommunistischen Rebellentruppe zerschlagen werde. Ohne das Opium, das für die Rebellen Mittel zum »höheren« Zweck und für Khan Geschäft war, würde aus diesem Bündnis erbitterte Feindschaft werden. So weit die Absichten der CIA. Die Rauschgiftbehörde dagegen sah die Chance, einen Teil des Heroinmarkts trockenzulegen.

Lee Singal arbeitete für die Rauschgiftbehörde. Deshalb die selbstmörderische Aktion, mit der er einen Teil der diesjährigen Opiumernte an sich gebracht hatte. Deshalb der Versuch, das Gift an einen Platz zu bringen, von dem es nicht so leicht zurückgeholt werden konnte. Jedenfalls nicht von den Leuten, die den amerikanischen Markt mit dem Stoff überschwemmen wollten.

Die CIA würde vermutlich ganz nebenbei zu ihrem Erfolg kommen. Lee Singal hoffte es, obwohl dieser Punkt für ihn nicht die Hauptrolle spielte. Für ihn zählte nur eins: daß die riesigen Opiummengen in seinem Gepäck entweder an die richtige Adresse gelangen – oder in Flammen aufgehen würden.

»Vorsicht, Lee!«

Wieder war es die Stimme des Burmesen, die hinter ihm erklang. Doch diesmal galt die Warnung nicht dem schwindelerregend schmalen Maultierpfad, sondern den Männern, die hastig die Kolonne überholt hatten. Noch hielten sie die Gewehrläufe zu Boden gesenkt. Aber in ihren Gesichtern lag Wut, und zwei von ihnen schoben sich zur Seite, um dem Maultier den Weg zu versperren.

Lee Singal hob die Hand und stieß das langgezogene Wort aus, das »Halt« bedeutete.

»Ja?« fragte er gelassen.

Der Anführer der Gruppe fuhr sich mit allen fünf Fingern durch das verfilzte Bartgestrüpp. Dunkle, glitzernde Augen funkelten in den Höhlen.

»Wir machen nicht mehr mit«, knurrte er tief in der Kehle. »Wir gehen nicht auf diesen Berg, wo wir Gefahr laufen, uns Knochen und Genick zu brechen. Es ist Unsinn, es ...«

»Hüte deine Zunge!« zischte Mandalai mit einem Griff zu dem Handgranatenbeutel an seinem Sattel.

Der Bärtige reckte herausfordernd das Kinn. Er wußte, daß niemand hier auf dem schmalen Maultierpfad eine Handgranate werfen oder Schüsse abgeben konnte, ohne ein Chaos auszulösen. Niemand. Auch er und seine Kumpane nicht. Aber sie würden es riskieren, wenn sie keinen anderen Ausweg sahen. Genau wie Singal, Mandalai und der ewig lächelnde Thailänder Kyan Ky es riskieren würden, wenn sie sich ihrer Haut wehren mußten.

Jetzt war es Lee Singal, der lächelte. Er hatte die Meuterei erwartet. Die Männer fragten wenig, dachten wenig. Aber daß sie all die Säcke mit Opium mühsam einen Berg hinaufbringen sollten, von dem das Zeug später ebenso mühsam wieder heruntergeholt werden mußte, konnte ihnen gar nicht anders als unsinnig erscheinen.

»Kein Grund zur Aufregung!« sagte Singal gelassen. »Wir schaffen den Rest auch allein. Wenn ihr wollt, könnt ihr eure Dollars nehmen und verschwinden.«

Etwa um die gleiche Zeit lenkte ich den Mietwagen durch die bunte, laute, wirbelnde City von Victoria.

Mein Ziel lag im Süden der Insel, in Stanley, mit seinem prachtvollen Sandstrand und dem exklusiven Villenviertel, wo Rodney Garret ein Apartment bewohnte.

Offiziell hatte der Mann eine völlig weiße Weste. Nur über die Art seiner Geschäfte wußte niemand so recht Bescheid.

Seine Vergangenheit war unseren Hongkonger Kollegen ebenfalls unbekannt. Durchaus denkbar also, daß es da alte Verbindungen zwischen ihm und Guy Milesi gab.

Verbindungen, die möglicherweise auch die Gegenseite kannte: Milesis Exkomplicen von der New Yorker Mafia.

Ich sagte mir, daß unsere Sicherheitsmaßnahmen für den Überläufer schließlich nur routinemäßiger Vorsicht entsprungen waren. Daß wir Rücksicht auf Milesis panische Angst genommen hatten. Daß es keine Hinweise auf die Anwesenheit von Mafiakillern in Hongkong gab.

Aber andererseits ist die Kronkolonie als Heroinküche berüchtigt, als Drehscheibe für das Opium aus dem Goldenen Dreieck. Hier kommt das Zeug zu Morphinbase aufbereitet an. Hier wird es in Brown Sugar, den ›braunen Zucker‹, verwandelt. Der lange Arm der Mafia reicht mit Leichtigkeit nach Hongkong. Gerade nach Hongkong!

Hatten wir uns die Sache zu einfach gemacht? Wäre es besser gewesen, Rodney Garret kurzerhand unter Polizeischutz zu stellen? Genau wie den chinesischen Hotelportier, dem wir den Hinweis verdankten?

Ich spürte ein unangenehmes Prickeln im Nacken, als ich den Mietwagen auf die Rampe der Tiefgarage lenkte, die zu Garrets Adresse gehörte. Verwundert stellte ich fest, daß die Schranke offen und die Glaskabine des Wächters leer war. Für ein Apartmenthaus dieser Preisklasse erschien mir das ungewöhnlich. Achselzuckend fuhr ich weiter, fand eine freie Besucherbox und stieg aus.

Das Kribbeln in meinem Nacken verstärkte sich.

Mit zusammengekniffenen Augen sah ich mich um. Jetzt, am Nachmittag, war das Parkdeck nur zur Hälfte besetzt. Englische Luxuslimousinen herrschten vor, dazu ein paar kleine Sportflitzer, die im Verkehrsgewühl von Hongkong sicher handlicher waren.

Sogar einen Rolls-Royce entdeckte ich. Ein Expreßlift und zwei langsamere Aufzüge führten nach oben. Bei einem davon hüpfte der rote Punkt der Stockwerksanzeige über die Skala abwärts.

Er stand auf der 2, als ich das Geräusch hinter mir hörte. Ein leises Rascheln, als streife Stoff über Metall. Verdammt, das kalte Gefühl im Genick hatte mich von Anfang an gewarnt!

Auf dem Absatz fuhr ich herum. Undeutlich flog ein Schatten auf mich zu. Ich sah ein kantiges, verzerrtes Gesicht, stahlblaue Augen, eine blonde Haarbürste.

Und ich sah den schweren Revolver, den der Kerl hochgerissen hatte, um mir den Lauf über den Schädel zu ziehen.

Wie eine dunkle, gigantische Raubtierpranke verdeckte die Felsschulter an der Westflanke des Mount Shaolein die abziehende Maultierkolonne. Nur der Staub, den die Hufe in der trockenen Senke aufwirbelten, leuchtete als dünner karmesinroter Schleier in der untergehenden Sonne.

Lee Singal hatte sich mit Seil und Haken an einer der schroffen Nadeln hoch über dem Saumpfad gesichert. Er wollte wissen, ob die Männer, die er ausbezahlt hatte, tatsächlich verschwanden. Er wäre nicht überrascht gewesen, wenn sie sich in einen Hinterhalt gelegt hätten, um außer den Dollars auch noch das Opium zu kassieren.

Aber sie zogen wirklich ab, wie er zufrieden feststellte.

Sein Blick wanderte nach unten. Über der Bergflanke und dem Pfad lag die Dämmerung wie ein malvenfarbenes Tuch. Schattenhaft erkannte er den schlanken Thailänder Kyan Ky, der die drei verbliebenen Maultiere hinter sich herzerrte. Abwärts. Die Opiumsäcke lagen sicher in ihrem Versteck. Es war langwieriger, aber dafür gefahrloser gewesen, sie der Reihe nach mit nur drei Tieren zu transportieren, statt die ganze schwerfällige Kolonne hinaufzubringen.

Minuten später brachte auch Ula Mandalai das letzte steile Stück des Pfades hinter sich.

Er ging gebückt. Er bewegte sich langsam und vorsichtig rückwärts. Was er tat, ließ sich aus der Entfernung nicht erkennen. Aber Singal wußte es.

Er machte sich keine Illusionen darüber, daß das Versteck des Opiums nicht lange ein Geheimnis bleiben würde. Und daß sie keine Chance hatten, es gegen Morton Khan oder einen der anderen Rauschgifthaie zu verteidigen, die mit ihren Leuten wie mit kriegsmäßigen Armeen operierten. Der Berg würde es verteidigen. Wenn der Maultierpfad erst gesprengt war, gab es keine Möglichkeit mehr, an das Versteck heranzukommen – es sei denn für einen erfahrenen Bergsteiger.

Lee Singal stammte aus den Rocky Mountains und hatte schon als Junge Routen mit den höchsten Schwierigkeitsgraden bezwungen.

Einen Augenblick hing er Erinnerungen nach. Dann lachte er leise über sich selbst, wandte sich ab und kletterte wieder zu dem Saumpfad hinunter.

Ula Mandalai verdämmte die Sprengladungen. Im Halbdunkel glich das Burmesengesicht mit den kräftigen, eigentümlich weichen Zügen einer Buddhamaske, stumm und undurchschaubar. Mit dem Handrücken wischte er sich den Schweiß von der Stirn.

»Der Khan kann Männer kaufen, die trotzdem hinaufkommen«, stellte er fest.

Singal nickte. Er wußte, daß die wenigen Worte das Ergebnis gründlichen Überlegens waren. »Das kann er, Ula. Nur müßte er dazu erst erfahren, daß wir gar nicht vorhaben, das Opium über den Handelsweg zu bringen. Natürlich wird er es am Ende erfahren. Aber bis dahin haben wir Verstärkung von unseren Leuten aus Thailand.«

»Und wenn der Khan schon weiß, wer du bist?«

»Dann würde er schneller hier sein, als wir glauben, schneller auf die Kolonne treffen und vermutlich gewinnen. Aber er kann es nicht wissen. Woher sollte er?«

»Wenn du es sagst …«

Ruhig wandte sich der stämmige Burmese wieder seiner Arbeit zu. Lee Singal begann mechanisch, die Zündschnüre zu verlegen. Seine dunklen, geschlitzten Augen verengten sich fast unmerklich. Mandalais Worte hatten Zweifel in ihm geweckt, eine unerklärliche Unruhe.

Konnte wirklich kein Außenstehender wissen, daß er, Lee Singal, für die Rauschgiftbehörde arbeitete?

Seine Tarnung war über Jahre nie in Gefahr geraten. Aber diesmal wußten einfach zu viele Leute von der Aktion: Langley, die CIA-Sektion Hongkong, thailändische Stellen, die den Einsatz der Rauschgiftbehörde auf ihrem Staatsgebiet hatten absegnen müssen …

Existierte irgendwo eine undichte Stelle?

Möglich, dachte Singal nüchtern. Verrat gab es Überall. Er hatte es gewußt, als er dieses Himmelfahrtskommando übernahm. Er hatte es bei allen seinen früheren Jobs gewußt. Der Einsatz war das Leben.

Und der Preis? Er brauchte nicht darüber nachzugrübeln. Es genügte, sich ein paar Namen und Gesichter ins Gedächtnis zu rufen.

Alice, Sandie – das Kind, das sterben mußte, weil skrupellose Gangster seine Mutter süchtig gemacht hatten, noch ehe es geboren wurde. Die junge Frau, die aus Verzweiflung in den Tod ging.

Seine Frau und sein Kind. Seit damals gab es nichts, das er mehr haßte als das weiße Gift und die Schufte, die sich daran bereicherten.

Mit einem tiefen Atemzug schüttelte er die Erinnerung ab. In den nächsten Minuten konzentrierte er sich ganz auf das Verlegen der Sprengladungen. Ula Mandalai überprüfte noch einmal sorgfältig die Zündvorrichtung. Kyan Ky wartete, auch jetzt lächelnd, mit den Maultieren und der verbliebenen Ausrüstung in einer geschützten Mulde.

Ein paar einzelne Steineichen reckten ihre knorrigen Äste in den Himmel. An der Bergflanke wucherte Dornengestrüpp. Weiter unten begannen die Teakwälder, die das Bergland der Schan-Staaten prägten.

Niemand würde sie hier suchen, dachte Singal. Die Jäger mußten sie weiter im Osten vermuten. Dort, wo die Schmuggelwege verliefen, die in Hongkong endeten.

Sie hatten Zeit. Einfacher wäre es gewesen, das Opium sofort zu vernichten. Einfacher und für ihn, Singal, gefahrloser. Aber wenn es in die richtigen Hände kam, konnte es als Köder dienen. Als Köder für eine Falle, in der sich Morton Khan oder eine andere dieser menschlichen Bestien vielleicht endgültig verfangen würden.

Es wird klappen, dachte Lee Singal, während er sich aufrichtete und seinen schmerzenden Rücken rieb.

Mandalai turnte über den Rand der Mulde, mit diesen langsamen, zielstrebigen Bewegungen, die nur scheinbar schwerfällig waren. Kyan Ky hatte die Maultiere an einen toten Baumstamm gebunden. Erwartung glänzte in seinen Augen. Singal atmete tief durch. Nur Ula Mandalai hielt keine Sekunde inne. Er schien dem Augenblick nichts Bedeutungsvolles abzugewinnen, sondern tat einfach, was getan werden mußte.

Mit einer kräftigen Bewegung drückte er den Griff des Zündkastens nieder.

Einen Herzschlag lang blieb es still. Dann rollte die Kette der Detonationen wie Donner über die Bergflanke.

Die Männer duckten sich. Sie preßten sich dicht in den Schutz der Felsen, während die Druckwelle wie eine bösartige Sturmbö heranfegte. Schrill schrien die Maultiere, bäumten sich auf und versuchten auszubrechen.

Singal hörte das Knacken des toten Holzes im verebbenden Grollen der Explosion. Steine polterten. Staub und Splitter regneten herab. Lee Singal wollte den Kopf heben – und zuckte zusammen.

Etwas zitterte in der Luft, dumpf und drohend.

Ein Geräusch, das er nie zuvor gehört hatte. Ein Grollen und Knirschen wie aus dem tiefsten Innern der Erde. Der Berg schien zu stöhnen, zu ächzen. Knackend barsten Steine. Einzelne Brocken sprangen wie Murmeln über den Rand der Mulde. Und immer noch schwoll dieses fremde, unheimliche Dröhnen an.

Lee Singal riß den Kopf hoch.

Er sah den klaffenden Riß, der sich durch die Wand an der Bergflanke zog. Er spürte das Vibrieren des Bodens, sah die Felsen in Bewegung geraten und hatte das Gefühl, als gefriere die ganze Welt um ihn in Entsetzen …

Der Kerl rechnete nicht mit Gegenwehr.

Er war zu langsam und hatte viel zu weit ausgeholt. Im Bruchteil einer Sekunde begriff ich, daß er gar nicht mich persönlich meinte. Er glaubte, einen ahnungslosen Normalbürger vor sich zu haben. Jetzt war es zu spät für ihn, den Irrtum auszubügeln. Blitzartig zuckte meine linke Handkante hoch.

Der Bursche schrie auf, als sein Unterarm getroffen wurde. Ich sah, wie sich die stahlblauen Augen weiteten, wie sich die Muskeln spannten in dem Bemühen, der unerwarteten Aktion zu begegnen.

Die Waffe hielt er fest. Der Rückwärtsschritt, mit dem er seinen Schwerpunkt verlagern und sicheren Stand gewinnen wollte, verriet Karatekenntnisse. Ein Profi! Schnell und gefährlich! Ich dachte nicht daran, mich auf Experimente einzulassen.

Meine Rechte erwischte ihn am Kinn, bevor er eine Abwehrbewegung machen konnte.

Gurgelnd torkelte er weg. Jetzt erst ließ er den Revolver fallen. Der schepperte auf den Betonboden und rutschte unter den Wagen, gegen den der Blonde mit dem Rücken prallte. Haltlos glitt er daran herunter, kippte zur Seite und blieb liegen.

Ich atmete tief durch, um den Schock der Überraschung abzuschütteln. Verdammt, was sollte das? Ein Raubüberfall? Quatsch, dachte ich. Der Blonde sah nicht aus wie ein Straßengangster. Und ein Profi geht nicht hin und überfällt harmlose Leute in Parkhäusern, wenn der Wächter zufällig nicht da ist.

Zufällig?

Meine Schläfen summten. Mechanisch ging ich neben dem Mann in die Hocke und tastete nach seiner Brieftasche. Wenn er kein billiger Mugger und die Abwesenheit des Parkwächters kein Zufall war …

Das Geräusch der aufsetzenden Fahrstuhlkabine schnitt meine Gedanken wie mit einem Schwertstreich ab.

Jemand kam herunter. Jemand, der bei dem, was er hier unten anzustellen gedachte, keine Zeugen brauchen konnte – so mußte es sein. Der Blonde hatte mich niederschlagen wollen, weil ich zufällig im falschen Moment erschienen war.

Rasch richtete ich mich auf und glitt in den Schatten zwischen den abgestellten Wagen.

Die Tür der Fahrstuhlkabine surrte. Einen Augenblick blieb es still. Die Insassen schienen angespannt zu lauschen. Dann hörte ich ihre Schritte. Die leisen, dennoch in dem großen Raum hallenden Schritte von zwei Männern und dazu ein merkwürdiges, schleifendes Geräusch.

Vorsichtig richtete ich mich in meinem Versteck auf.

Durch die Scheiben eines Wagens konnte ich die Männer sehen. Ein hünenhafter Rotschopf und ein drahtiger Eurasier mit auffallend hellblauen Augen.

Zwischen sich schleppten sie einen Bewußtlosen, dessen blutverschmiertes Gesicht kaum noch Ähnlichkeit mit dem Foto aufwies, das ich von dem amerikanischen Geschäftsmann Rodney Garret gesehen hatte.

»Lee! Lee, wach auf! Goddam, Lee!«

Verwundert wurde Singal klar, daß das Ula Mandalais Stimme war. Eine Stimme, die er niemals so erregt, nie mit diesem wilden Ausdruck von Wut und Angst gehört hatte. Himmel, was war mit dem Burmesen passiert?

»Lee! Junge!«

Der Bergrutsch! Polternde Felsen und ein apokalyptischer Krach. Eine Ewigkeit aus Chaos, entfesselten Naturgewalten, Schmerz und Angst und Blut. Singals Körper war taub. Seine Ohren dröhnten. Blinzelnd hob er die Lider. Er wollte sprechen, etwas Beruhigendes murmeln, und dann überspülte ihn der Schrecken wie eine heiße Woge.

Kyan! Die Tiere, das Funkgerät! Wenn sie hier abgeschnitten wurden, ohne Verbindung zur Außenwelt ...

Mit einem erstickten Laut fuhr er hoch und klammerte sich an Mandalais Arm fest. Die Mulde glich einem Trümmerfeld. Dort, wo die Maultiere angebunden gewesen waren, türmten sich tonnenschwere Felsblöcke. Immer noch hing Staub in der Luft. Immer noch knackte und arbeitete das Gestein.

Hoch oben wirkte die Abbruchnische im malvenfarbenen Dämmerlicht wie eine blutige Narbe. Nur der flache, ausgedehnte Wulst des Überhangs war unversehrt. Singal erinnerte sich, daß er sich im Reflex gegen den Burmesen geworfen, ihn dorthin gestoßen hatte.

»Kyan Ky?« Singal brachte nur ein krächzendes Flüstern zustande.

»Tot.«

Mandalais Gesicht glich wieder der ausdruckslosen Maske. Er wies mit dem Kopf zur Seite. Singals Magen hob sich.

Kyan Ky – der kleine, ewig lächelnde Thai. In den letzten Augenblicken seines Lebens hatte er nicht gelächelt. Noch im Tod umkrallte er mit beiden Händen die Kante des Felsblocks, unter dem sein Körper bis zur Taille begraben war.

»Du bist verletzt«, sagte Mandalai leise. »Laß mich sehen!«

Erst jetzt spürte Lee Singal den wütenden Schmerz, der in seinem rechten Bein tobte. Der Stoff der Hose war mit Blut getränkt. Blut sickerte auch aus dem zerfetzten Stiefelleder. Singal biß die Zähne zusammen.

»Später«, knirschte er. »Such das Funkgerät!«

»Aber …«

»Such es, bevor vielleicht noch ein paar Brocken herunterkommen und es endgültig ruinieren! Ich bin verletzt, und du bist kein Bergsteiger, Ula. Wenn das Funkgerät hin ist, sind wir auch hin. Also such es!«

»Wenn du es sagst ...«

Die gleichen Worte, die er immer benutzte, die gleiche stoische Gelassenheit. Aber Singal hatte den Augenblick nicht vergessen, als der andere ihn noch für bewußtlos hielt.

Er lächelte verzerrt. Die ganze Zeit über hatte er sich gefragt, ob es für den schweigsamen, gleichmütigen Burmesen überhaupt so etwas wie Gefühle gab. Jetzt wußte er es.

Zehn Minuten später hatte Ula Mandalai die Reste des Funkgeräts gefunden.

Zerfetzte, verbogene, unbrauchbare Reste.

Sie saßen fest!

Mandalai konnte den Aufstieg durch die schroffen Wände des Mount Shaolein unmöglich schaffen. Er, Lee Singal, konnte es mit der Verletzung auch nicht. Das kleine Funkgerät, das dort oben bei den Opiumsäcken versteckt war, hätte genausogut auf dem Mond liegen können.

Ich hielt den Atem an.

Rodney Garret, also doch! Milesi hatte die Verwechslungsstory nur erfunden. Vielleicht um einen Bekannten vor unseren Ermittlungen zu schützen. Oder umgekehrt, durchfuhr es mich. Da waren die Telefongespräche gewesen, die Garret jedesmal unterbrach, wenn sich Milesi meldete. Vielleicht hatte er uns die Verwechslungsgeschichte aus Rachsucht aufgetischt, weil er voraussah, daß sich die Mafiakiller an den Mann halten würden, der von der alten Freundschaft nichts mehr wissen wollte.

Ich hörte auf, darüber nachzudenken.

Vorsichtig zog ich mich weiter zurück, um eine günstige Position zu finden. Meine Rechte tastete zum Schulterholster. Noch hatten die beiden Kerle ihren bewußtlosen Komplicen nicht entdeckt. Ich hoffte, den Moment der Überraschung ausnutzen zu können.

»... völlig überflüssig«, hörte ich eine Stimme mit Cockney-Akzent, die ich dem Rotschopf zuordnete. »Was soll Garret dabei? Die Puppe können wir uns auch allein schnappen. Sie wird den Mund schon aufmachen.«

Ich zuckte zusammen. Puppe? Hatte Milesi in Hongkong eine Freundin gehabt? Eine Frau, die er ins Vertrauen gezogen oder bei der er Unterlagen aufbewahrt hatte?

»Sie soll nicht nur den Mund aufmachen«, hörte ich den Eurasier sagen.

»Trotzdem sehe ich nicht ein, was der Kerl dabei soll.«

»Idiot! Er könnte uns hereingelegt haben, oder? Der Boß würde uns den Kopf abreißen, wenn wir – verdammt! Dan!«

Jetzt hatten sie den Blonden entdeckt.

Ich hob den Kopf und starrte hinüber. Der Rotkopf stieß Garret gegen den Wagen, während der Eurasier hastig neben seinem Komplicen in die Hocke ging. Der Augenblick wäre günstig gewesen.

Aber in meinem Kopf wirbelten die Gedanken. Ein unbekanntes Girl – eine Frau, die uns vielleicht weiterhelfen konnte – und die auf jeden Fall auf der Abschußliste der Mafia stand. Wenn ich die Gangster überrumpelte, würden wir den Namen wahrscheinlich von Garret erfahren.

Aber wenn ich es nicht schaffte, wenn ich mir auch nur den geringsten Fehler leistete oder wenn Garret schwieg, aus welchen Gründen auch immer ...

Mir blieben nur Sekunden, um meine Entscheidung zu treffen. Ich weiß nicht, ob es die richtige Entscheidung war. Mein Mietwagen hatte ein Autotelefon. Ich konnte die Kerle verfolgen, Phil oder die englische Polizei informieren und später immer noch versuchen, meine Gegner auszuschalten. Auf jeden Fall würden wir dann wissen, wer die Frau war, die vermutlich nicht einmal ahnte, welche Gefahr ihr drohte.

Lautlos zog ich mich tiefer zwischen die Wagen zurück.

»Dan!« hörte ich die Stimme des Eurasiers. »Carruther! He, Dan!«

Klatschende Schläge hallten über das Parkdeck. Der Gangster versuchte, seinen Komplicen mit Ohrfeigen wieder zu sich zu bringen. Der Blonde stöhnte und murmelte etwas.

Ich biß die Zähne zusammen. Würden die Kerle die Tiefgarage durchsuchen? Nein, dachte ich. Entweder hatten sie Milesi in den letzten Tagen beobachtet und kannten mich – dann mußte ihnen der Boden unter den Füßen brennen. Oder sie hielten mich für einen zufälligen Besucher, der schnurstracks zum nächsten Polizisten rennen würde – und das lief auf das gleiche hinaus.

Ich behielt recht.

Was der blonde Dan Carruther hervorsprudelte, konnte ich nicht verstehen, weil er nur mattes Geflüster zustande brachte. Doch die scharfe Erwiderung des Eurasiers war deutlich zu hören.

»Dein Problem, wenn du ihm dein Gesicht gezeigt hast, Dan«, zischte er. »Wir müssen uns beeilen. Packt Garret in den Wagen, und dann nichts wie weg hier!«

Die Firma Johnson Incorporated, offiziell die Niederlassung eines amerikanischen Import-Export-Unternehmens, residierte in einem mittleren Bürohaus in Kowloon. Phil hatte eins der Fährschiffe benutzt, die alle paar Minuten zwischen der Insel, dem eigentlichen Hongkong, und dem Festland verkehren.

Auf dem Star Ferry Pier herrschte wirbelnder Betrieb. Menschen mit oder ohne Gepäck, mit Fahrrädern, Karren und Bambuskörben drängten sich. Rikschas kurvten herum. Kunden eilten auf die Taxistandplätze zu. Von den Bahnsteigen des Bus-Terminals lösten sich, meist mit Touristen vollgepackt, die schwerfälligen Doppeldeckerbusse.

Phil atmete auf, als er den Hauptbahnhof mit dem skurrilen Glockenturm hinter sich hatte. Auf der Salisbury Road kam er besser voran, wenn auch nur wenig besser. Seufzend erinnerte er sich an das Sprichwort, daß in Kowloon angeblich die Polizei den Fußgängerverkehr regelt, damit überhaupt Autos fahren können.

Die getarnte Zentrale der CIA-Sektion Hongkong lag an der Nathan Road. Ein Aufzug trug Phil ins 15. Stockwerk. Er wußte, daß er erwartet wurde. Sonst hätte ihn der smarte Junge, der hinter einem Desk mit fünf Telefonen, zwei Sprechanlagen und einem Computerterminal regierte, wohl umgehend wieder hinauskomplimentiert.

Die nächste Station war ein Warteraum, in dem die Videoaugen diskreterweise fast lautlos arbeiteten. Es folgten ein langer Flur, das Vorzimmer des Vorzimmers, das Vorzimmer selbst, jeweils von unterkühlter blonder Weiblichkeit besetzt, und noch ein Vorzimmer, in dem sich ein schwarzhaariger, drahtiger Bursche mit der Geschmeidigkeit eines Raubtiers vom Sessel erhob. Phil lächelte freundlich.

Der Drahtige lächelte nicht zurück. »Die Gentlemen erwarten Sie«, sagte er statt dessen, grüßte mit einem kaum wahrnehmbaren Nicken und öffnete die Tür zum Allerheiligsten.

Die Gentlemen waren zu dritt. Mindestens zwei von ihnen sah Phil die Offiziere auf den ersten Blick an. Aber sie stellten sich gutbürgerlich vor: Jonathan Hawthorne,

Gerald Ross. Nummer drei, ein gutes Stück jünger als die anderen, hieß Lucius Clapton und zuckte alle paar Sekunden nervös mit den Augenlidern. Er war, wie Phil erfuhr, für die Kontakte zur Unterwelt zuständig, für das Netz von Spitzeln, Zuträgern und Mittelsmännern, ohne das ein Geheimdienst einpacken kann.

Hongkong gilt als Heroinküche des Fernen Ostens, so wie Marseille als Heroinküche der sogenannten French Connection dient, die Opium aus der Türkei zu reinweißem »Schnee« verarbeitet. Und Rauschgift, Opium, Heroin – das ist auch im unsichtbaren Dschungelkampf der Geheimdienste ein Hebel, mit dem sich allerlei bewegen läßt. Als Rauschgiftexperte wurde Gerald Ross vorgestellt. Ein kräftiger, knochiger Mann Anfang fünfzig mit grauer Haut und wasserhellen Augen, schwerem Kinn, einem Anflug von Tränensäcken und schütterem, fahlblondem Haar. Sein Händedruck war schlaff.

Jonathan Hawthorne, hager und straff von der silbergrauen Haarbürste bis zu den spiegelnden Schuhen, hob nur knapp die Hand, was an einen militärischen Gruß gemahnte. Er seufzte leicht, als er hinter seinem Schreibtisch hervortrat und einladend auf eine Sitzgruppe wies, wo die Sekretärin aus dem Vor-Vor-Vorzimmer Kaffee und chinesischen Tee serviert hatte.

»Tut mir leid, Mr. Decker«, meinte Hawthorne, was nach Phils Meinung nicht gerade eine vielversprechende Eröffnung war. »Natürlich sehen wir hier durchaus Notwendigkeit und Nutzen einer kollegialen Zusammenarbeit zwischen den verschiedenen Behörden. Obwohl das gerade bei uns – nun, etwas heikel ist.«

Phil unterdrückte ein Grinsen angesichts der umständlichen Ausdrucksweise. Er hatte das sichere Gefühl, daß hier normalerweise nur knappe Informationen, knappe Befehle und knappe Meldungen ausgetauscht wurden.

»Es geht um die Mafia«, sagte er ruhig. »Geheimdienstliche Belange sind nicht betroffen.«

»Sie vergessen, daß die Mafia ihre Fäden über Hongkong bis ins Goldene Dreieck spinnt«, meldete sich der nervöse Lucius Clapton. »Die dortigen politischen Verhältnisse ...«

»Lucius!« mahnte Jonathan Hawthorne. Claptons Augenlider zuckten. Hawthorne zog mit einem Ruck seine Bügelfalten zurecht, während Gerald Ross hörbar durch die Nase atmete.

Phil furchte die Brauen. Die komplizierten politischen Verhältnisse an der Nahtstelle zwischen Burma, Thailand und Laos waren kein Geheimnis. Sein Gefühl sagte ihm, daß da irgend etwas in der Luft lag, was seine Gesprächspartner beunruhigte. Aber da es nichts mit seinem Fall zu tun haben konnte, brauchte er sich auch nicht den Kopf darüber zu zerbrechen, glaubte er. »Trotzdem ist die Zusammenarbeit in der konkreten Situation nicht besonders heikel«, beharrte er. »Es geht um zwei New Yorker Mafiabosse und ausschließlich um Dinge, die in New York geschehen sind.« Phil erläuterte knapp die Vorgeschichte bis zum Tod des Zeugen. »Milesi ist bestimmt nicht zufällig nach Hongkong geflohen«, schloß er. »Wir vermuten, daß er hier Verbindungen hatte. Die möchten wir gern aufdecken, mehr nicht.«

»Hm. Und Sie haben keinerlei Anhaltspunkte?«

Phil zuckte mit den Schultern. »Einen vagen Hinweis auf einen Mann, den Milesi ein paarmal anzurufen versuchte. Angeblich eine Verwechslung, eine Namensgleichheit. Aber wir glauben eher, daß sich der Bursche einfach nicht in die Sache hineinziehen lassen wollte. Entweder weil er nichts mit Milesis Gangstergeschäften zu tun hatte oder weil ihm Milesi zu heiß war.«

»Und wie heißt der Typ?« wollte Hawthorne wissen.

»Garret«, sagte Phil. »Rodney Garret.« Er wollte noch hinzusetzen, daß es sich um einen amerikanischen Geschäftsmann handle und daß die englische Polizei so gut wie nichts über ihn wisse.

Aber in diesem Augenblick entstand ein so jähes, atemloses, fühlbares Schweigen, daß der G-man innehielt und verblüfft von einem zum anderen sah.

Jonathan Hawthorne war blaß geworden. Lucius Claptons Lider zuckten nicht mehr, sondern zogen sich weit auseinander.

Gerald Ross beugte sich ruckartig vor und starrte den G-man an. »Sagten Sie Garret?« brachte er mit einem scharfen Keuchen hervor.

Phil runzelte die Stirn. »Rodney Garret, richtig. Ein amerikanischer Geschäftsmann, der seit fünf Jahren in Hongkong lebt.« Er setzte die Adresse hinzu.

Mit dem Ergebnis, daß Gerald Ross einen lästerlichen Fluch ausstieß und Lucius Clapton begann, an seinen Fingern herumzuzerren, daß die Knöchel knackten.

»Stimmt etwas nicht mit dem Mann?« fragte Phil, bei dem sich allmählich Spannung regte.

Jonathan Hawthorne atmete tief durch. Der Blick seiner steingrauen Augen gewann die Schärfe einer Dolchspitze. »Hören Sie zu, Mr. Decker!« sagte er beschwörend. »Hören Sie genau zu, und glauben Sie mir bitte, daß ich jedes Wort so meine, wie ich es sage! Wir würden Ihnen wirklich gern helfen. Ich halte es sogar durchaus für möglich, daß Rodney Garret diesen Milesi von früher kennt. Aber es hat ganz sicher keinerlei Kontakt zwischen ihnen gegeben. Es ist garantiert so gewesen, wie Milesi behauptete: daß ihm Garret nämlich eingeredet hat, es handle sich um eine Verwechslung, eine Namensgleichheit.«

»Und woher wissen Sie das so genau?« fragte Phil. »Ich

weiß es, weil es so gewesen sein muß. Rod Garret kann es sich nicht leisten, zu irgend jemandem Kontakt aufzunehmen – mit einer einzigen Ausnahme. Er sitzt auf dem Pulverfaß, verstehen Sie? Er ist über gewisse Vorgänge informiert, die ich Ihnen jetzt nicht näher erläutern kann. Er wird möglicherweise beobachtet. Aber wir können ihn nicht aus dem Verkehr ziehen, weil wir ihn als Verbindungsmann brauchen. Und wir können ihn auch nicht hautnah überwachen, weil wir dadurch erst recht seine Tarnung gefährden würden, falls sie noch besteht.«

Hawthorne holte Luft und ließ die Schultern sinken. »Sie müssen die Finger von Garret lassen, Mr. Decker«, schloß er. »Ich garantiere dafür, daß er nicht das geringste mit Ihrem Fall zu tun hat. Vergessen Sie ihn!«

Jetzt war es an Phil, tief durchzuatmen. Er bezweifelte nicht, daß Hawthorne gute Gründe hatte, aber er konnte ihm nicht helfen.

»Das läßt sich leider nicht machen«, sagte der G-man mit einem bedauernden Achselzucken. »Mein Kollege Jerry Cotton ist bereits zu Garrets Adresse unterwegs. Und es dürfte zu spät sein, ihn noch über Autotelefon zu erreichen.«

Ich ahnte nicht, daß ich auf die falsche Hochzeit geraten war.

Für mich sah die Sache klar und eindeutig aus. Drei Mafiagangster hatten aus Rodney Garret die Adresse einer Frau herausgepreßt, bei der sie verräterische Unterlagen aus Guy Milesis Besitz vermuteten.

Die Kerle benutzten einen silbergrauen Bentley – den Wagen, hinter dem in der Tiefgarage der Blonde mit dem Namen Dan Carruther aufgetaucht war. Sie fuhren über die Küstenstraße in Richtung Aberdeen, dem größten und ältesten Fischerort der Insel mit seiner schwimmenden Stadt, wo Zehntausende von Chinesen auf Dschunken und Sampans leben.

Jetzt, in der Dämmerung, glommen Myriaden kleiner Lämpchen. Von allen Seiten klang chinesische Musik herüber. Feste wurden gefeiert. Fliegende Händler kurvten mit ihren Booten über die Wasserstraßen und priesen lautstark Waren, Lebensmittel oder warme Mahlzeiten an. Ein faszinierendes Bild!

Aber ich hatte keinen Blick dafür, weil ich meine ganze Aufmerksamkeit brauchte, um in dem Gewimmel aus Menschen, Autos, Rikschas und Karren jeder Art den grauen Bentley nicht aus den Augen zu verlieren.

Zehn Minuten später bogen meine Gegner am Stadtrand von Victoria City von der Küstenstraße ab.

Ihr Ziel lag in einem modernen, großzügigen Wohngebiet. Weiße Bungalows, gepflegte Gärten mit Zwergpalmen, üppig blühenden rosafarbenen Azaleen und Orchideenbäumen. Das Haus, vor dem der Bentley schließlich hielt, war völlig abgedunkelt. Der Fahrer – der Eurasier, wie ich wußte – schien einen Augenblick zu zögern. Dann bog er kurzerhand in die breite kiesbestreute Garagenzufahrt ein.

Ich hatte den Abstand ziemlich groß werden lassen, weil die Kerle meinen Mietwagen kannten. Jetzt fiel es mir nicht schwer, in einer schmalen Nebenstraße zu verschwinden – ohne Licht, was sich in der Dämmerung gerade noch vertreten ließ.

Durch die heruntergekurbelte Seitenscheibe hörte ich das Schlagen von Autotüren. Meiner Meinung nach sah es nicht so aus, als halte sich jemand in dem Bungalow auf. Vielleicht hatte Rodney Garret die Gangster tatsächlich hereingelegt. Sein Zustand sprach dafür. Er hatte sich gewehrt. Er hatte den brutalen Mißhandlungen lange widerstanden. Wer immer die unbekannte Frau war – sie konnte ihm nicht gleichgültig sein.

Über das Autotelefon benachrichtigte ich meine britischen Kollegen. Mit Phil konnte ich mich nicht in Verbindung setzen, weil ich die Nummer der Firma Johnson Incorporated nicht kannte und keine Zeit damit verlieren wollte, die Auskunft anzurufen. Denn ich hatte das dumpfe Gefühl, daß jede Minute zählte, entweder für die Bewohnerin des Bungalows oder, falls sie nicht zu Hause war, für Rodney Garret.

Eilig stieg ich aus, schloß den Wagen ab und steuerte auf die Einmündung zu.

Nach dem dritten Klingeln gab der Eurasier auf.

Neben ihm lehnte Dan Carruther an der Hauswand. Der Rothaarige war beim Wagen geblieben und beobachtete die leere Straße.

Nervös sog er an seiner Zigarette. Ab und zu warf er einen Blick auf den Mann, der verkrümmt im Fußraum vor den Rücksitzen lag.

Der Eurasier zog einen schmalen, biegsamen Kunststoffstreifen aus der Tasche und beugte sich über das Schloß.

Er war Experte und brauchte nur wenige Handgriffe. Lautlos schwang die Tür auf. Die beiden Gangster lauschten sekundenlang. Dann betraten sie die Diele, die mit schönen alten Bambusmöbeln und einer Grastapete ausgestattet war. Zwei Minuten später wußten sie, daß sich niemand im Haus aufhielt.

Der Eurasier fluchte gepreßt. »Schafft Garret rein!« befahl er über die Schulter. Dabei durchquerte er das Wohnzimmer und prüfte die dichten Bambusrollos, bevor er Licht machte.

Dan Carruther schwang herum.

Er war immer noch benommen von dem Knock out. Und er grübelte über den Zwischenfall – gründlicher, als seine Komplicen das für nötig hielten. Der Mann, der zur unpassenden Zeit in der Tiefgarage aufgetaucht war, hatte sich als Profi erwiesen, als geschulter Kämpfer. Carruther hatte ihn niederschlagen und zu dem Parkwächter in einen kleinen Nebenraum sperren wollen.

Daß es statt dessen ihn erwischt hatte, störte den Gangster nicht weiter, weil er es klar und nüchtern seinem eigenen Leichtsinn zuschrieb. Nur – was hatte der Bursche in der Tiefgarage zu suchen gehabt? Carruther glaubte nicht an Zufälle. Je öfter er sich die Sache durch den Kopf gehen ließ, desto mehr Ungereimtheiten fielen ihm auf.

Wieso war der Fremde verschwunden? Warum hatte er ihn, Carruther, nicht der Polizei übergeben? Weil er ihn für einen billigen Mugger hielt und seine Zeit nicht mit ihm verschwenden wollte? Weil er Wichtigeres zu tun hatte? Oder weil er eben nicht zufällig aufgetaucht war, sondern genau wußte, was der heimtückische Angriff bedeutete? Ein Kurier, dachte Carruther. Es konnte Singals Kurier gewesen sein. Vielleicht hatte Singal seine Funkausrüstung verloren. Vielleicht gab es irgendeinen anderen Grund für ihn, sich nicht direkt an seine Eingreifreserve in Thailand zu wenden, sondern den Kontakt weiter über Rodney Garret laufen zu lassen.

Die Grenze nach Thailand wurde überwacht. Funkgespräche konnten abgehört werden. Und Rod Garret hatte die ganze Zeit über als Mittelsmann gedient – bis die Verbindung abbrach.

»Träumst du?« knurrte der Rothaarige, der immer noch am Türholm des Bentley lehnte und rauchte.

»Shut up! Wir bringen Garret rein.«

»Na endlich! Der Kerl regt sich schon wieder. Soll ich ihm eins auf die Birne ...?«

»Nein! Die Frau und das Kind sind nicht hier. Garret muß uns erzählen, wo wir sie finden.«

Der Rotkopf zuckte mit den Schultern und zog die hintere Wagentür auf. Gemeinsam zerrten sie das Opfer ins Freie. Rodney Garret taumelte. Er war halbwegs fähig, auf den eigenen Beinen zu stehen. Aber sein Gehirn begann erst wieder zu arbeiten, als er im Wohnzimmer des Bungalows in einen Rattansessel gestoßen wurde.

Das Gesicht des Eurasiers schwebte wie ein blasses, gelbliches Oval über ihm. Die schwarzen Schlitzaugen funkelten. Rod Garret spürte einen Krampf im Magen und versuchte, sich zu wappnen.

»Sie ist nicht hier«, sagte der Eurasier. »Du hast es gewußt, nicht wahr?«

Ja, Garret hatte es gewußt. Mai Lin und ihr kleiner Sohn Sirko verbrachten ein paar Ferienwochen in ihrer Strandhütte an der Deep Water Bay. Sirko war nicht Lee Singals Kind, erinnerte sich Garret. Mai Lin war auch nicht Lee Singals Geliebte. Er hatte die junge Chinesin in der Gosse aufgelesen, bei irgendeinem heißen Einsatz.

Falls die Gerüchte zutrafen, hatte sie ihm das Leben gerettet. Dafür hatte er sie aus den Fängen eines Gangstersyndikats befreit, verhalf ihr zu einem neuen Start und zahlte unter anderem eine kostspielige Operation, der sich der kleine Sirko in den USA unterziehen mußte. Singals Beziehung zu der Frau und dem Kind war freundschaftlich, väterlich – wie immer man es nennen wollte. Er beschränkte den Kontakt auf ein Minimum, weil er die Gefahr kannte und sehr genau wußte, daß sich ein Mann wie er keine Schwäche leisten durfte.

Aber alle Vorsicht hatte nichts genützt. Der Überfall auf ihn, Rod Garret, bewies das deutlich genug.

»Wo sind sie?« schnitt die scharfe Stimme des Eurasiers in seine Gedanken. »Wo, Garret? Du wirst es so oder so ausspucken, also …«

»Ich weiß es nicht«, sagte Garret. Dabei bemühte er sich nicht einmal, seine Stimme überzeugend klingen zu lassen. Man würde ihm ohnehin nicht glauben.

Der Eurasier schlug ihm ins Gesicht. »Verdammter Hund! Du hast die Adresse hier verraten, weil du ganz genau wußtest, daß sie nicht im Hause sind. Also weißt du auch, wo sie sich verstecken. Sei vernünftig, Garret! Was du bis jetzt erlebt hast, war nur ein bescheidenes Vorspiel. Ich werde dich so kleinmachen, daß du in eine Streichholzschachtel paßt! Daß du froh bist, wenn ich dir überhaupt wieder zuhöre! Daß du …«

»Tu, was du nicht lassen kannst!« sagte Garret müde.

Der Eurasier holte erneut aus. Garrets Kopf flog gegen die Rückenlehne des Sessels. Er schmeckte Blut im Mund. »Was soll das alles überhaupt?« fragte er, um Zeit zu gewinnen. »Glaubt ihr ernsthaft, daß Singal mit Mai Lin über seine Geschäfte geredet hat? Sie weiß nichts.«

»Wir brauchen keine Informationen über Singals Geschäfte«, fuhr der Eurasier dazwischen. »Hast du immer noch nicht begriffen, daß wir wissen, was gespielt wird? Lee Singal arbeitet nicht auf eigene Rechnung, sondern für die Rauschgiftbehörde. Schon seit Jahren. Und zugegebenermaßen recht erfolgreich.«

Rod Garret hielt den Atem an.

Eine undichte Stelle, durchfuhr es ihn. Auf Singals Beziehung zu Mai Lin hätten die Kerle zufällig stoßen können. Daß er für die Rauschgiftbehörde arbeitete, konnten sie nur wissen, wenn es irgendwo eine undichte Stelle gab. Oder?

»Vermutungen«, sagte Garret kalt. »Hirngespinste, Bluff …«

»Tatsachen«, verbesserte der Eurasier. Seine hellen Augen funkelten triumphierend. »Wir wissen sogar ungefähr, wo Singal steckt. Er sitzt irgendwo im Süden der Schan-Staaten auf seinem Opium. Und in Thailand stehen ein paar Typen als Eingreifreserve Gewehr bei Fuß. Wir wissen es, Garret. Deshalb konnten wir es uns ja auch leisten, dich zu schnappen, statt abzuwarten, ob dir Singal nicht doch noch einen Kurier schickt.«

Garret verbarg den Schreck. Sie wußten es tatsächlich! Sie kannten den ganzen komplizierten Plan. Irgendein verdammter Verräter hatte geredet, hatte sich verkauft …

»Und weiter?« fragte Garret flach.

»Stell dich nicht dumm! Wir werden Singal erwischen, das steht fest. Dazu brauchen wir weder dich noch sonst jemanden. Aber er ist ein zäher Hund. Wenn er keine Chance mehr hat, wird er das Opium vermutlich in Flammen aufgehen lassen. Also brauchen wir ein Druckmittel – etwas, das ihm mehr wert ist als sein verdammter Auftrag. Der Frau und dem Kind wird nichts geschehen, falls das dein Gewissen beruhigt.«

Rod Garret verzog die Lippen.

»Und das soll ich glauben?«

»Warum nicht? Wir wollen das Opium, Mann. Nur das Opium, sonst nichts. Wenn du vernünftig bist, braucht überhaupt niemand zu Schaden zu kommen. Wir können uns das leisten, Garret. Wir können dich und sogar Lee Singal laufenlassen …«

»Weil ihr euch mit dem nächsten Raumschiff zum Andromedanebel absetzt?« fragte Garret spöttisch.

»Weil der Khan im Goldenen Dreieck eine Machtposition haben wird, die …«

»Morton Khan – so ist das also.« In den Augen des Eurasiers explodierten Funken der Wut. Garret spannte die Muskeln, aber der erwartete Schlag blieb aus.

»Okay«, knurrte der Eurasier. »Ob du es weißt oder nicht, spielt keine Rolle. Denk nach, Garret! Reden wirst du so oder so. Aber du kannst es dir leichter machen, und du hast die Chance, mit dem Leben davonzukommen. Also?«

Rod Garret zuckte mit den Schultern.

Er glaubte kein Wort. Gangster wie Morton Khan oder dieser Carruther scheffelten ihre schmutzigen Dollars nicht, um sich damit in der Wildnis zu verkriechen. Sie würden jeden Zeugen umbringen. Ihn, Garret, als ersten.

Aber vielleicht konnte er Mai Lin und das Kind retten. Vielleicht konnte er Zeit gewinnen, die Lee Singal brauchte. Denn die überstürzte Aktion der Gangster hier in Hongkong bewies, daß sich die Lage zugespitzt hatte. Die Dinge trieben der Entscheidung zu.

»Ich weiß nichts«, wiederholte Garret. »Was ich wußte, habe ich gesagt. Das Haus hier ist Mai Lins offizielle Adresse. Alles, was ich sonst noch anbieten kann, sind Vermutungen.«

»Und?« fragte der Eurasier gespannt.

»New York. Singals Dienststelle sitzt in New York, wie ihr ja sicher wißt. Ich könnte mir vorstellen, daß er Mai und das Kind aus Sicherheitsgründen in die USA gebracht hat.«

Sekundenlang blieb es still. Einen Augenblick hoffte Rod Garret fast, daß seine Gegner ihm glaubten. Dann würde er schnell sterben und sich keine Sorgen mehr darüber machen müssen, ob er wirklich hart genug war, um bis zum Schluß zu schweigen.

Aber der Eurasier schüttelte langsam den Kopf. »Unsinn! Ein Blinder sieht, daß das Haus hier bewohnt wird. Außerdem hättest du nicht so lange gebraucht, um uns die Adresse zu verraten, wenn die Frau und das Kind tatsächlich weit vom Schuß in New York wären.« Er machte eine Pause und preßte die Lippen zusammen. »Meine Geduld ist zu Ende, Garret. Du wirst dir noch wünschen ...«

»He!« fuhr Dan Carruther dazwischen.

Er und sein rothaariger Komplice hatten ziellos und eher beiläufig damit begonnen, den Raum zu durchstöbern. Jetzt strafften sich Carruthers kantige Schultern. Er stand vor einem zierlichen Möbelstück aus Rattan und Rohrgeflecht. Mit gerunzelter Stirn fächerte er ein paar Fotos auseinander.

»Sieht aus wie ein Strandhaus«, murmelte er. »Verdammt, ja, es ist eine von den Strandhütten drüben an der Deep Water Bay!«

»Zeig her!«

Der Eurasier fuhr herum. Rod Garret konzentrierte sich mit allen Sinnen darauf, gleichmütig zu bleiben. Was bewiesen schon ein paar Fotos? Nichts, gar nichts, versuchte er sich einzureden. Aber in Wahrheit wußte er genau, daß sich seine Gegner von dieser Spur nicht mehr abbringen lassen würden.

Er hatte einen schrecklichen Fehler gemacht. Die Kerle hätten nie bis hierher kommen dürfen.

Er atmete flach.

Wenn er den Moment der Unaufmerksamkeit nutzte und zu fliehen versuchte ...

Seine Muskeln spannten sich. Er wußte, daß er keine Chance hatte, nicht wirklich. Und als ihn der Rothaarige brutal an der Schulter zurückriß, begriff er, daß auch dieser sinnlose Ausbruchsversuch ein Fehler gewesen war.

»Sieh an!« sagte der Eurasier zynisch. »Unser Freund wird nervös. Eine Strandhütte an der Deep Water Bay also! Der gute Singal scheint nicht schlecht für seine Freundin zu sorgen.«

Rod Garret ließ den Kopf zurücksinken. »Meinetwegen

grabt sämtliche Küsten um! Ihr werdet trotzdem nichts finden.«

»Doch, Garret, doch! Weil du uns jetzt nämlich die Adresse dieser hübschen Zufluchtstätte verraten wirst. Dan, Reggy …«

»Ich kenne die Gegend«, unterbrach ihn Carruther. »Ich kann den Schuppen auch so finden.«

»Bist du sicher?«

»Sonst würde ich es nicht sagen. Fahren wir hin! Dann werden wir ja sehen, ob sich die Puppe und ihr Balg dort verkrochen haben.«

Der Eurasier zögerte.

Dann schüttelte er den Kopf. »Nichts überstürzen, Dan! Die Spur ist mir ein bißchen zu vage. Bevor wir weiter durch die Gegend fahren, sehen wir uns hier gründlich um. Und vor allem befassen wir uns noch ein bißchen mit unserem Freund. Vielleicht ändert er seine Meinung und …«

»Das können wir in dem Strandhaus genausogut, falls es leer ist«, widersprach Carruther. »Aber wenn wir die Frau und das Kind tatsächlich dort finden, haben wir eine Menge Zeit gespart.«

»Und warum bist du plötzlich so wild darauf, Zeit zu sparen?«

Carruther zögerte. Er wußte, er hätte den Verdacht, den er hegte, schon früher äußern müssen. Wohl fühlte er sich nicht in seiner Haut.

»Der Kerl, der mich in der Tiefgarage niedergeschlagen hat«, sagte er langsam. »Der Bursche war ein Profi, ein ausgebildeter Einzelkämpfer.«

»Na und? Das bin ich auch. Trotzdem kann es mir passieren, daß ich zufällig jemandem in die Quere gerate, oder?«

»Und was tust du, wenn jemand versucht, dir von hinten eins über den Schädel zu geben? Du knöpfst dir den Burschen vor und quetschst ihn aus, oder nicht? Es sei denn, du weißt ohnehin, welcher Film läuft.«

Der Eurasier kniff die Augen zusammen. Er konnte schnell denken. Was seinem Komplicen erst allmählich während der Fahrt aufgegangen war, begriff er in Sekunden.

»Stimmt«, flüsterte er. »Der Kurier! Es könnte ein Kurier mit Nachrichten von Singal gewesen sein. Du bist ein verdammter Narr, Dan. Wir hätten ihn erwischen müssen. Du hast kein Wort davon gesagt, daß er ein Profi …«

»Ich war halb bewußtlos. Außerdem wäre er so oder so längst über alle Berge gewesen. Aber darauf kommt es jetzt nicht mehr an. Wenn es wirklich ein Kurier war und wenn er es wirklich geschafft hat, die Informationen durchzubringen …«

»… wird er jetzt anderweitig damit hausieren gehen, das weiß ich selbst«, fauchte der Eurasier. »Aber das wird er nicht sofort tun, nicht stehenden Fußes. Wer in einem so komplizierten, gefährlichen Spiel als Joker mitmischt, der denkt erst gründlich nach, bevor er losstürmt. Und er sichert sich ab. Das dauert seine Zeit.«

»Trotzdem sollten wir …«, begann Carruther.

»Natürlich müssen wir uns beeilen. Ich hoffe nur, du hast den Mund nicht zu voll genommen und wirst den verdammten Schuppen von den Fotos schnell finden.«

Damit war klar, daß die Gangster tatsächlich sofort zu der Strandhütte an der Deep Water Bay fahren würden.

Für Rodney Garret bedeutete es einen Aufschub. Aber er empfand nicht die geringste Erleichterung darüber.

Geduckt huschte ich an der weißen Wand des Bungalows entlang. Dabei fragte ich mich, wie lang eigentlich eine Viertelstunde sein konnte. In fünfzehn Minuten wollten die englischen Kollegen zur Stelle sein. Da sie nicht mit vollem Konzert anrauschen durften, hatten wir ein unverfängliches Hupzeichen vereinbart. Die Uhr sagte mir, daß erst sieben Minuten vergangen waren. Aber meinem Gefühl nach hatte ich eine halbe Ewigkeit auf der Rückseite des Hauses dicht neben der Terrassentür gekauert und gelauscht.

Der erste Teil des Gesprächs war mir entgangen.

Der zweite Teil, wegen der mangelhaften Schallisolierung der Wände ganz genau zu verfolgen, ließ immer noch meine Gedanken durcheinanderwirbeln.

Was ich gehört hatte, warf alle meine bisherigen Vermutungen über den Haufen. Die ganze Situation erschien mir so verdreht und unwirklich wie eine Filmszene, bei der jemand versehentlich den falschen Ton angestellt hat.

Wer, zum Teufel, war Lee Singal?

Wer war Morton Khan, in dessen Auftrag die drei Gangster offenbar eine Frau und ein Kind entführen sollten, um sie als Druckmittel gegen diesen Singal zu benutzen? Daß es um Opium ging, hatte ich ebenfalls vernommen. Also lag der Gedanke an einen Gangsterkrieg nahe.

Vielleicht spielte Guy Milesi eine andere, wichtigere Rolle, als wir geahnt hatten. Aber der Name Milesi war in dem Gespräch überhaupt nicht gefallen. Auch kein anderer Name, der sich – jedenfalls meinem Informationsstand nach – mit der Mafia in Verbindung bringen ließ.

Dafür war von einer geheimnisvollen Dienststelle die Rede gewesen, angeblich der Dienststelle des unbekannten Lee Singal. Und von einem Kurier, mit dem mich die Gangster verwechselten, einem Kurier, auf den Rodney Garret offenbar gewartet hatte.

Ich dachte daran, wie merkwürdig wenig die Hongkonger Polizei über diesen angeblichen amerikanischen Geschäftsmann wußte. Ich dachte an die Art, wie er Guy Milesis verzweifelte Telefonanrufe abgeschmettert hatte. Milesi war überhaupt nicht zu Wort gekommen – weil Garret wußte, in welcher Lage der Bekannte von früher steckte, hatten wir geglaubt. Aber genausogut konnte es sein, daß sich Garret grundsätzlich abschottete, gegen alles und jeden, weil er in ein großes Spiel verwickelt war, das keine Störungen und unerwarteten Zwischenfälle vertrug.

Opium – ein Typ namens Lee Singal, der für eine wie auch immer geartete »Dienststelle« arbeitete – Morton Khan – Rod Garret, der in Hongkong saß und auf einen Kurier wartete …

Sekundenlang hielt ich den Atem an, um die fadendünne Gedankenverbindung zu begreifen. Dann wurde mir klar, daß ich dazu jetzt wahrscheinlich keine Zeit hatte. Irgendwo an der Deep Water Bay versteckten sich eine junge Frau und ein Kind, deren Leben bedroht war. Meine englischen Kollegen brauchten noch mindestens acht Minuten, und ob sie mit der vagen Ortsangabe viel würden anzufangen wissen, mußte sich erst herausstellen.

Ich konnte nicht warten! Ich durfte die Kerle nicht mit Rod Garret entkommen lassen. Meine Rechte tastete zum Schulterholster. Ich hatte die Hausecke erreicht und lauschte.

Schritte! Scharf gezischte Worte, die ich nicht verstand, dann ein paar unbestimmbare Geräusche. Einfacher wäre es gewesen, die Kerle von der Terrasse aus anzugreifen, solange sie sich noch im Haus befanden. Wenn sie es verließen, würden sie wachsam sein. Aber das gefiel mir immer noch besser als die Gefahr, in einem chinesischen

Bambusrollo hängenzubleiben. Chinesische Bambusartikel sind nämlich meistens verdammt zäh gearbeitet.

Ich duckte mich in den Schatten eines Orchideenbaums und spähte zu dem schmalen Verandavorbau hinüber, der nach Art einer Pergola mit allem möglichen Grünzeug berankt war.

Inzwischen herrschte fast völlige Dunkelheit. Im Westen brannte der Himmel in tiefem Rot, das sich mit dem Widerschein der Lichtglocke über Victoria City mischte. Türangeln knarrten.

Sekundenlang fiel eine helle Bahn nach draußen und erlosch wieder. Ich hatte rechtzeitig die Augen zusammengekniffen, um nicht geblendet zu werden. Deshalb konnte ich die vier Gestalten zumindest schattenhaft erkennen.

Der Eurasier ging an der Spitze. Seine Haltung wirkte gespannt wie eine Bogensehne, als er die Stufen heruntерglitt. Prüfend sah er sich um, bevor er seinen Komplicen winkte, die Rod Garret zwischen sich schleppten.

Mußten sie ihn wirklich schleppen?

Meiner Meinung nach hatte die Stimme des Mannes verraten, daß er durchaus nicht halb bewußtlos war. Wenn er bluffte, um seine Chance zu suchen, mußte ich mich auf Überraschungen gefaßt machen. Trotzdem wartete ich. Meine Gegner waren zu dritt. Wenn ich zu früh handelte, würde ich in eine tödliche Zange geraten.

Der Eurasier stand mit dem Rücken zu mir, während seine Komplicen Garret die Stufen herunterzerrten. Der silbergraue Bentley parkte auf der Garagenzufahrt.

Mein Gehirn spielte verschiedene Möglichkeiten durch. Im günstigsten Fall würde Garret im Kofferraum landen, wo ihn sich die Kerle zumindest nicht als Geisel greifen konnten. Wenn sie ihn auf dem Rücksitz transportieren wollten, mußte einer von ihnen als erster hinten einsteigen, während der zweite vielleicht schon am Lenkrad saß. Dann konnte ich im richtigen Augenblick den dritten Mann ausschalten und das Opfer in Sicherheit bringen …

Es war Rod Garret, der mir einen Strich durch die Rechnung machte.

Er hatte seinen angeschlagenen Zustand tatsächlich übertrieben. Und er fing es geschickt an, das mußte ich zugeben. Offenbar wußte er, daß der Eurasier als Anführer des Trios nicht daran dachte, eigenhändig Autotür oder Kofferraumhaube zu öffnen. Das übernahm der Rothaarige.

Dazu mußte er sein Opfer loslassen – und da er nicht mehr mit Widerstand rechnete, tat er es etwas zu früh.

Ich hätte mir an Garrets Stelle haargenau die gleiche Sekunde ausgesucht, um zu handeln.

Er mußte irgendwann eine Nahkampfausbildung durchlaufen haben, das begriff ich bei seiner schnellen Aktion. Kaum hatte er den rechten Arm frei, da wirbelte er schon herum. Seine Faust bohrte sich mit dem ganzen Schwung der Drehung in Dan Carruthers Magengrube. Der knickte wie ein Taschenmesser zusammen.

Das war auch der Sinn der Übung gewesen. Denn andernfalls wäre Garret vermutlich mitgerissen worden und aus dem Gleichgewicht geraten. So setzte er dem Blonden die Handkante auf den Oberarm und schaffte es, seinen Griff zu sprengen.

Ich fegte auf den Eurasier zu.

Schneller wäre es gegangen, die Sache mit dem 38er zu bereinigen. Aber dazu war die Situation zu unübersichtlich, vor allem für Rod Garret. Wenn er jemanden »Hände hoch!« schreien hörte, würde er das vermutlich auf sich beziehen.

Aus den Augenwinkeln sah ich ihn auf den Rotschopf

zuhechten. Der Eurasier griff mit einem Fluch unter die Jacke. Er wandte mir immer noch den Rücken.

Aber verdammt, ich unterschätzte seinen Instinkt, seine Reflexe.

Daß er mich hörte, hatte ich erwartet. Daß er fast ohne Schrecksekunde herumfuhr, überraschte mich jedoch. Ich wollte ihm von hinten den Revolverlauf über den Schädel ziehen. Statt dessen streifte die Mündung nur sein verzerrtes Gesicht, schrammte über seine Jacke und verfing sich mit dem Korn im Stoff, als ich blitzartig zurücksprang.

Der Eurasier wurde mitgerissen und prallte gegen mich.

Er rechnete genausowenig damit wie ich. Aber er hatte auch nicht mit meinem schnellen Zurückweichen gerechnet. Und deshalb tat er genau das, was er vorgehabt hatte, als er mich auf sich zuspringen sah.

Sein Knie zuckte hoch.

Gleichzeitig flog seine Rechte nach oben – auch das eigentlich noch auf eine andere Situation berechnet. Er traf den 38er, und dabei löste sich das Korn aus dem Stoff.

Mir wäre es entschieden lieber gewesen, wenn mich die Faust des Burschen ins Gesicht getroffen hätte anstelle meines eigenen Revolvers.

Funken explodierten vor meinen Augen. Die Umgebung begann, sich zu drehen. Irgendwie schaffte ich es, den unvermeidlichen Sturz in eine Rolle rückwärts zu verwandeln. Keuchend gelangte ich auf die Knie, verkrümmt, halb gelähmt von dem grellen Schmerz. Mühsam brachte ich den 38er hoch, den ich eisern festgehalten hatte.

Das Korn war verbogen, aber mit einer kurzläufigen Waffe visiert man sowieso selten über Kimme und Korn.

Ich mußte mir den Eurasier vom Hals halten. Viel sah ich nicht, weil mir das Blut in die Augen lief. Um Garret und die beiden anderen Gangster konnte ich mich schon gar nicht kümmern.

Undeutlich erfaßte ich die blitzhafte Bewegung meines Gegners. Einen Moment hatte der Erfolg seiner Aktion ihn wohl selbst überrascht. Jetzt griff er endgültig zur Waffe.

»FBI!« wollte ich schreien – doch ich brachte nur ein undeutliches Krächzen heraus.

Ich mußte schießen.

Wie eine Explosion dröhnte der Knall in meinem schmerzenden Schädel. Der Eurasier wurde an der Schulter gestreift. Seine Schußhand sank herab, noch ehe er die eigene Waffe packen konnte. Mit einem Wutschrei warf er sich zur Seite und rollte über den Kies der Garagenzufahrt.

Mein Kopf zuckte herum.

Was in den letzten Sekunden rechts von mir passiert war, hatte ich nicht mitbekommen. Jetzt sah ich es, und meine Magenmuskeln zogen sich zusammen. Rod Garret war es gelungen, den Rotkopf in einen Hibiskusbusch zu befördern.

Aber Garret durchschaute die Situation nicht. Deshalb tat er das Falsche. Er hätte nachsetzen, den Rothaarigen ausschalten und sich um Carruther kümmern müssen. Statt dessen rannte er blindlings über eine Rasenfläche davon, weil er auch mich für einen Gegner hielt und seine letzte Chance in der Flucht sah.

Dan Carruther hatte sich wieder aufgerappelt.

Breitbeinig stand er da, den schweren Derringer im Combat-Anschlag. Die Mündung zielte auf Garrets Rücken. Auf den Rücken eines wehrlosen Opfers, das nicht einmal Haken schlug.

Eiskalt durchfuhr mich der Schrecken.

Auf den Knien warf ich mich herum und schwenkte den 38er mit. Ich schoß, ohne zu zielen. Ich hielt voll auf den Mann. Und dennoch konnte ich das Verhängnis nicht mehr aufhalten.

Der blonde Gangster war einen Sekundenbruchteil schneller als ich.

Rodney Garret schrie, warf die Arme hoch und fiel mitten im Lauf vornüber. Ich weiß nicht, was Carruther rettete. Die eigene Schwäche vermutlich. Die Tatsache, daß er noch zu benommen war, um die schwere Waffe in seinen Fäusten zu bändigen.

Im entscheidenden Augenblick torkelte er einen Schritt rückwärts. Meine Kugel zerschmetterte eine Fensterscheibe, und Carruther schwang mit angeschlagenem Revolver herum.

Er schoß noch in der Bewegung. Verbissen ballerte er die ganze Trommel leer. Trotzdem wäre ich ihm zuvorgekommen. Aber da versengte mir eine Kugel aus einer anderen Richtung fast die Haarspitzen.

Der Eurasier!

Klar, der war auch noch da. Und der Rotschopf, nicht zu vergessen. Im Reflex ließ ich mich fallen und rollte um die eigene Achse. Dort, wo ich eben noch gekauert hatte, spritzten Dreckfontänen. Der Blumenkasten, hinter dem ich landete, verdiente den Namen Deckung kaum.

Trotzdem richtete ich mich sofort wieder auf. Ich wußte, daß ich die drei Kerle jetzt nicht mehr überwältigen konnte. Und ich hatte nicht vergessen, daß sie mich mit jemandem verwechselten. Mit einem Kurier, den sie für gefährlich hielten. Sie würden mich eiskalt umbringen, wenn es mir nicht gelang, sie in die Flucht zu schlagen.

Ich schaffte es.

Zufälle kamen mir zur Hilfe. Der Eurasier war bei seinem Ausweichmanöver in unmittelbare Nähe des Bentley geraten. Der Rothaarige, der sich erst einmal aus dem Hibiskus befreien mußte, stolperte ebenfalls zum Wagen. Und der Blonde, der noch die beste Chance gehabt hätte, mich zu erwischen, behielt einfach nicht die Nerven.

Ich feuerte auf den Eurasier, der sich mit einem Sprung auf den Fahrersitz des Bentley rettete, weil keine andere Deckung in der Nähe war. Der Rotschopf sah seinen Boß am Steuer und raste wie angestochen auf die Beifahrerseite zu. Dan Carruther deutete das als Signal zur allgemeinen Flucht. Verschossen hatte er sich sowieso. Er unternahm erst gar nicht den Versuch, die Trommel aufzuladen, sondern rannte los und schwang sich eine Sekunde später ebenfalls in den Bentley.

Ich war sicher, daß der Eurasier eigentlich keinen lebenden Zeugen hier zurücklassen wollte.

Aber jetzt hatte eine Kette von Zufällen dazu geführt, daß er mit seinen Komplicen im Wagen saß, startbereit und bestimmt nicht auf der Höhe seiner Nerven. Ich biß die Zähne zusammen. Meine einzige Chance bestand darin, den Kerlen endgültig den Schneid abzukaufen. Also setzte ich alles auf eine Karte und jagte die letzten drei Kugeln aus dem 38er ins stabile Blech des Bentley. Der Motor heulte auf. Kies spritzte unter den Reifen, als der Eurasier einen Kavaliersstart hinlegte. Mit wedelndem Heck verschwand der Wagen um die Biegung und jagte davon. Ich sprang hoch, kämpfte um mein Gleichgewicht und fischte dabei bereits den Speedloader mit der Reservemunition aus der Tasche.

Die ersten taumelnden Schritte belehrten mich darüber, daß es sinnlos war, die Kerle zu verfolgen.

Sinnlos und gefährlich! Sie kannten die genaue Adresse des Strandhauses an der Deep Water Bay nicht.

Rod Garret kannte sie, dessen wir ich sicher. Und ich konnte ihn nicht einfach liegenlassen, so oder so nicht. Ich hörte ihn stöhnen.

Er lebte. Aber ich hatte gesehen, wie sich die Kugel in seinen Rücken gebohrt hatte. Und als ich neben ihm in die Hocke ging, sah ich den Blutfleck, der sein Jackett in Höhe des Herzens verfärbte.

»Garret, hören Sie mich?« Meine Stimme krächzte. »FBI! Die Kerle sind weg. Ich rufe die Ambulanz und ...«

»Nein!«

Mit einer heftigen Bewegung wälzte er sich herum, ehe ich ihn hindern konnte. Sein Gesicht war fahl, schmerzverzerrt, von brutalen Mißhandlungen gezeichnet. Blindlings klammerte er sich an mir fest, um mich am Aufstehen zu hindern.

»Nein«, wiederholte er flüsternd. »Warten Sie! Mir ist nicht mehr zu helfen. Aber Sie müssen Mai Lin und das Kind retten. Mai Lin ist ...«

»Ich weiß«, sagte ich rauh. »Ich habe es gehört. Ich brauche nur die Adresse.«

Mühsam brachte er die Anschrift der Strandhütte hervor und beschrieb den Weg. Ich schob den Arm unter seinen Rücken.

Ich ließ ihn reden. Denn ich wußte, daß er tatsächlich nur noch wenige Minuten zu leben hatte. Und daß er leichter sterben würde, wenn er sagte, was er sagen mußte.

»Morton Khan ist in Hongkong – Lee Singal hat ihm das Opium abgenommen, aber er sitzt damit im Schan-Staat fest. Für die Rauschgiftbehörde, verstehen Sie? Er ist – auf unserer Seite. Er und Mai Lin und das Kind ...«

»Und Guy Milesi?« fragte ich ungläubig.

»Milesi?« Einen Augenblick starrte er mich verständnislos an. Dann zuckten seine Lippen. »Unwichtig! Milesi spielt keine Rolle. Er kennt mich, seit ihn die Mafia einmal vor Jahren wegen irgendwelcher Rauschgiftgeschäfte hierherschickte. Er muß geglaubt haben, daß ich auf eigene Rechnung gegen die Mafia arbeitete – jetzt wollte er sich mit mir zusammentun. Aber ich konnte ihn nicht brauchen. Die Verbindung zu Singal war abgerissen. Ich wußte nicht, ob er einen Kurier schicken würde oder noch die Möglichkeit hatte, sich direkt mit der Eingreifreserve in Thailand in Verbindung zu setzen. Niemand wußte es. Und ich wußte nicht, ob ich beobachtet wurde. Verstehen Sie? Ich durfte nichts riskieren. Ich habe Milesi eingeredet, daß er mich mit jemandem verwechselt ...«

Rod Garrets Stimme wurde schwächer.

Ich verstand eine ganze Menge in diesen Sekunden. Guy Milesi war einem Mißverständnis zum Opfer gefallen. Er hatte sich aus purer Panik an einen Strohhalm geklammert. Garret, Lee Singal, Morton Khan, Dan Carruther und die anderen – sie alle hatten nichts mit unserem Fall zu tun. Aber da gab es eine Frau und ein Kind, die in Lebensgefahr schwebten und deren Schicksal mir nicht gleichgültig sein konnte.

»Sie wissen es«, flüsterte Garret. »Hören Sie? Der Khan weiß, wer Lee Singal ist. Eine undichte Stelle – irgendwo bei der Rauschgiftbehörde oder bei der CIA – gibt es eine eine undichte ...

Seine Stimme brach.

Noch einmal bäumte er sich auf und fiel dann schlaff zurück. Ich sah den stumpfen Schleier, der über seine Augen zog – den Schleier des Todes.

»Mai Lin – Sie müssen Mai und das Kind ...«

»Ich tue, was ich kann«, sagte ich tonlos. »Ich schwöre es.« Behutsam ließ ich den leblosen Körper zu Boden gleiten und drückte ihm die Augen zu.

Lee Singal biß die Zähne zusammen, weil der Schmerz fast unerträglich wurde. Das Gesicht seines burmesischen Freundes wirkte starr. Ula Mandalai hatte die Verletzung versorgt, das Bein geschient und Antibiotika injiziert. Als er die Spritze mit dem schmerzstillenden Mittel aufziehen wollte, schüttelte Singal verbissen den Kopf.

»Noch nicht, Ula. Du weißt, was du tun mußt, nicht wahr?«

Mandalais Blick wanderte zum Gipfel des Mount Shaolein hinauf, der sich schwarz vor dem funkelnden Sternenhimmel abhob. Das Opium, das dort oben versteckt war, hatte schon zu viele Opfer gekostet. Es durfte nicht in falsche Hände fallen. Mandalai wußte, daß Lee Singal nicht aufgeben würde.

»Es gibt Höhlen hier unten«, sagte der Burmese ruhig. »Die Ausrüstung, die wir gerettet haben, reicht noch für eine Weile. In ein paar Tagen, wenn es dir besser geht ...«

»Nicht in ein paar Tagen, Ula! Sofort! In ein paar Tagen wird Morton Khan wissen, wo wir stecken. Dann hast du keine Chance mehr, nach Thailand durchzukommen.«

»Und wenn er es ohnehin weiß?«

Mandalai hatte den gleichen Verdacht schon ein paarmal beharrlich wiederholt. Die Möglichkeit, daß er recht hatte, ließ sich nicht völlig von der Hand weisen. Aber jetzt kam es nicht mehr darauf an.

Singal zuckte mit den Schultern. »Dann würdest du besser hierbleiben«, meinte er. »Nicht, weil wir zu zweit eine Chance hätten, sondern weil du dich mit Morton Khan einigen könntest.«

»Du glaubst, ich würde dich ans Messer liefern?«

»Unsinn!« Singal lächelte verzerrt. »Aber warum solltest du nicht versuchen, wenigstens dein eigenes Leben zu retten, wenn es keinen anderen Ausweg mehr gibt?«

»Weil ich zu einem Hund wie Morton Khan auch nicht

zum Schein überlaufe! Du hast recht. Die Chancen werden schlechter, je länger wir warten. Und falls mich Khans Leute in der Nähe der Grenze erwischen, bleibt mir immer noch die Möglichkeit, sie mit einem Haufen Lügen zu füttern.«

Für den Burmesen war das eine erstaunlich lange Rede. Jetzt preßte er die Lippen zusammen, wie um zu demonstrieren, daß über diese Sache ein für allemal genug Worte gefallen seien.

Schweigend beugte er sich über den anderen, half ihm hoch und zog sich den Arm des schmalen, drahtigen Mannes so um die Schultern, daß Singal mehr getragen als gestützt wurde.

Trotzdem verlor er zweimal vor Schmerz das Bewußtsein, bevor ihn die undurchdringliche Finsternis der Höhle aufnahm, die Mandalai gefunden hatte.

In der nächsten Stunde entfaltete der Burmese eine stumme, zielstrebige Tätigkeit. Es war mühsam, die Reste der Ausrüstung durch die Felstrümmer zu schleppen. Trockenfleisch und Proteinriegel, einen heilgebliebenen Wasserkanister, Whisky in zwei unzerbrechlichen Feldflaschen, Tabletten, Morphium, dazu Decken und alle möglichen Bündel, die sich für ein provisorisches Lager verwenden ließen.

Mit der gleichen geduldigen Sorgfalt stellte Mandalai zusammen, was er selbst mitnehmen wollte. Zum Schluß überprüfte er das Gewehr und die Reservemunition für Singals Pistole.

»Du hast zwei Dutzend Kugeln und eine Handgranate. Ich werde den Höhleneingang mit Gestrüpp tarnen. Deine Vorräte reichen für drei Wochen.«

Singal lächelte verzerrt.

»Du bist ein Optimist, Ula.«

»Sie reichen drei Wochen«, beharrte Mandalai. »Vergiß

nicht, daß es die dümmsten Zufälle gibt! Vielleicht verstauche ich mir den Fuß. Vielleicht läuft Morton Khan einer Kugel in den Weg. In drei Wochen wird dein Bein so weit in Ordnung sein, daß du vielleicht doch noch den Berg angehen kannst. Und dort oben liegt ein Funkgerät. Es ist eine Chance, Lee.«

»Okay. Paß auf dich auf, Ula!«

Der Burmese nickte und wandte sich ab. Lee Singal hörte das Rascheln des Gestrüpps, das vor den Höhleneingang geschoben wurde. Dann die schweren, bedächtigen Schritte. Nur noch ein paar Sterne blinkten. Singal lehnte sich zurück, schloß die Augen und versuchte, tief und gleichmäßig zu atmen, um sich zu entspannen.

Er wußte, daß es sinnlos war, über die Erfolgsaussichten des Unternehmens zu grübeln. Es konnte klappen, wenn Morton Khan tatsächlich ahnungslos war. Es würde schiefgehen, wenn die Gegenseite schon so viel wußte, wie Ula Mandalai befürchtete.

Und Mandalai, fiel Lee Singal ein, irrte sich eigentlich selten, wenn er eine Gefahr zu wittern glaubte.

Ich nahm mir nicht die Zeit, auf meine englischen Kollegen zu warten.

Die Entfernung zu der Strandhütte war einfach zu kurz, als daß ich hoffen konnte, den Vorsprung meiner Gegner aufzuholen, wenn ich noch mehr Zeit verlor. Daß die Polizei schneller an Ort und Stelle sein würde als ich, bezweifelte ich ebenfalls. Trotzdem mußte ich es natürlich versuchen.

Ich fühlte mich immer noch schwach in den Knien, als ich den Mietwagen erreichte und mich auf den Fahrersitz fallen ließ.

Das Autotelefon schlug an, kaum daß ich den Zündschlüssel gedreht hatte. Ich schnappte mir den Hörer.

Phil war in der Leitung. »Jerry!« stieß er hervor. »Endlich!«

»Phil! Steckst du noch in Kowloon?«

»Ja, ich ...«

»Ruf in zwei Minuten wieder an!«

»Jerry, warte!« Ich unterbrach die Verbindung. Sekunden später hatte ich den zuständigen Inspektor der englischen Polizei an der Strippe. Im Eiltempo spulte ich meinen Bericht ab. Kaum hatte ich aufgelegt, meldete sich der Apparat schon wieder, obwohl erst eine knappe Minute verstrichen war.

»Phil?«

»Ja, zum Teufel! Jerry, hier hat sich etwas Unvorhergesehenes ergeben. Falls du noch nicht bei Rodney Garret gelandet bist ...«

»Garret ist tot«, fiel ich ihm ins Wort.

Schweigen. Dann, sehr leise: »O verdammt!« Und nach einer Pause: »Mafiakiller?«

Ich ordnete meine Gedanken, während ich mechanisch die dunkle Straße beobachtete, die nach Deep Water Bay führte. Der Geheimdienst mußte Lee Singals Mission kennen, fiel mir ein. Falls die CIA nicht ohnehin mit an der Sache drehte. Ich zog die Brauen zusammen und spürte das Spannen von getrocknetem Blut auf der Haut.

»Keine Mafiakiller«, sagte ich. »Guy Milesi ist nur durch einen dummen Zufall ins Spiel gekommen. Der Bursche, der die Fäden zieht, heißt Morton Khan. Aber das ist im Augenblick nicht wichtig ...« Zum zweitenmal spulte ich meinen Kurzbericht herunter. »Frag die CIA-Leute, ob sie die Frau und das Kind abschirmen!« schloß ich.

»Nein«, kam Phils Antwort nach ein paar Sekunden.

»Die Idioten«, knirschte ich, obwohl damit zu rechnen war, daß am anderen Ende ein Lautsprecher lief. »Ein derart schludrig abgesichertes Unternehmen muß man erst erlebt haben, bevor man daran glaubt.«

»Jerry, wir könnten versuchen, die Frau telefonisch zu warnen und ...«

Daran hatte ich auch schon gedacht. Ich hatte Garret danach gefragt.

»Daß die Strandhütten kein Telefon haben, weiß man bei der CIA also auch nicht«, knurrte ich erbittert. »Unter diesen Umständen kann ich nur hoffen, daß mir die Herren hier nicht in die Quere geraten. Sag ihnen, sie sollen lieber am Strand Muscheln zählen oder sonst etwas Gemütliches unternehmen!«

»Das brauche ich ihnen nicht zu sagen, weil sie mithören«, erklärte Phil trocken. »Jerry ...«

»Keine Angst, ich erwarte Verstärkung von der englischen Polizei. Und die haben ausgeschlafene Jungs. Ich melde mich wieder.«

Hart knallte ich den Hörer auf die Gabel. Dabei war mir klar, daß ich vor allem ein Ventil für meinen Zorn suchte. Für dieses elende Gefühl, daß Zufälle darüber entscheiden würden, ob ich zu spät kam oder nicht. Den CIA-Leuten tat ich wahrscheinlich unrecht. Sie hatten sich etwas gedacht bei der Methode, weder Rod Garret noch die Frau und das Kind abzuschirmen.

Daß es eine undichte Stelle in ihren Reihen gab, konnten sie nicht ahnen. Und wie es aussah, war es nur diese undichte Stelle, die den komplizierten Plan zum Scheitern verurteilt hatte.

Während ich weiterfuhr, dachte ich an den unbekannten Rauschgiftfahnder mit dem Namen Lee Singal. Ein Mann, der mit einer Riesenladung Rohopium im Goldenen Dreieck festsaß. Ein Mann, der Kopf und Kragen riskierte für die Chance, dem verbrecherischen Handel mit dem weißen Gift einen entscheidenden Schlag zu versetzen.

Genau wie Rod Garret, der ebenfalls Kopf und Kragen riskiert – und verloren hatte. Genau wie Phil und ich. Genau wie jeder andere Polizist, der sich auf dem heißen Pflaster irgendeiner Großstadt mit brutalen Dealern herumschlägt. Und genau wie die Burschen von der CIA-Sektion Hongkong – auch wenn sie in diesem Fall vielleicht Fehler gemacht hatten …

Ich hörte auf, darüber nachzugrübeln.

Vor mir erschien die beleuchtete Abzweigung, die zum Strand und den malerischen Freizeitsiedlungen an der Deep Water Bay führte. Es war friedlich dort. Friedlich, aber nicht still. Die fremdartigen Töne chinesischer Musik drangen in meinen Wagen. Gartenleuchten und Laternen glommen. Der Rauch von Grillfeuern stieg in den Himmel. Menschen lachten, sangen und redeten. Ich dachte an die drei Gangster, die hierher unterwegs waren, um ein bestimmtes Haus zu suchen, und hatte das Gefühl, daß sich mein Rückgrat allmählich in eine Stange Eis verwandelte.

Vielleicht stand mir das Glück zur Seite.

Vielleicht würde ich einfach schneller sein als meine Gegner.

Aber die Unruhe saß tief, und meine Hände umklammerten hart das Steuerrad, während ich nach dem Straßenschild Ausschau hielt, das laut Rod Garrets Auskunft zu den chinesischen Schriftzeichen auf Englisch die romantische Bezeichnung *Weg unter dem Frühlingsturm* tragen mußte.

»Ich will noch nicht schlafen«, wehrte sich der kleine Junge in dem Kantondialekt, mit dem er aufgewachsen war. »Ich hab Durst, und müde bin ich kein bißchen.«

Mai Lin seufzte leicht. Sie trug ein schmales, hochgeschlossenes Kleid, in der Taille von einer Schärpe umgürtet, mit traditionellen Mustern in Grün und Gold bedruckt. Ihre lackschwarze Pagenfrisur betonte die exotische Schönheit des Gesichts mit den zarten Lippen und den dunklen Mandelaugen.

Der kleine Sirko hatte das gleiche lackschwarze Haar. Aber die kindlichen Züge verrieten, daß sein Vater ein Europäer war.

»Und ob du müde bist!« sagte Mai Lin. »Sobald du im Bett liegst, werden dir die Augen zufallen.«

»Aber ich hab noch Durst.«

»Du kannst dir ein Glas Milch nehmen. Und dann ab mit dir!«

Lächelnd beobachtete Mai Lin, wie sich der Junge vor dem Kühlschrank herumtrieb, seine Milch trank und schließlich betont langsam im Bad verschwand. Die elektrische Zahnbürste summte. Mai Lin ging hinüber und warf einen prüfenden Blick durch die Tür, weil sie aus Erfahrung wußte, daß ihr Sohn gelegentlich nur die Bürste surren ließ und seinem Spiegelbild Gesichter schnitt, statt sich wirklich die Zähne zu putzen.

Diesmal war er ungewöhnlich brav. »Du hast versprochen, daß Onkel Lee nächste Woche zurückkommt«, rief er, während er in seinen Schlafanzug schlüpfte.

»Ich habe gesagt, daß er vielleicht zurückkommt. Und dann wird er nicht sehr begeistert sein zu hören, daß du ungezogen warst.«

»War ich gar nicht! Außerdem weiß Onkel Lee bestimmt, daß man mit fünf Jahren nicht mehr so früh schlafen gehen muß wie ein Baby.«

Trotz dieses schlagenden Arguments verzog sich Sirko unter die Decke. Mai Lin verbarg das schmerzliche Gefühl, das sie durchzuckte.

Für Sirko war Lee Singal das große Vorbild, der Vaterersatz – der Held, dem er in allem nachzueifern suchte. Und für sie selbst? Sie liebte Lee, seit sie ihn kannte. Er erwiderte ihre Gefühle nicht – das wußte sie, und sie kannte auch den Grund. Aber vielleicht würde sich das eines Tages ändern. Vielleicht würde er sich endlich lösen können von der Vergangenheit.

Mai Lin setzte sich noch eine Weile an Sirkos Bett und ließ sich von all den kleinen Abenteuern seines Tages erzählen. Dann löschte sie das Licht und schloß leise die Tür.

Von draußen wehte Musik herein. Irgendwo wurde eins der prächtigen chinesischen Feste gefeiert. Meistens endeten sie mit einem Feuerwerk, das sich Sirko dann wohl nicht entgehen lassen würde, trotz der späten Stunde. Nun ja, sollte er. Schließlich konnte er morgen ausschlafen.

Die junge Chinesin wollte nach einem Buch greifen. Dann besann sie sich anders. Ohne Licht einzuschalten, betrat sie ihr kleines Schlafzimmer, dessen Fenster zur Straße hinausging. Das Bambusrollo war noch nicht heruntergelassen. Mechanisch zündete sich Mai Lin eine Zigarette an, inhalierte tief und blies den Rauch gegen die Scheibe.

Die Unruhe kehrte zurück, die sie schon den ganzen Tag gespürt hatte.

Und nicht nur heute! Sirko mit seinem lebhaften Temperament lenkte sie immer nur kurze Zeit ab. Dabei gab es keinen Grund, keine Erklärung.

Daß Lee Singal einen gefährlichen Beruf ausübte, wußte sie nicht erst seit heute. Er war ihr immer so stark, seiner selbst so sicher erschienen, daß sie nie wirklich Angst um ihn hatte. Aber jetzt fühlte sie etwas, das sie nicht kannte. Etwas wie den Hauch von Drohung und Gefahr, wie die Vorboten eines heraufziehenden Unwetters, das man bereits spürt, solange der Himmel noch klar ist ...

Unsinn, dachte die junge Frau. Sicher machte sie sich nur selbst verrückt.

Oder?

Hatte Lee bei ihrer letzten Begegnung nicht angespannter gewirkt als sonst? War es möglich, daß sein Auftrag diesmal schwieriger und gefährlicher war als gewöhnlich? Er sprach nie mit ihr über seine Arbeit. Die meiste Zeit wußte sie nicht einmal, wo er sich aufhielt. Er lebte nach seinen eigenen Gesetzen, und sie wußte, daß sie das akzeptieren mußte.

War der Abschied diesmal wirklich anders gewesen?

Er hatte ihr vorgeschlagen, mit Sirko für ein paar Wochen ganz in die Strandhütte zu ziehen. Ein beiläufiger Vorschlag – so schien es jedenfalls. Aber er wußte schließlich, daß sie fast immer auf seine Vorschläge einging. War es möglich, daß er diesmal einen unausgesprochenen Grund gehabt hatte? Einen Grund, der ihre und Sirkos Sicherheit betraf?

Mai Lin schauderte leicht.

Sie öffnete das Fenster, um die Zigarettenkippe hinauszuwerfen, weil es hier im Schlafzimmer keinen Aschenbecher gab. Dabei hörte sie das Motorengeräusch eines Autos, das sich näherte. Scheinwerferlicht verwandelte die Orchideenbäume in ein skurriles schwarzes Filigran. Es erlosch schlagartig, noch bevor der große, dunkle Wagen vor dem Grundstück ausrollte.

Mai Lin hielt den Atem an.

Von einer Sekunde zur anderen überfiel sie aas

Bewußtsein einer unbekannten Gefahr mit doppelter Heftigkeit. Gebannt starrte sie nach draußen. Durch das offene Fenster hörte sie, wie der Motor verstummte, wie Autotüren geöffnet und auffällig leise wieder geschlossen wurden.

Schattenhaft tauchten Gestalten auf. Drei Männer!

Mai Lins Hände verkrampften sich, als sie sah, daß die Burschen das Gartentor öffneten. Sie flüsterten miteinander. Die junge Frau konnte nur Wortfetzen verstehen.

»... ganz sicher das richtige Haus ...«

»Wollen wir nicht erst mal ...?«

»Nein – beeilen. Vergeßt nicht den verdammten Kurier, der ...«

Und deutlicher: »Vor allem keinen Lärm, der die Nachbarschaft alarmiert!«

Mai Lins Herz hämmerte hoch im Hals.

Sie begriff nicht, was geschah. Sie wußte nicht, wer die Männer waren und was sie von ihr wollten. Sie spürte nur die Gefahr – und der Gedanke an Sirko fuhr ihr wie ein Stich ins Hirn.

Auf dem Absatz warf sie sich herum.

Das Haus hatte einen Hinterausgang, und die Rückseite des Grundstücks grenzte an einen Karrenweg, wie sie hier überall das Land durchzogen. Wenn die Männer ein paar Minuten zögerten, wenn sie vielleicht erst klopften, sich als harmlose Besucher auszugeben versuchten ...

Mai Lin hörte auf zu denken.

Fast lautlos auf ihren Bastsandalen eilte sie ins Kinderzimmer. Sirko fuhr erschrocken hoch und löschte rasch die Taschenlampe, in deren Schein er unter der Bettdecke ein buntes Comic-Heft betrachtet hatte.

Mai Lin achtete nicht darauf. »Steh auf, schnell!« flüsterte sie. »Komm mit und sei ganz leise!«

»Aber ...«

»Ich erkläre es dir später. Komm jetzt!«

Der eindringliche Tonfall wirkte. Sirkos Augen wurden groß und rund, aber er stellte keine Fragen mehr. Hastig schlüpfte er aus dem Bett.

Er wollte nach den Hausschuhen suchen. Aber Mai Lin nahm seine Hand und zog ihn eilig neben sich her. Draußen war es warm. Und was wog schon eine Erkältung gegen die Gefahr, daß …

Die junge Frau wagte nicht weiterzudenken.

Sie zitterte innerlich. Mit allen Sinnen lauschte sie hinter sich. Schritte auf dem Verandavorbau! Ein metallisches Klicken, als mache sich jemand am Schloß zu schaffen! Mai Lin schob das Kind über den kurzen Flur und öffnete mit fliegenden Fingern die Hintertür. Gleichzeitig flog mit dumpfem, nicht einmal allzu lautem Krach die Haustür auf, weil sich jemand kurzerhand dagegen geworfen hatte. Ein jäher, scharfer Luftzug entstand. Die Hintertür, die Mai Lin geöffnet hatte, fiel wieder zu. Der Knall schien die Stille wie ein Schuß zu zerreißen.

Aus, dachte die junge Frau.

Sie haben uns gehört! Sie werden uns verfolgen!

Eine Sekunde lang schloß Mai Lin verzweifelt die Augen. Dann beugte sie sich über Sirko, nahm ihn kurzerhand auf die Arme, riß erneut die Hintertür auf und stürzte in den dunklen Garten hinaus.

Ich sah den Bentley, als ich mit abgeblendeten Scheinwerfern in die schmale Stichstraße einbog. Der Wagen parkte ohne Licht. Nur der silbergraue Lack glitzerte im Mondlicht. Ich bremste und schaltete die Scheinwerfer vollends aus.

Rückwärts setzte ich in die Einmündung des schmalen Karrenwegs, die ich Sekunden zuvor passiert hatte.

Als ich ausstieg, spürte ich etwas wie den Griff einer kalten Faust im Genick. Der Bentley war leer. Die drei Gangster mußten schon im Haus sein. Ich biß die Zähne zusammen. Verdammt, ich konnte es mir nicht leisten, auf Verstärkung zu warten. Auch diesmal nicht.

Geduckt huschte ich an Hecken, Buschwerk und Orchideenbäumen vorbei.

Irgendwo stieg zischend ein Feuerwerkskörper in den Himmel. Sekundenlang wurde die Umgebung in rubinrotes Licht getaucht. Ich sah den parkenden Kleinwagen auf dem überdachten Stellplatz vor der Strandhütte. Und ich sah, daß die Haustür im Schatten des Verandavorbaus halb offenstand.

Etwas knallte! Ein scharfer, peitschender Knall auf der Rückseite des Gebäudes. Kein Schuß, das begriff ich sofort. Ganz kurz glaubte ich auch, Laub rascheln und leichte Schritte laufen zu hören. Aber im nächsten Moment krachten in einiger Entfernung schon wieder Feuerwerkskörper, von den bewundernden Rufen zahlloser Stimmen begleitet, und übertönten alles andere.

Ich fluchte lautlos.

Meiner Meinung nach war das, was ich gehört hatte, das Zuschlagen einer Tür gewesen, der Hintertür vermutlich. Klar, die Gangster konnten sich dem Haus von zwei Seiten genähert haben. Aber als sie mit Rod Garret im Schlepp in den Bungalow eingedrungen waren, in dem sie ihre Opfer vermuteten, hatten sie solche Vorsichtsmaßnahmen schließlich auch nicht für nötig gehalten.

Mir blieb keine Zeit, lange zu überlegen.

Mit einem Sprung setzte ich über den niedrigen Zaun des Nachbargrundstücks. Die lockere Buschkette, von der die beiden Gärten getrennt wurden, ließ sich im Bedarfsfall blitzschnell durchbrechen.

Gras raschelte um meine Schuhe. Jetzt konnte ich das Feuerwerk, das da offenbar ein chinesisches Fest begleitete, ganz gut gebrauchen. Ich rannte, erreichte mit langen Sätzen die Rückseite der Grundstückszeile und spähte durch die Zweige.

Der Widerschein zerplatzender Raketen erhellte mit ständig wechselndem Farbenspiel die Nachbarparzelle.

Sekundenlang fürchtete ich, in diesem Gewitter zuckender Lichtreflexe überhaupt nichts zu sehen. Dann entdeckte ich den unförmigen Schatten – unförmig jedenfalls auf den ersten Blick. Eine Frau und ein Kind!

Mai Lin! Sie trug den kleinen Jungen auf dem Arm, rannte in panischer Hast über einen schmalen Pfad und versuchte offenbar, die Rückseite des Gartens zu erreichen. Der Karrenweg mußte dort vorbeiführen.

Also nur wenige Schritte bis zu meinem Wagen! Ich warf einen Blick nach rechts, wo geflochtene Matten den kleinen Gärten als Sichtschutz dienten. Die Frau strebte einem schmalen Lattentor zu. Das gleiche Tor zeichnete sich auf meiner Seite der Buschkette im Widerschein herabregnender Leuchtkugeln ab. Wenn ich die Flüchtenden erst auf dem Weg abfing, möglichst unauffällig, so daß die Gangster nicht auf Anhieb erkannten, in welche Richtung sich ihre Opfer gewandt hatten …

Zu spät!

Schon flog die Hintertür auf. Genau in dem Augenblick, als ein Schwarm leuchtend blauer Schlangen pfeifend und jaulend über den Himmel zischte. Ich hatte im Reflex die Lider zusammengekniffen.

Die drei Kerle, die sich aus der Hintertür drängten, hoben geblendet die Hände vor die Augen. Aber ich wußte verzweifelt genau, daß es nur Sekunden dauern konnte, bis sie die Frau und das Kind entdeckten.

Und dann? Würden sie eher schießen als zulassen, daß

die Opfer entkamen? Genauso brutal und kaltblütig, wie sie Rod Garret in den Rücken geschossen hatten?

Ich hörte auf zu denken.

Über mir explodierten die verrückten blauen Schlangen zu zahllosen Funken, als regnete es Saphire. Gleichzeitig krachte etwas, das ich für die chinesische Version des klassischen Böllers hielt. Ich nutzte die Chance, brach durch die Buschkette und zog noch in der Bewegung den 38er aus dem Schulterholster.

»Verdammte Scheiße!« hörte ich jemanden fluchen.

Aus den Augenwinkeln sah ich, wie die junge Frau mit dem Kind auf dem Arm erschrocken den Kopf herumwarf. Im glutroten Schein einer Leuchtkugel erkannte ich den Eurasier, der heftig gestikulierte. Die Befehle, die er brüllte, gingen im Jaulen eines neuen Feuerwerkskörpers unter. Aber darum kümmerte ich mich jetzt nicht.

Schräg über die Rasenfläche spurtete ich auf die junge Frau zu. Gleichzeitig begannen Dan Carruther und der Rothaarige zu rennen. Ich wußte, ich würde es schaffen, ihnen den Weg abzuschneiden. Ob ich es dann auch schaffen würde, sie aufzuhalten, war eine ganz andere Frage.

Ich schoß in der Sekunde, in der Carruther zum Schulterholster griff.

Ich konnte nicht anders. Die Kerle sahen mich einfach nicht. Und gegen das heulende Raketenmonstrum anzuschreien war unmöglich. Also feuerte ich einen Warnschuß in die Luft, damit die Kerle wenigstens merkten, daß da jemand war, der sie nicht einfach gewähren lassen würde.

Beide fuhren herum.

Für eine kurze Sekunde verstummte genau in diesem Moment das Geheul über unseren Köpfen.

»Halt! Polizei!« brüllte ich.

Und hatte im nächsten Moment den Eindruck, daß über mir der Himmel explodierte.

Der Feuerwerkskörper erlosch nicht, sondern zerplatzte zu einem grellweißen, strahlenden Rad, das die ganze Umgebung schlagartig in gleißende Helligkeit tauchte. Mai Lin rannte unbeeindruckt weiter. Doch das nahm ich nur am Rande wahr. Carruther und der Rotschopf schienen mit den Eigenarten chinesischen Feuerwerks weniger vertraut zu sein. Für sie verbanden sich Schußknall, Mündungsblitz und das Leuchten des Feuerwerkskörpers zu einem einzigen Phänomen, das die Wirkung einer Blendgranate hatte. Die beiden Gangster prallten zurück, taumelten und warfen sich blindlings in Deckung.

Der Eurasier schrie etwas, das ich nicht verstehen konnte.

Ich gab einen Schuß in seine Richtung ab und erreichte, daß er sich fallen ließ. Mai Lin hatte fast das Tor erreicht. Jetzt stolperte sie und fiel. Der kleine Junge schrie erschrocken auf. Mit fünf Schritten war ich heran und riß das Tor auf, während sich die junge Frau taumelnd erhob.

»FBI!« stieß ich hervor. »Weiter, Madam!«

»Aber …«

»Ich bin ein Kollege von Lee Singal. Schnell jetzt!«

Bei den letzten Worten hatte ich dem kleinen Jungen wieder auf die Füße geholfen. Ich konnte ihn nicht tragen. Denn ich wußte genau, daß es nur eine Art von Feuerwerk gab, das meine Gegner auf die Dauer beeindrucken konnte.

Mai Lin fing sich schnell und packte Sirkos Hand. Ihre Mandelaugen flackerten im Licht des Feuerstrudels, der immer noch am Himmel rotierte. Meine Gedanken rotierten ebenfalls.

Verdammt, ich wußte, wozu die drei Gangster fähig waren. Sie würden nicht aufgeben. Ich durfte keine Hetzjagd mit zwei Unschuldigen im Wagen riskieren. Rasch schob ich die Frau und das Kind in den Sichtschutz der Bastmatte, griff in die Tasche und drückte Mai Lin den Autoschlüssel in die Hand.

»Nach rechts! Mein Wagen steht am Ende des Karrenwegs. Fahren Sie zum nächsten Polizeirevier! Und fahren Sie sofort los!«

Sie nickte nur mit zitternden Lippen.

Ich schwang schon wieder herum und stieß das Lattentor mit dem Fuß auf, weil ich sehen mußte, was geschah. Das Feuerrad am Himmel war erloschen. Dafür platzten Dutzende von bunten Kugeln zu funkensprühenden Kaskaden auseinander. In der Dunkelheit des Gartens blitzte Mündungsfeuer. Undeutlich sah ich einen Schatten auf mich zuhetzen, ließ mich fallen und schoß zurück. Carruther!

Ich erkannte seine Stimme, als er mit einem wilden Fluch seitlich ins Gebüsch hechtete. Der Rothaarige und der Eurasier feuerten aus irgendwelchen Deckungen heraus. Aber die Knallerei am Himmel dröhnte mir entschieden lauter in den Ohren. Ich biß die Zähne zusammen. Meine englischen Kollegen würden überhaupt nicht bemerken, was sich abspielte. Im Augenblick hätte hier ein Krieg ausbrechen können, ohne daß jemand aufmerksam wurde.

Dan Carruther robbte rückwärts durch die Büsche.

Ich schoß. Doch ich konnte nicht entscheiden, ob ich getroffen hatte. Gleißendes Blaulicht ließ sekundenlang den weißen Hemdkragen des Eurasiers aufleuchten. Er war im Haus, spähte durch die Hintertür und zog sofort wieder den Kopf ein.

Jetzt brüllte er etwas, das sich wie »Zurück!« anhörte.

Die Kerle mußten wissen, daß ich irgendwo einen Wagen stehen hatte. Wenn sie schlau waren, würden sie sich nicht in einem Feuergefecht verzetteln, sondern versuchen, der Frau und dem Kind den Weg abzuschneiden.

Ich zögerte sekundenlang. Dann warf ich mich herum und erreichte mit einem Sprung das Lattentor.

Wenn mir die Gangster auf den Karrenweg folgten, blieb Mai Lin Zeit genug, mit dem Wagen zu verschwinden. Wenn sie es andersherum versuchten, von der Straße aus, hatte ich ebenfalls eine gute Chance, sie aufzuhalten. Ich rannte mit Volldampf den Weg entlang, weil ich ganz genau wußte, daß die Bastmatten nicht dafür gedacht waren, großkalibrige Geschosse aufzuhalten.

Fielen weitere Schüsse? Ich konnte es nicht hören in dem Höllenspektakel. Ich konnte auch nicht hören, ob der Motor meines Mietwagens gestartet wurde. Aber ein paar Sekunden später sah ich vor mir die Rücklichter aufleuchten.

Ich bremste meinen Sturmschritt.

Auf keinen Fall wollte ich riskieren, daß Mai Lin wartete, weil sie glaubte, ich wolle einsteigen. Erst als der Wagen einen Satz vorwärts machte, rannte ich weiter. Die Rücklichter verschwanden. Ganz kurz hörte ich das Orgeln des überdrehten Motors, bevor das Geräusch wieder im Lärm unterging.

Ich wandte mich in die Gegenrichtung, als ich die Einmündung erreichte.

Täuschte ich mich, oder jaulten irgendwo Sirenen? Nein, etwas anderes jaulte. Ein paar dieser funkensprühenden Dinger, die in Schlangenlinien dicht über den Boden rasen und den Zuschauern angenehmen Nervenkitzel verschaffen, weil sie jeden Moment zwischen ihre Beine geraten können.

Fluchend sah ich mich um. Aus der nächsten Seitenstraße näherte sich eine Art Festzug. Auch das noch! Der silbergraue Bentley stand am gleichen Platz wie vorhin. Ich spurtete los – und stieß fast mit Dan Carruther zusammen, der über den niedrigen Zaun flankte.

»Stopp!« schrie ich und schwenkte den 38er hoch.

Der Kerl prallte zurück und riß erschrocken die Augen auf. Drei Schritte stand er von mir entfernt und kämpfte um sein Gleichgewicht. Normalerweise wäre es ein Kinderspiel gewesen, ihm eine Kugel in die Schulter zu jagen. Aber das Risiko eines Fehlschusses läßt sich nie ganz ausschließen. Ich hätte riskiert, mitten in den Festzug hineinzuschießen, der sich wie eine bunte, vielfarbige Schlange über die Kreuzung schob.

Mit einem flachen Hechtsprung schnellte ich auf Carruther zu.

Meine Schulter rammte seine Knie. Er schrie, als er rückwärts torkelte, stürzte und sich am Boden überschlug. Ich wollte hoch und nachsetzen. Doch im nächsten Augenblick passierten drei Dinge gleichzeitig. Sirenen gellten, unverkennbar jetzt.

Aus der Richtung des Bentley nahmen mich die beiden anderen Gangster unter Beschuß.

Und gleichzeitig hantierte irgend jemand unvorsichtig mit einem Feuerwerkskörper, so daß die Festzugteilnehmer in alle Richtungen auseinanderspritzten.

Das Chaos war vollkommen. Ich konnte nicht mehr schießen, ohne Unschuldige zu gefährden. Ich konnte nur noch eins tun: mich mit einem Sprung ins nächstbeste Gebüsch werfen, damit auch die Gangster endlich mit der Ballerei aufhörten, damit es hier kein Blutbad gab.

Zu meinem Pech erwischte ich ein tropisches Dornengewächs.

Als ich mich freigekämpft hatte, knallten bereits die

Türen des Bentley zu. Der Motor orgelte. Die Hupe dröhnte und mischte sich in das Sirenengeheul. Ich war sicher, daß das nicht meine Verstärkung war, sondern ein normaler Streifenwagen, der sich um den Festzug kümmerte. Aber das konnten die Gangster nicht wissen.

Sie suchten ihr Heil in der Flucht.

Rücksichtslos pflügten sie mit dem Bentley durch die Menschenmenge. Klar, daß sie nur langsam vorankamen. Doch das änderte nichts daran, daß ich keine Chance hatte, sie aufzuhalten. Ein paar Minuten später waren meine englischen Kollegen an Ort und Stelle. Und erst als sie mich erschrocken anstarrten, wurde mir wieder bewußt, daß ich mit dem blutverschmierten Gesicht und dem ruinierten Anzug alles andere als zivilisiert aussah.

Der Mann war fast sechseinhalb Fuß groß und hager auf eine Art, die an einen ausgehungerten Wolf erinnerte. Wölfisch wirkte auch das Gesicht mit den gelblichen Augen, dem schmalen, langen Kiefer und dem aschgrauen Haar. Morton Khan trug einen maßgeschneiderten Anzug, ein goldfarbenes Brokathemd und zwei große Rubine in schweren Fassungen an der Rechten. Doch das alles änderte nichts daran, daß jede seiner Gesten die gefährliche Geschmeidigeit eines Raubtiers ausstrahlte.

Er saß auf der Kante eines prächtigen antiken Schreibtischs. Die Villa gehörte einem Strohmann. Morton Khan verfügte über viele Stützpunkte. Und über viele Hilfsmittel.

Mit dem Reichtum, den er dem weißen Mohn aus dem Goldenen Dreieck verdankte, hätte er sich längst zur Ruhe setzen können. Aber es war nicht nur der lockende Reichtum, der ihn trieb. Es war auch die Gier nach Macht, die zwanghafte Besessenheit, mehr und immer noch mehr zu erreichen. Jetzt glitten seine gelben Raubtieraugen langsam über die drei Männer vor ihm.

»Also noch mal von vorn!« sagte er mit leiser, schleppender Stimme. »Dieser Fremde kam in die Tiefgarage. Dan hielt ihn für einen harmlosen Hausbewohner, wollte ihn niederschlagen und wurde statt dessen selbst erwischt.«

»Der Kerl war ein Profi«, verteidigte sich Carruther. »Ich konnte nicht ahnen ...«

»Das sagtest du schon.« Eine ungeduldige Handbewegung begleitete die Worte. »Er ist euch entwischt, und ihr habt nicht bemerkt, daß er euch verfolgte. In Mai Lins Bungalow hat er euch entweder belauscht, oder Rod Garret konnte noch reden, weil Dan nicht fähig war, ihn richtig zu treffen. An der Deep Water Bay hattet ihr das Strandhaus von dem Foto bereits gefunden und die Frau und das Kind praktisch in Griffweite. Der Kerl war allein, als er euch in die Quere kam. Er war allein und hatte dazu noch die Frau und das Kind am Hals, denen er den Rücken decken mußte. Könnt ihr mir erklären, wieso es ihm trotzdem gelungen ist, euch in die Flucht zu schlagen?« Die Stimme des großen Mannes klang immer noch leise, fast sanft. Aber seine Komplicen wußten, daß es eine gefährliche, tödliche Sanftheit war.

Dan Carruther nagte an der Unterlippe. Der rothaarige Reggy Parnell zog den Kopf ein. Sogar der Eurasier wirkte nicht mehr so selbstsicher.

»Wir mußten weg«, versuchte er zu erklären. »Die Bullen waren im Anmarsch. Wir konnten schon die Sirenen hören.«

»Ach! Und auf den Gedanken, daß die Polizei wegen des Umzugs und des Feuerwerks in der Nähe war, seid ihr nicht gekommen?«

»Aber die Straße wimmelte von Zeugen, die ...«

»Chinesenpack!« Morton Khan machte eine abfällige Geste. »Jetzt ist es zu spät.« Er atmete tief durch und kniff die gelben Augen zusammen. »Seid ihr sicher, daß es sich bei dem Kerl um Singals Kurier handelt?«

»Hätte er sonst seine Haut für Mai Lin und den Jungen riskiert?« fragte der Eurasier erleichtert über den Themenwechsel,

»Wer weiß? Aber wahrscheinlich hast du recht, schon weil der Mann offenbar mit Garret verabredet war. Ein CIA-Agent hätte Mai Lins Adresse gekannt und euch demnach nicht verfolgt, sondern schon in der Tiefgarage überrumpelt. So, wie ihr euch aufgeführt habt, wäre das nämlich ein Kinderspiel gewesen.«

Der Eurasier überhörte den beißenden Spott. »Und jetzt?« fragte er.

Morton Khan betrachtete die schweren Rubinringe an den langen, sehnigen Fingern seiner Rechten. Die gelben Augen glitzerten wie Raubtierlichter. »Wir könnten unsere Leute an der thailändischen Grenze in Marsch setzen, um Singal aufzuspüren«, sagte er. »Aber das würde zu lange dauern. Das heißt, daß wir uns so schnell wie möglich diesen Kurier schnappen müssen. Und das wiederum läßt sich am besten bewerkstelligen, indem wir möglichst alle Anlaufadressen beobachten, an die er sich mit seinen Informationen jetzt noch wenden könnte.«

Der Scotch hatte fünfzig Jahre auf dem Buckel und entfachte ein sanftes Feuer in meiner Magengrube. Ich hoffte, daß er außerdem meine aufgepeitschten Nerven beruhigen würde.

Mitternacht war noch nicht vorbei, was ich angesichts der sich überstürzenden Ereignisse der letzten Stunden kaum glauben konnte. Mai Lin und der kleine Sirko waren in Sicherheit. In der Strandhütte und dem Bungalow, wo Rodney Garret gestorben war, arbeitete die Mordkommission der britischen Polizei.

In Garrets Wohnung hatte die CIA einen Mann gesetzt für den Fall, daß doch noch ein Kurier auftauchen würde. Aber die drei Herren, die mir Phil als Jonathan Hawthorne, Gerald Ross und Lucius Clapton vorgestellt hatte, glaubten nicht an diese Möglichkeit.

»Der Kurier, falls es ihn gibt, würde sofort untertauchen, wenn er Garret nicht antrifft«, erläuterte Jonathan Hawthorne, dem mit der grauen Haarbürste, der steifen Haltung und den gezirkelten Gesten nur noch die Uniform zum Bilderbuch-Offizier fehlte. »Sie müssen das verstehen. Lee Singal ist ein Einzelgänger. Er arbeitet mit Leuten zusammen, die seine Dienststelle nicht einmal kennt, die auf ihn und sonst niemanden eingeschworen sind. Er läßt sich keine Vorschriften machen. Er riskiert alles, er akzeptiert jedes Himmelfahrtskommando – aber er akzeptiert es nur zu seinen Bedingungen. Bisher war es gerade das, was das Geheimnis seines Erfolgs ausmachte.«

»Und Garret?« fragte ich mit hochgezogenen Brauen.

Hawthorne zuckte mit den Schultern. »Ein typischer Fall. Rodney Garret war im Grunde wirklich nur ein normaler Geschäftsmann. Er arbeitete für die Rauschgiftbehörde und gelegentlich für die CIA, weil er seit seiner Collegezeit mit Lee Singal befreundet war. Deshalb wollte ihn Singal als unverdächtigen Verbindungsmann haben. Und deshalb konnten wir Garret nicht gegen seinen Willen wirksam abschirmen, genausowenig wie Mai Lin und das Kind.«

Hawthorne machte eine Pause und verzog die Lippen. »Singals Meinung nach ist die herkömmliche Überwachung oder Abschirmung eines Menschen die sicherste

Methode, ihn der Gegenseite zum Fraß vorzuwerfen«, setzte er gallig hinzu.

Womit dieser Lee Singal vielleicht sogar recht hatte, dachte ich.

Allmählich begriff ich mehr als nur die Umrisse des Spiels, das hier lief. Oder schon gelaufen war – fast gelaufen war.

Lee Singal trieb sich im Auftrag der Rauschgiftbehörde seit Jahren im Goldenen Dreieck herum.

Zu Morton Khan, dem mächtigen, einflußreichen Opiumkönig, mußte er zufällig Kontakt gefunden haben. Wahrscheinlich wußte »der Khan«, wie man ihn nannte, Qualitäten wie die Lee Singals zu schätzen. Und daraus war dann der verrückte, trotz allem genial einfache Plan entstanden, Morton Khans Anteil an einer ganzen Jahresernte Opium der Rauschgiftbehörde in die Hände zu spielen. Lee Singal und seine Freunde hatten ihre eigene Opium-Armee rekrutiert.

Für jemanden, der die Verhältnisse im Goldenen Dreieck und besonders im abgelegenen Gebiet der Schan-Staaten kannte, war das durchaus nicht so unmöglich, wie es auf den ersten Blick erscheinen mochte. Singal hatte seine Vorgesetzten überzeugt und war mit einer runden Million Spielkapital ausgestattet worden. Er konnte zahlen, und er war hart genug, um mit einer Horde Söldner fertig zu werden. Die letzte Meldung, die über Rodney Garret gelaufen war, besagte denn auch klar und eindeutig, daß er es geschafft hatte, Morton Khan eine geradezu schwindelerregende Menge Rohopium abzunehmen.

»Er hätte das Zeug anzünden und sich in Sicherheit bringen können«, sagte Jonathan Hawthorne mit einem dumpfen Unterton. »Wahrscheinlich wäre das besser gewesen.«

»Aber dann hätten wir keine Chance mehr gehabt, Morton Khan mit dem Opium als Köder in die Falle zu locken«, widersprach der junge Lucius Clapton, dessen Augenlider bei jedem zweiten Wort nervös zuckten.

»Und haben wir jetzt diese Chance?« Hawthorne preßte die Lippen zusammen. »Wir haben eine Eingreifreserve im Norden von Thailand mit dem Einverständnis der thailändischen Behörden«, wandte er sich an Phil und mich. »Aber an der Grenze schwirren auch Morton Khans Leute herum. Sie haben dort Stützpunkte – wie überall im Dreieck. Singal weiß das. Deshalb bestand er ja auch darauf, daß alle Kontakte und Informationen über Hongkong liefen, über einen Umweg, mit dem seiner Meinung nach niemand rechnen würde. Und was ist das Ergebnis? Lee sitzt mit dem Opium irgendwo im Goldenen Dreieck und meldet sich nicht, während die Gegenseite offenbar schon seit Ewigkeiten weiß, was gespielt wird.«

»Weil es eine undichte Stelle bei Ihnen gibt«, sagte ich.

Sie starrten mich an. Überrascht waren sie nicht. Schließlich hatte ich das belauschte Gespräch und Rod Garrets letzte Worte in allen Einzelheiten wiedergegeben.

Aber es ging ihnen einfach nicht in den Kopf, daß bei ihnen etwas nicht stimmte. Sie wollten es nicht wahrhaben. Den Verdacht, daß ich mich verhört oder Andeutungen falsch verstanden hatte, sprachen sie zwar nicht aus. Doch ich sah ihnen an, daß ihnen diese Version weit besser in den Kram paßte.

Die Frage, wer alles von Lee Singals Einsatz gewußt hatte, konnte ich mir sparen. Sie würden mir keine Antwort geben. Die drei Geheimdienstmänner hüteten sorgfältig alle Informationen, die über das hinausgingen, was wir ohnehin schon wußten. Sie hatten uns ein bißchen über Lee Singals Arbeitsweise erzählt, weil sie den Vorwurf der Schludrigkeit nicht auf sich sitzen lassen wollten. Und das war's auch schon.

Wir konnten nichts machen.

Wir waren nach Hongkong gekommen, um Guy Milesi sicher in die Staaten zu bringen. Milesi war tot, und nichts wies darauf hin, daß es die Mafia für nötig hielt, hinter ihm aufzuräumen und nach Aufzeichnungen oder eventuellen Zeugen zu suchen. Mit dem Himmelfahrtskommando des Rauschgiftfahnders Lee Singal hatte der FBI nun mal nichts zu tun, da biß keine Maus den Faden ab.

Aber den Mord an Singals Verbindungsmann bearbeitete nicht die CIA, sondern die Polizei, fiel mir ein.

Unsere britischen Kollegen hatten ganz unbürokratisch mit uns zusammengearbeitet. Inspektor Pillroy, der die Sicherheitsmaßnahmen für Guy Milesi organisiert hatte, war ein englischer Gentleman mit scharfem Verstand, trockenem Humor und der Begabung, die Dinge nicht so eng zu sehen.

Phil zog leicht die Brauen hoch, als ich zum Aufbruch drängte.

Jonathan Hawthorne schüttelte uns die Hände. Gerald Ross erging sich mit seiner asthmatischen Stimme in Dankesbeteuerungen, weil wir immerhin verhindert hatten, daß ihr fabelhafter Plan gleich heute wie eine Seifenblase platzte. Der nervöse Lucius Clapton wiederholte die Dankesbeteuerungen, während er uns hinausbegleitete.

Ich fragte mich, was alle so fröhlich stimmte. Sie wußten immer noch nicht, wo Lee Singal steckte. Ihre ganze Hoffnung gründete sich darauf, daß Singals Kurier auftauchen würde. Eine schwache Hoffnung, wie Hawthorne zugegeben hatte. Und wenn sie versuchten, ihre eigenen Leute aus Thailand über die Grenze in den

Schan-Staat zu schicken, würden sie der Opium-Armee des geheimnisvollen Khan hoffnungslos unterlegen sein.

Aber Morton Khan war in Hongkong.

Und seine Leute, dieses Killer-Trio, lebten möglicherweise ständig hier. Sie kannten sich aus. Dan Carruther hatte Mai Lins Strandhaus anhand eines Fotos gefunden. Wahrscheinlich gehörten Carruther, der Eurasier und der Rothaarige zur hiesigen Unterwelt. Was hieß, daß die britische Polizei sie vielleicht kannte.

»Klick, klick, klick«, sagte Phil neben mir. »Ich höre dein Gehirn arbeiten. Jerry, wir können nichts tun. Es ist nicht unsere Sache.«

Ich biß die Zähne zusammen.

»Die Kerle haben versucht, mir ein paar Löcher in die Figur zu brennen«, sagte ich grimmig. »Das ist meine Sache.«

»Und wie willst du Mr. High erklären, daß du hinter irgendwelchen örtlichen Gangstern herjagst, die dir auf die Zehen getreten sind?«

»Überhaupt nicht. Weil sie mir nämlich im Zusammenhang mit dem Fall Milesi auf die Zehen getreten sind. Oder kannst du dich erinnern, daß sich die Herren von der CIA besondere Mühe gegeben hätten, uns über die drei Typen aufzuklären?«

»Du weißt, daß sie nur für diesen Morton Khan arbeiten. Garret hat es gesagt. Sie selbst haben es gesagt …«

»Na und? Muß man alles glauben, was man so hört, außer es kommt von offizieller Seite?«

Phil seufzte schicksalergeben.

Wir nahmen seinen Mietwagen, weil ich keine Ahnung hatte, wo meiner mittlerweile herumstand.

Nach dem Ziel fragte mein Freund gar nicht erst, weil er es sowieso kannte.

Eine halbe Stunde später saßen wir Inspektor Harvey

Pillroy in seinem Dienstzimmer gegenüber. Der britische Beamte wirkte wie aus dem Ei gepellt. Grauer Anzug, hellblaues Hemd, graublau gestreifte Krawatte. Wir verzichteten auf den Whisky, den er uns anbot, weil uns die CIA-Leute schon hinreichend getränkt hatten.

Pillroy schob mit dem Zeigefinger den schmalen Aktenordner auf seinem Schreibtisch hin und her. »Ein erfreulich klarer Fall«, meinte er. »Mord, versuchtes Kidnapping, und in beiden Fällen die Täter auf dem Silbertablett. Wir müssen sie nur noch verhaften. Und natürlich finden.«

Er lächelte dabei gewinnend und sah mit einem Ausdruck von einem zum anderen, den ich nicht ganz enträtseln konnte. Außerdem war er von unserem Besuch durchaus nicht überrascht gewesen. Wahrscheinlich hatte er geahnt, daß sich die CIA-Leute abschotten – und daß wir uns nicht damit zufriedengeben würden.

»Sie kennen die drei Gangster?« fragte ich gespannt.

»Teils, teils.« Pillroy zuckte mit den Schultern. »Ob wir den Eurasier und den Rothaarigen identifizieren können, muß sich erst noch herausstellen. Aber wir kennen Dan Carruther. Er lebt seit drei Jahren in Hongkong und besitzt ein Nachtlokal. Wahrscheinlich dient es ihm nur zur Tarnung, doch das ändert nichts daran, daß dort vom Rauschgifthandel bis zur Prostitution jede Art schmutziger Geschäfte betrieben wird.«

»Die sich nicht beweisen lassen«, vollendete Phil hellsichtig.

»Die sich nicht beweisen lassen, richtig.« Pillroys gewinnendes Lächeln erlosch, als er hart die Lippen zusammenpreßte. »Genausowenig, wie sich beweisen läßt, daß der Kerl zwei junge Mädchen umgebracht hat, die sich seinem Terror widersetzten. Wir wollen ihn haben, Gentlemen. Ich will ihn haben, verstehen Sie?«

Das verstand ich nur zu gut. »Ich will ihn auch haben«, sagte ich hart. »Und wegen des Mordes an Rod Garret ist er dran.«

Pillroy verzog das Gesicht. »Und weiter? Das hatten wir alles schon. Carruther wird untertauchen, und es ist so gut wie unmöglich, in Hongkong jemanden zu finden, der sich auskennt und dazu noch die Unterstützung eines Mannes wie Morton Khan hat. So war doch der Name, nicht wahr? Morton Khan.«

Ich nickte. Die CIA-Leute würden mir wahrscheinlich den Kopf abreißen, wenn sie je erfuhren, wieviel Inspektor Pillroy inzwischen wußte oder sich zusammenreimen konnte. Aber verdammt noch mal, ich hatte um das Leben einer jungen Frau und eines fünfjährigen Kindes gekämpft. Mir war einfach nichts anderes übriggeblieben, als der englischen Polizei, auf die ich mich verlassen mußte, jede nur mögliche Information zu liefern.

Pillroy grinste, als hätte er meine Gedanken gelesen. »Dan Carruther wird untertauchen, genau wie seine Komplicen«, wiederholte er. »Es sei denn, daß sich eine Situation ergibt, in der sich die Kerle das nicht leisten können, sondern handeln müssen.« Er machte eine Pause und musterte mich aus zusammengekniffenen Augen. »Wenn ich mich richtig erinnere, ahnen die Burschen nicht, wer Sie sind, Mr. Cotton, nicht wahr? Man hat Sie mit jemandem verwechselt – mit einer Art Kurier, der über wichtige Informationen verfügt.«

Ich grinste matt. Denn ich begriff sofort, worauf er hinauswollte. Phil wußte es ebenfalls. Er atmete hörbar aus.

»Das soll wohl ein Witz sein«, empörte er sich. »Sie wollen Jerry als Köder in die Falle schicken und …«

»Ich will nichts weiter, als Carruther aufzuscheuchen«, widersprach der Inspektor. »Wenn Sie nach ihm fragen, wird man ihn benachrichtigen. Wir können das Telefon des Nachtclubs anzapfen und den Teilnehmer am anderen Ende feststellen. Oder, falls sich jemand persönlich auf den Weg macht, den Betreffenden verfolgen. Und dann wird es Carruther sein, für den die Falle zuschnappt.«

»Und wenn er sich entschließt, Jerry kurzerhand abknallen zu lassen?« beharrte Phil.

Ich schüttelte den Kopf. »Das kann er nicht, Phil. Er muß damit rechnen, daß der vermeintliche Kurier seine Informationen inzwischen weitergegeben hat. Das heißt, daß Carruther diese Informationen ebenfalls braucht, wenn er noch zum Zuge kommen will – und zwar sehr dringend braucht.«

»Trotzdem würdest du Kopf und Kragen riskieren und ...«

»Das hat Rod Garret auch getan. Und Lee Singal tut es. Wenn es eine Chance gibt, ihm Carruther und Konsorten und vielleicht sogar diesen Morton Khan vom Hals zu schaffen, müssen wir es versuchen.« Phil gab mit einer resignierenden Geste auf. Ich lächelte matt, weil ich wußte, daß er an meiner Seite genau die gleiche Entscheidung getroffen hätte. Und daß ich an seiner Stelle vermutlich die gleichen Einwände gehabt hätte.

Über die Tatsache, daß Carruther und seine Komplicen mit unserem ursprünglichen Fall nichts zu tun und wir in Hongkong keine offiziellen Befugnisse hatten, brauchten wir uns nicht mehr die Köpfe zu zerbrechen. Inspektor Pillroys Rückendeckung reichte. Er lächelte zufrieden und begann, uns die Vorsichtsmaßnahmen zu erläutern, die seine Leute getroffen hatten.

Trotzdem gefiel Phil die Sache immer noch nicht.

»Haben Sie sich überlegt, welchen Grund der echte Kurier haben sollte, so wahnsinnig zu sein, Carruthers Nachtclub aufzusuchen?« fragte er.

»Rache«, schlug Pillroy ungerührt vor. »Oder der Versuch, seine eigene Suppe zu kochen. Ich weiß zwar nicht genau, worum es bei dem ganzen Spiel geht, und ich will es auch gar nicht wissen. Aber ich habe immerhin mitbekommen, daß sich die CIA auffällig zurückgehalten hat. Davon abgesehen wird Carruther schon allein deshalb neugierig werden, weil das Auftauchen des Kuriers in seinem Lokal so ungewöhnlich ist.«

Oder er wird die Falle wittern, fügte ich in Gedanken hinzu.

Aber das mußte nicht notwendigerweise bedeuten, daß die Falle nicht zuschnappen würde. Das Personal des Nachtclubs war garantiert nicht genau genug über die Ereignisse informiert, um die richtigen Schlüsse zu ziehen. Im Gegenteil: Ich hielt es viel eher für möglich, daß ich es gar nicht schaffen würde, jemanden dazu zu bringen, sich mit Carruther in Verbindung zu setzen.

Darin lag meiner Meinung nach der eigentliche schwache Punkt in Inspektor Pillroys Rechnung.

Daß auch in meiner eigenen Rechnung ein entscheidender Fehler steckte, wurde mir erst viel später bewußt.

Der Nachtclub hieß Blue Dragon und lag mitten im malerischen Gassengewirr von Kowloon.

Im Augenblick fiel mir allerdings nicht so sehr der exotische Reiz der Gegend auf, sondern mehr ihre verwirrende Unübersichtlichkeit. Ich zweifelte daran, daß Inspektor Pillroys Sicherheitsmaßnahmen hier greifen würden.

Phil sprach die gleichen Zweifel höchst drastisch aus.

Aber ich zuckte mit den Schultern. »Pillroy kennt das Pflaster besser als wir«, sagte ich. »Außerdem ist es unwahrscheinlich, daß seine Leute eingreifen müssen.

Ich werde in aller Ruhe durch die Hintertür verschwinden, sobald die Sache läuft.«

Phil schürzte skeptisch die Lippen. Ich wußte, er hätte mich lieber begleitet. Aber dadurch wäre meine Rolle unglaubwürdig geworden. Also ließ ich mich außer Sichtweite des Blauen Drachen absetzen und ging das letzte Stück über die belebte Gasse zu Fuß.

Das Gebäude, in dessen Kellergeschoß der Nachtclub lag, war schmal wie ein Handtuch. Ich stieg sechs Stufen hinunter, betrat ein winziges Foyer und schlüpfte durch einen glitzernden, mit Drachen bestickten Vorhang. Dahinter verzweigten sich die Räumlichkeiten zu einem Dutzend Neben- und Hinterzimmern, Nischen, Gängen, Podesten und Galerien.

Ich wußte von Inspektor Pillroy, daß sich das Lokal über zwei Stockwerke und in die Untergeschosse der Nachbargebäude erstreckte. Aber was für ein Fuchsbau auf diese Weise entstand, wurde mir erst völlig klar, als ich die Bartheke suchte.

Bunte chinesische Laternen mit bemalten Schirmen und zahllosen Troddeln verbreiteten Dämmerlicht. Musik und Stimmengewirr wirkten gedämpft. In den meisten Nischen, soweit sie nicht durch Vorhänge verschlossen waren, entdeckte ich Touristen mit blutjungen exotischen Girls. Aber es gab auch Nebenzimmer, in denen Spezialitäten der Kantonküche serviert wurden. Es gab Gruppen von Chinesen, in Brettspiele vertieft. Und es gab zweifellos verborgene Winkel, wo die Opiumpfeife qualmte.

Die halbrunde Bartheke, offenbar das Herz des Komplexes, wirkte wie ein Fremdkörper, obwohl auch sie reichlich mit Laternen, Miniaturpagoden, gemalten Drachen und ähnlichem garniert war. Drei lächelnde Chinesen servierten Cocktails, die den glasigen Augen der Gäste nach ziemlich gehaltvoll sein mußten. Ich suchte mir einen Platz ganz links, wo die Theke leer war. Leer offenbar wegen der unangenehmen Zugluft, die durch eine offene Tür zu einem Nebenzimmer entstand, vor der ein bestickter Vorhang hing.

Ich bestellte heißen Reiswein. Nach Cocktails war mir nicht zumute. Erstens brauchte ich einen klaren Kopf. Zweitens lag meine letzte Mahlzeit schon eine mittlere Ewigkeit zurück.

»Bitte sehr«, sagte der chinesische Keeper. Seine dunklen Augen glitzerten dabei.

»Sie zufrieden, mein Herr?« fragte er, als ich den ersten Schluck genommen hatte.

»Sehr zufrieden«, bestätigte ich, während sich die Wärme des heißen, starken Getränks in meinem Magen ausbreitete. Der Chinese lächelte undurchsichtig. Irgend etwas gefiel mir nicht an ihm. Nach dem zweiten Schluck Sake wurde mir klar, was es war.

Chinesen pflegen ihre Mitmenschen nicht anzustarren.

Dieser hier dagegen hatte mich ausgiebig gemustert. Zu ausgiebig! Ein kühles Prickeln rann mir vom Nacken her das Rückgrat hinab.

Blödsinn, Jeremias, sagte ich mir.

Wahrscheinlich hatte mich Phil mit seiner Unkerei angesteckt. Der Chinese kannte mich nicht. Niemand konnte wissen, daß ich hier aufkreuzen würde. Oder?

Immer noch mit dem gleichen undurchsichtigen Lächeln beugte sich der chinesische Keeper vertraulich über die Theke.

»Pardon«, flüsterte er. »Gehe ich recht zu glauben, daß Sie jemanden sprechen möchten?«

Meine Magenmuskeln zogen sich zusammen. »Jemanden sprechen?« fragte ich. »Und wen, bitte?«

»Mr. Carruther«, sagte der Chinese.

Da wurde mir schlagartig klar, was ich übersehen

hatte. Wir waren davon ausgegangen, daß niemand mit meinem Auftauchen im Blue Dragon rechnen würde.

Aber wir hatten nicht bedacht, womit Carruther und seine Komplicen sehr wohl rechnen konnten: daß sich der vermeintliche Kurier nach Rod Garrets Tod als nächstes an die CIA oder die Rauschgiftbehörde wandte. Wenn die Kerle auch nur halbwegs über ihre Gegner Bescheid wußten, konnte es nicht schwer gewesen sein, die entsprechenden Adressen zu überwachen.

Sie mußten unsere Spur vor dem Gebäude der Tarnfirma Johnson Incorporated aufgenommen haben. Und als wir erst zu Inspektor Pillroy und dann wieder zurück nach Kowloon fuhren, konnte es auch nicht mehr schwer gewesen sein, unser Ziel zu erraten.

Ich biß die Zähne zusammen.

Carruther würde den Teufel tun, in Pillroys Falle zu gehen, soviel stand fest. Ich saß in der Falle. In einer verdammten Mausefalle, aus der mich meine englischen Kollegen garantiert nicht herausholen konnten, weil sie von völlig falschen Voraussetzungen ausgingen.

Immer noch schwebte das lächelnde Gesicht des Chinesen vor mir.

»Wenn Sie mir bitte folgen würden?« sagte er mit einer Geste zu dem Vorhang, der sich leicht im Luftzug bewegte.

Ich lächelte zäh.

Das könnte dir so passen, Junge, dachte ich. Der Luftzug bewies, daß es irgendwo hinter dem Vorhang nach draußen ging. Bildete der Kerl sich wirklich ein, ich würde mich so mir nichts, dir nichts verschleppen lassen?

Und wenn Carruther wirklich dort war?

Nein, Unsinn! Carruther wurde gesucht. Er mußte damit rechnen, daß die englische Polizei den Nachtclub durchsuchen würde. Außerdem waren Pillroys Leute in der Nähe. Aber das konnte Carruther andererseits nicht wissen. Oder doch? Nein, bestimmt nicht. Es sei denn …

Mit einem scharfen Schock wurde mir bewußt, daß sich meine Gedanken verwirrten.

Drogen! durchzuckte es mich. Am Alkohol konnte es nicht liegen. Ich hatte nicht mehr als zwei Schluck getrunken.

Für Sekunden zerriß der Schrecken den Schleier, der sich über mein Gehirn zu senken drohte.

Zwei Schluck genügten, wenn der Reiswein eine starke Droge enthielt! Ich begriff, daß die Falle teuflischer war, als ich geglaubt hatte.

Ich mußte hier raus!

Sofort, ehe ich es nicht mehr schaffte! Die Kerle würden nicht wagen, vor den Augen so vieler Zeugen Gewalt anzuwenden. Und falls doch, würden sie ihr blaues Wunder erleben, würden sie …

Wieder verschwammen meine Gedanken.

Ich war vom Barhocker geglitten, aber ich wußte nicht mehr, warum. Die Geräusche ringsum brandeten wie dumpfes Meeresrauschen gegen meine Ohren. Das Gesicht des Chinesen schien sich vor mir zum Ballon aufzublähen. Er lächelte immer noch. Seine Stimme klang sanft, freundlich, überredend.

»Kommen Sie!« drängte er. »Kommen Sie! Es ist alles in Ordnung.«

Natürlich. Wieso auch nicht?

Alles war richtig und in Ordnung und so, wie es sein sollte – an dieses Gefühl erinnere ich mich heute noch. Auch das Gesicht des Chinesen hat sich deutlich in mein Gedächtnis geprägt, genau wie jeder einzelne Schritt, den ich in den nächsten Minuten tat.

Ich weiß, daß ich ein paar Dollars auf die Theke legte und dem Chinesen durch den glitzernden, bestickten

Vorhang in den Nebenraum folgte. Ich weiß auch noch, daß ich mich flüchtig wunderte, weil dort weder eine Tür noch ein Fenster offenstand. Der Luftzug drang durch eine viereckige Öffnung im Beton. Ich sah die Abdeckung, die auf Schienen lief, und ich sah den zurückgeschlagenen, zusammengerollten Teppich.

Ein geheimer Fluchtweg in die Kanalisation!

Ein Fluchtweg, von dem Inspektor Pillroy offenbar nichts ahnte. Seine Leute draußen konnten mir nicht helfen. Sie hätten genausogut auf dem Mond stehen können. Ich würde einfach spurlos verschwinden. Und wenn Phil begriff, was gelaufen war, würde es zu spät sein.

Das alles ging mir durch den Kopf – aber es drang nicht wirklich in mein Bewußtsein.

Der Chinese kletterte als erster über die steile Leiter in ein dunkles, feuchtes Gewölbe hinab. Von unten beleuchtete er die Sprossen mit dem fahlen Lichtfinger einer Punktleuchte. Ich lächelte dankbar. Willig duldete ich, daß der Bursche meinen Ellbogen packte und mich durch eine altersschwach quietschende Stahltür schob.

Gestank schlug mir entgegen, Modergeruch und dumpfe, von Nässe schwere Luft, die sich wie Gummi über die Haut zu legen schien. Ich hörte das Gluckern von Wasser und irgendwo ein fernes, stetiges Brausen und fühlte mich an das unterirdische Kanalnetz von New York erinnert.

Für einen kurzen Augenblick, glaube ich, durchbrach diese Erinnerung noch einmal die Wirkung der Droge.

Ich blieb starr stehen.

Was tat ich hier? Was wollte der Chinese von mir? Was, zum Henker, sollte dieses ständige idiotische Lächeln?

Carruther …

Ah ja, natürlich – ich mußte Dan Carruther sprechen. Der Chinese wollte mich hinbringen. Ich brauchte mir keine Sorgen zu machen. Ich mußte nichts weiter tun, als mich führen zu lassen. Alles war in bester Ordnung.

Oder doch nicht?

An diese letzten Sekunden des Schwankens erinnere ich mich ganz deutlich.

Du bist G-man, schrie es in meinem Gehirn. Du hast einen Job, eine Aufgabe! Du kannst nicht einfach hinter einem verdammten Gangster herrennen und …

»Kommen Sie!« forderte der Chinese. »Kommen Sie! Wir müssen uns beeilen!«

Seine Hand umfaßte meinen Arm fester.

Er schob mich weiter über eine schmale Rampe, neben der stinkende Abwässer gurgelten. Ich wollte mich losreißen. Ich wollte dem Kerl meine Faust ins Gesicht setzen, kehrtmachen und die Leiter wieder hinaufklettern. Aber dann wußte ich nicht mehr, warum ich mich deswegen anstrengen sollte, und ließ mich achselzuckend weiterschieben. Und zwischen diesem Augenblick und dem Moment, als ich mich in Morton Khans Hongkong-Villa wiederfand, klafft in meiner Erinnerung ein undurchdringliches schwarzes Loch.

»Mr. Decker?«

Phil zuckte zusammen, fuhr herum – und entspannte sich wieder, als er Harvey Pillroys Gesicht im Schatten einer Einfahrt erkannte. Der Inspektor runzelte die Stirn.

Phil preßte die Lippen zusammen. »Eine halbe Stunde«, stieß er durch die Zähne. »Das ist verdammt lange genug.«

»Aber …«

»Kein Aber! Ich gehe jetzt hinein. Schließlich sitzen genügend Touristen in dem Lokal herum. Ich will wissen, ob alles in Ordnung ist.«

Inspektor Pillroy zögerte sekundenlang. Dann nickte er.

Phil löste sich aus der Dunkelheit der Einfahrt und ging die wenigen Schritte bis zum Eingang des Blue Dragon. Auch ihn verwirrten die halbdunklen, verschachtelten Räume, obwohl er sie aus Pillroys Beschreibung kannte. Scheinbar müßig schlenderte der G-man herum.

Er ließ die Augen schweifen wie ein Nachtbummler, der sich noch nicht recht entschieden hat, mit welcher Art von Vergnügen er den angebrochenen Abend fortsetzen will.

Weder die Gäste noch die Girls, sofern sie beschäftigt waren, beachteten ihn. Nur einer der Keeper warf ihm einen scharfen Blick unter halb gesenkten Lidern zu. Aber das konnte genausogut der professionelle Blick sein, mit dem in allen Nachtclubs der Welt Neuankömmlinge abgeschätzt wurden.

Zehn Minuten später tauchte Phil wieder in der Einfahrt auf, wo Harvey Pillroy wartete.

»Und?« fragte der Inspektor gespannt.

»Nichts«, sagte Phil düster. »Mein Kollege ist nicht da.«

Pillroy runzelte zweifelnd die Stirn. »Wissen Sie das genau? Ich nehme an, Sie haben weder jedes geschlossene Séparée gestürmt noch Türen aufgebrochen.«

»Natürlich nicht! Aber Jerry hätte sich in dieser Situation in kein Séparée und auch in keine andere dunkle Ecke locken lassen. Nicht freiwillig, Pillroy!« Der Inspektor nagte an der Unterlippe. Auch ihm gefiel die Sache längst nicht mehr so gut wie zu Anfang.

»Und was schlagen Sie vor, Mr. Decker?« fragte er.

Phil biß die Zähne zusammen. Sekundenlang zögerte er und ließ sich noch einmal alles durch den Kopf gehen. Dann atmete er tief durch.

»Ihr Plan ist gestorben, Inspektor«, stellte er fest. »Die

Sache läuft nicht. Daran gibt es kaum noch einen Zweifel. Ich glaube, uns bleibt nichts anderes übrig, als den Schuppen so schnell wie möglich auseinanderzunehmen.«

Der Anblick des großen, hageren Mannes mit den gelben Augen zerschnitt wie ein Messer den Nebel in meinem Gehirn. Ich weiß nicht, was ein Schlafwandler empfindet, wenn er geweckt wird, aber das Gefühl muß ganz ähnlich sein. Wie gesagt, eine nicht genau bestimmbare Zeitspanne fehlt in meinem Gedächtnis.

Ich erinnere mich, daß ich durch einen Park und über eine breite Freitreppe geschoben wurde. Daß plötzlich nicht mehr der Chinese, sondern Dan Carruther meinen Arm gepackt hielt und daß ich mich nicht im mindesten darüber wunderte.

Ohne sonderliches Interesse sah ich mich in der großen, prachtvoll ausgestatteten Halle um. Auch der Eurasier und der Rothaarige waren da. Das Gefühl, daß irgend etwas nicht stimmte, blieb eigentümlich vage. Tief in mir nagte Unruhe. Die Wirkung der Droge begann nachzulassen. Ich spannte mich innerlich, aber ich wußte nicht, warum ich das tat.

Der Eurasier ging voran und öffnete eine Tür.

Carruther schob mich weiter. Gedämpftes Licht erhellte ein Arbeitszimmer mit wertvollen antiken Möbeln. Ich sah den Mann, der hinter dem Schreibtisch stand, und begriff in derselben Sekunde, daß ich nicht wußte, wo ich war, wie ich hierher gekommen war und was ich hier wollte.

Und daß das, verdammt noch mal, ein Ding der Unmöglichkeit war!

Meine Muskeln strafften sich.

Eine instinktive Reaktion, die ich nicht unterdrücken konnte – und die Dan Carruther spürte. Blitzartig riß er mir die Arme auf den Rücken. Sein Atem streifte mein Genick, während der Schmerz in meine Schultergelenke schoß.

Zwei Minuten später wäre ich soweit gewesen, ihn mit einem Judohebel gegen den Schreibtisch zu schleudern, das Überraschungsmoment zu nutzen und das Blatt zu wenden. Aber diese letzten Augenblicke der Benommenheit und Verwirrung genügten den Kerlen, um mich auf den kostbaren Teppich zu werfen und fachgerecht zu verschnüren.

Als sie mich in einen Sessel stießen, dröhnte mein Schädel. Aber das war nur noch die Wirkung des Aufpralls.

Ich hatte mir die Lippe an den Zähnen zerschnitten und schmeckte Blut im Mund. Der große Mann mit den gelben Augen, Raubtieraugen, starrte mich aufmerksam an.

Morton Khan.

Wer sollte es sonst sein? Er brauchte die Information des vermeintlichen Kuriers. Und ich war ihm glatt in die Falle gegangen. Nicht erst im Blue Dragon, sondern schon in dem Augenblick, als ich mit Phil das Büro der CIA-Sektion Hongkong verließ.

Selber schuld, dachte ich bitter.

Ich hatte es nicht lassen können, ins Feuer zu greifen. Also durfte ich mich nicht beklagen, wenn ich mir die Finger verbrannte. Kalt und zornig erwiderte ich den Blick der gelben Augen. Morton Khan runzelte die Stirn. »Er ist bei Verstand«, sagte er überrascht. »Wie kommt das?«

Der Eurasier neben mir machte eine Bewegung. »Er hat nur an dem Glas genippt und hatte offenbar vor, sich eine ganze Weile daran festzuhalten. Wong wollte kein Risiko eingehen. Deshalb hat er sofort gehandelt, als die Wirkung einsetzte. Er wußte nicht, daß wir keine weitere Dosis hierhaben und ...«

»Was war das für ein Zeug?« fragte ich fast gegen meinen Willen.

Der Blick der gelben Augen wanderte zu mir zurück. Morton Khan zog die Lippen von den Zähnen. »Neugierig?« fragte er gedehnt. »Nun, da wir uns notfalls binnen Stunden mehr von der Droge beschaffen können, werden ein paar Informationen Sie vielleicht davon abhalten, hier den harten Mann zu spielen. Ist Ihnen der Name Savannen-Kakao ein Begriff?«

Savannen-Kakao – Cacao Sabanera. Natürlich kannte ich den Namen. Bei den Lehrgängen auf der FBI-Akademie in Quantico wird jeder G-man regelmäßig über neue Entwicklungen auf dem Drogenmarkt informiert.

Ich begriff in diesen Sekunden eine ganze Menge. Trotzdem schüttelte ich den Kopf.

Der sogenannte Savannen-Kakao ist in Südamerika heimisch. In meiner Rolle als Kurier aus dem Goldenen Dreieck wären allzu genaue Kenntnisse unglaubwürdig gewesen.

»Eine wilde Staude, die vor allem in Kolumbien wächst«, erläuterte Morton Kahn. »Die Droge, die daraus gewonnen wird, nennt man Burundanga. Ein sehr nützliches Zeug, das man dem jeweiligen Opfer leicht in einem Drink beibringen kann. Es macht willenlos – bei entsprechender Dosierung bis zu siebzig Stunden. Zur Zeit ist es vor allem bei Einbrechern beliebt. Sie verstehen das Prinzip? Eine schöne Frau als Köder, ein bißchen von dem Zeug ins Glas – und der Betroffene wird bereitwillig die Haustür, die Safes, die Stahlschränke öffnen und freundlich zusehen, wie seine Besitztümer kassiert werden.«

Khan lachte leise, wurde jedoch sofort wieder ernst. »Genauso bereitwillig beantwortet er natürlich auch jede Frage«, fügte er hinzu. »Bei Ihnen war die Dosis nicht stark genug. Sie sind etwas zu früh wieder zu sich gekommen. Aber ich nehme an, Sie haben Verstand genug, um einzusehen, daß es völlig sinnlos ist, sich gegen die Wirkung der Droge wehren zu wollen.«

Ich nickte. An der Tatsache, daß ich dem lächelnden Chinesen gefolgt war wie ein Lamm zur Schlachtbank, gab es wirklich nichts zu deuteln.

»Also werden Sie vernünftig sein und freiwillig den Mund aufmachen?« fragte Morton Khan.

»Nein«, sagte ich trocken.

»Aber Sie haben doch gesehen ...«

»Ich habe gesehen, daß das Zeug willenlos macht. Die Vorräte, über die Sie angeblich noch verfügen, habe ich nicht gesehen. Sie können mir sonstwas erzählen, Mister. Ob ich es glaube, ist eine ganz andere Frage.«

Zum erstenmal sah ich Funken der Wut in den gelben Augen. Aber der Gangster beherrschte sich. Seine Stimme wurde leiser, fast sanft – gefährlich sanft.

»Habt ihr ihn gefilzt?« fragte er in Carruthers Richtung. Sie holten es nach.

Den 38er hatten sie mir schon vorher abgenommen, ohne allerdings den FBI-Prägestempel am Lauf zu entdecken. Jetzt räumten sie meine Taschen aus. Ich sah zu, wie meine Besitztümer Stück für Stück auf den Schreibtisch wanderten – einschließlich Dienstausweis und Marke.

Sekundenlang herrschte eisiges Schweigen. »Bluff«, sagte Dan Carruther in die Stille. »Das muß ein verdammter Bluff sein.«

»Der Ausweis ist echt«, stellte der Eurasier nach einem scharfen Blick fest.

»Na und? Falsche Ausweise, die die CIA fabriziert, sind echt.«

Das klang paradox, aber es traf den Nagel auf den Kopf, von meinem persönlichen Fall einmal abgesehen. Morton Khan blätterte in meiner Brieftasche.

Der Eurasier fuhr sich mit dem Daumennagel über die schmalen Lippen. »Unsinn, Dan! Warum sollte Lee Singal mit einem Typ zusammenarbeiten, der einen falschen amerikanischen FBI-Ausweis mit sich herumschleppt? Vergiß nicht, daß sie im Dreieck waren und Kontakt zu unseren Leuten hatten! Es wäre kompletter Wahnsinn gewesen.«

Wieder Schweigen. Meine Gegner standen jetzt um den Schreibtisch, so daß ich ihre Gesichter sehen konnte. Ratlose Gesichter. Ich versuchte, mir über eine ungefähre Marschroute klar zu werden. Sobald die Kerle überzeugt waren, daß ich mit Lee Singal und dem Opium nichts zu tun hatte, würden sie mich umbringen. Aber zu dieser Überzeugung konnten sie eigentlich nicht kommen. Nicht, solange sie keine Ahnung von der Existenz Guy Milesis hatten und keine Erklärung dafür fanden, daß ein G-man aus New York im Umfeld von Rod Garret aufgetaucht war.

»Vielleicht mischt der FBI tatsächlich mit«, sagte Carruther zögernd. »Vielleicht hat dieser – dieser ...«

»Cotton«, sagte Morton Khan. »Jeremias Cotton.«

In meinem Dienstausweis stand der Name natürlich in voller Schönheit. Kommentare blieben aus. Die Gangster waren nicht in der Stimmung, irgend etwas komisch zu finden.

»Vielleicht hat Cotton Rod Garret abgeschirmt«, fuhr Carruther fort. »Die CIA-Bonzen wissen, daß wir die meisten ihrer Leute kennen. Vielleicht sind sie auf die Idee verfallen, jemand völlig Unverdächtigen einzusetzen.«

Morton Khan schüttelte den schmalen Schädel. »Unsinn! Dafür ist Cotton einfach noch nicht lange genug hier. Wirf mal einen Blick auf das Datum des Einreisestempels!«

Carruther tat es, fluchte und fuhr zu mir herum. Er keuchte vor Wut. »Wer bist du?« fauchte er. »Wer, zum Teufel, bist du?«

»Special Agent Cotton, FBI Field Office New York«, sagte ich trocken.

»Und was hast du bei Garret gewollt?«

Ich schwieg. Das war immer noch die sicherste Methode. Wenn ich ihnen ein Märchen auftischte, den Zusammenstoß in der Tiefgarage beispielsweise als Zufall darstellte, bestand die Gefahr, daß sie mir glaubten. Und dann, wie gesagt, würden sie mich ohne große Umstände ins Jenseits schicken. Dan Carruther sah aus, als würde er am liebsten sofort damit anfangen. Der Rothaarige walzte hinter meinen Sessel, offenbar in der Annahme, daß sich gleich die Notwendigkeit ergeben würde, mich festzuhalten, damit ich mich nicht trotz der Fesseln wehrte. Morton Khan starrte mich an, als wollte er mir mit seinem Blick ein Loch in die Stirn brennen. Ich glaubte förmlich zu hören, wie sein Gehirn arbeitete.

So leicht, wie er mir einreden wollte, schien es offenbar doch nicht zu sein, die Teufelsdroge zu beschaffen, der ich meinen unfreiwilligen Besuch hier verdankte.

Ich nahm an, daß das Zeug im Blue Dragon vorrätig war, wo es dollarschweren Gästen verabreicht wurde, die ausgenommen werden sollten. Das Blue Dragon jedoch war zur Zeit ausgesprochen heiß. Die Gangster wußten es, mußten es wissen. Vielleicht ahnten sie nichts von Inspektor Pillroys Eingreifreserve – obwohl ich es bezweifelte. Aber daß ich nicht allein, sondern mit Phil gekommen war, konnte ihnen nicht entgangen sein.

Unangenehme Aussichten, sagte ich mir nüchtern.

Schließlich hatte ich gesehen, wie diese Bestien mit Rod Garret umgesprungen waren. Was ich brauchte, war eine gute Story.

Eine Story, die verwirrend genug wirkte, um jede Menge Fragen offenzulassen – und nach Möglichkeit glaubhaft genug, um nachgeprüft zu werden und mir dadurch Zeit zu verschaffen.

»Cotton«, begann Morton Khan. »Cotton, Sie werden …«

Mir rann – zugegeben – ein Schauer über den Rücken beim Klang der unnatürlich sanften Stimme.

Aber Morton Khan kam nicht mehr dazu, seine Drohung zu beenden. Denn in diesem Augenblick schlug das Telefon an, und die Hand des Gangsters zuckte zum Hörer wie die Klaue eines herabstoßenden Habichts

»Khan«, meldete er sich.

Und dann lauschte er volle drei Minuten lang und stellte nur knappe Zwischenfragen, während seine gelben Augen einen kalten, metallischen Messingglanz annahmen. Als er den Hörer auflegte, lächelte er. Ein dünnes, grausames, triumphierendes Lächeln.

»Yannay«, sagte er. »Yannay hat Nachricht von unseren Leuten an der thailändischen Grenze.«

»Und?« fragten Carruther, der Eurasier und der Rothaarige fast wie aus einem Munde.

Das Lächeln veränderte sich nicht. Maskenhaft klebte es auf den Lippen, gleichsam außen auf der Haut. Lächeln, das sich nicht vertiefen konnte, weil der Mann dahinter der menschlichen Regung des Lächelns im Grunde nicht fähig war.

»Der Kurier«, sagte Morton Khan. »Sie haben Singals wirklichen Kurier geschnappt – diesen dreimal verdammten Burmesen. Irgend etwas scheint schiefgegangen zu sein, so daß Singal seine Pläne ändern mußte.

Offenbar war er gezwungen, Ula Mandalai nach Thailand zu schicken. Jedenfalls haben unsere Leute den Burmesen zu Fuß und ohne nennenswerte Ausrüstung erwischt.«

Fast eine Minute lang blieb es still.

Meine Gedanken überschlugen sich. Den Namen Ula Mandalai kannte ich nicht. Nach allem war ich jedoch ziemlich sicher, daß es sich um den Kurier handelte, den Rod Garret eigentlich erwartet hatte, um einen Mann, der irgendwo auf dem Sprung saß und auf die Nachricht wartete, die er weitergeben sollte. Der unbekannte Burmese mußte zu Lee Singals engen Mitarbeitern gehören, zu denen, die an der Front standen.

Khan hatte recht: Es sah ganz so aus, als habe sich eine Situation ergeben, die zur Zeit wahrscheinlich weder die Rauschgiftbehörde noch die CIA überblicken konnten.

Ich biß die Zähne zusammen.

Morton Khan hatte von seinen Leuten an der thailändischen Grenze gesprochen. Das hieß vermutlich, daß es dort ein halbmilitärisches Camp gab, einen Stützpunkt von Khans Opium-Armee. Also einen Ort, an dem sie mit Lee Singals Kurier, dem echten Kurier, alles anstellen konnten, was sie wollten.

»Fliegen wir hin?« fragte der Eurasier mit flacher Stimme.

»Natürlich fliegen wir hin«, sagte Morton Khan. »Dan – du sorgst dafür, daß die Queen Air startklar gemacht wird. Aber sei vorsichtig! Wir wollen unseren Freund schließlich nicht in Verlegenheit bringen.« Ich ahnte, wen Morton Khan da als »unseren Freund« bezeichnete.

Den Verräter bei der CIA! Einen Mann, der offenbar nicht nur Informationen, sondern auch praktische Tips geliefert hatte. Zum Beispiel Hinweise darauf, wie und wo man sich geeignete Flugzeuge besorgen konnte. Privatflugzeuge beruhen oft auf militärischen Prototypen, werden militärisch erprobt – und dann manchmal an den nächstbesten verschachert.

Und die Queen Air, genauer gesagt die Piper Queen Air Beech 65, ist eine Weiterentwicklung des leichten Stabstransporters U-8 F, den die U.S. Army früher verwendet hat.

Carruthers nächste Worte machten mir klar, daß ich besser daran tat, über meine eigene Zukunft nachzudenken, statt über die Verwendbarkeit von Flugzeugtypen.

»Und er?« fragte der Gangster und wies auf mich.

Morton Khan lächelte.

Seine Stimme klang leise und sanft – wie gehabt. Aber inzwischen wußte ich, daß dieser Mann mit dem gleichen Lächeln und mit der gleichen leisen, sanften Stimme jede Ungeheuerlichkeit ausgesprochen hätte.

»Wir nehmen ihn mit, was sonst?« sagte er. »Über kurz oder lang wird er uns erzählen, was wir wissen wollen. Und vielleicht kann er uns dann noch nützlich sein …«

Das Camp lag am Rand eines abgeernteten Mohnfeldes, versteckt im Schatten des Waldsaums. Von einem Flugzeug aus, das die Teakwälder überflog, würde es schwer sein, die Reihe der erdgrünen Zelte zu entdeckten. Aber in dieser Gegend flogen ohnehin so gut wie nie Patrouillen. Die Grenze war zu nah. Keine offizielle Behörde hüben oder drüben riskierte es gern, Querelen mit dem jeweiligen Nachbarstaat heraufzubeschwören.

Wie ein glühendes Auge glomm das Feuer vor dem größten Zelt durch die Dunkelheit.

Ula Mandalai kauerte am Boden. Seine Hände waren auf dem Rücken gefesselt. Im flackernden Widerschein glich sein Gesicht mehr denn je einer Buddhamaske. Die dunklen Augen verrieten weder Furcht noch Zorn oder sonst eine Gemütsbewegung.

Schweigend sah er durch den Halbkreis der Männer in ihren zerlumpten Uniformen hindurch. Auf dem abgeernteten Feld leuchteten fahl ein paar vergessene Blüten. Schlafmohn ...

Mandalai dachte daran, daß sich die meisten Menschen Mohn nur rot vorstellen konnten und überrascht waren, wenn die Wirklichkeit nicht ihren Erwartungen entsprach. Schlafmohn war weiß, manchmal blau in allen Schattierungen. Rot war nur das Blut, das der gnadenlose Kampf um das Gift kostete ...

»Wo ist er? Rede! Du wirst am Ende doch reden!«

Der Bärtige mit den tiefliegenden schwarzen Augen benutzte gebrochenes Englisch, weil er aus Mandalais Schweigen geschlossen hatte, daß der andere seine Sprache nicht verstand. Der Burmese verstand sie sehr gut. Er hatte nur nicht geantwortet. Er antwortete auch jetzt nicht.

»Mandalai! Hörst du mir zu?«

Der Burmese schwieg. In Gedanken durchlebte er noch einmal den Augenblick, als die Kerle aus dem Hinterhalt in den Felsen hervorgebrochen waren. Jemand mußte ihn gesehen haben, während er in weitem Bogen eins der Dörfer umging. Ein Jäger vielleicht. Die Dorfleute lebten vom Mohnanbau.

Sie waren darauf angewiesen, sich gut mit den Aufkäufern der Ernten zu stellen.

Mandalai wußte, daß es einfacher für ihn gewesen wäre, sich zu wehren, bis er niedergeschossen wurde. Trotzdem hatte er sich gefangennehmen lassen. Es gab immer noch die Chance, seine Gegner auf eine falsche Spur zu führen. Aber es würde nicht leicht sein, sie zu überzeugen. Er würde lange schweigen müssen, damit sie am Ende glaubten, daß er nicht mehr fähig war zu lügen.

Der wütende Fußtritt des Bärtigen schleuderte ihn zur Seite. Eine Faust packte ihn am Kragen und riß ihn wieder hoch. Das verzerrte Gesicht war dicht vor ihm. »Mach den Mund auf! Wo hast du Singal zurückgelassen? Wo ist das Opium? Rede, du Hund!«

Mandalai drehte den Kopf zur Seite und spuckte aus – eine Geste der Verachtung.

Der Bärtige sog scharf die Luft ein. Seine Augen begannen, haßerfüllt zu funkeln. Mit rauher Stimme gab er ein paar Befehle.

Mandalai wehrte sich nicht, als er zu einem Teakbaum gezerrt und an den Stamm gefesselt wurde. Einer seiner Gegner, ein großer, grobschlächtiger Kerl mit narbenverwüstetem Gesicht, zog den Krummdolch aus dem Gürtel. Mit bösem Lächeln setzte er die Spitze knapp über Mandalais Gürtelschnalle. Der Burmese rührte sich nicht. Er wußte, daß es nicht so schnell und einfach gehen würde.

Mit einem enttäuschten Grunzen führte der Narbige den Dolch nach oben. Knöpfe sprangen. Zwei andere Männer rissen dem Opfer das Hemd über der Brust auf.

Das Narbengesicht trat zur Seite, während der Bärtige vorsichtig ein glühendes Holzscheit aus dem Feuer zerrte.

Seine Augen funkelten erwartungsvoll.

Langsam trat er auf Ula Mandalai zu. Aber das Gesicht des Burmesen zeigte noch keine Regung.

Die Hangars des kleinen Privatflugplatzes wirkten so verrottet, daß es mich überraschte, tatsächlich eine flugfähige Beech Queen Air vorzufinden.

Ich hielt sie jedenfalls für flugfähig. Nicht unbedingt, weil sie so aussah, sondern weil ich annahm, daß Morton Khan am Leben hing. Ein hagerer Thai hatte den Cadillac gelenkt, den die Gangster benutzten. Ich machte die Fahrt im Kofferraum mit. Erst am Rand des dunklen Flugfeldes schnitten mir die Burschen die Fußfesseln durch und zerrten mich ins Freie.

Im Tower brannte Licht. Auf der anderen Seite des Platzes drangen Geräusche aus einer Wellblechhalle. Dort wurde offenbar noch gearbeitet. Sekundenlang glaubte ich, eine geduckte Gestalt neben dem Gebäude zu erkennen. Doch ich war meiner Sache nicht sicher.

Morton Khans Pilot wartete vor dem Hangar. Ein schlaksiger Typ, der europäisches Englisch sprach und Kaugummi mampfte. Neugierig musterte er meine gefesselten Hände und zog dann erschrocken den Kopf ein, als Khan ihn scharf anwies, sich zu beeilen.

In der siebensitzigen Kabine der Queen Air fanden wir reichlich Platz. Carruther trat mir die Beine weg, so daß ich unsanft auf den Boden des Mittelgangs knallte. Grinsend ging der Gangster in die Hocke, um meine Füße wieder zu fesseln. Seine unsympathische Visage wäre in passender Nähe gewesen. Aber ich verzichtete darauf, ihn zu treten, weil ich mir sagte, daß meine Chancen besser standen, solange ich halbwegs unbeschädigt blieb.

Widerstandslos ließ ich mich in einen Sitz hieven und anschnallen.

Während die Maschine aus dem Hangar rollte, dachte ich an die dunkle Gestalt neben der Wellblechhalle. Beobachtete uns der Bursche?

Aus Morton Khans Worten war zu entnehmen gewesen, daß der Verräter von der CIA den Gangstern die Queen Air besorgt hatte, zumindest auf Umwegen. Das konnte bedeuten, daß es hier Spitzel gab, die für den

Geheimdienst arbeiteten. Und möglicherweise nicht nur für den unbekannten Verräter.

Ich hörte auf, darüber nachzugrübeln.

Die Beschleunigung des Starts preßte mich in den Sitz.

Dann lag die Maschine ruhig in der Luft, und das gleichmäßige Brummen wirkte einschläfernd. Ich spürte plötzlich den Schlaf, der mir fehlte, die Anstrengung der letzten Stunden, eine bleischwere, knochentiefe Müdigkeit. Es war sinnlos, wachbleiben zu wollen. Den Landeplatz der Queen Air würde ich sowieso nicht lokalisieren können, weil ich das Land nicht kannte. Mit den gefesselten Händen war meine Lage alles andere als bequem. Aber es gelang mir, binnen weniger Minuten einzuschlafen.

Ich weiß nicht, wie lange der Flug dauerte.

Was mich weckte, war weder ein Geräusch noch ein Ruck der Maschine, sondern die plötzliche Spannung, die fast greifbar in der Luft knisterte. Als ich die Augen öffnete, hatte sich Dan Carruther auf der anderen Seite des Mittelgangs kerzengerade aufgerichtet. Der Rotkopf, den ich ebenfalls im Blickfeld hatte, rieb nervös sein Kinn mit dem Handrücken. Draußen dämmerte der Morgen. Ich beugte mich zum Fenster und kniff die Augen zusammen. Grüne Hügel, Teakwälder, schroffe Bergketten in der Ferne. Blasser Dunst verhinderte, Einzelheiten zu erkennen. Der Pilot drückte die Queen Air jetzt rasch nach unten. Die Maschine beschrieb einen Bogen, und ich erkannte eine ziemlich große Lichtung zwischen den wogenden Wipfeln.

Ein abgeerntetes Mohnfeld, vermutete ich.

Das hieß, daß ein Dorf in der Nähe sein mußte. Ein Dorf, dessen Bewohner Morton Khans Leute unterstützten. Darüber machte ich mir keine Illusionen. Denn die lächerlichen Hungerlöhne, mit denen diese Bauern abgespeist wurden, lagen immer noch höher als alles, was sie ohne das Opiumgeschäft dem Boden abringen konnten.

Angestrengt spähte ich nach vorn, während die Queen Air in den Landeanflug einschwenkte.

Der Waldsaum stand wie eine dunkle Wand im Morgengrauen. Ein Feuer glomm. Sekunden später erkannte ich Zelte und Gestalten. Mit einem harten Ruck setzte das Fahrwerk auf. Die Maschine holperte und hüpfte ein paarmal. Sie schien die Nase in die Bäume bohren zu wollen. Dann stand sie, während das Heulen der beiden Lycoming-Triebwerke allmählich verebbte.

Von draußen wurde die Kanzeltür aufgerissen und die Gangway ausgeklappt.

Stimmen redeten aufgeregt in einer fremden Sprache durcheinander. Dan Carruther gähnte, als er einen Augenblick im Mittelgang stehenblieb und seine Glieder reckte. Zum zweitenmal zerschnitt er die Stricke an meinen Füßen. Die Mühe, meine Handfesseln zu kontrollieren, machte er sich nicht. Warum auch? Ich kannte diese dünnen, unzerreißbaren Nylonschnüre gut genug, um zu wissen, daß ich sie aus eigener Kraft in hundert Jahren nicht loswerden würde.

Ein Stoß brachte mich in Bewegung.

Besonders sicher war ich nach der langen Fesselung nicht auf den Beinen. Draußen standen Morton Khan, der Rotkopf und der Eurasier im Kreis von zwei Dutzend Männern, die zerlumpte Khakiuniformen und ein abenteuerliches Sammelsurium von Waffen trugen. Auf der Gangway versetzte mir Dan Carruther wieder einen heimtückischen Stoß. Ich stolperte, verlor das Gleichgewicht und stürzte den Kerlen der Länge nach vor die Stiefel.

Einer von ihnen trat mir beiläufig in die Seite.

Er kannte mich gar nicht. Er sah nur die Fesseln und

schloß daraus, daß er mit mir umspringen durfte, wie er wollte. Feine Gesellschaft, dachte ich wütend. Und feine Aussichten! Mit zusammengebissenen Zähnen rappelte ich mich hoch und blieb leicht schwankend stehen.

In den nächsten Minuten achtete niemand auf mich.

Ich ließ den Blick schweifen. Ein halbes Dutzend Zelte zählte ich, zwei Jeeps und eine Art Anhänger, auf den ein Maschinengewehr montiert war. In einem primitiven Seilkorral bewegten sich die Schatten von Maultieren. Nicht gerade eine schlagkräftige Truppe. Aber dann fiel mir ein, daß Morton Khan hier lediglich einen Stützpunkt seiner Opium-Armee unterhielt, der die Grenze kontrollieren sollte.

Und dann blieben meine Augen an dem Mann hängen, den die Kerle an einen der Teakbäume gefesselt hatten.

Er war bewußtlos, und er war gefoltert worden.

Ich glaube, wenn ich in diesen Sekunden die Hände frei gehabt hätte, hätte ich versucht, Morton Khan oder Carruther oder den nächstbesten anderen kaltblütig zu erwürgen.

Im Blue Dragon enthüllte Neonlicht erbarmungslos die Schäbigkeit der farbenprächtigen Dekorationen.

Gäste und Girls, sofern sie nicht beim Anblick des ersten Polizeibeamten fluchtartig das Lokal verlassen hatten, wurden in den verschachtelten Nebenräumen vernommen. Viel kam nicht dabei heraus. Nur zwei angesäuselte amerikanische Touristen hatten einen Mann, auf den die Beschreibung des G-man Jerry Cotton paßte, an der Bar gesehen.

Er sei mit einem der chinesischen Keeper in einem Nebenraum verschwunden, berichteten sie. Sie glaubten sich sogar zu erinnern, welcher Keeper es gewesen war: ein

Bursche namens Tian Wong. Aber genau wollten sie sich nicht festlegen, weil für sie die meisten Chinesen gleich aussahen. Und Wong leugnete natürlich entschieden.

»Ich keine Ahnung, was Sie sprechen«, beteuerte er. »Ich kleine Angestellte. Ich kennen Mr. Carruther nur von Sehen, ich schwöre!«

Phil biß die Zähne zusammen.

Schwören, daß sie nichts wußten, nichts verbrochen hatten und sich an nichts erinnerten – das taten auch die beiden anderen Keeper. Festnageln konnte man keinen von ihnen. Auch nicht, als Inspektor Pillroys Leute zehn Minuten später nebenan die Falltür unter dem Teppich entdeckten, die in die Kanalisation führte.

»Scheißdreck!« preßte Harvey Pillroy mit einer Stimme hervor, die sich gar nicht mehr nach einem englischen Gentleman anhörte.

Phil schoß ihm einen Blick zu. »Ihre Idee, Inspektor!«

»Verdammt, wie sollte ich ahnen, daß so etwas passiert? Ich begreife es immer noch nicht. Die Kerle müssen gewußt haben, daß Ihr Kollege aufkreuzen würde. Aber wieso? Kann es sein, daß Sie verfolgt worden sind?«

»Blödsinn! Wer sollte …« Phil stockte. Von einer Sekunde zur anderen schien in seinem Gehirn etwas einzurasten.

Er fuhr sich mit der Faust über die Stirn.

»Natürlich«, murmelte er. »Sie wollten den Kurier haben. Und – verdammt, an wen hätte sich der echte Kurier nach Rod Garrets Tod wohl gewandt?«

»An die CIA«, sagte Inspektor Pillroy wie aus der Pistole geschossen.

»Eben! Und genau das haben auch Jerry und ich getan. Die Kerle müssen unsere Spur bei Johnson Incorporated aufgenommen haben. Sie brauchten diesen verdammten Kurier so dringend, daß sie es sogar riskierten, ihn praktisch unter den Augen der Polizei zu kidnappen. Das heißt, sie werden ihn – o Hölle!«

»Und jetzt?« fragte Inspektor Pillroy leise.

Phils Schläfen summten. Er wußte, die englische Polizei konnte ihm nicht mehr weiterhelfen. Pillroy wollte Dan Carruther haben, weil der Bursche ein Gangster und Mörder war. Aber Carruthers augenblickliche Aktivitäten hatten mit der Hongkonger Unterwelt nichts zu tun. Die Polizei würde ihn nicht finden, das war Pillroy schon bei dem Gespräch in seinem Büro klargewesen. Die Polizei nicht – aber vielleicht die CIA.

Phil atmete tief durch. »Jetzt werde ich der Firma Johnson Incorporated auf die Bude rücken«, sagte er hart.

»Mitten in der Nacht?«

»Mitten in der Nacht! Die Herren dürften ja wohl nicht seelenruhig in ihren Betten herumliegen, solange allenthalben der Teufel los ist. Und wenn sie sich erdreisten, mich nicht reinzulassen, schlage ich die Tür ein.«

Zwei Minuten später war der G-man unterwegs.

Da sowohl das Blue Dragon als auch die Firma Johnson Incorporated in Kowloon lagen, brauchte er nur eine knappe Viertelstunde. Der Morgen graute bereits. Letzte Nachtschwärmer und erste Frühaufsteher waren unterwegs, Straßenkehrer mit Handkarren, fliegende Händler, die ihre Stammplätze aufsuchten, um eiligen Frühstückskunden Tee, Eierkuchen, mit Fleisch gefülltes Gebäck und duftende Pasteten zu verkaufen.

Phil stellte den Mietwagen auf dem Parkplatz des Bürohauses ab. Grimmig schob er das Kinn vor, als er ausstieg, das Gebäude umrundete und durch die große Glastür spähte.

In der Halle brannte nur die Notbeleuchtung.

Der grauhaarige Portier döste in seiner Kabine. Phil klopfte gegen die Scheibe. Der Grauhaarige sah auf, wedelte ablehnend mit den Händen und ließ den Kopf wieder auf die Brust sinken.

Phil begann, gegen das Glas zu hämmern. In der Stille hörte es sich an, als knallten Schüsse. Der Portier sprang hoch wie von der Tarantel gebissen, stürmte aus seiner Glaskabine und durchquerte mit langen Schritten die Halle.

Ein Riegel klirrte. Der Grauhaarige war rot im Gesicht. »Was fällt Ihnen ein ...«, begann er.

»Decker, FBI. Ich muß entweder Hawthorne oder den Nachtdienst sprechen.«

»Hier ist niemand zu sprechen. Wie kommen Sie darauf, daß in einem ganz normalen Büro nachts gearbeitet ...«

Dem Grauhaarigen blieb der Mund offenstehen, als er einfach am Kragen gepackt und in den Fahrstuhl geschoben wurde. Phil hatte keine Lust, sich den Wachdienst auf den Hals hetzen zu lassen und erst noch endlose Verwicklungen entwirren zu müssen. Er kannte den Weg.

Die beiden Vorzimmer waren leer. In dem kleinen Wachraum dahinter hielt jetzt ein blonder Wikingertyp die Stellung. Auch er sprang erschrocken hoch und beförderte dabei seinen Drehstuhl krachend an die Wand.

Mit der Rechten griff er zum Schulterholster.

Phil fackelte nicht lange. Mit einem kräftigen Stoß beförderte er den Grauhaarigen an die breite Brust des Wikingers. Drei lange Schritte, und der G-man riß die schalldicht gepolsterte Verbindungstür auf.

Sie waren alle versammelt.

Der junge Lucius Clapton hatte gerade den Telefonhörer aufgelegt. Jonathan Hawthorne und Gerald Ross beugten sich über eine ausgebreitete Landkarte. Jetzt rissen sie ruckartig die Köpfe hoch. Sekundenlang verharrten alle drei wie Salzsäulen. Nur in Claptons Gesicht zuckte nervös ein Augenlid.

»Morning«, sagte Phil laut und deutlich. »Entschuldigen Sie die Art meines Eindringens! Aber ich hatte weder Zeit noch Lust, auf dem bürokratischen Dienstweg einer Schnecke Konkurrenz zu machen.«

Sie starrten ihn an. Gerald Ross holte tief Luft. Aber es war Hawthorne, der als erster sprach.

Seine Stimme klang kühl und beherrscht. Und überraschend friedfertig. »Was ist passiert, Mr. Decker?«

Phil erzählte es ihm.

Lucius Clapton reagierte seine Nervosität zur Abwechslung damit ab, Büroklammern zwischen den Fingern zu zerknacken. Gerald Ross stützte sich auf den Schreibtisch. Die vorstehenden Augen blickten ausgesprochen finster.

»Ihre eigene Schuld, Decker«, knurrte er. »Was mußten Sie sich auch einmischen? Die ganze Sache geht den FBI nicht das Schwarze unter dem Nagel an.« Phil vergaß, daß er noch vor kurzem eine ganz ähnliche Meinung vertreten hatte. »Und das ist alles, was Sie dazu zu sagen haben?« fauchte er. »Wollen Sie hier herumsitzen und die Hände in den Schoß legen, während ...«

»Wir legen die Hände nicht in den Schoß. Aber wir haben eine ganz bestimmte Aufgabe zu erfüllen, die ...«

»Moment, Gerald«, mischte sich Jonathan Hawthorne ein. Und zu Phil gewandt: »Ich glaube, wir sollten aufhören, uns gegenseitig Vorwürfe zu machen. Sie können sich darauf verlassen, daß wir versuchen werden, etwas für Ihren Kollegen zu tun.«

»So! Aber was Sie zu tun gedenken, wollen Sie nicht verraten, oder?«

»Mr. Decker, wir ...«

»Kommen Sie mir jetzt bloß nicht mit Ihren Geheimhaltungsvorschriften!« sagte Phil gepreßt. »Okay, der gemeinsame Einsatz mit der englischen Polizei ist danebengegangen. Möglicherweise war er auch von Anfang an ein Fehler.« Phil machte eine Pause und kniff die Augen zusammen. »Ein Fehler, der mit etwas Hilfsbereitschaft von Ihrer Seite vermieden worden wäre«, setzte er hinzu.

»Und was werden Sie jetzt tun?« fragte Gerald Ross lauernd.

Phil zog die Lippen von den Zähnen. »Das kommt auf Sie an, Gentlemen. Ich bin nicht versessen darauf, Ihnen ins Handwerk zu pfuschen, indem ich die Sache auf eigene Faust anpacke. Aber ich werde genau das tun, wenn Sie mir keine andere Wahl lassen.« Sekundenlang blieb es still.

Lucius Clapton hatte bereits ein ansehnliches Häuflein zerknackter Büroklammern vor sich liegen. Gerald Ross schnaufte vor Wut. Jonathan Hawthorne zögerte einen Moment. Er schien noch einmal alle Tatsachen gegeneinander abzuwägen. Dann seufzte er tief.

»Okay, Mr. Decker, Sie haben gewonnen«, sagte er. »Es hätte tatsächlich wenig Sinn, wenn wir uns gegenseitig auf die Füße treten. Vielleicht wirkt sich eine Zusammenarbeit sogar positiv aus. Einfach, weil Sie die Sache unvoreingenommener sehen, aus einem anderen Blickwinkel.«

Phil zögerte. Er war immer noch mißtrauisch. »Sprechen Sie von einer echten Zusammenarbeit oder bilden Sie sich ein, Sie könnten mich in irgendeine Ecke abschieben, wo Sie mich unter Kontrolle haben?«

»Ich meine eine echte Zusammenarbeit«, versicherte Hawthorne. »Am besten dürfte es sein, wenn Sie mit Mr. Ross und Mr. Clapton fliegen.«

»Fliegen?« fragte Phil überrascht.

Jonathan Hawthorne nickte. »Wir haben gerade einen Tip von einem unserer Spitzel erhalten«, berichtete er. »Morton Khan hat Hongkong im Flugzeug verlassen, zusammen mit seinen drei Komplicen und einem vierten Mann, bei dem es sich möglicherweise um Ihren Kollegen handelt. Das heißt, daß die Entscheidung nicht hier fallen wird, sondern irgendwo im Goldenen Dreieck.«

Und das wiederum hieß, dachte Phil, daß sie schleunigst nach Thailand mußten.

Er atmete tief durch, und über seine Haut zog ein Prickeln jäher Erregung.

Der Widerschein einer Petroleumlampe erhellte das Innere des Zeltes.

Ich lag gefesselt auf einem Deckenhaufen. Mein Körper schmerzte, mein Magen rebellierte, in meinem Kopf schienen sich glühende Messer zu drehen. Aber im Vergleich zu dem Burmesen mit dem Namen Ula Mandalai ging es mir geradezu paradiesisch.

Sie hatten ihn den ganzen Tag durch die Mangel gedreht. Ich weiß nicht, ob ich das an seiner Stelle durchgehalten hätte. Auf jeden Fall hätte ich mich nicht auf seine Art wehren können, nicht mit diesem völligen Abschalten, dieser Versenkung in sich selbst, die ihn oft wie einen Scheintoten wirken ließ.

Theoretisch kannte ich die Techniken des Zen-Buddhismus, die er anwandte. Er beherrschte sie ausgezeichnet. Aber das änderte natürlich nichts daran, daß er sich körperlich in einem entsetzlichen Zustand befand.

Ich mußte ihn hier rausbringen, bevor ihn die Gangster ganz umbrachten.

Und ich mußte selbst hier raus! Denn mich würden sie ebenfalls umbringen – zwar nicht zollweise, sondern kurz und schmerzlos. Doch das war kein Trost. Ich hatte geredet. Nicht wegen der zwei Stunden an dem verdammten Teakholzbaum – die Behandlung, die mir die Kerle verpaßten, hätte ich notfalls noch eine Weile ausgehalten. Aber dann wäre ich nicht mehr in der Lage gewesen, überhaupt noch etwas zu unternehmen.

Die Wahl, die mir blieb, ließ sich auf einen einfachen Nenner bringen. Entweder ich erhielt eine Chance – dann mußte ich sie nutzen können, ohne nach den ersten drei Schritten aus den Schuhen zu kippen –, oder ich erhielt keine Chance – und dann spielte es auch keine Rolle, ob ich mich sofort oder etwas später zu meinen Ahnen versammelte.

Also hatte ich alles auf eine Karte gesetzt und Morton Khan die Wahrheit gesagt.

Daß er die Geschichte schlucken würde, wußte ich vorher. Sie war überzeugend und erklärte jeden einzelnen Punkt, der dem Gangster rätselhaft gewesen sein mochte. Er konnte denken – seine gezielten Fragen bewiesen es. Außerdem unterhielt er in Hongkong ein Netz von Spitzeln und Informanten. Und er war in den letzten Tagen selbst in der Kronkolonie gewesen.

Den Namen Milesi kannte er nicht. Aber er hatte immerhin gehört, daß da etwas mit einem amerikanischen Mafiamann gelaufen war.

Etwas, das ihn bisher nicht sonderlich interessiert hatte, und das jetzt als entscheidendes Mosaiksteinchen das Bild rundete.

Die Tatsache, daß nichts als ein lächerlicher Zufall die Pläne der Gangster zerschlagen hatte, versetzte vor allem Dan Carruther in einen Zustand besinnungsloser Wut.

Diese Wut rettete mir möglicherweise das Leben.

Carruther hielt schon die Waffe in der Hand, um mir eine Kugel in den Kopf zu jagen. Morton Khan bremste ihn. Aber es ist möglich, daß er das nur deshalb tat, weil er ein Exempel in Sachen Disziplin statuieren wollte.

Mich würde er nicht laufenlassen. Das stand so fest wie das Empire State Building. Wahrscheinlich wollte er hier keine Leiche herumliegen haben. Vielleicht, weil er hoffte, daß Ula Mandalai auf irgendwelche Versprechungen hereinfallen würde, wenn er sah, daß ich am Leben blieb.

Aber in diesem Punkt irrte sich der Gangsterboß ganz sicher. Mandalai war hart wie Granit. Er würde nach keinem trügerischen Strohhalm greifen, kein noch so verlockendes Angebot akzeptieren. Ich kannte ihn nicht. Ich hatte nicht einmal seine Stimme gehört, weil er kein einziges Wort von sich gab. Trotzdem wäre ich bereit gewesen, blind mein Leben darauf zu setzen, daß man sich auf ihn verlassen konnte.

Er war immer noch draußen an den Baumstamm gefesselt.

Im Augenblick ließen ihn die Gangster offenbar in Ruhe, weil sie mit Abendessen beschäftigt waren. Später würden sie sich weiter mit ihm befassen. Sie hatten einfach keine Zeit, die Sache zu überschlafen. Das hieß, daß ich nach Möglichkeit die nächste Stunde nutzen mußte. Noch besser die nächste halbe Stunde.

Ich lag in einem der kleineren Zelte. Gefesselt und zusätzlich von einem hünenhaften Schan bewacht, der Trockenfleisch kaute. Er wandte mir das Profil zu und lauschte nach draußen auf die Stimmen seiner Komplicen. Die meisten von ihnen hatten sich auf der anderen Seite des Camps versammelt, wo ich eine Art Küchenzelt vermutete. Morton Khan, Carruther, der Rotkopf und der Eurasier konferierten irgendwo in der Nähe. Das nahm ich jedenfalls an, weil ich ab und zu Carruthers erregte Stimme hörte.

Der Augenblick war tatsächlich günstig. Falls es in meiner miesen Lage überhaupt einen günstigen Augenblick gab. Mir blieb nichts anderes übrig, als es einfach zu versuchen.

Ich stöhnte dumpf.

Der Schan hielt es nicht einmal für nötig, den Kopf zu wenden.

Er schluckte den letzten Bissen Trockenfleisch und schraubte eine Feldflasche auf.

Ich atmete tief ein und hielt die Luft an. Wenn man das lange genug macht, läuft man rot an. Und wenn man dann noch Schweiß auf der Stirn hat, sieht man richtig krank aus.

Den Schweiß zauberte ich auf meine Stirn, indem ich die Hände in den Fesseln drehte, bis sich die dünnen Nylonschnüre wie glühender Draht in meine Gelenke fraßen. Danach fiel es mir nicht mehr schwer, ein Ächzen von mir zu geben, das Steine erweichen konnte.

Viel gefühlvoller als ein Stein war der hünenhafte Schan offenbar nicht.

»Schnauze!« knurrte er. Auf englisch, damit ich es auch ja verstand.

»Wasser!« wimmerte ich. »Bitte – ich sterbe …«

Dem Blick nach zu urteilen, den mir der Bursche zuwarf, schien er ernsthaft zu überlegen, ob er in diesem Punkt nicht ein bißchen nachhelfen solle. Ich keuchte heftiger. Der Schan pulte sich mit dem Daumennagel ein paar Fleischfasern aus den Zähnen. Offenbar wartete er ab, ob ich von allein wieder ruhig werden würde. Da ich jedoch nicht aufhörte, spuckte er aus, griff nach der Feldflasche und erhob sich schwerfällig.

Sein Boß hatte mich lebendig hier hingelegt. Der Junge wollte wohl nicht riskieren, einen Fehler zu begehen.

Ich stöhnte, als läge ich in den letzten Zügen. Der

Schan betrachtete mich mißtrauisch. Aber die ungesunde Röte meines Gesichts und der Schweiß auf meiner Stirn schienen ihn zu überzeugen. Ich muß gestehen, daß ich mich von Herzen darauf freute, diesem Gemütsmenschen meine Absätze irgendwohin zu rammen.

Am liebsten dorthin, wo es weh tat. Aber das würde ich mir leider verkneifen müssen. Sein Schmerzensgeheul war das letzte, was ich gebrauchen konnte. Und wenn es mir noch so sehr wie Musik in den Ohren geklungen hätte.

Ich warf den Kopf hin und her und ließ die Augen rollen.

Der Schan mußte annehmen, daß ich ihn kaum noch wahrnahm. Ihn nicht und die Feldflasche auch nicht. Er fluchte rauh in seiner Heimatsprache. Dann tat er genau das, was ich gehofft hatte.

Er beugte sich über mich und griff in meine Haare, um mir die Flasche zwischen die Zähne zu rammen.

Ich zitterte und zuckte. In der Sekunde, in der ich die ersten Wassertropfen auf den Lippen spürte, zog ich die Knie an.

Der Schan bemerkte zu spät, was gespielt wurde. Ruckartig riß ich die gefesselten Füße hoch, und meine Schuhspitzen trafen punktgenau die Stelle, die ich treffen wollte.

Die Feldflasche schlug mir fast die Zähne ein und riß ein paar Hautfetzen mit, als sie abglitt. Mein Gegner sog zischend die Luft ein – der einzige Laut. Sein Körper wurde halb hoch-, halb zurückgeschleudert. Aber nicht weit und nicht heftig genug zurück, daß er gegen die erdgrüne Leinwand geprallt wäre und er vielleicht das Zelt umgerissen hätte.

Schlaff wie eine Stoffpuppe sackte der Schan zusammen.

Sein Kinn knallte gegen meine Kniescheibe. Doch das spürte ich kaum. Erleichtert stieß ich den angehaltenen Atem aus. Ich wußte, daß die Lähmung bei meinem Gegner nicht länger als ein, zwei Minuten anhalten würde. Bis dahin mußte ich die Hände frei haben, damit ich dem Kerl zu einer längeren Bewußtlosigkeit verhelfen konnte.

Ich fluchte innerlich, als ich mich von den Decken rollte.

Was ich tun wollte, konnte ich nur in der Mitte des Zelts tun, weil sonst möglicherweise die Leinwand Feuer fing. Mit den Füßen rollte ich die leblose Gestalt meines Gegners ein Stück zur Seite. Dann zwang ich meinen Körper herum, zog wieder die Knie an und beförderte die Decken in einen Winkel. Das Zelt hatte keinen Boden, nur festgetretenen Lehm. Keuchend wälzte ich mich um die eigene Achse und quälte mich auf die Knie, als ich die blakende Petroleumlampe dicht vor der Nase hatte.

Ich packte den Bügel mit den Zähnen.

Hitze strich über meine Haut. Ich schloß die Augen. Ob ich mir Wimpern und Brauen versengte, war mir verdammt egal. Mit einem verzweifelten Sprung schnellte ich vorwärts, knallte die Lampe auf den Boden und rollte blitzschnell weg, während ich das Klirren von Glas hörte.

Mit einem blaffenden Laut entzündete sich das auslaufende Petroleum.

Ich kauerte schon wieder auf den Knien. Zwei Sekunden wartete ich, beobachtete mit angehaltenem Atem die Fließrichtung des brennenden Zeugs, bis ich sicher war, daß ich mich nicht versehentlich selbst in Brand setzen würde. Dann ließ ich mich in genau berechnetem Winkel zur Seite fallen und drückte die gefesselten Hände in Richtung auf die Flammen.

Ich hatte keine Zeit. Erstens würde das Petroleum nicht lange brennen, zweitens begann sich der Schan schon wieder zu regen. Vorsicht konnte ich mir nicht leisten. Und was ein paar Verbrennungen betraf – ich dachte an Ula Mandalai, dem Schlimmeres passiert war …

Krampfhaft drückte ich die Hände auseinander.

Meine Zähne knirschten. Schweiß brach mir aus allen Poren. Ich weiß nicht, ob ich durch das Rauschen in meinen Ohren wirklich das Zischen der verschmorenden Nylonschnüre wahrnahm. Aber ich spürte den Ruck, mit dem die Fesseln rissen, und stöhnte vor Erleichterung, als ich mich von dem brennenden Petroleum wegwälzte.

Der Schan stierte mich verständnislos an, aber ich gab ihm keine Gelegenheit, die veränderte Lage zu begreifen.

Ein blitzschneller Karateschlag ließ ihn sofort wieder erschlaffen. Diesmal würde es mindestens eine Viertelstunde dauern, bis er wieder aufwachte. Mit ausgestreckten Armen angelte ich nach den Decken in der Ecke und benutzte sie, um die Flammen zu ersticken. Einen Augenblick blieb ich einfach am Boden kauern, atmete tief und gleichmäßig und wartete darauf, daß sich mein rasender Herzschlag beruhigte. Dann zog ich dem Schan ein Ungetüm von Krummdolch aus der Scheide am Gürtel und zersäbelte auch die Stricke an meinen Füßen.

Immer noch konnte ich am anderen Ende des Camps die Männer hören, die tranken, aßen und in ihrer Sprache palaverten. Immer noch klang in einem Zelt in der Nähe ab und zu Dan Carruthers erregte Stimme auf. Niemand war aufmerksam geworden, und es sah auch nicht so aus, als ob sich das in den nächsten Minuten ändern würde.

Aber ich wußte trotzdem, daß die wirklichen Schwierigkeiten noch vor mir lagen.

Die rotgoldenen Strahlen der Abendsonne drangen durch den Höhleneingang und zeichneten Laubwerk und Geäst der schützenden Sträucher wie ein schwarzes Filigran auf den Boden.

Gestein knackte. Draußen strich der Wind durch Löcher und Spalten und erzeugte einen eigentümlich hohen, klagenden Ton. Lee Singal lehnte an der Felswand und blickte mit halb geschlossenen Augen ins Leere.

Das verletzte Bein hatte er ausgestreckt. Der Schmerz war dumpf und fern. Er schien nicht wirklich zu ihm zu gehören. Morphium hatte er nur einmal genommen, ganz am Anfang, und auch da nur eine geringe Dosis, weil er es später vielleicht dringender brauchen würde.

Jetzt war er völlig ruhig, entspannt, in sich selbst versunken. Er hatte von Mandalai gelernt, wie man es anstellte, sich in diesen Zustand zu versetzen. Einen Zustand, der Schmerz, Angst und Ungeduld weitgehend ausschaltet und nur die notwendige Konzentration auf die Umgebung übrigließ. Singal wußte, daß ihm kein ungewöhnliches Geräusch entgehen würde.

Und er wußte, daß das nötig war, weil er damit rechnen mußte, hier entdeckt zu werden. Es gab keinen Grund zum Optimismus. Ula Mandalais Chancen, mit heiler Haut Thailand zu erreichen, standen höchstens fünfzig zu fünfzig. Und seine Chance zu schweigen, wenn er erwischt wurde? Oder Khans Leuten ein Märchen aufzutischen und sie auf eine falsche Spur zu locken?

Mandalai war hart. Sie würden lange brauchen, um ihn zu brechen, jedenfalls mit den üblichen brutalen Mitteln.

Aber es gab Drogen, die den Willen lähmten – Drogen, denen niemand widerstehen konnte.

Singal biß die Zähne zusammen und spürte, wie die Bewegung den seltsamen Schwebezustand zerriß, in dem seine Gedanken schwammen. Er fuhr sich mit der Faust über die Stirn. Der Schmerz in dem verletzten Bein flammte heftiger auf, wie jedesmal, wenn er seinen Atemrhythmus und die reglose Haltung änderte. Es war eine Frage des Bewußtseins, der Kontrolle. Er hätte sehr lange ausharren können, ohne irgend etwas außer den Geräuschen der Umgebung an sich heranzulassen. Aber er wußte, daß er sich nicht völlig fallenlassen durfte. Er mußte essen und trinken, um bei Kräften zu bleiben. Irgendwann mußte er den Verband wechseln, nach der Verletzung sehen und sie im Bedarfsfall mit dem Rest des Sulfonamidpuders behandeln.

Seine Vorräte reichten noch eine Weile. Das Morphium hatte er aufgespart für den Fall, daß er sich bewegen mußte. Er konnte nicht einfach aufgeben. Nicht, solange in dem Versteck hoch oben unter dem Gipfel des Mount Shaolein eine Riesenmenge Rohopium lag, für die er sein eigenes Leben und das seiner Freunde riskiert hatte.

Singal kaute nacheinander einen Proteinriegel, ein paar Streifen Trockenfleisch und eine Handvoll Nüsse. Der Zitronensaft der eisernen Ration ließ das abgestandene Wasser aus dem Kanister halbwegs erfrischend schmecken. In der Nacht würde es kalt werden. Singal zog die schwere Decke über sich und lehnte den Kopf gegen die Felswand zurück.

Er glaubte nicht, daß sie schon diese Nacht kommen würden. Aber er verzichtete trotzdem darauf, sich zum Schlafen auszustrecken. Er brauchte keinen Schlaf. Der Zustand, in dem er alles andere abschaltete – außer dem Gehör, außer diesem einen dünnen Faden der Wahrnehmung –, war besser als Schlaf und genauso erholsam.

Lee Singal schloß die Augen, verlangsamte seine Atemzüge und spürte, wie sich Schmerz und Unruhe gleich einer ablaufenden Welle von ihm zurückzogen.

Ich übte mich ebenfalls in Tiefatmung.

Natürlich brachte ich es nur sehr unvollkommen hin. Ich nehme an, daß nur Asiaten es wirklich schaffen. Aber immerhin gelang es mir, die aufkeimende Panik zu unterdrücken. Denn das ekelhafte Gefühl, daß jeden Augenblick irgendein unvorhergesehener Zwischenfall all meine Bemühungen zunichte machen konnte, war verdammt geeignet, Panik zu erzeugen.

Ich widerstand dem Impuls, mich einfach so schnell wie möglich in die Büsche zu schlagen. Nicht in einem fremden Land, mitten in der Wildnis, ohne ein Minimum von Ausrüstung! Eine übereilte Flucht wäre, Risiko hin oder her, kompletter Wahnsinn gewesen. Also zwang ich mich zur Ruhe und versuchte, methodisch und vernünftig vorzugehen.

Zunächst einmal fesselte und knebelte ich den hünenhaften Schan, wickelte seinen Körper fest in die Decken und schlug ein paar Gegenstände – Eßbesteck, eine Nagelschere, Holzkeile von einer Kiste sowie Zeltheringe durch den Stoff in den Boden, damit sich der Bursche nicht vom Fleck wälzen und seine Komplicen alarmieren konnte, indem er das Zelt in Trümmer legte.

Natürlich war das noch keine narrensichere Methode. Ich mußte eine Menge Skrupel hinunterschlucken, als ich den wehrlosen Mann mit verschiedenen genau dosierten Karateschlägen bedachte, die für eine Weile seine Muskeln lähmten.

Aber ich dachte an Ula Mandalai. Es würde nicht leicht sein, ihn hier rauszubringen. Ich war nicht einmal sicher, ob er sich überhaupt bewegen konnte, ob ich ihn nicht schleppen mußte. Mein Mitleid mit dem Schan hielt sich unter diesen Umständen in Grenzen.

Dann entdeckte ich einen Rucksack, einen richtigen schönen Militärrucksack. Das war reines Glück.

Systematisch packte ich alles ein, was ich sonst noch in dem Zelt fand und mir nur irgendwie nützlich erschien. Die beiden Wasserflaschen vor allem. Denn die Quelle befand sich an der anderen Seite des Camps neben dem Küchenzelt, wo die Abendmahlzeit stattfand. Dann die restlichen Decken, eine kleine Folienrolle von der Art, die in einem halben Dutzend verschiedener Notfälle gute Dienste leistet, eine wirklich gut ausgestattete Feuerdose und dazu alles an Vorräten, was noch in den Rucksack paßte.

Das Gewehr des Schan hängte ich mir auf den Rücken. Sein Dolch und die Pistole fanden in meinem Gürtel Platz.

Der Dolch allerdings erst, nachdem ich die Rückseite des Zelts damit aufgeschnitten hatte. Auf diese Weise gelangte ich sofort in den tiefen Schatten des Teakwalds. Die Zeit brannte mir auf den Nägeln.

Während ich in einiger Entfernung Rucksack und Gewehr versteckte, lauschte ich auf Stimmen und Geräusche.

Gelächter! Stimmen, die ich nicht verstehen konnte, die aber reichlich angetrunken klangen. Ich glaubte, das hagere Wolfsgesicht Morton Khans vor mir zu sehen. Er arbeitete nicht erst seit gestern mit dieser Söldnerhorde zusammen.

Wahrscheinlich würde er warten, bis sich die Männer richtig angeheizt hatten, bevor er sie wieder auf den Burmesen hetzte.

Im Bogen robbte ich zu der Stelle zurück, wo Ula Mandalai an den Baum gefesselt war.

Er rührte sich nicht.

Aber ich spürte, daß er wach war, hellwach, und daß er vielleicht als einziger mitbekommen hatte, daß etwas Ungewöhnliches geschah. Drei Yards von ihm entfernt blieb ich im Gebüsch kauern, weil ich nicht sicher sein konnte, ob es jemanden gab, der ihn beobachtete.

»Mandalai«, hauchte ich. Eine lange Pause. Dann: »Ja ...« Das kam sehr leise, und ich hätte geschworen, daß er weder die Lippen dabei bewegte oder auch nur mit einer Wimper zuckte.

»Ich bin Cotton. G-man aus New York.«

Das mußte er wissen, weil ich an den Nachbarstamm gefesselt gewesen war, als mich die Kerle durch die Mangel drehten. Aber glaubte er es wirklich? Ich sah, wie sich seine Hände in den Fesseln ballten. Wenn er mißtrauisch war, konnte er auch annehmen, daß ihm hier ein Köder hingeworfen wurde. Daß die ganze Sache eine Falle war, die ihn dazu bringen sollte, mir all das zu erzählen, was Morton Khan vielleicht in Tagen und Wochen nicht aus ihm herausholen würde.

»Ich schneide Sie jetzt los«, sagte ich ruhig. »Sie folgen mir bis dahin, wo mein Zeug liegt. Dann übernehmen Sie die Führung, weil ich keinen blassen Schimmer habe, wohin wir uns am besten wenden. Reden können wir, wenn wir Ihrer Meinung nach halbwegs in Sicherheit sind. Klar?«

»Ja«, sagte Mandalai nur.

Seine Stimme klang rauh vor Mißtrauen, doch das konnte ich nicht ändern. Vorsichtig glitt ich näher an ihn heran. Der Krummdolch, den ich dem Schan abgenommen hatte, war scharf wie eine Rasierklinge. Ein einziger glatter Schnitt zertrennte Mandalais Fesseln. Er wartete zwei Sekunden, bewegte dann einen Arm und wartete nochmals zwei Sekunden.

Eine gute Methode, um herauszufinden, ob er beobachtet wurde.

Ich atmete vorsichtig auf. Ein Mann, der sich so wenig auf den äußeren Schein verließ, würde zumindest wissen, daß das Verhör, das Khans Leute mit mir veranstaltet hatten, kein harmloses Theater gewesen war.

Fünf Minuten später erreichten wir die Stelle, wo ich meine spärliche Ausrüstung zurückgelassen hatte. Ich schnallte mir den Rucksack auf den Rücken und warf Mandalai das Gewehr zu, weil mir in dieser kitzligen Situation alles recht war, was sein Mißtrauen beseitigte. Ich hätte Morton Khan ohne weiteres zugetraut, daß er einen seiner Komplicen zwang, um dem Burmesen eine Falle zu stellen.

Mandalai dachte zweifellos genauso. Aber jetzt hatte er das Gewehr. Er warf mir einen langen Blick zu. Dann wandte er sich scharf nach links und erreichte nach wenigen Sekunden eine Art ausgetrocknetes Bachbett, in dem wir rasch vorwärts kamen.

Fast eine halbe Stunde lang bewegte er sich durch das Gelände, so schnell und leicht, als wäre er völlig auf der Höhe.

Danach verharrte er und ließ sich mit dem Rücken gegen einen Baumstumpf sinken. Seine Augen wirkten düster.

»Kann ich mir die Ausrüstung ansehen?« fragte er ausdruckslos.

Ich nickte, schnallte den Rucksack ab und zerrte mir die Jacke von den Schultern.

»Fangen Sie mit meinen Taschen an!« sagte ich trocken. »Ich weiß, daß Sie einen Peilsender suchen.« Er widersprach nicht. Aber er ließ sich auch nicht davon abbringen, langsam und gründlich alles abzutasten, was ich bei mir hatte.

Danach blickte er mich aus schmalen Augen an. »Die Geschichte stimmt also, die Sie dem Khan erzählt haben? Sie wollten nichts weiter, als einen Zeugen sicher von Hongkong nach New York bringen? Und als dieser

Milesi starb, fuhren Sie zu Rod Garret, weil er der Mann war, mit dem Milesi Kontakt aufzunehmen versucht hatte?«

Ich nickte. »Die Geschichte stimmt. Ich mußte sie erzählen, weil sie die einzige glaubhafte Version war.«

»Und Sie fürchteten nicht, daß man Sie danach sofort umgebracht hätte?«

»Doch«, sagte ich. »Das fürchtete ich sogar sehr. Aber die andere Möglichkeit wäre eine brutale Folter gewesen, die mir keine Chance gelassen hätte, überhaupt etwas zu unternehmen. Es gab einfach nichts, das ich mit Schweigen hätte erreichen können. Also blieb mir nur ein kalkuliertes Risiko übrig.«

»Ich würde es eher ein Vabanquespiel nennen«, sagte Mandalai ausdruckslos.

Ich zuckte mit den Schultern. »Das ist jetzt nicht mehr wichtig. Es ist auch nicht wichtig, ob Sie mir glauben oder nicht, weil ich Ihnen keine Fragen stellen werde, deren Beantwortung Morton Khan interessieren könnte. Wir müssen hier verschwinden, und zwar so schnell wie möglich. Das ist das einzige, was zählt.«

»Und Sie überlassen es mir, wohin wir verschwinden?«

»Was sonst? Ich nehme an, daß uns nichts anderes übrigbleibt, als uns zur thailändischen Grenze durchzuschlagen. Aber wenn Sie eine bessere Idee haben – bitte!«

Mandalai kniff die Augen zusammen, aus denen das Mißtrauen immer noch nicht verschwunden war.

»Sie denken also nicht an den Versuch, zu Lee Singals Versteck zurückzumarschieren und das Opium zu holen?« fragte er gedehnt.

Ich zögerte, weil ich den Unterton in seiner Frage nicht ganz verstand. »Was sollte uns das einbringen? Transportieren können wir das Opium zu dritt ohnehin nicht. Vernichten kann es Singal auch allein, falls ihm das richtig erscheint. Und zurückgeblieben ist er ja sicher nicht aus Vergnügen, sondern aus guten Gründen – wie immer die auch aussehen mögen.«

Mandalai nickte langsam. Die Andeutung eines Lächelns flog über das dunkle, kräftige Gesicht. »Können Sie bergsteigen?« fragte er unvermittelt.

Ich sah ihn verblüfft an. »Allerdings. Aber wieso ...?«

»Bis zu welchem Schwierigkeitsgrad?«

»Römisch und arabisch vier«, sagte ich, obwohl mir der Sinn der Frage schleierhaft war. Und auf seinen verständnislosen Blick hin fügte ich hinzu: »Man bezeichnet die Schwierigkeitsgrade beim freien Klettern mit römischen und beim künstlichen Klettern mit arabischen Zahlen. Künstlich heißt, daß Haken, Stifte und andere Steighilfen benutzt werden. Vier bedeutet schwierig. Darüber hinaus gibt es noch sehr schwierig und äußerst schwierig.«

»Singal hat etwas von fünf gesagt«, meinte Mandalai mit gefurchten Brauen. »Das würden Sie demnach nicht schaffen?«

Ich zuckte mit den Schultern. »Notfalls. Es käme auf die Umstände an. Die Einstufung einer Route richtet sich grundsätzlich nach der schwierigsten Stelle, auch wenn der Rest kinderleicht ist. Außerdem macht es einen Unterschied, ob man zum Beispiel mit einem guten Führer aufsteigt oder sich allein auf unbekanntem Gelände bewegt. Würden Sie mir jetzt vielleicht mal erklären, worauf Sie hinauswollen?«

»Ich bin kein Bergsteiger«, sagte er – was mir seine Fragen schon zur Genüge bewiesen hatten. »Aber Lee Singal ist es. Darauf beruhte sein Plan. Wir haben das Opium in einer Höhle auf dem Mount Shaolein versteckt und den Maultierpfad gesprengt, der hinaufführt. Jetzt kommt nur noch ein ausgebildeter Bergsteiger an das Zeug heran.«

»Und weiter?«

»Lee ist verletzt. Er kann nicht laufen, geschweige denn klettern. Aber die Ausrüstung ist da. Sie könnten es schaffen.«

Ich kniff die Augen zusammen. Der Gedanke gefiel mir nicht. Ganz und gar nicht. Eine unbekannte Kletterroute mit einem Schwierigkeitsgrad, den ich nicht beherrschte – das würde ich wirklich nur im äußersten Notfall riskieren.

»Wozu?« fragte ich. »Ich könnte das Opium vernichten. Aber das wäre auch schon alles. Wir würden Zeit verlieren und möglicherweise Singal in Gefahr bringen ...«

Ula Mandalai schüttelte den Kopf. »Wir würden keine Zeit verlieren. Lees Funkgerät ist bei dem Erdrutsch zerstört worden, bei dem er verletzt wurde. Aber er hat ein zweites Gerät im Versteck des Opiums gelassen. Wir könnten eine Nachricht absetzen. Wir könnten Morton Khan täuschen, weil er uns vermutlich im Süden suchen wird. Und falls er seine Kräfte aufsplittert und gleichzeitig im Norden sucht, hätte er auf jeden Fall mehr gegen sich als einen einzelnen verletzten Mann.«

Ich überlegte.

Der Gedanke an die Kletterpartie, die mir der Burmese zudachte, gefiel mir immer noch nicht. Aber der Gedanke an Lee Singal, der allein und wehrlos war, gefiel mir noch viel weniger.

Zudem hatte Mandalai recht: Auch ich rechnete mir die besseren Chancen aus, wenn wir uns nach Norden wandten.

Außerdem, davon war ich überzeugt, lauerten inzwischen jede Menge Leute auf den Funkspruch, den ich absetzen würde. Immer vorausgesetzt, daß ich mir nicht vorher den Hals brach.

Eine halbe Minute brauchte ich. Dann nickte ich

knapp. »Okay«, sagte ich. »Ich bin einverstanden. Ich hoffe nur, daß sich Lee Singal bei der Beurteilung dieses verdammten Bergs nicht geirrt hat.«

Dan Carruther entdeckte die Flucht der Gefangenen als erster.

Er war wütend. Die Unterredung in Morton Khans Zelt hatte nichts ergeben außer der Tatsache, daß sie in einer Sackgasse steckten. Zu allem anderen Ärger hatten sie jetzt auch noch den G-man am Hals!

Ganz gleich, ob er selbst ihnen gefährlich werden konnte oder nicht – sein Verschwinden würde Staub aufwirbeln. Die Zeit arbeitete gegen sie. Mit Mai Lin und dem Kind als Druckmittel wäre die Sache längst erledigt gewesen. So blieb ihnen nichts anderes übrig, als den Burmesen zum Reden zu bringen. Diesen verdammten Granitklotz, den sie alle unterschätzt hatten. Und Morton Khan ließ keinen Zweifel daran, daß er ihn, Carruther, für die Probleme verantwortlich machte.

Der blonde Gangster biß die Zähne zusammen.

Die Wut erstickte ihn fast. Sie konzentrierte sich vor allem auf den G-man. Nach Carruthers Meinung hatte er ihnen sämtliche Schwierigkeiten eingebrockt. Der blonde Gangster brannte förmlich darauf, dem Gefangenen endlich eine Kugel zu verpassen.

Morton Khan wußte das. Wahrscheinlich hatte es ihm Spaß bereitet, gerade deshalb zu entscheiden, daß man vielleicht später noch eine Geisel brauchen könnte.

Aber er hatte nicht ausdrücklich befohlen, daß der Gefangene unbeschädigt bleiben müsse …

Ein böses Grinsen verzerrte die Lippen des Gangsters. Langsam ging er an der Reihe der Zelte entlang. Der Schan, der den G-man bewachte, würde tun, was man ihm sagte. Carruthers Augen funkelten, als er sich bückte und die Plane vor dem Zelteingang zur Seite schlug.

Daß drinnen kein Licht brannte, fiel ihm erst mit Verspätung auf.

Außerdem stank es nach Petroleum. Carruther runzelte die Stirn. Im ersten Moment sah er nur Umrisse, weil es draußen noch heller war. Seine Hand fuhr zum Gürtel und ließ die Taschenlampe aufflammen.

Zwei Sekunden starrte er verständnislos auf den gefesselten, geknebelten und zusätzlich von einer an den Boden genagelten Decke festgehaltenen Schan. Dann erfaßte der Lichtkegel die Scherben der zerbrochenen Petroleumlampe und die halbverschmorten Reste der Nylonstricke.

Scharf sog Dan Carruther die Luft ein.

Der G-man! Er hatte seinen Bewacher ausgetrickst und sich befreit! Auf eine verdammt riskante Weise befreit ...

Mandalai! war der nächste Gedanke, der den Gangster wie ein Stich ins Hirn traf.

Der gefesselte Schan gab erstickte Laute von sich, aber Carruther kümmerte sich nicht darum. Auf dem Absatz fuhr er herum, rannte aus dem Zelt und riß dabei fast mit der Schulter die Plane ab. Niemand hatte daran gedacht, daß es nötig sein würde, den Burmesen zu bewachen.

Das Feuer am Ende des Camps glomm noch rot durch die Dunkelheit. Inzwischen hing der Mond wie ein großer, blaßgelber Ballon am Himmel. Sein Licht reichte aus, um sofort erkennen zu können, daß am Stamm des Teakbaums nur noch ein paar Stricke hingen, die sich in der Rinde verfangen hatten.

Dan Carruther atmete zweimal tief durch. Dann pfiff er schrill auf den Fingern.

Sekunden später wurde es im Camp lebendig. Die Männer hatten getrunken, aber in ihrem harten Geschäft waren sie daran gewöhnt, schnell auf Gefahren zu reagieren. Morton Khan dagegen konnte sich offenbar keine ernsthafte Gefahr vorstellen. Er ließ sich Zeit. Schock und Wut mischten sich bei Carruther mit einem Anflug grimmiger Befriedigung. Er hatte den G-man sofort erschießen wollen, und er hatte recht behalten.

Mit dem Daumen wies er auf den Baumstamm, an dem der Burmese gefesselt gewesen war, und beobachtete dann aus schmalen Augen, wie sich Morton Khans hageres Wolfsgesicht ungläubig verzerrte. Sein Kopf zuckte herum.

»Der G-man?«

»Wer sonst?«

Carruther beherrschte sich gerade noch rechtzeitig genug, um jeden triumphierenden Unterton aus seiner Stimme zu verbannen. »Ich wußte, daß er Ärger machen würde. Er hat Mahrad überrumpelt und die Petroleumlampe benutzt, um seine Fesseln durchzubrennen.«

Morton Khans Gesicht versteinerte.

Als er den Arm hob und in rascher Folge ein halbes Dutzend Befehle gab, klang seine Stimme nicht mehr sanft, sondern scharf und peitschend. Die Männer spritzten auseinander, rannten nach Waffen und Batterielampen und schwärmten aus, um die Umgebung zu durchsuchen. Aber Carruther wußte, daß sie nichts finden würden. Nicht in der Nacht. Nicht bei einer überstürzten, planlosen Suchaktion in alle Richtungen.

Morton Khan schwang herum, mit zusammengekniffenen Augen, in denen die unterdrückte Wut wie gelbe Flammen zu brennen schien.

Das ganze Zelt bebte, als er die Eingangsplane zurückfegte. Mit zwei Griffen befreite er den gefesselten Schan von dem Knebel, holte aus und schlug ihm mit bösartiger Berechnung die Handkante über den Nasenrücken.

Tränen des Schmerzes schossen dem Mann in die Augen.

Ohne weitere Aufforderung begann er hervorzusprudeln, was geschehen war. Carruther fluchte innerlich. Es sah schlimmer aus, als er gedacht hatte. Der G-man war nicht blindlings geflohen, sondern hatte kaltblütig alles an Ausrüstung zusammengepackt, was er finden konnte. Er wußte zweifellos, was er brauchte und was unnützer Ballast gewesen wäre. Und er hatte gewußt, daß er Mandalai mitschleppen mußte, weil er jemanden brauchte, der das Land kannte. Dan Carruther jedenfalls konnte sich nicht vorstellen, aus welchem anderen Grund sich ein Mann, dessen Leben auf dem Spiel stand, auch noch mit einem Verletzten belasten sollte.

Morton Khan richtete sich langsam auf. Er starrte Carruther an. »Na los, spuck es aus! Du willst doch sagen, daß du es vorher gewußt hast.«

Carruther spürte nicht die geringste Lust, als Ventil für die glimmende Wut in den gelben Augen herzuhalten. Er schüttelte den Kopf. »Niemand konnte es wissen. Ich denke ...«

»Sie werden nicht weit kommen«, schaltete sich der Eurasier ein. »Mich wundert sowieso, daß Mandalai überhaupt auf den Beinen stehen konnte.«

»Mandalai ist zäh«, sagte Khan.

»Trotzdem werden wir sie erwischen. Sie können nur versuchen, sich nach Thailand durchzuschlagen. Selbst wenn sie eine Möglichkeit finden, Kontakt zu ihren Leuten aufzunehmen, haben sie keine Chance. Wir würden über jede Bewegung ihrer Eingreifreserve sofort unterrichtet werden.«

Morton Khans Augen verengten sich zu schmalen, glitzernden Sicheln. Sekundenlang ging sein Blick ins Leere. »Das glaube ich nicht«, sagte er leise.

»Was? Daß unser Freund uns informieren wird?«

»Unsinn! Er sitzt an der Schaltstelle. Aber ich glaube nicht, daß Mandalai und der G-man nach Süden geflohen sind.«

»Sondern?« fragte der Eurasier zweifelnd.

Khan lächelte schmal. Die Wut in seinen Augen erlosch, und in seiner Stimme lag wieder der trügerisch sanfte Ton.

»Sie wissen, daß wir sie im Süden vermuten werden«, sagte er. »Also werden sie wahrscheinlich genau das Gegenteil tun, nämlich versuchen, Singals Versteck wieder zu erreichen. Und diesmal«, fügte er zufrieden hinzu, »haben wir alle Chancen, das Versteck zu finden, weil sich zwei Männer nicht auf diesem Gelände bewegen können, ohne Spuren zu hinterlassen.«

Wir brauchten fast die ganze Nacht.

Auf die Idee, daß wir Spuren hinterlassen würden, war ich ebenfalls gekommen. Und meiner Überzeugung nach hatte Morton Khan unter seinen Leuten bestimmt ein paar Männer, die Spuren lesen konnten.

Ula Mandalai nickte gleichmütig, als ich ihm das sagte. »Ja, ich denke schon. Aber das gibt uns auch einen Vorsprung. Sie werden bis zum Morgen warten müssen.«

»Genau wie ich, wenn ich auf diesen verdammten Berg klettern soll«, dämpfte ich seinen Optimismus.

»Mount Shaolein.« Er lächelte angestrengt. »Ich glaube nicht, daß der Aufstieg länger als ein paar Stunden dauert.«

Schöne Aussichten, dachte ich.

Aber immerhin, wenn ich das Funkgerät dort oben noch intakt vorfand und eine Nachricht absetzen konnte, würden vermutlich schnell Helfer bei uns sein.

Habe ich mal gesagt, daß Phil und ich nicht besonders gern mit den Herren aus Langley zusammenarbeiten? In dieser Situation war ich froh darüber, ausgerechnet mit der CIA zu tun zu haben. Mit Leuten, die sich bei einem notwendigen Rettungseinsatz auf fremdem Territorium keine grauen Haare darüber wachsen ließen, ob sie auch alle bürokratischen Genehmigungen hatten.

Etwa drei Stunden vor Sonnenaufgang spürte ich, daß Ula Mandalai ziemlich am Ende war.

Ich begriff ohnehin nicht, wie er so lange hatte durchhalten können. Keuchend lehnte er an einem Felsblock. Über einer spärlich bewachsenen Hügelkuppe konnten wir bereits den Gipfel des Mount Shaolein sehen.

»Gehen Sie allein weiter!« sagte Mandalai. »Ich komme später nach und ...«

Ich schüttelte den Kopf. »Selbst wenn ich den Weg nach Ihrer Beschreibung finde, würde mich Lee Singal nicht an sich heranlassen. Wie weit ist es?«

»Etwa eine halbe Stunde, aber ...«

»Das schaffen wir auch noch. Kommen Sie!«

Wir brauchten dann doch fast eine volle Stunde, weil ich Mandalai auf dem schwierigen Gelände mehr schleppen als stützen mußte. Und weil ich es bewußt langsam angehen ließ. Denn wenn ich mich jetzt zu sehr verausgabte, würde ich morgen früh nicht einmal in der Lage sein, ein Hügelchen zu erklettern.

Mandalais Aufatmen verriet mir, daß wir am Ziel waren, noch ehe ich die Spuren des Bergrutsches entdeckte.

Fünf Minuten später überkletterten wir einen Geröllwall und erreichten eine kleine Senke. Mandalai richtete sich auf und hob die Hände an den Mund. Er stieß eine Art Vogelruf aus, das vereinbarte Signal, und nach ein paar Sekunden hörte ich die Antwort.

Ich rieb mir den Schweiß von der Stirn.

Die ganze Zeit über war ich gespannt darauf gewesen, Lee Singal kennenzulernen. Aber jetzt, muß ich gestehen, hatte ich eine ganze Weile nur Augen für den verdammten Berg, der schwarz und massig über mir aufzuragen schien wie eine Gestalt gewordene Drohung.

Die Gebäude gehörten zu einer früheren Missionsstation. Sie lagen mitten in einer gottverlassenen Einöde und erweckten den Eindruck, seit Jahren ungenutzt zu verfallen. Jetzt waren sie provisorisch als Operationsbasis für eine kleine Agentengruppe eingerichtet worden, die mit der Genehmigung der thailändischen Behörden hier arbeitete. Es gab eine Funkstation, Jeeps und zwei Hubschrauber. Oder vielmehr drei, einschließlich des Jet Rangers, den Phil Decker, Gerald Ross und Lucius Clapton benutzt hatten.

Im Augenblick stand Phil am Fenster eines winzigen Schlafraums, der ihn lebhaft an eine Mönchszelle erinnerte.

Er hatte das Licht gelöscht, starrte in die Dunkelheit und kämpfte gegen die Unruhe, die ihn nicht schlafen ließ.

Daß er nicht der einzige war, nach dessen Meinung Zeit vertrödelt wurde, machte die Lage nicht besser. Die Männer, die hier auf ihren Einsatz warteten, waren nicht untätig gewesen. Sie kannten sich aus. Sie hatten Kontakte jenseits der Grenze – nur wenige, aber dafür zuverlässige Kontakte. Sie hätten mindestens einen von Morton Khans Stützpunkten finden können, weil die Auswahl der in Frage kommenden Plätze nicht groß war. Und sie hielten es für die beste Taktik, zunächst einmal einen kleinen Aufklärungstrupp einzusetzen.

Aber Gerald Ross, der in diesem Fall die Befehlsgewalt hatte, wollte davon nichts wissen.

Zu gefährlich, fand er. Gefährlich für Lee Singal und für den verschleppten G-man, wie er betonte. Deshalb hatte er entschieden, zunächst noch vierundzwanzig Stunden zu warten. Auf die unsinnige Hoffnung hin, daß in diesen vierundzwanzig Stunden irgendeine Wendung eintrat, aus der sich eine klare, einfache Marschroute ergab.

Nach Phils Ansicht konnte man genausogut darauf hoffen, daß sich Morton Khan plötzlich auf sein besseres Ich besann und anfing, seinen Söldnern christliche Nächstenliebe oder die himmlischen Wonnen des Nirwana zu predigen.

Der G-man knirschte erbittert mit den Zähnen. Er wollte sich abwenden. Da hörte er plötzlich ein winziges Geräusch.

Schritte? Das Streifen von Stoff über ein Hindernis?

Nein, eher ein Luftzug, kaum wahrnehmbar. Phil erinnerte sich, daß sich die Tür des Gebäudes so gut wie lautlos bewegte, weil die Angeln frisch geölt waren. Aber am anderen Ende des Flurs war ein zerschlagenes Fenster mit Fliegendraht geflickt worden. Wenn man die Tür öffnete, entstand Durchzug.

Mit gerunzelter Stirn beugte sich der G-man vor und versuchte, im Schlagschatten des Gebäudes etwas zu erkennen.

Eine schwache Bewegung! Etwas oder jemand glitt dicht an der Mauer entlang, löste sich für Sekunden aus der undurchdringlichen Schwärze und entpuppte sich als Gestalt, die eilig zwischen zwei verfallenen Schuppen verschwand.

Gerald Ross!

Phil erkannte ihn an dem graublonden Haar und den

fleischigen, abfallenden Schultern. Was, zum Teufel, suchte Ross da draußen? Jenseits der Schuppen standen die Hubschrauber. Klar, der CIA-Mann konnte irgend etwas in dem Jet Ranger vergessen haben. Aber warum bewegte er sich dann, als wollte er einem anschleichenden Apachen Konkurrenz machen?

Phil war schon auf der Treppe, als ihm einfiel, daß Ross wahrscheinlich nicht sehr begeistert sein würde, wenn er bemerkte, daß ihm jemand nachspionierte.

Na und? Verschiedene Leute würden auch nicht sehr begeistert sein, wenn sie erfuhren, daß der CIA-Mann hier jede erfolgversprechende Aktion abwürgte. Falls sie überhaupt noch in der Lage waren, es zu erfahren. Die sinnlose Abwartetaktik konnte sie nämlich nur zu leicht das Leben kosten.

Leise öffnete Phil die Haustür, glitt durch den Schatten und blieb einen Augenblick lauschend stehen, bevor er ebenfalls in die Dunkelheit zwischen den beiden Schuppen tauchte.

Zwei Sekunden später hatte er die Hubschrauber im Blickfeld.

Eine kleinere Maschine deckte ihn gegen den Jet Ranger. Dessen Kanzeltür war geschlossen. Aber hinter dem gewölbten Glas zeichneten sich deutlich Kopf und Schultern einer leicht geduckten Gestalt ab.

Phils Herz übersprang einen Schlag.

Verdammt, er hatte recht gehabt, da stimmte etwas nicht! Gerald Ross suchte nicht in der Kabine nach irgend etwas, das er vergessen hatte, sondern saß im Pilotensitz. Warum, zum Teufel? Fliegen konnte er die Mühle nicht, also …

Er funkt, dachte Phil.

Gerald Ross setzte einen Funkspruch ab! Heimlich – denn sonst hätte er das perfekte, hochmoderne Gerät im

Haus benutzt. Aber das wäre nicht unbemerkt geblieben, weil die Anlage rund um die Uhr besetzt war für den Fall, daß eine Nachricht eintraf.

Phil schlich auf Zehenspitzen weiter und schlug einen Bogen. Lautlos näherte er sich dem Jet Ranger von hinten. Und bemerkte im nächsten Moment, daß die Kanzeltür nicht fest geschlossen, sondern nur angelehnt war.

Nach einem weiteren Schritt konnte er Gerald Ross' leise, gehetzt klingende Stimme hören.

»... nicht länger verzögern, sonst gerate ich in Teufels Küche. Sehen Sie zu, daß Sie Khan so schnell wie möglich auftreiben! Er muß seinen südlichen Stützpunkt räumen und in Deckung gehen.« Eine Pause entstand.

Phil hatte das Gefühl, als ob die kalte Wut das Blut in seinen Adern zu Eis verwandle. Vorsichtig zog er den 38er aus dem Schulterholster, streckte die Linke aus und schloß die Finger um den Türgriff.

»Es ist mir egal, wie Sie das anstellen«, flüsterte Gerald Ross. »Nur beeilen Sie sich! Ich habe nicht die geringste Lust ...«

Mit einem Ruck riß Phil die Kanzeltür auf.

Knackend spannte sich der Revolverhahn unter seinem Daumen.

»Wozu haben Sie nicht die geringste Lust, Mr. Ross?« fragte er kalt. »Den Rest Ihres Lebens im Zuchthaus zu verbringen? Ich fürchte, ob Sie dazu Lust haben oder nicht, wird niemanden interessieren.«

»Sie schaffen es.«

Lee Singal lächelte. Sehr überzeugend. Aber Singal war Chinese, obwohl seine Familie seit drei Generationen in den USA lebte. Und mit dem asiatischen Lächeln ist das so eine Sache.

Ich wappnete mich mit Optimismus, als ich die Höhle verließ. Ula Mandalai hielt auf einem Grat Wache, obwohl er Fieber hatte und in einem elenden körperlichen Zustand war. Keiner von uns hätte es sich geleistet, Morton Khan auch nur im geringsten zu unterschätzen. Weder Mandalai noch Lee Singal gaben sich Illusionen hin. Nur entsprach es einfach nicht ihrem Temperament, viel darüber zu reden oder ironische Bemerkungen zu machen. Ich schüttelte die Gedanken ab, während ich in eine Art Klamm einstieg, die mit ihren natürlichen Stufen sehr gut begehbar wirkte.

Singal hatte mir die Route eingezeichnet, soweit sie nicht durch den Bergrutsch verändert worden war. Von drei Stellen abgesehen hielten sich die Schwierigkeiten in Grenzen. Es gab einen Kamin, der Kraft kosten würde, weil er sehr lang war. Es gab einen Überhang, was immer kitzlig ist. Und ein glattes Wandstück, das von unten ekelhafter aussah, als es Singals Meinung nach war.

Und, nicht zu vergessen, ich mußte den Felshang unmittelbar über der Abbruchstelle traversieren, wo sich die Beschaffenheit des Gesteins nach dem Bergrutsch möglicherweise entscheidend geändert hatte.

Die nächsten drei Stunden möchte ich nicht noch einmal erleben.

Den Kamin schaffte ich ganz gut. Kaminklettern ist, wenn man einmal die Technik beherrscht, weitgehend eine Konditionsfrage. Als ich endlich aus dem langen, düsteren Spalt herauskroch, war es mit meiner Kondition allerdings nicht mehr so ganz weit her. Ich biß die Zähne zusammen, hob den Kopf und starrte den schroffen, eigentümlich blau schimmernden Gipfel wie einen persönlichen Feind an.

Nach insgesamt anderthalb Stunden traversierte ich die Wand über der Abbruchkehle.

Haken einschlagen, sichern, den nächsten schmalen Tritt suchen, wieder Haken einschlagen – es wurde zur Geduldsprobe. Immerhin schien der Felsen recht fest. Wenn ein Brocken unter meinen Füßen weggebrochen wäre, hätte mich das Seil gehalten. Aber wenn mehr ins Rutschen gerät als ein paar Steinchen, kann auch die sorgfältigste Sicherung nicht halten.

Die Stelle, die von unten so bösartig ausgesehen hatte, war tatsächlich halb so schlimm, immer davon abgesehen, daß ich mich inzwischen wie aus dem Wasser gezogen fühlte.

Nach zweieinhalb Stunden klebte ich an dem Überhang, spürte meine Muskeln zittern und redete mir krampfhaft ein, mir könne mit dem Doppelseil und Singals sinnreichen Trittleitern überhaupt nichts passieren.

Ich weiß nicht, wie ich es schaffte. Ich weiß nur, daß ich anschließend fünf Minuten brauchte, um wieder halbwegs normal atmen zu können. Und daß sich das letzte Stück der Route, das recht bequem oberhalb des gesprengten Maultierpfades verlief, für meine Begriffe endlos in die Länge zu ziehen schien.

Ich fand die Höhle.

Ich fand das Funkgerät. Und ich bekam Verbindung zu der Gegenstelle in Thailand, deren Kennung mir Lee Singal genannt hatte.

Und dann verschlug mir die Überraschung fast den Atem, als mich der Bursche, der sich gemeldet hatte, in Sekundenschnelle mit meinem Freund Phil Decker verband.

Bergab geht's leichter, sagt man.

Leichter war zumindest mein Rucksack – um einige Kilo Sprengstoff nämlich, mit denen ich die Opiumsäcke garniert hatte. Der Gedanke an den einfachen Zeitzünder behagte mir ganz und gar nicht. Aber falls ich mir den Fuß verknackste oder aus irgendeinem anderen Grund hängenblieb, würde das ja hoffentlich nicht diesseits des Grats passieren, wo ich Gefahr lief, daß mir der halbe Mount Shaolein auf den Kopf fiel.

Ich biß die Zähne zusammen und kämpfte gegen die Erschöpfung, die ich wie Blei in den Knochen fühlte.

Für meine Begriffe ging es bergab durchaus nicht leichter.

Und ich mußte mich doppelt konzentrieren, weil ich das Gefühl hatte, daß mir die Zeit auf den Nägeln brannte. Die Informationen, die mir Phil im Telegrammstil gegeben hatte, waren nämlich alles andere als beruhigend.

Der Verräter bei der CIA hieß Gerald Ross.

Er hatte geredet. Bestimmt nicht aus besserer Einsicht, sondern weil er für sich selber retten wollte, was zu retten war. Seit Jahren ließ er sich schmieren und lieferte seine Gegenleistungen so geschickt, daß nie ein Verdacht auf ihn gefallen war. Nur diesmal hatte er aus seiner Reserve kommen müssen, weil er zu spät von Lee Singals Einsatz erfuhr und weil sich die Dinge zu schnell zuspitzten.

Als Morton Khan gewarnt wurde, hatte Singal seinen großen Schlag bereits durchgeführt.

Alles schien glattzugehen. Dann machte ihm der Bergrutsch einen Strich durch die Rechnung. Morton Khan hätte eine gute Chance gehabt, die ganze Sache noch auszubügeln. Wenn da nicht ein kleiner amerikanischer Gangster gewesen wäre, der auf der Flucht vor der Mafia war und in Hongkong mit einem alten Bekannten Kontakt aufzunehmen versuchte …

Und jetzt war Morton Khan mit einem kleinen Trupp

unterwegs, um seine entflohenen Gefangenen wieder einzufangen.

Oder vielmehr: um mit Hilfe unserer Spur auf Lee Singals Versteck zu stoßen und sich das Opium wieder unter den Nagel zu reißen. Khan mußte geahnt haben, daß wir unsere Chance darin sehen würden, nicht das Naheliegende, sondern genau das Gegenteil zu tun. Das Opium würde er nicht finden, das würde er allenfalls in Flammen aufgehen sehen.

Aber das hieß nicht, daß Singal, Mandalai und ich uns sicher fühlen konnten. Khan war schon unterwegs gewesen, als Gerald Ross das Funkgespräch führte. Entgegen Mandalais Ansicht hatte der Gangsterboß durchaus nicht den Morgen abgewartet, also konnte er ziemlich schnell hier sein. Und was passieren würde, wenn wir ihm in die Hände fielen, nachdem das Opium verbrannt war, wagte ich mir gar nicht erst auszumalen.

Ich hörte auf zu denken, weil ich meine Konzentration zum Klettern brauchte.

Der gefährliche Überhang ließ sich bergab tatsächlich leichter bewältigen, weil er mit dem zweiten Seil und den Trittleitern präpariert war. Eine Stunde später stieg ich in den Kamin ein, und dann, scheinbar nach zwei bis drei Ewigkeiten, öffnete sich unter mir endlich die ausgetrocknete Klamm.

Ich hätte erleichtert sein sollen. Aber das Gegenteil war der Fall.

Von hier aus hatte ich nämlich einen ziemlich weiten Blick nach Süden.

Und ich erwischte genau den Moment, wo zwischen Hügeln, Steineichen und Gestrüpp für einen Augenblick eine kleine Maultierkolonne auftauchte.

»Etwa ein Dutzend Männer«, berichtete ich knapp, als ich mit Lee Singal und Mandalai in der Höhle kauerte. »Soweit ich es sehen konnte, haben sie Tiere zum Wechseln dabei. Deshalb sind sie so verdammt schnell gewesen.« Ich zuckte mit den Schultern. »Sie können nur ungefähr vermuten, wo wir stecken, weil es auf den letzten zwei Meilen zu viel glatten Felsen gibt, auf dem keine Spuren zu sehen sind. Trotzdem sollten wir uns nicht hier in der Höhle verschanzen.«

»Warum nicht?« fragte Mandalai sachlich.

»Weil ein scharfer Beobachter erkennen wird, daß die Büsche vor dem Eingang da nicht wirklich wachsen. Und weil uns im Zweifelsfall auch die Gewehre einen Dreck nützen, wenn uns die Burschen umgehen und von oben mit Handgranaten bepflastern.«

»Was schlagen Sie vor?« fragte Singal.

»Wir werden den Spieß umdrehen«, sagte ich trocken. »Wir werden es sein, die die anderen umgehen. Und dann lassen wir sie suchen, bis sie schwarz werden.«

»Ich kann nicht gehen«, sagte Singal mit einer Geste auf sein verletztes Bein. »Ich werde hierbleiben und die Burschen ablenken ...«

Ich grinste matt. »Abgelehnt«, sagte ich. »Wenn Sie nicht gehen können, werden Sie reiten. Ich bin zwar möglicherweise nicht so stark wie ein Muli, aber genauso stur. Also versuchen Sie am besten gar nicht erst, mir zu widersprechen!«

Wir schafften es.

Ula Mandalai übernahm die Rolle des Scouts und suchte einen Weg durch das Gelände, der uns zuverlässig gegen jede Sicht schützte. Ich schleppte Lee Singal, was bei einem schlanken, nur knapp mittelgroßen Mann nicht besonders schwer war. Im weiten Bogen gelangten wir in den Rücken der Maultierkolonne, die sich zielstrebig auf den Mount Shaolein zubewegte.

Mandalai taumelte, als er sich neben dem nächstbesten Baumstamm zu Boden sinken ließ. Singals Gesicht war schmerzverzerrt.

Ich schlich noch einmal zurück, um das an Ausrüstung zu holen, was wir unbedingt brauchten: Waffen, Wasserkanister und das Funkgerät. Danach legte ich erst mal eine Pause ein, weil ich mich nicht viel kräftiger als ein alter Lappen fühlte.

Fünf Minuten später raffte ich mich wieder auf und suchte mir einen erhöhten Beobachtungsposten.

Morton Khan und seine Leute erreichten gerade eine Stelle, von der sie die Spuren des Bergrutsches und den gesprengten Maultierpfad im Blickfeld hatten. Undeutlich sah ich sie gestikulieren.

Ich war sicher, daß zumindest Khan ungefähr begriff, was passiert war. Aber er kam nicht mehr dazu, irgendwelche Schlüsse daraus zu ziehen.

Denn im selben Augenblick krachte unter dem Gipfel des Mount Shaolein eine Kette von Explosionen, und an der dunklen Bergflanke schien eine riesige rotglühende Feuerblume zu erblühen.

Fast eine Viertelstunde lang loderte dort oben der Feuersturm, der Morton Khans Opium in Asche verwandelte.

Ich war sicher, er wußte, was da verbrannte. Von meinem Platz aus konnte ich das Tohuwabohu von durchgehenden Maultieren, herumrennenden Männern und aufwirbelndem Staub sehen. Ein mittlerer Steinschlag war über die Bergflanke heruntergegangen. Er genügte, um Panik auszulösen, weil niemand wissen konnte, was noch folgte. Jetzt verebbte das dumpfe Rollen. Aber die Gangster hatten sich kaum von dem ersten Schock erholt, als schon der nächste sie traf.

Rotorenrattern!

Wie silbrige Insekten tauchten drei Hubschrauber über den Hügeln im Süden auf. Die Männer, die eben noch vollauf mit den erschrockenen Maultieren beschäftigt gewesen waren, warfen die Köpfe herum, starrten in den Himmel und schienen sekundenlang förmlich zu versteinern.

Sie begriffen nicht, was da über sie hereinbrach.

Nicht sofort – und nicht alle. Ein paar von ihnen rannten blindlings auseinander. Zwei, drei hatten Verstand genug, Packtiere hinter sich herzuzerren. Die restlichen warfen sich in Deckung, brachten die Gewehre in Anschlag – als hätten sie es mit einem verlotterten Söldnergrüppchen zu tun, das sie zurückschlagen konnten.

Ich wartete nicht erst, bis den Kerlen klar wurde, daß sie auf verlorenem Posten standen.

Denn zumindest zwei von ihnen hatten es sofort begriffen. Zwei, die ich trotz der Entfernung erkannte: Morton Khan an der hageren Riesenstatur und Dan Carruther an dem blonden Haar und den geschmeidigen Bewegungen.

Mit einem Sprung verließ ich den erhöhten Platz und glitt in die Büsche.

Ula Mandalai hatte mich beobachtet, aber ich wußte, daß er zurückbleiben würde, um Singal zu beschützen.

So leise wie möglich bewegte ich mich durch das Gestrüpp. Links von mir schob sich eine Felsformation wie eine zuschlagende Raubtierpranke vor. Minuten später hatte ich sie erreicht, turnte die steile Flanke hinauf und robbte tief geduckt weiter.

Da tauchten sie auf ...

Khan und Carruther. Zu Fuß, ohne Maultiere, ohne Gepäck, nur mit Gewehren bewaffnet. Im ersten Moment wunderte mich das.

Dann fiel mir ein, daß sie vermutlich mehr als einen Stützpunkt, mehr als nur ein Schlupfloch in der Gegend hatten.

Morton Khans Gesicht war verzerrt. Er rannte, aber er hatte sich schon wieder so weit in der Gewalt, daß er einen ruhigen, gleichmäßigen Wolfstrab einhielt, der mühelos wirkte. Dan Carruther stolperte keuchend und unsicher hinter ihm her.

Ich zögerte kurz. Dann griff ich nach einem handlichen Stein, der nicht schwer genug war, um bei entsprechend dosierter Wucht einen menschlichen Schädel einzuschlagen.

Blitzschnell holte ich aus und warf.

Carruther schrie auf, als er an der Stirn getroffen wurde.

Ich wartete nicht ab, bis er zusammensackte. Mein Kopf ruckte herum. Ich zog die Beine an und spannte die Muskeln.

Morton Khan wirbelte wie von einer Sehne abgeschnellt um die eigene Achse.

Noch in der Bewegung fuhr seine Hand zum Schulterholster. Grelle Funken zuckten in seinen gelben Raubtieraugen auf.

Ich sah die Hand mit der Waffe, stieß mich ab und sprang.

In der letzten Sekunde, bevor ich ihn zu Boden riß, zerbrach die wilde, haßerfüllte Entschlossenheit in seinem Gesicht zu einem Ausdruck der Panik. Scharf pfiff der Atem über seine Lippen, als er mit dem Rücken auf den Felsboden krachte.

Ich landete über ihm. Schlaff lag er da, benommen,

unfähig, die Niederlage zu begreifen. Ich schlug ihn nicht bewußtlos, das war nicht mehr nötig. Ich wälzte ihn einfach herum, zerrte ihm die Arme auf den Rücken und schnürte ihm mit seinem eigenen Gürtel die Gelenke zusammen.

Erst jetzt drang die jähe Stille in mein Bewußtsein. Keine Schüsse mehr, kein Geschrei, kein Rotorenrattern. Die restlichen Gangster mußten sich ergeben haben.

Für ein paar Augenblicke waren Morton Khans stöhnende Atemzüge das lauteste Geräusch.

Ich richtete mich auf und legte den Kopf in den Nacken.

Hoch oben unter dem Gipfel des Mount Shaolein glomm immer noch ein kleiner, rötlicher Funke. Nach allem, was geschehen war, erschien mir das als höchst befriedigender Anblick.

ENDE